Caballo de Fuego. París

Florencia Bonelli

Planeta Internacional

Caballo de Fuego. París

Florencia Bonelli

 Planeta

© 2013, Florencia Bonelli
c/o Guillermo Schavelzon & Asoc. Agencia Literaria
info@schavelzon.com

Derechos reservados

© 2013, Editorial Planeta Mexicana, S.A. de C.V.
Bajo el sello editorial PLANETA M.R.
Avenida Presidente Masarik núm. 111, 2o. piso
Colonia Chapultepec Morales
C.P. 11570, México, D.F.
www.editorialplaneta.com.mx

Primera edición: septiembre de 2013
ISBN: 978-607-07-1820-5

Impreso en los talleres de Litográfica Ingramex, S.A. de C.V.
Centeno núm. 162, colonia Granjas Esmeralda, México, D.F
Impreso y hecho en México – *Printed and made in Mexico*

A Miguel Ángel, mi Caballo de Fuego.
A mi sobrino Tomás como siempre.

Aquí estoy yo
abriéndote mi corazón,
llenando tu falta de amor,
cerrándole el paso al dolor.
No temas, yo te cuidaré.
Sólo acéptame.
Aquí estoy para darte mi fuerza y mi aliento
y ayudarte a pintar mariposas en la oscuridad.
Serán de verdad.
Quiero ser yo quien despierte en ti nuevos sentimientos
y te enseñe a querer y a entregarte otra vez
sin medir los abrazos que des.
Dame tus alas, las voy a curar,
y de mi mano te invito a volar.

Extractos de la canción «Aquí estoy yo»
de Luis Fonsi.

El desastre de Bijlmer

Ámsterdam, Holanda. 1996.

El Boeing 747-200 de la aerolínea israelí El Al esperaba en la cabecera del corredor número uno del Aeropuerto Ámsterdam-Schiphol para despegar. El ingeniero de vuelo se asomó desde la cabina para dirigir una orden al único pasajero, Yarón Gobi.

—Ubíquese en el *jump seat* —se refería al asiento plegable junto a la puerta del avión— y ajústese el cinturón.

Les había llegado el turno; el operador de la torre de control lo anunciaría pronto.

—*El Al flight 2681* —los llamó por su número de vuelo—, *ready for taking off?*

Ante el rugido de las cuatro turbinas del *Jumbo*, como se apodaba al Boeing 747, su único pasajero experimentó un escalofrío. Nunca le había gustado volar, menos con la carga que ocupaba por completo el fuselaje y de la cual él era responsable. De acuerdo con los documentos de flete, el avión llevaba perfumes y otros productos de cosmética; él, sin embargo, conocía la naturaleza de la carga.

Estaba nervioso. Sacudió la muñeca para despejar el reloj escondido bajo el puño. Las seis de la tarde. En unas cinco horas aterrizarían en Tel Aviv-Yafo. El último trayecto hasta las instalaciones del Instituto Israelí de Investigaciones Biológicas, en la localidad de Ness-Ziona, lo realizaría por tierra, en camiones acondicionados para «productos relacionados con la seguridad».

El avión inició la escalada para alcanzar la altura crucero. Yarón percibía un apretón en el estómago y náuseas sutiles. Se instó a calmarse. Cerró los ojos y respiró de modo sereno.

Sus párpados se dispararon. Un sacudón lo despegó del *jump seat* al tiempo que una explosión le adormeció el sentido de la audición durante un par de segundos. El avión viró bruscamente hacia la derecha y lo sacudió en el confín del asiento como si se hallara en una montaña rusa. La voz del joven copiloto atravesó la puerta cerrada: «*Mayday! Mayday! Mayday!*» Conocía el significado de esa palabra pronunciada tres veces. *Meidei! Meidei! Meidei!* Se trataba del pedido de socorro de los pilotos, derivada de la expresión francesa *m'aidez*.

En menos de un minuto, el piloto estabilizó la nave, que siguió zarandeándose, sumida en un mar de turbulencias. Yarón no dudó en desembarazarse del cinturón y precipitarse dentro de la cabina.

—¿Qué ocurre? —No obtuvo respuesta.

El copiloto, a cargo de la comunicación con la torre de control, explicaba al operador que los motores tres y cuatro habían salido de funcionamiento y solicitaba permiso para un aterrizaje de emergencia.

—Dada nuestra velocidad —aclaró—, necesitaremos el corredor más largo con el que cuente el aeropuerto.

Yarón cerró la puerta y se dirigió hacia la parte trasera del avión sujetándose a los objetos y a las paredes. Se asomó por una ventanilla. Habían perdido altura y sobrevolaban los suburbios de la zona sur de Ámsterdam. Dedujo que si el avión no conseguía aterrizar en el aeropuerto, se estrellaría sobre las viviendas.

—Dios bendito —susurró.

En La Haya, sede en Europa del servicio de inteligencia de Israel, conocido como Mossad en el mundo del espionaje o simplemente como «El Instituto», el jefe de Operaciones de Reclutamiento, el *katsa* Ariel Bergman, recibió la llamada del colaborador, o *sayan*, que mantenían en la torre de control del Aeropuerto Ámsterdam-Schiphol. Bergman había reconocido el teléfono en la pantalla. Levantó el auricular y preguntó:

—¿Qué sucede? —A pesar de la utilización de líneas seguras, el código marcaba que jamás se mencionaban nombres ni apellidos.

—Acaba de presentarse un *Mayday*. Proviene del vuelo de El Al número 2681.

Se trataba del primer servicio que le prestaba ese *sayan*, nombre con que el Mossad denomina a los judíos de la diáspora, comunes ciudadanos dispersos en los cuatro puntos cardinales, que, dado su entusiasmo por el

Estado sionista, prestan servicios a cambio de la satisfacción de colaborar con la defensa y la supervivencia de *Eretz Israel*, la Tierra de Israel. La vulnerabilidad de El Al, blanco codiciado por los terroristas, convertía a ese empleado de la torre de control de Ámsterdam-Schiphol, uno de los aeropuertos más utilizados por la aerolínea israelí, en un *sayan* de incalculable valor. Así lo había juzgado Bergman al reclutarlo, y sólo había necesitado tiempo para demostrarlo.

Sujetó el auricular entre el cuello y el hombro y agitó los dedos sobre el teclado de la computadora al tiempo que hablaba.

—¿Qué más puedes decirme?

—Sus motores tres y cuatro han dejado de funcionar. Está regresando a Schiphol. Intentará un aterrizaje de emergencia. Llamaré de nuevo en cuanto se presenten novedades.

La pantalla devolvió la información solicitada. No se trataba de un vuelo de pasajeros sino de carga, lo cual, pensó Bergman con cierto alivio, reduciría el número de víctimas en caso de que aconteciera lo peor. No obstante, al leer la siguiente línea, insultó en hebreo por lo bajo. El vuelo 2681 transportaba «sustancias químicas altamente tóxicas». Destinatario: el Instituto Israelí de Investigaciones Biológicas, Ness-Ziona, Israel. No había detalle de la mercancía, simplemente la alerta de su toxicidad.

Las maniobras se desencadenaron en cuestión de minutos y con la precisión de un mecanismo de relojería. Un helicóptero Chinook despegó de una base privada a cuarenta kilómetros al sur de Ámsterdam. Dada su velocidad, superior a la de otros helicópteros de transporte, conduciría al grupo de expertos en ataques químicos y biológicos en menos de media hora al Aeropuerto Ámsterdam-Schiphol para actuar en caso de que el avión no lograra un aterrizaje exitoso. Por otro lado, se alertó a los dos *katsas* estacionados en Ámsterdam, que, en cuestión de minutos, también se presentarían en el aeropuerto. Otro equipo se dedicaría a peinar los alrededores en busca de posibles terroristas que hubiesen disparado misiles con lanzacohetes RPG y destruido las turbinas. Por último, comunicaron la contingencia al director general del «Instituto», que decidiría cuándo y cómo se informaría al primer ministro, Benjamín Netanyahu, al ministro de Defensa, Yitzhak Mordechai, y al canciller, David Levy.

A las seis y media de la tarde, el vuelo El Al 2681 se preparaba para aterrizar. En tanto el copiloto lo anunciaba a la torre de control, el capitán levantaba la nariz del avión para disminuir la velocidad. Esta maniobra de rutina provocó una crisis en la sustentación, y el avión perdió de nuevo estabilidad.

Yarón salió despedido hacia la derecha y rodó hasta chocar con el fuselaje. Se incorporó aferrándose del borde de la ventanilla y a una correa usada para sujetar la carga. Se dio cuenta de que perdían altura. El capitán, a diferencia de unos minutos antes, no lograba dominar la nave. Había escuchado en un documental de National Geographic que el *Jumbo* estaba preparado para volar con sólo dos de sus motores. Si el problema radicaba en que las turbinas tres y cuatro habían cesado de funcionar, ¿por qué el avión se sacudía, perdía estabilidad y caía como en espiral? No había turbulencia ni tormenta. Morirían. No le cabía duda.

La visión lo asaltó de una manera extraña, lo sorprendió, lo llenó de paz también. El rostro de Moshé se reflejó en el acrílico de la ventanilla. Su amado Moshé, que lo esperaba en Ness-Ziona. No resultaba fácil admitir la homosexualidad en un país como Israel. Con todo, Moshé y él habían aprendido a aceptar su amor. Lo ocultaban, para protegerse, en especial en el Instituto de Investigaciones Biológicas, donde trabajaban. Habían experimentado la libertad en sus vacaciones del año anterior, ahí mismo, en Ámsterdam. Recordó esos días felices, cuando caminaban de la mano o se abrazaban mientras la lancha navegaba por los canales, y nadie les dirigía un vistazo. Se acordó también del paseo por el lago IJssel.

—¡El lago! —gritó.

Se arrastró, se incorporó, cayó de bruces y volvió a levantarse hasta alcanzar la cabina. Abrió la puerta y vociferó:

—¡Por amor de Dios, eviten el agua! ¡A cualquier costo! ¡Que este avión no caiga sobre el agua! ¡O que Dios nos ayude!

El periodista Ruud Kok mecanografiaba en su computadora el artículo sobre mercenarios que entregaría al *NRC Handelsblad*, un periódico vespertino holandés de gran reputación. Trabajaba en la sala de su departamento en Bijlmermeer, más conocido como el Bijlmer. Sus compañeros del periódico, sus amigos y su familia juzgaban una excentricidad que viviese en ese suburbio al sudeste de Ámsterdam, famoso por la violencia de sus calles. A Ruud, el barrio le sentaba bien; le gustaba el pintoresco paisaje que componían sus vecinos de distintas razas, ya que en el Bijlmer encontraban refugio los inmigrantes, sobre todo los que habían abandonado Surinam después de la independencia en el 75. Concebido como un proyecto moderno y de vanguardia, inspirado en las ideas revolucionarias de Le Corbusier, el Bijlmer se componía de largos bloques de viviendas de diez pisos que zigzagueaban para formar una colmena. Entre una línea de construcción y otra, se desplegaban espacios verdes y lagos, áreas comerciales y de oficinas.

Ruud cesó el frenético tecleo, estiró los brazos, acomodó los huesos del cuello y bebió un trago de café con leche. Releyó las primeras líneas de su escrito. La investigación sobre mercenarios estaba mostrándole el lado más oscuro y cruel del ser humano. La Organización de las Naciones Unidas había aprobado una convención que repudiaba «la contratación, el financiamiento, la formación y la operación con mercenarios»; es más, acababan de nombrar a un relator especial sobre actividades mercenarias destinado a controlar el cumplimiento de la prohibición. La semana anterior, Ruud lo había entrevistado en su oficina de la sede del organismo, en Turtle Bay, un vecindario de Manhattan. El funcionario había sido claro:

—Si quiere conocer el mundo de las llamadas empresas militares privadas, su hombre es Eliah Al-Saud. Todos los caminos conducen a él.

Una vibración le surcó el cuerpo, apenas un cosquilleo. Dirigió la mirada a la taza. Ondas concéntricas se dibujaban sobre la superficie del café con leche y parecían responder al silbido que pronto se convirtió en un trueno y que penetró el vidriado doble de las contraventanas. La casa se estremeció.

Ruud corrió al balcón. Lo que vio, lo llevó a decir:

—Todo ha terminado.

El gigantesco avión cuya nariz apuntaba a su rostro se estrellaría contra el edificio en segundos.

Había escuchado al respecto, aunque, hasta ese día, no le había dado crédito. Era cierto: en el instante previo a morir, nuestra vida, desde la infancia a la adultez, se proyecta en un destello frente a nuestros ojos.

El avión dio un viraje hacia la izquierda, hacia el edificio vecino. Ruud pensó que si hubiese estirado la mano, habría acariciado la panza de la nave. Corrió al teléfono y llamó al servicio de emergencia.

El teléfono volvió a sonar en la oficina del *katsa* Ariel Bergman.

—Dime.

—El avión acaba de desaparecer de la pantalla del controlador —informó el *sayan*—. ¡Se estrelló, cayó a tierra! —Bergman se puso de pie—. Desde la torre de control vemos la columna de humo negro que se eleva en la zona del Bijlmer. —Lo pronunció «beilmer».

—El Bijlmer —susurró Bergman, y apoyó la mano sobre el escritorio. «¡El Bijlmer!», aulló para sí, porque sabía que se trataba de una de las zonas más densamente pobladas de Ámsterdam.

Ruud Kok rescató a varios de sus vecinos, atrapados en sus viviendas, amenazados por las llamas, que rugían y lamían la estructura del edificio.

Días más tarde comprendería la ferocidad y magnitud del incendio cuando el jefe de bomberos le explicase que las alas del *Jumbo* transportaban más de cincuenta mil libras de combustible.

El número de víctimas ascendió a cuarenta y tres, e incluían a la tripulación —el capitán, el copiloto y el ingeniero de vuelo—. El avión había abierto una brecha en el largo bloque de departamentos, lo había partido en dos. La prensa mundial conjeturaba acerca del motivo del accidente. Ningún periodista se olvidaba de pronunciar la palabra terrorismo, aunque pasaran las semanas y ninguna organización se adjudicase el hecho ni se encontrase evidencia de explosivos entre los detritos.

Un ciudadano común que navegaba por el lago IJssel lanzó el primer rayo de luz a la investigación al declarar que vio cómo los motores del *Jumbo* caían en la ensenada. Las turbinas no habían cesado de funcionar; se habían desprendido del avión. Los buzos rescataron los motores tres y cuatro y los técnicos iniciaron su trabajo.

Ruud Kok participó de la conferencia de prensa en la cual se informó que los motores se habían desprendido debido a la fatiga del material que los unía al ala.

—En caso de que dichos motores simplemente se hubiesen apagado —explicó el jefe de los investigadores—, el avión habría aterrizado sin problemas. Pero, al faltar los dos motores, el ala sufrió una avería en su diseño y perdió estabilidad. —Con gráficos e impresos explicó el fenómeno por el cual el paso del aire por arriba y por debajo del ala permite que la nave vuele—. La pieza que mantenía el motor tres adherido al ala presentaba una falla. Finalmente cedió. El motor tres se desprendió, chocó con el cuatro y lo arrancó.

Ruud levantó la mano y formuló una pregunta. Aclaró que iba dirigida al gerente de Relaciones Públicas de El Al.

—¿Pueden explicar por qué, después de semanas del siniestro, algunos vecinos del Bijlmer, entre los cuales me cuento, han sufrido problemas respiratorios, dermatitis agudas, trastornos gástricos, de la visión y alteraciones nerviosas? Incluso algunos han vomitado coágulos.

—No hemos recibido ninguna información al respecto. ¿Otra pregunta?

—Hay quienes comparan estos síntomas con los sufridos por los soldados iraníes en la época de la guerra con Irak —insistió Ruud.

—No haremos comentarios. ¿Otra pregunta?

1

Aeropuerto Internacional Ministro Pistarini, a treinta y cinco kilómetros al sudoeste de Buenos Aires, Argentina. 31 de diciembre de 1997.

Se quedó mirándola porque la muchacha, al ponerse en cuclillas para extraer algo de su mochila, rozó el piso con las puntas del cabello. Estaba acostumbrado a las largas cabelleras: a la de su hermana Yasmín, la de su madre, la de su tía Fátima. «La de Samara», pensó, y apretó el celular en el puño. Le dolía pronunciar ese nombre.

Ahí seguía la joven, hurgando en la mochila mientras acariciaba las losetas del piso con el pelo. En honor a la verdad, nunca había visto un cabello tan largo, tan rubio, tan llamativo. No era lacio; más bien caía, lánguido, en bucles que brillaban pese a la escasa iluminación del aeropuerto. ¿Sería sueca? ¿Quizá danesa? Se movió con la intención de estudiarle el rostro. «Debe de ser insulsa», se dijo; él las prefería morenas.

Sonó el celular. –*Allô?*

–*Eliah, c'est moi. André.*

–*À la fin, André.* Llevo rato tratando de ubicarte.

–¿Qué pasa? ¿A qué se debe el apuro?

–Es para pedirte un favor. Estoy en el aeropuerto de Buenos Aires y necesito conseguir un asiento en el próximo vuelo de Air France. El que parte a las catorce. –André guardó silencio–. *Allô?* André, ¿sigues ahí?

–Sí, sí, disculpa. Es que me has sorprendido. ¿Tú, un asiento en un vuelo de Air France? ¿Y tu avión?

A Eliah Al-Saud le fastidió la pregunta. Lo adjudicaba a su profesión, tal vez a su temperamento, lo cierto era que rara vez admitía de buen grado los interrogatorios; ni siquiera los había aceptado de niño, sin importar las penitencias que se granjeara. Después de todo, sí, se debía a su carácter, y quizá, como consecuencia de éste, era bueno en lo que hacía. Si pedía un favor al novio de su hermana Yasmín, razonó, bien podía hacer una excepción.

—Volé a Buenos Aires en mi avión. Al tratar de despegar hoy, percibí una vibración en el fuselaje que no me gustó y decidí no arriesgarme. Los técnicos no lo verán hasta dentro de dos días. Y a mí me urge estar mañana en París. Tengo una reunión con Shiloah Moses, que llega muy temprano de Tel Aviv. —Había dado demasiada información. El humor comenzó a agriársele.

—¿Cuál avión? ¿El Learjet 45?

Eliah elevó los ojos al cielo, al tiempo que escuchaba la voz de su hermana:

—André, déjalo en paz. Lo fastidias con tantas preguntas.

—Hablo de mi nuevo avión, el Gulfstream V. La cuestión es, André, que necesito estar en París mañana por la mañana.

—Pues compra un pasaje y ven.

En ocasiones, a Eliah le resultaba difícil comprender de qué modo su futuro cuñado había alcanzado una posición tan encumbrada en el directorio de Air France; también le costaba entender el gusto de Yasmín.

—André, estoy llamándote porque la vendedora de Air France acaba de decirme que no hay lugares libres en primera clase, sólo en ejecutiva. Con esa promoción que lanzaron para la primera clase...

—Sí. Viajan dos, paga uno —interpuso André—. Queremos darle un impulso a la primera clase de nuestro flamante Boeing 777.

—Sí, muy buena promoción —ironizó Al-Saud—. Viajan dos, paga uno, y la primera clase se quedó sin sitios. Y no pienso viajar en ejecutiva. Necesito dormir. Mañana tengo que trabajar.

—Eliah, mañana festejaremos el Año Nuevo. ¿Piensas trabajar?

—André, a Shiloah le importa un pimiento el Año Nuevo. ¿Olvidas que es judío? Ya festejó Rosh Hashaná y ahora se dispone a arruinar mi primer día del año. ¿Me consigues ese maldito lugar en primera clase, *por favor*?

—Veré qué puedo hacer.

—¡Eres uno de los directores de Air France! —Se dio vuelta, movido por la impaciencia—. ¿A qué te refieres con...? —Enmudeció.

—*Allô*? ¿Eliah?

La muchacha se hallaba a pocos metros, frente a él. La flanqueaban unas personas. Sonreía, elevando los pómulos, abriendo grandes los ojos como si también hubiese algo de sorpresa involucrada en su expansión. «Es preciosa.»

—¿Eliah?

—Sí, sí, aquí estoy.

—Asegúrate ese sitio en clase ejecutiva. Yo me ocuparé de que te pasen a primera en cuanto abordes el avión.

Telefoneó a su contacto en la SIDE y le pidió, con palabras veladas, que se ocupase de allanarle el camino hasta el avión; iba armado y no deseaba polemizar con ningún funcionario de cuarta categoría acerca de la propiedad de subir a un vuelo comercial con una SIG Sauer nueve milímetros guardada bajo el chaleco del traje. A pesar de su ánimo festivo —después de todo, era 31 de diciembre por la tarde—, el agente no dudó en cumplir lo solicitado: Al-Saud pagaba muy bien por sus servicios.

Eliah guardó el celular y caminó hacia el mostrador de Air France. La empleada hablaba un buen francés; él se dirigió a ella en castellano.

—Compraré ese pasaje de clase ejecutiva que me acaba de ofrecer.

—Enseguida lo emito. —Tecleó hasta preguntar—: ¿Nombre?

—Eliah Al-Saud. —Lo deletreó.

—¿Número de pasaporte? —Eliah se lo dijo.

Más tecleo.

—Son cinco mil ochocientos treinta y cuatro dólares, con impuestos y tasas incluidos.

Eliah metió la mano en el bolsillo interno del saco. De la billetera, extrajo una tarjeta negra con la cabeza de un centurión romano en plateado. La empleada disimuló su asombro. Se trataba de la nueva tarjeta *Centurion* de American Express. Si bien había oído hablar de ella, era la primera vez que veía una. Que la tocaba. El frío del metal le confirmó lo que se decía: no era de plástico sino de titanio, y el aspecto del hombre que acababa de dársela, en traje de seda azul oscuro de corte perfecto y unos Serengeti que le velaban los ojos, le ratificó que no cualquiera la poseía, sólo aquel cliente invitado por American Express dado sus gastos anuales superiores a los doscientos cincuenta mil dólares.

—Señor Al-Saud, nuestra aerolínea le ofrece un salón muy confortable para que espere su vuelo. Se llama *Le Salon Air France*. —Extendió un mapa del aeropuerto y, con una lapicera azul, encerró en un círculo la ubicación del lugar—. Lo encontrará aquí. Usted, por poseer una tarjeta American Express, también podría aguardar el embarque en la sala VIP llamada *Centurion*. Aquí. —Repitió la operación sobre el mapa con la lapicera—. Aquél —dijo, y lo señaló— es el mostrador reservado para el *check-in* de los pasajeros de primera clase y de ejecutiva. Le deseo un buen viaje.

Al-Saud se limitó a inclinar la cabeza. No hubo sonrisas ni palabras. Estaba de mal humor. No se trataba de un estado de ánimo inusual; en general, destacaba por el aire de gravedad de sus facciones; la gente lo encontraba frío y reservado. Contratiempos como la falla de su avión de última generación servían para aumentar su reputación de huraño. A metros del mostrador, lo abordó la tripulación del Gulfstream V. El capitán le informó:

—No hay hotel en el aeropuerto, señor. Tendremos que regresar a Buenos Aires y pasar ahí la noche. Quizá dos, hasta que los técnicos revisen la nave.

—Capitán Paloméro —habló Eliah—, sé que juzga exagerada mi decisión de no volar.

—¡En absoluto, señor Al-Saud!

El capitán, un francés que apenas alcanzaba los pectorales de Eliah, se quitó la gorra y la sacudió para subrayar su afirmación. Él no pecaría de imprudente al contradecir a Eliah Al-Saud, piloto de guerra condecorado.

Al-Saud se despidió de la tripulación del Gulfstream V, que se encargaría de llevarlo de regreso al Aeropuerto de Le Bourget, a doce kilómetros al norte de París, y se dirigió hacia el mostrador de la clase ejecutiva. En su camino, pasó cerca del grupo en el que se hallaba la muchacha rubia. Buscó una pared —jamás se quedaba quieto con la espalda expuesta, hábito adquirido durante sus años en *L'Agence*— y se ubicó para observarla. Una joven, de piel y cabellos oscuros, que destacaba por su figura estilizada, se recostaba sobre ella, apoyando el codo sobre su hombro izquierdo. También la circundaban un hombre mayor, que guardaba cierto parecido con la joven alta y morena, una mujer de unos cincuenta años y dos muchachos, evidentemente hermanos. Se preguntó quién emprendería el viaje; resultaba obvio que viajaban por Air France; se alineaban frente a los mostradores de la clase turista.

—Mi papá —dijo la rubia— me aseguró que vendría. No quiero irme sin despedirme de él.

De ese pequeño discurso, Eliah extrajo varias conclusiones. Primero: la muchacha era cordobesa. Lo adivinó por el característico acento. Su madre, su tía Sofía y, sobre todo, su tío Nando hablaban igual. Jamás lo habría notado de no haber entrado en tratos con porteños, como llamaban a los habitantes de Buenos Aires, por la compra y venta de caballos. Segundo: era ella quien viajaría en el vuelo de Air France. Tercero: encontró subyugante su voz. Él siempre reparaba en las voces, se trataba casi de una obsesión, quizá porque era un melómano, quizá porque su *sensei* le había asegurado que la voz traslucía la música interior de los seres humanos. «Hay voces», le había explicado su mentor, «que desafinan. Son chirridos que penetran como filos y uno desearía taparse los oídos. Son seres que elevan demasiado el tono, gritan en lugar de hablar. Revelan su desesperación, su angustia. La música interior está dañada por vibraciones energéticas en extremo negativas. En cambio, cuando la armonía rige el espíritu, la voz surge como una caricia que absorbemos con suavidad, que nos serena». En verdad, las palabras de la muchacha rubia lo habían acariciado. Se trataba de un sonido cristalino y cultivado.

—Mat —dijo la joven morena—, confiar en tu papá es peor que confiar en un político.

«¿Mat?» No conocía ese nombre en castellano.

—¡Juanita, por amor de Dios! —se enojó la señora a su lado.

—Mamá, sabes que es verdad.

—Sí, es verdad —admitió «Mat», con una serenidad en absoluto fingida—, pero es mi padre, Juana, y quiero creer que si me prometió que vendría, cumplirá.

—Hablando de Roma... —intervino uno de los muchachos, y señaló hacia la entrada del aeropuerto.

—Bueno, bueno —apuntó la tal Juana—, parece que, por una vez, don Aldo cumplirá. ¡Ah, no! —soltó de pronto—. No puedo creerlo. ¿Para qué carajo viene con ése?

—¡Juana! —volvió a intervenir la señora—. ¡Es su esposo!

Eliah giró la cabeza y observó a dos hombres que caminaban hacia el grupo: uno mayor, de sesenta años, quizás un poco más, de buena estampa, con una barba entre rojiza y encanecida, prolija, aunque espesa; vestía excelente ropa. El otro, joven, rubio, alto y muy delgado, avanzaba con los ojos fijos en «Mat». Eliah movió la mirada hacia la chica. Un extraño sentimiento lo poseyó al atestiguar la reacción de ella. Su miedo resultaba evidente; se había retraído detrás de Juana, como en busca de protección. Al mismo tiempo que se mantenía atento a la actitud de la joven, Al-Saud pugnaba por descifrar el significado de la emoción que lo embargaba, una determinación que lo impulsaba a correr hacia ella y envolverla en sus brazos.

—¿*Monsieur* Al-Saud?

Eliah descubrió a una mujer vestida con el uniforme de Air France junto a él. Le sonreía, ansiosa. Él, molesto, la contempló con desdén. Caer en la cuenta de que había perdido el dominio del entorno y de que una simple empleada acababa de sorprenderlo no ayudó a mejorar su humor.

—Mi nombre es Esther y soy la jefa de embarque. —Al-Saud soltó la manija de su pequeña maleta y le dio la mano—. Lamentamos los contratiempos, pero quiero que sepa que haremos lo posible para pasarlo a primera clase.

—*Merci* —contestó. Las diligencias de André comenzaban a surtir efecto.

—¿Me acompañaría al mostrador? Una empleada está esperándolo para realizar el *check-in*. No llevará mucho tiempo. ¿Ventanilla o pasillo?

—Ventanilla.

Antes de seguir a la mujer, Eliah se volvió hacia el grupo. La chica debía de querer mucho a su padre por el modo en que lo abrazaba. Él le besaba la sien y casi la separaba del suelo. Su mirada se detuvo en el hombre rubio que lo acompañaba. Le resultó familiar. ¿Dónde había visto esa cara?

Matilde recibía los besos de su padre sin importarle que la barba le hiciese cosquillas. Desde hacía unos años, Aldo la llevaba así, muy espesa, y esa característica formaba parte de los cambios acaecidos en prisión. Matilde sospechaba que, durante sus años en la cárcel, Aldo había sufrido una alteración más radical de la que ella alcanzaba a ver. Se había vuelto enigmático; se sabía poco de sus actividades y costumbres. A veces vivía en San Pablo y otras en Marbella. Un día la llamaba desde Johannesburgo y otro desde Damasco.

—Pa, gracias por venir.

—¿Pensaste que no lo haría?

—¡Por supuesto que pensamos que no lo haría, don Aldo! —Ésa era Juana.

—Matilde —dijo Aldo—, aquí estoy. No iba a defraudarte, hija. Además, quería desearte que tuvieras un buen comienzo de año. Saluda a Roy. Se enteró de que viajabas y vino a despedirse. —Aldo se separó de Matilde y aprovechó para saludar a los padres y a los hermanos de Juana.

—Hola —susurró Matilde.

Roy se inclinó y le apoyó los labios sobre la mejilla, donde los demoró más de la cuenta.

—¡Ya, Roy! —exclamó Juana—. No vengas a hacerte el romántico ahora.

—Eres insoportable —musitó él.

—Sólo con los imbéciles.

—Basta —intervino Aldo—. Parecen chicos. A ver, cuéntenme. ¿Han hecho el *check-in*? —Le informaron que no—. Bien. Tenía miedo de que lo hubiesen hecho. Como pertenezco al programa de fidelidad de Air France —explicó, al tiempo que extraía de la billetera una tarjeta de color plateado que rezaba *Flying Blue*—, tengo varios *up-grades* para solicitar que las pasen de clase turista a ejecutiva.

—No es necesario que te molestes, papá.

—¡Por supuesto que es necesario que se moleste! —se quejó Juana—. No la escuche, don Aldo. Y consíganos esos *up-grades*. ¡Será estupendo, Mat! Nuestra primera vez en ejecutiva.

Matilde no polemizó con Juana al verla tan entusiasmada, aunque le disgustaba tener que ver con el dinero de su padre. Desconocía el origen de la repentina fortuna de Aldo, y, aunque la lastimaba dudar, intuía que la fuente no era legítima. «Soy un bróker, hija», le decía cuando ella indagaba. «Compro y vendo cualquier cosa, en cualquier parte del mundo.» De ahí sus frecuentes viajes y la tarjeta *Platinum* del programa *Flying Blue*.

Aguardaba solo en el avión. El resto de los pasajeros, incluidos los de primera clase y los de ejecutiva, aún se hallaban en tierra. Antes, Esther y un policía de la Federal, que se presentó en el momento oportuno, lo habían acompañado a través de los trámites de rutina para sortear el control de equipaje y acelerarle la espera en Migración. Como había decidido pasar el tiempo en la sala VIP de American Express, el sector exclusivo para los clientes de la tarjeta negra, Esther lo condujo a un recinto amplio y vacío, donde las camareras le ofrecieron el oro y el moro. Él aceptó un jugo de naranja recién exprimido. Media hora después, la jefa de Air France volvió a la sala VIP para escoltarlo al interior del Boeing 777. Dentro del avión, Eliah le entregó el saco, y Esther se lo llevó para colgarlo. En el camino, fuera de la vista del pasajero Al-Saud, hundió la nariz en el cuello y absorbió el perfume. «Exquisito», pensó. Sus ojos descansaron en la etiqueta de la prenda, Ermenegildo Zegna; a continuación aclaraba: *Tailor-made*, lo que significaba que se había confeccionado a medida. ¿Quién era ese hombre, impactante en un Zegna hecho a medida, que, con una llamada telefónica, había revolucionado la oficina de Air France en el Aeropuerto de Ezeiza?

En su asiento de clase ejecutiva junto a la ventana, sedado por el mutismo del avión, Eliah observaba la pista y pensaba en Roy Blahetter, porque había recordado a quién le resultaba familiar ese joven de treinta y tres años, al menos esa edad indicaba el informe proporcionado por su contacto en la SIDE, la Secretaría de Inteligencia del Estado argentino.

¿La señora había dicho: «¡Es su esposo!»? El alma se le cayó a los pies. ¿Por qué? ¿Qué le importaba si era casada? ¿Qué lo había impulsado a protegerla? Era bonita, pero no más que muchas que conocía, como por ejemplo, la modelo Céline, con quien a veces se acostaba. No se enorgullecía de esa relación, le agitaba los peores recuerdos, le quitaba la paz; no obstante, la sexualidad desenfrenada y agresiva de Céline lo atraía como la miel atrae a la mosca. A veces la odiaba por lo que ella encarnaba: la traición, los bajos instintos, lo superficial, la frivolidad; en ocasiones, dependiendo de su estado de ánimo, no soportaba mirarla después de que habían tenido sexo.

No quería perderse en otros derroteros. Volvió a Roy Blahetter, esposo de la chica rubia, aunque, a juzgar por la actitud de ella, parecía su enemigo. ¿Estarían separados? Esa posibilidad significó un rayo de luz en su humor negro, que se ensombreció de nuevo al reprocharse su interés. «¿Qué carajo me importa?»

Su contacto en la SIDE trabajaba bien; la fotografía de Blahetter adjuntada al documento era reciente. Se dispuso a leer el informe, que no ahorraba en ironías. «La Argentina», había escrito su informante de la SIDE, «es conocida en el mundo por cuatro cosas: por Diego Armando Maradona; por la carne de sus vacas; por los caños de acero sin costura de Techint; y por los pesticidas de Química Blahetter».

El viejo Wilhelm Blahetter, fundador del laboratorio y de un imperio con tentáculos en ramas tan dispares como la metalurgia, la construcción, el sistema financiero y la explotación de los subterráneos y una línea de trenes, seguía al frente de los negocios familiares, gobernándolos con mano de hierro a los ochenta y seis años. Si bien era judío, no practicaba la religión, aunque poseía un ferviente corazón sionista. Se apasionaba al hablar de la grandeza de Israel.

El imperio nació en Córdoba, puesto que, en opinión de Blahetter, en esa ciudad se daban las circunstancias que propiciarían el éxito. De Alemania traía los conocimientos en materia de pesticidas adquiridos tras desempeñarse como asistente del profesor Gerhard Schrader, un genio de la química, y en Córdoba encontraría las plagas que asolaban los campos de la provincia, en especial la de la langosta, y que sumían en la ruina a miles de familias. Sus pesticidas se venderían como pan caliente en un país donde la industria se hallaba en pañales.

A poco de llegar a Córdoba, conoció a una muchacha de familia judía cuya fortuna provenía de las explotaciones agrícolas del padre, quien se mostraba muy agradecido con el joven y brillante Guillermo (para esa época había castellanizado su nombre) por haberlo desembarazado de dos problemas que le quitaban el sueño: los insectos y el celibato de su hija. Guillermo Blahetter y Roberta Lozinsky contrajeron matrimonio en 1940. A finales de ese mismo año nació el primogénito y único varón, al que llamaron Ernesto; le siguieron cuatro mujeres. Ernesto, la esperanza de Guillermo, lo decepcionó casi desde la infancia desplegando un carácter bonachón, algo melancólico, y fuertes inclinaciones artísticas. Le gustaba pintar y dibujar —Guillermo debía admitir que era bueno en eso—

y crear figuras con masa que Roberta le preparaba. De buen corazón, siempre expresaba la pena que le inspiraban los insectos que morían gaseados en el campo. Su padre lo habría abofeteado si su madre no hubiese intervenido. Finalmente, a los diecisiete años manifestó su deseo de estudiar arte.

—Estudiarás ingeniería química en Santa Fe y aquí no se hable más.

No obstante, Ernesto demostró que, después de todo, sangre alemana corría por sus venas. Abandonó la casa paterna y se marchó a Buenos Aires para emprender los estudios de Bellas Artes. En el ambiente bohemio que circundaba al pintor Quinquela Martín, Ernesto halló un espacio para desarrollar su talento. Allí conoció a la que, con el tiempo, se convertiría en la pintora más afamada de Argentina, Enriqueta Martínez Olazábal, cuyos cuadros se remataban en las salas de Sotheby's y de Christie's en Nueva York por sumas que rondaban los cien mil dólares. La amistad con Enriqueta se mantenía hasta el presente. Si bien Ernesto no alcanzó la fama, sus trabajos de motivos religiosos gozaban de buena reputación en el mercado local, y vivía con holgura; por supuesto, cada año recibía la porción de dividendos que devengaban las empresas de su padre.

A juicio de don Guillermo, la única obra maestra de Ernesto era su hijo Roy, el joven más brillante que el alemán conocía. Al observarlo, se veía reflejado: el mismo porte esbelto, la misma estatura, los mismos ojos celestes, penetrantes y atentos, su misma inteligencia. Desde pequeño había mostrado inclinación por las Ciencias Exactas. Roy, su orgullo, llevaba el apellido Blahetter.

El nieto dilecto no estudió ninguna de las carreras que habrían agradado a su abuelo: ingeniería química, abogacía o licenciado en administración de empresas, sino que se decidió por la física, de modo que, a los dieciséis años (había acreditado en exámenes los dos últimos años de colegio), inició la carrera de licenciado en física en el IMAF (Instituto de Matemática, Astronomía y Física), en Córdoba. Su objetivo, no obstante, se hallaba a varios kilómetros al sur del país, en la ciudad de San Carlos de Bariloche: el Instituto Balseiro. Dos años más tarde cumplía con los requisitos que le exigía el Balseiro para iniciar la carrera de ingeniería nuclear, de la que se laureó con honores. Enseguida viajó a Estados Unidos para proseguir sus estudios en el MIT (Massachusetts Institute of Technology).

Algo cansado de los logros académicos del esposo de la chica rubia, Al-Saud volvió al punto de su interés: el viejo Blahetter y su imperio. Los laboratorios contaban con filiales en los principales países americanos y europeos; actualmente se gestionaba la apertura de una oficina en Shanghái. La última parte del documento expresaba: «Se estima que Guillermo Blahetter ha cooperado en el pasado con el Mossad». Al-Saud conocía el nombre con el cual el Instituto apodaba a sus colaboradores judíos en la diáspora: *sayanim* en plural; *sayan* en singular. «Participó activamente en uno de los primeros trabajos de la agencia israelí, la Operación Garibaldi, en 1960.» Se había denominado «Operación Garibaldi» a la misión por la cual Rafi Eitan, un mito en el mundo del espionaje, localizó en Buenos Aires y le dio caza a Adolf Eichmann, el asesino nazi a cargo de la llamada Solución Final. Lo condujo a Israel, donde fue juzgado y ejecutado. «Se cree que, después de los atentados a la sede de la Embajada de Israel y al edificio de la AMIA, Blahetter ha vuelto a colaborar con el Mossad.» A Eliah le quedaban pocas dudas acerca de qué modo colaboraba. La cuestión se centraba en la obtención de las pruebas. Los laboratorios, el de Córdoba y el de Pilar, en Buenos Aires, se erigían como fortalezas inexpugnables. Por supuesto que, para él y para sus hombres, nada resultaba infranqueable. Con tan sólo un diez por ciento de su espacio aéreo protegido por radares, Argentina resultaba fácilmente vulnerable. Penetrar de modo clandestino habría sido un juego de niños. Acceder a los laboratorios, tomar las pruebas y desaparecer era lo que ellos sabían hacer. No obstante, agotaría otras alternativas antes de ejecutar esa medida extrema. La aparición de Roy Blahetter no podía considerarse casual.

2

Roy Blahetter le pidió a Matilde unas palabras en privado. Frente a su padre, ella no pudo negarse.

—No tardes —le pidió Juana—. Antes de embarcar quiero pasar por el *duty free*.

Roy destinó una mirada fulminante a la amiga de su esposa y la tomó por el brazo para guiarla hasta un sitio apartado. Lejos de los demás, intentó besarla. Matilde apartó la cara.

—¿Sientes asco de mí, no? —Matilde bajó la vista, apretó los labios—. Jamás me deseaste. Debí darme cuenta durante nuestro noviazgo. —Se llevó las manos a la cabeza y se aplastó el pelo—. Pero estaba tan estúpido por ti que no habría visto un elefante en una habitación. Confundí pudor y virginidad con frigidez.

Matilde se movió para volver con el grupo; Blahetter la tomó por el brazo y la atrajo hacia él. Ella se soltó.

—No te vayas. No me dejes. No tomes ese avión. No me abandones.

—Roy —Matilde siempre se expresaba en un tono de voz bajo que lo obligaba a agacharse; la superaba en más de una cabeza—. No te abandono. Tú y yo estamos separados y, dentro de un tiempo, divorciados. ¿Quién te avisó que me iba? ¿Mi papá?

—No, tu tía Enriqueta.

«La tía Enriqueta.» Adoraba a su tía, la admiraba también por la fortaleza que desplegaba para superar los escollos: su alcoholismo primero, la oposición de la abuela Celia a su vocación por las Bellas Artes después y, por último, la muerte de su esposo, que casi la conduce a la bebida de nuevo.

—¿Le explicaste por qué me fui de tu casa? ¿Por qué te dejé?

—Nuestra casa —apuntó él—. Es nuestra casa. Y no, no le dije nada porque no hablo con nadie de nuestra intimidad, a diferencia de ti, que se lo contaste a la estúpida de Juana Folicuré.

—¡Vamos, Mat! —la llamó Juana.

—Tengo que irme.

—¡Yo te amo, Matilde!

Le aferró los hombros y la sacudió. Matilde elevó la cabeza con lentitud deliberada, y Blahetter aguardó con el aliento contenido que su mirada se fijase en él. Su esposa tenía el aspecto de una adolescente, a pesar de contar con casi veintisiete años. Medía un metro cincuenta y nueve centímetros y pesaba cincuenta kilos; habría podido levantarla con una mano; no obstante, poseía un temperamento con el cual había aprendido a no jugar.

—Quitame las manos de encima.

Blahetter lo hizo, lentamente.

—Sabes que es verdad, sabes que te amo —insistió, con menos bríos—. Por ti me distancié de mi familia, me peleé con mi abuelo.

—Yo también peleé con mi abuela. Te quiero recordar que ella no aceptaba que fueras judío.

—Tú no sientes nada por tu abuela Celia. En cambio yo, con mi abuelo Guillermo, tenía una excelente relación. Y por ti quedé fuera de los negocios familiares y estoy en la ruina.

—Ahora podrás volver, recuperar tu dinero y casarte con tu amante.

—Ella no significa nada.

—Para mí sí, Roy.

—No puedes culparme por haber buscado una amante.

—Adiós, Roy. —Él volvió a sujetarla.

—Te he dicho que no me toques.

—Está bien. Discúlpame. ¿Te vas a encontrar con mi hermano en París? —preguntó deprisa, para retenerla.

—Por supuesto. Ezequiel es uno de mis mejores amigos. Él nos buscará en el aeropuerto y nos llevará al departamento de mi tía Enriqueta en el Barrio Latino. Como sabes, no conocemos París.

—¿Podrías entregarle esta carta?

—Sí, por supuesto.

—Gracias, mi amor.

Matilde recibió la carta y la guardó en su *shika*, la bolsa de tejido de chaguar que fabrican las mujeres de la tribu *wichi*, en el norte de Argentina, y que ella usaba en bandolera.

—Matilde, los problemas económicos también nos jugaron en contra. Estábamos siempre nerviosos porque no nos alcanzaba el dinero. Tú, con tu sueldo de miseria en el Garrahan —hablaba de uno de los hospitales pediátricos más importantes de la Argentina– y yo, sin trabajo a pesar de mi currículum. Y peleábamos, y eso no ayudaba a que tú te relajaras y que me aceptaras. Ahora todo va a cambiar. Estoy por cerrar un negocio muy importante y tendremos mucho dinero.

—Creí que ya tenías mucho dinero, el que obtuviste al rematar *mi* cuadro, el que mi tía pintó con mi retrato cuando era chica y que yo atesoraba. ¿O acaso lo malvendiste?

—¡Voy a recuperarlo! Haría lo que me pidieses para salvar nuestro amor.

—Te pedí hacer terapia, pero no quisiste. Preferiste solucionar el problema siguiendo el consejo de tu primo Guillermo.

—¡Perdón! ¿Cuántas veces debo repetirlo?

—Ya te perdoné, Roy, de corazón, pero ahora quiero seguir con mi vida. Y el matrimonio no entra en mis planes.

—Sí, unos negros apestosos de África serán mejores que yo. Cualquier cosa en mi lugar, ¿no es cierto? ¡Perdón! —dijo deprisa—. Perdón —repitió casi sin aliento.

Matilde suspiró. La discusión adquiría ribetes patéticos.

—¿Cuánto tiempo estarán en París?

—Cuatro meses. Manos Que Curan nos pagará un curso intensivo de francés antes de enviarnos al Congo.

Blahetter asintió, mientras meditaba confesarle que, tal vez, con suerte, pronto la alcanzaría en la capital francesa. Prefirió callar. Matilde lo sorprendió al decirle, con la frialdad y el desapego que habría empleado para despedir a un conocido:

—Adiós, Roy. Te deseo que seas feliz.

La vio alejarse. La punzada en el pecho era real. ¿Por eso relacionarían el amor con el corazón? El de él dolía. «Te voy a recuperar, Matilde. Lo juro por mi vida.»

Aldo y Roy se despidieron de la familia Folicuré después de que las chicas se marcharon para abordar el avión. Una vez solos, eligieron la mesa más apartada y solitaria de un bar.

—¿Qué novedades hay?

—Hice algunas llamadas —informó Aldo—. Un país podría estar interesado. Aunque preguntan cuestiones que me dejan callado. Por ejemplo, si verán un prototipo.

—Trabajé durante meses en el laboratorio de la metalúrgica de mi abuelo. Fabriqué algunas piezas, pero ya no cuento con el dinero para seguir adelante con el proyecto.

—Si no ven un prototipo, no creo que lo compren. Temen que se trate de una gran mentira. Cuando les expliqué lo que tu centrifugadora haría, se mostraron escépticos. Interesados, intrigados, pero escépticos. Creen que es una quimera.

Blahetter sacó del bolsillo de la chamarra varias hojas dobladas y las extendió con manos nerviosas sobre la mesa, frente a Aldo.

—Cálmate, Roy.

—No puedo. Aquí está la prueba de que lo que *yo* inventé —dijo, con el índice sobre el pecho— es uno de los descubrimientos de la física nuclear más revolucionarios desde la creación de la bomba atómica. Este artículo lo saqué de la revista *Science and Technology*. Es la revista más prestigiosa a nivel mundial en cuestiones de ciencia y tecnología. Se la conoce como el trampolín al Nobel. El hijo de puta que me robó el invento lo publicó acá. ¿Y sabes por qué, Aldo? Porque él, que es un genio de la física nuclear, *sabe* que esto funcionará.

Aldo dio vuelta a las páginas y buscó el nombre del autor del artículo. Orville Wright. Después, miró la fecha. Se trataba de una publicación reciente.

—¿Cómo es que tu invento cayó en manos de ese tipo?

—¡Porque soy un imbécil! —prorrumpió Blahetter, y golpeó la mesa—. Por imbécil, confié en él. Nos conocimos en el MIT. Yo era joven y estúpido. Lleno de avidez por aprender. Y Orville Wright es un genio de la física. Y se fijó en mí. Me pidió que lo asistiera en el laboratorio. Yo levitaba de la emoción. No es fácil ser el asistente de un hombre como él. Trabaja a horas insospechadas, es de carácter irritable, es un loco. Yo, sin embargo, hacía lo que fuera para que él desarrollara sus investigaciones y me hiciera parte de ellas. Vivía de noche porque Wright se mueve de noche. Parecía un zombi durante el día. Nada importaba. Le confié mis estudios, mis planos, mis avances. Algo que jamás hacía con nadie. De hecho, siempre desprecié la tecnología digital porque es vulnerable. Cualquier *hacker* puede introducirse en tu computadora y dejarte en pelotas. Trabajé a la vieja usanza, con diseños hechos por mi propia mano y escribiendo los informes en una Olivetti. Él me lo robó. Mi trabajo era mi vida.

—¿Te acabas de enterar? ¿Lo supiste a través de esta revista?

—Sí. Incluso hasta hace pocos días, seguíamos enviándonos e-mails. Ahora entiendo algunas de sus preguntas veladas. Necesitaba completar la centrifugadora porque lo que me robó en el MIT era un trabajo inacabado. Yo, como no quería hablar en la red, nunca le contestaba sobre ese tema.

—Parece que completó tu trabajo —se desanimó Aldo—. En caso contrario, no lo habría publicado. Además ya debe de haberlo patentado. Lo más probable es que terminen comprándole a él el invento, que de seguro cuenta con un prototipo.

—Prototipo que nunca funcionará. —De pronto, los ojos celestes de Blahetter recuperaron la vivacidad. Aldo lo invitó a explicarse levantando las cejas—. No te voy a detallar las cuestiones por las cuales el modelo de Wright no funcionará. No las entenderías. Pero te diré que Wright ha incluido algunos supuestos erróneos en la fase final.

—Podrías desacreditarlo, desenmascararlo. Ha cometido un plagio que no podrá sostener. Tú eres el dueño del invento real.

—Lo haré. La venganza llegará algún día. Pero hasta tanto no cuente con el prototipo que me permita demostrarlo, no será posible. Además, yo mismo necesito ver si mi prototipo funcionará. Por eso me urge construirlo, para lo cual preciso el dinero de un patrocinador.

—Roy —Aldo adoptó una actitud grave—, con las personas que entraremos en tratos no se juega. No puedes asegurarles que les vendes algo, construirlo y después decirles: «¡Ups! Me equivoqué. No funciona». Terminarías con la garganta abierta en una alcantarilla.

—¡Sé que funcionará! Lo sé.

—Eres brillante, hijo, no hay duda de eso. Y confío en ti.

—Aldo, estoy desesperado. Tengo una mina de oro en las manos y no puedo disfrutarla. Necesito el dinero para recuperar a Matilde.

El más viejo sonrió con aire nostálgico.

—¿Acaso no conoces a mi hija? Jamás la recuperarás con dinero. Con eso la alejarás todavía más.

—Quiero darle una situación económica estable, para que ella esté tranquila.

—No te juzgo por lo de tu amante. Sabe Dios que no tengo autoridad moral para decirte ni pío. No obstante, ¿era necesario engañarla con algunos meses de casado? Sobre todo —se exasperó Aldo—, ¡ser tan negligente! Como si desearas que ella te descubriera.

«No es por eso que Matilde me dejó sino por algo mucho peor», pensó Blahetter, incapaz de mencionarlo en voz alta.

Eliah Al-Saud escuchó las voces de los primeros pasajeros, que pasaron a su lado y se perdieron tras el cortinaje que separaba la primera clase de la ejecutiva. Se incorporó en el asiento, agachó la cabeza y salió al pasillo en busca de Esther. Dio un paso y enseguida retrocedió al ver que la tal Juana y «Mat» caminaban hacia él. Lo sorprendieron; él las había visto en la cola de la clase turista. Juana abría la marcha, mientras alternaba vistazos entre la tarjeta de embarque y los números de los asientos; los leía en voz alta. «Mat» la seguía en silencio y estudiaba el entorno. A diferencia de Juana, que lucía su figura en unos pantalones blancos ajustados y una playera rosa con letras doradas —*I'm in love with myself*, decían— que no alcanzaba a cubrirle el vientre, la chica rubia llevaba un atuendo sencillo: jeans celestes con pechera y tirantes y un top verde esmeralda que apenas se distinguía; en los pies, sandalias blancas, tan sólo dos tiras de cuero formando una equis, sin tacón. Le llamó la atención la bolsa que llevaba en bandolera, de un tejido rústico en tonalidades marrones; cargaba la mochila al hombro como si la agobiara. Aunque resultaba difícil apreciar las curvas de su cuerpo dado que el pantalón le quedaba inmenso y la pechera la cubría casi hasta el cuello, Eliah se dijo que era muy pequeña; estimó que no superaba el metro sesenta.

—Mmmm —ronroneó Juana—. Alguien está usando A Men. Me pierde ese perfume de Thierry Mugler.

A Matilde siempre la asombraba el olfato de su amiga, que reconocía las fragancias que se suspendían en el aire o que persistían en la piel. En esa ocasión, no comprendía de qué modo lograba detectar la del tal A Men cuando en el *duty free* se había bañado en Organza de Givenchy. Juana amaba los perfumes y los conocía a todos, pero, al no poder costearlos, se conformaba con las imitaciones de Sercet, que, en su opinión, lograba las mejores versiones.

Pasaron frente a Eliah, aún en el pasillo. Juana agachó la cabeza y, a pesar de que habló en susurros, él la oyó.

—Este papito es el del A Men. ¡'Tá pa'l coito!

La actitud de «Mat» llamó su atención: en ningún momento dirigió la vista hacia él, ni siquiera con disimulo, como si la otra nada hubiese comentado. Una azafata se aproximó, e intercambiaron unas palabras en francés.

—¡Ah! Encima es francés —acotó Juana, mientras alzaba los ojos.

—Juani, el último recurso son los desconocidos.

Ante el comentario de «Mat», Al-Saud levantó las cejas, sorprendido por la sobriedad de la joven, por su aplomo y madurez. ¿Cuántos años tendría?

—Éstos son nuestros asientos, Juani. El mío es el siete B y el tuyo, el seis B.

La emoción de Al-Saud no involucró a sus facciones. Él ocupaba el siete A. Se desanimó al oírla decir:

—Si el siete A o el seis A quedan libres, podremos viajar juntas.

—*Excuse-moi.* —Pasó frente a ella y ocupó su lugar.

Juana, colocándose de modo que Al-Saud no la descubriera, dibujó la palabra «suertuda» con los labios.

—¡Mat, esto es el súmmum! —exclamó, en tanto descubría los beneficios de un asiento de clase ejecutiva.

Matilde se estiró para guardar la mochila en el compartimiento superior y el top acompañó el movimiento. Al-Saud divisó, en el espacio que formaba la pechera al costado del cuerpo, la parte delgada de la cintura y la piel traslúcida salpicada de pequeños lunares. ¿Por qué le vino esa imagen a la cabeza: sus labios sobre esa curva, su lengua marcándole la piel? Se agitó en el asiento a causa de un latido que lo asaltó en la entrepierna. Desvió la mirada hacia la pista, fastidiado. La oyó acomodarse junto a él. Un aroma suave, que le recordó a su sobrino pequeño, invadió el espacio. Se perfumaba con colonia para bebé.

Se dio vuelta, incapaz de dominar los deseos de mirarla. Simuló buscar el cinturón de seguridad debajo de él y se inclinó sobre ella. Por alguna razón ajena a su entendimiento, el olor de «Mat», el de una criatura, atizaba emociones feroces en él, y cayó en la cuenta de que no podía quitarle los ojos de encima. Un libro, que había sacado de la bolsa rústica antes de guardarla en el bolsillo del asiento delantero, le descansaba sobre las piernas, y en ese instante se llevaba el pelo hacia el costado izquierdo para trenzarlo. Lo hacía velozmente, con habilidad. Le gustaron sus manos de dedos largos y flacos, como también la forma de las uñas sin esmalte; estaban limpias y cortas; no usaba anillos ni pulseras, sólo un reloj barato de plástico gris, demasiado grande para una muñeca tan estrecha; no tenía vello en el antebrazo y alcanzó a contar cinco lunares, diminutas lentejas de color marrón que formaban constelaciones. Prosiguió el recorrido ascendente. «Podría rodearle el brazo con una mano y me sobraría.»

—*Monsieur?* —Se trataba de Esther—. Ya está listo su sitio en primera clase, *monsieur*. ¿Me acompaña, por favor?

Eliah meditó que, en primera clase, dormiría toda la noche; los asientos se reclinaban ciento ochenta grados. Su respuesta desorientó a la empleada.

—He decidido permanecer acá. —El motivo se encontraba a su lado.

Esther se quedó mirándolo hasta que el destello de una cabellera rubia entró en su campo visual. La muchacha era adorable, admitió.

—Le deseo un buen viaje —dijo y, antes de marcharse, añadió en castellano—: Abróchese el cinturón, señorita.

Matilde apartó el libro y tomó ambos extremos del cinturón. Intentó varias veces encajar la pestaña en la hebilla. Unas manos morenas se cernieron sobre las de ella y, sin darle tiempo a retirarlas, le indicaron en silencio cómo hacerlo. Por primera vez se dignó a reconocer que había alguien a su lado y lo miró a los ojos.

—Gracias —dijo, y giró de nuevo la cara hacia delante. «¡Dios mío!», exclamó para sí, y apretó el libro sobre las piernas. Siempre había subestimado la belleza física; no le importaba, carecía de valor para ella, y, más que un atractivo, se convertía en un problema porque, en su opinión, la gente linda era superficial y tonta. Juana la tildaba de injusta, y su psicóloga aseguraba que, tras esa indiferencia por la belleza, se escondía un escudo que la protegía contra la atracción. No obstante, en ese momento, la hermosura del rostro que acababa de contemplar había tenido la contundencia de un golpe; le había robado la compostura, como si hubiese descubierto algo sacro y sobrenatural. En absoluto los ojos de ese hombre le habían resultado indiferentes, tampoco parecían los de alguien insustancial o tonto; al contrario, percibió un fulgor inteligente en ellos. ¿De qué color eran? Claros, sí, pero ¿de qué tonalidad? Estaba esforzándose para no estudiarlo a conciencia.

¿Había sido deliberado ese movimiento de pestañas, tan lento, como el aleteo de una mariposa que se equilibra sobre una flor? La intuición le dictaba que no. Se jactaba de su capacidad para desentrañar, con un simple cruce de palabras o con el análisis de ciertos gestos, las aristas oscuras de una persona, y podía afirmar que no había una pizca de artificiosidad en esa criatura. Por una fracción de segundo lo había honrado con una mirada, y él, un cínico insensible, se sintió traspasado, desnudo y entregado. Lo había dominado con la solvencia de las almas sabias y serenas. Se volvió a preguntar cuántos años tendría. ¿Veinte? No más que eso. ¿De qué color eran sus ojos? ¿Existía el iris plateado en la raza humana? Él jamás lo había visto. No conseguía salir de su estupor, y seguía clavado en su perfil.

—¡Hola, Mat! —Juana rompió el hechizo y, de rodillas en el asiento, se asomaba tras el respaldo como un títere—. Toma, ponte un poquito de Organza. Conseguí que la empleada me diera una muestra gratis.

Al-Saud conocía el Organza; Céline lo usaba. Se trataba de una fragancia voluptuosa que combinaba flores y vainilla. No obstante, prefería que «Mat» siguiera oliendo a bebé. Lo complació su respuesta.

—No, gracias, Juani. Ya tengo mi perfume.

—¡Ah, tu colonia para bebé Upa la la! Dios no permita que uno de los mejores perfumes del mercado arruinen la Upa *la la*.

Eliah se cubrió la boca para no delatarse con la risa que le cosquilleaba la garganta.

—A mí me gusta —adujo «Mat», sin vehemencia; se expresaba en voz muy baja—. Además, para los niños…

—No digas «los niños», Mat. Pareces del siglo pasado. Di los chicos.

Poco tiempo atrás, Juana había aprendido el significado de la palabra anacronismo, y desde entonces la utilizaba para definir a su amiga de la infancia. «Eres un anacronismo viviente, Matita querida», le repetía cada vez que Matilde se expresaba con palabras en desuso. Jamás decía palabrotas ni modismos propios de los jóvenes; tampoco hablaba en la jerga porteña; casi resultaba asombroso que voseara en lugar de tutear. En opinión de Juana se vestía como una mujer de la comunidad *amish*, ese grupo de granjeros estadounidenses detenidos en algún punto del siglo XIX, y, al igual que una *amish*, sabía preparar conservas, dulces, encurtidos —Matilde los llamaba encurtidos; Juana, *pickles*—, tejer (clásico y crochet), coser, cocinar y ahora se le había dado por aprender el arte del *découpage*. Nadie podía culparla. Nacida en un palacio de cincuenta habitaciones, atendida por una docena de sirvientes y educada por su abuela Celia, la versión cordobesa de la señorita Rottenmeier, la malvada de la serie Heidi, la «pobre» Mat no había contado con demasiadas oportunidades para ser normal. A Juana la desconcertaban las hermanas mayores de Matilde, Dolores y Celia, que, si bien habían sido víctimas del mismo régimen educativo, se encontraban tan lejos de ser mujeres *amish* como la Tierra de Plutón.

—Está bien —concilió Matilde—. Para los *chicos* es más familiar este aroma que el de un perfume francés.

La azafata pasó repartiendo estuches con cosméticos. Al-Saud rechazó el suyo con un ademán.

—¡Mira, Mat! Es divino. Todas las cositas que tiene… ¡Y tú que no querías aceptar el *up-grade* que nos ofrecía tu padre!

—Habría preferido que no insistieras, Juani. Yo no quería aceptar.

—¿Ah, sí? La señorita no quería aceptar, ¿eh? Pues no sé adónde ibas a encajar ese culo enorme que Dios te dio en el asiento de turista.

Matilde levantó la cara con lentitud y no pestañeó en tanto fijaba la vista en su amiga.

—Juana —dijo, en un susurro letal.

—¿Matilde? —devolvió la otra, con flema.

«¡Matilde!» Qué hermoso nombre. Le sentaba bien.

—¡No te calientes por el papito! No entiende ni jota.

—Juana, existe la posibilidad, aunque sea en un millón, de que el señor sí entienda nuestra lengua.

—Mat, los franchutes son como los piratas ingleses. Solamente hablan su idioma. ¿Viste que tiene un Rolex? —Antes de pronunciar Rolex, se puso la mano sobre la comisura derecha de la boca y bajó el tono—. Creo que es un Submariner, el que combina oro y acero, con la esfera y el bisel azul. Amo ese modelo. Me encanta el brazalete, el *Oyster*. Nunca había visto uno en vivo y en directo.

Al igual que con los perfumes, Juana mostraba fascinación por el mundo de los relojes y conocía las marcas más renombradas —Rolex,

Breitling, Cartier– y otras más exclusivas –Breguet, Blancpain y Louis Moinet.

–No me había dado cuenta –admitió Matilde.

–¡Obvio! ¿Qué te vas a dar cuenta tú, araña pollito?

–No me llames araña pollito.

–¿No está bueno el apodo que te puso Gómez? Y cuando te llamaba Pechochura Martínez me hacía mear de risa.

–Para mí, en cambio, fue un martirio soportarlo todo el colegio.

–El pobre Gómez no sabía qué hacer para que le hicieras caso. Por eso destacaba tus atributos delanteros y traseros. ¡Ay, Mat! –exclamó, y se tapó la boca con las manos–. Creo que el franchute, después de todo, sí entiende nuestro idioma. Está riéndose. ¡Oiga! –se mosqueó Juana–. ¿Por qué no avisó que sí entendía? Bien calladito se mantuvo.

Al-Saud soltó la carcajada que había reprimido en los últimos minutos. Si sus amigos o su familia hubiesen atestiguado esa muestra de expansión, se habrían quedado boquiabiertos. Calló enseguida al ver que Matilde se dignaba a mirarlo.

–Discúlpela, señor. Es una maleducada.

–No, en absoluto. Me ha hecho reír, y eso es bueno. Quizá, si le permitiese ver mi Submariner a la señorita –tentó, mientras se desabrochaba el brazalete–, obtendría su perdón.

–¡Oh! –fue lo que Juana consiguió articular en tanto recibía el Rolex con una mueca de éxtasis–. ¡Qué reloj tan alucinante! –expresó después de comprobar que se trataba de un original; el segundero avanzaba con suavidad y no dando saltitos–. Es pesado, sólido. Es la primera vez que tengo un Rolex en las manos. ¡Gracias!

–¿Usted también querría verlo?

–¡No, qué va! –intervino Juana–. Ella no sabe apreciar las cosas buenas de la vida. ¡Mire con el reloj que anda! Uno de plástico, de cuarzo, que se ganó en McDonald's y que funciona tan mal que siempre la hace llegar tarde a todas partes.

–Juana, no creo que al señor le interese saber acerca de mi reloj.

–Me interesa –aseguró Eliah, y se inclinó para decírselo.

Juana, al advertir la actitud del franchute, estiró los labios en una sonrisa.

–¿Cómo es que habla tan bien nuestro idioma? Porque, aunque tiene un poco de acento, maneja bien el castellano.

–Mi madre es argentina.

El capitán anunció la proximidad del despegue. Las azafatas cerraron las puertas.

–El seis A quedó libre –anunció Matilde–. Podemos viajar juntas.

Al-Saud y Juana intercambiaron una mirada fugaz.

—Ni lo sueñes, araña pollito. Pienso estirarme en los dos asientos.

—El apoyabrazos no se levanta —objetó Matilde, y se lo demostró.

—Me importa un bledo. Voy a flexionar las rodillas. Y no jodas más —concluyó al tiempo que devolvía el Rolex—. ¿Cuál es su nombre?

—Eliah.

—Eliah, imagino que usted ya sabe los nuestros.

—Sí —acotó Matilde—, y también sabe *mis* sobrenombres.

Al-Saud volvió a reír.

La paz cayó sobre ellos cuando Juana se ubicó en su asiento. «Es como un terremoto», pensó Eliah. Le gustaba Juana, en especial porque, con su frescura y desfachatez, no opacaba a Matilde sino que la realzaba. Formaban un lindo par esas dos, y, aunque fueran distintas, resultaba obvio que se profesaban cariño. Pensó en sus amigos de la infancia. Ellos también habían conformado un grupo heterogéneo; Shiloah y Gérard Moses eran judíos; Shariar, Alamán y él, hijos de un príncipe saudí; y Anuar y Sabir Al-Muzara, hijos de palestinos. Se habían querido a pesar de sus orígenes y de las diferencias que los separaban, en parte gracias a la inconsciencia de la infancia que los salvaguardaba del odio; no obstante, la nube de la ignorancia se disipó y la realidad terminó por imponer su dureza. En el presente, algunos seguían siendo amigos; otros, enemigos mortales.

Se dio cuenta de que, mientras pensaba en sus amigos, no había apartado la mirada del perfil de Matilde. Ella leía, absorta. Le observó la curva de la frente, amplia, blanquísima, sin líneas, de una piel tersa como la de un bebé; no usaba maquillaje, lo cual convertía la visión en una experiencia asombrosa. Él tenía la piel tosca y gruesa, con algunas marcas de varicela, la nariz con los poros dilatados y la parte del bozo siempre oscurecida a causa de la incipiente barba; no importaba que se afeitase por la mañana; a primeras horas de la tarde presentaba un aspecto descuidado.

El ir y venir de las pestañas de Matilde lo aquietaba. Las estudió con el interés que despertaba cada parte de su rostro. Si bien largas y curvas, eran casi transparentes. Con la cabeza inclinada y los párpados entornados, Matilde ocultaba sus ojos, y él no terminaba de decidir si había fantaseado con el color plateado del iris. Ansiaba tenerla de frente, con su atención puesta en él; admitió que su indiferencia comenzaba a fastidiarlo. ¿Qué pretendía con esa muchachita que no alcanzaría los veinte? «Estoy aburrido», dedujo, a pesar de que tenía un informe que analizar y una reunión que preparar.

Matilde levantó las comisuras. Algo en el libro la hacía sonreír. Al-Saud ladeó la cabeza para ver la tapa, y fue él quien sonrió. Se trataba de *Cita en París*.

—¿Qué opina, Matilde? ¿Es un buen libro?

Con el rostro inclinado hacia la izquierda, lo miró a los ojos, pestañeó dos o tres veces, frunció los labios. «Aunque parezca mentira, son plateados», concluyó Eliah.

—Creo que es lo mejor que he leído en años.

Como notó que había superado la mitad del libro, le preguntó:

—¿Qué opina del personaje de Étienne?

—Ah, usted lo leyó, entonces. —Eliah asintió y se abstuvo de comentar que había leído el manuscrito—. ¿Por qué me pregunta por Étienne?

—Me identifico con él.

—Creo que Étienne es a quien Salem más quiere y respeta.

—Y usted, ¿qué opina de Étienne? —insistió.

—Yo también lo admiro. Es intrépido e inteligente, pero no soberbio.

—Y como mujer, ¿qué opina de él?

Ella frunció el entrecejo, confundida.

—Bueno... Como mujer diría que me da miedo.

—¿Miedo?

—Según lo que surge de la trama, es incapaz de comprometerse. Su alma nunca está en reposo. Ningún sitio es *su* sitio. Ninguna mujer, *su* mujer, salvo la que perdió de joven. Necesita moverse incansablemente, como si nada bastara. Me maravilla su capacidad para atender tantos asuntos al mismo tiempo, como si pudiese compartimentar su cerebro.

El capitán anunció que el despegue se demoraba debido al tráfico en la pista.

—Pero como mujer le teme.

—Sí, le temería. Para Étienne nada es suficiente, ningún sitio, ninguna mujer. Es volátil, impredecible. El mundo parece quedarle chico.

«Buena conclusión», meditó Al-Saud, y enseguida aventuró:

—Quizá sea porque no ha encontrado aún a la mujer de su vida. Donde sea que ella esté, ése será el sitio de Étienne.

«No me mires de ese modo o te besaré aquí mismo.»

Matilde apartó la mirada, confundida por el breve discurso. Además, no soportaba la intensidad de esos ojos verdes, de un verde esmeralda cremoso. Le disgustaban las comparaciones estúpidas, pero, en verdad, le recordaban a la esmeralda del anillo de su madre. La imagen del tal Eliah se grabó en su mente, y, por mucho que simulara que él no estaba allí, lo percibía como el aliento abrasador de una estufa.

El Boeing 777 carreteó por la pista, y el rugido de las turbinas desconcertó a Matilde. Era la segunda vez que viajaba en avión. La primera había tenido lugar más de quince años atrás, cuando sólo contaba once y aún vivían en la abundancia. Sus padres la habían enviado a estudiar inglés en un curso de verano organizado por el aristocrático colegio Eton, en el condado de Berkshire, en Inglaterra. No se acordaba de que el estómago se contrajera de ese modo.

Fiel a su corazón de piloto, Eliah observó la pista en tanto el Boeing pugnaba por despegar. Le resultaba extraño no encontrarse en la cabina, a cargo de la palanca de mando. Por lo general, y a menos que tuviera mucho trabajo, él despegaba y aterrizaba sus aviones; el resto del viaje delegaba el mando a Paloméro. El Boeing abandonó el asfalto y tomó vuelo. Eliah esperó el golpe que indicaba que el tren de aterrizaje había sido guardado. En su opinón, el piloto demostraba falta de dominio. Al no sortear un repentino corte de viento, acababa de provocar la pérdida de altura —unos noventa metros, calculó—, que resentiría el estómago de algunos pasajeros.

—Juana.

Al-Saud se volvió. El llamado lo había alcanzado como una exhalación apenas audible. La palidez de Matilde era cadavérica, de un color ceniciento que le teñía aun los labios; la tensión de su cuerpo se revelaba en las manos, una se cerraba sobre el lomo del libro y la otra, sobre el apoyabrazos derecho; los nudillos habían tomado una coloración blancuzca. También se revelaba en sus párpados apretados. Se inclinó sobre ella y le susurró:

—Tranquila. Haré que pase.

Si bien la señal permanecía encendida, Al-Saud se desabrochó el cinturón y extrajo la bolsa para vómitos del bolsillo del asiento delantero. La abrió, estirando los fuelles, la colocó sobre la nariz y la boca de Matilde y le pidió:

—Sujete la bolsa y respire normalmente por la nariz. No se asuste. Cierre los ojos y recuéstese.

Sin tocarla, se cruzó sobre ella y apretó el botón para reclinar apenas el respaldo. La abanicó con algo, ella dedujo que con una revista.

—Relájese, Matilde. Ya pasará. Ha sido ese descenso brusco. Ya pasará.

Mantenía los ojos cerrados no para obedecer su indicación sino para no enfrentarlo. Sentía vergüenza. Debía de lucir ridícula respirando en una bolsa. Tenía miedo de vomitar. No quería hacerlo frente a él. Odiaba las náuseas, le traían las peores memorias. Procuró distender los músculos. La sangre se había precipitado al estómago, de ahí el desvanecimiento. «Ya pasará», se instó, «ya está pasando». Se estremeció cuando percibió que él le secaba el sudor de la frente.

Al-Saud la estudiaba con fijeza a través de las idas y venidas de la revista, impresionado por la calidad traslúcida de su piel; en el área de los párpados, se tornaba de una coloración perlada que transparentaba una red de venas pequeñas y azules, lo mismo en las sienes.

—Está pasando, ¿verdad?

Le habló al oído, y su voz le provocó un temblor. La onda sonora, grave, profunda, la había recorrido no con suavidad, sino de manera intensa, más bien irrespetuosa, como si le hubiese pasado una mano por los pechos y el vientre. Abrió los ojos, asustada. De costado, algo inclinado sobre ella, él la observaba. Le sostuvo la mirada los instantes necesarios para entender por qué el verde de sus ojos la había sorprendido, por qué surgía tan definido y fulguraba; se debía a su entorno oscuro: los párpados inferiores parecían delineados de negro y los superiores, sombreados de una pigmentación marrón; las cejas, anchas y oscuras como el carbón, agregaban dramatismo al conjunto. Ella no recordaba haber visto ojos tan exóticos. Se quitó la bolsa de la cara, de pronto consciente de la ridícula situación.

—Sí, gracias. Ya me siento mejor.

—Los colores están volviéndole a las mejillas.

El cartel indicador se apagó. Al tiempo que Al-Saud llamaba a la azafata, Juana volvió a asomarse tras el respaldo. Su sonrisa se esfumó ante la palidez de Matilde.

—¡Mat! ¿Qué pasa? —Sin aguardar respuesta, se precipitó a su lado.

—El piloto realizó un descenso brusco y Matilde se sintió mal.

—Ya estoy bien, Juani.

La actitud profesional de Juana, que aferró la muñeca de Matilde para tomarle el pulso, sorprendió a Al-Saud.

—Tu pulso es normal, amiga.

—¿Usted es enfermera?

—No. Soy… Mejor dicho, *somos* médicas pediatras. En realidad, yo soy pediatra. Matilde es cirujana pediátrica. La mejor cirujana pediátrica del mundo.

—No es verdad. No le crea —contradijo, con una sonrisa débil.

Al-Saud no contestó. Se quedó mirándola, desconcertado.

Juana regresó con una linterna, de esas delgadas y plateadas de uso médico, y estudió el reflejo de las pupilas de Matilde.

—Admito que estoy sorprendido. Deduje que Matilde no tenía más de veinte años.

—Cuando se hace dos trenzas, algunos le dan quince —admitió Juana—, pero, en realidad, tiene casi veintisiete. Los cumple en marzo. ¿Puedo tutearte, Eliah?

—Por supuesto.

—A mí, ¿cuántos años me das? No digas nada, me das treinta y siete, pero tienes que saber que acabo de cumplir *veintisiete*. ¿Sentiste náuseas, Mat? —Matilde asintió, y Juana le explicó a Eliah—: Matilde detesta las náuseas.

—Supongo que todos las detestamos.

—Matilde más que nadie.

La llegada de la azafata distrajo a Al-Saud. Le pidió un jugo de naranjas exprimidas con mucha azúcar y una toalla húmeda. Como en la clase ejecutiva no había naranjas ni exprimidor, le pediría jugo a sus compañeras de primera. Le habían ordenado que sirviera al pasajero del siete A como si se tratase de un rey.

Al-Saud alternaba vistazos entre las manos de Matilde y su rostro de nena, incapaz de conciliar ese cuadro con el de una hábil cirujana. Él también era joven —en un mes cumpliría treinta y uno—, no obstante, lucía mucho mayor y había vivido lo que a otros les habría tomado cien años.

—Amiguita —dijo Juana, y besó a Matilde en la frente—, perdón por no haber estado cuando te sentiste mal.

—El señor me ayudó, fue muy amable. —Movió el rostro hacia Al-Saud—: Gracias. No sé qué habría hecho sin su ayuda.

—Por favor, Matilde, no me llame señor. No soy un viejo, ¿sabe?

—Y dejen de tratarse de usted —intervino Juana.

La azafata se presentó con el jugo y la toalla y aguardó a que Al-Saud sacara la mesita plegable del apoyabrazos izquierdo para entregárselos.

—Jamás habría imaginado que la mesita estaba ahí —dijo Juana—. Me acuerdo de la única vez que viajé en avión, estaba en el respaldo del asiento delantero, arriba del bolsillo.

—En ejecutiva, el asiento delantero está demasiado distante, por eso la han ubicado aquí. —Le entregó el vaso a Matilde—. Bébelo con sorbos cortos y pequeños.

—En argentino no decimos «bébelo» sino «tomalo» —lo corrigió Juana.

—Lo tendré en cuenta.

—De todos modos, Eliah, tu castellano es impecable. ¿Sabes hablar otros idiomas?

—Alguno que otro —le aclaró, mientras controlaba que Matilde sorbiera el jugo—. ¿Está dulce? —Matilde asintió—. El azúcar te hará sentir mejor.

—¿Qué otros idiomas? ¿Inglés?

—Sí, inglés. ¿Quién no sabe hablar en inglés por estos días?

—¿Cuál otro?

—Juana, no seas imprudente. No preguntes.

—O sea que eres trilingüe —dedujo, haciendo caso omiso a la orden de su amiga.

En realidad, Al-Saud era políglota. Además del inglés, el francés y el castellano, hablaba con fluidez el árabe, el italiano, el alemán y el japonés, y se defendía con sus rudimentos de hebreo, suajili, ruso, bosnio y serbio; le apasionaban el latín y el griego. Su facilidad para las lenguas lo había convertido, entre otras razones, en un elemento codiciable para el comando del que pocos conocían su existencia en el mundo del espionaje y al que llamaban *L'Agence*, La Agencia en francés. Por alguna razón que no acertaba a determinar, Al-Saud prefirió ocultar sus talentos lingüísticos. Quizá, meditó, así como no le interesaban los perfumes costosos ni los relojes exclusivos, Matilde tampoco apreciaría los signos de vanidad en las personas.

—¿Qué idiomas sabes tú, Juana? —se interesó, al tiempo que recibía el vaso de manos de Matilde; no había bebido la mitad.

—Inglés bastante bien —contestó Juana, mientras le pasaba a su amiga la toalla húmeda—. Mat y yo fuimos a un colegio bilingüe en Córdoba donde el inglés era muy bueno. Se llama Academia Argüello. Tenemos los mejores recuerdos de ese lugar.

Juana hablaba de sí misma con facilidad. En segundos había suministrado tanta información como para llenar varias páginas de un informe.

—A excepción del tal Gómez y sus sobrenombres impertinentes —apuntó Al-Saud, y le sonrió a Matilde. La vio sonrojarse y reír apenas. Resultaba una visión infrecuente la de una mujer adulta ruborizada. De igual modo, todavía le costaba ajustar el aspecto de adolescente de Matilde con el de una mujer que se enfrentaba a la muerte con un bisturí en mano. Minuto a minuto, lo que había empezado como una atracción se convertía en una obsesión; él podía sentirlo, se conocía, conocía los síntomas que indicaban que el Caballo de Fuego que habitaba en él estaba a punto de desbocarse, ese animal del Zodíaco Chino con un corazón doblemente de fuego: porque es de fuego la esencia del Caballo y porque, cada sesenta años, el fuego se convierte en su elemento. Según su maestro y mentor, el japonés Takumi Kaito, en China evitaban su nacimiento. «¿Por qué?», le había preguntado un Eliah de catorce años. «Porque, al no comprenderlos, les temen. Un Caballo de Fuego vive del desafío, es su fuerza motriz, la que le da sentido a su vida. Cuanto más riesgoso, más atractivo. Detenerse es morir. Y eso asusta a los demás. O bien les marca sus propias limitaciones, su cobardía. Y eso molesta.»

—Gómez era divino, aunque se ponía un poco pesado con Mat. Se lo pasó enamorado de ella los cinco años de colegio.

«No lo culpo.»

—¿Sabes hablar francés? —preguntó para no seguir con el tema de Gómez y de su pretensión por Matilde.

—Muy poco. Lo estudiamos en el colegio, pero Mat y yo elegimos inglés como lengua intensiva, así que del francés sabemos poco y nada.

Las azafatas aparecieron con los carritos para servir la comida.

—Juana —habló Matilde—, el olor a comida está haciéndome mal. Alcánzame mi colonia Upa la la.

Juana bajó la mochila y se la entregó. No se acuclilló junto al asiento de Matilde sino que regresó al de ella y desplegó la mesita. A pesar de que le gustaba la compañía de Juana, Al-Saud agradeció que los dejara a solas.

La estudiaba sin disimulo algo retirado en su asiento, en tanto Matilde se mojaba los brazos y el cuello con colonia para bebé. ¿Por qué razón se abstendría del estudio de esa criatura que, en su simpleza, lo fascinaba? Su nombre también era simple y clásico. ¿En verdad se trataría de una joven simple? «Matilde», repitió para sí. Le había gustado pronunciarlo en tanto conversaban. Ella, en cambio, no lo había llamado Eliah ni lo había tuteado.

Matilde rehusó cualquier menú que le ofreció la azafata.

—Algo tienes que comer, Matilde —intervino Al-Saud.

—No podría retener nada en el estómago.

—¿Ni siquiera un té?

—Un té sí.

Eliah se dirigió a la azafata en francés.

—Un té para la señorita con galletas de agua. No, no —dijo, al tiempo que agitaba la mano para rechazar la bandeja con la ensalada de langostinos—. A mí tráigame un café y unas galletas también.

—¿No piensa comer? —se preocupó Matilde.

—La visión y el olor de la comida te devolverían las náuseas. He pedido un café.

—No es justo. Usted...

—Por favor, no me trates de usted.

—Está bien.

La situación, a la vez que la incomodaba, le agradaba. Aunque resultara extraño, la complacía la atención de ese hombre sobre ella. En otro caso, ya habría mostrado su costado más frío e indiferente.

—No es justo que te prives de la comida por mí.

—Lo hago con gusto.

La mirada que compartieron no duró más de dos segundos, y Matilde se refugió en su libro. Las letras se desdibujaron y la cara del hombre tomó su lugar. Una cruda virilidad se desprendía de cada detalle de ese rostro, desde la frente ancha hasta la hendidura que le partía el mentón. Tenía el cuello grueso, lo que le daba aspecto de pendenciero, y la nuez de Adán, prominente; se había concentrado en ella mientras dialogaba con Juana. No acostumbraba a fijarse en las características del cuello ni de la nuez de Adán de un hombre, tampoco en el corte de la mandíbula ni en los otros huesos de la cara. En general, reparaba en detalles relacionados con la personalidad, la sonrisa y las maneras. En el caso de ese hombre, le había resultado imposible resistirse ante el magnetismo de su cuerpo.

Al-Saud dejó su asiento y caminó por el pasillo hacia la zona del baño. A pesar de sí, Matilde lo siguió con la mirada. La abrumaron la gracia de su andar y la fortaleza de sus miembros; aunque delgadas y largas, las piernas lucían fuertes y fibrosas bajo la seda del pantalón azul, igual que los brazos bajo la camisa blanca; se evidenciaba el cuerpo elástico y ágil de un deportista.

Juana asomó la cabeza por el pasillo y, después de silbar, comentó:

—¡Qué culito!

—Sí.

—¿Qué acaban de escuchar mis oídos, Matilde Martínez?

—Bueno, Juana Folicuré, no voy a negar que tiene buen cuerpo.

—¿Admites que tiene el mejor culo que hayamos visto en los últimos… digamos… veintiséis años? Amiga, no puedes negarlo, es un Adonis. Y creo que le gustas. ¿A qué se debe que lo hayas observado? Nunca miras dos veces a un hombre, menos aún si es buen mozo.

—Me ayudó cuando me descompuse y ahora rechazó su comida para que no me volvieran las náuseas.

—¡Dios le da pan al que no tiene dientes! Si yo estuviera en tu lugar, ya estaría planeando mi boda. Mira, araña pollito, si el papito te invita a salir y…

—Juana, nadie me conoce como tú. Nadie conoce mis problemas como tú. No puedes pedirme eso.

—Puedo pedírtelo y lo voy a hacer. ¿Acaso tu psicóloga no te dijo que tienes que intentarlo hasta lograr vencer tus miedos?

—Shhh. Ahí viene.

—Mat, es más que buen mozo. Es perfecto. Además, es caballeroso y, a juzgar por la ropa que trae y el reloj que tiene (te aclaro que cuesta alrededor de diez mil dólares), es rico.

Matilde advirtió que Eliah regresaba en compañía de la azafata que les traía el té y el café. ¿Por qué le molestaba que ella riera con cara de tonta? Rozaba el costado de Eliah con un movimiento intencional de caderas. Él recibía de buen grado las atenciones que ella le destinaba. «Es igual que todos», se deprimió.

Advirtió que, sobre la camisa blanca, Eliah llevaba un chaleco del mismo paño del pantalón, que, al ajustarse en su cintura, le destacaba la solidez de los hombros. Abrió deprisa *Cita en París* después de que sus ojos se posaran en la protuberancia que se formaba bajo el cierre del pantalón.

A Eliah lo fastidiaba el silencio de Matilde. Al igual que ella, él también podría haberse dedicado a la lectura del informe acerca de Blahetter. No podía, y le molestaba que ella se concentrase en las páginas de *Cita en París* con él a su lado. Se trataba de una novela cautivante, lo admitía, pero no consentía que lo fuera más que él. Deseaba ser el centro del interés de esa mujer con cara de adolescente.

Se había recostado sobre la parte izquierda del asiento para observarla, por eso advirtió que una lágrima asomaba por la comisura del ojo antes de resbalar por la mejilla. Se incorporó de inmediato y no pensó en contenerse: se la barrió con el dorso del índice. Ella dio un respingo y le dirigió una mirada de pánico que lo descolocó. No se mostraba ultrajada sino aterrada.

—¡Discúlpame! —se apresuró a decir—. Vi que llorabas. No quise asustarte. —Le pasó su pañuelo de seda.

—Está bien. Gracias —dijo, y se secó los ojos.

La dulzura de su voz lo desarmó; la habría besado en ese instante. ¿Cuántas veces, en pocas horas, había deseado besarla?

—Acabo de leer una parte muy triste.

—¿Qué parte? —Al-Saud inclinó la cabeza simulando interés en el libro mientras inspiraba para llenarse las fosas nasales de su aroma a bebé.

—La parte en la que Salem describe la masacre de Sabra y Chatila.

Al-Saud se acordaba de ese capítulo. A él no le había causado tristeza sino impotencia. Si se hubiese hallado en alguno de esos campos de refugiados palestinos en el Líbano, habría despachado a más de un miembro del partido cristiano conocido como Falange Libanesa. Sin embargo, en septiembre de 1982, él sólo contaba quince años.

—¿Es el primer libro que lees de Sabir Al-Muzara? —le preguntó para alejarla de la imagen del genocidio de Sabra y Chatila.

—No. He leído toda su obra. Lo sigo desde hace tres años, cuando de casualidad lo descubrí en una librería de libros usados de Avenida Corrientes. ¿Conoces la Avenida Corrientes? —Eliah asintió—. Lo admiro profundamente. Fui feliz cuando me enteré de que había ganado el premio Nobel de Literatura de este año. ¡Se lo merecía! No es talentoso sino genial. —Sus ojos plateados destellaban; resultaba evidente que, aunque delicada y tímida, Matilde también se apasionaba—. Amé el discurso que dio cuando recibió el Nobel.

«En realidad», pensó Al-Saud, «Sabir no leyó el discurso en la ceremonia de entrega sino después, durante el banquete». Tuvo la impresión de que habían pasado meses del acontecimiento cuando habían sido algunas semanas desde el 10 de diciembre, aniversario de la muerte de Alfred Nobel. Como marcaba la tradición, la ceremonia había tenido lugar en Estocolmo. Si bien él no había asistido porque se encontraba en Sri Lanka, negociando con los tamiles, sus padres, sus hermanos y Shiloah Moses habían acompañado a Sabir. Su discurso en Estocolmo habría causado un terremoto político si lo hubiesen pronunciado otros labios. Al-Muzara era de las pocas personas a quienes palestinos e israelitas respetaban y admiraban y a quien se le permitía expresar las verdades que nadie se animaba a pronunciar. No siempre había sido así. Sabir se había ganado a pulso el lugar que ocupaba en una de las regiones más conflictivas del planeta. Su mensaje de paz y amor le había granjeado varios motes, entre ellos, el Nelson Mandela palestino, Gandhi en Gaza, el Luther King blanco (Sabir descollaba por su semblante pálido) o el Jesús árabe, lo que desagradaba a los católicos, no obstante las palabras del papa Juan Pablo II, quien aseguraba que si Jesús hubiese encontrado a Al-Muzara en el Jordán lo habría convertido en su amigo. Yitzhak Rabin había expresado de él que, cada tantas décadas, nacía un palestino con buen juicio, en tanto un directivo del Mossad sostenía que se trataba de un líder espléndido: listo, carismático y valiente.

—Algún día le darán el premio Nobel de la Paz —acotó Matilde.

—¿Qué parte del discurso de Sabir te gustó?

—Apenas comenzó el discurso, me provocó una gran emoción cuando dedicó el premio a sus hermanos palestinos y a sus amigos y vecinos israelitas. Es un símbolo de perdón, ¿no te parece? Lo digo porque fue prisionero de los israelitas durante años.

Pocos conocían del cautiverio de Al-Muzara como Eliah Al-Saud. Una noche de agosto de 1991, dos agentes del Shabak, el servicio de inteligencia para asuntos internos de Israel, se presentaron en su departamento en la ciudad de Gaza y lo arrestaron; se trataba de una «detención administrativa», una figura jurídica del Código Penal israelí por la cual se puede encarcelar a una persona «por razones de seguridad» y mantenerla en prisión por tiempo indefinido, sin proceso judicial. Sabir pasó cinco años en Ansar Tres, como los palestinos llaman a la cárcel de la base militar de Ketziot, en el desierto de Néguev, donde, en varias ocasiones, lo torturaron para extraerle la ubicación del escondite de su hermano mayor, Anuar Al-Muzara, jefe de las Brigadas Ezzedin al-Qassam, brazo armado de Hamás.

A la declaración de Rabin: «Si tan sólo la Franja de Gaza se hundiese en el mar», Anuar Al-Muzara había respondido: «Lo práctico de que los judíos se reúnan en Israel es que nos ahorrará el tener que ir a buscarlos por todo el mundo». Por fin, los agentes del Shabak se persuadieron de que Sabir desconocía el paradero de Anuar. Se equivocaban, Al-Muzara sabía dónde se escondía su hermano y, pese a estar enemistados —uno defendía la resistencia pacífica, el otro, la armada—, no lo habría traicionado.

Durante los años de prisión, la figura de Sabir Al-Muzara cobró dimensiones insospechadas. A pesar de la falta de libertad y de las torturas, desde su celda, a través de cartas que sorteaban la confiscación, Sabir Al-Muzara se comunicaba con su pueblo para pedirles calma y, sobre todo, nada de violencia, que sólo engendraba más violencia; les aconsejaba que no organizaran manifestaciones callejeras para solicitar su excarcelación porque se infiltraban grupos malintencionados y causaban desmanes; les citaba frases célebres de grandes hombres y les relataba sus días en Ansar Tres, absteniéndose de mencionar las torturas y las pésimas condiciones. Las cartas terminaban publicándose en periódicos de Israel, como el prestigioso *Ha'aretz* o en *Últimas Noticias*, y al otro día las replicaban los matutinos londinenses, neoyorquinos y parisinos. Con el tiempo, esas cartas se convirtieron en uno de sus libros más vendidos.

Kamal Al-Saud, padre de Eliah, y Shiloah Moses, hijo del multimillonario israelí Gérard Moses, dueño del periódico *Últimas Noticias*, habían bregado por la liberación de Sabir Al-Muzara. Kamal contrató a los mejores abogados de Israel, en tanto Shiloah, con excelentes conexiones en los ámbitos políticos y de la prensa, armaba la de San Quintín para que liberaran a su amigo de la infancia. Consiguieron que personalidades como el papa, el dalái lama, Adolfo Pérez Esquivel (argentino, premio Nobel de la Paz de 1980), Nelson Mandela, Jimmy Carter y las autoridades de instituciones como Amnistía Internacional, *Human Rights Watch* y Paz Ahora elevaran sus voces para solicitar la excarcelación de un hombre que jamás había sostenido una piedra en sus manos.

—También me gustó —prosiguió Matilde— la parte en que citó a Martin Luther King, cuando repitió su frase tan hermosa: «Yo todavía tengo un sueño. Les parecerá una utopía. Les aseguro que mañana será realidad. Sueño con sentir la paz en mi tierra y ver una nación formada por israelíes y palestinos, hermanados en la comprensión de que todos somos criaturas de Dios».

Al-Saud meditó que, con esa frase controvertida, Sabir había abonado el camino que Shiloah Moses encararía en pocas semanas: la lucha por la creación de un Estado binacional. Eliah opinaba que sus amigos estaban locos, que lo del Estado binacional era una quimera. Enseguida recordó que, al igual que él, Sabir y Shiloah habían nacido en el año del Caballo de Fuego, por lo tanto no eran hombres comunes y nunca pensarían ni se dedicarían a cuestiones corrientes.

—Y me pareció grandioso cuando en ese momento levantó la vista, dejando de lado el discurso, y aclaró: «No he dicho Alá. No he dicho Yahvé. He dicho Dios, el término universal con el que todos lo conocemos, porque Dios es uno para todos».

Al-Saud comenzaba a entender que a esa muchacha no la seduciría con relojes costosos ni con perfumes franceses. Ganaría su entusiasmo y atención a fuerza de descubrir sus extravagantes puntos de interés, como resultaba ser el discurso del último premio Nobel de Literatura. ¡Qué hermosa lucía cuando se apasionaba! Los pómulos se le coloreaban y se le encendían los ojos, en tanto movía las manos de dedos largos con delicadeza, las mismas manos que, aunque le costara creerlo, manejaban un bisturí. En un momento, sin detener su discurso, se rehizo la trenza, y Al-Saud divisó algunos mechones de un rubio casi platinado que se entremezclaban con otros más oscuros. En su fervor por Al-Muzara, Matilde se había sentado de costado en la butaca, con las piernas cruzadas como los indios norteamericanos. «Es tan pequeña», caviló Al-Saud, «que cabe. ¿Cómo se sentirá abrazarla?».

—Mi parte favorita —retomó Matilde— fue cuando mencionó a los niños.

—¡Mat! —intervino Juana, sin asomarse—. ¡No digas los niños, por amor de Dios!

Al-Saud soltó una risotada ante el gesto de Matilde, que elevó los ojos al cielo y se mordió el labio inferior, revelando unos dientes blancos y derechos; sus incisivos le resultaron adorables, cuadrados, bien proporcionados y sin defectos.

—Juana, no es de buena educación escuchar las conversaciones ajenas.

—No puedo evitar oír, querida Mat, si hablas para que todo el avión escuche.

—En fin —reanudó Matilde, en voz baja—. Me encantó cuando dijo que, sobre todo, dedicaba ese premio a los chicos israelíes y palestinos, los que se habían marchado y los que quedaban, porque la paz por la que él luchaba era para ellos, para que caminaran por las calles de Tel Aviv-Yafo, Jerusalén, Gaza y Ramala con sonrisas y sin preocupaciones. Me pareció muy acertado cuando dijo: «Porque no acepto que a los niños les roben la infancia y los obliguen a ser hombres de diez años». Fue un momento conmovedor cuando donó el premio, que es mucho dinero, algo más de un millón de dólares, a la Media Luna Roja Palestina. —Se quedó en silencio, con la vista baja, como si meditara sus últimas palabras—. No es un hombre adinerado, ¿verdad?

—No, al contrario. Vive de manera sencilla.

—Lo conoces bien —se asombró Matilde; Al-Saud no comentó nada y ella agregó—: Al-Muzara debe de ganar mucho dinero con la venta de sus libros.

—Todo lo dona a entidades de beneficencia.

—Su discurso no fue muy largo —apuntó ella, al cabo de una pausa.

—Por algo lo llaman el Silencioso.

—Sí, es verdad. He leído que es una persona que prefiere escuchar a hablar.

Eliah descubrió que la devoción de Matilde por Al-Muzara comenzaba a disgustarlo.

—¿Por qué la parte en que habla de los niños es tu favorita? ¿Te gustan mucho los niños?

—Sí, mucho. —Su contestación brotó sin fuerza. La mudanza lo desconcertó, y se quedó callado, mirándola. Ella había bajado la cara, como si se cerrase a proseguir con el tema, y hojeaba el libro. Matilde estaba convirtiéndose en un desafío, y Al-Saud sospechó que, detrás de esa apariencia de ángel, se ocultaba un espíritu rico, con luces, pero también con sombras. «Matilde, ¿quién eres en verdad? ¿Qué hacías con el nieto de Blahetter? ¿Es tu esposo?» No quería saber.

—Supongo que deben de gustarte mucho los niños para haber decidido ser cirujana pediátrica, ¿verdad?

—Sí, por supuesto.

—¿Te sientes mejor?

—Sí, mucho mejor. Ya no queda rastro del malestar.

La azafata se acercó con copas de champaña e informó que acababa de empezar el nuevo año en Francia. Juana saltó de su asiento y se unió a ellos en el brindis. Después de entrechocar las copas, Eliah se acercó a Matilde y le dio un beso sobre la comisura izquierda.

—Feliz mil novecientos noventa y ocho, Matilde.

—Igualmente.

Incómoda, bajó la vista y, en tanto oía a Juana y a Eliah intercambiar sus buenos augurios, trató de determinar si la había besado casi sobre los labios en un acto de desfachatez o a causa de la incómoda postura. Notó que él había apoyado la copa de champaña intacta sobre la mesita plegable, ni siquiera había dado un sorbo. Cuando Juana se terminó la suya, sin mediar palabra, se hizo con la de Matilde.

—¿No bebes *champagne*, Matilde? —Le gustó cómo pronunció *champagne*; más le gustó que no la hubiese bebido.

—¿Mat tomando champaña? Ni en un millón de años, Eliah. Mi amiga es la enemiga número uno de cualquier bebida alcohólica. Jamás toma.

—Yo tampoco —confesó él.

La miró con fijeza, y Matilde supo que la había besado de modo intencional.

—¿No tomas bebidas alcohólicas? —se sorprendió Juana.

—No, jamás.

—¡Qué raro! No conozco un hombre que no tome. ¿No te gustan?

—No les doy la importancia que los demás les dan. Prefiero otras bebidas. Por un lado, no me gusta que el alcohol disminuya la calidad de mis reflejos. Por el otro, considero que el cuerpo humano no fue hecho para recibir alcohol. Lo deteriora.

—Dicen que el vino tinto es bueno para la sangre.

—Hay otras cosas muy buenas para mantener ligera la sangre que no afectan al hígado como el alcohol del vino tinto.

—Te cuidas mucho —afirmó Juana.

—Es el único cuerpo que tengo.

Matilde había abandonado su reserva y, mientras él se centraba en Juana, lo observaba con abierto interés. Sus labios la cautivaban, no sólo por el diseño —carnosos, aunque pequeños, bien delineados, húmedos—, sino por la manera en que se movían al hablar, como si apenas se tocaran el superior y el inferior. Se sorprendió al encontrarse estudiándole los dientes porque nunca reparaba en esos detalles. «Tal vez lucen tan blancos porque su piel es oscura.» Se dio cuenta de que no estaba bronceada; simplemente era oscura, como la de Juana.

Admiró la facilidad con la que él y Juana se comunicaban, esa comodidad en la que suelen caer los extraños. De hecho, Juana se comunicaba con cualquier criatura viva; la del problema para entablar una relación era ella, a excepción de los niños. Apartó deprisa el rostro cuando él se volvió para mirarla.

—¿Tú tampoco, Matilde?

—Perdón, no estaba prestando atención.

Juana se tragó la risa. Su amiga se evidenciaba como un elefante en la Plaza de Mayo.

—Pregunto si tú tampoco conoces París.

—No, no la conozco.

Las azafatas recogieron las copas antes de que las luces disminuyeran y la cabina se sumiera en la penumbra. Juana se desperezó.

—Me voy a dormir. La champaña me dio sueño. Buenas noches, Eliah.

—Buenas noches. ¿Tienes sueño, Matilde?

—Para nada —admitió.

—Yo tampoco.

Él contaba con los atributos de un hombre frívolo y mujeriego. Un *dandy*, como los llamaba su abuela Celia. No obstante, anhelaba que esa atracción la arrastrara por el camino por el cual ella nunca se aventuraba. «Son sólo unas horas», se justificó. Al llegar a París, se despedirían y no volverían a verse. Esa certeza, que por un lado la envalentonaba para darse el gusto de sentirse deseada por ese hombre magnífico, por el otro la entristecía porque *quería* volver a verlo. Al mismo tiempo sabía que, si existiese esa posibilidad, la de volver a verlo, ella se encargaría de eliminarla.

—¿Vives en París?

Eliah, que se había retirado hacia el extremo izquierdo de su asiento, se acercó con presteza.

—Sí, ahí vivo.

—¿Es tan linda como aseguran?

Él sonrió, y a Matilde le cosquilleó el estómago aún sensible. La sedujo esa sonrisa franca, casi inocente que desentonaba en un rostro que exudaba experiencia y cinismo. ¿Sería inusual esa sonrisa? ¿La destinaría sólo a algunas personas? No le había sonreído de ese modo a la azafata. Por horas se sumergieron en una conversación susurrada acerca de París y del carácter de los franceses, que derivó en el análisis de la idiosincrasia de los argentinos, en la excelente calidad de la carne de sus vacas, en la costumbre de tomar mate y en la superioridad del dulce de leche sobre la Nutella, a lo que Eliah no prestó su acuerdo.

Eliah era ocurrente, y Matilde ahogaba la risa en la pequeña almohada mientras experimentaba liviandad en el ánimo; los problemas habían desaparecido. Con el asiento reclinado, ubicada de costado, las piernas al pecho, apoyaba la mejilla izquierda sobre el extremo de su lugar, muy cerca de él, tanto que percibía el perfume que Juana había notado apenas embarcaron. La estremeció un escalofrío, y Eliah le pasó la mano por el brazo desnudo antes de cubrirla con la manta.

—¿Trajiste abrigo? En París hace mucho frío en esta época.

—Sí, claro —dijo, y se incorporó con la torpeza de quien emerge del sueño—. Ya vengo.

¿Qué había roto el encanto? ¿Que la hubiese tocado? «*Merde!*» Se había pasado la noche en vela cuando necesitaba descansar. Al llegar a París, se reuniría con Shiloah, que lo atosigaría con consultas y problemas. Se restregó la cara y estiró los brazos y las piernas hasta oír el crujido de las articulaciones. No se arrepentía, ni siquiera había advertido que las horas transcurrían. Hacía tiempo que no se sentía tan a gusto en compañía de una mujer, que no experimentaba esa mansedumbre en relación con el sexo opuesto. No se trataba de que no la deseara sino de que ella propiciaba un ambiente distendido en el que él no fingía ni encarnaba el rol del macho conquistador.

Matilde se lavó el rostro y, mientras se secaba, estudió la imagen que le devolvía el espejo del *toilette*. La pésima iluminación le acentuaba las sombras bajo los ojos y las mejillas enjutas, confiriéndole un aspecto enfermizo. «¿Con esta cara de muerta estuve hablando con el Adonis?» Se pellizcó las mejillas, se aseguró de no tener legañas y se enjuagó la boca. Deshizo los restos de la trenza y se acomodó el cabello suelto detrás de las orejas. ¿Por qué había abandonado su sitio de modo tan intempestivo? Él la había tocado. Por segunda vez en pocas horas. Primero le había secado una lágrima; después le había acariciado el brazo. Cerró los ojos como si con ese acto sorteara las imágenes y los pensamientos que la agobiaban. En vano se esforzó por dominar su mente. Ésta recreó la sensación de la mano de él sobre ella. Inspiró con violencia y apretó los dedos en el lavabo. Sacudió la cabeza. No, no debía gustarle, no debía sentir ni anhelar.

Abrió la puerta plegable y se topó con él. No sonreía, sólo permanecía de pie, inmóvil. La camaradería de minutos atrás había desaparecido. La intensidad de su mirada la asustó. Se movió para retornar a su asiento y él se interpuso.

—Quiero escucharte pronunciar mi nombre. Di Eliah.

Lo había evitado deliberadamente; ni una vez sus labios se habían traicionado, porque si pronunciaba su nombre, él adquiriría entidad en su vida.

—Eliah —dijo con voz diáfana.

—¡Permiso! —voceó la azafata, al tiempo que las luces inundaban el avión y los pasajeros se desperezaban y murmuraban.

Al-Saud se apartó, y la mujer se adelantó con el carrito que transportaba el servicio de desayuno. Matilde la siguió y se acomodó en el asiento junto a Juana.

—¿Qué pasa, Mat?

—No preguntes. Aquí me quedo.

—Okey, no pregunto.

Matilde se instó a engullir lo que le entregó la azafata. Juana tenía razón, no encontrarían nada para comer en el departamento de su tía Enriqueta y, como era 1 de enero, no les resultaría fácil dar con una tienda o un supermercado abiertos.

—Tal vez Ezequiel nos haya comprado provisiones —supuso Juana.

—Tal vez.

Eliah escuchaba las frases de Juana sin entender las contestaciones susurradas de Matilde. ¿Quién era Ezequiel? Los celos combinados con el fastidio y la falta de horas de sueño conformaban una mezcla explosiva que sólo sus más de quince años de entrenamiento en la filosofía *Shorin-ji Kempo* le permitieron dominar. Las técnicas respiratorias le sirvieron para aflojar los músculos y alcanzar un estado de meditación profunda. Cuando el avión aterrizó, Al-Saud levantó los párpados y comprobó que había restaurado el equilibrio interior. A Matilde, sin embargo, no la había arrancado de sus pensamientos. «Ella será quien me conduzca a Blahetter», se recordó. La ayudó a bajar la mochila del compartimiento y, sin mirarla, le dijo:

—Ponte un abrigo. Está muy frío afuera.

Por el rabillo del ojo la vio enfundarse en un poncho negro con vivos rojos y cubrirse las manos con unos guantes a juego.

—Eliah —dijo Juana—, fue un placer conocerte. ¡Ojalá nos encontremos en las calles de París! —Lo besó en la mejilla y enfiló hacia la puerta del avión.

Matilde intentó seguirla, pero él se plantó en medio del corredor. Extendió la mano y le entregó una tarjeta personal.

—Cualquier cosa que necesites en París, cualquier cosa —remarcó—, llámame a esos teléfonos.

Matilde elevó el rostro. «¡Qué alto es!», pensó y, en un acto de valentía, lo miró a los ojos ensombrecidos y severos. Le temblaban las manos, y temía que la voz le saliera deformada e insegura.

—Gracias, Eliah.

Él se inclinó y la besó en el mismo sitio, cerca de la comisura izquierda. Matilde inspiró la fragancia medio rancia después de horas y se permitió disfrutar con el roce de su mandíbula áspera. No apartó la cara hasta que él se separó de ella.

—Adiós, Eliah.

Él no contestó. Minutos más tarde, apenas emergido de la pasarela, se encontró con su amigo Edmé de Florian, un agente de la *Direction de la Surveillance du Territoire* (Dirección de la Vigilancia del Territorio), el servicio de inteligencia nacional francés. Al-Saud lo había telefoneado desde Ezeiza y, en clave porque no hablaba desde una línea segura, le pidió que le ahorrase los trámites migratorios y de aduanas. La SIG Sauer nueve milímetros seguía guardada bajo su chaleco.

Se saludaron con un caluroso apretón de manos. Edmé apreciaba las oportunidades en las que podía ayudar a Eliah Al-Saud, aunque sabía que con nada pagaría la acción de su antiguo compañero de *L'Agence*: salvarle la vida en Mogadiscio, donde Edmé cayó inconsciente con una bala en el pecho mientras su comando, liderado por Eliah, luchaba por sortear una emboscada; los habían delatado. Edmé de Florian no era un hombre pequeño: medía un metro ochenta y cuatro y pesaba noventa kilos. No obstante, Al-Saud se lo había cruzado sobre la espalda y corrido poco más de una hora con él a cuestas, sin olvidar los treinta kilos de equipo.

—¿Qué haces aquí, en De Gaulle? Siempre aterrizas tus aviones en Le Bourget. —Edmé hablaba del aeropuerto ubicado a doce kilómetros al norte de París, destinado a la aviación general, es decir, a aviones privados, taxis aéreos, ultralivianos y cargueros con itinerarios irregulares.

Al-Saud le explicó las circunstancias de su regreso a París, y De Florian lamentó los inconvenientes.

—Hay una razón para cada acontecimiento —manifestó Eliah y enseguida dijo—: Permíteme realizar una llamada antes de seguir. —Se alejó mientras tecleaba el teléfono de Medes, su chofer, que estaría esperándolo en la entrada acordada del aeropuerto. Como el hombre era kurdo de Irak, Al-Saud le habló en árabe—: Soy yo. De entre los pasajeros del vuelo AF 417, ubica a dos femeninos, una alta, delgada y morena; la otra, pequeña, rubia, de cabello largo, con poncho negro. Ocúpate de seguirlas y llámame en una hora al George V. —Colgó y regresó junto a su amigo—. Edmé, me he quedado sin chofer. Dime dónde puedo alquilar un automóvil.

—De ninguna manera. Yo te llevo. ¿Adónde vas?

—Al George V. —Lo pronunció «sanc», cinco en francés.

3

Cumplidos los trámites y recuperado el equipaje, Matilde y Juana salieron a una recepción en donde avistaron a Ezequiel Blahetter. No había demasiado movimiento en el aeropuerto dado que se trataba de un 1 de enero a las ocho de la mañana.

—¡Negrita! —Ezequiel levantó a Juana y la hizo girar en el aire—. ¡Estás hermosa, Negra!

—*Tú* estás divino. Más divino que antes, si es posible. ¡Eres un desperdicio para nuestro género!

—¡Juana! —se avergonzó Matilde y atrajo la atención de Ezequiel, que la abrazó en silencio, con los ojos cerrados y una sonrisa. Inclinó la cabeza y la besó en la coronilla. Siempre lo conmovía la pequeñez de Matilde; su delicadeza le infundía paz.

—Hola, Mat —la saludó, y le pasó el índice por la mejilla.

—Hola, Eze —respondió ella; se abrazó de nuevo a él y hundió la cara en su abrigo de cuero—. Gracias por venir a buscarnos tan temprano un 1 de enero.

—Un placer —aseguró—. Tú también estás monísima. ¡Qué largo tienes el pelo!

—¡Uf! —bufó Juana—. Ya sabes que no se lo corta desde los dieciséis. Apenas si me deja sacarle las puntas abiertas, no más de un centímetro.

—Lo tienes hermoso. Muchas modelos darían la vida por este pelo. ¿Vamos? Tengo el auto en el estacionamiento. Dame. —Le quitó la maleta a Matilde.

Los gritos de Juana rebotaron en las paredes de la terminal al divisar, en dos oportunidades, las publicidades con fotografías agigantadas de Ezequiel, de un perfume de Davidoff y de cigarrillos Gauloises; en ambas se explotaba la visión que componían los músculos del pecho y de los brazos del modelo.

—Ah, esa perra —masculló Juana, y señaló un cartel del perfume Organza, de Givenchy, con la fotografía de una modelo en un vestido blanco.

—Esa perra —apuntó Ezequiel— es la hermana de tu mejor amiga.

—Matilde *sabe* que Celia es una perra.

—Aquí se hace llamar Céline. Y te aclaro que, en este momento, es una de las *top five* de París, Milán y Nueva York. Los modistos más prestigiosos la quieren en sus campañas y pasarelas.

—Justo tenía que hacer la publicidad de mi perfume favorito, la muy imbécil.

—Si la tratas bien —conjeturó Ezequiel—, tal vez consigas que te regale un frasco.

—¡Jamás! Prefiero usar la Upa la la de Mat. ¡Uy, qué frío! —se quejó apenas traspusieron los umbrales del aeropuerto.

—Espero que el departamento de tu tía Enriqueta tenga buena calefacción, Mat —dijo Ezequiel—. No entiendo por qué no quisiste aceptar vivir en casa durante estos meses. Creo que te habría gustado más el *Septième Arrondissement* que el *Quartier Latin*.

—¿El *septième* qué? —preguntó Juana.

—El Séptimo Distrito —intervino Matilde—. Es uno de los barrios más lujosos de París, donde está la Torre Eiffel.

—Parece que estuviste leyendo acerca de París —comentó Ezequiel, y Matilde se abstuvo de confesarle que su compañero de viaje se lo había explicado—. Mi depto tiene una vista estupenda de la torre. Si vemos que el de tu tía no es apto para pasar el invierno, se vienen a casa.

—No queremos incomodarte —adujo Matilde—, ni alterar tu vida con Jean-Paul.

—¡Tampoco nos vamos a morir de frío, Mat!

—Esperemos a comprobar en qué condiciones está el departamento de mi tía. Ella me aseguró que lo pasaríamos muy bien.

La calefacción del BMW 850i les ablandó los músculos. Matilde, ubicada en la parte trasera, iba callada, observando el paisaje, en tanto Juana se dedicaba a admirar el tablero del automóvil y a interrogar a Ezequiel.

—¿No me dijiste que tenías un Porsche 911 Turbo?

—Y *tengo* un Porsche 911 Turbo. Pero es demasiado deportivo para esta misión. ¿Dónde iba a meterlas con el equipaje en mi Porsche? Un amigo me prestó su BMW.

Con la actitud de una niña que roba chocolates de la alacena, Matilde extrajo de su *shika* el pañuelo de Eliah. Había querido devolvérselo; él, en cambio, le había dicho: «Es un recuerdo mío que quiero que conserves». Fijó la vista en la seda blanca, que se tornó incandescente y la cegó. No se dio cuenta de que sonreía mientras lo evocaba. Eliah ya formaba parte del pasado; el encuentro, aunque intenso, había sido fugaz y fortuito. ¿Por qué pensaba en él cuando nunca volvería a verlo? ¿Qué sabía acerca de Eliah? Sólo su nombre y que vivía en París. Se acordó de la tarjeta personal y la rescató del bolsillo del pantalón. Sólo decía *Mercure S.A. Information and Security Services*; había dos teléfonos. En medio destacaba la figura del dios Mercurio, caracterizado por el pétaso alado, las sandalias talares y el caduceo. Guardó la tarjeta en su *shika* después de meditar si convenía deshacerse de ella.

—¿Pudieron dormir en el avión?

—Ni cinco minutos —contestó Juana—. Tu amiguita de la infancia —con el pulgar señaló hacia la parte trasera— se levantó al papérrimo guapísimo que tenía al lado y conversaron toda la noche. No pude pegar ojo.

Ezequiel contempló a Matilde a través del espejo retrovisor. Levantó una ceja y la comisura del labio, un gesto que Matilde le conocía bien y que la hizo sonrojar.

—¿Un papérrimo guapísimo, eh?

—¡Sí! Un moreno de ojos verdes que rajaba la tierra. Alto como tú, Eze, quizás un poquito más, bien delgado, aunque con los músculos firmes. Un culito para el infarto y un bulto que casi me deja bizca.

—¡Juana! ¡No tienes límite!

—¡Perdón, Santa Matilde de Asís! Además, Eze, usaba A Men, el nuevo perfume de Thierry Mugler. ¿Lo conoces?

—Por supuesto. Es alucinante.

—Entonces, *imagine all the people...* Semejante hombre con semejante perfume.

Matilde hundió la nariz en el pañuelo. «A Men, de Thierry Mugler», memorizó. Sus ojos se detuvieron en el enlace bordado en hilo azul. E, A y S, las iniciales de Eliah. ¿A de Albert? ¿De André? ¿De Alexander? ¿Cuál sería su apellido? «¡Basta!»

Ezequiel les anunció que se acercaban a la *rue* Toullier, en el Barrio Latino o *Quartier Latin*.

—¿Cómo lo pronuncias? —quiso saber Matilde.

—Cartié latán.

—¿En qué distrito estamos?

—En el *Sixième Arrondisement*. En el Sexto —aclaró.

—Es pintoresco. Me encanta.

—El depto de tu tía Enriqueta está a pasos de *La Sorbonne* y a pocas cuadras de los Jardines y el Palacio de Luxemburgo.

Ezequiel, que conducía por la calle Soufflot, giró a la derecha y entró en la de Toullier, angosta y de una cuadra, que no recibía la luz del sol a esa hora de la mañana. Juana señaló la cafetería de la esquina, Soufflot Café, aunque se desanimó al descubrir que estaba cerrada. Se detuvieron en el número 9. No había ascensor en el edificio, por lo que Juana y Ezequiel se ocuparon de subir las maletas al segundo piso, y Matilde, los trastos menores. Ezequiel regresó al BMW para buscar una caja con provisiones.

El departamento contaba con dos dormitorios ubicados en los extremos de un pasillo donde también se hallaba la puerta del baño y de una habitación que Enriqueta destinaba a su *atelier*. Desde la sala se accedía a la cocina y al lavadero. Ezequiel regresó con la caja de provisiones y se detuvo en el vestíbulo, donde soltó un silbido.

—A tu tía debe de irle muy bien con sus cuadros, Mat, porque este depto, te lo aseguro, cuesta una fortuna. —Apoyó la caja sobre la mesa de la cocina—. No tendrán problema con la calefacción. Veo radiadores por todas partes.

—Están calentitos —informó Juana—. Nos quedamos acá, Eze. ¡Gracias por la comida que nos trajiste! —Se colgó de su cuello y lo besó en la mejilla.

—Agradécele a Jean-Paul. Fue idea de él.

Matilde se apoltronó en el sillón de la sala y descansó la cabeza en el respaldo, los ojos fijos en el cielo raso, blanco y con molduras de yeso. Oía a Juana tararear una canción de Marta Sánchez en la cocina. «*Desesperada... Porque nuestro amor es una esmeralda que un ladrón robó... Sí, sí, sí. Desesperada...*»

Ezequiel se acomodó junto a Matilde y la atrajo hacia su pecho.

—Nunca tuvo buen gusto para la música.

Matilde rio antes de admitir:

—Yo tampoco. Te extrañé muchísimo, Eze.

—No más que yo. —La besó en la sien—. Quiero tocarte porque así me infundes paz. Siempre me das serenidad, Mat.

Ezequiel Blahetter y Matilde tenían la misma edad, habían ido juntos al colegio y se querían como hermanos. Con Juana, habían formado un trío al que los demás apodaban «los tres mosqueteros». En nadie confiaba Ezequiel como en Matilde, tanto que, a los diecisiete años, le reveló un gran secreto, que era homosexual, y lloró en sus brazos porque sabía que el abuelo Guillermo lo repudiaría.

—No soy la mejor para dar paz ni serenidad en estos días. Peleé con tu hermano en Ezeiza. Antes que me olvide, te envió una carta. La tengo en mi *shika*.

—Tengo ganas de matar a mi hermano por varias razones. Las principales, por lo que te hizo y por haberle dicho a mi abuelo lo de mi homosexualidad. Mi padre me llamó hace unas semanas y me dijo de todo menos lindo, empezando por pervertido.

—Según lo que Roy me contó, tu abuelo lo llamó por teléfono para confirmar lo que ya sabía. Le exigió que jurara por tu vida que no eres *gay*. Obviamente, Roy no pudo hacerlo y admitió la verdad.

—De seguro fue mi primo Guillermo. Hace lo posible para enemistarnos con mi abuelo. Planea quedarse con todo el imperio Blahetter.

—Que se quede con él. Tú eres feliz acá. Has hecho una carrera impresionante.

A los dieciocho años, apenas finalizado el colegio, Ezequiel, en contra del deseo de su abuelo, marchó a Buenos Aires para iniciarse como modelo publicitario. A los veintidós, conoció a Jean-Paul Trégart, el dueño de la agencia más importante de Europa, que le demostró que todavía le quedaba mucho por escalar. Se mudó a París y trabajó duro para ganarse el sitio que ocupaba. Al igual que Celia, o Céline, Ezequiel Blahetter también pertenecía a la élite de los *top five*.

—Sí, mi carrera está en la cima de la gloria, pero a veces necesito de ti y de Juana, cuando íbamos a tu campo, a Arroyo Seco, ¿te acuerdas?, y montábamos a caballo. Extraño los días en la Academia Argüello. Te extraño a ti, Mat. Mucho. Siempre.

—Te hartarás de mí en estos meses.

—Nunca me hartaría de ti. ¿Te hiciste los estudios antes de venir? —Matilde asintió, con una sonrisa, y le dio a entender que todo marchaba bien—. Gracias a Dios.

El viaje y la diferencia horaria comenzaban a mellar los ánimos de Matilde y de Juana. A ésta ya no se la oía cantar, y a Matilde le costaba levantar los párpados.

—Las dejo descansar. Estaré muy ocupado con desfiles y sesiones fotográficas en estos días, pero me haré tiempo para verlas. Aquí te dejo mis teléfonos y mi dirección.

Le extendió una tarjeta personal que decía: *Ezequiel Blahetter. Mannequin. 29, Avenue Charles Floquet, troisième étage*, y detallaba los teléfonos. Reconoció la caligrafía de su amigo que había aclarado al pie de la tarjeta: «*Casi esquina con Avenue du Général Tripier*».

—Cualquier cosa, Mat, *cualquier cosa*, me llaman. Sin dudar, a cualquier hora.

La vehemencia de Ezequiel le trajo a la memoria la escena en el avión. Suspiró.

—¡Adiós, Negra!

—¡Adiós, Eze! —gritó desde el baño—. Nos estamos viendo.

—Te acompaño abajo —dijo Matilde, y se abrigó con el poncho.

Se abrazaron en la acera, y Ezequiel la besó en la frente sin advertir que, desde un automóvil, les tomaban fotografías.

—Agradécele de mi parte a Jean-Paul por habernos mandado los víveres.

—Quiere conocerte. Me dijo que organizará una fiesta en tu honor.

Matilde se llevó las manos al pecho y aleteó las pestañas.

—¡Qué honor!

—¿Necesitas dinero? Puedo darte hasta que cambies.

—Trajimos algunos francos. Supongo que mañana, que es viernes, las casas de cambio y los bancos abrirán, ¿no?

—Sí, sí, mañana es un día de actividad normal.

Se despidieron. Ezequiel subió al BMW y leyó la carta de Roy. *Hermano, ahí se va Matilde a París, lejos de mí. Te la encomiendo. Cuídala y mantén a los lobos feroces a raya. No hace falta que te diga lo que ella significa para mí. La cagué en grande, lo sé, y supongo que ella, como siempre, ya te lo contó. Igualmente voy a recuperarla. Es mi vida. Espero verte pronto porque (no le comentes esto a Matilde) es probable que viaje a París en unas semanas. Un abrazo. Roy.*

Puso en marcha el automóvil y condujo hacia la *rue* Cujas, la que bordea *La Sorbonne*. Un destello en el espejo retrovisor lo enceguó por un instante, y dedujo que se trataba del flash de un turista que fotografiaba la fachada lateral de la universidad.

Vladimir Chevrikov, que había sobrevivido cinco años en la prisión de Lefortovo, en las afueras de Moscú, pensó que no sobreviviría a la resaca consecuencia de los excesos de la noche anterior. El timbre, que no cesaba de sonar, terminaría por confirmar su pronóstico.

—¿Quién es?

—Yo. Medes.

Abrió y le franqueó el paso al chofer de Al-Saud.

—¿Qué carajo quieres a esta maldita hora de la mañana de un 1 de enero?

—Necesito que reveles unas fotos. Él jefe las quiere con urgencia.

Vladimir masculló insultos en ruso antes de añadir:

—Prepararé café.

Medes caminó hacia el interior del departamento y se adentró en el taller de Chevrikov. Como de costumbre, se tomó un momento para admirar los instrumentos, los líquidos, tintas y pegamentos, los sellos y demás elementos de los que Vladimir se servía para falsificar todo tipo de documentos. La habitación contigua, cerrada a cal y canto, carente de ventanas y con la temperatura y la humedad controladas, albergaba planchas de papel y los originales de la mayoría de los pasaportes existentes. Medes sospechaba que, entre las planchas de papel, habría algunas para fabricar billetes.

Durante los años de la Guerra Fría, nadie había superado la maestría de Chevrikov como falsificador dentro del KGB, el servicio secreto de la Unión Soviética. En la actualidad, se decía que era el mejor falsificador del mundo. Poseía un talento especial para copiar y, sobre todo, para olfatear las trampas que los organismos e instituciones plantaban en los documentos. Él mismo fabricaba el papel, para lo cual se hacía del documento original y estudiaba su composición bajo el microscopio. Los gobiernos le temían ya que una invasión de moneda falsa, obra de Chevrikov, habría resultado difícil de descubrir.

Vladimir terminó en la prisión de Lefortovo después de que una amante despechada denunció que vendía pasaportes falsos a desertores rusos. El KGB lo interrogó hasta que se persuadió de que trabajaba solo y no para la CIA ni el SIS (*Secret Intelligence Service*), el servicio de inteligencia británico. Medes sabía que Chevrikov rengueaba porque, como consecuencia de las torturas, le faltaban dos dedos del pie derecho. También sabía que Al-Saud le pagaba una fortuna para que trabajase sólo para él, además de haberlo convertido en socio de la Mercure S.A. al darle un bajo porcentaje de las acciones. Esa categoría, la de poseedor de acciones de la empresa de Al-Saud, lo convertía en parte de un grupo selecto en el cual «el jefe» depositaba su confianza.

—No toques nada —le advirtió Vladimir, y le pasó una taza de café.

—Tengo que llamar al jefe. Usaré tu teléfono.

—¿Adónde lo llamarás? ¿Al George V? —Medes asintió—. No lo hagas. Hoy, por ser feriado —remarcó—, Peter no se habrá presentado para limpiar las habitaciones.

Peter Ramsay, ex miembro de la unidad de rastreo del SIS, conocida como El Destacamento, también componía el grupo variopinto y selecto del jefe. Se ocupaba de mantener las oficinas de la Mercure S.A. como también las propiedades, aviones y automóviles de Al-Saud y de los demás socios y empleados libres de micrófonos y otra tecnología utilizada para el robo de información. Era sigiloso por naturaleza, y así como descubría micrófonos los plantaba, tomaba fotografías desde grandes distancias y realizaba tareas de escucha y de seguimiento por días sin levantar sospechas. Había cimentado una sólida amistad con Alamán Al-Saud, hermano de Eliah e ingeniero electrónico, quien les proveía de la tecnología de punta.

—El jefe me dijo que lo llamase al George V. Él mismo limpiará el lugar —supuso Medes—. ¿Cómo se llama tu amigo, el inspector del 36 *Quai des Orfèvres*? —Medes aludía a la *Direction Régionale de la Police Judiciaire*, más conocida por su domicilio.

—El inspector Olivier Dussollier, de la Brigada Criminal. ¿Qué quieres con él?

—Necesito que averigüe a quién pertenece un automóvil. Obtendremos la matrícula al revelar las fotografías.

Al-Saud cruzó la puerta principal del Hotel George V y se adentró en la recepción. Quizá si no se hubiese criado en un ámbito suntuoso y si no recorriese ese lugar casi a diario, la magnificencia de la estancia lo habría anonadado. Pasó de largo y no prestó atención a los jarrones de Sèvres con peonías recién llegadas de China, ni a las estatuas de mármol, ni al brillo de los pisos, ni a las molduras en los cielos rasos, ni a las inmensas lámparas con lágrimas de cristal de roca, ni a los frescos en las paredes, ni al imponente gobelino colgado tras el mostrador de la conserjería, desde donde la conserje lo admiró, atraída por su caminar reconcentrado, con la vista al piso, una mano en el bolsillo del pantalón, que mantenía el costado del saco levantado, y la otra en la manija de la pequeña maleta con ruedas; no usaba abrigo a pesar de tratarse de una mañana gélida. Hacía días que no lo veía, y la emoción la llevó a alzar la voz, algo imperdonable en un hotel de esa categoría.

—*Bonjour, monsieur Al-Saud!* —Acompañó el saludo con una agitación de mano.

Eliah sonrió y se acercó al mostrador.

—*Bonjour, Évanie. Ça va?*

—*Ça va bien, monsieur.* —Évanie siempre resaltaba el *monsieur* a la espera de que Al-Saud le sugiriera que lo tutease, algo que nunca ocurría. Educado y cortés, guardaba distancia. Su temperamento reservado se daba de bruces con el expansivo de su hermano Alamán. De igual modo, Eliah era más simpático que el mayor de los Al-Saud, Shariar, dueño del George V, a quien todos temían. En realidad, Shariar era dueño de la empresa constructora Kingdom Holding Company, que tres años atrás había comprado el famoso y antiguo hotel parisino venido a menos y, tras invertir trescientos millones de dólares, lo había devuelto al sitio que merecía.

Monsieur Eliah Al-Saud alquilaba dos suites del hotel en el último piso, el octavo, donde funcionaban las oficinas de su empresa, la Mercure S.A., aunque el centro neurálgico se hallaba en el sótano de su casa en la Avenida Elisée Reclus. El George V no se ocupaba de la limpieza ni de la conservación de dichas habitaciones, y los empleados procuraban mantenerse lejos de ellas. Una noche, el plomero del hotel se aventuró en uno de los baños de las suites de *monsieur* Eliah para arreglar un desperfecto que inundaba el séptimo piso, y había terminado con el cañón de una Browning High Power en la nuca. A Anthony Hill, conocido como Tony, el socio más importante de la Mercure S.A. después de Al-Saud, le había llevado un tiempo convencerse de que el hombre balbuciente y lloroso era el plomero del George V. Al otro día, se cambiaron las cerraduras, y ni la llave maestra del jefe de mantenimiento pudo franquear las puertas de las suites de Mercure S.A.

—*Bonne année, monsieur.*

—*Bonne année à toi, Évanie.* ¿Algún mensaje?

—Nada, señor. Su madre, *madame* Francesca, estuvo ayer aquí. Vino acompañando a su hermano, *monsieur* Shariar. Me dijo que acababa de llegar de Jeddah para pasar el Año Nuevo con ustedes.

—¿Ya se ha hospedado el señor Shiloah Moses?

—No aún. Lo esperamos de un momento a otro.

—*Merci.*

Halló un infrecuente silencio en las habitaciones del octavo piso. Por lo general, sonaban los teléfonos, sus secretarias se movían con presteza para enviar faxes, sacar fotocopias, preparar carpetas, sus hombres entraban y salían conforme se los convocaba y destinaba a diversas misiones, y se atendía a los clientes. Miró la hora. Nueve y media de la mañana. Su Rolex Submariner le trajo buenos recuerdos y rio con un tinte de nostalgia. Decidió tomar un baño. Shiloah Moses no llegaría sino hasta las diez y media.

Un rato más tarde, con una toalla en torno a la cintura, entró en la sala y se dirigió a una de las ventanas que daban al jardín interno del hotel. Allí se quedó, con la vista en la fuente, mientras se secaba el pelo con movimientos enérgicos para relajar el cuero cabelludo. ¿Qué estaría haciendo Matilde? El timbre del teléfono quebró el mutismo.

—Soy yo, jefe. Medes.

—¿Dónde estás?

—En casa de Vladimir, revelando unas fotos.

—¿Las tienes localizadas? —Medes contestó que sí—. Termina con lo que estás haciendo y ven al George V.

Giró para regresar al baño, y su mirada se detuvo en el óleo colgado sobre la estufa de leña: el retrato de Jacques Méchin, a quien él había querido como a un abuelo. Su abuelo paterno, el fundador del reino saudí, había muerto antes de que él naciera, y su abuelo materno, en realidad, no lo era. Alfredo Visconti, esposo de su abuela Antonina, quería a Francesca como a una hija y, por ende, a los hijos de ésta como a sus nietos. Eliah sentía un gran afecto por el viejo italiano y recordaba con cariño los veranos pasados en la Villa Visconti, en el Val d'Aosta, al norte de Italia; aún disfrutaba de su compañía y de su conversación cultivada. Sin embargo, a quien había adorado era a Jacques Méchin. Todavía le dolía su ausencia. Antes de morir, Jacques lo había señalado como el heredero de sus bienes, incluida la casa que por generaciones había pertenecido a los Méchin, en la exclusiva *Avenue* Elisée Reclus, en esquina con la *rue* Maréchal Harispe, y una hacienda en las cercanías de Ruán, donde Eliah se dedicaba a la cría de caballos frisones.

Shiloah Moses se presentó a las diez y media, fresco y sonriente como de costumbre. Se saludaron con un abrazo. Shiloah tomó distancia, observó a su amigo y comentó:

—*Mon frère*, siempre estás en forma como un violín. —Se lo dijo en inglés, el idioma que habían aprendido en el colegio bilingüe donde se habían conocido.

Al-Saud, que vestía una playera de algodón blanca Ralph Lauren, cuello en V, unos jeans azul oscuro y zapatos deportivos Hogan verde oliva, presentaba un aspecto juvenil y relajado.

—En cambio yo —dijo Shiloah—, cada día me parezco más a mi padre, y no sólo por la incipiente calvicie. —Se palmeó el vientre—. Aunque te noto cansado. ¿No has dormido bien?

—No he dormido nada —confirmó Eliah—. Dime, ¿te dieron la habitación seis cero cuatro? —Moses asintió—. Peter Ramsay ya se ocupó de instalar las contramedidas electrónicas para que puedas hablar libremente. No podemos garantizarlo en otro sector del hotel.

—¡Por Dios, Eliah! Estamos en el hotel de tu hermano.

—Mi hermano no puede dar fe de cada empleado que contrata ni de cada persona que ingresa. Si bien revisamos sus antecedentes en detalle, sabes que pueden falsearse. Tú, mi querido amigo, desde que decidiste dedicarte a la política en Israel y desde que se te metió en la cabeza la idea del Estado binacional, te has echado encima a unos cuantos peces gordos, empezando por el Mossad, haciéndonos la tarea de cuidarte las espaldas cada vez más difícil.

—Para eso les pago una fortuna —acotó Shiloah, y rio hasta que puso una mano sobre el hombro de Eliah—. Amigo, es bueno volver a verte.

Shiloah Moses y Eliah Al-Saud se conocían desde la época del jardín de niños y, junto con Sabir Al-Muzara, habían estrechado lazos de amistad que se sostenían a través del tiempo y de varias tormentas. De niños, no se daban cuenta del insólito trío que componían: el hijo del presidente de la Federación Sionista de Francia, el de un príncipe saudí y el de un exiliado palestino. A veces el trío se ampliaba, y los hermanos de Eliah, Shariar y Alamán, y el hermano mayor de Sabir, Anuar, se unían para jugar y planear travesuras. Mayormente se reunían en casa de los Moses ya que Gérard, hermano de Shiloah, no podía abandonarla dada una enfermedad congénita que le impedía exponerse al sol.

Eliah y Shiloah se dirigieron a la pequeña cocina para preparar café.

—¿Por qué estás aquí y no en tu casa? Allí podríamos beber el excelente café de Colombia que prepara la buena de Leila.

—Tú te alojas aquí y pensé que sería más cómodo para ti. ¿Por qué la urgencia de vernos hoy, 1 de enero? —quiso saber Al-Saud.

—Sabes que en pocas semanas empieza la convención por lo del Estado binacional y ya no tendré paz para charlar contigo. Quería hacerlo hoy, sin que sonaran teléfonos ni que hubiera interrupciones.

Al-Saud lo puso al tanto de las medidas de seguridad que la Mercure desplegaría durante los días en que la convención tuviera lugar en el salón con que contaba el Hotel George V. En su opinión, nada podía juzgarse exagerado si el polvorín que era Oriente Medio se trasladaría a la Avenida George V, de París.

Llamaron a la puerta.

—Menos mal que no habría interrupciones —se lamentó Shiloah.

—Es Medes —anticipó Eliah—. Permíteme unas palabras con él.

Medes saludó a Shiloah de lejos y siguió a su jefe al despacho. Hablaron a puertas cerradas.

—Muéstrame las fotos.

Medes las extendió sobre el escritorio y, en tanto su jefe las analizaba y las pasaba con lentitud, le describía el recorrido de los objetivos que le había encargado vigilar.

—Averiguaste a quién pertenece el BMW.

—Vladimir habló con su amigo del 36 *Quai* des Orfèvres. —Extrajo un papel del bolsillo de su camisa y leyó—: Su nombre es René Raoul Sampler.

Al-Saud encendió la computadora y, mientras se cargaban los programas, volvió a las fotografías. ¿Quién era René Sampler que abrazaba, acariciaba y besaba a Matilde de ese modo? A su juicio, había más que cariño en las miradas que intercambiaban; había amor.

—Vuelve a la *rue* Toullier y haz guardia día y noche. Quiero que fijes tu atención en la muchacha rubia. Síguela adonde sea que vaya. Te turnarás con La Diana. Puedes irte. Hay café fresco en la cocina si te apetece.

Ingresó el nombre del propietario del automóvil. Se trataba de un modelo publicitario de la agencia de Jean-Paul Trégart. Veinticinco años, originario de Estrasburgo, sin antecedentes penales. La fotografía que le devolvía el sistema no era buena. Apretó los puños a los costados del teclado. ¿Serían amantes? ¿Por qué le resultaba intolerable? Se levantó con un ímpetu que envió la silla con ruedas hasta dar con la pared. Volvió a la sala y se ubicó en el sillón, frente a Shiloah Moses.

—¡Qué cara traes! ¿Algún problema?

—Ninguno. Te decía que Tony se ocupará de coordinar una valla con nuestra gente que circundará el hotel. Nadie entrará ni saldrá sin ser registrado y sin pasar por los detectores de metales que Alamán colocará en las entradas. Necesitaré que me pases un listado de tus invitados que se alojarán en el George V.

—No todos pueden hacerlo. Los más pobres se ubicarán en hoteles baratos.

Sonó el celular de Eliah.

—*Allô?*

—Hijo, soy yo —dijo Francesca Al-Saud, en castellano.

—Hola, mamá. ¿Cuándo llegaron?

—Hace tres días. ¿Cómo estás, querido?

—Bien.

Francesca Al-Saud aseguraba que Dios había sido más que generoso con ella. Nada le pedía para sí, sólo salud y felicidad para sus hijos, en especial para Eliah, que, desde hacía algunos años, caminaba por la vida con el corazón destrozado.

—Alamán nos dijo que habías viajado a Argentina. ¿Por tus frisones?

—Sí. ¿Cómo está papá?

—Muy bien. Aquí, a mi lado. Te manda saludos.

—Estoy con Shiloah. Él también te manda saludos.

—¡Ah, Shiloah! Pasame con él.

Shiloah adoraba a *madame* Francesca, que siempre lo había recibido con cariño en su casa de la *Avenue* Foch, en París, donde se respiraba una armonía inexistente en su hogar. En varias oportunidades lo habían invitado a la Villa Visconti, al norte de Italia, e incluso, en una oportunidad, a la hacienda en Jeddah. Nadie podía imaginar que el amigo de los hijos del príncipe Kamal, que osaba pisar la tierra sagrada del Islam, era hijo de uno de los sionistas más poderosos del mundo, Gérard Moses.

Shiloah cortó la llamada y rio ante la mueca de Eliah. A éste le costaba comprender la fuente inextinguible de buen humor de su amigo cuando tres años atrás había visto volar por el aire a su esposa, víctima de un atentado suicida del grupo palestino Hamás, en una pizzería de Tel Aviv. Moses estaba vivo porque minutos antes de la explosión había ido al baño.

—¿Mi madre no quería seguir hablando conmigo?

—No. Sólo me dijo que nos espera a ti y a mí en la casa de la *Avenue Foch* para el almuerzo. Todos tus hermanos confirmaron que van. Tu tía Fátima y su familia han llegado ayer de Riad y también estarán. Lo mismo que tu tía Sofía y tu tío Nando.

—A lo nuestro, Shiloah. Quiero terminar cuanto antes. A cada participante de la convención se le entregará una credencial con un chip que tendrá toda la información acerca de esa persona. No podrán acceder sin esa credencial. Todos los días, antes de dar comienzo a las charlas, se limpiará la sala de micrófonos y demás adminículos.

—¿Cuánto me costará todo esto?

—Nada barato, *mon frère*. Tú quisiste armar este circo, ahora tendrás que costearlo.

—Es el lanzamiento de mi carrera política, el nacimiento de mi partido político. ¿Sabes cómo lo he llamado? Tsabar.

—Ilumíname. Sabes que mi hebreo es limitado.

—*Tsabar* significa cactus opuntia. De hecho, el símbolo de mi partido es la silueta de esta planta. Es una alusión figurada a la tenacidad y el carácter espinoso del cactus, que sobrevive en el desierto y que esconde un interior tierno y un sabor dulce. ¡Sí! —exclamó—. Bien valdrá la pena los gastos en que incurra.

Al-Saud se quedó mirándolo.

—¿Por qué lo haces, Shiloah?

—Si Takumi *sensei* estuviese aquí te diría que lo hago porque no puedo refrenar el Caballo de Fuego que hay en mí. Amo los desafíos y los imposibles. Nada me motiva más. —De pronto, su gesto cobró sobriedad—. Lo hago por tantas razones, *mon frère*, pero sobre todo lo hago por ella, por mi Mariam. Morir así, a manos de su propia gente... Esto ya no puede seguir. Alguien tiene que hacer algo.

La esposa de Shiloah Moses, aunque de nacionalidad francesa, provenía de una familia palestina que, después de la guerra de 1948, se refugió en París bajo el ala protectora de unos parientes ricos. Shiloah la había conocido en casa de los Al-Saud ya que Mariam era de las mejores amigas de Yasmín. Pese a la oposición de ambas familias, Shiloah y Mariam defendieron su noviazgo. Se creyó que el idilio acabaría cuando Shiloah partió hacia Israel a los dieciocho años para enrolarse en el *Tsahal*, como se conoce al ejército israelí. Los años pasaban, y Shiloah Moses aún enviaba cartas y regalos a Mariam, que le juraba fidelidad.

—No te permitirán avanzar con tu proyecto político, Shiloah.

—Oh, hay muchos como yo. Paz Ahora, el Comité Israelí Contra la Demolición, la Lista Progresista por la Paz, la Asociación de Jóvenes Palestinos por la Paz, etcétera. A ellos los dejan ser. ¿Por qué a mí no?

—Tú tienes un gran poder económico y eres una personalidad pública en tu país. No eres como los otros, gentes de izquierda con buenas intenciones y nada de poder. Tu defensa por la ecología te ha granjeado el respeto y el cariño de muchos sectores.

—Y es lo que aprovecharé para llevar mis ideas de unidad al *Knesset*.

—Así llaman los israelíes a su parlamento.

—Shiloah, si tanto quieres revertir la situación y luchar por la paz, ¿por qué no apoyas a la OLP —Eliah se refería al partido de Yasser Arafat, Organización para la Liberación de Palestina— y a su idea de crear un Estado palestino?

Moses abrió una carpeta que había apoyado sobre la mesa ubicada entre los sillones y sacó un mapa de Cisjordania.

—Mira esto, Eliah. Aquí tienes los asentamientos israelitas y estas son las ciudades palestinas. Aquí puedes comprobar cómo la población palestina ha quedado atrapada en islas. ¡En bantustanes! Mientras que los asentamientos israelíes cuentan, no sólo con la seguridad que les brinda el *Tsahal*, sino con un sistema de carreteras (carreteras que no pueden ser usadas por los palestinos) que los comunican con Israel. ¡Y ahora se habla de construir un muro en torno a los bantustanes palestinos! Entonces, ¿de veras crees que es posible la existencia de un Estado palestino? Hay que trabajar por la idea de un Estado único porque los asentamientos no desaparecerán y, por ende, la violencia no se detendrá.

—Shiloah, tú eres sionista. ¿De qué estás hablando?

—Sí, lo soy, pero opino que el sionismo ha conseguido su meta, un Estado judío. Ya es el momento de convivir con los árabes. Durante siglos vivimos en paz, ellos y nosotros. Ya no quiero más parias, como en la época del nazismo en Alemania.

—¿Por qué dices que los asentamientos de los colonos israelíes no abandonarán nunca Cisjordania?

—Por los recursos, *mon frère*, sobre todo por el agua. El agua es lo más importante en mi país. El ochenta por ciento del agua que se obtiene en Cisjordania va a parar a Israel. Y el agua es vida.

—Entonces los Acuerdos de Oslo son un engaño.

—Sabir te lo advirtió en el 93, cuando los dichosos acuerdos se firmaron.

Al-Saud apoyó los codos en las rodillas y se sostuvo la cabeza con las manos. Se trataba de un embrollo endiablado.

—Tu idea es una utopía —sentenció por fin.

—No, no lo es —refutó Shiloah—. Cualquier cosa es posible, y me duele que seas tú, de todos los mortales, el que me diga que algo es imposible. Tú, que haces lo que se te da la gana y lo logras. Siempre, en contra de cualquier voluntad.

–Este asunto tiene demasiadas aristas. Sólo estoy analizando los posibles enfrentamientos que tendrías con los partidos y los centros de poder israelíes, sin contar las opiniones de la OLP, Hamás y la Yihad Islámica, y ya siento que me desborda. Si agregamos a Estados Unidos en el análisis, entonces, esto adquiere un cariz negro.

–Paso a paso. Poco a poco.

–Además, en tu periódico –Eliah hablaba de *Últimas Noticias*–, siempre has criticado al Mossad por no aparecer en la Ley de Presupuesto Anual y por gozar de impunidad. Has metido la mano en el avispero al decir que debería ser objeto de control por parte de una comisión del *Knesset*. Ahora los tienes en contra. Y con ellos no se juega, te lo advierto.

–¡Ah, pero para eso te tengo a ti! Para que cuides mis espaldas.

–Ya te advertí que estás haciéndolo difícil, *mon frère*. Dime, Shiloah –la inflexión en la voz de Al-Saud silenció la risa de Moses–, ¿qué sabes del Instituto de Investigaciones Biológicas de Israel?

–No mucho. Puedo decirte que los residentes de Ness-Ziona, la ciudad donde se encuentra, han manifestado su temor por los productos que se fabrican allí. En los últimos años, seis empleados han muerto en condiciones no muy claras, probablemente como resultado de manipular sustancias altamente tóxicas.

El timbre del celular interrumpió el diálogo. Al-Saud verificó quién llamaba antes de contestar. Céline. Bajó la tapa y apagó el teléfono.

–Contesta –lo alentó Moses–. No te preocupes por mí.

–Nada importante. Dime, Shiloah, ¿te acuerdas del desastre aéreo de Bijlmer? –Lo pronunció correctamente, «beilmer».

–¿El avión de carga que se estrelló contra un edificio en Ámsterdam? –Al-Saud asintió–. Resultó un escándalo mayúsculo para El Al.

–Estamos tratando de averiguar qué contenía el *Jumbo* de El Al.

–¿La Mercure está investigando? –se sorprendió Moses–. ¿Por qué la Mercure se dedicaría a eso?

–Con Tony y Mike –Eliah hablaba de otro de sus socios, Michael Thorton– estamos ampliando los horizontes del negocio. Con la resolución de la ONU en la que se condena el uso de fuerzas mercenarias, no nos dejarán en paz. Hemos decidido diversificar.

–¡Oh, los mercenarios jamás dejarán de existir!

–Lo sé, pero la demanda de nuestros servicios podría decaer, y nosotros tenemos una estructura de costos fijos muy alta. Necesitamos ingresos permanentes. Por eso nos hemos abierto a otros negocios, como las investigaciones de alto riesgo y los servicios de protección económica e industrial. Ya sabes que el espionaje industrial y económico es moneda corriente. En relación con lo de Bijlmer, lo que estamos descubriendo tal vez te sirva para tu campaña política.

—Me interesa. Te escucho.

—Hemos sido contratados por dos de las empresas aseguradoras, las más importantes de los Países Bajos, que deben hacer frente a los costos materiales y de vidas humanas que hubo a causa del accidente. Ellas quieren saber qué contenía el avión de El Al. Mike se entrevistó con varios de los vecinos de Bijlmer que aseguran haber visto a cuatro o cinco personas vestidas como astronautas que circulaban en medio del caos a pocos minutos del accidente. Los problemas de salud entre los habitantes del Bijlmer han crecido desde el accidente. Así lo revelan las estadísticas de los hospitales de la zona.

—Eso no es indicio de nada.

—Lo es si las personas caen enfermas a causa de las mismas afecciones, que van desde problemas en la piel hasta un tipo de cáncer inusual. Si bien se sabe qué fue lo que causó el accidente, hasta el día de hoy no se ha desentrañado qué contenía el avión de carga. Las autoridades holandesas y las israelíes no se muestran solícitas al momento de entregar los documentos de flete, lo cual ha levantado sospechas.

—Un gran amigo mío es gerente de El Al. A él tampoco le gustan muchas de las maniobras del gobierno. Le preguntaré, trataré de averiguar.

—Podría sernos de utilidad. Del viaje de Mike a Ámsterdam obtuvimos dos datos interesantes. Primero, un empleado del Departamento de Operaciones de Carga de Ámsterdam-Schiphol asegura que en el vuelo 2681 iba un cuarto hombre. Siempre se habló de que sólo viajaba la tripulación: el piloto, el copiloto y el ingeniero de vuelo. Sin embargo, este hombre asegura que él vio a un cuarto. ¿Quién es? ¿Por qué no se declaró su presencia? Segundo, este mismo empleado, que supervisó la carga, estaba acostumbrado a ver en ella etiquetas que decían «*Danger*». Él sabía que era material bélico. Este hombre asegura que, mientras introducían las cajas en la cámara de presión para detonar cualquier bomba, notó una etiqueta que no había visto antes. Decía, junto a la de «*Danger*»: «Química Blahetter S.A. Procedencia: Córdoba – Argentina» —lo expresó en castellano y después lo tradujo al francés—. Le llamó la atención que estuviera en castellano, un idioma que él balbucea. Estamos siguiendo esta pista. Llegaremos al meollo y lo expondremos en la prensa. No sólo las aseguradoras ganarán con esta investigación. Sin duda, tendrás más posibilidades en las elecciones después de un escándalo de esta magnitud.

Shiloah escuchaba el discurso de Al-Saud con la vista fija en el suelo y una mano en la barbilla.

—Estoy pensando de qué modo prepararé el terreno para aprovechar el impacto de esta noticia. ¿Qué crees que haya contenido el avión de El Al?

—Mike sostiene que se trata de compuestos para elaborar armas químicas, los llamados agentes nerviosos, como el gas sarín, el tabún, el somán y otros, todos desarrollados por los nazis durante la Segunda Guerra Mundial.

—¿Qué lo lleva a sospechar eso?

—Debido a una conversación muy interesante con el controlador de tránsito aéreo que supervisó el despegue del vuelo 2681. Este tipo asegura que, luego de que el piloto informó que no podía estabilizar la nave para el aterrizaje de emergencia y el avión parecía condenado, se le pidió en reiteradas ocasiones desde la torre de Ámsterdam-Schiphol que intentase un aterrizaje en dirección del lago IJssel. ¿Por qué un piloto, veterano de la Fuerza Aérea Israelí, con veinticinco mil horas de vuelo, no conseguiría dirigir la nave hacia el lago? —Al-Saud se contestó a sí mismo—: Porque quería evitar el agua a cualquier costo, aunque eso significase caer sobre una zona densamente poblada. Un experto en armas químicas le explicó a Mike que el dimetil metilfosfato y el cloruro de tionilo, ambos componentes del sarín, reaccionan furiosamente al contacto con el agua. Si el avión hubiese terminado en el IJssel, la catástrofe habría adquirido proporciones inimaginables. Creo que el piloto hizo lo que tenía que hacer y salvó a la población de Ámsterdam.

—¿Cómo sabía el piloto que el dimetil... lo que sea y el cloruro no sé cuánto reaccionan de manera letal con el agua? Ésa no es una información que cualquier mortal conoce.

—O bien el piloto estaba advertido de la carga que transportaba y de los peligros que involucraba, lo cual juzgo improbable, o el cuarto hombre jugó un papel importante en la decisión de aterrizar sobre el Bijlmer.

—¿Estos químicos podrían ser utilizados en otros procesos que no se relacionan con el desarrollo de armas químicas? ¿En insecticidas, fertilizantes, en fármacos?

—Según la Convención sobre las Armas Químicas de la ONU, el cloruro de tionilo se encuentra tipificado en la tabla tres, es decir, en la que enumera a los químicos usados para la fabricación de armas como *también* en otros productos de la industria legítima, por lo que su comercialización está controlada y restringida. El dimetil metilfosfato, en cambio, se encuentra en la tabla dos, donde se clasifican aquellos elementos esenciales para la producción de armas químicas y que no se usa en grandes cantidades para propósitos civiles. Por ende, su comercialización está prohibida.

—Hasta el momento mi país no ha ratificado el acuerdo de la Convención sobre Armas Químicas, ¿verdad?

—No, no lo ha hecho.

—Podrían alegar —dijo Moses— que necesitan esos productos para fabricar pequeñas muestras de gases letales de manera tal de conocer el comportamiento del mismo y desarrollar antídotos en caso de un ataque por parte de nuestros enemigos. Ya sabes que, durante la Guerra del Golfo, el gran fantasma era el posible uso de armas químicas por parte de Saddam. Todos nos movíamos con nuestras máscaras a cuestas y mandamos sellar una habitación donde pasaríamos el tiempo mientras durase el ataque.

Al-Saud pensó que nadie como él conocía los peligros corridos durante esa guerra. En cada misión que había llevado a cabo, la máscara antigás se sumó al complejo equipo de aviador NBC (*Nuclear, Biological and Chemical Defence*, defensa nuclear, biológica y química).

—Es una justificación plausible —admitió—. Israel, desde su creación en el 48, ha estado rodeado de enemigos dispuestos a borrarlo de la faz de la Tierra. Tiene derecho a conocer con qué armas le toca lidiar. Sin embargo, hay puntos que no cuadran. Si la situación es la que describes, ¿por qué no admitirlo? Te diré por qué. Debido a las cantidades transportadas. Una cosa es transportar cantidades para muestras de estudio y análisis y otra para fabricar armas a gran escala.

—Tel Aviv sostiene que la construcción de bombas atómicas por parte de Israel es una decisión estratégica para disuadir a nuestros enemigos. No pensamos usarlas. Lo mismo esgrimirán con las armas químicas.

—Por supuesto que es más seguro que las armas nucleares y químicas estén en manos de Israel que de un psicópata como Saddam Hussein. Sin embargo, disuasoria o no, la construcción de esas armas viola una gran cantidad de acuerdos y convenciones internacionales, y tú puedes sacar ventaja de ello. —Pasado un silencio, Al-Saud manifestó—: Si llegamos a descubrir qué había en el avión de carga de El Al, no debería publicarse en *Últimas Noticias* ya que perdería credibilidad.

—Sí, sí, tienes razón. Buscaremos otro medio.

—Un periódico holandés sería lo mejor. ¿Cuándo podrás comunicarte con tu amigo, el gerente de El Al? Me urge descubrir la identidad del cuarto hombre.

—Lo haré mañana mismo. —Shiloah se puso de pie y se tocó la barriga—. Esta conversación me ha despertado el apetito. Lo que me recuerda que tenemos una invitación para almorzar en casa de tus padres, donde siempre la comida es espléndida. ¿Vamos en la limusina del hotel?

—No. Mandaré traer mi auto.

Al-Saud telefoneó a su hombre de confianza en el garaje del hotel y le ordenó que llevase el Aston Martin a la entrada principal en cinco minutos. Se colocó una chamarra corta de cuero negro y acomodó el cuello de lana antes de abandonar la suite. De camino hacia la salida y mientras conversaba con Moses, Al-Saud analizaba los alrededores, detectaba cambios, escuchaba los sonidos, siempre en la búsqueda de un aspecto infrecuente que desatara su alarma interior. Después del severo entrenamiento impuesto para ingresar en *L'Agence*, ese comportamiento había pasado a formar parte de sus funciones fisiológicas, como respirar. Jamás entraba en una habitación sin memorizar la disposición de los muebles, la fisonomía de las personas, sus ropas y actitudes, si las ventanas y las puertas estaban abiertas o cerradas, si el reloj marcaba la hora correcta y si el señor sentado en el rincón simulaba leer el periódico. Se trataba de eliminar el efecto sorpresa. Su entrenador les había asegurado: «Si ustedes no lo ven venir, entonces son hombres muertos».

Cruzaron la recepción. Shiloah comentaba acerca de la excelente remodelación que Shariar había llevado a cabo en el legendario hotel parisino. Traspusieron la entrada principal de vidrio y hierro forjado en el momento en que el deportivo inglés estacionaba sobre la Avenida George V. Al-Saud advirtió todo al mismo tiempo: el silbido de admiración de Moses ante la visión del Aston Martin DB7 Volante y la mirada que el botones cruzaba con un transeúnte y la seña subrepticia que ejecutaba para marcarlos a él y a Shiloah. El transeúnte se movió hacia la entrada del hotel con la mano bajo la parte alta del sobretodo. No tuvo oportunidad de volver a sacarla. Al-Saud echó por tierra a su amigo y se elevó con un impulso para aterrizar con los pies sobre el tórax del sospechoso, que terminó de espaldas en la acera, sin aire en los pulmones. Un segundo después, Al-Saud lo colocó de bruces, le sujetó las manos a la altura de los omóplatos y le aprisionó la nuca con la rodilla. Antes de hablarle, estudió el entorno. A excepción de los gestos demudados del botones, del empleado del garaje y de un grupo de huéspedes del George V, no se advertía nada extraño.

—¿Quién eres?

—*Personne!* —farfulló el hombre, sin aliento y torciendo los labios para no barrer la acera con ellos—. ¡Un periodista holandés! Mi nombre es Ruud Kok. Trabajo para el *NRC Handelsblad*. Sólo quería entregarle esto, señor Al-Saud. Se lo juro. —Abrió el puño en la espalda, y Eliah advirtió que el pedazo de papel arrugado era una tarjeta personal.

Lo puso de pie y lo cacheó desde los sobacos hasta los pies; sólo encontró una billetera, de donde extrajo la identificación del supuesto periodista.

—He tratado de contactarlo vía telefónica, pero su secretaria siempre me dice que usted no está disponible.

—Nadie conoce mi agenda como mi secretaria, señor... Kok —terminó, con ayuda del documento.

—Sí, Kok. Ruud Kok. Del *NRC Handelsblad*. También soy corresponsal de *Paris Match* y de *Le Figaro* en Ámsterdam. Puede verificarlo.

Al-Saud le enterró la billetera en el pecho y Ruud Kok se apresuró a atraparla. El jefe de la recepción apareció en la acera.

—Didier, que ese individuo —Eliah apuntó al botones— recoja sus cosas y se marche en este instante. Está despedido.

—Sí, *monsieur* Al-Saud. ¿Está usted bien?

Al-Saud le dispensó una mirada que lo obligó a retroceder.

—¿Cómo estás tú, Shiloah?

—Algo magullado, pero bien, *mon frère*.

—Vamos.

—¡Señor Al-Saud! —El periodista holandés se detuvo ante el gesto feroz de Eliah, que apenas ladeó la cabeza para mirarlo—. Me gustaría hablar con usted. Sólo será un momento.

—¿Qué desea?

—Entrevistarlo. —Ante el ceño de Al-Saud, se explicó—: Estoy investigando para mi próximo libro sobre las nuevas empresas militares privadas, y la suya es la más importante del mercado. Sería un honor poder entrevistarlo —repitió, nervioso.

—No me interesa. Buenos días.

—¡Por favor, aunque sea, reciba mi tarjeta!

Al-Saud la tomó y, sin echarle un vistazo, la guardó en el bolsillo de la chamarra de cuero. Shiloah ya ocupaba el asiento del acompañante. Eliah se ubicó al volante, se abrochó el cinturón de seguridad y arrancó con un chirrido de neumáticos.

Después de un silencio, durante el cual el rugido del motor ahogaba cualquier otro sonido, Shiloah Moses preguntó:

—¿Para eso te sirve el cinturón negro, seis dan?

—No. Ésa fue una técnica de *Ninjutsu* —lo corrigió, con ironía.

—¿Hacía falta todo ese despliegue, *mon frère*?

Al-Saud giró la cabeza con lentitud intencionada y fijó la vista en Moses.

—Shiloah, déjame hacer mi trabajo. Para esto fui entrenado.

—Está bien, está bien.

—No subestimes el peligro en el que te has colocado desde que decidiste iniciar tu carrera política con ideas tan poco ortodoxas para tu país y otros grupos.

El mutismo volvió a apoderarse del interior del Aston Martin mientras avanzaba por la Avenida de Champs Élysées hacia el Arco del Triunfo.

—Me quedé pensando en lo que me contaste del desastre de Bijlmer —dijo Moses—. Me pregunto cómo haría ese laboratorio argentino... ¿Cómo dijiste que se llama?

—Química Blahetter.

—¿Cómo haría Química Blahetter para sacar esas sustancias tan tóxicas de Argentina?

Una sonrisa esquiva, como un gesto burlesco, cruzó la cara de Al-Saud.

—Te sorprendería saber lo fácil que es entrar y salir de la Argentina sin levantar sospechas. Tiene un nivel de radarización pésimo en la frontera. De todos modos, Blahetter, que no es sólo un laboratorio sino un imperio, ha contado con un aliado inestimable en el envío de los componentes a Israel. Se trata de la empresa EDCA, con mayoría estatal, pero cuyo *management* está en manos de una empresa del grupo Blahetter. EDCA gestiona los servicios de almacenamiento y depósito de cargas aéreas internacionales que ingresan y egresan de varios aeropuertos argentinos.

Shiloah Moses soltó un silbido.

—Entonces, sería pan comido para Blahetter —admitió.

—No tenemos pruebas para demostrar que lo que iba en ese avión lo había suministrado Blahetter. Ni siquiera tenemos pruebas de que esas sustancias iban en el avión. Pero estamos trabajando para conseguirlas.

Circundaron la rotonda de la Plaza Charles de Gaulle, donde se erige el Arco del Triunfo, y tomaron por una de las arterias que allí nacen, la Avenida Foch. Al-Saud frenó en la esquina con la Avenida Malakoff, delante de un palacete rodeado de jardines y protegido por una reja de lanzas de hierro forjado negro. Abrió el portón con un dispositivo, y el Aston Martin se movió lentamente por el camino de grava. Dos hombres de traje negro se hallaban ubicados en las escalinatas que conducían a la entrada principal de la mansión Al-Saud. Uno de ellos levantó el brazo para saludar a su jefe, y Shiloah advirtió la pistola guardada bajo la chamarra.

—¿Qué armas usan tus hombres?

—Pistolas Browning High Power, más conocidas como HP 35.

—¿Son buenas?

—Yo diría letales. La HP 35 es la reina de las nueve milímetros. Carga trece cartuchos de Parabellum.

—¿Por qué elegiste la HP 35?

—No la elegí yo sino Tony. Es la preferida de los miembros del SAS.

Shiloah Moses sabía que Anthony Hill, el principal socio de Al-Saud, un tipo que rondaba los cuarenta, pero con el estado físico de un muchacho de veinticinco, había pertenecido a la fuerza de élite del ejército británico, *Special Air Service*, más conocida como SAS, y que además se había graduado con las mejores calificaciones en la Academia Militar Sandhurst. En opinión de Shiloah, el propio Hill era un arma letal, a pesar de que, con sus facciones de niño bonito y su cabello ondulado y rubio, nadie lo habría creído.

La familia Al-Saud se agolpó en el vestíbulo para saludar a Shiloah Moses; hacía tiempo que no lo veían. Francesca se apartó del grupo y salió al encuentro de su hijo, que se inclinó para besarla. Francesca le sujetó el rostro y, a pesar de que los conocía de memoria, admiró la belleza de los ojos de su tercer hijo, de un verde distinto del de Kamal, más intenso, más como el del césped en verano, y pensó que las pestañas negras y tupidas servían para intensificar el color. Eliah apartó la cara porque no le gustaba que su madre descubriera lo que había en él.

—¿Cómo estás, querido? —le preguntó, mientras le apartaba el mechón de cabello de la frente.

—Bien, mamá. ¿Y tú?

En tanto la escuchaba referirle los pormenores del viaje desde Jeddah, la estudiaba. Como de costumbre, su madre había elegido una vestimenta sobria y elegante. A pesar de haber parido cuatro hijos, conservaba una figura delgada, embellecida por el saco entallado en la cintura. Llevaba el pelo suelto, negro y reluciente como él lo recordaba de niño.

Kamal Al-Saud se aproximó a saludarlo. Padre e hijo se dieron un abrazo e intercambiaron algunas palabras relacionadas con el único tema que compartían, los caballos, ya que Kamal no había aceptado que su hijo fuese piloto de guerra ni que en el presente dirigiera la empresa militar privada más reconocida del mercado; habría preferido que estudiase Medicina, Ciencias Económicas o Relaciones Internacionales para convertirse en el embajador saudí en Francia. Por razones contractuales, Eliah nunca había mencionado sus años como miembro del cuerpo de élite de la OTAN, *L'Agence*; su padre tampoco lo habría aprobado. En opinión de Francesca, ambos eran demasiado autoritarios, independientes y fuera de lo común para llevarse bien.

Durante el almuerzo, Shiloah entretuvo a los comensales con su locuacidad; hasta los hijos mayores de Shariar se reían. El tenor cambió cuando se habló del nacimiento del Tsabar, el partido político de Moses, y la conversación derivó en el conflicto entre Israel y Palestina.

—Lo cierto es que el mundo árabe no supo ayudar al pueblo palestino —admitió Kamal, y se explayó al evocar las distintas guerras que habían librado para expulsar a los sionistas de la tierra que los palestinos reclamaban como propia—. Me avergüenza pensar que un país recién nacido como Israel, con un ejército carente de experiencia, haya podido vencer a cinco países árabes viejos y consolidados.

Kamal Al-Saud hablaba de «su» país y del mundo árabe porque se sentía árabe; sin embargo, caviló Eliah, ahí estaba, festejando el Año Nuevo cristiano en un palacete parisino, con su esposa católica y sus hijos, que si bien educados en la fe musulmana, conducían vidas acordes a los patrones occidentales. Para él, su padre, Kamal Al-Saud, siempre había encerrado una esencia enigmática.

Atento a la conversación, se dedicó a observar a los comensales para descifrar el significado de sus gestos y posturas, otra de las enseñanzas aprendidas durante el entrenamiento recibido en *L'Agence*. «Hay muecas, movimientos y actitudes que hablan más que las palabras», les había asegurado un especialista en lenguaje corporal. Por ejemplo, su hermana Yasmín estaba enojada; lo sabía por el modo en que se masticaba la cara interna de la mejilla; quizás había discutido con André, sentado a su lado, aunque él lucía muy a gusto e interesado en la charla; o tal vez se trataba de una nueva disputa con su guardaespaldas, el bosnio Sándor «Sanny» Huseinovic, a quien Yasmín manifestaba no tolerar.

Al detenerse en Francesca, reparó en el modo en que miraba a Kamal, quien tenía la palabra en ese momento. «Devoción», utilizó para definir lo que comunicaba el rostro de su madre en tanto admiraba a su esposo. Ella no sólo lo amaba; lo veneraba. Entre ellos se notaba la diferencia de edad. Él, con sus setenta y dos años, tenía el cabello blanco —las cejas, misteriosamente, conservaban su tonalidad negra azulada— y los rasgos de la cara avejentados por las arrugas y las líneas de cansancio, aunque le concedía al viejo que había sabido mantenerse erguido y en forma, con una mente ágil. Francesca, en cambio, no llegaba a los sesenta y aún desprendía la frescura de siempre. Entonces, absorto en el expresión de Francesca, Eliah comprendió por qué su padre había renegado del Islam y de Arabia, aun del trono —algo que la abuela Fadila jamás le había perdonado—, sólo para asegurarse de que contaría con la mirada de esa mujer cada día de su vida. Él jamás había experimentado un sentimiento de esa índole. Pese a haber amado a Samara, habían intentado cambiarse el uno al otro sin conseguir nada excepto discusiones y malas caras. De manera abrupta salió del trance cuando la carita de Matilde apareció frente a él.

Más tarde, Eliah avistó a su tío Nando en una salita apartada, leyendo *Le Monde*. En realidad, el hombre no era su tío sino el esposo de la mejor amiga de Francesca, Sofía, y se había desempeñado como la mano derecha de Kamal durante treinta años. Se sentó a su lado y le preguntó:

—Tío, ¿por qué a una mujer en la Argentina le pondrían el mote Pechochura?

Nando rio.

—Es un juego de dos palabras: preciosura y pechos. Así llamarían a una mujer bonita con grandes pechos. Pero me atrevo a decir, Eliah, que ese sobrenombre no se usaría para llamar a cualquier mujer argentina sino a una cordobesa. Esa expresión es típica del humor y la picardía de mi provincia.

Eliah anunció que no se quedaría a cenar y, antes de despedirse, subió al primer piso, donde se hallaban los dormitorios, para buscar la chamarra. Al pasar frente a la habitación de Shariar, entrevió a su sobrino Dominique, un bebé de seis meses, dormido en el centro de la cama, circundado por almohadas. A diferencia de Alamán y de Yasmín, que habían establecido lazos muy fuertes con los hijos del mayor de los Al-Saud, Eliah prefería mantener distancia. Lo incomodaban, lo desconcertaban, no sabía cómo actuar en presencia de esas criaturas pequeñas y ruidosas, se sentía torpe y ridículo en el intento por caerles en gracia. Desde su altura de un metro noventa y dos centímetros, permaneció estático, contemplando al bebé. Varias imágenes le pasaron por la mente, en todas estaba Samara, hasta que se inclinó para oler el cuellito de Dominique y pensó en Matilde.

Volvió al George V para concluir el informe que entregaría a las aseguradoras holandesas. Encontró a Céline en la recepción del hotel sentada en un sillón cerca del área de los ascensores. Se contemplaron a través del espacio. Ella vestía un sobretodo de cachemira rosa y zapatos clásicos de charol negro. Como había cruzado las piernas, los paños de la prenda se abrían y revelaban los tobillos delgados, las pantorrillas firmes y las rodillas puntiagudas. «Un buen acostón es lo que necesito para liberarme de esta energía tan pesada», meditó. Subieron al ascensor. Con esos tacones, la joven superaba el metro ochenta y cinco de altura.

Céline se ubicó en un extremo, alejada de él, y, con ojos cargados de sensualidad, se abrió el sobretodo y le reveló su desnudez apenas recatada por un diminuto calzón de encaje negro.

4

Aldo Martínez Olazábal subió a la cubierta de su yate recién adquirido para absorber la paz del atardecer en el Puerto José Banús, en España. Levantó la vista: la luna llena se perfilaba en el cielo apenas oscurecido, y una brisa templada, a pesar del invierno, le acarició las mejillas barbudas. Bajó los párpados y un placentero escozor le recorrió los ojos. Estaba rendido, hacía más de veinticuatro horas que no dormía. Después de la charla con su yerno en el aeropuerto de Ezeiza, tomó un vuelo de Iberia que lo condujo hasta Madrid. Desde allí se trasladó a Banús en un coche rentado, casi un acto suicida: cuatrocientos kilómetros, solo y con sueño. Pero hacía tiempo que Aldo había perdido el miedo. Después de todo, como decía su socio y mejor amigo, Rauf Al-Abiyia, a la vida había que tratarla de tú. Volvió a la sala principal del barco y se recostó en el diván. Desde allí telefoneó a Rauf y, en árabe, le indicó que se encontraba en su yate, en el Puerto Banús.

—Estoy en Marbella —informó Al-Abiyia—. En una hora llegaré allí. Rauf Al-Abiyia era conocido en el mundo del tráfico de armas y de estupefacientes como el Príncipe de Marbella. De origen palestino, a los siete años había huido, junto con su familia, de su Burayr natal, ubicada cerca de la ciudad de Gaza, en lo que se conocía como el Mandato Británico de Palestina. Se acomodaron en las afueras de El Cairo, como refugiados, es decir, como parias, viviendo en tiendas, comiendo cuando podían, sin agua, sin electricidad y con una amargura por haber perdido la tierra amada que no los abandonaba hasta el presente, cincuenta años más tarde. A los palestinos en Egipto no se les concedió la ciudadanía y, a excepción de la educación gratuita, el país no mostró demasiada hospitalidad.

Las autoridades egipcias les temían, como le habían temido al pueblo judío en época de Moisés. En el campo de refugiados, Rauf aprendió lo que era el hambre. En una ocasión, Aldo, en tono socarrón, le preguntó por qué mantenía tres refrigeradores y un congelador a rebosar, y Rauf, con una seriedad que demudó a su amigo, le contestó con otra pregunta: «Dime, Mohamed» –lo llamó por su nombre árabe–, «¿alguna vez has experimentado el hambre? No me refiero al apetito normal después de tres horas de no ingerir alimentos, sino al hambre de días, el que te agarrota el estómago, te llena la boca de mal sabor y te quita la voluntad».

Rauf también aprendió que, para sobrevivir, no podía depender de sus padres; si deseaba comer, tenía que proveerse el alimento. Iba al zoco con otros niños palestinos, donde mendigaba, robaba, canjeaba, regateaba, compraba y vendía. A los diecisiete años comandaba un grupo de ladronzuelos cuyas actividades redituaban lo suficiente para alquilar una pequeña casa para sus padres y sus hermanas, y darse algunos gustos. Por esos años conoció a un estudiante de medicina palestino, Fathi Shiqaqi, miembro de la Sociedad de los Hermanos Musulmanes, un muchacho con talento natural para el liderazgo y para contagiar su fervor religioso. La vida de Rauf dio un giro radical y, de simple delincuente de las calles cairotas, pasó a constituir la cabeza de un grupo con objetivos enaltecidos. En su búsqueda por los méritos que lo conducirían al Paraíso junto al Profeta (la paz y las bendiciones de Alá sean con él), la *yihad* o guerra santa ocupaba el primer lugar y, si bien Rauf no había perdido interés en el dinero ni en el bienestar, nada se anteponía a su lucha: expulsar a los sionistas de Oriente Medio y recuperar la amada Palestina.

A principios de la década de los ochenta, viajó a un convulsionado país de Sudamérica, Argentina, donde perfeccionaría una venta de armas con un grupo rebelde que se disponía a proseguir con la «revolución» del Che Guevara. El canje de los fusiles por el dinero se realizaría en una localidad tranquila de la provincia de Córdoba llamada Carlos Paz, en un chalet cercano al río San Antonio, donde el armamento quedaría escondido. El día señalado, cuando el grupo rebelde y Al-Abiyia sellaban el trato, un retén de soldados les cayó encima y los llevó presos. Su abogado le informó a través de un intérprete que, gracias a un infiltrado, los militares habían conocido los detalles de la operación, incluso que los fusiles de asalto FAMAS habían sido sustraídos del depósito de la Legión Extranjera en la República de Djibouti. Lo condenaron a diez años de prisión, que finalmente se redujeron a cinco. De su temporada en la cárcel del barrio San Martín en la ciudad de Córdoba, Rauf Al-Abiyia obtuvo dos beneficios: un manejo fluido del castellano y la amistad de Aldo Martínez Olazábal.

¿Qué hacía ese hombre, no mayor de cincuenta años, con aspecto aristocrático —el alcoholismo no le había deformado los rasgos aquilinos ni abotagado las finas facciones—, en ese hueco olvidado de la mano de Alá, rodeado de escoria humana?

—Me declararon la quiebra fraudulenta —explicó Aldo en un perfecto inglés, en medio de temblores y sudoración causados por la abstinencia de alcohol.

En la prisión habría conseguido cualquier cosa, incluso un fino coñac. Con mucho dinero.

—No tengo un centavo. Me embargaron hasta el último bien y los remataron para cubrir las deudas. Mi familia come gracias a mis hermanas, que pagan todas las cuentas.

La aventura bancaria de Aldo Martínez Olazábal había terminado mal. A fines de los setenta, harto de administrar campos, de contar ganado y de patear estiércol, convenció a su padre y a su suegro de que invirtieran en el negocio del momento, el que fabricaba gente rica de la noche a la mañana: una entidad financiera, que luego adquirió personalidad jurídica de banco. Banco Independencia. El dinero comenzó a fluir como de una vertiente y, con ese exceso, nació el vértigo del poder. Él, un licenciado en Filosofía, a quien su madre había pronosticado un futuro mediocre, era el propietario de uno de los bancos nativos más importantes del mercado, con varias sucursales y proyectos de envergadura. Su imagen se volvió carismática, lo convocaban de la Bolsa de Comercio para conferenciar, de las universidades para dar clases, de la Secretaría de Hacienda para consultarlo, lo invitaban a fiestas del *jet set* y aparecía en revistas de chismes con una copa de Lagavulin en una mano y un cigarro en la otra, rodeado de mujeres hermosas. Se lo pasaba en Buenos Aires, adonde su esposa Dolores lo seguía, ciega de celos, descuidando la educación de sus hijas, Dolores, Celia y Matilde, que quedaban a cargo de su madre en el viejo palacete familiar en Córdoba.

Hacia mediados de los ochenta, un amigo empresario, de esos que conocía en las fiestas del *jet set*, le solicitó un préstamo de varios millones de dólares y, para convencerlo, ofreció pagarle una tasa en dos puntos superior a la del mercado. Aldo accedió, aunque a regañadientes y, como el empresario lo necesitaba con urgencia, se obviaron las auditorías y los análisis exhaustivos de los estados contables. A las pocas semanas, la empresa de su amigo se declaraba en quiebra, los empleados tomaban la fábrica y denunciaban el vaciamiento de los activos e intervenía la Justicia. Así comenzó la debacle, y los problemas se precipitaron sobre el Banco Independencia como un alud. En el Banco Central y en otras instituciones financieras de la City porteña se murmuraba que

Martínez Olazábal ya no resultaba una apuesta segura. Los inversores lo presionaban para que les devolviera los fondos, en tanto sus deudores se esfumaban.

—La burbuja en la que vivía —le contó Aldo a Rauf— no reventó de un día para otro sino que fue un proceso de meses en el cual, por salvar lo insalvable, me dejé llevar por los consejos de mis asesores, que terminaron por enterrarme. Estaba ciego. En realidad, siempre lo había estado. Después de todo, ¿qué sabía yo de depósitos, plazos fijos, encajes, dinero bancario y demás? Nada, absolutamente nada. Al final —confesó—, había perdido todo rastro de moral que alguna vez tuve. Mis *amigos* y abogados se llenaron los bolsillos con el dinero de mis otros clientes, yo quedé en la ruina y sepultado en este agujero.

Rauf Al-Abiyia se convirtió en el enfermero de Aldo durante el más duro trance de la abstinencia y, mientras le secaba el sudor y le daba de beber caldo en los labios, le hablaba de Alá, del Profeta Mahoma y de los cincos pilares del Islam. Aldo emergió de los vapores del alcohol como un espíritu purificado por el fuego y, gracias al apoyo de Rauf, vivía día a día sin probar una gota, a pesar de que su hija Matilde, la única que lo visitaba, le dejaba un poco de dinero con el que podría haber adquirido vino de garrafa. La apostasía de Aldo resultó la consecuencia lógica de quien encuentra la salvación de manos de otro credo. Aprendió árabe para leer el Corán —Rauf lo llamaba Qúran— y memorizó los fundamentos del Islam. Estudió la vida del Profeta, por quien llegó a experimentar una admiración que la figura de Cristo jamás le había inspirado; casi sin notarlo, cada vez que lo nombraba, caía en la muletilla de Rauf: la paz y las bendiciones de Alá sean con él. Acompañaba a Al-Abiyia en las cinco oraciones diarias y eran severos en el ayuno durante el mes de Ramadán. Por fin, un imam visitó la cárcel del barrio de San Martín, y Aldo pronunció la *shahada*, o acto de fe, que lo convirtió en un hombre nuevo, como recién salido del vientre materno.

—*La ilaha illa-llahu, Muhámmad rasulu-llah* —dijo, sabiendo que declaraba: «No hay más dios que Dios, Mahoma es el mensajero de Dios».

—Hombre nuevo —lo llamó el imam en árabe—, ¿qué nombre deseas llevar?

—Mohamed Abú Yihad. —El nombre del Profeta y «padre del esfuerzo», aunque en Occidente, se lo traduciría incorrectamente, «padre de la guerra santa».

La amistad se consolidó ese día y, desde ese momento, se llamaron hermano y se protegieron mutuamente. A Al-Abiyia no lo querían por extranjero y musulmán, y al «Rubito», por rubio, por blanco y por estirado. Aldo, o Mohamed, salió de la cárcel del barrio de San Martín tres meses más tarde que su amigo Rauf, quien lo fue a esperar a la entrada para decirle:

—Hermano, desde hoy empieza una nueva vida para ti.

Rauf Al-Abiyia pisó el entablado de teca de cubierta y exclamó para comunicar su admiración por el yate de Aldo. Los negocios iban bien, pensó. A las abundantes ganancias que devengaban la venta de armas y el tráfico de heroína se sumaban los beneficios de un nuevo negocio: el contrabando en Irak. Al finalizar la Guerra del Golfo a principios de 1991, una resolución del Consejo de Seguridad de la Organización de las Naciones Unidas decretó el embargo para el país derrotado: se les prohibía vender petróleo y comprar armas. Irak, desprovisto de los ingresos del petróleo, sufrió pronto las consecuencias. La calidad de vida, devastada durante la guerra, se resintió a un nivel alarmante, con una mortalidad infantil que enardecía a los organismos humanitarios. No había alimentos ni medicinas ni elementos de consumo básico. El contrabando se presentaba como la única alternativa para sobrevivir. Rauf Al-Abiyia y Mohamed Abú Yihad, aprovechando su extensa red de contactos y la estructura con que contaban para comerciar armas y drogas, introdujeron en Irak desde alimentos y medicinas hasta repuestos para vehículos y maquinaria, ropa y calzado, a precios moderados que las agotadas arcas de Irak pudiesen afrontar y que les granjearon importantes amistades entre los iraquíes, como la de Uday Hussein, el primogénito de Saddam, de quien se decía que era un demonio, y la de Kusay, su segundo hijo, al frente del Destacamento de Policía Presidencial, el *Amn al Khass*. Para realizar las entregas de los productos, usaban pistas de aterrizaje clandestinas, disfrazadas en el desierto, o bien se servían de las caravanas de beduinos o de los rastreadores que habitaban las montañas kurdas. A Rauf Al-Abiyia, por haber ayudado a Irak en esos momentos de desgracia y carencia, se le concedió el honor de ser recibido por el propio *sayid rais*, el señor presidente, en su palacio de Sarseng, a cuatrocientos dieciocho kilómetros al norte de Bagdad, en la región de los kurdos.

En 1996, con la entrada en vigencia del plan de la ONU «petróleo por alimentos», que pretendía rescatar a Irak de la miseria, sólo se consiguió que los Hussein, sus socios, amigos y funcionarios aumentasen los saldos de sus cuentas secretas de manera escandalosa, en tanto los niños iraquíes seguían muriendo como moscas. Rauf y Aldo se hallaban en el momento y el lugar justos, cuando el dinero empezó a llover sobre Irak.

El yate de Aldo, con sus ochenta metros de eslora, exteriorizaba los suculentos beneficios que los negocios con la familia Hussein estaban proporcionándoles.

—Ya lo dice el viejo refrán, hermano mío —dijo Rauf—: *L'argent fait la guerre*, y yo me atrevería a agregar: *Et la guerre fait de l'argent*. ¡Mira qué magnífico barco! Y lo has bautizado *Matilde*, como tu preciosa hija.

Aldo prefería olvidar el ataque de histeria y llanto que su hija Celia sufrió al enterarse de que había llamado *Matilde* al yate. No se molestó en aplacarla; no podía explicar por qué amaba más a Matilde. Al final le prometió que la casa que comprase en Marbella llevaría el nombre de Celia, ante lo cual la modelo vociferó: «¡Céline, papá!». Desde entonces, su hija del medio no atendía sus llamadas ni respondía los mensajes de correo electrónico. La situación se le antojaba irónica, pues, mientras Celia se había mostrado exultante ante la visión del barco —por lo menos hasta que leyó el nombre de su hermana en la proa—, Matilde no estaba enterada de que Aldo lo había adquirido. A su hija menor no la conmovería, por el contrario, le dirigiría esa mirada que a él le tocaba el corazón y le preguntaría, casi le susurraría, con qué dinero lo había comprado, a qué se dedicaba, cuál era el oficio de un bróker. Matilde sospechaba de la naturaleza de sus negocios, y esa presunción lo atormentaba. Sólo una vez, más de treinta años atrás, había anhelado la aprobación de una mujer, la de Francesca De Gecco, y la había perdido por cobarde. No soportaría perder la de su adorada Matilde. Con todo y quizá por haber convivido íntimamente con la miseria, no podía resistirse a esa vida de lujos y a la sensación de poder. Arriesgaba el pescuezo a diario; sin embargo, el peligro al que se exponía inyectaba en su sangre la cuota de adrenalina que lo colmaba de una energía joven.

—Ven, Rauf. Has llegado justo para la Oración del *Isha*. Entra. Ahí tienes un aseo para las abluciones.

Cumplido el precepto coránico, Aldo le mostró a su amigo el resto del yate.

—¿Has cenado? Vamos al comedor. Allí tengo unos deliciosos bocadillos.

En tanto daban cuenta de los manjares, Rauf y Aldo discutían los términos de la reunión que tendría lugar en esa misma sala al día siguiente.

—¿Anuar Al-Muzara en persona vendrá mañana? —se asombró Aldo, en referencia al cabecilla de las Brigadas Ezzedin al-Qassam, el aparato militar del grupo palestino Hamás, cuyo lema era: «Peleamos, luego existimos».

—Así es. Aquí me transmitieron las coordenadas donde nos encontraremos. —Arrastró un pedazo de papel que Aldo leyó por encima.

—Entiendo que es hermano de Sabir Al-Muzara, el que ganó el Nobel de Literatura el año pasado.

—Bien podrían ser enemigos —declaró Al-Abiyia—. Uno está en las antípodas de la ideología del otro. Mientras Anuar propugna la recuperación de Palestina a través de la guerra armada, Sabir busca la paz y conciliación con los ladrones sionistas.

—¿Qué sabes del tal Anuar? ¿Quién te contactó para entrar en tratos con él?

—Despreocúpate, Aldo. Hice mi tarea y nada malo ocurrirá. No olvides que todavía cuento con amigos en la Yihad Islámica que me sirven de mucho para estos menesteres. Anuar llegará en una lancha al amanecer y traerá con él el anticipo.

—¿De dónde sacó el dinero? Hasta lo que sabíamos, estaban en pésimas condiciones económicas.

—Los de Hamás han recibido un magnífico regalo de Muammar Qaddafi. —Rauf aludía al presidente libio—. Dicen que está que trina con los acuerdos de Oslo e incita a la lucha armada regalando dinero a diestro y siniestro. Ahora dime tú, hermano, ¿cómo te fue en tu país? ¿Podremos hacernos de las armas?

—No. Mi contacto en el Ministerio de Defensa fue enjuiciado y suspendido por unas irregularidades que le encontraron los auditores del Congreso. En el poco tiempo que estuve en Buenos Aires, me resultó imposible hallar otro.

—Ah, qué pena. Lo bueno de comprar armas a funcionarios corruptos es que le dan un viso de legalidad que nos ahorra muchos problemas.

—No pierdo las esperanzas. Mi contacto está intentando conseguir a alguien que nos emita el certificado de expedición de armas. En caso de que esto falle, no me quedará otra alternativa que visitar a *Madame* Gulemale en el Congo. Ella siempre soluciona nuestros problemas de stock.

—A un precio elevadísimo —se quejó Rauf.

—En el ínterin, podremos satisfacer en parte el pedido de Al-Muzara con lo que hay en el depósito de Chipre. Tenemos algo más de cuatrocientas mil municiones Parabellum, algunos RPG-7, dos docenas de Kaláshnikov si no me falla la memoria, varias granadas M-26 y kilos de pólvora para que los muchachos de las Ezzedin al-Qassam se entretengan fabricando sus misiles caseros.

—¿Nada de explosivos? Los necesitan para los ataques suicidas.

—Nada. Ni cordita, ni Semtex. Nada.

—Sabes, Mohamed, se me acaba de ocurrir que podríamos trasladar las armas desde el depósito en Chipre adonde nos indique Al-Muzara en el *Matilde*. —Con un movimiento del brazo, abarcó el espacio en torno a él—. Ahorraríamos miles de dólares en transporte.

Aldo se puso de pie, con la vista en los restos de comida, incómodo y molesto por la mención del nombre de su hija en relación con sus negocios.

–No, en el *Matilde* no. Seguiremos como hasta ahora, alquilando barcos de mala muerte, con tripulaciones que no hacen preguntas. Me retiro a descansar, Rauf. Ya no me sostengo en pie. Ocupa el camarote que más te plazca.

Aldo apoyó la cabeza en la almohada y soltó un quejido cuando la tensión abandonó sus extremidades. A pesar del cansancio, no lograba dormirse. Pensaba en Roy Blahetter y en su desesperación. Le dolía que Matilde y él se hubiesen separado. Quería a Roy como a un hijo y Matilde era lo más importante para él. Lo había conquistado desde pequeña, aun antes de caminar. Él advertía una cualidad peculiar en su hija menor, una serenidad y un dominio –rara vez lloraba– que lo reconfortaban cuando sentía que su matrimonio y su vida se iban al garete.

También pensaba en que no le había mencionado a Rauf Al-Abiyia el asunto de la centrifugadora de Roy. «Debería hacerlo», se instó, pues tenía la impresión de que lo traicionaba. Además, era Rauf quien poseía la red de conexiones que le permitiría acceder a los personajes con el poder, el dinero y la audacia para comprar ese endiablado artilugio de Roy. Finalmente, decidió contárselo una vez acabada la reunión con el hombre de las Brigadas Ezzedin al-Qassam.

Al día siguiente, cuando el sol apenas se insinuaba en el horizonte, Anuar Al-Muzara y su guardia personal abordaron el *Matilde*. Se habían aproximado por estribor en una lancha con motor fuera de borda. A Aldo lo sorprendió el aspecto del terrorista. Por alguna razón había imaginado que se trataría de un hombre bajo y panzón. Por el contrario, el jefe de las Brigadas Ezzedin al-Qassam era estilizado y elegante, pese a que vestía con sencillez. Resultaba difícil conciliar esa semblanza con la de un hombre que organizaba ataques suicidas a civiles israelíes. No iba armado; los custodios, en cambio, ostentaban sus fusiles AK-47, es decir, los Kaláshnikov, en bandolera sobre el pecho.

Anuar Al-Muzara detestaba a los traficantes de armas, que nadaban en dinero y no cumplían con el tercer pilar del Islam, el azaque o limosna. Añoraba la época de esplendor de la Rusia comunista, cuando la Guerra Fría no mostraba indicios de terminar y la Unión Soviética proveía armas a precios irrisorios sino gratis a los movimientos de liberación marxistas y leninistas. Caído el muro de Berlín, acabada la Guerra Fría y desmembrada la Unión Soviética, los grupos revolucionarios se vieron obligados a volverse hacia los traficantes de armas del mercado negro, como Adnan Khashoggi, Rauf Al-Abiyia y el tal Mohamed Abú Yihad, un hombre que no le inspiraba confianza. Él los tildaba de bestias carroñeras. No obstante, por mucho que los despreciase, los necesitaba. Con el golpe que se traía entre manos, el más riesgoso de su carrera, necesitaría reabastecerse, en especial de explosivos. Por eso los saludó con cortesía, deseándoles que la paz de Alá estuviera con ellos.

—As-salaam-alaikun.

—Alaikun salaam —respondieron Aldo y Rauf a coro.

Algunos custodios quedaron en cubierta, vigilando tanto el mar como el cielo; dos de ellos acompañaron al jefe al interior del barco. Había té con mucha azúcar, como aprecian los árabes, y un excelente café Sanani de Mocha. El diálogo se desarrolló en buenos términos, aunque Aldo olfateó una tensión subyacente que no le permitía gozar del millonario acuerdo que estaban a punto de cerrar. Terminada la reunión, acordados el precio y los puntos de entrega del armamento y pasados los cincuenta mil dólares de seña por la máquina contadora de billetes y la detectora de moneda falsa, Anuar Al-Muzara se puso de pie y ejecutó el saludo a la oriental, tocándose los labios y la frente con la punta de los dedos antes de extender la mano e inclinar el torso.

—Por aquí —invitó Aldo, y le señaló la escalera que conducía a la escotilla—. Señor Al-Muzara, entiendo que es usted hermano del Nobel de Literatura.

Aldo casi cae de espaldas desde la empinada escalera cuando el jefe del grupo terrorista se volvió para fulminarlo con unos ojos negros que parecían pupilas gigantes.

—¡Ése no es mi hermano sino un traidor! Sólo con recibir ese premio de los herejes occidentales demuestra sus perversas inclinaciones.

—Oh, lo siento.

—Un hombre que se codea con los sionistas y con las víboras árabes jamás podría ser mi hermano.

Aldo ignoraba a quiénes llamaba «víboras árabes». Más tarde, Rauf le explicó que calificaba de víboras a los árabes alineados con Occidente, sobre todo a las familias reales de Arabia Saudí y de Kuwait.

El viernes por la mañana, Matilde se levantó renovada después de haber dormido la mayor parte del día anterior. El efecto del síndrome de los husos horarios, o *jet lag*, la sumió en un sueño profundo como no recordaba haber experimentado en el pasado. Juana despertó con unas líneas de fiebre, aunque Matilde lo adjudicaba no tanto al efecto de la diferencia horaria sino al llamado de Jorge, un médico del Hospital Garrahan, casado y sin hijos, con el cual Juana se había enredado. Meses atrás, el hombre le había jurado que se divorciaría de su esposa, con la cual aseguraba no tener ninguna afinidad. La esposa quedó embarazada y Jorge puso fin a su historia con Juana. Matilde creía que la decisión de su amiga de embarcarse en la aventura de Manos Que Curan se relacionaba más con poner distancia entre ella y Jorge que con un corazón compasivo.

—Eso te pasa por tener celular —afirmó Matilde—. ¿Por qué no cambias el número, y así Jorge no te molesta más?

—Lo atendí porque quise, Mat —admitió Juana, echada en el sillón de la sala—. ¿Acaso no sabes que en un celular puedes ver quién te llama si lo tienes registrado?

—No sabía.

—¡Uf, Matilde Martínez! Vives en un dedal, mi vida.

—Más fácil, entonces. No necesitas cambiar la línea para no atender a Jorge. No contestes y listo. ¿Qué tenía para decirte? ¿No había terminado contigo, acaso?

Matilde corrió junto a Juana al ver que sus ojos oscuros se colmaban de lágrimas. La abrazó.

—Parece que somos amigas para consolarnos la una a la otra —sollozó y, pese a que intentaba sonar irónica y chistosa, Matilde, que la conocía del derecho y del revés, supo que se trataba de un artificio de su amiga para disfrazar la pena.

—En esta vida, Juani, tú me has consolado muchísimas veces más de lo que yo te he consolado a ti.

—¡Es que tu vida, amiga querida, ha sido de telenovela!

—¿Qué te dijo Jorge?

—Que me quiere, que me extraña, que no puede vivir sin mí, que vuelva, que la va a dejar…

—¿Ahora que está embarazada?

—Esperará a que nazca el bebé.

—Juani, sabes que apoyaría cualquier decisión que tomases, pero si me permites una opinión, me gustaría decirte que no aceptes de nuevo a Jorge. Dale una oportunidad a esa criatura de tener una familia.

—¡Ah, Matilde! —se quejó la otra, y empezó a llorar de nuevo.

—Tú tienes a tus padres juntos, ellos siempre se quisieron, pero yo, que sufrí el divorcio de los míos, puedo asegurarte que fue lo más duro que me tocó vivir. Más duro que aquello, y sabes cuán duro fue.

—Sí —musitó Juana, hundida en el regazo de su amiga.

—Eres como una droga para Jorge. Si te mantienes lejos por un tiempo, quizá supere esa adicción que siente por ti.

—No quiero que supere esa adicción que siente por mí.

Matilde susurró al oído de Juana mientras le acariciaba la sien y le aplastaba el pelo negro.

—Hazlo por el bebé, Juani. Por él.

Juana profirió un grito mezcla de fastidio, impotencia y emoción. Al rato, volvió a la habitación, se acostó y, después de tomar un té y tragar dos aspirinas, se quedó dormida.

Cerca de las dos de la tarde, Matilde se aprestó para salir. Afuera helaba, así que se enfundó unos pantalones de lana, medias y zapatos cerrados.

—¿Adónde vas? —preguntó Juana, mientras se estregaba los ojos somnolientos.

—Salgo a recorrer el barrio y a comprar provisiones.

—Estás linda, Mat. ¡Ah, por fin te decidiste a usar el conjunto que te regalé! Te queda perfecto. ¿A qué se debe que le hayas hecho el honor a mi humilde presente?

—No lo sé. Lo vi en la maleta y me pareció que hoy tenía ganas de estrenarlo. Por lo menos no me achacarás que parezco una mujer *amish*.

—No, pero te *achacaré* que uses la palabra *achacar*, mujer *amish*.

Matilde se echó encima el abrigo de lana, se puso los guantes y se encasquetó el gorro con un pompón. Se despidió de Juana y abandonó el departamento. El aire gélido pareció abofetearla. No obstante, la determinación por conocer los alrededores y familiarizarse con el *Quartier Latin* la animó a dirigirse hacia la esquina. El Soufflot Café estaba abierto y con gran actividad, lo cual le recordó lo que Ezequiel le había contado, que la afición de los porteños por los bares y cafés era una sombra en comparación con la de los parisinos. Prosiguió su recorrido. Hacía tiempo que no experimentaba esa alegría. Se hallaba en París, a punto de iniciar una nueva vida. Agradeció a Dios por las bendiciones recibidas, y le pidió —siempre terminaba pidiéndole algo— que le concediera la libertad, la de mente, espíritu y corazón, porque sabía que, encadenada como estaba, no alcanzaría la plenitud ni la dicha.

Los Jardines de Luxemburgo, a sólo tres cuadras de la calle Toullier, le quitaron el aliento, lo mismo que el frío, porque en ese parque inmenso el viento parecía ensañarse. Volvió al refugio que constituían las callejas. Caminó sin rumbo, apreciando la arquitectura y lo novedoso de recorrer una ciudad tan antigua y mentada como París. Estudiaba con avidez a la gente, su vestimenta y sus lineamientos; a todo le encontraba una peculiaridad. Se había alejado bastante al cabo de una hora, y el frío, que se colaba por cualquier orificio, le había congelado incluso los parietales. «Tengo que comprar unas medias de lana», anotó mentalmente. Entró en una librería de textos usados más en busca de calor que de ejemplares interesantes. La calefacción le encendió las mejillas en pocos minutos. Se quitó los guantes para hurgar entre los cajones rebosantes de libros. Le llamó la atención uno antiguo, con el título grabado en la cobertura de cuero azul: *The perfumed garden*. Estaba en inglés, idioma que manejaba tan bien como el castellano. Comenzó a hojearlo, y la ilustración de la primera página le aceleró las pulsaciones: una pareja, ambos desnudos a excepción del turbante que envolvía la cabeza de él y el velo que apenas ocultaba el rostro de ella, recostados entre cojines, haciendo el amor. La mano del hombre descansaba sobre un seno de la joven; la de ella se cerraba en torno al miembro masculino. La primera frase la conmocionó: «*Dios puso la fuente del mayor placer del hombre en las partes naturales del cuerpo de la mujer y dispuso la fuente del mayor placer de la mujer en las partes naturales del hombre*». Siguió moviendo las páginas, como en trance. Los dibujos escandalosos se sucedían y graficaban posturas para el coito inimaginables. Frases como «*su pene crece y cobra fuerza*» o «*aprésala entre tus muslos e introduce tu pene*» saltaban a sus ojos desorbitados. Movió la cabeza hacia uno y otro lado. Nadie la observaba. Una mujer atendía tras el mostrador. ¿Se animaría a comprarlo? No era muy costoso, veinte francos —poco más de tres dólares—, y, pese a que no podía darse el lujo de gastar dinero en nimiedades, una fuerza imperiosa la compelía a hacerse con el libro. Intuía que los secretos que guardaba no eran nimiedades. Por fortuna, la joven que atendía escuchaba música con auriculares y despachaba con actitud indiferente.

Salió a la calle con el corazón alborotado y gran expectación por leer *El jardín perfumado*, tal era la traducción del título. Se detuvo frente a una perfumería, atraída por la antigüedad de su arquitectura, quizá de principios del siglo XX. El aparador, forrado de madera oscura con ricas molduras, exhibía, sobre una pieza de terciopelo rojo, modernos frascos de perfumes que se alternaban con otros antiguos similares a los que coleccionaba la abuela Celia. Uno de los nuevos llamó su atención: de un negro opaco, en el centro destacaba una estrella de cristal azul, como si de un zafiro engarzado se tratase. Se emocionó al leer el nombre en la caja: A Men. «El perfume de Eliah», se dijo, y la familiaridad con que los evocó, a él y al aroma de su piel, le causó nostalgia. De súbito, sin razón, tomó conciencia del libro que acababa de comprar.

No resultó fácil darse a entender con la empleada. Como le habían advertido que no empleara el inglés con los parisinos —se ponían de pésimo humor—, le explicó con señas que quería probar el A Men, de Thierry Mugler. «*C'est pour homme*», insistía la mujer y le ofrecía otras fragancias femeninas, hasta que se dio por vencida y roció a Matilde en la muñeca. «El guante quedará impregnado y durará mucho tiempo, como en el pañuelo de él.» Anduvo errante. Cada pocos metros, se olía la muñeca y también el pañuelo de Eliah, e intentaba desentrañar las esencias exóticas y embriagadoras que componían el perfume. Olía a vainilla; a veces, a naranjas; luego apreciaba un dejo a café.

Decidió que compraría las provisiones y las medias en los alrededores de la calle Toullier. Como estaba cansada para desandar el camino a pie, tomaría el subterráneo, al que los parisinos llaman *métro* y que, en opinión de su tía Enriqueta, es una réplica de la ciudad bajo tierra.

Eliah se excusó con sus socios y abandonó la sala para atender la llamada.

—Soy yo, jefe. Medes.

—¿Dónde está ahora? —disparó Al-Saud.

—Caminando por el Boulevard Saint-Germain, hacia el Boulevard Raspail.

—¿Sigue sola?

—Sí, sola.

La respuesta lo liberó de la inquietud que lo embargaba desde que Medes le informó que Matilde abandonaba el departamento de la calle Toullier sola. ¿No la acompañaría Juana porque planeaba encontrarse con el tal René Sampler? Dado que hacía más de una hora que deambulaba por las calles del *Quartier Latin*, Al-Saud dedujo que se trataba de un paseo de reconocimiento y no de un encuentro amoroso.

—Salgo para allá. Mantenme al tanto de cada uno de sus movimientos.

Volvió a la sala de reuniones y bebió el último sorbo de agua Perrier de su vaso.

—Me marcho —anunció, en tanto recogía los Ray Ban Wayfarer y la chamarra de cuero—. Esta noche cenaremos en mi casa con Shiloah. A las siete. Allí discutiremos la estrategia para Eritrea.

—¿Leila nos preparará su deliciosa *borscht*? —preguntó Peter Ramsay.

—Llámala y pídesela —sugirió Al-Saud.

De nuevo el frío la impulsó a adentrarse en la primera boca de subterráneo. Dentro, al resguardo, consultaría el mapa. Descubrió que se hallaba en la estación *Rue du Bac*, de la línea doce, cuyo diseño arquitectónico no difería del de las porteñas. Según el mapa, en la próxima estación, la *Sèvres Babylone*, existía una conexión con la línea diez que la llevaría a la *Cluny-La Sorbonne*, cercana a la calle Toullier.

Sumida en esas reflexiones, levantó la vista ante el sonido de un tren, que se detuvo en el andén de enfrente. Se quedó mirándolo, estudiando los vagones y las personas, hasta que las puertas se cerraron y la formación se puso en marcha. El andén quedó vacío, excepto por un hombre ubicado frente a ella. No le tomó un segundo descubrir que se trataba de Eliah, su compañero de viaje, que la observaba de lleno, sin pestañear. La intensidad de su actitud la llevó a pensar que hacía rato que la sometía a ese escrutinio, aun mientras el tren estaba detenido y él la observaba a través del vagón. Su semblante moreno revelaba tanto como una máscara inanimada. La energía que le llegaba por la línea de contacto visual controlaba la voluntad de sus movimientos y, sin sentido, Matilde retenía el aliento y no apartaba los ojos de los de él. La mirada de ese hombre tenía poder, ella lo percibía y le daba miedo, por lo que la alivió oír el traqueteo del tren de su lado. Las puertas se cerrarían tras ella y la pondrían a salvo. No volvería a encontrarlo, y esa casualidad se diluiría en la nada.

Al-Saud pensó: «Juana tiene razón. Con dos trenzas parece de quince años». La gorrita de lana con un pompón exacerbaba su aspecto adolescente. La sorpresa de Matilde resultaba palpable y la volvía encantadora porque le teñía las mejillas y ponía brillo en sus ojos plateados. Movió la cabeza hacia la derecha y confirmó que el tren se aproximaba a gran velocidad. Calculó sus posibilidades y saltó a las vías.

El rugido de las ruedas y el bocinazo se tragaron el alarido de Matilde y el silbatazo del guardia. El corazón le pulsaba dolorosamente en la garganta, y los latidos retumbaban en sus oídos con el fragor de tambores en una danza religiosa; ya no escuchaba nada; el color estridente de los azulejos de la estación refulgía en su campo visual y la privaba del sentido de la visión, aunque lo discernía a él con claridad, que parecía avanzar despacio entre las vías, en dirección a ella. Todo aconteció en un segundo. Todo aconteció en una eternidad. Matilde no habría podido explicarlo. Como en un delirio febril, se encontró sostenida por los brazos de él, en tanto sus labios le cosquilleaban la oreja al susurrarle: «Salgamos de acá». El guardia panzón vociferaba: «*Arrêtez! Eh, vous, madame, monsieur, arrêtez!*» y trotaba hacia ellos. Cayó en la cuenta de que, mientras trepaba las escaleras, sus pies apenas rozaban los escalones. Él la sujetaba por la cintura y la conducía como si pesase lo que una bolsa con víveres. En medio de aquella escena kafkiana, le dio por reírse. Al alcanzar la superficie, seguía riéndose, mientras Al-Saud se empeñaba en alejarlos del *métro* y del guardia, para lo cual cruzaba las calles sin consideración al tupido tránsito y avanzaba por la acera en zigzag. Eligió para mimetizarse a un grupo de turistas que doblaron en la calle du Bac, en dirección al Museo d'Orsay.

—Creo que lo perdimos —dijo, en la esquina de la calle de l'Université.

No la miraba sino que columbraba en dirección del Boulevard Saint-Germain. Matilde, en cambio, lo miraba a él con una seriedad que era pasmo. Dudas y cuestionamientos bullían en su cabeza, y no sacaba nada en limpio, excepto que él no jadeaba, como si la acrobacia y la corrida jamás hubiesen tenido lugar; ella, en cambio, lo hacía como un perro viejo.

Los ojos verdes de Al-Saud encontraron los de ella.

—Hola, Matilde.

—¿Por qué hizo eso? —preguntó, en un hilo de voz—. Podría haber muerto.

—¿Estás enojada? ¿Por eso no me tuteas?

El asombro desposeyó a Matilde de palabras; ni siquiera estaba nerviosa, sólo pasmada. En general, se sentía torpe con relación al sexo opuesto. El desparpajo de ese hombre simplemente la anulaba.

Al-Saud apenas apoyó las manos sobre su abrigo y se inclinó para pedirle:

—Di: «Hola, Eliah».

—Hola, Eliah —lo complació, como autómata, igual que en el avión.

Al-Saud sonrió, la misma sonrisa que le había regalado durante el viaje, la que le gustaba considerar reservada, casi un secreto entre ella y él.

—Me encanta que pronuncies mi nombre —aseguró— y parece que para obtener ese privilegio tengo que rogarte. —Sonrió de nuevo, mostrando los dientes.

Matilde, que no lograba determinar si la situación se tornaba burda, vergonzante o divertida, insistió:

—¿Por qué hizo eso en la estación? Me asusté muchísimo.

—Lo lamento, de verdad, pero temí perderte si te dejaba subir a ese tren.

Bajó la vista para esconder sus emociones. No sabía cómo proceder.

—Todavía estoy temblando —musitó.

—Hace un momento reías.

—De nervios —se apresuró a explicar, abochornada.

—Ahora tiemblas de frío —determinó él—. Te invito a tomar algo caliente.

—No, no —dijo deprisa, siempre esquivando el poder de sus ojos—. Tengo que irme. Buenas tardes.

Giró para enfilar hacia el Boulevard Saint-Germain. Al-Saud la sobrepasó y se plantó frente a ella. Flexionó las rodillas hasta lograr el contacto visual. El movimiento alborotó el aire en torno, y a Matilde la tomó por sorpresa el aroma de su perfume, el mismo que llevaba en la muñeca y en el elástico del guante.

—Lo siento, Matilde —habló Al-Saud en un tono grave e íntimo—. Sé que te asusté. Te pido disculpas. Pero he pensado mucho en ti desde que nos despedimos ayer en el aeropuerto. Al verte en el andén, me sentí feliz y no quería dejarte ir. —Después de un silencio, agregó—: Siempre supe que no me llamarías. Me pregunto si todavía conservas mi tarjeta.

Matilde levantó los párpados y se abismó en el hechizo de esa mirada como quien se entrega a un vicio del cual se ha empeñado en mantenerse lejos. Meditó que algunas mujeres, como Juana, se sentirían complacidas de que Eliah las invitase a tomar un café. Otras, más sensatas, se alejarían de un extraño que bien podía dedicarse a la trata de blancas. Ella, en cambio, sólo pensaba en ella, en sus limitaciones y en sus vergüenzas.

—Sí, todavía la conservo —aseguró, y apoyó la mano sobre la *shika*.

—¿Me perdonas, Matilde?

Matilde asintió, apenas sonrió, y Al-Saud recibió como una oleada de calor la bondad que esa joven irradiaba. Se había comportado como un patán al arrastrarla fuera de la estación y por la calle. Otra lo habría abofeteado; ella, en cambio, le reprochaba haber puesto su vida en peligro.

—Gracias. ¿Aceptas tomar un café conmigo? Quiero compensarte el mal trago.

—De veras tengo que irme —aseguró, en tanto consultaba su reloj de plástico gris—. ¿Qué hora es? Mi reloj está en blanco.

—Cuatro y veinte.

—Es casi de noche —se asombró Matilde.

—Sí, pero aún es temprano. Sólo iremos a tomar un café. Después te acompañaré a tu hotel. —El miedo que trasuntaba el gesto de Matilde lo impulsó a afirmar—: Desconfías de mí, ¿no?

—Apenas lo conozco.

—¿No me tuteas para castigarme?

—No, no, es que no me acostumbro.

—Vamos, Matilde. Un café en un lugar público te mantendrá a salvo de mis macabras intenciones. Si es necesario, me arrojas el café caliente a la cara mientras pides auxilio a gritos. Varios caballeros vendrán a salvarte, estoy seguro.

En la penumbra que ganaba las calles, que comenzaban a iluminarse con el alumbrado público, Al-Saud no se percató del intenso sonrojo de Matilde. «Soy una imbécil, una timorata, una aniñada, una estúpida, una miedosa, una reprimida. Juana ya me habría dado un sermón de una hora. Ni hablar de mi psicóloga.»

Al-Saud se contuvo de pasarle el brazo por los hombros. Había advertido la tonalidad violácea de sus labios y la nariz enrojecida. A medida que caminaban por la calle du Bac hacia el Sena, la temperatura descendía.

—¡El río! —se entusiasmó Matilde en la esquina que se formaba con el *Quai* Voltaire.

—Primero tomaremos algo caliente, aquí, en el Café La Frégate. Estás helada.

Matilde no comentó cuánto le gustaba escucharlo hablar en francés. «*La Frégate*», repitió para sí, imitando, sin éxito, el acento de Eliah.

—¿Cómo se pronuncia eso? —Apuntó al cartel de la calle.

—Ke Volter. *Quai* significa andén si estás en una estación de trenes, o muelle, si estás en una ribera, como ahora.

—¿Y *La Frégate*? Perdón, mi pronunciación es mala.

—No, no lo es. *La Frégate* significa «la fragata». A pesar de las mesas en la acera acondicionadas con estufas de gas.

Al-Saud prefirió entrar en el local. El aire tibio envolvió a Matilde como un abrazo y la confortó. Un cambio había operado en su ánimo, y, más relajada, permitía que Eliah la guiase entre las mesas. El peso de la mano de él sobre su hombro le proporcionaba un bienestar novedoso.

Matilde no se habría percatado de que la elección del sitio surgía como consecuencia de un rápido estudio de la disposición del interior del café. Se ubicaron en la última mesa junto al ventanal que daba sobre el *Quai* Voltaire, de modo que Matilde apreciaría la última visión del Sena antes de que la noche lo ocultase, en tanto Al-Saud cubriría su espalda con la pared.

—Tenía frío —admitió ella, mientras se quitaba los guantes—. Este clima tan severo es inusual en Córdoba y en Buenos Aires. Tú, en cambio, te mantienes indiferente a la baja temperatura. Esa chamarra de cuero no te abriga mucho.

—Buen comienzo —sonrió Al-Saud—. La señorita Matilde se ha dignado a tutearme.

De pronto se sintió incómodo frente a ella, indigno tal vez, como si se encontrara a punto de mancillar algo sagrado. Ella, candorosa con sus dos trenzas, su carita sin maquillaje y sus ojos chispeantes y emocionados, no era consciente del cínico con el que lidiaba. Un instante después, la perspectiva de Al-Saud cambió, y, como en una montaña rusa, lo arrastró hacia una zona en la cual la niña se había esfumado. Supo conservar la mueca impávida durante la maniobra de Matilde para deshacerse del abrigo. Al arquear la columna y pegar el torso al filo de la mesa, sus pechos se proyectaron sobre el mantel. Al-Saud concluyó que había desproporción en la figura de la chica. El tamaño de sus senos no armonizaba con el ancho de su espalda, que él calculó de unos treinta centímetros. Se mordió el labio y enterró la vista en el menú al evocar el significado de Pechochura.

—Me gustaría lavarme las manos —anunció Matilde y, con una sacudida de hombros, se justificó—: Creo que es una neurosis derivada de mi oficio de cirujana.

Un muchacho ubicado en una mesa al pie de la escalera que conducía a los baños levantó la vista del diario y la fijó en el trasero de Matilde. A diferencia del día anterior en el avión, donde los amplios jeans con pechera y tirantes habían velado su cuerpo, esa tarde Matilde usaba un atuendo que lo hacía descollar. Los pantalones de tela escocesa marrón y rosa con estribos que se escondían dentro de los zapatos sin tacón se ceñían a unos glúteos no anchos sino respingados, como la cola de un pato. «Como la de una araña pollito», se acordó. El suéter rosa, ajustado y de cuello alto, se revelaba insuficiente para frenar el zangoloteo de sus pechos. Los ojos del cliente subían y bajaban siguiendo el ritmo. A Eliah no le habría molestado de tratarse de otra mujer; jamás reparaba en las miradas que los hombres le echaban a Céline; tampoco se había molestado cuando apreciaban a Natasha; y Samara, con su recato y timidez propios de una mujer musulmana, había sabido preservarse de los tenorios. Matilde lucía como una presa fácil, como la Caperucita del cuento. Quizá se tratase de esa cualidad que se olfateaba en ella la que incitó la rabia en él. Respiró hondo y se conminó a no perder de vista el objetivo, a mantener la cabeza fría; la necesitaba para que lo condujese a Blahetter, no para enredarse en un amorío.

Matilde regresó con las manos limpias y se posesionó del menú. Se esforzaba por desempolvar sus magros conocimientos de francés al consultarlo. Una extraña disposición la hacía reír de sus intentos por pronunciar el nombre de las comidas. Se había desembarazado de la vergüenza, una manera de deshacerse del miedo, pensó. Se sentía ligera de espíritu, y esa liviandad la volvía risueña y distendida.

—Voy a pedir un chocolate caliente. Es lo mejor para combatir el frío.

—¿Y para comer? —Ante el titubeo de ella, Al-Saud sugirió—: La pastelería de París es conocida en el mundo. *Garçon!* —convocó al camarero, y Matilde siguió el diálogo con atención. ¡Cómo le gustaba el sonido de su voz al pronunciar el francés! La hipnotizaban sus labios; en el avión había advertido la manera en que los movía, como si apenas los rozara al hablar, y esa peculiaridad la sedaba. Reparó en su bozo medio azulado que hablaba de la falta de una afeitada y que endurecía aún más el conjunto que formaban el mentón hendido y la mandíbula de huesos filosos y en ángulos rectos. Bajó deprisa la vista cuando Eliah se volvió hacia ella.

—Y bien, Matilde, cuéntame, ¿qué estás haciendo en París? ¿Turismo?

—No. La semana que viene comenzaremos con Juana un curso de francés. Necesitamos aprender a hablarlo con la mayor fluidez posible.

—¿Por qué? El idioma de los médicos es el inglés.

—Sí, lo es. Las publicaciones, los cursos, los seminarios, todo es en inglés. Pero nosotras necesitamos el francés porque en algunos meses viajaremos al Congo.

La súbita seriedad de Al-Saud se evidenció en el ceño que convirtió sus cejas en una sola línea, oscura y poblada.

—¿A la República Democrática del Congo o a la República del Congo?

—A la República Democrática del Congo.

De nuevo reinó el silencio.

—Ese lugar es un infierno, Matilde. ¿Por qué una chica como tú querría meterse en esa caldera a punto de explotar?

—¿A punto de explotar?

—Matilde, el Congo está sumido en permanentes guerras de guerrillas. A eso tienes que agregar los conflictos con Ruanda heredados de la masacre del 94, cuando los hutus asesinaron a casi un millón de tutsis.

—Me acuerdo bien de esa masacre. Pasaron imágenes por la televisión que parecían inverosímiles. Me causaron una profunda impresión.

Al-Saud eligió no referirle que las imágenes televisivas apenas habían esbozado la atrocidad padecida por los tutsis y los hutus «moderados» a manos de las milicias hutus extremistas, llamadas *interahamwe*, que significa «golpeemos juntos». En aquella época, él, como cabecilla de un pequeño comando de *L'Agence*, entre los que contaban sus actuales socios Peter Ramsay y Tony Hill, habían llevado a cabo una misión de rescate de tres consejeros belgas atrincherados en un hotel de Kigali, al tiempo que la masacre se cobraba cientos, miles de vida por hora. Curtidos en la lucha, acostumbrados al derramamiento de sangre y a la brutalidad, después de tres años, no conseguían desembarazarse de los macabros recuerdos. Niños descuartizados a machetazos, mujeres violadas y mutiladas, ancianos destrozados, torsos y miembros por doquier. Una escena de Hieronymus Bosch no habría igualado el horror de lo que él y sus hombres habían atestiguado. Y Matilde, con liviandad, le comunicaba que planeaba aventurarse en el Congo. Su buen humor estaba yéndose al carajo.

—El panorama en la región no ha cambiado mucho desde el 94, y el conflicto entre tutsis y hutus traspuso las fronteras de Ruanda e invadió el Congo. La violencia es moneda corriente. Y cuando hablo de violencia aludo a un tipo de violencia que tú no serías capaz de imaginar. —Lo expresó con un acento displicente, y ella se dio cuenta—. ¿Para qué irás al Congo? —remató, incapaz de sojuzgar su agresividad.

El camarero regresó con el servicio: dos tazas, una de chocolate y otra de café, y varias muestras de la pastelería parisina, *éclairs*, o bollos de crema, tres porciones de pastel, *brioches* tibias rellenas con crema pastelera y galletas de mantequilla con avellanas. La visión del festín suavizó los ánimos, la ira de Al-Saud y el desconcierto de Matilde.

—Todo se ve delicioso —susurró ella, intimidada por el cambio brusco e inexplicable en el talante de su compañero.

—Éstos parecen muy buenos —dijo él, y señaló los bollos de crema—. Quiero verte comer —añadió, en un intento por atemperar la aspereza anterior.

—Lo haré.

Por un rato y mientras saboreaban los manjares y sorbían las bebidas calientes, comentaron acerca de trivialidades. Eliah la observaba comer y hablar con franqueza, y se detenía en sus mejillas coloradas, en las dos trenzas que se perdían bajo la mesa, en la pequeña nariz, en los ojos grandes, algo alejados del tabique, lo cual le daba un aire exótico. Se fijó también en sus hombros pequeños y huesudos contra la lana ligera del suéter, y se cuestionó qué demonios pretendía con esa muchacha. En un interludio, volvió a preguntar:

—Matilde, ¿por qué quieres ir al Congo?

—Porque para eso estudié medicina, Eliah.

Rara vez lo llamaba por su nombre. El efecto era devastador. Si hubiese tenido que definirlo habría empleado el verbo ablandar. Sí, ella lo ablandaba.

—Estudié medicina para curar a los pobres, a los desvalidos, a los que nadie ve ni quiere ver. En especial me interesan los niños, porque constituyen el grupo más vulnerable. Por eso elegí la especialidad de pediatría. Mientras estudiaba, tenía la impresión de que perdía el tiempo. La urgencia por curar me volvía impaciente. Con Juana presenté algunas materias en examen, quiero decir, no asistíamos a clase, no las cursábamos, sino que las estudiábamos por nuestra cuenta para ganar tiempo. Nos recibimos muy jóvenes y enseguida partimos hacia Buenos Aires porque mi mayor anhelo era hacer la especialidad en el Hospital Garrahan, uno de los mejores hospitales pediátricos de Sudamérica. Todavía me acuerdo de cómo nos preparamos para el examen de admisión. Ésos fueron buenos tiempos.

—¿Cómo te decidiste por el Congo?

—En realidad, no lo decidí yo sino la organización humanitaria Manos Que Curan. Una compañera del Garrahan, que trabajó con ellos en Somalia, me entusiasmó al contarme acerca de la excelente experiencia que vivió en Marka, cerca de Mogadiscio. Juana y yo enviamos nuestros currículums y unas cartas a la sede de MQC en Buenos Aires explicando nuestro deseo de ir a algún país del África subsahariana. Nos convocaron al cabo de dos semanas y, luego de varias entrevistas y tests de todo tipo, nos comunicaron que estábamos admitidas y nos invitaron a París a realizar lo que ellos llaman la preparación al primer destino. Días después, nos informaron que en cuatro meses se producirían vacantes en un proyecto pediátrico en la República Democrática del Congo, en la zona de las Kivus. —Ante ese nombre, el corazón de Al-Saud dio un salto; las provincias de Kivu Norte y Kivu Sur, al este del Congo, conforman una de las regiones más violentas del mundo—. Aceptamos de inmediato. A su vez, MQC nos propuso realizar un curso de francés durante este período de espera.

—Tuvieron suerte de que las destinaran juntas, a ti y a Juana.

—Sí, es verdad. Podrían habernos destinado a terrenos distintos, aunque en la sede de Buenos Aires comprendieron que nos complementaríamos muy bien, yo como cirujana pediátrica y ella como clínica pediátrica. Además, habíamos expresado nuestro deseo de ir juntas a África, y nos dieron el gusto.

—¿Quién las financiará durante estos meses en París?

—MQC costeará el curso de francés. Lo demás (casa, comida, transporte), nosotras.

—Los alquileres en París son muy elevados. ¿Acaso eres una niña rica?

—¿Rica? No, en absoluto. Dilapidaré mis magros ahorros.

—Imagino que tienes un amigo o una amiga en París y vivirás con él o con ella.

—No. Viviremos en el departamento de mi tía. Ella lo ocupa durante el verano. El resto del año vive en Córdoba, mi ciudad natal.

—¿Tienes amigos en París?

—Mi hermana vive aquí, pero no congeniamos, así que, supongo, la veré con poca frecuencia. Además, ella está muy ocupada con su trabajo.

—¿Y amigos?

—Sí, Ezequiel, nuestro amigo de la infancia. Juana, él y yo fuimos juntos al colegio.

¿Por qué diablos no le hablaba de René Sampler? ¿Y quién era el tal Ezequiel, amigo de la infancia? Recordó que Juana y ella lo habían mencionado en el avión.

—Comiste muy poco —señaló.

—Esto está exquisito, pero ya no puedo más. —Ante el gesto entre sorprendido y desilusionado de él, Matilde explicó—: A veces creo que mi estómago es tan chiquito como mi puño. —Cerró la mano y la extendió.

Como si recogiera una mariposa, Al-Saud cubrió el puño de Matilde con sus manos y le besó el índice, varias veces, la vista clavada en ella. Matilde se permitió gozar de ese instante inesperado en el que los ojos de él la ataban y la carnosidad de sus labios, su humedad y su suavidad le provocaban una corriente fría que a su paso le erizaba la piel, le cosquilleaba en el estómago y terminaba en un pinchazo de lo más doloroso entre las piernas. En verdad, nunca había experimentado algo similar.

—Ah, Matilde, Matilde —murmuró él sobre su piel, y cerró los ojos, como si de pronto lo acometiese un cansancio.

Matilde retiró la mano suavemente. Al-Saud no movió las suyas, las dejó sobre el filo de su boca, como si la de ella permaneciese allí. Levantó los párpados y la miró. Ella adivinó el cambio en su expresión; había sinceridad en ese gesto cansado.

—Estoy contento por haberte encontrado en el *métro*. ¿Y tú, Matilde? —Ella se limitó a asentir. Con algo de la ligereza anterior, Al-Saud le preguntó—: ¿Me aceptas como tu nuevo amigo en París? Seré el mejor guía. Nadie conoce esta ciudad como yo.

Al final, Al-Saud obtuvo lo que quería, que ella le permitiese acompañarla hasta el departamento que ocupaba en la calle Toullier, para lo cual primero la escoltó a un supermercado a dos cuadras, sobre la calle Malebranche, y la ayudó con las bolsas. Ella no admitió que él pagase la cuenta.

—¡Hola, Juani! Traigo una visita —saludó Matilde, desde la puerta.

—¿Eze? —aventuró la otra, y salió de la cocina—. ¡Ah, el papito del avión!

Al-Saud soltó una risotada, y ese sonido afectó a Matilde, como si hubiese vibrado en su pecho. Él y Juana charlaban con la naturalidad de los viejos amigos. Con la gorra y el abrigo aún puestos, Matilde lo estudiaba de perfil: la nariz recta, de grandes fosas nasales; la bolsa bajo el ojo, esa tonalidad amarronada de los párpados; habría deseado pasarle un dedo bajo el párpado inferior para comprobar que no se tratase de delineador; finalmente decidió que eran las pestañas renegridas las que propiciaban el efecto. Le observó los pómulos apenas marcados, puesto que su cara era más bien cuadrada, de líneas rectas; y también la protuberancia que formaba la nuez de Adán, que subía y bajaba por su cuello fibroso y barbudo. También le miró la nuca, y los músculos que se tensaban cuando él reía, y el cabello renegrido cortado a ras, como un militar, y se imaginó pasando la mano a contrapelo. ¿Por qué pensó en el libro que llevaba en la bolsa? ¿Por qué imaginaba escenas escandalosas? ¿Por qué se emocionaba con detalles que antes habría juzgado frívolos? Se puso nerviosa. Todo era nuevo para ella, y ese desconocido, el tal Eliah, en quien no confiaba, estaba provocándole sensaciones chocantes, en absoluto bienvenidas.

Antes de irse, Al-Saud le pidió a Matilde el número de su celular.

—¡No, qué va, Eliah! —intervino Juana—. Nuestra Mat no usa celular. Primero decía que las radiaciones del aparato eran perjudiciales para la salud. Ahora, desde que se enteró de que la batería funciona con coltán, un mineral que se roban del Congo, no lo usa por una cuestión ética.

Al-Saud giró la cabeza y la contempló con la misma expresión empleada en el Café La Frégate, esa con un viso de cansancio que ella interpretaba como sincera. Al-Saud, en tanto, se preguntaba: «¿Qué clase de mujer eres, Matilde?».

Después de que Al-Saud se marchase, Juana apareció en la puerta del dormitorio de su amiga, se apoyó en el marco y le chistó. Matilde, que leía en la cama *Cita en París*, bajó el libro.

—Ya te conté lo que tenía que contarte. Ahora, déjame dormir.

—Es que lo pienso y lo pienso, Mat, y no puedo creer que te lo hayas encontrado en el subte. ¡Esto no es casualidad! Tu destino y el de él están unidos.

—No te pongas esotérica.

—Hazme un lugar. —Juana se metió bajo las colchas—. Ay, amiga —suspiró—, qué galán más lindo te has conseguido.

Matilde apoyó el libro sobre el buró y se puso de costado para enfrentar a Juana. Extrajo el pañuelo de Eliah y el guante que guardaba bajo la almohada.

—Juani, ¿hice mal en traerlo al departamento? ¿No fui imprudente? Él me insistió tanto. Y tú me conoces, yo no sé decir que no.

—¡Hiciste perfecto! ¡Perfecto! Es un hombre decente, lo intuyo.

—Me sentí tan torpe todo el tiempo. Ya sabes, no tengo tu destreza con los hombres.

—Pues tu torpeza, querida amiga, lo ha cautivado. Está loquito por ti.

—¿Será casado?

—No tiene anillo.

Matilde sonrió y escondió la cara tras el pañuelo. Sin descubrirla, confesó:

—Juani, no me canso de mirarlo. Es lo más lindo que he visto en mi vida.

—¡Yupi! —Juana pateó la colcha—. ¡La Mat está enamorada! ¡Por primera vez en su vida! —Juana se llevó la mano a la frente—. ¡Me olvidaba! Llamó tu tía Sofía.

—¿Mi tía Sofía? ¿Qué dijo? —Matilde se incorporó en la cama.

—Quiere invitarnos a su casa, quiere conocerte. Mañana llama de nuevo. —Besó a Matilde en la frente—. Buenas noches, amiga. Me levantaste el ánimo trayéndome al papito.

De nuevo sola, Matilde abrió el cajón del buró donde escondía *El jardín perfumado*. Lo abrió al azar. *La postura del herrero. La mujer yace sobre la espalda, con un cojín bajo las nalgas, y dobla las rodillas sobre su pecho de modo que su vulva sobresalga como un tamiz. Entonces ayuda a introducir el pene. El hombre realiza los movimientos convencionales durante un rato y, acto seguido, retira el pene y lo desliza entre los muslos de la mujer, a imitación del herrero que retira el hierro candente del fuego y lo sumerge en agua fría.*

5

El interior del automóvil pulsaba con los acordes de *Équinoxe*, de Jean-Michel Jarre. No lo escuchaba porque le gustara la música electrónica sino porque sabía que Eliah Al-Saud lo consideraba uno de los mejores trabajos del músico francés. Esperaba sentado en el interior del vehículo para obtener un vistazo de él y para recibir la oleada de energía que desprendería su cuerpo magnífico y saludable. Después de tanto tiempo, necesitaba cobrar valor para enfrentarlo y, cuando lo hiciese, fingiría como de costumbre. En cambio, de ese modo, a hurtadillas, se regodearía a sus anchas, sin reprimirse.

Bajó la ventanilla y, pese al frío, asomó la cabeza. La noche lo protegía. La soledad y el silencio de la Avenida Elisée Reclus lo tranquilizaban. No pensaría en su enfermedad. Por ahora, no lo molestaba, aunque ya lo acometería uno de esos ataques feroces, con desgarradoras punzadas en el abdomen, vómitos y alucinaciones, que lo confinaría varios días en la cama. Lamentaba, aún más que haberla heredado de su padre, que la porfiria le robara tiempo y que, con los años, le robara la cordura. ¿Le robaría también la inteligencia, su bien más preciado?

Se volvió de nuevo hacia la calle. En ese rincón del *Septième Arrondissement*, el que se formaba en la esquina de la Avenida Elisée Reclus y de la calle Maréchal Harispe, a metros de la Torre Eiffel, se erigía el *hôtel particulier* de Eliah, heredado de Jacques Méchin y que la empresa constructora de su hermano Shariar había remozado y acondicionado por un costo que superaba los doscientos mil dólares, con tecnología en materia de seguridad y de infraestructura digna de un búnker de la CIA. Se trataba de una sólida construcción de tres plantas de finales del siglo XIX en un estilo que, si bien manifestaba con claridad su cuna clásica —aspecto compacto y sobrio, techos de pizarra, jardín en torno—, también presentaba rasgos de una arquitectura ecléctica —combinación de piedra caliza y ladrillo visto, arcos ojivales de las ventanas, y el mirador, en el centro de la fachada, con reminiscencias moriscas—. Las rejas de los balcones y de las puertas, como tallos que trepan, con flores y hojas, hablaban de la influencia del arquitecto belga Victor Horta.

En su opinión, la Avenida Elisée Reclus, con sus mansiones y sus aceras orladas de castaños de Indias, era el sitio más exclusivo de París. La bella París. A veces la echaba de menos, aunque sin Berta, perdía el encanto. Después de la cremación y de ordenar sus cuestiones financieras y legales, no le había resultado difícil abandonarla. Le gustaba su condición de ave migratoria. Se ilusionaba con que algún día conocería todos los países del mundo, excepto Israel, por supuesto, tierra en la que jamás pondría pie. Allí vivían Gérard y Shiloah Moses, su padre y su hermano. ¡Cómo aborrecía llevar el nombre del maldito que lo había sumido en esa miseria! ¡Cómo aborrecía el apellido de su padre! ¡Qué mala sangre corría por sus venas! Los odiaba con la misma intensidad con que había amado a Berta y con que amaba a Eliah Al-Saud.

En el silencio que lo caracterizaba, Udo, su chofer y mano derecha, un berlinés de traza feroz, le pasó una barra de chocolate *gianduia*. La recibió en el mismo silencio y la comió a pequeños mordiscos. Su tipo de porfiria no perdonaba el ayuno, por lo que ingería alimentos cada dos horas para evitar los ataques.

—¿Qué hora es, Udo? —le preguntó.

—Casi las nueve, señor. —La voz metálica y artificial del hombre se fundió con los sintetizadores de Jarre como si formara parte de la composición. Por eso ese matón berlinés lo veneraba y habría hecho cualquier cosa por él, porque no sólo le había salvado la vida aquella noche en que lo balearon en la nuca unos matones del famoso terrorista palestino Abú Nidal, sino que le había devuelto la voz con un artilugio electrónico de su invención que le colocaron unos cirujanos en Bagdad, por supuesto a sus expensas.

—Ahí se aproxima, señor.

La aparición de las inconfundibles luces del Aston Martin en la oscuridad de la Avenida Elisée Reclus coincidió con la explosión de la quinta parte de *Équinoxe*. Su corazón se aceleró. El efecto adquiría visos cinematográficos. La música describía su emoción. La música describía a Eliah. Truenos, vigor, lluvia, frescura, rapidez, coordinación, salud, belleza.

Los vidrios polarizados impedirían que lo viera. ¿Conduciría él o Medes? ¿Iría solo o con una mujer? «No», se dijo, «él no trae a sus mujeres a esta casa. Éste es su refugio, su santuario». Con suerte, no estacionaría en el garaje sino en la acera. Las comisuras le temblaron cuando el deportivo inglés se ubicó paralelo al borde. Lo veía. Se tomó las pulsaciones.

No debían superar las ochenta o entraría en zona de riesgo. Noventa y dos. Se obligó a respirar profundamente.

Medes bajó primero, rodeó el automóvil, caminó hacia la casa y se ubicó a pasos de la puerta de servicio, una réplica empequeñecida de la principal —con arco peraltado, de vidrio, por cierto a prueba de balas, y protegida por una intrincada reja de hierro forjado negro—. Luego descendió Eliah, por el lado de la calle. No tardaría en percatarse del único automóvil estacionado a unos metros. Sonrió cuando su presagio se cumplió: Eliah giró y clavó la vista en la silueta apenas definida del vehículo solitario. A través del espacio y del vidrio oscurecido, estaban mirándose. Eliah no lo sabía, pero entre sus ojos se había creado una corriente energética que lo hacía sentir vivo.

Sin apartar la vista, Al-Saud golpeteó dos veces el techo del Aston Martin, y la puerta trasera del lado de la acera se abrió. ¿Quién descendería? Se incorporó en el asiento. La visión operó en él como una bofetada: Shiloah Moses, su hermano. La punzada en el estómago le quitó el aliento.

—¡Vamos, Udo! —jadeó—. ¡Arranca!

Al pasar junto al Aston Martin, pudo ver que Eliah había sacado una pistola y que, si bien apuntaba hacia el asfalto, su postura hablaba de que se encontraba listo para disparar contra las ventanillas de ese automóvil sospechoso.

—¿Adónde nos dirigimos, señor?

—Llévame a casa de Rani Dar Salem, el muchacho de Anuar Al-Muzara.

Usaron la puerta de servicio, que los condujo por un largo corredor a la cocina, desde donde los alcanzaban voces jóvenes.

—¡Ah! —exclamó Shiloah—. ¡Los hermanos Huseinovic en pleno! —Extendió la mano, y Sándor, el del medio, se la apretó con firmeza. También saludó a La Diana, la mayor, si bien de lejos, con un ademán de mano y una sonrisa. Sabía que no debía tocarla. Conocía su verdadero nombre, Mariyana, pero, como ella lo detestaba dado que le recordaba a los soldados serbios que por semanas la habían violado en el campo de concentración de Rogatica, en el presente se hacía llamar por el de la diosa romana, famosa por su castidad y sus aptitudes para la caza. «¿Qué deseas esta noche, Mariyana, que te violemos o prefieres mirar cómo lo hacemos con tu hermana Leila?» La belleza de las hermanas Huseinovic las convertía en los blancos preferidos de los soldados de Milosevic. En tanto Leila, la menor, de veintidós años, se había refugiado en un mundo de niña, La Diana conservaba la cordura a fuerza de planear su venganza. En lo profundo de su mirada se adivinaba la oscuridad tormentosa de quien se balancea frente a un abismo de dolor y rencor.

El semblante proceloso de La Diana contrastaba con el de su hermana, que, ante la aparición de Eliah en la cocina, exclamó de dicha, corrió hacia él y lo abrazó. Al-Saud la besó en la coronilla y la mantuvo junto a su pecho un buen rato, mientras cruzaba palabras con Sándor, o Sanny como lo llamaban, y con La Diana. Leila levantaba el rostro y lo contemplaba con embeleso. Eliah Al-Saud era su caballero de la armadura brillante, su héroe, su salvador, el que, con un grupo de hombres vestidos de negro de pies a cabeza, había ingresado en el campo de concentración de Rogatica y le había quitado de encima al soldado serbio, ajusticiándolo en el mismo acto. Leila, en estado de choque, miró al hombre de negro como si se tratase de un monstruo diabólico y trató de escapar. Eliah se quitó el casco y el pasamontañas y la abrazó. Le susurró en un bosnio mal hablado: «Quieta, estás a salvo». Dingo, ex soldado de las fuerzas de élite del ejército australiano, se ocupó del que violaba a Mariyana, mientras el resto del comando eliminaba a los oficiales a cargo de la plaza.

En contra de las directivas de los altos mandos de *L'Agence*, Eliah y su equipo regresaron a Srebrenica, ciudad donde días atrás se había perpetrado la masacre de ocho mil bosnios musulmanes a manos del ejército serbio, y lo hicieron cediendo a las súplicas de Mariyana. Leila no abría la boca y comenzaba a dar indicios de evasión. En Srebrenica se encontraron con que el restaurante de los Huseinovic había sido destruido y sus padres, asesinados. ¿Dónde estaba Sándor, el único hermano varón? En tanto los hombres de negro cavaban dos fosas para sepultar a Eszter y a Ratko Huseinovic, las hermanas recorrían las ruinas de lo que antes había significado el orgullo de sus padres.

El quejido provenía del pequeño sótano, donde guardaban las provisiones. Eliah ordenó a dos de sus hombres que bajaran a inspeccionar. Volvieron con un muchacho sucio y pestilente, cuyo gesto desorbitado hablaba a las claras de las escenas que había atestiguado. Leila pronunció las primeras palabras en días: «¡Sanny, hermano mío!», y se arrojó sobre él. El joven no abrazó a Leila a causa de la debilidad. Los soldados lo trasladaron hacia el exterior para que respirara aire fresco. Lo acomodaron sobre una mochila. El paramédico del grupo diagnosticó que estaba deshidratado y, sin pérdida de tiempo, lo canalizó para hidratarlo por vía intravenosa.

En ocasiones, cuando los tenía a los tres juntos, como en ese momento en la cocina de su casa de la Avenida Elisée Reclus, Al-Saud se preguntaba por qué los había acogido bajo su ala. Durante la misión en Bosnia se habían topado con miles de desamparados, de huérfanos, de heridos, de violentados; habían salvado a mujeres y a niños, a ancianos y a jóvenes. ¿Por qué tomarse tantas molestias con los Huseinovic? ¿Qué vínculo especial e incomprensible lo unía a ellos? Takumi *sensei*, quien había acogido a los hermanos en la hacienda de Ruán para componer en parte lo que los serbios habían destrozado, sugirió que la explicación al magnetismo que lo acercaba a los Huseinovic podía encontrarse en una vida pasada. «Quizá», dijo el sabio japonés, «sus espíritus y el tuyo estuvieron relacionados de una manera entrañable en alguno de tus momentos anteriores en el mundo».

La misión en Bosnia había traído otras consecuencias, como el comienzo de la desvinculación de *L'Agence*. La insubordinación de Eliah —regresar a Srebrenica cuando debía volar a Sarajevo— le significó un mes de suspensión y una marca en su hoja de servicio. Esto último no le quitaba el sueño. Lo que empezaba a fastidiarlo era lo de siempre: recibir órdenes, tener un jefe a quien reportar, sentir coartada su libertad, que su juicio no contara al momento de asentir ciegamente cuando un superior mandaba hacer esto o aquello y, sobre todo, llevar a cabo trabajos desconociendo las verdaderas razones que los motivaban. En opinión de Takumi *sensei*, la falta de libertad enfurecía al Caballo de Fuego; nada codicia tanto como ser dueño de su propio destino. «Tarde o temprano, Eliah, tomarás las riendas de tu vida y te convertirás en amo y señor.»

Aparecieron Peter Ramsay y Alamán Al-Saud. Poco después llegaron Anthony Hill y Michael Thorton. La cocina se colmó de voces, risas y aromas agradables. El talante amigable de Alamán contrastaba con la seriedad de Eliah, a pesar de que se parecían en lo físico, porque si bien el mayor presentaba una tez más oscura, las facciones de ambos, categóricas y varoniles, definían una estructura familiar en la que se apreciaba el sello de origen árabe. Un análisis más minucioso habría marcado sutiles diferencias, como que los labios de Alamán eran más duros, de líneas rectas y menos carnosos, sobre todo el superior; que el mentón de Eliah resultaba más fuerte; o que sus cejas eran más tupidas y anchas; o que el verde de los ojos difería, porque el de Alamán parecía desleído, como la tonalidad del jade, aunque reavivado por un círculo azul que bordeaba el iris. Casi de la misma altura que su hermano, Alamán se imponía con una contextura sólida y maciza como el tronco de un roble, sin nada de la elasticidad que se adivinaba en el cuerpo delgado de Eliah, y, de no haber sido por su sonrisa y su simpatía naturales, habría presentado el aspecto de un ogro.

Eliah se había sentado en un extremo de la isla de mármol negro que ocupaba el centro de la cocina para beber un jugo de zanahorias y naranjas que Leila le preparaba antes de la cena. Lucía ajeno al entorno mientras lo sorbía con una lentitud que desmentía el vértigo con que su mente saltaba de un tema a otro: la misión en Eritrea, el entrenamiento de los nuevos soldados, la investigación del desastre de Bijlmer, el automóvil sospechoso de minutos atrás, la operación en Kabul, la convención de Shiloah en el George V. «Matilde.» El pensamiento se coló con la delicadeza del aleteo de una libélula; no obstante, el efecto fue similar al de un lanzazo. Tragó el último poco de jugo, se puso de pie y abandonó la cocina en dirección al sótano.

—Eliah. —La Diana lo alcanzó frente a la puerta blindada que conducía a las entrañas de la mansión.

—Dime —contestó, sin volverse, en tanto apoyaba el mentón en un soporte para que el escáner le leyese la pupila. Varias cerraduras cedieron, y la puerta se abrió.

—Te acompaño abajo.

Entraron en una pequeña recámara forrada con paneles de aluminio que refractaban las luces, colmándolo de un brillo casi perturbador. Al-Saud apoyó la mano en un receptáculo de la pared y, luego de que un rayo violeta le barriera la palma, se abrió la puerta del ascensor. La Diana y él bajaron tres pisos.

—Medes me dijo que debo vigilar a una muchacha que vive en un edificio en la calle Toullier.

—Se turnarán.

—¿Quién es?

Al-Saud paseó la mirada por su hermoso rostro de claras raíces eslavas, la piel blanca exaltada por los cabellos y las cejas oscuros como el carbón, un contexto de oposiciones en el cual sus ojos celestes parecían aliviar la tensión. Igual que a él, a La Diana le costaba recibir órdenes sin explicaciones. Y a diferencia del resto, a ella le concedía esas impertinencias.

—Está relacionada con la investigación para las aseguradoras holandesas.

Las puertas del ascensor se abrieron a un salón de casi trescientos metros cuadrados que habría deslumbrado a un simple mortal. Allí latía el corazón de la Mercure entre paredes de concreto tan espeso que bloqueaban a las lentes de los satélites más poderosos. Si bien las suites del George V se hallaban bien equipadas y protegidas con contramedidas electrónicas, constituían la fachada de la empresa que la dotaba de un viso de normalidad. Allí se reunían con los clientes, concertaban citas, dictaban cartas a las secretarias, recibían llamadas y cumplían con el papeleo legal y administrativo. Entre el sótano de la casa de la Avenida

Elisée Reclus y los campos de entrenamiento en las Islas d'Entrecasteaux, pertenecientes a Papúa-Nueva Guinea, se construía el verdadero espíritu de la Mercure.

En ese espacioso salón, al que llamaban «la base», iluminado por lámparas que simulaban luz de día y climatizado por un sistema de ventilación y calefacción que propiciaba las condiciones ideales de temperatura, humedad y presión, Al-Saud había creado un centro de mando con tecnología de punta que le permitía recibir, enviar y analizar miles de datos por segundo a través de una red de fibra óptica segura. A la planta la ocupaban varias mesas dispuestas en filas paralelas, donde los operadores, sentados frente a computadoras, con auriculares en sus cabezas y micrófonos cerca de sus bocas, procesaban la información o enviaban datos a los grupos asignados a misiones en el extranjero. Los empleados, altamente capacitados, con manejo fluido de distintas lenguas y extensos conocimientos en materia de sistemas de computación, cobraban suculentos sueldos a cambio de una absoluta discreción y de plena disponibilidad. No se distinguía entre el día y la noche si se trataba de asistir a un comando enviado a la selva de Colombia para rescatar a un rehén de las FARC.

Sobre una pared descollaba un planisferio diseñado sobre una placa de cristal de cinco metros por tres de alto, iluminada en tenues colores y con tantos relojes en la parte superior como en husos horarios se divide la Tierra. En la pared frente a las mesas, había una veintena de televisores con los canales de noticias más importantes y una terminal Bloomberg para consultar los precios de las acciones y los índices de las Bolsas: Dow Jones, Nasdaq, el Footsie londinense, el CAC 40 parisino, Nikkei de Tokio, Hang Seng de Hong Kong, entre otros. Alamán Al-Saud, ingeniero electrónico y amante de la tecnología, se ocupaba de que esa parafernalia cibernética funcionara, y proveía a la empresa de las últimas mejoras en materia de seguridad y de computación, sin preocuparse por el dinero ya que los socios le habían asegurado que no escatimarían en ese sentido; una falla en las comunicaciones o un error en la información podían acarrear la muerte de un soldado del equipo. La otra cara del aspecto tecnológico de la Mercure se llamaba Claude Masséna, una especie de gurú de las computadoras con aspecto de roedor, a quien los abogados de Eliah Al-Saud habían sacado de prisión, donde cumplía una condena por haber ingresado en el sistema de la Banque Nationale de Paris y robado cientos de miles de francos. Claude era un *hacker*.

Al-Saud y La Diana caminaron entre las mesas hasta el escritorio de Masséna. A Eliah le agradaba el orden que el *hacker* conservaba pese al caos de papeles, cables y aparatos. El muchacho separó la vista de la pantalla y se quitó los lentes antirreflejantes. Para Eliah, Masséna resultaba un acertijo que lo obligaba a mantenerse alerta. A pesar de su aspecto de ratón de biblioteca, había desfalcado a uno de los bancos europeos más importantes. No lo habrían apresado si él no lo hubiese denunciado para tenderle una trampa y tenerlo donde lo tenía en ese momento.

—¡Ah, señor Al-Saud! Buenas noches. Hola, Diana —dijo, con una sonrisa, que recibió a cambio un cabeceo imperceptible.

—¿Qué tal, Masséna? —saludó Eliah—. ¿Cuándo tendré lista la teleconferencia con los comandantes del campo de entrenamiento? —Aludía al campo de entrenamiento en las islas de Papúa-Nueva Guinea.

—Acaban de enviarme un mensaje porque el sistema no les permite entrar en la *conference*. Les dice que la clave de participante es inexistente. Estoy creando una nueva. En dos minutos estará lista.

—En tanto —dijo Al-Saud—, averíguame a quién pertenece la matrícula de este automóvil. —La repitió de memoria—: Cuatro cinco cuatro whisky josefina cero seis.

—¿Por qué preguntas por esa matrícula? —se interesó La Diana.

—Es de un vehículo que estaba estacionado cuando llegamos. Se marchó de inmediato. No me gustó.

—¿Viste quién iba dentro?

—No. Los vidrios estaban polarizados.

—Señor, me olvidaba —dijo Masséna—. Vladimir —hablaba de Vladimir Chevrikov, el falsificador ruso— envió un mensaje. Ya tiene listos los pasaportes para Dingo y Axel. Según los registros de la Dirección de la Vigilancia del Territorio —prosiguió Masséna—, esta matrícula corresponde a un automóvil alquilado a Rent-a-Car.

—¿Puedes acceder a los sistemas de Rent-a-Car y ver a quién se lo alquilaron?

Masséna se bajó los anteojos por el puente de la nariz y ensayó una mueca elocuente.

—Pan comido, señor.

Al-Saud le devolvió una mirada escéptica.

—No pudiste *hackear* los sistemas de Química Blahetter —le recordó.

—¡Jefe, ése es un caso especial! Le expliqué que la tecnología que usan para proteger la información es desconocida para mí, algo altamente infrecuente. Daría mi riñón derecho para saber de qué se trata.

«Es tecnología del Mossad», pensó Al-Saud.

—Consígueme los datos de ese automóvil.

—En un rato tendrá la información.

Cuando la teleconferencia estuvo lista, Al-Saud subió a su oficina, ubicada en el entrepiso que miraba al salón. Peter, Tony y Mike se le unieron.

Urgía discutir varias cuestiones con los responsables del entrenamiento de los mercenarios —muchos llegaban en pésimas condiciones después de largas temporadas de inactividad— y de aquellos que expresaban su deseo de convertirse en soldados *free lance*. A Eliah no le gustó el resultado de la conversación: requerían su presencia en Papúa-Nueva Guinea, entre otras cuestiones, para dar su aprobación a los helicópteros de guerra apenas adquiridos. Jamás lo fastidiaba viajar, menos ocuparse de varios asuntos al mismo tiempo; estaba en su esencia atacar más de un frente a la vez. No obstante, en esa oportunidad, prefería quedarse en París.

En el ascensor, de regreso a la casa, La Diana le susurró:

—¿Adónde irán Dingo y Axel?

—A Eritrea, en África. Está gestándose una guerra con Etiopía y nos han contratado para organizar el ejército.

—¿Y Etiopía?

—De ellos se hará cargo la competencia.

La Diana sabía que hablaba de la empresa inglesa Spider International, con quien Eliah sostenía una lucha personal en su afán por convertir a la Mercure en la número uno del mercado, con el mayor nivel de facturación por año.

Antes de cenar, La Diana y Al-Saud se entretuvieron en el gimnasio ubicado en el último piso de la casa. Se trataba de un sitio amplio y escueto, surcado por tres columnas y con pequeñas ventanas cercanas al techo que por la mañana filtraban los rayos de sol. Las máquinas para hacer ejercicios atiborraban un sector; el otro, cubierto de tatamis, era un dojo. Después de media hora destinada a calentar y elongar los músculos, se pusieron sus trajes de artes marciales. Por esos días, Al-Saud le enseñaba a La Diana la técnica de lucha *Krav Magá*, desarrollada por un israelí para las fuerzas de defensa de su país.

A Eliah lo complacieron los reflejos de La Diana, que atrapó en el aire los dos garrotes que le arrojó de súbito y sin darse vuelta. También practicaron con la catana —sable japonés de filo único y curvado, de un metro de longitud aproximadamente— y por último se embarcaron en un combate cuerpo a cuerpo dramatizando varias situaciones. La Diana, tendida de espaldas sobre el tatami, con el antebrazo de Al-Saud en el cuello y las piernas trabadas, consiguió farfullar en su francés mal pronunciado:

—Takumi *sensei* diría que el *Krav Magá* carece de estilo. Es tosco y burdo.

Al-Saud notó que La Diana perdía el control. El peso de un hombre sobre ella le resultaba intolerable. Imágenes de otros tiempos la obnubilaban.

—Esta técnica no es una danza, Diana. Pero te servirá para salir con vida, te lo aseguro. ¿Qué harías con un hombre de noventa kilos sobre ti? ¡Concéntrate! ¡Vuelve aquí! ¡Deja de pensar en Rogatica! ¡Respira! Diana, respira. Te cansas si no lo haces como te indiqué. ¿Qué harías?

—¡No lo sé! Tengo todas mis partes paralizadas.

—¡Error! Tienes la cabeza y los dientes libres.

—¡Estás ahorcándome! No puedo mover la cabeza.

—Diana, escúchame: no existe la situación de la que no puedas salir. ¿Acaso no te lo enseñó Takumi *sensei* en sus clases de *Jiu-Jitsu*? ¡Golpéame con la frente! ¿Sabías que el hueso frontal es uno de los más duros del cuerpo humano? ¡Úsalo! Si te concentras y me tomas desprevenido, me dolerá más a mí que a ti. ¿Y los dientes? ¡Muérdeme la nariz, el cachete, el mentón! No es elegante, pero así es el *Krav Magá*, Diana. Este sistema de lucha echa mano de cualquier cosa, incluso de la huida si con eso salvas el pellejo.

Acabada la sesión, practicaron ejercicios de *chi-kung* para restablecer la armonía, se pegaron un duchazo en los vestidores y bajaron a cenar.

Al-Saud no acababa de asombrarse de la destreza de Leila para cocinar y atender una mesa cuando, en lo demás, se comportaba como una niña. Sándor le había explicado que, en el restaurante familiar de Srebrenica, ella trabajaba en la cocina dado su talento natural para la preparación de alimentos. Como no la habían aceptado en la escuela gastronómica *Le Cordon Bleu*, Al-Saud contrató a un profesor para que ampliara su conocimiento reducido a las comidas eslavas. Leila no sólo se ocupaba de alimentar a Eliah y a sus invitados ocasionales, sino que preparaba el almuerzo y la cena para los empleados de la base. Se mostraba celosa con el lavado y el planchado de la ropa de Al-Saud y no les permitía a Marie ni a Agneska, las otras empleadas a cargo de la casa, que entraran en su habitación. Lo que más disfrutaba Leila era salir de compras con Eliah, o en su defecto con Medes, cuando aquél se encontraba de viaje. La llevaban a las distintas ferias y mercados de París en busca de los ingredientes para preparar las comidas. Resultaba un espectáculo observarla regatear con los puesteros a través de señas y sonidos guturales. Poseía una habilidad innata para señalar los mejores cortes de carne, el pescado más sabroso, el pavo más carnoso o las ostras más frescas. Jamás compraba una verdura o una fruta que no oliera primero.

—Leila —habló Peter Ramsay—, esta *borscht* —se refería a la sopa de remolachas, típica de los Balcanes— te ha salido como nunca. Es una delicia.

La joven rio, buscó la mirada cómplice de Al-Saud, sentado junto a ella, y escondió la cara en el brazo de él. A pesar de que no hablaba, ni siquiera en su lengua madre, entendía el francés, y todos se preguntaban cómo lo había aprendido. El doctor Brieger, su psiquiatra, sostenía que Leila lo había aprendido como cualquier niño: imitando a sus mayores.

Durante la comida, la atención se centró en la convención por el Estado binacional. Como Shiloah Moses se mostraba tan entusiasmado, ni Al-Saud ni sus socios quisieron manifestar resquemores. Shiloah, ocupado en saborear un trozo del *caneton rôti aux pêches*, habilitó a Tony Hill para comentar:

—Shiloah, si no cuentas con el apoyo de la prensa, esta convención pasará inadvertida y será lo mismo que no haberla hecho.

—Lo sé, lo sé. Para eso he preparado algunos golpes de escena como la presencia del flamante premio Nobel de Literatura, el más joven premio Nobel de Literatura de la historia, el que desbancó a Kipling de su puesto y a quien ningún periodista ha podido entrevistar.

Al-Saud levantó los párpados del bocado que se encontraba a punto de llevarse a la boca.

—No mencionaste que Sabir vendría a la convención.

—Me lo confirmó esta mañana. Sabes cuánto detesta presentarse en público, pero he logrado convencerlo. Nos hemos embarcado juntos en este proyecto del Estado binacional, y su colaboración es pieza clave. El buen nombre del que goza Sabir tanto en Israel como en Palestina es el activo más grande con el que contamos.

—Debiste decírmelo enseguida —le reprochó Al-Saud, y se dirigió a sus socios—: Es perentorio aumentar las medidas de seguridad. Quiero que revisemos el plan de nuevo. Por lo pronto, Sabir no pernoctará en el hotel sino acá.

—¿Quién querría hacerle daño a Sabir, «el apóstol de Palestina»? —preguntó Shiloah, con algo de sorna y ligereza que enfadó a Al-Saud.

—La lista es tan larga que terminaría mañana por la mañana de recitártela. Para muestra, podría mencionarte a su hermano Anuar y a la plana completa de los principales partidos políticos de tu país, el Likud y el Laborista.

—¿Quién lo protege en Gaza? —se interesó Sándor—. ¿La Mercure?

—Así es —confirmó Michael Thorton.

—Shiloah —habló Alamán—, espero que en unos días no nos salgas con el martes 13 de que también viene Yasser Arafat.

—Lo invité, aunque será imposible contar con él. Si viniese, Arafat estaría borrando con el codo la firma que estampó en los Acuerdos de Oslo.

—¿Un político borrando con el codo lo que firmó con la mano? —se burló Alamán—. ¡Lo dudo!

—A esta altura —opinó Tony Hill—, lo más probable es que Arafat esté lamentando haber firmado esos acuerdos.

—Shiloah —intervino Eliah—, te doy una semana para que nos confirmes la lista de disertantes e invitados. Si quieres que Arafat participe, tendrás que darte prisa. Tenemos que dar por terminado el plan de seguridad de una maldita vez.

Subieron al primer piso, a la sala de música, una estancia más bien vacía, con extensas alfombras cuyo estampado psicodélico en tonalidades azul, lavanda, gris y blanca, evocaba a los diseños de Emilio Pucci. Varios sillones Wassily en cuero negro y Barcelona en cuero blanco definían el corte minimalista de la decoración. Los almohadones con arabescos que se congregaban en torno a un mueble que albergaba el equipo Nakamichi y una ingente cantidad de discos compactos y de vinilo, proporcionaban un toque ecléctico al conjunto.

—¿Qué quieres escuchar, Shiloah? —preguntó Al-Saud.

—Hoy me lo he pasado tarareando *Comfortably numb*. Me gustaría escucharla.

—Buena elección —apoyó Alamán.

—Pink Floyd —dijo Michael Thorton— es siempre Pink Floyd. Un clásico.

Los acordes de la canción surgieron de todas partes, desde el techo, del fondo de la sala, del Nakamichi que tenían enfrente, y, con su lenta cadencia, los envolvían, los contenían, los mecían en agua tibia. La voz de Roger Waters los silenció. Al-Saud cerró los ojos y permitió que la música le pintara la mente de blanco. Nada ejercía en él ese poder apaciguador. Pensó en Matilde, y se la imaginó recostada a sus pies, sobre los almohadones, compartiendo con él esa música y ese momento. Leila apareció en el segundo solo de guitarra; traía una bandeja con infusiones. A Eliah le había preparado té verde a la usanza japonesa, y lo sirvió de rodillas, como Takumi Kaito le había enseñado, junto al sillón Barcelona que Al-Saud siempre ocupaba. Eliah notó los ojos azules de Peter Ramsay sobre la muchacha. En verdad, Leila lucía hermosa mientras sus manos vertían el brebaje en las tazas de porcelana.

La pista del disco de vinilo pasó a *The show must go on*, y propició un cambio en el ánimo. Shiloah y Alamán comentaron sobre las viejas épocas, cuando cruzaban el Canal de la Mancha para asistir a los conciertos de Pink Floyd en Hyde Park; Sándor y La Diana los escuchaban con interés. Al-Saud y sus socios conversaban en un aparte sobre la estrategia para Eritrea.

El primero en despedirse fue Alamán. Lo siguió Sándor, que se marchaba para relevar a su compañero en la protección de la señorita Al-

Saud. Eliah lo miró a los ojos y supo que el muchacho estaba teniendo problemas con Yasmín, que podía volverse insufrible si se lo proponía. Poco a poco, la sala de música fue vaciándose. Shiloah y Eliah se quedaron solos, recostados en los sillones, los pies descalzos sobre los almohadones, los mentones pegados al pecho.

—¿Qué puedes decirme de Gérard?

Al-Saud sabía que, tarde o temprano, Shiloah preguntaría por su hermano mayor.

—Nada. Hace tiempo que no me llama ni lo veo. A veces lo llamo a un teléfono que me dio. Es de Bélgica. Jamás contesta. Dejo mensaje.

—Maldito condenado. Me odia. Lo sabes, ¿verdad? Me odia. Siempre me ha odiado. Y desde que murió Berta —los hermanos Moses jamás la habían llamado mamá—, se esfumó como si nunca hubiese existido.

—¿Tu padre pregunta por él?

—En absoluto. Ése es otro malparido, con un corazón de piedra que sólo quiere a Israel, la causa sionista y un poco a mí. Nunca quiso a Gérard. A veces creo que sentía asco de él, por su enfermedad. Lo juzgaba débil, siempre pegado a las faldas de Berta. ¡Jamás lo valoró! Ni siquiera por ser la criatura más brillante que yo haya conocido. ¿Te acuerdas de lo brillante que era? ¡Dios mío! ¿Dónde estará?

—Quieres que lo busque.

—No. Dejémoslo en paz.

—Volverá cuando necesite dinero.

—¿Dinero? ¡Debe de nadar en él! Se quedó con la fortuna de Berta y con la casa de la Île Saint-Louis. Yo me abstuve de reclamar mi parte para no aumentar la brecha entre nosotros. Firmé lo que había que firmar y callé. Pensé que mi gesto nos acercaría.

—¿En qué crees que ande Gérard?

—Lo codician las universidades de todo el mundo, los gobiernos y las empresas que diseñan armas y aviones de guerra. Lo último que supe es que había firmado un contrato con la Dassault para formar parte del equipo que diseñará el reemplazo del Mirage. Como ves, no le debe de faltar en qué ocupar su tiempo. Sin embargo, tengo la impresión de que su actividad favorita es dedicarse a odiarnos a mi padre y a mí. Es lógico que odie a mi padre. Nunca le demostró cariño, le rompió el corazón a Berta con tantas infidelidades y nos abandonó cuando éramos adolescentes para marchar a Israel. ¿Pero odiarme a mí? ¿Qué culpa tengo de no haber heredado la enfermedad? ¿De ser el predilecto de mi padre? A veces pienso que ha muerto solo, en algún país lejano donde nadie le dará una sepultura decente.

Sonó el teléfono, y Al-Saud supo, por la luz que titilaba en el aparato, que la llamada era interna y que provenía de la base.

—*Allô?*

—Señor —dijo Mássena—, estoy yéndome, pero antes quería decirle que de los registros de Rent-a-Car surge que el automóvil fue alquilado por Udo Jürkens. No sé si estoy pronunciándolo bien. Lo deletrearé. —Así lo hizo.

—Yerkens —lo corrigió Al-Saud—. ¿Qué has podido averiguar de él?

—Nada. No hay datos en los registros a los cuales tengo acceso.

La falta de información alertó a Al-Saud.

—¿Ni siquiera de una tarjeta de crédito?

—Pagó en efectivo, el alquiler y el depósito en garantía.

—Síguele los pasos a través del sistema de Rent-a-Car. Quizá podamos saber dónde devolverá el auto. Eso es todo, Mássena. Buenas noches.

Para alejar a Shiloah del tema de Gérard, que lo sumía en una melancolía infrecuente en él, Al-Saud le pidió que detallara las actividades que se llevarían a cabo durante los tres días de la convención en el George V. La enumeración desembocó en una conversación más profunda acerca de la realidad palestina que no operó el cambio deseado por Al-Saud en el talante de su amigo.

—Ya sabes lo que decía Kafka, *mon frère*. Los judíos somos seres en extremo culposos. Y es verdad. Yo siento culpa. Culpa del país en el que vivo, un país del Primer Mundo rodeado de la miseria de los palestinos. Siento culpa de los tres mil millones de dólares que recibimos de Estados Unidos cuando a la Autoridad Palestina le llegan migajas.

—Estás exagerando, Shiloah. Egipto recibe igual cantidad de dinero de los estadounidenses y ¿qué hacen con él? Nada que redunde en beneficios para su pueblo. Hay tanta pobreza como en cualquier país olvidado. Con respecto al dinero que recibe Arafat, permíteme iluminarte: no es poco. Pero se lo fagocita la gran corrupción que rodea al *rais* y a su séquito. Ellos se mueven en Mercedes Benz cuando los palestinos no tienen qué comer.

—Eso mismo dice Sabir.

—Escucha, Shiloah. Si la mitad de los pueblos y de los gobiernos fuera tan nacionalista y amante de su país como lo es Israel, el mundo sería un lugar distinto, te lo aseguro. Es cierto que resulta polémico el modo en que los sionistas se hicieron con la tierra, pero convirtieron un desierto en un vergel, crearon ciudades pujantes de la roca. No debes perder de vista lo duro que han trabajado.

—Lo sé, lo sé. Pero ha llegado la hora de mirar a nuestros vecinos y compadecernos. Nosotros también podemos mostrar compasión, *mon frère*.

Al-Saud no tenía nada que comentar a esa afirmación, de modo que cayó en un relajado mutismo. Pink Floyd seguía sonando. De pronto,

Shiloah se incorporó, y el movimiento alertó a Eliah. Levantó los párpados y estudió a su amigo con suspicacia. La segunda copa de Rémy Martin XO estaba surtiendo efecto. Shiloah, con la cabeza echada hacia delante y los codos sobre las rodillas, le preguntó:

—¿Cómo haces para vivir sin Samara?

El corazón de Al-Saud se disparó a galopar. Le parecía que si *Another brick in the wall* no hubiese colmado cada centímetro cúbico de la sala, Shiloah habría escuchado el tamborileo de sus pulsaciones.

—A veces la ausencia de Mariam se torna insoportable.

Al-Saud volvió a ocultar los ojos para contener las lágrimas. La culpa lo dejaba sin aliento.

El montacoches se detuvo al nivel de la calle Maréchal Harispe, frente al ingreso independiente a la base, el que usaban los empleados. Masséna asomó la cabeza por la ventanilla y fijó la vista en el monitor que captaba las imágenes de la calle. Como no vio a nadie, ni nada levantó sus sospechas, oprimió el control que abría el portón de hierro forjado. Levantó el vidrio antes de que las ruedas hollaran la acera, y salió a la noche fría y solitaria. Recorrió a baja velocidad los pocos metros de la calle Maréchal Harispe hasta desembocar en la Avenida Elisée Reclus, donde se hallaba el ingreso principal a la mansión de Al-Saud. Observó que el Aston Martin de su jefe seguía estacionado fuera. Le envidiaba esa máquina inglesa, como también la reciedumbre tosca de sus facciones árabes, el cuerpo de atleta y el metro noventa de altura. A veces lo imitaba al caminar y, sin remedio, al cabo de unos metros, caía de nuevo en su postura encorvada de usuario de computadora. Si bien no le conocía mujeres, estaba seguro de que no le faltaban, y de las buenas. No se sorprendió cuando Tony Hill expresó con vehemencia lo bonita que había sido su esposa Samara. Al menos en eso, el jefe y él salían empatados; la belleza de su Zoya no conocía parangón.

Sacó de la guantera un frasco con perfume, el mismo de Al-Saud, y se roció generosamente. Stephanie, una de las expertas en computación que la Mercure había contratado para asistirlo —y para controlarlo, él no era tonto—, le había dicho el nombre: A Men, de Thierry Mugler, todo un acierto porque Zoya, al olfatearlo, se ponía blanda y predispuesta.

Le llamó la atención el único automóvil estacionado en la cuadra siguiente, y, gracias a su vista de lince, alcanzó a leer la matrícula: cuatro cinco cuatro w j cero seis, la misma que Al-Saud le había ordenado buscar en los registros del gobierno. Como de costumbre, la intuición del jefe probaba su veracidad. El automóvil sospechoso regresaba a la escena. Un hombre como Eliah Al-Saud, meditó, mercenario de profesión, traficante de armas cuando la ocasión lo justificaba, espía si era necesario, hijo de un príncipe saudí y multimillonario, debía de tener varios pares de ojos fijos en él. ¿Quién era Udo Jürkens? ¿De los servicios secretos de Alemania? Descubriría su identidad; quizá lo proveyese de un as que guardaría bajo la manga. A él todavía no le quedaba claro cómo había terminado en prisión. La aparición de los abogados de Al-Saud, con el doctor Lafrange a la cabeza, representante en París de uno de los bufetes más reputados de Londres, que facturaba quinientas libras la hora, resultaba demasiado auspiciosa. La tentadora oferta de sacarlo de prisión en pocos días a cambio de firmar un contrato para trabajar en la Mercure escondía una trama que él recelaba y que no terminaba de aprehender.

Estaba cansado. Después de la parranda de fin de año, de dos noches de sexo agotador y dieciséis horas de trabajo continuo ese viernes —llovían los contratos en la Mercure y, si bien su sueldo se mantenía igual, el trabajo escalaba en una progresión geométrica—, añoraba llegar a casa de Zoya, darse un baño de inmersión con ella, comer algo y dormir entre sus brazos. Apretó los puños en el volante y se mordió el labio cuando una duda le cruzó la mente: ¿estaría Zoya con un cliente? Detestaba su oficio a pesar de que en el pasado las prostitutas formaban parte de su vida como las computadoras. A Zoya, sin embargo, la había conocido en un bar y la había conquistado. A él jamás le cobraba, ni siquiera aquella primera vez. «De ti me enamoré, Claude», le repetía. «Los demás son un negocio para mí, nada más.» Aunque los celos lo carcomiesen, debía aguantarse porque, si bien en la Mercure ganaba un sustancioso salario, no alcanzaría para proporcionarle a Zoya el lujo al que estaba habituada —cenas en La Tour d'Argent, inviernos en Gstaad, veranos en Grecia, pieles, joyas, ropa de marca—, ni para enviar las remesas a Ucrania que sostenían a los hermanos menores de la prostituta.

6

El sábado por la mañana, Al-Saud las llamó a las nueve. Matilde remoloneaba en la cama y, con señas, le ordenó a Juana que le dijera que tenían otro compromiso.

—¡Nunca mientes! —le reprochó su amiga—. Jamás lo haces. ¿Tenías que empezar justo hoy con el papito? ¿Qué te pasa? ¿Estás loca?

—Juana, no quiero más problemas. No quiero otro hombre en mi vida.

—¡Otro hombre! ¡Tesoro, éste es *el* hombre! ¡Dios mío —exclamó, elevando los ojos al cielo—, le das pan al que no tiene dientes! Estás muerta de miedo, ¿no? ¿Es eso? ¿Tienes miedo?

—¡Sí, tengo miedo! Pero no voy a hablar de ese tema. Por otro lado, no lo conocemos. No sabemos nada de él. ¡Podría ser un tratante de blancas!

—No, no es un tratante de blancas. ¡Es Jack, el destripador!

Al rato llamó Sofía, la hermana menor de Aldo Martínez Olazábal, a quien Matilde no conocía. Se puso nerviosa al teléfono. Sofía era la favorita de su papá; la que, junto con Enriqueta, las había sostenido económicamente durante la condena de Aldo; la que nunca había regresado a Córdoba, ni siquiera para el entierro del abuelo Esteban. De ella se hablaba en susurros; la abuela Celia prohibía nombrarla, y Matilde la oyó mencionarla sólo una vez para referirse a su esposo, «ese negrito de morondanga», había dicho.

Sofía las invitó a almorzar en su casa y les mandó el chofer para que las recogiese. «El negrito de morondanga» había medrado a juzgar por el Mercedes Benz que las esperaba en la puerta y por el departamento en el número 15 del *Passage* Jean Nicot, en los alrededores de la Torre Eiffel, donde las recibió un ama de llaves, que las condujo a la sala. Allí las esperaban Sofía, su esposo Nando y Fabrice, el único hijo varón, el menor de la familia, de diecisiete años, que no apartaba los ojos de Juana y se esforzaba por entablar una conversación con ella en su castellano mal pronunciado.

—Eres tan hermosa como tu mamá —expresó Sofía, y acarició la mejilla de Matilde—. ¿Cómo está ella?

—Bien. Vive en Miami con su esposo, así que no nos vemos muy seguido.

—Nunca fuimos amigas, Dolores y yo —confesó Sofía, y desde el principio se mostró sincera, con un aplomo que evidenciaba su carácter maduro—. Quizás haya sido porque yo le tenía celos. Con tu padre, éramos muy compinches y nos queríamos mucho. Esta mañana hablé con él por teléfono —anunció.

—¿Sí? —Matilde no disimuló su ansiedad—. ¿Cómo está?

—Se alegró cuando le dije que las invitaría a almorzar.

La comida transcurrió en un ambiente distendido y amistoso. La inquietud inicial de Matilde se desvaneció en el vestíbulo del lujoso departamento, cuando su tía la acarició y la contempló con una dulzura maternal a la que no estaba habituada. Ni Dolores, su madre, ni su abuela Celia se habían destacado por la dulzura ni el instinto maternal. «El negrito de morondanga» comía con las maneras de un señor, hablaba con acento suave y miraba amorosamente a su esposa e hijo. Antes de marcharse —se disculpó diciendo que tenía un partido de golf—, Nando tomó las manos de Matilde y le aseguró:

—Sobrina, ésta es tu casa y nosotros somos tu familia. No lo olvides.

Para tomar café y otras infusiones, Sofía las invitó a una habitación en los interiores del departamento, con un gran ventanal desde donde se apreciaba el jardín del edificio y por el cual ingresaba la luz que arrancaba destellos al parquet. El ama de llaves entró empujando una mesita con el servicio de té.

—Yo me ocuparé, Ginette —dijo Sofía—. Gracias. Puedes retirarte.

Fabrice, que no hacía un misterio de su pretensión por Juana, la invitó a su dormitorio.

—Quiero mostrarle mi colección de CD y de películas —aclaró, ante la mirada de su madre.

Sofía y Matilde quedaron a solas. Después de una pausa, la mujer enfrentó a la joven con una mirada seria, aunque no dura.

—Matilde, quisiera contarte por qué nunca volví a Córdoba, ni siquiera para el funeral de tu abuelo.

—Antes, quisiera agradecerte por la ayuda económica que nos enviaste cuando ocurrió lo de mi papá. No sé qué habríamos hecho si tú y la tía Enriqueta no nos hubiesen ayudado. Embargaron todo, hasta los jarrones y los cuadros. Vivimos un tiempo de las joyas de la abuela, pero le daban poco dinero y se acabaron rápido.

—En parte esa ayuda servía para compensar lo pésima tía que fui con tus hermanas y contigo. Cuando me enteré de... Bueno, de lo tuyo, estuve a punto de viajar, pero te confieso que desistí porque no tenía fuerza para enfrentarme a mis padres. Ellos me hicieron mucho daño, Matilde, mucho daño. Ellos nos hicieron, a Nando y a mí, algo imperdonable. Conoces bien a mi madre, sé que prácticamente fue ella quien te crio, así que no es necesario que te explique a qué instancias es capaz de llegar para mantener las apariencias. Te confieso que me alegré cuando supe que papá la había abandonado para fugarse con Rosalía, una empleada doméstica, su amante de toda la vida. No me juzgues por haberme alegrado.

—No te juzgo.

—Debió de ser un golpe terrible para ella, tan orgullosa de su apellido, de su prosapia, de su palacio. ¡Ah, recordar esto no me hace bien! El rencor es tanto...

—No es necesario que me lo cuentes, Sofía.

—Me gustaría que me llamases tía, como haces con Enriqueta. —Le sostuvo la mirada, y Matilde no apartó el rostro; se sentía cómoda con esa mujer, tal vez porque le recordaba a su padre—. Eres muy dulce, Matilde. Hay algo en tus ojos tan hermosos que me llevan a confiarte este secreto que pocos conocen.

—Solamente si te hace bien confiármelo.

—Cuando era muy joven, conocí a tu tío Nando, por aquel entonces un simple cadete de las oficinas de papá, en Córdoba. Era un muchacho humilde de Mina Clavero, que ni siquiera había terminado el colegio, pero a mí me enamoró apenas lo vi. Te lo resumo. Al poco tiempo de empezar nuestro amorío, clandestino por supuesto, quedé embarazada. Podrás imaginar el escándalo que se desató en el *Palacio* Martínez Olazábal. Nando terminó de patitas en la calle, y lo amenazaron para que no se apareciera de nuevo. A mí me enviaron, como a un paquete, a una casa no muy lejos de aquí, de París, para que tuviera a mi bebé. Nadie en Córdoba debía enterarse. Fueron los meses más duros que me ha tocado vivir. Lo parí en esa misma casa, sola, aterrada, con el corazón roto y asistida por una partera que me daba miedo. Cuando volví en mí después del espantoso parto, me dijeron que mi bebé había muerto. No llores, querida. —Sofía se pasó al sillón junto a Matilde y le limpió las lágrimas con la servilleta—. No llores, tesoro. Esta historia tiene final feliz. Escucha. Volví a Córdoba, a casa de mis padres, no tenía otro sitio adonde ir. No era yo misma. Creo que por un tiempo estuve balanceándome en el filo de la locura. Había perdido al hombre que amaba, y el hijo de él había nacido muerto. Ni siquiera me habían permitido enterrarlo. El dolor se sentía como un hueco en el estómago. Sólo contaba con mi amiga de la infancia, Francesca…

—¿Francesca? ¿La hija de la cocinera del Palacio Martínez Olazábal? —Sofía frunció el entrecejo, confundida, y Matilde se apresuró a aclarar—: Rosalía, la mujer del abuelo, me hablaba de ellas, siempre. Les tenía mucho cariño.

—Sí, de esa Francesca te hablo. Ella era mi consuelo y mi gran apoyo. Un año más tarde, Nando regresó por mí y por nuestro hijo. Fue un duro golpe para él enterarse de que había nacido muerto. Se culpaba. Me decía que él tendría que haberme raptado, que el bebé estaría vivo si lo hubiese hecho. En fin, mucho dolor, mucho dolor. —Suspiró y aferró la taza con mano trémula; bebió un sorbo de té—. Francesca se casó con un magnate árabe, y se instalaron aquí, en París. Al poco tiempo nos mandaron llamar a Nando y a mí. El esposo de Francesca le dio trabajo a Nando, y terminaron siendo grandes amigos. Esta tarde nos dejó justamente para ir a jugar al golf con él. En fin, como te digo, nos instalamos en París. A pesar de que esta ciudad se relacionaba con la pérdida de mi bebé, yo estaba contenta. Me había alejado del infierno que era para mí el Palacio Martínez Olazábal, vivía con Nando y cerca de mi mejor amiga. Con el paso de los días noté que Francesca no estaba bien. Se la veía taciturna, callada, como si un grave problema la aquejase. Cuando se lo mencioné, se echó a llorar y me confesó que me había ocultado la verdad por mi bien y que le pesaba como un yunque. Por Rosalía, se había enterado de que, en realidad, mi bebé estaba vivo y de que mis padres habían ordenado que, apenas nacido, lo separasen de mí para llevarlo a un hospicio, aquí, en París.

—¡Dios bendito! —Las manos de Matilde se cerraron en torno a su garganta como si buscase atajar los improperios que borbotaban en su interior—. Dios bendito —murmuró, y dejó caer la cabeza—. Te quitaron a tu hijo… Dios mío.

Una súbita palidez asoló a Matilde, que le mimetizó los labios con el resto de la cara. Sofía se asustó y la obligó a beber un sorbo de té y a comer una galleta de coco.

—Querida, no te sientas tan mal —le rogó, y de nuevo le secó las lágrimas—. Recuperé a mi bebé, que, en realidad, era una nena. Hasta en eso me habían mentido. El esposo de Francesca, un hombre en extremo adinerado y generoso, contrató a varios investigadores que dieron con el hospicio donde se encontraba Amélie. Después contrató a los mejores abogados para conseguir que nos la devolvieran. Fueron meses de muchísima angustia hasta que por fin Amélie estuvo con nosotros. Cuando entré con ella en brazos en nuestra casa... –Sofía ahogó un sollozo, y Matilde apretó los labios para no echarse a llorar como una nena.

Sofía se incorporó al oír voces que avanzaban por el corredor. Abandonó el sillón y caminó hacia la puerta mientras se pasaba el dorso de la mano por la cara.

–¡Hola, Sofi! –saludó una mujer–. Mirá a quién te traigo. ¡Oh, perdón! No sabía que estabas con gente. Ginette no nos advirtió.

–Por favor, pasen –invitó Sofía, aún estremecida.

Matilde hurgó en su *shika* hasta dar con el pañuelo de Eliah. Se giró apenas para ocultar el rostro y secarse. Al volverse, quedó congelada. Eliah la observaba con fijeza desde el umbral. Se puso de pie en un acto reflejo, impulsada por la confusión. La expresión de él la asustaba.

No sólo el duro entrenamiento recibido en *L'Agence* lo había preparado para anular el efecto sorpresa de modo tal que no perdiera la capacidad de reacción que en una misión podía significar la diferencia entre la vida y la muerte; también Takumi *sensei* le había enseñado a esperar lo inesperado. Encontrar a Matilde en el saloncito de su tía Sofía envió al demonio años de rigurosa disciplina, y lo sumió en un pasmo lastimoso, aunque enseguida se recuperó al notar las trazas de lágrimas en sus pómulos. Se acercó a ella y la aferró por los hombros.

–¿Qué pasa? ¿Por qué estás llorando?

–Nada, nada –atinó a balbucear Matilde.

–¿Cómo? –se oyó la voz de Sofía–. ¿Ustedes se conocen?

–Sí, tía, nos conocemos –respondió Al-Saud, dándole la espalda y sin apartar la mirada de Matilde, que se la sostenía en un acto de inusual coraje–. Dime –le susurró, y se inclinó sobre ella–, ¿qué pasa?

–Eliah, hijo, ¿no vas a presentarnos?

Al-Saud retiró las manos de los hombros de Matilde y se apartó.

–Francis, te presento a mi sobrina Matilde, la hija menor de Aldo. Matilde, ella es Francesca, mi amiga de la infancia y la mamá de Eliah, como podrás ver.

–Encantada –dijo Francesca, y la besó en ambas mejillas, todavía húmedas, y Matilde, a pesar de su ofuscación, captó la estela de perfume que brotó del cuello de la mujer y que endulzó el aire como lo hacían los jazmines japoneses de la abuela Celia en noviembre. «Juana sabría decirme qué perfume está usando.»

–Un placer –musitó Matilde.

–Eres tan hermosa como tu madre.

–Gracias.

—Tía, ¿por qué lloraba Matilde?

—Porque estaba contándole una triste historia de familia. Se emocionó, eso es todo, Eliah.

—Estás pálida —insistió Al-Saud, y la sujetó por el antebrazo para devolverla al sillón.

Francesca, aún de pie, seguía a su hijo con la mirada. No recordaba haberlo visto tan solícito. Ni con Samara había mostrado la preocupación que exhibía con esa muchacha, «la hija menor de Aldo». «¡Qué bonita es!», se dijo, por cierto mucho más que Dolores Sánchez Azúa, poseedora de una belleza indiscutible aunque fría, carente de la tibieza que irradiaba esa muchacha, todavía sacudida por el relato.

—Tía, sírvele otro té a Matilde, con mucha azúcar. Por favor —la instó, sentado junto a ella en el sillón—, come algo. —Le presentó el plato con galletas.

—Estoy bien —le aseguró, sonriendo—. ¿Qué haces aquí?

—Vine a traer a mi madre.

—Francis, por favor, siéntate. ¿Qué te sirvo? ¿Té o café?

Matilde oyó que la señora aceptaba un té con leche y a continuación, en tanto ocupaba una silla, se reprochaba la inoportuna llegada. Su voz, de notas más bien graves y de acento refinado, le proporcionó a Matilde una gran paz. Movió la cabeza para mirarla, y se encontró con que era el objeto de interés de la mujer. Se sonrieron.

—¿Así que mi hijo y tú se conocen?

Matilde, aún insegura, carraspeó antes de explicar:

—Nos conocimos en el avión hace dos días. Viajamos uno junto al otro. Y ayer nos encontramos de casualidad en una estación de subte.

Al-Saud maldijo la facilidad con que Matilde se abría como un libro, con una inocencia que resultaba peligrosa. La mudanza de su madre no lo tomó por sorpresa. Francesca elevó las cejas y lo cuestionó clavándole la vista. Sofía no se mostró tan comedida.

—¿Tú, Eliah, en el *métro*? ¿Qué hacías ahí? Ni siquiera puedo imaginarte usando el *métro*. Toma, querido. —Le pasó una taza de café—. ¿Sabes una cosa, Francis? Matilde sabía de ti y de tu madre porque Rosalía siempre le hablaba de ustedes.

—¿En serio? La buena Rosalía…

—Rosalía y yo éramos grandes amigas. Ella me enseñó a cocinar. —Después de los sorbos de té, había ganado dominio; ni siquiera la presencia de Eliah, que le rozaba la pierna con el muslo, la intimidaba—. Y siempre me decía —prosiguió— que lo que estaba enseñándome lo había aprendido de Antonina. De modo que, por propiedad transitiva, todo lo que sé cocinar se lo debo a su madre, señora.

Bajó la vista, de pronto asustada de su propia voz aún suspendida en el mutismo de la sala. No solía exponerse frente a desconocidos; con la señora Francesca le ocurría algo inusual.

Francesca advirtió que Eliah obligaba a Matilde a abrir la mano para sacarle el pañuelo, que estudió antes de sonreír para sí. Las sonrisas de su hijo resultaban tan escasas que le inspiraron una sonrisa a su vez; la intrigaba lo que la hubiese motivado. Sofía le hablaba y ella asentía, concentrada en los jóvenes. Eliah encontró la expresión entre avergonzada y ansiosa de Matilde. Se miraron en silencio, y Francesca permaneció extática ante ese cruce. Se percibía una corriente profunda entre ellos. Con las cabezas muy juntas, empezaron a murmurar. Ella no los oía.

—Dime a qué corresponden estas iniciales. —Matilde acarició la S y la A con el dedo.

El movimiento del índice sobre las letras de su apellido le provocó un temblor en la ingle. El poder de esa muchacha estaba volviéndose inconmensurable, lo mismo que la obsesión que se apoderaba de su genio y que él no sabía o no quería controlar.

—Son por mi apellido —explicó, con voz pesada—. Al-Saud.

—Al-Saud —susurró ella, con la vista en el enlace—. Es tan extraño encontrarte acá —admitió de pronto, y levantó la vista para decírselo—. Tú, el hijo de la señora Francesca. Crecí escuchando su nombre y el de tu abuela Antonina. ¡Me sorprende tanto esta casualidad!

—No existen las casualidades, Matilde.

—¿No? —Coqueteaba con él, ella, la que deseaba a los hombres bien lejos.

—No, no existen. Es evidente que tú y yo estamos predestinados a…

—*Bonjour, tante!* —Fabrice irrumpió en la sala con Juana por detrás, que, al descubrir a Al-Saud, permaneció bajo el umbral, demudada—. *Cousin!*

Al-Saud se puso de pie y chocó la mano derecha con la de Fabrice.

—¿Papito?

La risotada de Eliah motivó un intercambio de miradas entre Francesca y Sofía.

—Sí, Juana, soy yo.

Se dieron un abrazo.

—¿Qué haces aquí?

—Vine a traer a mi madre. Mamá, te presento a Juana, amiga de Matilde.

Juana se inclinó para besar a Francesca.

—Un gusto, señora. —Se volvió a Eliah—. ¡Qué increíble coincidencia! Ayer en el subte y hoy acá. No lo puedo creer.

—Así que llegaron hace poco a París —dijo Francesca, y propició una charla con Juana y Sofía.

Por su parte, Fabrice acaparó la atención de Al-Saud, y Matilde agradeció la intromisión de su primo porque Eliah se dirigía a él en francés. Nunca imaginó que ese detalle —escuchar a un hombre hablar en francés— la haría vibrar. Sola y olvidada en el sillón, se dedicó a estudiarlo. Se notaba la calidad de su ropa, y por primera vez se avergonzó de su falda de lana gris y de su cárdigan negro, adquiridos en el Once por pocos pesos, cuando Al-Saud vestía como un modelo de Yves Saint Laurent. El corte impecable del saco tipo *blazer* en tonalidad marfil, con botones dorados, le realzaba el físico de atleta, y se ceñía a sus hombros y a la línea recta de su espalda como si estuviese cortado a medida. El jean de gabardina azul le marcaba unas piernas largas y algo arqueadas, como presentan los jinetes. «¿Sabrá montar?», se preguntó. Le gustó la camisa de tela a cuadros verde y azul, cruzada por delgadas líneas blancas. Hasta se fijó en el calzado, deportivo color beige, que marcaba el estilo informal, sin privarlo de elegancia. Se lo notaba cómodo con su cuerpo y con su vestimenta, a pesar de que no era la adecuada para un día tan frío. Todo en él —la manera en que erguía la cabeza y cuadraba los hombros, su ropa, el timbre de la voz, cómo movía las manos al hablar— delataba una sólida personalidad. Le vino a la mente una ilustración de *El jardín perfumado* y el párrafo que la acompañaba. *La postura de la oveja. La mujer se arrodilla y apoya los antebrazos en el suelo, mientras el hombre se arrodilla tras de ella y desliza el pene en el interior de la vulva, que ella trata de hacer sobresalir tanto como puede. El hombre debe colocar las manos sobre los hombros de la mujer.*

Sonó un celular y la sacó del trance. Quedaban vestigios del pensamiento pecaminoso: las mejillas calientes y la pulsación en la entrepierna. Advirtió que Al-Saud se alejaba para tomar la llamada. ¿Con quién hablaría? ¿Se trataría de una mujer? La imagen de ese hombre en brazos de otra echó por tierra su alegría, y, al escucharlo anunciar que se iba, la rabia tomó el lugar del desánimo.

—¿Les gustaría cenar conmigo? —Matilde advirtió que lo preguntaba mirando a Juana—. ¿O tienen otro compromiso esta noche? —añadió a propósito, y se dio vuelta para encararla.

Lamentó la facilidad con que sus cachetes se encendían, y perdió la oportunidad de declinar la oferta porque Juana se adelantó.

—¡Por supuesto que nos gustaría! No tenemos nada que hacer esta noche.

La mueca de desconsuelo de Fabrice obligó a Al-Saud a preguntar:

—*Tu viens avec nous, Fabrice?*

—Bien sûr!

Matilde, Juana y Fabrice marcharon a los interiores para recoger los abrigos, y Sofía aprovechó para tomar por las solapas del saco a Eliah y clavarle la mirada.

—Tu madre y yo vimos cómo observas a Matilde. Te advierto, sobrino, esa chica es un ángel venido a esta Tierra. No la lastimes. Demasiado ha sufrido en esta vida.

Esa última afirmación lo sumió en un mutismo angustioso. No se atrevía a indagar con su tía. Él, un Caballo de Fuego que ante nada se doblegaba, retrocedía ante el dolor de Matilde.

—Entiendo que acabas de conocerla —atinó a expresar—. ¿Cómo sabes que es un ángel?

—Porque me lo dijo mi hermano Aldo. Y él no habla así de Céline.

«Céline, la hermana de Matilde.» Un escozor le molestó en la boca del estómago. La glamorosa Céline, con quien había compartido unas horas de sexo dos noches atrás. Agradeció el buen tino de haber sido siempre discreto con ella.

Al despedirse de las señoras, a Matilde no se le pasó por alto que Francesca le dispensó una mirada especial, le apretó la mano y la llamó «tesoro». En la calle, mientras marchaban hacia el Aston Martin, Eliah le confesó:

—Estoy feliz de haberte encontrado en lo de mi tía Sofía. ¿Sabes por qué? —Ella negó con la cabeza—. Porque esta mañana, cuando te hiciste negar y Juana me dijo que tenían otro compromiso, creí que me mentías.

«En verdad te había mentido.»

—Me enojé contigo —prosiguió Al-Saud— porque pensé que no tenías ningún compromiso. O peor aún, que saldrías con un novio que tienes en París.

—Yo no tengo novio.

—Entonces, ¿por qué eres tan fría y esquiva conmigo?

Al-Saud le estudió el perfil y se arrepintió de haberla presionado. Apretaba el paso, con la vista en el suelo y la manita al pecho para cerrar el abrigo. Le señaló su automóvil con un ademán. Al cabo, le oyó decir:

—Yo soy así, fría.

Su voz acongojada le oprimió el pecho. Al-Saud la tomó por los hombros y la acorraló contra el Aston Martin.

—Lo único que tienes frío, Matilde, es la nariz. —Se la besó y, al percatarse del gesto de pánico de ella, se preguntó si alguna vez la habrían besado. Se quedó contemplándola. La tenía tan cerca. Sus ojos vagaron por la carita ovalada, de piel suave y sin fallas, de una blancura inverosímil, y, como si su aspecto de quinceañera no bastara, le descubrió unas pecas en el puente de la nariz. Aunque ya no la tocaba —sus manos descansaban sobre el techo del deportivo inglés—, percibía la tensión de su cuerpo como la de un animalito acorralado por su depredador. Se sintió tentado de apoyarle la pelvis en el estómago para ver su reacción. «Sería la de una virgen del siglo pasado», pensó, sólo que ella no lo era. El recuerdo de Blahetter, el supuesto esposo, lo impulsó a apartarse. El correteo de Juana y de Fabrice, que se habían entretenido en un aparador, puso fin al momento.

—¡Papito! —exclamó Juana—. ¿Es cierto lo que dice Fabrice, que este Aston Martin es tuyo? —Eliah asintió, serio, mientras abría la puerta del acompañante—. *Oh, my God! Oh, my God!*

—Sube —le ordenó a Matilde.

—¡Porfis, papito, déjame que me siente un ratito al volante!

Al-Saud accedió y, mientras les explicaba a Juana y a Fabrice las funcionalidades del tablero, echaba vistazos furtivos a Matilde. Ella no se impresionaba con la tecnología ni con el diseño del DB7 Volante.

—En otra oportunidad te permitiré manejarlo —prometió Al-Saud, y Juana respondió con un gritito—. ¿A ti te gustaría manejarlo, Matilde?

—Mat no sabe manejar. Nunca quiso que le enseñase.

Llegaron Shiloah y Alamán, que conducía su Audi A8. Al-Saud hizo las presentaciones. La simpatía de Shiloah y de Alamán enseguida ganó la aceptación de Matilde, que los seguía con la mirada y sonreía. Al-Saud, rabioso, celoso, los apremió con brusquedad:

—Vamos, vamos, suban al auto. Iremos al Benkay.

—¿No te gustaría saber si tenemos ganas de comer comida japonesa? —se quejó Alamán, risueño.

—¡Nunca comí comida japonesa! —El entusiasmo de Juana selló la contienda.

Fabrice eligió ir con su primo Alamán. Eliah, sin decir palabra y con evidente mal humor, ajustó el cinturón de Matilde antes de ponerse en marcha. Empujó un disco compacto con arias famosas, y la voz de Bocelli acabó con el silencio entre ellos y ocultó el castañeteo de los dientes de Matilde.

—Tengo mucho frío —terminó por admitir, incapaz de controlar los escalofríos.

Al-Saud la miró, preocupado, y subió la potencia de la calefacción. Matilde la percibió en los pies y suspiró. Se relajó poco a poco, y los espasmos cedieron.

—¿Estás mejor?

—Sí, gracias. ¿Tú no tienes frío? Estás tan desabrigado.

—Estoy acostumbrado —dijo, con sequedad. ¿Qué le explicaría? ¿Que durante el entrenamiento en *L'Agence* lo sumergían en tanques con agua helada hasta que sus miembros se poblaban de calambres y el médico advertía del riesgo de infarto? Esa práctica, que lo habilitaba para soportar la hipotermia por mucho más tiempo, parecía haberle modificado la temperatura del cuerpo, y los días gélidos como ése no hacían mella en él.

—La que no tiene un abrigo apropiado para este clima eres tú —dijo, con una mirada displicente destinada a su viejo chaquetón de lana.

—¡Ah, la Torre Eiffel! —se extasió Juana—. Es imponente. Más de lo que creí.

Al-Saud observó a Matilde, que giró en el asiento para admirar la torre que iba quedando atrás.

—El contraste entre las luces naranjas y el cielo negro —habló por fin, sin volverse, con la nariz pegada en la ventanilla— forma un cuadro que quita el aliento. —Como si la elegancia de la torre la hubiese avergonzado, se dio vuelta y preguntó—: ¿Es muy lujoso el lugar al que vamos? Yo no estoy bien vestida.

—Así estás bien. —«Con tu pelo suelto y tus facciones», le habría dicho, «nadie reparará en esa ropa que tan poca justicia te hace». No obstante, calló; sus palabras la espantaban como a un pajarito.

El restaurante, en el vigésimo noveno piso de un hotel en el *Quai* de Grenelle, frente al Sena, era de los favoritos de Al-Saud. El *maître* le conocía los gustos y siempre se mostraba dispuesto a satisfacerlos. Ubicó a los seis comensales en una mesa baja, con dos sillones enfrentados, junto al ventanal que daba al río. La vista nocturna era inmejorable. La decoración japonesa apenas se advertía en la tenue penumbra; las velas, las luces bajas y los grandes ventanales lograban un ambiente voluptuoso además de exótico que intimidó a Matilde; se sentía fuera de sitio y mal vestida.

Alamán y Shiloah, parecidos en sus modos afables, espíritus optimistas y sonrisas incansables, consiguieron lo que para él se había vuelto imposible: hacer sentir a gusto a Matilde. Con su hermano y su amigo, no se asustaba ni se ponía a la defensiva, hasta reía y participaba de la conversación en inglés, en consideración a Shiloah, que no manejaba el castellano. Eliah la tenía a su lado en el sillón, pero lo mismo habría sido tenerla en la otra punta del restaurante. Hubo momentos de intimidad, cuando le enseñó a usar los palillos y la risa de Matilde ante su propia torpeza le acarició el alma, y cuando la ayudó a elegir los platos del menú. También cuando, después de dirigirse al camarero en japonés, ella le preguntó dónde había aprendido ese idioma.

—Me enseñó mi maestro de artes marciales. Me gustaría que lo conocieras.

—¿Vive en París?

—No. En *Rouen*.

—¿Es muy lejos de aquí?

—No. Poco más de cien kilómetros.

—¿Y en qué idioma piensas?

—En francés.

Shiloah interrumpió la conversación. El hombre quería saber si en verdad Matilde tenía veintiséis años y era cirujana. Alamán tampoco daba crédito. Matilde ratificó lo que le preguntaban, y Juana pegó un grito de triunfo.

—¡Mat, muéstrales tu cédula! ¡Anda!

Al ver la identificación de Matilde, los hombres admitieron su derrota.

—Ahora me deben cien francos cada uno.

—¡Juana, por favor! —se escandalizó Matilde, pero nadie le prestó atención; reían y comentaban mientras saldaban deudas.

El camarero preguntó si podía retirar los platos. El de Matilde estaba casi lleno.

—No comiste nada —le reprochó Al-Saud—. ¿Quieres que pida que calienten tu comida?

—No, gracias. Estoy satisfecha.

—¿Satisfecha? Apenas comiste tres bocados.

Por el rabillo del ojo, Al-Saud captó el guiño de Juana, que bajó los párpados y negó ligeramente con la cabeza. «No insistas», le sugería a las claras.

—¿Qué hora es? —quiso saber Matilde; su reloj seguía sin pila.

—Las once menos veinte —contestó Al-Saud.

—Ya vengo —anunció; debía tomar la medicación y no quería hacerlo frente a él.

Al-Saud la vio enfilar hacia la zona de los baños. Dejó su sitio y caminó tras ella. La aguardó en el pasillo. Ella salió del baño y no lo vio.

—¡Matilde!

El imperio de su voz le aflojó las piernas. Se dio vuelta, y lo vislumbró en la oscuridad al final del corredor. Las sombras acariciaban su rostro a medida que él emergía en dirección a ella. Se había quitado el saco, y la camisa escocesa, que se ajustaba a su torso y le apretaba en los brazos, le dio la pauta de que era un hombre muy fuerte, mucho más que Roy. Sintió pánico. Los ojos de Eliah se habían oscurecido, como un cielo que presagia tormenta.

—¿Qué pasa? —trató de sonar tranquila.

El mutismo en el que él avanzaba acabó con su fingida seguridad. Retrocedió y chocó con la pared. Al-Saud cayó sobre ella como ave de rapiña, y la ahogó con su cuerpo, con sus brazos, con su pecho, y también con su perfume y su halo de poder. Ella le escondió los labios, y él le sujetó la mandíbula con una mano hasta que su boca se adueñó de la de ella. El terror de Matilde resultaba tan palpable como su cuerpo. «¡Qué pequeña es!», bramó su alma desbocada. «¡Cualquiera le haría daño! ¡Dios mío! ¿Qué estoy haciendo?» No podía detenerse. Ella cesó el forcejeo y se quedó tensa. Jamás se había impuesto a una mujer, ¿por qué lo hacía con Matilde? ¿Qué cualidad de ella despertaba a ese energúmeno en él? ¿En qué instante se había desviado de su objetivo? Insistía con sus labios sobre los de ella, incapaz de mermar el frenesí que lo dominaba.

—Por Dios, Matilde… ¿Qué estoy haciendo? —No se atrevía a enfrentarla, por lo que ocultó la cara en su cuello con olor a bebé—. ¿Por qué me rechazas? No lo soporto —terminó por admitir—. Estás volviéndome loco. —Y no mencionó que la noche pasada había dormido poco y mal a causa de ella, y que se había levantado al alba ansioso por que se hicieran las nueve para llamarla.

Matilde apenas rozaba el piso con la punta de los pies; el cuerpo de Al-Saud la sostenía contra la pared. Sentía el roce de sus labios en el cuello en tanto él hablaba, y el vigor de sus manos en la cintura. Quería dejarse llevar. «Tu miedo es, en realidad, orgullo», había diagnosticado su psicóloga. «Eres tan perfeccionista que no te perdonas no serlo en ese tema, y te prohíbes experimentarlo. Práctica, Matilde. Para todo se necesita práctica.» Quería practicar.

—No te rechazo —susurró por fin, tocada por la desdicha de él.

Al-Saud levantó la cabeza porque le pareció que ella había dicho algo.

—¿Cómo?

—No te rechazo, Eliah.

Él sonrió al escucharla pronunciar su nombre por primera vez en ese día. ¡Con qué migaja se conformaba! Él, que se acostaba con una de las modelos más famosas de Europa. Le acarició la mejilla y los labios enrojecidos con sus propios labios sin aflojar el abrazo.

—Ya te dije, yo soy así, fría.

—No es verdad. Estás mintiendo, y me enfurece no entender por qué.

—No sé besar.

La confesión lo tomó desprevenido. Tardó un segundo en reponerse. Su mano derecha trepó por la espalda de Matilde y le sujetó la nuca, en tanto el brazo izquierdo se ajustó a su pequeña cintura. La atrajo hacia su cuerpo y la besó. No había técnica con ella, simplemente cerró los ojos y devoró sus labios, consciente de la mujer que tenía atrapada contra la pared, un misterio, una cirujana con cara de adolescente, un ángel, había dicho Sofía. Sí, sí, algo sobrenatural la rondaba, ¡y cómo lo seducía! Ebrio, iba hacia ella sin medir las consecuencias. ¿En qué lío estaba metiéndose? Porque se precipitaba hacia un gran lío. Estaba mezclando las cosas, algo imperdonable en un profesional. La sintió temblar, y deseó que fuera de pasión. Había olvidado la ternura inicial. Sus cuestionamientos lo precipitaban a un beso con tintes desesperados. Movía la cabeza de un lado a otro buscando... ¿Qué buscaba? Complacerla. Gustarle. Anhelaba su aprobación. ¿Qué diría si conociera su pasado? ¿Qué opinión tendría del oficio de mercenario? El temor a esa respuesta aceleró su pasión, y un gemido involuntario escapó de entre sus labios.

Matilde no podía mover siquiera las manos, atrapadas en el torso de él. Nada de lo que se hubiese empeñado en imaginar igualaba la sensación de ser besada por Eliah Al-Saud. Su boca había comenzado con prudencia para acabar desbocada sobre la de ella. No se atrevía a nada, el desafuero de él la sumía en una actitud pasiva. Sólo quería sentir. Y estaba sintiendo como nunca. Quería concentrarse para no olvidar. Se llevaría ese beso con ella y lo repasaría en su mente mil veces. Era lo mejor que le había pasado en la vida. Estaba relajada y tensa al mismo tiempo; quería hacerlo bien, pero estaba dispuesta a aprender. La temida instancia llegó, y él le exigió con la lengua que se abriera. Inspiró porque sabía que el A Men que impregnaba la camisa de él la ayudaría. La voluptuosa fragancia la colmó de energía y abrió la boca para ese hombre, que se introdujo con el ímpetu de una locomotora y recorrió su interior con la impaciencia de quien ha perdido algo vital. No sabía qué hacer. Su propia lengua se había retraído, asustada ante la invasión. ¿Cuánto duraría el beso? «En algún momento acabará», se dijo, y ese pensamiento la desanimó. Con Roy siempre había querido que terminase. Se atrevió a tocarle la lengua con la de ella, y él reaccionó con un gemido ronco. La empujó con la pelvis, y Matilde notó su erección contra la lana del cárdigan. Apartó la boca y le suplicó:

—Basta, por favor.

Al-Saud obedeció. Se quedaron en silencio, ella con los ojos cerrados y la boca entreabierta por donde escapaban sus jadeos. Era la boca más dulce que había besado, y había besado unas cuantas. Matilde apoyó la frente en el pecho de él.

—No digas nada, por favor. Lo que sea que digas sonará a mentira para mí.

Al-Saud no pensaba decir nada; se había quedado sin palabras; sólo deseaba seguir besándola. Unos clientes le arruinaron las intenciones. Al escucharlos, Matilde se removió, nerviosa, y él se apartó. Antes de volver al salón, le dijo al oído:

—Mentirosa. No eres fría. —Y la besó en los labios.

Agradecía la penumbra reinante, de otro modo su excitación habría sido evidente. Pasó por la caja y liquidó la cuenta. Recibió vistazos pícaros en la mesa.

—On y va? —dijo, mientras se ponía el saco—. Ya es tarde.

—¿Y Mat?

—En un momento viene.

Matilde regresó, inquieta y ruborizada, y, sin levantar la vista, aceptó la ayuda que Al-Saud le ofrecía para ponerse el abrigo. Bajaron los veintinueve pisos hasta el *lobby* del hotel sin intercambiar miradas ni palabras. Por fortuna, las risas y bromas del resto llenaban el habitáculo del ascensor. A la salida del hotel, Al-Saud percibió el disparo de un flash a sus espaldas. Se volvió con rapidez. Le tomó un segundo identificar a Ruud Kok, el periodista holandés que lo apuntaba con una cámara fotográfica. Caminó hacia él, sordo a las exclamaciones y pedidos de sus compañeros. El muchacho le plantó cara en una muestra de gran arrojo ya que no olvidaba la demostración de artes marciales en la puerta del George V. Eliah se detuvo frente a Kok y le clavó la vista con fiera expresión antes de quitarle la máquina, abrir el compartimiento del rollo y velarlo. El periodista intentó quitársela, en vano, y terminó con la máquina incrustada en el pecho, en el mismo punto donde había recibido la patada de Al-Saud. Aulló de dolor. Eliah sacó cincuenta francos de la billetera y se los arrojó a la cara. En silencio, levantó el índice en señal de advertencia. Dio media vuelta y se alejó.

Ofreció unas lacónicas explicaciones a Shiloah y a Moses en francés, por lo que Matilde y Juana quedaron excluidas. Más tarde, en la puerta del edificio de la calle Toullier, Juana los dejó a solas. Matilde tenía los pies congelados y el cuerpo destemplado, y un ligero mareo le advertía que se había extralimitado. Lo encaró para despedirse. Al-Saud la abrazó, y ella no dijo nada, complacida por el calor de su cuerpo.

—Matilde —dijo, y se inclinó para apoyar la frente sobre la de ella—. No sé qué me pasa contigo.

—Yo tampoco. —Dio media vuelta y huyó de él.

Tenía tanto frío. Sólo pensaba en una ducha. Más repuesta después de media hora bajo el agua caliente, salió del baño envuelta en la toalla y, mientras se secaba el pelo con lánguidas fricciones, detuvo la vista en un punto indefinido y cesó de parpadear. Hacía tres días que estaba en París, y su vida empezaba a dar síntomas de volverse ingobernable. ¿Cómo había llegado a ese punto? Si lo razonaba con calma, el desquiciamiento encontraba su origen en el inicio mismo del viaje, cuando, por una cuestión del azar, le tocó ocupar el asiento contiguo al de Eliah. Ahora sabía su apellido. Al-Saud. «Eliah Al-Saud», murmuró para que Juana no oyese, y se pasó los dedos por la boca. Al-Saud. Se trataba de un apellido exótico. «Eliah Al-Saud», pensó y enterró la nariz en el elástico del guante aún impregnado de A Men. Ese nombre le iba a su estampa inusual. Ella dudaba de que Al-Saud ingresase en una habitación y pasase inadvertido; resultaba difícil no volverse para admirarlo.

Esa misma noche, Francesca se quitaba el maquillaje sentada frente a su tocador. A través del espejo, observaba a Kamal, que leía el diario en la cama.

—Creo que tu hijo está enamorado.

—¿Alamán? —preguntó, sin separar la vista de la lectura.

—No. Eliah.

Kamal levantó la cara y se quitó los lentes.

—¿Cómo sabes?

—Lo vi con mis propios ojos, hoy, en casa de Sofía. Allí nos encontramos con Matilde, su sobrina, la hija menor de Aldo. Ella y Eliah se conocieron en el avión cuando venían para acá desde Buenos Aires. ¿Puedes creer esa coincidencia?

—¿En qué avión? ¿En el de Eliah?

—No lo sé. No tuve oportunidad de indagar.

—No comprendo.

Francesca desestimó el asunto con una sacudida de hombros.

—Creo que esta muchacha es la que estuvo tan enferma años atrás. Cáncer, según recuerdo.

—¿Ahora está bien? —Francesca asintió—. ¿Por qué dices que Eliah está enamorado de ella?

—Por cómo la miraba. —Francesca dejó el taburete y se acomodó boca abajo en la cama, pegada a su esposo—. ¿Sabes, amor? Hoy nuestro hijo me recordó tanto a ti. Y cuando miraba a Matilde lo hacía del modo en que tú me mirabas en mi primera visita a la finca de Jeddah.

—Ah, entonces está loco por ella.

Al día siguiente, de acuerdo con lo pactado, Eliah y Shiloah pasaron a buscarlas por la calle Toullier. Juana bajó sola.

—¿Y Matilde? —se preocupó Al-Saud.

—Hoy no va a acompañarnos. No se siente bien.

Juana lo detuvo por el antebrazo cuando Eliah se lanzó hacia la puerta del edificio.

—Papito —le dijo con una seriedad que Al-Saud no se atrevió a ignorar—, yo estoy de tu lado, tú lo sabes. Pero ahora te aconsejo que la dejes.

Matilde no es como cualquier mujer. En lo que a ella respecta, piensa que está hecha de cristal.

Se trató de un día gris y deprimente para él, pese a que el sol brillaba y el cielo había adquirido una tonalidad cerúlea untuosa y sin nubes. Estuvo a punto de abandonar a su amigo Shiloah, pero, al verlo tan entusiasmado con Juana, desistió; no quería dejarlo sin medio de locomoción; conseguir un taxi en París es como hallar una aguja en un pajar. Por lo que se pasó el día haciendo de chofer malhumorado. De igual modo, ¿qué haría ese domingo? ¿Refugiarse en la base para trabajar o encerrarse en la suite del George V y completar el papeleo administrativo?

Shiloah, que deseaba consentir a Juana en cualquier pedido, accedió a llevarla al último piso de la Torre Eiffel. Hacía años que Al-Saud no subía; había olvidado lo magnífica que lucía París desde trescientos metros de altura. El deseo de tener a Matilde a su lado, de inclinarse sobre ella para mostrarle las construcciones más famosas como hacía Shiloah con Juana, se convirtió en una angustia tan impropia de su índole que terminó por tomar el ascensor y volver a tierra firme. En la base de la torre, no pudo resistirse y la llamó por el celular.

—¿Hola? —Su voz sonó congestionada. En verdad, no estaba bien. La noche anterior se había resfriado—. ¿Hola? ¿Quién habla? ¿Roy, eres tú?

—Soy yo.

—Ah, hola.

—Llamaba para saber cómo estás. Juana me dijo que no te sentías bien.

—Estoy mejor. Gracias.

—Me alegro. —Pasado un silencio, expresó—: Quiero verte. Voy para tu casa.

—No, estoy hecha un lío. Además, podría contagiarte.

Otro silencio.

—Está bien. No voy a incomodarte entonces. Que te mejores. —Y colgó.

El automóvil se detuvo frente a un portón de madera en cuya clave del arco de medio punto se destacaba una placa de cerámica azul con el número treinta y seis en blanco. La familiaridad del portón, de la placa, de la tipografía del treinta y seis, de las rosetas, de todo, le produjo una inquietud que si no controlaba, desembocaría en llanto y en angustia y probablemente en un ataque de porfiria. El pasado lo golpeaba en cada ocasión en que visitaba la mansión de los Rostein, la familia de Berta, ubicada en el 36 del *Quai* de Béthune, en la Île Saint-Louis, donde él y Shiloah habían crecido en un ambiente hostil, lleno de sombras y malas caras. Conservaba la vieja casona y volvía a ella por una sola razón: sus palomas de la variedad *Columba livia*, más conocidas como palomas mensajeras. En la terraza, dentro de un palomar que Berta había mandado construir para él, vivían cincuenta ejemplares, diez de los cuales pertenecían a Anuar Al-Muzara. Durante años las había cuidado el viejo casero de la familia, Antoine, que le había enseñado el oficio a su hijo, el joven Antoine, que se entendía con las palomas como si fueran criaturas de su misma especie.

La amistad con Anuar Al-Muzara, a quien conocía desde la infancia, jamás habría prosperado si en la adolescencia no hubiesen descubierto que ambos eran colombófilos. Al-Muzara, un muchacho hosco, rebelde, sólo parecía querer a las palomas. Después de la muerte de sus padres en Nablus a manos del *Tsahal*, el ejército israelí, cuando los Al-Saud se convirtieron en sus tutores y los llevaron, a él y a sus hermanos, Sabir y Samara, a vivir a la casa de la Avenida Foch, el príncipe Kamal le permitió proseguir con su pasatiempo, y dispuso un espacio en el jardín para instalar el palomar.

—Antoine, ¿cuándo regresó Pèlerin? —quiso saber Gérard Moses, mientras acariciaba el lomo del palomo.

—Ayer, a las tres y cinco. Aquí está el columbograma. —Antoine le extendió el pequeño trozo de papel que el ave había transportado en el tubito metálico prendido a su pata.

—Buen chico —dijo Gérard, y besó la cabeza del palomo—. Prepara a Coquille. —Hablaba de una de las palomas de Al-Muzara—. La suelta será a las cinco de la mañana.

Se dirigió al despacho para leer el mensaje de Anuar. No había riesgo de que Antoine los entendiese porque se trataba de textos cifrados. El código lo había desarrollado Gérard a los quince años. Jamás imaginaron que un entretenimiento de adolescentes se convertiría en el medio de comunicación entre un diseñador de armas y el terrorista más buscado por el Mossad.

De hecho, si el Mossad aún no había dado con Al-Muzara era porque éste prescindía de la tecnología. Nada de computadoras, GPS, celulares, faxes, radios. Se comunicaba con su gente echando mano de los métodos antiguos. «Si los romanos y los egipcios los usaban, ¿por qué nosotros no?», razonaba. Había construido una red de mensajeros de una gran eficiencia. Un mensaje cifrado en un trozo de papel emitido en Limassol, Chipre, a las seis de la mañana, llegaba a la Franja de Gaza a las doce del mediodía. Sólo en caso de extrema urgencia —Al-Muzara y su lugarteniente, Abdel Qader Salameh, definían cuándo la situación se juzgaba de extrema urgencia— se echaba mano de un teléfono móvil con encriptación militar, es decir, provisto de un sistema que impedía interceptar las llamadas. De igual modo, Al-Muzara desconfiaba de esa tecnología y la usaba muy poco porque no sabía cuándo la nueva tecnología superaría a la que él poseía. Nada resultaba inverosímil en cuanto a lo que los estadounidenses y los israelitas inventaban para defenderse y neutralizar a sus enemigos. Con los aviones estadounidenses AWACS, esos Boeings 707 con un enorme radar en forma de cúpula, que trazan círculos en torno al planeta, y la red ECHELON, capaz de interceptar tres mil millones de comunicaciones diarias, ninguna medida de seguridad se calificaba de exagerada.

Gérard Moses desenrolló el pequeño papel y leyó el mensaje después de descifrarlo. *En la ciudad del que nació en Quercy y que expulsó a los otomanos, en el día en que el heredero de Antoine de Saint-Exupéry vino a este mundo, a las ocho de la noche, en la casa de aquellos que escaparon de Atabiria para convertirse en hospitalarios. Ese día, yo te daré mis* columbae liviae *y tú, las tuyas.* Al-Muzara quería verlo y, con esa parrafada, le comunicaba el día, el lugar y la hora. En la última frase le indicaba que intercambiarían las palomas mensajeras. Sonrió; su amigo aún mostraba afición por los acertijos.

El heredero de Antoine de Saint-Exupéry: así se referían a Eliah Al-Saud, aviador al igual que el escritor; su cumpleaños, el 7 de febrero. El lugar: la Concatedral de San Juan, en La Valeta, capital de la isla de Malta, construida por los Caballeros de la Orden de Malta, que primero ocuparon Rodas, antiguamente conocida como Atabiria, antes de pasar a Malta, donde los llamaron «los hospitalarios». La Valeta, capital de la isla, tomaba su nombre del Gran Maestre de la Orden, Jean Parisot de la Valette, nacido en Quercy, Francia. Nadie podía negar que se trataba de un terrorista muy culto.

La Valeta resultaba una elección inteligente. El flujo de turistas en la isla de Malta había aumentado en los últimos años. Nadie sospecharía si él visitaba la ciudad principal con la cámara fotográfica al cuello.

No obstante, el columbograma lo decepcionó ya que no mencionaba el golpe que el grupo de Anuar daría en París. Se suponía que de ese modo le pagaría el valioso contacto que le había proporcionado con el traficante de armas Rauf Al-Abiyia, más conocido como el Príncipe de Marbella; Al-Abiyia no le habría vendido un petardo si él no hubiese intercedido. Rani Dar Salem tampoco sabía nada y seguía escondido en el cuchitril del *Dix-neuvième Arrondissement* a la espera de instrucciones.

Anuar ya había fallado una vez. Él había conseguido la información acerca de los movimientos de su hermano Shiloah para nada. Aquel mediodía en Tel Aviv-Yafo, cuando el terrorista suicida se inmoló en la pizzería Barro's, el muy estúpido, antes de apretar el detonador, no cayó en la cuenta de que el blanco principal, el hijo del famoso sionista Gérard Moses, había ido al baño.

El timbre del celular lo sobresaltó. Sólo una persona conocía ese número.

—Dime, Udo.

—El muchacho, Rani Dar Salem, acaba de recibir las primeras instrucciones.

—Habla —se impacientó Gérard Moses.

—Se ha producido una vacante en el George V. Días atrás despidieron a un botones por cometer una indiscreción. Ya se ha dispuesto todo para que Dar Salem ocupe su lugar.

El tren Thalys de alta velocidad entró en la estación parisina de Gare du Nord a la hora estipulada, a las once y media de la mañana, después de haber partido de la estación Centraal de Ámsterdam a las ocho y cuarto de ese mismo día domingo. El *katsa* Ariel Bergman descendió de uno de los vagones de primera clase con un bolso deportivo como único equipaje. Dos hombres se acercaron y le dieron la mano. No cruzaron palabra en tanto caminaban hacia la Range Rover estacionada en la calle Dunkerque, y persistieron en el mutismo mientras la cuatro por cuatro avanzaba hacia la Embajada de Israel ubicada en el número 3 de la calle Rabelais. Frenaron la camioneta a la entrada del edificio, y el que conducía extendió una credencial al guardia, que la estudió antes de levantar la barrera.

Como en todas las embajadas israelíes, la base francesa del Mossad se hallaba en los sótanos blindados de la sede en París. Allí los agentes se expresaban con libertad; ese sitio representaba un refugio protegido con alarmas de alta tecnología y contramedidas electrónicas y acondicionado para transcurrir las horas cómodamente.

Ariel Bergman marchó al baño y volvió al salón de reuniones después de haberse refrescado. Sus hombres, Diuna Kimcha y Mila Cibin, aprovecharon para felicitarlo. La rápida actuación de Bergman en el desastre de Bijlmer dos años atrás, que había evitado una catástrofe de dimensiones internacionales, terminó por significarle el ascenso a la jefatura general de la sede del Mossad en Europa, ubicada en La Haya.

A pesar de que Diuna y Mila eran sus viejos amigos —habían compartido los dos años de adiestramiento para convertirse en *katsas*—, Bergman recibió con frialdad las felicitaciones y los augurios y fue al grano.

—¿Qué pueden decirme de Eliah Al-Saud?

—Muy poco —admitió Diuna Kimcha—. Es el socio mayoritario de una empresa que presta servicios de seguridad e información. Antes de eso, nada.

—Más fácil fue encontrar información acerca de su familia, los Al-Saud —informó Mila Cibin, y le refirió datos biográficos del príncipe Kamal y del hermano mayor de Eliah, el ingeniero civil Shariar Al-Saud.

—¿Por qué debemos investigarlo? —se interesó Diuna.

—Por ahora no molesta —admitió Bergman—, pero no hay que quitarle los ojos de encima. Podría convertirse en una molestia importante. Ayer, nuestro *sayan* en la SIDE, los servicios de inteligencia de Argentina, me dijo que Al-Saud viajó a Buenos Aires para investigar a uno de nuestros *sayanim* más importantes: Guillermo Blahetter.

—El de los laboratorios —aportó Mila.

—Así es. De todos modos, la información que obtuvo no es de gran valor.

—¿Alguna hipótesis de por qué querría investigar a Blahetter?

—El desastre de Bijlmer —fue todo lo que expresó Bergman.

—En el hotel del hermano de Al-Saud —dijo Diuna Kimcha—, en el George V, se hará la convención sobre el Estado binacional de la que te hablamos, la que está organizando Shiloah Moses. Empieza el 26 de enero.

—La convención pasará sin pena ni gloria si, como creemos, la prensa no le presta atención —opinó Bergman—. Ningún medio de relevancia estadounidense, israelí o francés enviará corresponsales. De todos modos, deberíamos infiltrar a dos de los nuestros para que recaben la mayor cantidad de información posible.

—Ya hemos solicitado a Tel Aviv que falsifiquen credenciales de modo que Greta y Jäel puedan hacerse pasar por miembros de Paz Ahora —comentó Diuna.

—Dicen que abrirá el evento el Silencioso —apuntó Mila Cibin—. Quizá su presencia atraiga a los medios. Sabes que no ha concedido entrevistas, y los medios están deseosos de hablar con él.

—Tal vez —dijo Bergman, y enseguida cambió de tema—: ¿Qué averiguaron de Udo Jürkens?

—Está en París. Supimos que alquiló un automóvil. Pensamos seguirle la huella a través del sistema de la compañía de alquiler. ¿Por qué tenemos que seguirlo?

Bergman abrió una carpeta de la cual extrajo varias fotografías, unas viejas, en blanco y negro, y otras más recientes, de un hombre caucásico, de pelo corto y rubio y de mandíbulas notoriamente cuadradas.

—Éstas —dijo, y señaló las fotografías nuevas— fueron tomadas hace meses en el Aeropuerto Ben Gurión por uno de nuestros agentes, a quien le pareció estar viendo a un fantasma del pasado: Ulrich Wendorff.

Diuna Kimcha y Mila Cibin eran jóvenes y sin embargo habían oído mentar a Ulrich Wendorff, un mito de las guerrillas de corte marxista que asolaron la década de los setenta, miembro activo de la Fracción del Ejército Rojo, la banda terrorista alemana más conocida como Baader-Meinhof, que, aliada de los grupos de extrema izquierda palestinos, se había convertido en una pesadilla para muchos países, entre ellos Israel. La crueldad y el fanatismo de Wendorff eran proverbiales. Se aseguraba que tenía tatuado en la parte superior del brazo izquierdo el emblema de la Fracción del Ejército Rojo, la estrella roja cruzada por el fusil MP5 y por la sigla RAF (*Rote Armee Fraktion*).

—En aquella oportunidad —prosiguió Bergman—, los registros de Migraciones arrojaron que el pasajero usaba un pasaporte austriaco a nombre de Udo Jürkens. Si el tal Udo Jürkens fuera en realidad Ulrich Wendorff —señaló Bergman—, se trataría de un golpe de suerte. Hace años que varios servicios secretos quieren echarle el guante. Tiempo atrás se lo sabía en Bagdad, al servicio de Abú Nidal. —Bergman aludía al terrorista palestino considerado por muchos el más sanguinario—. Como era de esperarse, esa relación no terminó bien. Lo último que supimos es que Abú Nidal lo había mandado matar. Ahora, con este Udo Jürkens dando vueltas por Europa, las dudas aparecieron.

7

Jueves 8 de enero de 1998. Isla de Fergusson, perteneciente a las Islas d'Entrecasteaux, Papúa-Nueva Guinea.

Eliah Al-Saud ocupaba su pequeño despacho en el campo de adiestramiento que la Mercure poseía en la parte sudeste de la Isla de Fergusson. Había solicitado que lo comunicasen con Medes, su chofer, que estaba en París. Impaciente, se aproximó a la ventana. Le gustaba observar lo que él y sus socios habían construido en poco tiempo. Avistó a uno de sus hombres que arengaba al grupo de reclutas que pasaría unos días en la selva lluviosa y espesa, la mayoría rusos y de países sometidos en el pasado a la hegemonía del eje comunista. La caída del Muro había provocado una debacle en el Ejército Rojo, dejando sin trabajo a miles de oficiales y de soldados que se habían convertido en mano de obra barata y altamente calificada. Asimismo, el mercado se había inundado con armas y artillería, una porción de las cuales se almacenaba en las casamatas de la Mercure, a metros de su despacho, en condiciones de temperatura, humedad y presión controladas de manera permanente; el clima de la selva corroía todo.

Se movió unos metros a la derecha para ver a lo lejos la trompa de la última adquisición de la Mercure, una de las inversiones más importantes de la empresa en el último año, el viejo Boeing 747-100 de propiedad de su tío Fahd, rey de Arabia Saudí, que se lo había vendido a cambio de servicios: la custodia de oleoductos, instruir a un grupo de pilotos de guerra y hacer de la *Mukhabarat*, el servicio de inteligencia saudí, uno digno de ser llamado como tal. «Sobrino», le había dicho Fahd, «quiero poner

140

a los servicios jordanos a la sombra». Si bien el precio de mercado de un *Jumbo* tan viejo, que transportaría pertrechos y hombres a las zonas en conflicto, resultaba inferior al costo de los servicios exigidos por el tío Fahd, Al-Saud y sus socios arribaron a la conclusión de que ganarse la simpatía del rey de Arabia Saudí les significaría beneficios en el futuro.

Un empleado llamó a la puerta.

—Adelante —invitó Al-Saud.

—Señor, el teniente Dragosi me manda anunciarle que los muchachos están listos.

—Enseguida voy.

En un rato, el teniente Dragosi, uno de los expertos a cargo del campo de adiestramiento de la Isla de Fergusson, y él instruirían a un grupo de jóvenes acerca de cómo bajar de un helicóptero por una cuerda. Más tarde, tenían previsto dirigirlos hacia la parte montañosa de la isla y enseñarles la técnica de *rappelling*, que se emplea en el descenso de montañas muy empinadas o de edificios, con el uso de una cuerda, para lo cual se toma impulso con las piernas y se controla la caída libre con los pies y con dicha cuerda.

La Diana entró sin llamar. Vestía un overol militar de colores verdes y marrones, los que se usan para mimetizarse con la selva, botines negros y una gorra caqui.

—Eliah, dice el operador que tu llamada a París está lista.

Abandonaron juntos el despacho y se encaminaron hacia otro sector de los barracones donde se emplazaba la central de comunicaciones. El contraste entre el ambiente climatizado de la oficina y el calor externo se percibía como un golpe. La temperatura se tornaba insoportable a primeras horas de la tarde; la humedad densificaba el aire, el viento no corría, el olor de la selva, tan peculiar, se acentuaba y se pegaba a los cuerpos y a los objetos. De igual modo, Al-Saud no se quejaba. La asociación de la Mercure con el gobierno de Papúa-Nueva Guinea les había reportado grandes beneficios. No sólo la empresa estaba radicada legalmente en ese país para evadir impuestos y posibles demandas por cuestiones contractuales, sino que ocupaba un amplio predio de esa isla alquilado por una suma anual irrisoria; allí, sobre las ruinas de una base aérea militar muy usada durante la Segunda Guerra Mundial, se emplazaba su centro de instrucción y de almacenaje del armamento. Al gobierno de Papúa-Nueva Guinea, con sede en Port Moresby, le debían el primer acuerdo de relevancia de la Mercure, obtenido gracias a los contactos de Michael Thorton. Por treinta y seis millones de dólares, la empresa se había comprometido a eliminar a los rebeldes y lo había conseguido en un tiempo menor del planeado. Se había tratado de un éxito rotundo, y todavía cosechaban los frutos de un gobierno agradecido.

La central de comunicaciones estaba equipada con varios teléfonos satelitales, antenas parabólicas, radios de onda corta y larga, y tanta aparatología como Alamán había sido capaz de reunir para mantenerlos conectados con sus tropas en misión por el mundo. El operador le pasó el teléfono satelital, similar a un inalámbrico con una antena más gruesa. Al-Saud le echó un vistazo a su reloj Breitling Emergency que marcaba la hora local y la de París. Eran las cinco de la mañana en Francia dada la diferencia de diez horas en menos que los separaba de Papúa Nueva-Guinea. La llamada habría despertado a Medes. Lo lamentaba, pero él estaba ansioso y quería saber de ella. Le habló en árabe.

—Medes.

—Buenos días, señor.

—Lamento haberte despertado.

—No hay problema, señor.

—Dime qué novedades me tienes.

—Ninguna novedad. Las señoritas han ido a la sede de Manos Que Curan hasta el mediodía, luego han concurrido al mismo instituto de idiomas al que fueron ayer y después regresaron al departamento de la calle Toullier, alrededor de las nueve de la noche.

—¿Nada sobre el propietario del BMW?

—Nada, señor. Como le dije ayer, revisé las fotografías que tomé el 1 de enero en Charles de Gaulle y la matrícula del automóvil es la correcta. Su amigo Edmé de Florian me confirmó que ese vehículo pertenece a René Sampler.

—Mantente cerca de ellas. Te llamaré mañana.

Salió de la central de comunicaciones rumbo a la pista donde lo aguardaba el UH-60, un helicóptero utilitario fabricado por la Sikorsky, más conocido como Black Hawk. Los rotores agitaban el aire; el ruido ensordecía. Se colocó el casco y trepó a la nave. La Diana saltó tras él. Los muchachos no se asombraron; estaban habituados a contarla en sus ejercicios. A nadie se le ocurría darle un trato preferencial o facilitarle la prueba; ella había demostrado ser mejor que muchos de ellos. Algunos habían intentado pasarse de listos para terminar con el botín de la muchacha en el cuello. Aunque rara vez los veían cruzar palabra, jamás tocarse, ni siquiera sonreírse, presumían que Al-Saud y La Diana eran amantes.

Al-Saud cambió unas palabras con el teniente Dragosi antes de ordenar al piloto que despegara. El ruido del helicóptero ahogaba cualquier sonido, menos el de su cabeza. «Matilde, Matilde.» Nunca le había sucedido una cosa igual, la total pérdida de concentración. Gotas de sudor le mojaban la camiseta bajo el traje militar, le humedecían la frente, se le metían en los ojos; los pies le latían dentro de los botines; sin embargo, nada le provocaba el fastidio que le inspiraba Matilde. Se quitó los Ray Ban Clipper, se pasó por la frente el dorso de la mano envuelta en un pañuelo y volvió a ocultar sus ojos tras los lentes para sol. Apretó los párpados. No quería recordar.

El domingo por la noche, después de escucharla pronunciar el nombre de Roy y herido en su orgullo por la deserción, abandonó París para ocuparse de sus asuntos en la Base Fergusson; necesitaba tomar distancia, alejarse de ella, estaba haciendo el papel de idiota. De nada había servido. Su imagen lo seguía aun en esa remota isla del Pacífico. Creyó que los celos le harían perder los papeles el día anterior, cuando Medes le reportó que el martes las señoritas, el señor Shiloah Moses y René Sampler, el dueño del BMW que las había recogido en Charles de Gaulle, habían visitado las Galerías Lafayette y que el señor Sampler había gastado una fortuna en ropa y zapatos para la señorita rubia. El muy hijo de puta le había comprado ropa a Matilde. Una nube roja le tiñó la visión.

—¡Diana, facilítale al operador el teléfono del señor Moses en el George V! ¡De inmediato! —Su orden vociferada había alarmado a los empleados, porque él nunca levantaba el tono de voz.

Al operador le había costado dar con Shiloah.

—¿De qué hablas, Eliah? ¿Qué René Sampler? El muchacho que nos acompañó ayer a las Galerías Lafayette se llama Ezequiel, un argentino muy simpático.

—¿Es el novio de Matilde?

—Yo no lo diría. Entre ellos advertí un trato más bien fraterno. ¿Tú cómo sabes todo esto?

—Tus guardaespaldas me lo informaron —mintió.

Salvo la torcedura del tobillo de un soldado, el entrenamiento marchó sin inconvenientes. Volvieron sucios, transpirados y exhaustos. Al-Saud sólo pensaba en montarse en un Jeep y alejarse varios kilómetros hasta alcanzar el enclave que escondía una cascada y un pozo de agua fría tras cortinas de plantas tropicales. El operador se asomó por la ventana de la central de comunicaciones.

—Señor, hay una llamada para usted de París. Shiloah Moses.

Enseguida pensó en Matilde, y un nudo le estranguló la garganta. Le pasó el casco a La Diana y corrió los últimos metros.

—¿Shiloah? Aquí Eliah. ¿Qué ocurre?

—¡Hola, *mon frère*! ¿Cómo estás? ¿Más calmado que ayer?

—Sí, sí. ¿Qué pasa?

—Acabo de hablar con mi amigo en Tel Aviv, el gerente de El Al.

—¿Desde qué teléfono me llamas? —se preocupó Al-Saud.

—Desde el teléfono de Mike en las oficinas del George V —se refería a Michael Thorton—. Él me dijo que era una línea segura.

—Sí, lo es. Prosigue.

—En el vuelo 2681 había un cuarto hombre, tenías razón. A mi amigo le costó muchísimo averiguarlo. De todos modos, resultó imposible saber de quién se trataba. Ese caso está cerrado a cal y canto, y mi amigo no quiso seguir indagando por temor.

—Entiendo. Gracias, hermano.

—¿Cuándo regresas?

—No lo sé aún. ¿Cómo van los preparativos para la convención?

—Viento en popa. Mis asistentes y abogados se ocupan de ultimar los detalles.

Estuvo a punto de preguntarle por Matilde, pero su orgullo se impuso y no la mencionó. Se despidieron. Al-Saud caminó hacia el compartimiento donde se encontraba el radio y cerró la puerta. Miró la hora en París. Necesitaba comunicarse con Vladimir Chevrikov. Por fortuna, lo encontró en su casa.

—Lefortovo, habla Caballo de Fuego. Pasa a una banda UHF segura.

Que Vladimir hubiese elegido como *nom de guerre* el del recinto donde lo habían torturado y confinado por años describía en parte su compleja personalidad. Eliah Al-Saud lo respetaba como a pocas personas no sólo porque lo juzgaba un artista de la falsificación sino porque no conocía a nadie más relacionado e informado que él. Vladimir sabía quién se movía tras bambalinas en los hechos políticos de la mayoría de los países.

—Listo —dijo Chevrikov—. Habla tranquilo.

—¿Recuerdas el avión de El Al que se precipitó a tierra en Ámsterdam hace dos años? —El ruso se acordaba—. Los voceros de El Al y las autoridades de Schiphol informaron que sólo había tres pasajeros. Resulta ser que había un cuarto. —Pasado un silencio, Al-Saud expuso su demanda—: Necesito que contactes a Yaakov Merari. Él puede darnos el nombre de ese cuarto pasajero. Me urge.

Yaakov Merari era un agente encubierto del Mossad en Damasco. Chevrikov lo sabía y lo chantajeaba de tanto en tanto para obtener información gratis y de primera calidad. Vladimir no sólo lo amenazaba con revelar su identidad a los servicios secretos sirios, los más crueles de Oriente Medio, sino con denunciarlo a las autoridades del Mossad. Yaakov Merari llevaba años recaudando importantes cifras de su gobierno para solventar la fidelidad de un informante sirio que, en realidad, no existía. Vladimir lo sabía porque, en más de una oportunidad, había confeccionado documentación para sustentar los reportes falsos que Merari pasaba al Mossad.

—Si alguien puede darnos el nombre del cuarto pasajero —aseguró Chevrikov—, ése es nuestro querido Yaakov.

Por supuesto, la intermediación de Vladimir Chevrikov no era gratis.

—¿Lo de costumbre y a la misma cuenta? —quiso saber Al-Saud.

—Así es, viejo amigo. Siempre es un placer hacer negocios contigo.

Una hora más tarde, Eliah, completamente desnudo, de pie en una roca, se entregaba a la energía de la cascada. Ya no luchaba contra el recuerdo de Matilde, y, al igual que al agua, le permitía que lo devastara. Con su modo inocente y su aparente debilidad, ella espoleaba al Caballo de Fuego que moraba en él. Matilde ya era un desafío, y para Eliah no había retorno. Debía tenerla. Se lo dictaba su naturaleza.

Hacía una semana que no veía a Eliah Al-Saud, y si bien se había empeñado en otras cosas, él seguía clavado en su cabeza. Esa tarde de sábado, recorría las perfumerías de las Galerías Lafayette para humedecer de nuevo el pañuelo de él y el elástico de su guante con A Men. Juzgaba patético ese impulso, aunque incontrolable. Vio el frasco negro junto a otros de Thierry Mugler y se abalanzó sobre él. La empleada, que atendía a una clienta, no advirtió la avidez con que oprimía la válvula. Las partículas del perfume flotaron en torno a ella y la envolvieron. Cerró los ojos y volvió a sentir el abrazo de él en su cuerpo. Eliah Al-Saud era vanidoso y obstinado. «¿*Por qué me rechazas? No lo soporto.*» El recuerdo le provocó ternura; en los parámetros de él no cabía la posibilidad de que una mujer lo despreciase, y casi se mostraba como un niño encaprichado con un juguete. Si hubiese sabido cuánto lo pensaba y lo deseaba desde el primer día, su soberbia no habría conocido límite. La ansiedad iba ganando vigor y dominio sobre ella. Nunca había experimentado algo parecido por un hombre. Él exudaba una especie de cruda atracción que operaba como un imán. Ahora comprendía la pasión que Juana y Jorge habían compartido.

Juana, que se probaba unas sombras de Chanel, la atrapó empapando el pañuelo en el perfume de Al-Saud. Sonrió, y el gesto acentuó la picardía de sus ojos negros. Resultaban divertidos los esfuerzos de Mat por mostrarse indiferente. A veces, la curiosidad le ganaba, y deslizaba comentarios en apariencia inocentes como «¡Qué bien se portó Eliah con mi primo Fabrice al invitarlo a cenar con nosotros!». «¿Alcanzaste a oler el perfume de la señora Francesca?». «¿Viste que Eliah en verdad no toma nada de alcohol? Ni siquiera probó *sake* el otro día en el restaurante». «¿Quién habrá sido ese hombre al que Eliah le quitó el rollo de la máquina?». Cuando regresaba de una salida con Shiloah, bastante frecuentes, Mat le preguntaba: «¿Alguna novedad?», y ella, con perversa disposición, se sacudía de hombros y le decía: «Ninguna».

—¿Vamos, Mat? Shiloah va a pasar a buscarme en un rato y quiero tener tiempo para prepararme.

—¿Otra vez van a salir?

—Sí, pero no pienses nada raro. Shiloah me divierte, yo lo divierto a él, y punto. Los dos estamos muy complicados para enredarnos. ¿Sabías que es viudo? Su mujer murió en Tel Aviv cuando un terrorista de Hamás se inmoló en una pizzería.

—¡Oh, por Dios!

—Creo que el pobre no puede olvidarse de ella. Y yo, con fantasmas, no peleo. Puedo enfrentarme a una esposa, hasta a un hijo, pero no a un fantasma.

—A un hijo tampoco —replicó Matilde, lapidaria, y Juana se quedó observándola. Su amiga, flaquita y con cara de ángel, podía revelar un costado de hierro si se lo proponía, el costado de hierro que había ahuyentado a Eliah Al-Saud.

—¿Quieres venir con nosotros? —le preguntó, con mala cara—. Creo que el bocadito Cabsha también vendrá. —Así apodaba a Alamán Al-Saud, que se había reído a carcajadas cuando Matilde le explicó que Juana lo comparaba con un bombón de chocolate relleno con dulce de leche.

—Prefiero quedarme en casa. Tengo que estudiar para el miniexamen del lunes.

La semana anterior habían concurrido a la sede de Manos Que Curan en el edificio del número 6 de la calle Breguet, a pocas cuadras de la Bastilla, donde, por tres días, les impartieron un curso al que llamaban preparación al primer destino. Matilde se sintió a gusto de inmediato, y, después de empaparse de la filosofía, las actividades y los proyectos del organismo, vivía en una exaltación sólo opacada por el recuerdo de Eliah. Ella había nacido para eso, para ayudar a los más necesitados; había hallado su lugar en el mundo. Manos Que Curan le proporcionaba la estructura y los medios para darle un sentido a su vida. No veía la hora de ir al terreno, como denominaban al lugar de destino.

En la sede de Manos Que Curan les dieron una carta de presentación que entregaron en el *Lycée des langues vivantes*, un instituto donde se enseñaba la mayoría de los idiomas, y que las habilitaba para tomar el curso intensivo de francés de cuatro meses, cinco días a la semana, de dos y media a seis y media de la tarde. El instituto quedaba alejado del Barrio Latino, en la calle Vitruve, y accedían en metro.

—Ya estudiaste para el miniexamen del lunes —apuntó Juana—. Sabes más que la profesora. ¿Escuchaste lo que te dije, que va a venir el bocadito Cabsha? Aprovecha, así le preguntas a él todo lo que te mueres por saber del papito.

—No quiero saber nada acerca de Eliah.

—No, por supuesto. Y yo soy rubia y tengo ojos celestes.

El Learjet 45 —su favorito, el Gulfstream V, estaba en Le Bourget donde los mecánicos controlaban las reparaciones hechas en Buenos Aires— despegaría de la Isla de Fergusson en breve. Al-Saud se acomodó en su butaca y le solicitó a La Diana que trajese el teléfono encriptado. La joven se lo alcanzó con actitud solícita. Eliah apoyó el pulgar en el lector digital. Un escáner leyó su huella y lo habilitó para efectuar una llamada segura.

—*Allô?*

—Lefortovo, habla Caballo de Fuego. Recibí tu mensaje. ¿Qué has averiguado?

—Averigüé lo que me pediste, el nombre del cuarto hombre. Yarón Gobi. Y aquí viene lo más interesante: era un científico de alto vuelo, empleado del Instituto de Investigaciones Biológicas de Israel, que está en Ness-Ziona.

—Tú y yo sabemos que está muerto, pero ¿qué dicen los registros oficiales?

—Un amigo de Gobi, compañero del Instituto, un tal Moshé Bouchiki, denunció su desaparición. Semanas después, los noticieros y periódicos informaron que Gobi había vendido secretos al enemigo por millones de dólares y que se había refugiado en Libia. ¿Interesante, no?

—En extremo. ¿Tienes la dirección de Bouchiki?

—Apúntala. Es en Ness-Ziona, en el 54 de la calle Jabotinsky. Su departamento está en el tercer piso.

—Gracias, Lefortovo. Como siempre, tu trabajo es impecable.

—Siempre a tu servicio, jefe.

Le llevó un buen rato al capitán Paloméro cambiar el plan de vuelo y obtener el nuevo rumbo. No volarían al Aeropuerto Charles de Gaulle en París sino al Ben Gurión en Tel Aviv-Yafo. Para ingresar en Israel, Al-Saud utilizaría el pasaporte italiano que Vladimir Chevrikov le había confeccionado bajo el nombre de Giovanni Albinoni.

Luego de despegar el Learjet, Al-Saud se acomodó en su sillón y planeó la visita a Moshé Bouchiki. De acuerdo con el GPS, Ness-Ziona se emplazaba a pocos kilómetros al sur de Tel Aviv. Alquilaría un automóvil en el aeropuerto y marcharía directo hacia su objetivo. Después de analizar la estrategia más conveniente para encarar a Bouchiki, se recostó sobre el diván, colocó las manos bajo la cabeza y pensó en la orden que les había dado el día anterior a Alamán y a Peter Ramsay, que colocasen micrófonos y cámaras en el departamento de la calle Toullier. La decisión le había costado, aunque en vista de la información suministrada por el agente de la SIDE en Buenos Aires, la juzgó imperativa: Roy Blahetter había abordado el lunes anterior, 12 de enero, un avión de Iberia en Ezeiza. Destino final: París.

El miércoles por la noche, después de la clase de francés, Matilde y Juana cenaron en casa de Sofía. Las pulsaciones de Matilde se dispararon al toparse en la sala con el matrimonio Al-Saud y con su hermana Céline, que se reía y los trataba con soltura. Le tembló la mano al extenderla para saludar al príncipe Kamal. ¿Príncipe había dicho su tío Nando?

—Fíjate qué perfume usa —le cuchicheó a Juana, antes de que ésta saludase a Francesca.

—Diorissimo —fue la respuesta—. Es más viejo que la injusticia, pero exquisito como pocos. Puro jazmín. Un clásico. ¿No se te ocurrirá usarlo, no?

—¿Por qué no?

—¿Para que Eliah te huela el cuello y le recuerdes a su madre?

Los colores ganaron las facciones de Matilde.

—No sé por qué Eliah tendría que olerme el cuello. Por otra parte, ya ni se acuerda de que existimos.

Juana elevó los ojos al cielo y se fue con Fabrice. La cena se desenvolvió en un ambiente distendido, pese a que, a medida que Céline daba cuenta del vino *riesling* del Mosela, su actitud se tornaba agresiva hacia su hermana menor. Matilde la contemplaba y nada respondía. ¡Qué hermosa era Celia! Su porte admiraba a primera vista. ¿Cuánto medía? ¿Un metro ochenta? Matilde, sólo un metro cincuenta y nueve. No obstante haber llegado a casa de su tía orgullosa del conjunto que le había regalado Ezequiel la semana anterior, Matilde se sintió en harapos ante la elegancia de su hermana, que lucía como nadie el vestido cruzado de raso gris con cenefas y botones forrados azules; Celia se ocupó de deslizar que se trataba de una confección exclusiva de Valentino para ella. Pasada la comida, cuando se acomodaron en los sillones de la sala, la vio fumar mucho, un cigarrillo tras otro; le costaba centrar la llama del encendedor. «Pobre hermana mía», se dijo, con una impotencia nacida de la certeza de que no podría ayudarla. El abismo entre ellas era infranqueable.

Con la excusa de mostrarle una foto familiar, Sofía tomó del brazo a Matilde y la condujo a un ambiente apartado, con biblioteca y estufa de leña. Céline las siguió con la mirada, sin preocuparse de disimular el odio que se filtraba por sus ojos celestes. La maldición de Matilde la perseguía hasta París, donde ella era la reina, donde había conquistado el corazón de Sofía, que la quería y la mimaba. No permitiría que, al igual que había sucedido con el amor de su padre, de la tía Enriqueta y de la abuela Celia, Matilde la despojara del de Sofía. Para nada se le había pasado por alto el trato amistoso, casi cariñoso, que le conferían los padres de Eliah.

—No te muerdas la lengua que te vas a ahogar en tu propio veneno —la provocó Juana.

—Cállate, negra india.

Sofía levantó un portarretrato y le enseñó la foto de un grupo de negritos, en un evidente entorno tropical, que rodeaban a una monja.

—Ésta es Amélie —expresó Sofía, con orgullo.

—La tía Enriqueta me contó que era monja —recordó Matilde.

—¿Enriqueta habla de mí y de mis hijos?

—Muy poco. ¿Dónde se tomó la foto?

—En el Congo, en una zona muy conflictiva y peligrosa llamada Kivu. Nando y yo vivimos con el Jesús en la boca.

Matilde levantó la vista del portarretrato y la fijó en la de su tía.

—¿Qué pasa?

—Estoy estupefacta. Juana y yo dentro de unos meses viajaremos justamente a Bukavu, que es la capital de Kivu Sur. —Los ojos de Sofía se llenaron de lágrimas—. Como te conté la vez pasada, iremos con Manos Que Curan.

—¡Esto no puede ser casualidad! —se emocionó la mujer—. Desde que te vi supe que algo especial me sucedería contigo. Y ahora me dices que estarás cerca de mi Amélie. ¡Tienen que ponerse en contacto! Tienen que hacerse amigas de modo que, cuando llegues allá, ella pueda ayudarte. ¡Te escribiré su dirección de e-mail!

Sofía la garabateó en un papelito y arrastró a Matilde de regreso a la sala, donde expuso la buena noticia. La admiración que se ganaron Matilde y Juana por tantas razones que Céline no alcanzaba a comprender —¿qué carajo importaba si eran pediatras, si viajarían al Congo y si se ocuparían de quitarles los piojos a los negros?— la empujó a abandonar la casa de su tía donde siempre había sido el centro de la atención, con su fama, su *glamour* y su belleza. Al alcanzar la calle, telefoneó a Eliah. Por supuesto, saltó la contestadora automática.

Claude Masséna obtuvo una fotografía del doctor Moshé Bouchiki en un simposio de biotecnología en Bruselas, en el 95, y la envió al teléfono de Al-Saud.

Después de tres días en Ness-Ziona, La Diana y Al-Saud conocían las rutinas del científico. Sorprendía que, en esos años, Bouchiki hubiese envejecido tanto, aunque, como apuntó La Diana, más que envejecido, lucía agobiado, con ojeras, las líneas de expresión marcadas y un rictus amargo. Intuían que el Mossad lo vigilaba, por eso se movían con cuidado, y de una conversación que La Diana sostuvo con el portero del edificio de Bouchiki —tuvieron la fortuna de que se tratase de un judío de Sarajevo— sacaron en claro que Yarón Gobi y Bouchiki habían compartido más que una amistad.

Al-Saud entró en el bar donde el hombre se detenía a diario a tomar un whisky, a veces dos, después de terminar su jornada en el Instituto de Investigaciones Biológicas. Se ubicó en la barra, junto al asiento que acostumbraba ocupar el científico. Llevaba auriculares conectados a una pequeña grabadora y, si bien no escuchaba música, tamborileaba los dedos sobre la barra y movía la rodilla. La voz de La Diana sonó en el pequeño micrófono oculto bajo el auricular derecho.

—Bouchiki acaba de entrar. Va hacia ti. El *katsa* que lo sigue no se ha bajado de su automóvil. Espera, ahora está bajando.

Bouchiki se ubicó a la derecha de Al-Saud y dijo algo en hebreo al camarero, que le habló con familiaridad a su vez y le sirvió el trago.

—El *katsa* acaba de entrar y se sentó en una mesa a tus cinco. —Luego de un silencio, añadió—: Simula leer un periódico.

Una vez que el camarero se alejó hacia la cocina, Al-Saud, que tamborileaba y agitaba la rodilla, susurró en inglés:

—No se mueva, no me mire, no cambie el gesto de la cara. No haga nada. Sólo escúcheme. —Aguardó unos segundos para comprobar el dominio de Bouchiki—. Quiero hablar con usted acerca del doctor Gobi. Sé toda la verdad y no soy uno de ellos.

Bouchiki se desenvolvía bien; sorbía el whisky con expresión insustancial.

—Lo esperaré esta noche en la terraza de su edificio a las veintitrés horas.

Bouchiki asintió con un movimiento de párpados. Al-Saud apuró el último trago de su agua mineral y abandonó el bar. Al pasar junto al *katsa*, canturreó unas estrofas de *Comfortably numb*, de Pink Floyd.

Pasadas las nueve de la noche, ese barrio residencial de Ness-Ziona presentaba un aspecto desolado. Al-Saud, enfundado en un traje de *lycra* negro, se puso el pasamontañas y, sobre éste, los binoculares de visión nocturna con intensificación de imagen; el entorno se pintó de verde. Acercó el micrófono a su boca.

—¿Novedades? —le preguntó a La Diana, que se mimetizaba en la fronda de un roble, frente al edificio de Bouchiki.

—Nada. La camioneta sigue estacionada en el mismo sitio. —Calibró sus prismáticos y ratificó—: No hay movimientos sospechosos.

Al-Saud estudió el edificio de Bouchiki a través de un patio interior sumido en la oscuridad y desde la terraza de una obra en construcción. Bajó la vista y observó la ballesta que sujetaba en la mano. Por fortuna, la había traído de la Isla de Fergusson, donde las usaban para entrenar a los nuevos reclutas. No podía fallar, sólo contaba con una. Apuntó y disparó la flecha de titanio que se incrustó en el filo de la mampostería. Ató el extremo del cable de acero en torno a una columna de concreto y lo ajustó hasta tender una línea con el edificio de Bouchiki. Se puso los guantes de malla de acero y, sobre éstos, el tensor para dedos, una especie de mitón de poliuretano que le proporcionaba mayor flexibilidad. Se sentó en el borde de la construcción, con las piernas en el vacío, aferró el cable con ambas manos y se colgó de él. Sin movimientos bruscos, apretó los abdominales para levantar las piernas hasta que éstas se enroscaron en el cable. Comenzó a cruzar el patio interior. Poco más de quince minutos tardó en alcanzar el techo del edificio de Bouchiki. Agitado, con el cuerpo tenso, cerró los ojos y practicó algunos ejercicios respiratorios. Luego, se dispuso a esperar, oculto tras el armazón que sostenía al tanque de agua.

Al-Saud consultó su Breitling Emergency. Bouchiki apareció unos minutos antes de las once de la noche. La brisa nocturna arrastró el olor a alcohol del científico. Lo vio encender un cigarrillo y dar la primera fumada como si en ello le fuera la vida. Emergió lentamente; así vestido, resultaba casi imposible divisarlo.

—Bouchiki.

—¿Quién es usted?

—Alguien interesado en mostrar la verdad acerca del vuelo 2681 de El Al. Para lo cual, necesito su ayuda.

—¿Qué tengo que ver yo con ese vuelo?

—En ese vuelo iba Yarón Gobi, su amigo. Él murió en ese accidente. Y usted lo sabe. Lo de su traición y exilio en Libia es una gran calumnia. Lo han desacreditado para cubrirse.

—¡Han manchado su memoria! —se alteró el científico—. Han arrastrado su buen nombre por el lodo. Y han convertido mi vida en un infierno. Estoy bajo vigilancia permanente. Ellos... Ellos sabían que Yarón y yo...

—Que ustedes eran amantes.

Al-Saud advirtió el esfuerzo de Bouchiki por discernirlo en las sombras.

—Estoy bajo vigilancia permanente —insistió.

—Lo sé. Su casa debe de estar atestada de cámaras y micrófonos. Por eso lo cité aquí arriba.

—No puedo hacer nada. ¿Qué quiere?

—¿Qué contenía el *Jumbo* que colisionó en el Bijlmer?

Bouchiki dio dos fumadas para darse tiempo a decidir. Por fin, contestó:

—Los componentes para fabricar varios agentes nerviosos.

—¿Como por ejemplo?

—Tabún, somán, sarín... La lista es larga. Una gota de esos agentes en su piel y usted moriría en pocos minutos.

—Tal como le ocurrió a Khaled Meshaal en Ammán el año pasado —Al-Saud aludía a un alto dirigente del partido palestino Hamás—. Salvo que Meshaal no murió.

El hombre asintió, mientras absorbía más nicotina.

—A Meshaal, los del Mossad le inyectaron unas gotas de VX detrás de la oreja. El VX en estado líquido es altamente letal.

—¿El Instituto de Investigaciones Biológicas proporcionó el antídoto?

—Así es. Cuando la policía jordana atrapó a los del Mossad, dicen que el rey Hussein llamó, furioso, a Netanyahu y le exigió el antídoto. En el Instituto, nosotros creamos el veneno y el antídoto. Se lo facilitamos en pocas horas. Así fue como Meshaal salvó la vida.

—¿Para qué fabrican esos agentes?

—Nosotros, en el Instituto, no hacemos esa clase de preguntas.

—¿Quién les provee los componentes para los gases?

—Dos laboratorios, uno estadounidense y otro argentino. La última entrega, la que Yarón debía controlar y proteger, la suministró el de Argentina.

—¿Química Blahetter?

—Veo que está informado.

—¿Llevan un inventario o un registro de estos componentes?

—Por supuesto, al detalle.

—¿Podría obtener copias de esos documentos?

—Le repito, estoy bajo permanente vigilancia desde hace dos años. En el Instituto me controlan hasta cuando voy al baño.

—En sus tareas ordinarias, ¿usted entra en contacto con esa documentación?

—Sí, pero no me permitirían fotocopiarla.

—No tendría que hacerlo. Me aproximaré, Bouchiki. Tengo que enseñarle algo. —Al-Saud emergió de las penumbras; el pasamontañas ocultaba su rostro–. Esto es un bolígrafo, pero si presiona este pestillo, la punta es reemplazada por una cámara. Cada vez que oprima el botón, sacará una fotografía.

–Suena sencillo. ¿Qué obtendría yo a cambio de arriesgar mi pellejo? ¿Quién es usted?

–Soy quien le ofrece desagraviar el buen nombre de Gobi. Pero sobre todo, le ofrezco mucho dinero y una nueva identidad.

Ahora que se había aproximado, Eliah apreciaba la angustia que trasuntaba el gesto de ese hombre. Se trataba de un animal acorralado y desesperado, que se daba a la bebida para acallar su dolor.

–¿Por qué denunció la desaparición de Gobi si usted sabía que él viajaba en el *Jumbo* que cayó sobre el Bijlmer?

–Ellos me obligaron.

–¿Los del Mossad?

–No tuvieron la gentileza de presentarse. Sólo me amenazaron y me dijeron qué hacer. ¿Cuánto dinero estaría dispuesto a pagarme por esas fotografías?

–Quinientos mil dólares.

Bouchiki rio de manera artificial.

–Quinientos mil es lo que tendrá que depositarme en una cuenta para que yo me decida a sacar esas fotografías. Sin eso, no moveré un dedo. En total, deberán ser tres millones.

–Uno –regateó Al-Saud–. Quinientos mil ahora y el resto con la concreción del trabajo.

–Quinientos mil ahora –parafraseó el científico– y un millón con la concreción del trabajo.

De pronto, la expresión ebria y agobiada de Bouchiki había mudado a una despejada.

–Así será. En el momento en que comprobemos la validez de las fotografías, un millón de dólares ingresará en una cuenta numerada del Credit Suisse de Ginebra. Además le entregaremos un pasaporte con una nueva identidad y una licencia para conducir. –Le dio el bolígrafo y le repitió las instrucciones.

–En veinte días viajaré a El Cairo a un seminario de nanotecnología en el Hotel Semiramis Intercontinental –informó Bouchiki–. Como han comprobado que durante dos años no he abierto la boca y he cumplido con sus exigencias, me han aprobado este viaje.

–Igualmente estarán vigilándolo.

–Sí, pero en una ciudad distinta, en medio de un simposio de quinientos científicos, en un hotel lleno de gente, resultará más fácil el intercambio que en Ness-Ziona.

—Allí será, entonces.

—Otra cosa: ustedes se ocuparán de sacarme de Egipto y llevarme al Caribe.

—Cuente con ello.

Al-Saud temió que Bouchiki se echase atrás porque de pronto frunció el entrecejo, y una sombra le opacó la mirada.

—¿Cómo puedo confiar en usted? ¿Cómo estaré seguro de que han depositado el dinero? Y si lo depositan, ¿cómo asegurarme de que no retirarán los fondos más tarde?

—Doctor Bouchiki, dentro de tres días, use la dirección IP de otra persona (la de su amigo, el camarero del bar, por ejemplo) y averigüe por Internet el número telefónico del Credit Suisse en Ginebra. Llame desde un teléfono que no esté bajo vigilancia y pregunte por Filippo Maréchal. ¿Podrá hacerlo?

—Sí, podría utilizar el teléfono de un compañero. Sé cuál es su clave porque lo he visto teclearla.

—Perfecto. Como le decía, Filippo Maréchal será su oficial de cuenta. Mencione el día y el mes del cumpleaños del doctor Gobi y su nombre de pila, Yarón. Recuerde lo que acabo de decirle. Eso funcionará como clave hasta que usted la cambie por otra. Filippo será uno de los pocos en el banco que sabrá que detrás del número de su cuenta está usted; incluso, para su seguridad, podría cerrar esa cuenta y abrir otra; eso queda a su criterio. Como sea, con Filippo verificará que hemos depositado los primeros quinientos mil dólares y también podrá cambiar las claves de acceso y las preguntas de seguridad. Hace treinta años que Filippo trabaja en el Credit Suisse. No mancharía una carrera impoluta por unos centavos. En cuanto al millón restante, apenas sea depositado, podrá llamar a Filippo desde el Intercontinental en El Cairo y pedirle la confirmación de que ese dinero ha ingresado en su cuenta.

—En tres días —manifestó Bouchiki—, cuando confirme que los quinientos mil dólares han llegado a mi cuenta, comenzaré a actuar.

—La persona que lo contacte en el Intercontinental, le dirá: «La Diana y Artemisa son la misma diosa». Memorícelo. A esa persona deberá entregarle el bolígrafo. Mientras tanto, le recomiendo que no hable con nadie y que abandone la bebida. Los borrachos suelen soltar la lengua. En su caso, doctor Bouchiki, le costaría la vida.

Un agente del *Aman*, la Inteligencia Militar de Israel, se disponía a echar un vistazo al informe acerca del movimiento de la aviación general —aviones privados y de corporaciones— de los últimos cinco días en el Aeropuerto

Ben Gurión, cuando sus ojos tropezaron con un nombre que lo atrajo: Mercure S.A. El avión, un Learjet 45, tenía matrícula con el código de Papúa-Nueva Guinea.

Tomó el teléfono y llamó a la línea privada de su amigo, Ariel Bergman, en La Haya. En un encuentro días atrás en Tel Aviv-Yafo, Bergman le había comentado acerca de un tal Eliah Al-Saud, dueño de una empresa militar privada, Mercure S.A., a quien seguía de cerca por unas posibles averiguaciones que éste realizaba acerca del desastre de Bijlmer.

—Bergman al habla.

—Ariel, soy yo. Meir Katván.

—¿Qué tal, Meir? ¿Cómo anda todo por Ben Gurión?

—Creo que tengo para ti una pieza de inteligencia muy jugosa. Cinco días atrás aterrizó en Ben Gurión un jet privado, un Learjet 45, propiedad de Mercure S.A., la empresa que mencionaste el otro día en relación con el desastre de Bijlmer. La matrícula del avión es P2-MIG.

—¿A qué país corresponde el código P2?

—A Papúa-Nueva Guinea.

—Es lógico, ya que la Mercure fue radicada legalmente en ese país. De todos modos, sus cuarteles generales operan desde París. ¿El avión ya abandonó Ben Gurión?

—Sí, ayer por la madrugada, con destino a Le Bourget, en París.

—¿Tienes la lista de pasajeros?

—Sólo dos personas, además de la tripulación, por supuesto. Giovanni Albinoni y Mariyana Huseinovic.

—Te enviaré una foto de Al-Saud y de sus socios. ¿Podrías revisar las cintas del aeropuerto y buscarlos entre los pasajeros?

—Dalo por hecho.

8

—¿Hola?

—Hola, Juana. Soy Eliah.

—¡Papito! ¿Volviste?

—Sí, estoy en París.

—¡Qué bueno! Te extrañamos —le confesó, con acento mimoso.

—¿Sí?

—¡Uf, no sabes cuánto! Tu amiga ha estado insoportable desde que te fuiste. Me alegro de que hayas regresado, así ya no me vuelve loca. —Sin dejar de sonreír, Al-Saud preguntó:

—¿Está ahí?

—No. Fue a la sede de Manos Que Curan, en la *rue* Breguet número 6. Me dijo que estaría ahí hasta la una y media.

Eliah miró la hora y, al toparse con el Breitling Emergency en lugar del Rolex, se dio cuenta de que, en el apuro por ver a Matilde, no se lo había quitado; sólo lo usaba durante los entrenamientos militares y para pilotear aviones de guerra. Era la una y cinco. Tenía tiempo.

—Gracias, Juana.

—¡De nada, papito! Nos vemos.

Estacionó frente a la entrada del edificio que ostentaba una placa de mármol con la inscripción *Mains Qui Guérissent* (Manos Que Curan en francés). Breguet era una calle angosta, poco transitada. Se dispuso a esperar.

Matilde sonreía a Auguste Vanderhoeven sin ganas y se esforzaba por mostrarse simpática, ya que el médico belga se portaba muy amablemente con ella. Desde la reunión de preparación al primer destino, en la que

Auguste se presentó como el encargado de los cirujanos en el proyecto de Kivu, había aclarado sus dudas y respondido a sus preguntas con deferencia. Acababan de pasar la mañana en la biblioteca de la organización investigando sobre un tema que a ambos interesaba: la fístula vaginal, un mal que asolaba a las mujeres africanas y del que poco se sabía.

Auguste abrió la puerta y le cedió el paso. Salieron y, mientras cruzaban las últimas palabras, Matilde avistó a Eliah. Lo primero que experimentó fue una sequedad en la boca y en la garganta, y un dolor en el cuello, donde el pulso se le había desatado de manera anormal. Él apoyaba los antebrazos en el techo de su deportivo, del lado de la calle, con la puerta abierta, y los observaba. Lo vio quitarse los lentes de sol, unos Ray Ban Clipper, y esperó el encuentro con su mirada sin respirar. Le sonrió; al principio se trató de una sonrisa trémula que fue ganando confianza hasta convertirse en una amplia, hasta mostrar los dientes; la impulsaba la alegría de volver a verlo después de tantos días. Lo saludó sacudiendo la mano.

Para Al-Saud, la sonrisa de Matilde se convirtió en el salvoconducto que precisaba para avanzar. La vio despedir deprisa al tipo que la admiraba con cara de idiota y se alegró de que Matilde lo señalase para justificar su abrupta partida. El tipo fijó la vista en él y apenas inclinó la cabeza en señal de saludo, que Eliah no se molestó en devolver; simplemente, lo miró a los ojos hasta que el tipo se alejó.

Matilde se aproximó, insegura. Se pasó la lengua por los dientes para evitar que los labios se le pegaran al hablar, y carraspeó para aclarar el nudo en su garganta. Ya no lo miraba, le temía con el mismo fervor que lo anhelaba. Había soñado con ese momento tantas veces durante su ausencia. «¿Es ésta la felicidad? ¿Estas ganas locas de vivir, de saltar, de cantar y de bailar aquí mismo, en la acera, frente a MQC, como si me hubiese vuelto loca, sólo por tenerlo frente a mí?» ¡Cuánto había cambiado en pocos días!

–Hola.

–Hola –contestó ella, y debió arquear bastante el cuello para mirarlo a los ojos. Era más hermoso e imponente de lo que lo recordaba. La tonalidad cetrina de su piel se había acentuado, como si hubiese tomado sol, lo que realzaba los demás colores: el negro de las pestañas «como cepillo», de acuerdo con la descripción de Juana; el verde esmeralda de sus ojos; el blanco de sus dientes, porque se los mostraba al sonreír. Se reía de ella, de su incompetencia, de su inexperiencia, de sus mejillas coloradas y de sus ojos chispeantes. «Mat, eres transparente como un cristal», solía reprocharle Ezequiel.

Al verlo inclinarse, Matilde cerró los ojos porque se había dado cuenta de que si se privaba de la visión, los demás sentidos se agudizaban, y ella quería percibir las notas de su perfume y el tacto de sus labios. Eliah la besó como aquella mañana en el avión, muy cerca de la comisura izquierda. Permaneció inmóvil, deseando conjurar el valor para mover la cara y salir al encuentro de sus labios, sin éxito, porque, pese a haber cambiado durante esos días en París, sus miedos aún la ataban a los demonios del pasado.

—¿Cuándo volviste?

—Esta mañana —contestó él, sin apartar los labios, que vagaban por su mejilla, fría en algunas partes, caliente en otras.

A Matilde le resultó paradójico que, si bien él sólo la tocaba con la boca, ella se sintiese acogida en su pecho, sostenida por sus brazos. La fuerza de ese hombre se proyectaba fuera de su cuerpo y la contenía.

—Juana te dijo dónde encontrarme, ¿verdad? —Lo sintió afirmar con un movimiento de cabeza—. Le caes muy bien a Juana.

—¿Y a ti? —le preguntó, y se separó para enfrentarla.

Las mejillas pasaron a un color rojo carmesí, y Eliah no pudo evitar reírse.

—A mí también. Ya lo sabes.

—No, la verdad es que no lo sé. La última vez me diste el plantón de mi vida. —Lo llenó de ternura la risa de ella, que escondió tras los cuadernos—. Si quieres que te perdone, tienes que aceptar almorzar conmigo. Ahora. Muero de hambre. —La expresión de Matilde transmitía verdadero desconsuelo—. ¿Qué pasa? ¿No puedes?

—A las dos y media empieza la clase de francés. Y no puedo faltar porque tenemos el miniexamen de la semana. Mira —dijo, y levantó una bolsita de plástico—, me traje el almuerzo porque sabía que no tendría tiempo de volver a casa.

Al-Saud le quitó la bolsa y fisgoneó dentro. Un yogur Danone de fruta y un sándwich de *brie* del tamaño de un canapé grande.

—Vaya almuerzo —murmuró para sí, en francés.

—¿Tienes tiempo para acercarme al instituto?

—Por supuesto. Vamos. Sube —ordenó Al-Saud, y le abrió la puerta.

Le colocó el cinturón —resultaba evidente que en Argentina no era una costumbre usarlo— y encendió el Aston Martin. Nada lo había preparado para el desbarajuste de sentimientos que el reencuentro con Matilde había provocado en él. Júbilo, ternura, deseo, ansiedad, desazón, pasión. Amor. ¿Ése era el verdadero amor al cual los grandes poetas dedicaban odas que él había juzgado ridículas? ¿La amaba si apenas la conocía, si habían compartido tan poco? ¿La amaba o era ella un desafío, una obsesión acorde con su naturaleza de Caballo de Fuego? Matilde constituía un gran misterio, sobre todo porque parecía tan simple. Su Matilde. Sí, suya. No podía negarlo, así la sentía en tanto la miraba de reojo, y ella le contaba, con esa voz delicada, que nunca subía el tono, de sus cursos de preparación al primer destino y de los proyectos en el Congo, y de las clases de francés, y de cuánto le costaba pronunciar ese bendito idioma, y de que no le pidiera que hablara en francés porque no lo haría, le daba vergüenza. Detuvo el Aston Martin frente al *Lycée des langues vivantes*, en la calle Vitruve; la zona no le gustaba.

—Gracias por traerme.

—Me gustaría llevarte a cenar esta noche, pero tengo un compromiso de negocios.

Maldijo a Tony Hill y a su secretaria que lo habían comprometido en una cena con un empresario israelí de la computación. Por lo que su socio le había adelantado, podía tratarse de un contrato millonario que la Mercure necesitaba. Luego de la compra de dos helicópteros, un Dauphin 365 y un Mil Mi-25, y de gran cantidad de armamento, las cuentas de la empresa estaban al rojo.

—¿Almorzamos mañana? —Matilde asintió, sonriente—. Para que te perdone por el plantón de ahora y el de aquel domingo, te pondré una condición: que pases a buscarme por mi oficina mañana al mediodía.

—Está bien —aceptó Matilde—. Dame la dirección.

Al-Saud extrajo una Mont Blanc y una tarjeta de la Mercure del bolsillo interno de su saco y escribió sobre el volante.

—Qué linda letra —lo elogió, y guardó la tarjeta en su *shika*.

—*Tú* eres linda, Matilde. Muy linda.

Se movió hacia ella y le apoyó la boca sobre los labios entreabiertos. El contacto los aturdió a los dos. Ambos lo habían imaginado y anhelado durante esos quince días de separación; no obstante, lo real superaba las expectativas. Al-Saud se quitó el cinturón y le sujetó la nuca para apoderarse de ella con el imperio de quien se sabe dueño y señor. Ella lo esperaba, entregada, con los ojos cerrados. La besó como nunca había besado a una mujer, no porque variase la técnica sino porque él no era el mismo; algo sublime y poderoso lo hacía experimentar felicidad al tiempo que un devastador deseo; eso era nuevo para él, de hecho, nadie le había explicado que existiera esa mezcla tan desconcertante. Y al percibir los dedos de ella que se enredaban en su cabello, se le calentaron los ojos bajo los párpados.

Matilde estaba permitiéndole todo. La felicidad la volvía fuerte y mantenía el pánico a raya. Sin apartarse, a ciegas, Al-Saud accionó un mecanismo, y el asiento se reclinó casi ciento ochenta grados. Quedó atrapada bajo su peso. Él la sujetó por la cintura con un brazo y la pegó a su cuerpo, mientras su lengua, insaciable, la hurgaba hasta ahogarla, y la de ella, valiente, le salía al encuentro, enredándola, incitándola, haciéndolo gemir, amando hacerlo gemir. Que gimiera, por favor. Sus manos resbalaron dentro del saco y le acariciaron los costados del torso, y él se despegó de ella y soltó un bufido, como si Matilde le hubiese rozado una herida. Descansó la frente en el asiento de cuero, y ella le observó el perfil de ojo cerrado y palpitante, de fosa nasal dilatada y de labios húmedos, rojos y entreabiertos. Un segundo más tarde, volvía a caer sobre ella.

—¿Te gusta? —le preguntó al cabo, jadeando—. ¿Te gustan mis besos?

—Sí —susurró Matilde y, en un rapto de sinceridad y locura, le apretó la nuca con las manos y le pegó los labios al oído para añadir—: Mucho. Tanto, Eliah, tanto.

A él le trepó la alegría por la garganta, pero, antes de que se convirtiera en una risotada de dicha, volvió a besarla, con la voracidad que ella le despertaba por ser así, tan Matilde.

Matilde, consciente de que montaban un espectáculo a las puertas del instituto, se dio cuenta de que le importaba un pepino que medio París rodeara el automóvil de Eliah para fisgonearlos. Se desconocía. Imaginaba la mueca de horror de la abuela Celia y le daba por reír. «¿En verdad estoy sintiendo así?»

—Quiero que siempre que nos besemos, sintamos así —le habló Al-Saud sobre los labios—. Quiero tenerte, Matilde. Ahora.

—Hay tantas cosas de mí que no sabes.

—Quiero saberlo todo, *todo*.

—Y yo quiero contártelo, pero necesito tiempo. Tenme paciencia, Eliah, por favor.

La paciencia no cuenta entre las características de un Caballo de Fuego; una veta irritable los vuelve poco compasivos con las penas y las necesidades ajenas; algunos los tildan de despiadados, de insensibles. Si Matilde le pedía paciencia llamándolo Eliah con esa vocecita que le estremecía las entrañas, él acallaría el clamor de su naturaleza y se la tendría, aunque para eso requiriese de sus quince años de disciplina en la filosofía *Shorinji Kempo*.

—Toda la paciencia que necesites, mi amor.

Ese «mi amor» surgió de un modo tan espontáneo que los impresionó a los dos por igual. Matilde se abrazó a su cuello y, con un susurro ferviente, le dijo gracias.

Se separaron, y Al-Saud volvió el asiento a su posición. Le acomodó los mechones que le caían sobre la frente y le pasó los dedos por los labios hinchados, lamentando su desafuero. Ahora sus compañeros verían esa boca que parecía una cereza.

—¿A qué hora terminas tus clases?

—Alrededor de las seis y media.

—Como te dije, no puedo venir a buscarte, pero enviaré a mi chofer. No, Matilde, no discutas. Este distrito no es de los mejores. No quiero que de noche camines sola por aquí. Y para que no te enojes, tengo un regalo para ti.

—Yo también tengo un regalo para ti. En casa —aclaró.

—¿Para mí? —Al-Saud fue incapaz de disimular la alegría, el asombro, la ansiedad—. ¿Qué es?

—Un frasco de dulce de leche que yo misma hice para ti. Para que veas que mi dulce de leche sí es más rico que la Nutella. —Malinterpretó la mirada de él—. Te decepcionó mi regalo.

Como respuesta, él la desembarazó del cinturón y la apretó con rudeza y volvió a besarla.

—Gracias, mi amor —le susurró en el cuello, mientras concluía que Matilde había preparado el dulce de leche en su ausencia, lo que significaba que había pensado en él; Juana no mentía.

—Ahora quiero mi regalo —la oyó exigir.

Al-Saud le alcanzó una bolsa que ocultaba en la parte trasera y que decía Emporio Armani. Le había pedido a su secretaria que se ocupase y creía que la mujer había acertado en la elección.

—¡Ah! —Matilde extrajo una chamarra de seda lustrosa color beige, rellena de pluma de ganso. Los puños y el cuello eran de piel de conejo blanco—. ¿Es para mí?

—Por supuesto, para ti. Para que no uses ese abrigo que no te protege del frío. Para que no vuelvas a enfermarte —mencionó adrede.

Matilde se inclinó y lo besó en los labios, la primera vez que lo hacía por iniciativa propia. Bastante conmovida, se dio cuenta de que se trataba de la primera vez que lo hacía en su vida.

—Es el regalo más hermoso que he recibido. No recuerdo haber tenido una prenda tan fina y preciosa. Qué suave y delicada es. Gracias, Eliah.

Al-Saud extendió la mano y le quitó la lágrima con el dedo. La emoción de ella ante algo tan nimio lo enmudeció.

Había pasado una mañana ajetreada y casi al mediodía aún seguía reunido con Mike Thorton, Peter Ramsay y Tony Hill, que lo notaban inquieto, inusualmente de buen humor, propenso a las sonrisas y a las bromas. Los socios de Al-Saud se lanzaban vistazos al verlo consultar la hora cada cinco minutos y levantar la cabeza hacia el monitor que transmitía el movimiento de la recepción de las oficinas en el George V, mientras intentaban armar el presupuesto que presentarían a Shaul Zeevi, el empresario israelí de la computación. Si lograban cerrar el acuerdo con Zeevi, la facturación de la Mercure se incrementaría en cincuenta millones de dólares anuales. El empresario se escandalizaría con la cifra, pero ellos sabrían exponer los riesgos de una misión de esa índole. Zeevi, asociado con una empresa china productora de baterías y chips, había obtenido una licencia del presidente de la República Democrática del Congo, Laurent-Désiré Kabila, para la explotación de uno de los minerales más codiciados, el coltán.

La noche anterior, mientras cenaban en el Maxim's, Zeevi les había explicado que el coltán, u oro gris, como se lo apodaba, era un mineral que no se encontraba en la tabla periódica, un capricho de la Naturaleza por el cual, en ciertas regiones, dos elementos, la columbita y la tantalita —de allí el nombre *col-tan*—, se amalgamaban para constituir una nueva solución sólida completa con cualidades como la excelente conductividad de la corriente eléctrica, la capacidad para soportar elevadísimas temperaturas y, sobre todo, para almacenar carga eléctrica temporal y liberarla cuando se la requiriese; por esto último se lo codiciaba en la fabricación de baterías de celulares, de computadoras y toda clase de artilugio electrónico. El Pentágono acababa de clasificarlo como «materia prima estratégica». Las grandes corporaciones de la electrónica pugnaban por mantener sus depósitos llenos con toneladas del excéntrico mineral, lo que propiciaba que el precio se disparase en el mercado.

—El ochenta por ciento de las reservas mundiales de coltán se encuentra en la República Democrática del Congo —les había asegurado Zeevi—, en la región conocida como de los Grandes Lagos, al este del país, en las provincias de Kivu Norte y Kivu Sur, hoy en poder de los rebeldes. Mis ingenieros y empleados no han podido acceder a la zona porque los rebeldes no se los permiten. Es más, uno de los obreros recibió un balazo. A Dios gracias, no murió.

—Y el gobierno no puede proporcionarle la custodia del ejército —completó Michael Thorton.

—Kabila nada puede hacer, según me ha dicho. Fue su hijo, el general Joseph Kabila, quien mencionó a la Mercure como la posible solución a mi problema. El general asegura —se dirigió a Al-Saud— que usted y él son grandes amigos.

—Sí, lo somos.

Al-Saud consultó su reloj nuevamente —la una menos cuarto— y se preguntó cuándo llegaría Matilde. Sonrió. Ella debía de ser de las pocas personas que conocían la realidad del coltán y del mal que su extracción acarreaba a los congoleños. *Nuestra Mat no usa celular. Primero decía que las radiaciones del aparato eran perjudiciales para la salud. Ahora, desde que se enteró de que la batería funciona con coltán, un mineral que se roban del Congo, no lo usa por una cuestión ética.*

—¿De qué ríes? —se interesó Peter—. No le veo la gracia a lidiar con una manada de negros fanáticos y locos.

—El problema acá no son los rebeldes —manifestó Al-Saud— sino el poder económico que está detrás de ellos, la Sociedad Minera de los Grandes Lagos, o Somigl, una sociedad integrada por Africom de Bélgica, Promeco de Ruanda y Cogecom de Sudáfrica. Ellos son los que explotan y distribuyen el mineral y arman a los rebeldes al mando de Laurent Nkunda.

—Es decir —acotó Michael—, que detrás de todo esto está tu querida *Madame* Gulemale.

—Sin duda —ratificó Al-Saud, y se movió hacia la puerta de la sala de reuniones atraído por unas voces en el vestíbulo. La visión de Matilde en ese contexto le provocó una honda emoción. Se quedó quieto y callado tras la puerta, observándola avanzar junto a Juana. Vestida así, con la chamarra nueva color beige y pantalones ajustados blancos, el cabello rubio suelto, la piel blanquísima, sin maquillaje —sólo un poco de manteca de cacao en los labios— y bañada por el sol del mediodía, Matilde parecía refulgir, como si la envolviera un polvo de luz, blanco e iridiscente.

La secretaria les había ofrecido que se sentaran; ninguna le hizo caso. Juana se movía como un colibrí y exclamaba ante la decoración recargada, típica del George V, con sillones y escritorios en estilo Luis XV, alfombras Kazan, jarrones gigantes de porcelana china y espesos cortinajes de tafetán de seda. Matilde, serena, ajena al lujo de la habitación, como si estuviese habituada a ese tipo de decoración costosa, admiró y acarició las peonías y después pasó al jarrón con nardos, sobre los que se demoró para olerlos con ojos cerrados. La atrajo la biblioteca, donde los libros mayormente le pertenecían.

—Parece un hada —oyó decir detrás de él a Michael Thorton—. ¿Quién es?

—Es mía —advirtió Al-Saud.

Matilde ladeó la cabeza para leer los lomos de los libros; había varios en otros idiomas —italiano, alemán, inglés, ruso—. No encontró novelas sino ensayos de historia, de economía, sobre la guerra y biografías de militares famosos. Había una colección completa de revistas en inglés, *World Air Power Journal*. Tomó una y la hojeó. Se trataba de una publicación especializada en aviones de guerra. ¿Eliah sería aficionado a ellos?

—¡Papito!

Matilde se dio vuelta y vio a Eliah entrar en la recepción. Caminaba en silencio, la comisura izquierda apenas levantada. Se detuvo frente a ella, le pasó un brazo por la cintura y la obligó a ponerse en puntas de pie para apoderarse de su boca y besarla sin tapujos, allí, frente a sus socios, sus secretarias y el cadete.

—Hola —la saludó, y se volvió para recibir el abrazo de Juana.

Matilde quedó aturdida. Descubrir cómo la miraban esos tres hombres y los empleados no colaboró para disminuir el rubor de sus cachetes.

—Papito —le oyó decir a Juana con talante ofendido—, te fuiste y nos abandonaste en París.

—No lo creo —objetó Al-Saud—. Por lo que me contaron, lo pasaron muy bien sin mí. Hasta fueron de compras a las Galerías Lafayette.

—Es verdad. Ezequiel quería comprarle ropa a Mat.

—¿Ezequiel? —repitió, y miró Matilde.

—Te hablé de él —se apresuró a aclarar—. Mi amigo de la infancia.

—¿Por qué tenía que comprarte ropa?

—Papito —dijo Juana, y lo tomó de las manos—, no te pongas loquito. Ezequiel es lo más parecido a un hermano que Mat tiene en esta vida. Quería comprarle ropa porque Mat no tenía qué ponerse.

—Juana —se ofuscó Matilde—, sí tenía qué ponerme. Pero Ezequiel y tú se encapricharon...

Juana, sin atender a las protestas de Matilde, habló al oído de Al-Saud.

—Tranquilo, papito. Ezequiel es homosexual y vive con su pareja.

Eliah se preguntó cuándo se resolvería el galimatías de René Sampler y de Ezequiel. Se le ocurrió que tal vez el BMW pertenecía a Sampler, la pareja de Ezequiel. Esa idea lo tranquilizó. Se acordó de que sus socios los observaban desde la puerta de la sala de reuniones y los presentó.

—¡Qué *chic* esto de tener la oficina en un hotel cinco estrellas! —comentó Juana.

—La verdad es que el hotel es del hermano de Eliah —explicó Michael Thorton, mientras sus ojos pardos apreciaban la esbelta figura de la morena—. Nos cobra un alquiler bastante económico.

—¡Este hotel es de bocadito Cabsha!

—¿De qué? —se desorientó Al-Saud.

Matilde le explicó, y Eliah soltó una carcajada. El azoro de sus secretarias y de sus socios aumentaba minuto a minuto.

—No, no es de Alamán. Es de mi hermano mayor, Shariar. Y es casado —añadió, ante la expresión codiciosa de Juana—. ¿Te unes a nosotros en el almuerzo? —la invitó.

—No, pero gracias por invitarme. En realidad, vine porque tengo que encontrarme con Shiloah. Prometió llevarme a comer y contarme de qué se tratará la convención por el Estado binacional.

Al-Saud se sorprendió: su amigo debía de estar realmente interesado en Juana para invitarla a almorzar a menos de una semana del inicio de la convención y con tantos detalles y cuestiones que ultimar.

—¿Por eso de la convención —preguntó Juana— tuvimos que pasar por un detector de metales a la entrada del hotel?

—Así es —explicó Tony Hill—. Varios de los invitados ya se alojan en el hotel. Algunos son personalidades muy importantes en Israel y Palestina.

Al-Saud se evadió un momento a su oficina y regresó acomodándose las solapas del saco. Con actitud impaciente, aguardó a que Matilde se despidiera antes de aferrarla por la cintura y conducirla fuera. Apenas se cerraron las puertas del ascensor, la aprisionó contra la pared y la besó como si a continuación planease desnudarla y hacerle el amor. A través de la acolchada chamarra, percibía la fragilidad y la menudencia de su cuerpo. Su boca no encontraba saciedad en contacto con los labios de ella; nunca llegaba el momento en que deseara apartarse; se quedaba sin aliento.

El ascensor era silencioso, y Matilde sólo oía la respiración irregular de ambos y el sonido de sus bocas húmedas enredadas en un beso que le blanqueaba la mente; ni siquiera temía que alguien subiera al ascensor. Esos sonidos la excitaban tanto como la lengua de él dentro de su boca, en su garganta, en sus encías, sobre sus dientes, en contacto con la de ella. En puntas de pie y aferrada a la nuca de él, ya no era Matilde Martínez; era otra, una con la cual había soñado, una mujer libre, desprejuiciada, valiente. Al-Saud arrastró los labios por su mejilla y la besó detrás de su oreja, donde ella se había perfumado con su colonia para bebé Upa la la.

—¿Me echaste de menos? —lo oyó preguntar.

—Sí —dijo ella, y la voz le surgió áspera, excitada.

Matilde le habría contado que no había pegado ojo en toda la noche porque pensar en él la desvelaba. Incapaz de dormir, había terminado de leer *El jardín perfumado*. También habría querido compartir con él un párrafo del libro: *El placer extremo que se origina en una eyaculación impetuosa y abundante depende de una circunstancia: es imperativo que la vagina sea capaz de succionar.* Habría deseado confesarle: «Eliah, mi vagina no es capaz de succionar. Yo no soy una mujer completa. En realidad, no soy una mujer. Estoy dañada. Y soy frígida e incapaz de amar. Y no podré darte el placer extremo, así que ya no me busques, ya no me beses, ya no me mires. Aléjate de mí porque yo no tengo voluntad para hacerlo, y no quiero sufrir, y no quiero que te decepciones de mí. Sobre todo eso, no quiero que te decepciones de mí». Nada de eso se atrevió a decirle, tampoco que, cerca de las cinco de la mañana, apagó la luz y que, al cerrar los ojos, se imaginó como una de las mujeres de las ilustraciones en poses eróticas, enredada con él. *La postura de la oveja, del herrero, de la rana, de las piernas levantadas, de la cabra, el lanzazo.* «Eliah, si hay alguien con quien me gustaría probar estas posturas es contigo. Pero tengo miedo. Tanto miedo. Ayúdame.» Se abrazó a él con ímpetu y ocultó la cara en su pecho para que las lágrimas no escaparan. Él la apretó a su vez y le besó la coronilla; su cabello también olía a bebé.

—Y tú, ¿me extrañaste? —se atrevió a preguntarle.

—Mucho. —Al-Saud le acunó el rostro con las manos y la observó, no directo a los ojos, sino que paseó la mirada por las facciones de ella—. Estás tan hermosa. No sabes lo bien que te queda la chamarra. ¿Es abrigadora?

—Muy abrigadora —aseguró ella, y lo besó en la mejilla rasposa y arrastró la nariz por la mandíbula de él y por la nuez de Adán hasta chocar con el nudo de la corbata—. Amo tu perfume.

Se abrieron las puertas del ascensor en la planta baja y se separaron. Al-Saud la tomó de la mano para cruzar la recepción. El botones nuevo, el que reemplazaba al indiscreto, lo saludó con una inclinación de cabeza y le preguntó si necesitaría que le trajesen su automóvil, a lo que Al-Saud respondió que no. Caminaron por la Avenida George V hasta la de Champs Élysées y se sentaron a almorzar en uno de los tantos cafés. Eliah valoró la facilidad con la que él y Matilde conversaban; enseguida los temas brotaban como de una fuente, nunca parecía suficiente el tiempo, tenían tanto que contarse. Después de que el camarero despejó la mesa, Matilde sacó de su *shika* el frasco con dulce de leche y lo colocó frente a Eliah.

—Aquí está tu regalo.

Al-Saud lo levantó para observarlo. Se trataba de un frasco común, de mermelada, al que Matilde le había quitado la etiqueta y forrado la tapa con un sombrerito de tela roja, en el que había bordado una frase en punto de cruz: *Para Eliah de Matilde*; la circunferencia del sombrerito estaba orlada por una cinta de raso blanca rematada con un moño.

—Te parece ridículo, ¿no? Juana me dijo que te parecería ridículo.

—Juana no me conoce. —La voz oscura y baja de él le provocó un escalofrío, que terminó erizándole la piel de las piernas y de los antebrazos—. Nadie me ha regalado *jamás* algo tan hermoso. Algo hecho con las propias manos. Algo pensando en mí.

—Menos mal que le pregunté a Sofía cómo se escribía tu nombre, porque no sabía que llevaba una hache al final. —No le mencionó las mentiras de las que se había valido para averiguar ese dato sin levantar sospechas.

Al-Saud apoyó el frasco sobre la mesa y extendió las manos a través del mantel. Matilde le entregó las suyas, y percibió en el apretón de él la pasión que se despertaba entre ellos. La observaba en lo profundo de los ojos, y ella lo observaba a él, incapaz de apartarse, como si un hechizo la mantuviera quieta. Eliah pensaba que esas pequeñas manos habían elaborado ese regalo sólo para él, pensando en él. La imagen de Matilde cocinando, bordando, confeccionando el frasco, agitaba una emoción en su interior de la que él no se sabía capaz. «*Qui es-tu vraiment, Matilde?*» (¿Quién eres realmente, Matilde?). «¿De qué reino de ninfas y hadas te has escapado? Porque no eres terrenal.» A Michael Thorton, un hombre rudo, de los mejores agentes del SIS durante la Guerra Fría y actual mercenario, un soltero empedernido y un mujeriego incurable, le había inspirado un instante de poesía. «Parece un hada», había expresado.

—¿No vas a probarlo?

—Está tan lindo así que no quiero estropearlo.

—El sombrerito tiene un elástico. Lo sacas así y listo. Después, si quieres, vuelves a ponérselo.

Matilde abrió el frasco, cargó una cuchara con dulce y le dio de comer en la boca. Al-Saud bajó los párpados con lentitud en tanto el dulce se diluía en su boca. En verdad, sabía exquisito, distinto de los que su madre compraba en las tiendas de *delikatessen*, más suave, en textura y en sabor, de una tonalidad más clara, más lechoso y menos dulce; una delicia.

—Este dulce de leche es… *superbe*, mucho más que la Nutella.

La sonrisa de triunfo Matilde lo contagió, y le sonrió a su vez, exultante, aturdido de sentimientos, con deseos de sacarla de allí para llevarla a su casa, al refugio que nunca había compartido con otra. Se cambió a la silla junto a la de ella, la tomó por la nuca y por la cintura y la besó.

—Qué beso más dulce y sabroso.

—Es una receta que me enseñó la mujer de mi abuelo Esteban, la amiga de tu abuela Antonina. Rosalía era muy generosa y me enseñó todo lo que sabía.

—¿A bordar también? —preguntó él, y señaló el sombrerito.

—Sí, y a coser y a tejer. Era muy hábil con las manos.

—Tus manos, Matilde, son más hábiles porque no sólo confeccionan este regalo sino que salvan vidas. —Inclinó la cabeza y le besó las palmas y le pasó la nariz por la zona de las venas—. Me siento orgulloso de ti.

—Hay cosas de mí que no sabes, cosas que no te harían pensar igual.

—Quiero saber todo, Matilde, ya te dije. Quiero que compartas todo conmigo.

Matilde retiró las manos, agachó la cabeza y se quedó en silencio. Al cabo, lo enfrentó con la decisión pintada en el semblante.

—Estoy casada, Eliah.

Después de un silencio, Al-Saud manifestó:

—Estás casada pero es evidente para mí que no estás enamorada de tu esposo.

—De hecho, estamos separados y vamos a divorciarnos. Y sí, tienes razón, no estoy enamorada de él. Nunca lo estuve.

—¿Por qué te casaste?

—Me avergonzaría confesártelo. Pensarías que soy vacía, sin voluntad ni juicio propio. Pensarías que soy una estúpida, y no quiero que pienses eso de mí.

—¿Eres estúpida, vacía y poco juiciosa?

—Espero que no. No quiero ser así.

—Confía en mí. Yo tampoco soy estúpido. Además soy capaz de comprender.

—Me casé porque eso era lo que se esperaba, porque así lo marca la sociedad. Mi papá, que tiene un gran ascendente sobre mí, quería verme «asentada», como decía. Y él quiere mucho a Roy, mi esposo, como a un hijo, lo mismo mi tía Enriqueta, que es muy amiga del padre de Roy. Y me presionaban. Y Roy me presionaba.

—Él todavía está enamorado de ti. —Lo afirmó con voz dura y entrecejo fruncido, sin levantar la vista, mientras se sujetaba la frente con la mano derecha y, con la izquierda, armaba un montoncito con las migas de pan.

—Y no entiendo por qué. Fui la peor esposa. —Al-Saud la contempló con dureza—. Así es, Eliah, fui una mala esposa.

—No lo amabas, por eso no fuiste una buena esposa. De lo contrario, habrías sido la mejor.

«¿Sí? ¿De verdad crees que sería una buena esposa si tú fueras mi esposo? No lo creo. Yo no soy normal. Nunca lo fui.» Los ojos se le arrasaron y los labios le temblaron. Al-Saud la sacó de la silla y la sentó sobre sus piernas. Matilde jamás había experimentado esa sensación de protección y regocijo como entre los brazos de ese hombre, poco menos que un desconocido. Su perfume, su fuerza, su energía, la aspereza de su cuello, el vigor de sus manos que vagaban por su espalda, todo la hacía pensar en un refugio magnífico, del que no deseaba salir.

—¿Te lastimó?

—Yo lo lastimé a él. Mucho.

—¿Te lastimó? —insistió—. Físicamente, quiero decir. —La escuchó susurrar un sí al borde del llanto, y apretó la servilleta y los dientes hasta que le dolieron las encías—. Nunca volverá a hacerlo, te lo juro por mi vida. Ahora soy yo el que te protege.

Ella le acarició las mejillas y le apartó el mechón lacio y pesado que le caía sobre la frente, y le pasó las manos a contrapelo por la nuca, donde el cabello estaba cortado a ras, y le besó la nariz y los labios, algo que jamás habría hecho con Roy ni con ningún otro, menos en público, y no obstante con él actuaba de manera espontánea, embargada de paz, de alegría, de deseo.

—Eliah —musitó sobre la boca de él—. Estoy tan asustada.

—¿Por qué?

—Porque nada de esto estaba en mis planes. Porque la vida está sorprendiéndome. Porque todo sucede tan rápido. Porque eres un huracán que está arrasando con mis estructuras. —Calló; no sabía cómo expresar lo que, en realidad, la aterraba—. Tengo miedo de decepcionarte a ti también. Y no lo soportaría. —Ocultó la cara en el hombro de él—. No sabes nada de mí.

—Dímelo todo, por favor, Matilde. Quiero ayudarte.

«¿Sí? ¿Me ayudarías? ¿O saldrías espantado?»

—No sabes cuánto me ayudas abrazándome de este modo. Me haces sentir fuerte cuando me abrazas. Me haces sentir que soy capaz de conquistar el mundo.

—Mi amor, nadie me había dicho algo tan hermoso, *jamás*. Si lo que necesitas es mi fuerza, te la doy toda.

La risa de Matilde, algo estrangulada por la emoción, se alojó en los oídos de Al-Saud y la evocó a lo largo de la tarde. Cada tanto, sus socios lo veían estirarse en el asiento, llevarse las manos a la nuca y sonreír a la nada.

Antes de pasar a buscar a Matilde por el instituto, Al-Saud visitó a uno de los activos más valiosos de la Mercure, la prostituta Zoya Pavlenko. La llamó antes de dirigirse a su departamento en el número 190 de la calle del Faubourg Saint-Honoré.

—¿Estás con un cliente?

—Estoy sola —le aseguró la mujer—. Ven.

Se abrazaron en el vestíbulo del lujoso departamento. Zoya se apartó y le quitó el mechón que le ocultaba los ojos. Lo contempló con seriedad.

—¿Qué te pasa, Caballo de Fuego? Te noto distinto. Hay un brillo en tu mirada que nunca había visto. Olfateo una energía intensa, poderosa. Estás contento. Feliz, me atrevería a decir. Es tan novedoso que estoy atónita.

Al-Saud agitó la cabeza y sonrió en una mueca de aprobación. Takumi *sensei* aseguraba que la sabiduría de Zoya formaba parte de su esencia de Serpiente de Madera, lo mismo que su atractivo y su calidad de pitonisa, que ella utilizaba con un erotismo que la volvía irresistible para la mayoría de los hombres.

Resultaba irónico que hubiese sido Samara quien trajo a Zoya a su vida. La había divisado en un callejón, a la salida de un restaurante en

Ruán. Un hombre la molía a golpes, y resultaba siniestro el mutismo en el que la mujer lo soportaba. «¡Ayúdala, Eliah, por favor!» El hombre terminó inconsciente sobre una pila de basura. En un francés bien hablado pero mal pronunciado, Zoya les suplicó que no la condujeran al hospital porque la deportarían a Ucrania; sus papeles no estaban en regla. La llevaron a la hacienda, donde Takumi *sensei* se hizo cargo de las curaciones; le vendó el torso porque tenía algunas costillas rotas.

Dada su posición en *L'Agence*, Al-Saud consiguió que deportaran al atacante de Zoya —su proxeneta— y que la hermosa prostituta prestase servicios como espía, para lo cual le cambiaron la imagen y le dieron lecciones de todo tipo, desde cómo hablar apropiadamente el francés hasta qué cubierto usar, para convertirla en una acompañante de veinticinco mil francos por noche. Los hombres siempre soltaban la lengua con unas copas de más y en brazos de una mujer hábil. Tiempo después, nació la Mercure, y Zoya se sumó al equipo de Al-Saud, aunque siguió prestando servicios para *L'Agence*. Su primer trabajo consistió en engatusar al *hacker* Claude Masséna, enamorarlo y sonsacarle información que después Al-Saud y sus socios emplearon para extorsionarlo.

—Y —lo instó Zoya—, ¿no vas a decirme a qué se debe ese brillo en tus ojos?

—¿A qué podría deberse? —fingió extrañarse.

—No me atrevo a decirlo. Parece imposible. —Al-Saud levantó una ceja, simulando desconcierto—. ¿Acaso mi Caballo de Fuego está enamorado? —Al-Saud volvió a sacudir la cabeza y a sonreír—. *Mon Dieu*, es cierto. ¿No me hablarás de ella?

—Aún no. —Consultó el reloj; debía darse prisa, Matilde salía a las seis y media.

—Imagino que debe de ser muy especial.

—Lo es —aseguró—. Zoya, esta noche irás al George V. En la habitación 706 estará esperándote el señor Shaul Zeevi. Él es israelí, pero sus padres eran ucranianos. Háblale en tu lengua. Le gustará.

—¿Te interesa que le sonsaque algo en especial?

—No. Tan sólo quiero un video comprometedor, por si, en el futuro, las relaciones no marchasen tan bien como ahora. —Zoya asintió—. ¿Qué puedes decirme de Masséna?

—Un dulce gatito. Más enamorado que nunca. Aunque desde hace unos días lo noto algo inquieto. Habla de dejar la Mercure, de hacerse rico para darme todos los gustos. Ten cuidado, Eliah.

—Lo tendré. ¿Has sabido algo de Natasha?

Al-Saud y Natasha Azarov habían sostenido un romance el año anterior. Natasha, también ucraniana, se abría paso en el mundo de las modelos publicitarias gracias a las conexiones de Zoya, su amiga de la infancia, y estaba consiguiendo popularidad. Una noche, con voz llorosa, le telefoneó para manifestarle que debía marcharse y desapareció. Hacía cuatro meses que nada sabían de ella.

—No lo entiendo, Eliah —dijo Zoya—. Estaba tan enamorada de ti. Y comenzaba a irle bien en su trabajo. No lo entiendo —insistió.

—¿Has llamado a su familia en Ucrania?

—No saben nada de ella. No ha regresado a Yalta —Zoya aludía a su pueblo natal, el mismo de Natasha— ni a Sebastopol, donde trabajaba antes de venir a París. ¿Crees que esa hija de mala madre de Céline se haya enterado del *affaire* entre ustedes y la haya amenazado de algún modo?

—No lo creo. Fuimos discretos, igual que era discreto con Céline.

—Mmmm... *Era* discreto, has dicho. Veo que esta dama misteriosa borrará de un plumazo tu obsesión por esa bruja.

—Eres excelente. No se te escapa nada.

—Por eso me quieres en la Mercure. Por eso me pagas tan bien.

—Hablando de eso, aquí tienes tu paga. —Extrajo un sobre del bolsillo interno de su saco y lo depositó sobre el *dressoir* del vestíbulo—. *Au revoir, Zoya.*

Al abandonar el edificio en la calle del Faubourg Saint-Honoré, Al-Saud no se percató de que Claude Masséna avanzaba por la esquina de la calle de Monceau.

⊰ ⚬⊱ ⊱

En casa de Jean-Paul Trégart, el amante de su hermano Ezequiel, Roy Blahetter evocaba la buena vida que había disfrutado hasta casarse con Matilde, cuando su abuelo le quitó el apoyo económico y lo despidió de la metalúrgica. En ese suntuoso departamento de la Avenida Charles Floquet en el *Septième Arrondissement* de París, lo atendían como a un rey: le traían el desayuno a la cama, le extendían la bata y le alistaban las pantuflas, le preparaban el baño con sales, le calentaban las toallas, le cambiaban las sábanas cada dos días, le lavaban y planchaban la ropa, que quedaba fragante, y le preparaban almuerzos y cenas dignos de un egresado de *Le Cordon Bleu* —de hecho, Ezequiel le había comentado que la cocinera daba clases en esa academia—. El servicio doméstico estaba a su disposición —Ezequiel y Jean-Paul se lo pasaban de viaje— y se desvivían por impresionarlo y atenderlo.

Roy se convenció de que había nacido para esa vida de magnate y que no experimentaría de nuevo la mordida de la pobreza. Se convertiría en un científico rico y poderoso, disputado por las mejores universidades, admirado, premiado. Y Matilde sería su reina y brillaría con él. Le compraría una clínica para que se dedicase a las obras de caridad con las que tanto soñaba sin necesidad de marchar a lugares tan inhóspitos como África.

Se alejó del ventanal que daba hacia la Avenida Charles Floquet y regresó al restirador que un amigo de Ezequiel, diseñador de moda, le había prestado para que trabajase. Lo hacía a la vieja usanza, sin echar mano de computadoras ni de otro artilugio tecnológico con excepción de su calculadora Hewlett Packard HP 12C y su cerebro. Con el dinero que le había prestado Aldo Martínez, su suegro, no sólo había pagado el pasaje a París sino comprado el material para dibujar los planos y realizar los cálculos —cinta adhesiva removible, papel vegetal, una caja con lapiceras y marcadores Rotring, goma de borrar, lápices, reglas, escuadras, compases, transportadores— y cuanto necesitase para finalizar su proyecto. Le urgía acabarlo. El hombre con el cual se contactaba por correo electrónico desde hacía varias semanas y que viajaría a París para evaluar su trabajo, parecía más que interesado en financiar la construcción del prototipo.

Oyó el timbre del teléfono retumbar en la soledad del departamento. Segundos después, Suzanne, una de las domésticas, llamó a la puerta y le entregó el inalámbrico.

—¿Hola?

—¿Roy? Soy yo, hijo, Aldo.

—¡Aldo! Hace días que intento comunicarme contigo. ¿Dónde estás?

—En Johannesburgo, cerrando un negocio. ¿Cómo estás?

—Bien, trabajando. El señor Jürkens me escribió esta mañana. Planea visitar París en unas semanas y espera ver un esbozo de la centrifugadora.

—Cuidado, Roy.

—No te preocupes, Aldo. Ya me jodieron una vez. Dos, no.

—¿Quién es este Jürkens? ¿De dónde ha salido?

—Leyó uno de mis artículos en la publicación del MIT y me contactó a través del e-mail que yo ponía junto a mi nombre. Es un físico nuclear alemán. Está muy preparado. Lo sé por las preguntas que me hace. Incluso hemos hablado por teléfono.

No le mencionó la peculiaridad de Jürkens, el sonido metálico de su voz, que le había provocado un respingo la primera vez. En aquella oportunidad, el hombre se justificó explicando que un cáncer en las cuerdas vocales lo había dejado mudo. Por un artilugio de la ciencia alemana, instalado en su garganta, él seguía comunicándose con sus semejantes, más allá de que el sonido resultase inhumano.

—No podré desocuparme para estar en París hasta dentro de unas semanas —manifestó Aldo—. Me gustaría que me esperases para entrevistarte con el tal Jürkens. Sería bueno que yo discutiera con él los términos del contrato.

—No tengo problema de que discutas los términos del contrato, pero si Jürkens quiere reunirse para ver parte de mi trabajo, no es necesario que tú estés presente.

—Insisto, Roy: cuidado. ¿Has averiguado algo sobre ese hombre?

—En Internet dice que es científico y profesor de una universidad de Hamburgo. En este asunto de la centrifugadora, Jürkens actúa en representación de una empresa alemana que fabrica reactores nucleares. Es su asesor. —Aldo guardó silencio. Resultaba evidente que el asunto no le cuadraba—. Aldo, por favor —se impacientó Blahetter—, ya te dije que no me van a joder dos veces. Tomaré previsiones. ¿Piensas que voy a mostrarle todo mi trabajo? ¡Ni por casualidad! Para verlo completo, primero tendrá que pagarme y firmar el contrato donde se comprometan a financiar la construcción del prototipo.

—Está bien, confío en tu juicio. Cambiando de tema, ¿viste a mi muñeca?

—No todavía. Muero por verla, pero aún no es tiempo. Quiero volver triunfante a ella, no como ahora, un pobre miserable. Primero quiero terminar de diseñar la centrifugadora. ¿Qué me averiguaste del cuadro? ¿Hablaste con Enriqueta?

—El *marchand* de mi hermana consiguió ubicarlo.

—¡Buenísimo!

—Y acá viene la buena noticia: lo tiene una galería de París.

—¡Perfecto! Mi suerte empieza a cambiar.

—Toma nota. La galería se llama Chez Valentin y está en la *rue* Saint-Gilles 9. El *marchand* de Enriqueta ya pagó un adelanto para reservarlo. El precio del cuadro es de sesenta mil dólares. —Aldo escuchó el silbido de Blahetter—. Y no te asombres tanto. Según el *marchand* de Enriqueta, lo consiguió en un excelente precio. Acabo de enviarte el dinero a la cuenta de Ezequiel. Supongo que en dos días dispondrás de él.

—Gracias, Aldo. De corazón, gracias. —La voz de Blahetter sonaba gangosa—. Nadie ha hecho por mí lo que tú has hecho en este último tiempo. Me pagaste el pasaje a París para recuperar a Matilde, me diste dinero para que terminase mi proyecto y ahora me devuelves el cuadro que ella tanto quiere. Gracias. No tengo palabras.

—Sólo quiero que hagas feliz a mi hija.

—Es lo único que deseo.

9

Esa semana, una rutina se apoderó de su tiempo de un modo natural, silencioso y delicado como Matilde de él, y, a pesar de que su índole detestaba la repetición, los hábitos y las reglas, y aunque en su vida un día no era igual que el anterior, Al-Saud nunca se había sentido tan feliz. Se despertaba a la mañana y pensaba en ella. Sabía que a Matilde le gustaba levantarse temprano, alrededor de las siete, y la imaginaba en bata, preparando el desayuno, alternando con miradas destinadas a la gente que pasaba por la calle Toullier, mientras meditaba cómo hacer del mundo un lugar mejor. «Matilde, que tú estés en este mundo ya lo convierte en un lugar mejor.»

Desayunaba con Leila —a veces los acompañaban sus hermanos, La Diana y Sándor— y hojeaba los periódicos, pero al cabo se daba cuenta de que, después de haber leído medio artículo, no habría podido decir de qué trataba. «Matilde. Matilde.» Cerca de las ocho, mientras hacía sus ejercicios en el gimnasio o nadaba en la alberca, planeaba su jornada con ella. Sólo cuando practicaba técnicas de lucha cuerpo a cuerpo con La Diana o con Sándor lograba olvidarla, y se concentraba para no terminar humillado en el tatami con una rodilla en el pecho o para no recibir un golpe de garrote en las costillas.

El mediodía se aproximaba, y él consultaba la hora cada cinco minutos. Esa inquietud, tan infrecuente como su apego a la rutina, lo ponía de mal humor, porque su esencia fría y rigurosa se rebelaba contra el fuego que lo consumía por Matilde; en especial, su espíritu se sublevaba ante la red que iba tejiéndose en torno a él. Se trataba de una paradoja porque si bien su impulso posesivo lo llevaba a apropiarse de ella, Matilde en ocasiones lucía inalcanzable, indiferente, lejana, etérea, mientras que él iba enredándose en una maraña de sentimientos y frustraciones. A veces tenía la impresión de que la quebraría con su ímpetu. ¿Acaso Juana no le había advertido que Matilde era de cristal? ¿Y su Matilde, esa criatura frágil, delgada, menuda y suave, planeaba meterse en ese infierno llamado Congo? Se mordía la lengua para no vociferar: «¡No irás, Matilde! ¡No permitiré que te arriesgues!». Callaba porque entreveía una veta de acero bajo ese aspecto angelical.

Sus temores y recelos se esfumaban cuando la oía llegar al mediodía.

—*Bonjour, Thérèse! Bonjour, Victoire! Ça va?*

—*Ça va bien, Matilde.*

Se había ganado la simpatía de sus secretarias y de sus socios, que salían a recibirla apenas la oían en la recepción. Porque ¿quién no la amaría, quién no caería bajo su embrujo sólo con mirarla? ¿No le había sucedido a él, aquel día en el aeropuerto de Buenos Aires, cuando el cabello de Matilde, que barría el piso, le llamó la atención? Parecía un día tan lejano y, sin embargo, sólo habían pasado unas semanas.

Él emergía de su oficina y, al verla con su chamarra color marfil y su bolsa rústica en bandolera, a veces con trenzas, todo volvía a estar en orden. La abrazaba y la besaba, consciente de que lo guiaba una conducta primitiva, la del macho que marca el territorio y señala a su hembra, y siempre esgrimía excusas para no almorzar en el George V; la quería sólo para él. Alrededor de las dos la llevaba al instituto —a excepción del jueves, que la llevó Medes porque él tenía un compromiso— e iba a buscarla a las seis y media. Juana siempre volvía con ellos y contagiaba el ambiente con sus chistes y ocurrencias. Compraban víveres, que Al-Saud nunca les permitía pagar, antes de ir al departamento de la calle Toullier, donde Matilde preparaba la cena mientras los tres conversaban.

Para la tarde del viernes, Al-Saud le pidió a su secretaria que reservara una mesa en la *Maison Berthillon*, la heladería y casa de té de la Île Saint-Louis donde, en opinión de los parisinos, se preparan los mejores *glaces et sorbets*. Allí las llevó a merendar después de salir del instituto. Estaban disfrutándolo, saboreando los manjares que Al-Saud no se cansaba de pedir. Matilde se reía con una anécdota de la infancia de Eliah cuando recordó que debía tomar la medicación. Se disculpó y fue al baño. Juana observó que los ojos de Al-Saud seguían a Matilde y que fulminaban a los que la admiraban. Se estiró en la silla y aguzó la vista en dirección de él, como si lo aquilatara.

—Mat nunca ha sido tan feliz como ahora. Y es por tu causa, papito, así que gracias, de corazón. —Él permaneció serio y callado—. La vida de Mat no ha sido fácil y, en veintidós años, es la primera vez que la veo distendida, sonriente, más abierta.

—Eres la segunda persona que me dice que la vida de Matilde fue difícil. ¿Qué le sucedió?

—Le sucedieron cosas de todo tipo y color, y así como la ves, tan chiquita y suavecita, nuestra Mat las afrontó solita, porque con la familia que le tocó en suerte, no podía esperar ayuda de nadie. Supongo que si te ganas su confianza, lo cual no es fácil, ella te las contará. Por lo pronto, deberías de estar contento de que te haya hecho caso. Yo misma no salgo de mi asombro. Es cierto que estás mejor que el dulce de leche, pero a Mat eso no le importa, como tampoco la impresionan tu Rolex ni tu Aston Martin ni tu ropa de marca. Deberías haber visto cuántos médicos del Garrahan, el hospital donde trabajábamos, la seguían con la lengua afuera. Ella, como si nada. Había uno… —Apenas rio, con aire melancólico—. Pobre Osvaldo… Es bastante buen mozo y las enfermeras están loquitas por él. Pero él sólo tenía ojos para Mat. Si hubiera podido servirle de alfombra para que ella caminase sobre él, lo habría hecho. —Juana entrecerró los ojos, de nuevo en la actitud de quien examina al otro—. Eres celoso, ¿no? *Muy* celoso.

—No sabía que lo era hasta ahora —admitió Al-Saud—. La verdad es que estaba más acostumbrado a ser celado y perseguido que lo contrario. Siempre era yo el objeto de desconfianza, y no al revés.

—Pues en Mat puedes confiar como en Cristo. No existe alguien más noble y fiel que ella, te lo digo yo que la conozco desde que tenía cinco años. —Juana apoyó los codos en la mesa y el mentón entre las manos—. Dime una cosa, papito. Las que te celaban, ¿estaban en lo cierto al desconfiar de ti?

Matilde regresó a la mesa y salvó a Eliah del apuro. Él le notó un dije sobre el suéter de lana negra que no le había visto antes. Lo tomó entre sus dedos.

—*C'est la Médaille Miraculeuse* —dijo, sin pensar—. La Medalla Milagrosa —tradujo.

Matilde sonreía porque la subyugaba escucharlo hablar en francés. Esa tarde lo encontraba especialmente atractivo. Dedujo que Al-Saud habría ido a su casa a cambiarse, porque no usaba el traje del mediodía sino una camisa celeste claro que decía Roberto Cavalli y unos jeans azul oscuro, algo ajustados, que le marcaban las piernas de jinete, largas y delgadas. Llevaba calzado deportivo verde seco y se abrigaba con una chamarra de cuero marrón más bien corta. La barba le oscurecía el bozo, y el peinado, con gel y hacia atrás, le despejaba la frente y le confería un aspecto distinto a sus facciones. Su hermosura la afectaba y no se daba cuenta de que, en absorta contemplación, cesaba de respirar y de pestañear. Desde el regreso de Eliah, no se arrepentía de haber aceptado la ropa que le había comprado Ezequiel en las Galerías Lafayette. Eliah Al-Saud había trastornado su mundo de una manera tan radical que cosas a las que antes no destinaba un pensamiento, comenzaban a adquirir preponderancia. Quería estar linda para él.

—¿Conoces a la Medalla Milagrosa? Ésta me la regaló la mujer de mi abuelo.

—La conozco —ratificó Al-Saud—. Mi madre y mi abuela Antonina la usan. —No aclaró que las de su madre y su abuela eran de oro; la de Matilde ni siquiera era de plata sino de una aleación que había perdido el brillo y que se descascaraba en los extremos del óvalo. Soltó el dije y le aferró la mano.

—Yo amo mi Medalla Milagrosa. Nunca salgo sin ella. Me hace sentir protegida.

—¿Eres muy católica?

—No, en absoluto. Mi Medalla Milagrosa no tiene que ver con la religión sino con mi cariño por María, la madre de Jesús.

—Nuestra relación con la Iglesia Católica —intervino Juana— terminó un miércoles por la noche del año 88. ¿Te acuerdas, Mat querida? —Matilde sonrió y asintió—. Te cuento, papito, que tu Mat y yo íbamos a un grupo parroquial cuando éramos adolescentes. El grupito —dijo, con acento despectivo— pertenecía a una parroquia donde iba la *high society* de Córdoba. Mat sí pertenecía a esa *high society*; yo no.

—A mí me obligaba a ir mi abuela Celia. De lo contrario, no habría asistido.

—La cuestión es que el grupo organizaba para las vacaciones de invierno un campamento en Catamarca, una provincia de Argentina. Allá fuimos con Mat. Nos moríamos de hambre, de frío y de aburrimiento. Lo único bueno fue que conocí a Mateo, un chico divino, tan desubicado como nosotras en ese puto campamento. Nos enamoramos. Pero hete aquí que estaba prohibido regresar a Córdoba y andar de novios con alguien que hubiese compartido contigo esos días en Catamarca.

—¿Cómo prohibido?

—Sí, papito, prohibido. No fuera cosa que se pensara que los campamentos religiosos de los Capuchinos eran, en realidad, una orgía. Tenías que dejar pasar unos meses para anunciar que estabas de novio con alguien que había ido contigo al campamento. A Mateo y a mí nos importó un carajo la prohibición y nos hicimos novios apenas volvimos a Córdoba. En la primera reunión del grupo después del campamento, un miércoles por la noche, antes de que el cura leyese la liturgia y diera el sermón, el presidente anunció, ante cuatrocientas personas y con micrófono, que Mateo y yo estábamos expulsados por haber violado esa regla.

Nos pidió que nos retirásemos del salón y que no volviéramos. Nos levantamos y salimos de la mano. Tu querida Mat, en medio de un silencio sepulcral y con todas las miradas sobre ella, se levantó y nos siguió. —Juana la tomó por las mejillas—. ¡Qué huevos, amiga!

Al-Saud se llevó la mano de Matilde a la boca y la besó. Sin duda, esa veta de acero de la que él sospechaba, en verdad existía. Intuyó que, así como se mostraba suave, de ella surgía un espíritu feroz para defender lo que amaba y en lo que creía.

—La abuela de Mat se puso como loca cuando una amiga le fue con el chisme. La tuvo meses en penitencia. Trató de obligarla a volver al grupo parroquial, pero Mat, cuando quiere, es bien terca. Y no volvió.

—¿Tú practicas alguna religión, Eliah?

—No, ninguna, aunque me educaron en el Islam. Mi padre es árabe saudí y quiso que aprendiésemos todo sobre su religión. Un imam venía a casa dos veces por semana y nos enseñaba los suras del Corán y los preceptos de la religión. —Se abstuvo de contarles que, a diferencia de otros niños musulmanes, a él y a sus hermanos no los habían circuncidado debido a la oposición de Francesca—. Lo único bueno de esas clases con el imam fue que mis hermanos y yo aprendimos a escribir en árabe.

—¿Hablas en árabe, papito?

—Fue mi lengua madre junto con el castellano.

—No conozco nada acerca del Islam —dijo Matilde—. Me encantaría saber.

Al-Saud no podía apartar los ojos de los de Matilde, que, en la luz tenue de Berthillon, habían adquirido una tonalidad opaca, como la del mercurio. Un movimiento de la figura ubicada varias mesas más allá, cerca de la puerta principal, lo puso en alerta. Ahí seguía el periodista holandés, Ruud Kok, que lo había seguido en taxi desde el George V y que en ese momento simulaba leer *Le Figaro*. Sin duda, el muchacho no carecía del don de la perseverancia.

Un poco más tarde, se pusieron de pie para marcharse. Al-Saud guiaba a Matilde entre las mesas con la mano apoyada en la parte baja de su cintura. Antes de alcanzar la salida, se detuvo junto a la mesa del periodista holandés; Juana y Matilde lo imitaron.

—¿Ruud Kok, verdad? —dijo Al-Saud.

—Sí, Ruud Kok. —El periodista se puso de pie, con la mirada desorbitada—. Buenas noches, señor Al-Saud. ¡Qué casua...!

—El lunes llame a mi oficina y fije una cita con mi secretaria. No aquí sino en su ciudad.

—Sí, sí, por supuesto. El lunes...

—Buenas noches.

Salieron a la calle oscura. Al-Saud tomó de la mano a Matilde. Caminaron en silencio. Al comienzo del Puente de la Tournelle, donde el frío arreciaba, le pasó el brazo por el hombro y la atrajo hacia él para darle calor. Juana señaló los *bateaux* Mouche, las embarcaciones chatas que recorren el Sena con turistas, y, apoyados en el pretil, admiraron el ábside de la Catedral de Notre Dame, cuyas luces la silueteaban en el cielo negro.

—¡Qué hermosa es tu ciudad, Eliah! —dijo Matilde—. Estoy enamorada de París —añadió, y Al-Saud se volvió hacia ella, y la intensidad de su mirada perforó la oscuridad. La pregunta de él quedó flotando entre ellos.

Al final del puente, Juana se dio cuenta de que se hallaban frente a La Tour d'Argent, el afamado restaurante parisino.

—Papito, ¿alguna vez comiste en La Tour d'Argent?

—Sí, alguna vez —dijo, y omitió aclarar que su familia era *habitué* de la casa.

—Mi abuelo Esteban me contó que cenó en este restaurante en una oportunidad y que comió un pato exquisito.

—El pato es la especialidad de La Tour d'Argent, pero yo prefiero la langosta.

—¡Ah, sí, langosta! —Juana elevó los ojos al cielo y se pasó la lengua por el labio.

Llegaron al estacionamiento del Boulevard Saint-Germain, donde habían dejado el Aston Martin. Las muchachas no lo advirtieron, pero Al-Saud accionó un pequeño dispositivo que ocultaba en el bolsillo de la chamarra y que funcionaba a modo de detonador para controlar que nadie hubiese colocado una bomba que explotase al encender el motor. Todos sus vehículos contaban con vidrios a prueba de balas, carrocería blindada y bajos antiminas, como también con contramedidas electrónicas —en especial, un inhibidor de GPS, un artilugio para evitar ser rastreados a través de aparatos colocados de manera encubierta—, una exageración en opinión de Alamán, fruto del trauma sufrido como consecuencia de la muerte de su esposa Samara, o quizá por haber padecido el ataque de un cuarteto de terroristas de extrema izquierda, que, en la década de los setenta, veían en los magnates árabes a un blanco codiciable. Al-Saud no lo juzgaba consecuencia de un trauma ni una exageración sino la secuela lógica después de haber servido como miembro de *L'Agence* y perdido la capacidad de sorprenderse de la perversión de la naturaleza humana. Uno como él no se permitía volverse descuidado o demasiado seguro de sí.

—Pon música, por favor.

Al-Saud miró a Matilde con una sonrisa. Resultaba infrecuente que pidiese algo.

—¿Qué te gustaría escuchar?

—Me encantó la que escuchábamos al venir.

—¿De verdad? Es mi compositor favorito. Se llama Jean-Michel Jarre. Y lo que escuchabas es su disco *Revolutions*. Para mí, uno de sus mejores trabajos.

—Me conmueve.

El corto trayecto hasta la calle Toullier lo hicieron callados, con la obertura de *Revolutions* pulsando dentro del Aston Martin, golpeando el pecho de Matilde, insuflándola de vida y de energía. Odiaba sentirse tan viva cuando estaba con él, porque ¿qué sería de ella cuando todo acabase? Ladeó el rostro para que Eliah no descubriera su desazón. Por un momento, tuvo la mano de él sobre la rodilla izquierda hasta que la quitó para poner el cambio, y después la sintió en su cuello, y giró el rostro y le sonrió para que supiera que estaba feliz, que él la hacía feliz. La música, con sus explosiones de agudos y sus graves portentosos, la alteraba, la cambiaba, la volvía osada. En un semáforo, le pasó la mano por la nuca, lo atrajo a sus labios y lo besó como él le había enseñado, con pasión, sin esconderse ni temer. Nada importaba, ni la presencia de Juana, ni la sorpresa de él, que pronto adoptó un tinte desmesurado cuando abrió la boca y devoró sus labios, y Matilde interpretó en el desenfreno de su lengua cuánto anhelaba lo que ella no se atrevía a concederle. Se retrajo al oír una bocina que los urgía a arrancar.

Al entrar en el departamento de la calle Toullier, Al-Saud utilizó el pequeño interceptor que Alamán le había provisto para obstruir las frecuencias de modo que las cámaras y los micrófonos ocultos cesaran de transmitir en tanto durara su visita.

Juana, aduciendo cansancio, se fue a dormir, y Al-Saud percibió de inmediato la misma tensión que se había apoderado de Matilde cada noche, cuando se quedaban solos, y que lo había mantenido a raya. En ese momento, su determinación flaqueaba, en especial con el recuerdo del beso que ella le había regalado en el Aston Martin. Al salir del baño, la vio en la cocina, de espaldas, preparando café, y caminó ciego hasta ella, y la tomó por la cintura y le despejó el cuello para olérselo y mordérselo y besárselo y lamérselo. La oyó gemir cuando la apretó contra la barra. Matilde levantó los brazos y se aferró a su nuca, buscando sostén, y esa acción destacó sus pechos bajo el ajustado suéter negro. Al-Saud no pudo refrenarse y los cubrió con las manos por primera vez. El contacto les sacudió los cimientos a los dos. Matilde experimentó un desfallecimiento, y Al-Saud quedó paralizado, con un latido furioso en la ingle y la presión de su pene contra la gabardina del pantalón; una fricción del trasero de Matilde y se desgraciaría como un adolescente.

—Mi amor —le susurró en un jadeo pesado—, no aguanto más. Por favor, vamos a mi casa.

Matilde se imaginó extendiendo la mano hacia atrás y acariciándole el bulto que se clavaba en su espalda. «¡Ojalá pudiera hacerlo!», sollozó. Caminar por ese derrotero la aterraba porque terminaría conduciéndola a un lugar para el cual no estaba preparada. No obstante, juzgó como un milagro el hecho de desear tocarlo. Era un buen síntoma. También lo eran la pulsación entre las piernas y la humedad que le impregnaba el calzón. Exultante, se dio vuelta en el abrazo de él y le abrió la camisa y le olió los pectorales, negros de vello, y lo besó donde le palpitaba el corazón. Lo oyó soltar el aire con violencia, y levantó la vista. Los ojos de él habían perdido el verde natural, y el conjunto de las cejas, los párpados, las pestañas y el iris se habían transformado en un antifaz oscuro que lo tornaba misterioso, bello, siniestro, atemorizador. Matilde nunca lo había visto así, tan expuesto en su anhelo por ella. Le rodeó la cara con las manos.

—Te deseo tanto, Eliah. Tanto. Tú no puedes entender lo que esto significa para mí, sólo tú has sido capaz de lograrlo. Pero necesito tiempo. Tiempo para mí y tiempo para compartir contigo algo importante. Ni por un instante pienses que estoy jugando contigo. Por mi vida, te juro que jamás lo haría.

Agotado, Al-Saud apoyó la frente en la cabeza de Matilde y siguió respirando a ritmo desacompasado.

—Eliah, te entendería si esta noche te fueras enojado y no quisieras volver a verme. Yo…

Al-Saud la acalló con una mano sobre la boca.

—*Quiero* volver a verte, Matilde. —La sujetó por el mentón y la obligó a enfrentarlo—. Cómo te deseo. —Se quedó observándola, tenso, emocionado, con el control pendiendo de un hilo—. ¿Qué está pasándonos, Matilde? ¿Qué es esto? ¿Por Dios, qué es esto?

—Algo tan fuerte —musitó ella—, *tan fuerte* que puso mi vida patas arriba. Y lo más irónico es que no me importa nada. Nada, Eliah. Desde que te conocí lo único que hago es pensar en ti. Todos mis pensamientos son para ti.

—¡Mi amor! —exclamó él, y la apretujó contra su pecho.

Permanecieron abrazados en la cocina hasta que sus pulsaciones se serenaron, lo mismo que sus almas atormentadas por el deseo. Al-Saud habló primero.

—Matilde, no sé si podré verte este fin de semana. El lunes comienza la convención de Shiloah en el George V y es preciso que me ocupe de detalles de último momento.

—Lo entiendo. No te causes ningún problema. Nos veremos cuando tú puedas.

—¿Qué harán el fin de semana?

—Estudiar para el examen del lunes, limpiar el departamento, lavar ropa, planchar. No nos aburriremos. Por favor, no quiero que te preocupes por mí. Si Ezequiel está en París, seguro que nos sacará a pasear.

—No quiero que salgas con él. No quiero que salgas con nadie. Solamente eres para mí.

—No me imagino de nadie más. Sólo de mi Eliah.

—Dilo de nuevo —le pidió él, mientras la obligaba a exponer la columna de su cuello para acariciarla con los labios—. Di de nuevo «mi Eliah».

—Mi Eliah. Mi amor.

—¡Matilde!

El beso que siguió los dejó extenuados y blandos. Él levantó la cabeza y disfrutó de la visión que componían los labios gruesos de ella, húmedos e hinchados.

—Mejor me voy —dijo, y Matilde elevó los párpados en actitud lánguida—. Mañana tengo que levantarme temprano.

Caminaron abrazados hacia la puerta. Separarse resultaba más duro de lo que habían imaginado. Les costaba dejar de tocarse.

—Pensar que una vez me dijiste que eras fría.

—Lo era, Eliah. Sólo soy esta Matilde contigo. Es la primera vez en mi vida que soy así.

—El lunes a las nueve de la mañana, Medes vendrá a buscarte para llevarte al George V. Tengo una sorpresa para ti. ¿Vendrás? —Matilde asintió—. Estaré llamándote por teléfono o al celular de Juana cada hora. —Matilde rio, asombrada de que la persecución de él no la fastidiase—. Matilde, cualquier cosa que necesites, prométeme que me vas a llamar. Promételo, Matilde.

—Lo prometo.

⚜

El lunes por la mañana, Matilde se despertó a las siete, ansiosa por volver a ver a Eliah. Él las había visitado fugazmente el sábado por la noche, de camino a una cena con los miembros de Al-Fatah, el partido político de Yasser Arafat, que finalmente se había decidido a enviar tres representantes a la convención por el Estado binacional.

La noche del sábado, Matilde lo encontró tan soberbio en su traje negro de dos botones que se quedó mirándolo con la mano en el picaporte.

La camisa de seda también era negra, y no llevaba corbata. Se contuvo de lanzarse a sus brazos por temor a arruinarle la figura. Él no pareció preocuparse cuando la rodeó por la cintura, la levantó en el aire y entró con ella en brazos; cerró la puerta de un puntapié. Matilde reía, en tanto él le buscaba el cuello para olerlo; su colonia para bebé lo calmaba.

—Te extrañé todo el día. Cuéntame, ¿qué hiciste hoy?

—Me llamaste cada hora. Sabes mejor que yo qué hice durante el día.

El domingo no se vieron, y Al-Saud la llamó por la noche. Matilde notó su voz cansada, más bien preocupada, y deseó estar con él. El tiempo había tomado otra dimensión, y un día sin Eliah se convertía en una eternidad. «¿A eso se referiría Einstein cuando hablaba de la relatividad del tiempo?», se preguntó.

—Juani, quiero que me digas qué ponerme —le pidió el lunes muy temprano.

—Buenos días. Mi nombre es Juana Folicuré. ¿Y el suyo?

—No seas tonta —se quejó Matilde, y, sin remedio, se le ruborizaron las mejillas.

—¿Tonta? ¿Acaso te has visto? ¡Eres otra, Mat! ¡Estoy feliz, amiga mía! Este árabe parisino que te has conseguido es lo mejor que pudo pasarte. ¡Yupi! —Juana saltó de la cama y abrazó a Matilde.

—Tengo miedo, Juani —le confesó, y la apretó fuerte—. Ya sabes de qué.

Juana la arrastró con ella y se sentaron en el borde la cama.

—Mat, la noche antes de casarte con Roy, viniste a mi cuarto y me dijiste lo mismo, pero sospecho que, en aquella oportunidad, las circunstancias eran muy distintas. —Matilde asintió—. A Roy no lo amabas, ni siquiera te calentaba. En cambio, con Eliah es diferente. Lo veo y lo siento. No creas que, porque me hacía la tonta y miraba por la ventanilla, no me di cuenta del besazo que le metiste el viernes cuando nos traía a casa. —Matilde soltó una risa ahogada, a medias mezclada con llanto—. Amiga mía, hermana de mi corazón, sé feliz. Permítete ser feliz. —La visión de Matilde se enturbió—. El miedo que sientes es natural.

»¿Piensas que yo fui muy suelta a mi primera vez? El pobre Mateo no sabía de qué disfrazarse para que yo lo dejara penetrarme. Te lo conté mil veces. Para ti es peor por la educación que recibiste, tan rígida y llena de mensajes terribles, y también por lo que te pasó. Permítete sentir el miedo, entrégaselo a él, que él se ocupe. Matilde, te has pasado la vida haciéndote cargo de los problemas de tu familia y no entiendes que alguien pueda hacerse cargo de los tuyos. ¡Entrégate, amiga! Con él es distinto, y tú lo sabes, ¿no?»

—Muy distinto.

–¡Perfecto! –exclamó Juana, y se puso de pie–. Vamos a ver cómo hacemos para ponerte linda para el papito. Por suerte, Eze te compró unas cosas hermosas, porque con tus trajes *amish* no te habría dejado ir ni a la esquina.

El resultado final le agradó, aunque le costaba reconocerse en el espejo. Como ese lunes no hacía tanto frío, consintió en usar la falda de tubo con cuadros amarillos y negros, cruzada por delgadas líneas rojas, con medias gruesas y oscuras, y las *ballerinas* de charol negro. Un suéter de angora, con cuello alto y mangas cortas, también en negro, completaba el atuendo.

–¿La falda no me ajusta mucho en la cola?

–Ése es el chiste. Que luzcas el culo de araña pollito que Dios te dio. El señor Al-Saud, agradecido. Apenas entres en el hotel, quítate la chamarra para lucir tu conjunto. ¿No quieres maquillarte un poco? Si te pintases esas pestañas transparentes que tienes, serías otra. Son larguísimas. –Matilde negó con la cabeza–. Al menos ponte un poco de brillo en los labios. Toma, usa este que te va a dar una tonalidad rosada. ¡Así te levanta un poco! Eres más blanca que teta de monja. Usa mi bolsa negra. ¡Ni se te ocurra ir con tu *shika*! –Al ver el resultado final, con brillo rosa y todo, Juana expresó–: ¡Estás divina, Mat! Eliah se va a morir de amor.

Medes pasó a buscarla a las nueve. Apenas cruzaron un saludo en francés; Medes no hablaba inglés. Al-Saud le había explicado que el hombre pertenecía a un pueblo asiático, el kurdo, y que hablaba el árabe por haber vivido la mayor parte de su vida en Irak.

La sorprendieron las medidas de seguridad en el George V. Medes la guio a través de las vallas que mantenían despejada la acera de transeúntes y curiosos. Vio una camioneta blanca, con una antena parabólica en el techo, y supuso que pertenecía a un canal de televisión. Había varios hombres corpulentos, bien trajeados, con lentes oscuros, de cuyos oídos salían cables en espiral que se metían tras los cuellos de sus camisas. Vigilaban el ingreso, chequeaban una lista y mantenían una actitud alerta. Uno de ellos, con el traje desabotonado, levantó el brazo para indicarle a Medes el camino, y Matilde alcanzó a ver la sombra de una pistola sujeta en un arnés de pecho. Hasta ese momento, ella no había sido consciente del despliegue de seguridad que precisaría un evento de esa índole.

Medes la condujo hasta la zona de los ascensores y se despidió con una inclinación de cabeza. Se abrieron las puertas, y Matilde subió. El único pasajero, el botones que siempre saludaba con amabilidad a Eliah, debía de venir del estacionamiento subterráneo. Enseguida le notó el sudor en la frente y la tonalidad cenicienta de su cara morena. Se miraron a los ojos. El muchacho se tambaleó y se apoyó contra el espejo del ascensor.

Matilde se movió para sujetarlo y lo obligó a sentarse en el piso de mármol. No tenía reloj, Juana le había prohibido que lo usara. Le tomaría las pulsaciones a ojo. Incluso sin la certeza del reloj, eran bajas. Sacó el frasquito de Efortil, la medicina que siempre la acompañaba dada su predisposición a sufrir lipotimias.

—*Je suis un médecin* —le informó con sus rudimentos de francés—. *Ouvrez la bouche, s'il vous plaît.*

El muchacho separó los labios lentamente, con recelo, y Matilde le colocó la pastilla de Efortil bajo la lengua. Le abrió la chaqueta del uniforme y le aflojó la corbata. En la operación, se dio cuenta de que iba armado; llevaba una pistola metida en el cinto del pantalón. Simuló no haberla visto y lo abanicó con el cuaderno de francés. El ascensor había llegado al octavo piso y permanecía con las puertas abiertas. Matilde ayudó al botones a incorporarse y le sonrió. No atinaba a preguntarle cómo se sentía.

—*Ça va?* —pronunció por fin, y el muchacho asintió.

—*Merci beaucoup, mademoiselle.*

Matilde bajó, y las puertas se cerraron, con el muchacho dentro.

Udo Jürkens atravesó el detector de metales sin inconvenientes. Hacía dos días que se alojaba en el cuarto piso del George V, y la recepcionista lo saludó de lejos. En su habitación, se enfundó en un overol azul y salió al pasillo con un maletín de herramientas. Caminó hacia los ascensores de servicio y, de acuerdo con las indicaciones de Rani Dar Salem, encontró la zona de los vestidores en el primer subsuelo. Pese al incremento de seguridad, a nadie llamaría la atención si uno de mantenimiento merodeaba por esa zona. Ubicó el casillero de Rani, se colocó unos guantes de látex y lo abrió con una ganzúa. Al final, entre camisas sucias y periódicos, halló lo que buscaba, una pistola semiautomática Beretta 92, que el muchacho había ingresado en el hotel junto con una Glock 17 antes de que el despliegue de medidas de seguridad comenzara. Por supuesto, la Glock ya no estaba allí; el muchacho debía de llevarla encima. Udo bajó el cierre del overol y metió la Beretta en la parte trasera de su pantalón. Cerró el casillero y volvió a su habitación del cuarto piso.

En la suite de la Mercure, Thérèse le informó a Matilde que el señor Al-Saud regresaría en un momento. Se quitó la chamarra y se sentó en un sofá, alejado de la entrada. Eliah se presentó minutos después y no la vio; se lo notaba apurado y enérgico.

—¿No ha llegado Matilde? Ya pasaron de las nueve y media.

Thérèse la señaló, y Matilde se puso de pie. Al-Saud dio media vuelta, y su semblante reflejó el paso del asombro a la apreciación. Su cara se iluminó con una sonrisa, y caminó hacia ella a zancadas. La abrazó y la besó en los labios.

—Hola, mi amor. Estás tan hermosa.

A Matilde la admiraba la soltura con que pasaba de una lengua a otra, sin caer en errores gramaticales, sin mezclar las palabras ni las expresiones; a veces lo escuchaba hablar en alemán por teléfono, al tiempo que dirigía órdenes en francés a sus secretarias y en árabe a Medes. En pocas ocasiones había echado mano de una palabra en francés por desconocer su significado en castellano; rara vez se había equivocado en las conjugaciones verbales.

—Hola. Tú también estás hermoso. Más que hermoso, imponente. —Le limpió los restos de brillo rosa de los labios con el pulgar—. Tu boca se quedó con mi brillo.

—Mejor así. Estás demasiado hermosa para que tus labios vayan pidiendo ser besados. —Cambió el talante, de pronto se puso serio—. No quiero que nadie te desee, Matilde. Te quiero sólo para mis ojos.

—Yo también te quiero sólo para mis ojos. —Lo manifestó con seguridad, la voz nítida, el semblante sereno y serio. No bromeaba, y Al-Saud experimentó regocijo. Se trataba de la primera vez en que Matilde lo reclamaba como de su propiedad, que lo prevenía: «No estoy dispuesta a compartirte».

Un carraspeo de Thérèse los devolvió a la realidad de la convención.

—El señor Hill y el señor Ramsay lo esperan en la sala de convenciones, señor. En quince minutos se dará ingreso a la gente.

El salón de convenciones, una habitación de unos cien metros cuadrados, guardaba el estilo clásico y algo recargado del George V. Se habían dispuesto las mesas en el centro formando un círculo, con un atril en el extremo más alejado a la puerta principal detrás del cual se desplegaba una pantalla de *Power Point* con un mapa de Oriente Medio, velado por el sol que ingresaba por las contraventanas. La luz natural dotaba a la sala de una energía que Matilde sintió como si estuviese a punto de estallar. Algo intenso se percibía en el ambiente. Ella no sabía qué hacía allí. Apenas entraron en el recinto, Al-Saud se alejó para hablar con sus socios, en tanto Victoire, su otra secretaria, lo ayudaba a desembarazarse del saco y a colocarse el auricular en el oído y el micrófono a la altura de la boca. Victoire era joven y atractiva, y a Matilde le molestó que lo tocase, que lo ayudase con ese aparato y que le sacudiese el polvo imaginario de las hombreras del saco una vez que volvió a ponérselo.

Primero se dio paso a los participantes de la convención. Los empleados del hotel les indicaban sus sitios, abrían las botellas de agua Perrier, llenaban los vasos, acomodaban los programas, respondían preguntas, cerraban las cortinas. Ingresaron al final los asesores y los periodistas, que no eran muchos pese a los esfuerzos de Shiloah. Ese grupo se acomodó a los costados para despejar la zona de la salida. Un maestro de ceremonias abrió el acto con una presentación en inglés, el idioma elegido para la convención. Enseguida apareció Shiloah Moses, sonriente y pletórico de energía, y habló desde el atril. Su discurso en inglés atrajo la atención de Matilde desde el inicio.

—Como decía Jean-Paul Sartre, desconfío de la incomunicabilidad; es la fuente de toda violencia. Para eso hoy estamos reunidos aquí: para dialogar. Y cuando nos cansemos de dialogar, volveremos a hacerlo: a dialogar. A dialogar, siempre. Y lo haremos con humildad, porque como decía San Agustín, la primera virtud es la humildad; la segunda, todavía la humildad, y la tercera, siempre la humildad. —Hizo una pausa y aprovechó para repasar a los presentes con una mirada amistosa—. Existen dos pueblos. Uno llama a esta tierra —y señaló la pantalla proyectada sobre la pared— Israel; el otro, Palestina. Cada uno de estos dos pueblos tiene la firme convicción de que este país es *su* país. Ésta es la situación y nada puede cambiarla. Otro hecho de la realidad es que el poder dominante está en manos de Israel y que, para sojuzgar los arrestos de los palestinos, utilizará la violencia. Y los palestinos, para recuperar la tierra, seguirán utilizando la violencia. Los Acuerdos de Oslo son un engaño que el tiempo se encargará de desnudar. Pero cuando eso ocurra, el mundo deberá encontrarnos listos para enfrentar el nuevo desafío. Porque las alternativas son sólo dos: la violencia perpetua o la creación de un Estado único.

Matilde no conocía la realidad israelí ni la palestina; no obstante, se daba cuenta de que se trataba de un discurso desafiante, sin pudor. En el círculo que conformaban las mesas del centro había árabes con el típico *keffiyeh* en la cabeza, popularizado por Yasser Arafat, y judíos con el solideo que llaman *kipá* y que les sirve para recordar la existencia de alguien superior; había jóvenes y ancianos; algunas mujeres, aunque mayormente hombres.

La inflexión en el discurso de Shiloah Moses sirvió para anunciar la presencia del escritor Sabir Al-Muzara. La doble puerta se abrió y franqueó el paso al premio Nobel de Literatura, que entró con la mirada al suelo, vestido con sencillez —saco azul, camisa celeste y pantalones de paño gris—. Los flashes se dispararon y se repitieron, los chasquidos de las cámaras fotográficas se mezclaron con el murmullo de los presentes. Los que ocupaban la mesa redonda se pusieron de pie y lo aplaudieron;

toda la concurrencia los imitó. Si bien Sabir Al-Muzara carecía de influencia política, se percibía el respeto y la admiración que motivaba entre los presentes. La emoción de Matilde se concentró en su pecho; el corazón le latía, enloquecido. No percibió a Al-Saud detrás de ella hasta que sus brazos le rodearon la cintura. Él susurró:

—Ésta era mi sorpresa. No me olvido de que en el avión me contaste que Sabir era tu escritor favorito. —Tras un silencio, añadió—: Matilde, no me olvido de nada de lo que vivimos en ese viaje.

Matilde giró la cabeza hasta alcanzar sus labios y decirle:

—Yo tampoco. —Paradójicamente, le habría gustado confesarle que *Cita en París* dormía en el buró desde que ocupaba sus noches en releer *El jardín perfumado* y en soñar con él y con ella, desnudos, enredados entre almohadones.

En ese instante, al volver el rostro hacia Sabir y Shiloah, que se abrazaban y suscitaban más aplausos, Matilde divisó al botones entre el gentío. Aún lucía pálido.

—¿Eliah? —Al-Saud se inclinó para escucharla—. ¿Por qué ese botones va armado?

—¿Qué botones? —se inquietó.

—Aquél. —Matilde lo señaló.

—¿De qué estás hablando? ¿Cómo que ese botones está armado?

—Lo vi con mis propios ojos. Íbamos juntos en el ascensor, y ese chico llevaba una pistola bajo la chaqueta.

Al-Saud se despegó de ella, y Matilde no comprendió lo que farfulló al micrófono. Con un rápido vistazo, Eliah había evaluado la situación. El botones se hallaba algo separado de la pequeña multitud; su uniforme lo diferenciaba. Avistó la cabellera oscura de Michael Thorton, que ocupaba la posición más ventajosa para neutralizar la supuesta amenaza.

—Mike, a tus nueve, alerta roja. El botones. Parece que va armado.

Al-Saud vio cómo su socio ubicaba el objetivo y se movía hacia la izquierda, abriéndose paso entre periodistas y asesores, y vio también el instante en que el muchacho introducía la mano bajo la chaqueta desabotonada y sacaba una pistola.

—¡Mike! —vociferó y, en un acto instintivo, desenfundó su Colt M1911 y arrojó a Matilde al suelo, contra la pared.

Su grito acalló los aplausos y provocó extrañeza. Consciente de que Michael no cubriría a tiempo la distancia que lo separaba del atacante, se arriesgó a disparar en medio del gentío. Le dio en la mano y vio cómo se desmoronaba sobre el alfombrado. Un nuevo disparo, que no había salido de la pistola de Al-Saud, retumbó en la sala. Los alaridos se tornaron ensordecedores. La multitud se desbandó, y el salón se convirtió en un pandemónium.

Al-Saud, con la Colt M1911 en alto, corría hacia Moses y Al-Muzara, que contemplaban el desorden sin atinar a nada, al tiempo que repartía órdenes a los guardias por el micrófono. Sándor y Dingo llegaron primeros al atril y protegieron a Shiloah y a Sabir con sus cuerpos mientras los sacaban de la habitación. La Diana recogió a Matilde del rincón al que la había arrojado Eliah y la acompañó a la suite de la Mercure, en cumplimiento de la orden transmitida por su jefe.

Cerca de la una y media de la tarde, Al-Saud halló un momento para volver a la suite de la Mercure. Abrió la puerta y ahí estaba su Matilde, pálida, pequeña, sentada en el sofá, la cabeza inclinada sobre un cuaderno, con las rodillas pegadas, las pantorrillas juntas, echadas hacia un costado; los diminutos pies, enfundados en las *ballerinas* negras, descansaban de costado sobre la alfombra. Ahora que lo pensaba, nunca la había visto cruzada de piernas.

Matilde percibió su presencia y giró la cabeza en dirección a la puerta. Apartó el cuaderno y corrió a él, que la recibió en sus brazos. Permanecieron en silencio. Victoire y Thérèse eligieron marchar a la cocina en ese momento. Eliah y Matilde no se veían desde que Al-Saud la arrojó al piso; sólo habían cruzado unas palabras por teléfono. Matilde elevó el rostro y Al-Saud descubrió senderos de lágrimas en sus mejillas; los rastros también se descubrían en las pestañas aglutinadas.

–¿Cómo estás? ¿Cómo están todos?

–Gracias a ti –pronunció Al-Saud–, todos están bien. El tiro que se escapó del arma del atacante hirió a un miembro de Al-Fatah en la pantorrilla. Nada grave. Le extrajeron la bala y se recupera en el hospital.

–¿Qué pasó? ¿Por qué ese botones actuó así?

Al-Saud levantó los hombros y ensayó una mueca de ignorancia. No entraría en detalles con Matilde; la veía demasiado afectada. No quería referirle que el asunto era un maldito embrollo. En medio de la anarquía, el botones había escapado, regando las alfombras con sangre, la que le brotaba de la mano; el sendero se cortó a pocos metros. Aunque enseguida se ordenó sellar el hotel –nadie entraría ni saldría hasta nueva orden–, sus hombres y la policía lo encontraron muerto, no del balazo de la Colt M1911 de Eliah, sino de uno que le había impactado en el ojo derecho; el proyectil le había abierto un boquete en la cabeza, y los sesos se hallaban desparramados en el compartimiento del baño de los empleados varones. Se concluyó que, pese a su mano derecha destrozada, intentaba escapar por la ventanilla, subido al inodoro, cuando le dispararon. Su amigo Edmé de Florian, de la *Direction de la Surveillance du*

Territoire, el servicio de inteligencia nacional francés, acordaba con él en que, por el daño infligido, debía de tratarse de una bala expansiva, es decir, con la ojiva hueca. La punta se deforma con el disparo y ocasiona un daño severísimo en la víctima.

—Una bala Dum-Dum —opinó Al-Saud— o una THV.

—Lo sabremos cuando balística nos entregue el informe —dijo Edmé de Florian—. Habría perdido la mano —dedujo mientras estudiaba el cadáver.

Los especialistas trabajaban en la escena del crimen. Un agente se acercó con el arma del botones dentro de una bolsa cerrada, y se la entregó a De Florian.

—Es una Glock 17 —declaró Al-Saud.

Por radio se le pidió a De Florian que compareciera en el vestidor del personal. Al-Saud lo guio a través de la cocina del hotel, hasta el primer subsuelo. Un policía con guantes de látex se aproximó con un arma.

—Señor, la encontramos en el casillero del botones.

Se trataba de una Beretta 92, una de las pistolas favoritas de Al-Saud.

—Podría ser el arma homicida —manifestó De Florian—. Si es así —especuló—, si de verdad es el arma con la que mataron al botones, el asesino debió dejarla porque no podría salir con ella sin que saltaran las alarmas de los detectores de metales. Lo que me lleva a pensar que el asesino entró en el hotel como Pedro por su casa, y por la puerta principal.

Los expertos trabajaron durante horas antes de clausurar el baño de los empleados varones, lo mismo que el casillero del botones.

—Eliah —dijo Edmé de Florian—, tienes suerte de que hayan calificado esto como un caso de atentado terrorista. De ese modo, la *Direction de la Surveillance du Territoire* se hará cargo, y yo podré facilitarte las cosas.

—Gracias, Edmé.

—Dime, ¿qué fue lo que te alertó? ¿Qué te llevó decirle a Mike que el botones podía ir armado?

Al-Saud no mencionaría a Matilde; no la involucraría, menos aún sin saber cómo había llegado a hacerse de una pieza de información tan relevante.

—Se suponía que el botones no debía encontrarse allí. Eso fue lo primero que llamó mi atención. Después noté que llevaba la chaqueta desabrochada. Y su gesto, Edmé, había algo en su mirada que me puso inquieto. Llámalo instinto, no sé.

—¿A quién crees que quería asesinar, al israelita o al palestino?

—Shiloah y Sabir estaban juntos en el atril en ese momento. Imposible saber. Ambos tienen enemigos muy poderosos.

—¿Por qué no a los dos? —sugirió De Florian.

Al-Saud negó con la cabeza y aclaró:

—Los enemigos de Shiloah no son los mismos que los de Sabir. No creo que el Mossad se haya puesto de acuerdo con Hamás para llevar a cabo este doble asesinato.

—¿Qué me dices de enemigos personales, que nada tengan que ver con la política?

Al-Saud pensó en Gérard Moses y en la declaración de Shiloah. «*Me odia. Lo sabes, ¿verdad? Me odia.*» No obstante, creía incapaz a Gérard de cruzar ese límite. También pensó en Anuar Al-Muzara.

—Tanto Shiloah como Sabir son personalidades públicas en sus países, amados por algunos, odiados por otros. Es difícil saber.

—Hablaré con ellos.

—Te acompañaré. Están en la suite de Shiloah, custodiados por mis hombres.

De Florian se quedó con sus amigos, y Al-Saud aprovechó para correr a las oficinas de la Mercure. Ansiaba ver a Matilde. Aún le costaba desembarazarse de la sensación de angustia vivida en la sala de convenciones, cuando corría hacia sus amigos, y ella quedaba sola, en el suelo, expuesta a cualquier peligro. En sus años de piloto y de soldado nunca había experimentado esa incertidumbre ni esa agonía.

Al encontrarla serena en el sofá, leyendo su cuaderno de francés, en esa posición tan elegante, con la curva de la cintura y de las piernas marcada por la falda a cuadros y con los bucles rubios descansando sobre el tapizado del almohadón, lo invadió un sentimiento de ternura. Él no miraba con ternura a las mujeres que lo excitaban; ni Samara ni Céline ni Natasha, ninguna había despertado esa sensación contradictoria en él. Matilde sí. Con Matilde todo era distinto.

Se sentaron para hablar.

—No sabemos por qué el botones actuó así —admitió Al-Saud—. La policía está investigando. —Le masajeó los hombros—. Matilde, quiero que me cuentes cómo supiste que ese hombre estaba armado. —Ella le relató lo sucedido en el ascensor, y Al-Saud apartó la cara y se mordió el labio—. Dios mío, Matilde, pudo haberte matado.

—Gracias a que vi la pistola pude advertirte para que impidieras que hiriese a quien fuera que quería herir.

—Sí, sí, es verdad, pero no puedo quitarme de la cabeza que estuviste encerrada con ese tipo en el ascensor, que lo tocaste, que viste su arma. —Notó que temblaba y la atrajo hacia él—. Mi amor, no menciones esto a nadie. Yo declaré a la policía que el botones me despertó sospechas y que por eso le pedí a Mike que lo interceptara. No quiero exponerte a un interrogatorio. No quiero que tengas problemas lejos de tu país. —Matilde asintió—. ¿Comiste?

—Sí, con Victoire y Thérèse. Fueron muy amables conmigo.

—Le pediré a Medes que te lleve al instituto.

—¡No! ¡No quiero dejarte solo! Hoy no —añadió con menos ímpetu, intimidada por el gesto de él—. Aunque, ¿qué podría hacer yo, verdad? Ser un estorbo, nada más.

—*Jamais!* —La emoción lo impulsó a hablar en su lengua—. Jamás —repitió en castellano—. Matilde, Matilde —dijo, y la aplastó contra su pecho, y él, hombre de pocas palabras, más bien parco y receloso, no sabía de qué modo comunicarle que lo emocionaba que se preocupara por su bienestar, que quisiera permanecer sólo por él. Le habló con un beso largo, lento, húmedo, profundo, y se regocijó en la entrega de ella, que se abrió para recibir las caricias de su lengua. Se separaron, y él le pasó las manos oscuras por los antebrazos desnudos y pálidos; ya había notado que no tenía vello, ni siquiera una pelusa rubia; nada. ¿Se depilaría aun los antebrazos?

—Prefiero saber que estás en el instituto, lejos de este lío. Medes te irá a buscar. No creo que yo pueda hacerlo. —No le confesó que, en los próximos días, su vida se convertiría en un caos. La falla en la seguridad resultaba imperdonable, y el error impactaría en las cuentas de la Mercure. Desde la base en la Avenida Elisée Reclus, sus empleados seguían de cerca los informativos del mundo; la mayoría de los medios de comunicación se ocupaban de cubrir el atentado en el George V, sin olvidarse de mencionar que la seguridad estaba a cargo de Mercure S.A. La Avenida George V se había vuelto intransitable a causa de las camionetas de los canales y de las radios que atestaban la entrada del hotel. Además de lidiar con sus clientes y sus socios, Eliah tendría que soportar la ira de su hermano mayor, Shariar.

—Estuviste llorando —afirmó, y con el índice siguió el rastro de la lágrima por la mejilla de Matilde.

—De tristeza. No puedo concebir tanto odio, Eliah. Me rompe el corazón. No pienses que no sé lo que es la rabia, la furia, la impotencia que provoca la injusticia. Lo sé, lo he experimentado. Pero matar a alguien... Me abruma tanto odio.

—Llorabas y yo no estuve para consolarte.

—Estás ahora —dijo, y le pasó la mano por la mejilla hirsuta, y le apartó el mechón de la frente—. Te miro y, al ver tu nobleza, me siento mejor.

«Yo soy capaz de matar, Matilde. Estas manos que te desean y que te tocan, han matado a mucha gente, no sólo en fuego de combate, sin conocer la cara de mis adversarios, sino que he matado en silencio, mirando a mi víctima a los ojos.»

Ni siquiera durante su entrenamiento para *L'Agence*, cuando los conducían a las montañas de Brecon, en el invierno galés, y los obligaban a cargar las mochilas con piedras y escalar por días en un clima gélido y ventoso, Al-Saud había experimentado el agotamiento después de ese primer día de la convención. En aquella oportunidad, en los Brecon Beacons, sí había caído extenuado, con el cuerpo agarrotado, con hambre y con sed; lo de ese lunes 26 de enero de 1998 era distinto, porque al cansancio se sumaba el desánimo. Ni él ni sus socios se perdonaban haber permitido que un empleado nuevo ingresase en la nómina del George V a días de la reunión por el Estado binacional. Los del Departamento de Recursos Humanos se echaban culpas unos a otros y ninguno admitía quién había dado por buenos los antecedentes de Rani Dar Salem, tal era el supuesto nombre del botones, de nacionalidad egipcia, con permiso para trabajar en Francia. La pelea con Shariar adquirió un matiz desagradable, y Tony y Michael intervinieron para evitar que los hermanos Al-Saud perdieran los estribos. La conferencia de prensa había resultado ríspida, larga y agotadora. Eliah debía admitir que Shiloah había demostrado un gran dominio frente a la catarata de preguntas de los periodistas, y, cuando se puso en tela de juicio la continuidad de la convención, manifestó:

—La convención se reanudará el próximo miércoles. No hemos organizado este evento por la paz en Oriente Medio para sucumbir al primer escollo. No tenemos miedo. Y seguiremos adelante.

Entre Sabir Al-Muzara y Shiloah Moses habían convencido a los participantes de permanecer en París y continuar con las discusiones por la creación de un único Estado en el territorio del viejo Mandato Británico de Palestina. Antes de que los periodistas se dispersasen, Peter Ramsay tomó el micrófono y expuso las exigencias que deberían cumplir para participar de la convención. La única derivación positiva del atentado era el interés de la prensa; esperaban que el miércoles se triplicase el número de medios presentes, lo mismo que el trabajo de la Mercure; acreditar a tantas personas, en tan corto lapso, implicaría un caos administrativo.

Finalizada la ronda de prensa en una de las salas del hotel, Al-Saud y sus socios se encerraron en las oficinas del octavo piso para organizar y reforzar las medidas de seguridad. Sus hombres de confianza, entre ellos Dingo, La Diana, Sándor y Axel Bermher, fueron convocados para colaborar con el diseño de los nuevos planes. Alrededor de las nueve de la noche decidieron acabar y proseguir a la mañana siguiente.

Le gustaba quedarse en la suite del George V cuando todos habían partido. Apagaba las luces, abría las cortinas y admiraba el jardín interno con la fuente iluminada. En ese primer momento de paz y silencio, su mente repasó los sucesos de la mañana, desde la expresión de Matilde al descubrir a Sabir Al-Muzara hasta el hallazgo del cadáver del botones. Aguzó la vista, procurando asir una imagen que se escabullía en el enjambre de rostros, gritos y confusión vividos durante el ataque en la sala de convenciones. En medio de la agitación, había tenido la impresión de volver a ver un rostro del pasado, uno que no olvidaría; se trató de un instante, un pestañeo, y la cara había desaparecido. Lo había imaginado; tal vez la escena del atentado había revivido otra del año 81, cuando un grupo de cuatro terroristas de la banda alemana Baader-Meinhof intentaron secuestrarlo junto con su madre y su hermana Yasmín. Apoyó las manos en el marco de la ventana, dejó colgar la cabeza y apretó los párpados para borrar esa vivencia. Respiró hondo y buscó en su mente la sonrisa de Matilde. La llamó por teléfono. Lo atendió Juana y le habló en susurros.

—Mat está durmiendo, papito. Llegó agotada del instituto. Se dio un baño y se metió en la cama.

—¿No cenó?

—No cenó. No te preocupes. Mañana la obligo a desayunar por partida doble.

La llamada frustrada ahondó su pésimo estado anímico. Deseaba escucharla. Matilde poseía una cualidad intangible que, al igual que la música, calmaba el potro de fuego que ardía en él.

Telefoneó a la base y pidió que le pasaran con Claude Masséna.

—Dime, Masséna, ¿te llegó el listado con los huéspedes del George V?

—Sí, señor. Hace dos horas. Dingo lo trajo.

—Quiero que analices la identidad de cada pasajero. Lo lamento, pero no podrás ir a tu casa esta noche.

—Ya lo habíamos previsto, señor. Las chicas y yo nos quedaremos. Mañana por la mañana tendremos el reporte.

—¿Cómo siguen los informativos? ¿Qué más han dicho del atentado?

—Nada nuevo, señor. La verdad es que hay mucha confusión porque, a diferencia de otros atentados, aquí no se sabe quién era el blanco, si el señor Moses o el escritor. Se menciona a Hamás y a Hezbolá. También se sugiere que podría ser un ataque perpetrado por sionistas de extrema derecha. Se mencionan nombres como el del rabino Moshé Levinger y los partidos de ultraderecha Kach y Kahane Chai. ¿Sabe qué pasa, señor? Todavía están frescas en la memoria la matanza que perpetró Baruch Goldstein en Hebrón y el asesinato de Yitzhak Rabin.

—Gracias, Masséna. Llámame a la línea segura si llegas a toparte con un dato importante. A cualquier hora. Buenas noches.

Se echó encima el saco, conectó la alarma y caminó hacia la salida. Abrió la puerta y se detuvo de golpe. Frente a él se hallaba Gérard Moses. Se miraron en abierta confusión. Hacía meses que no se comunicaban.

—¡Hermano! —exclamó Eliah.

—Shariar me encontró en la puerta del George V y me facilitó el ingreso —explicó Moses, sin necesidad—. ¿Cómo estás, amigo mío?

Se dieron un abrazo con ruidosas palmadas.

—Pasa, pasa. ¡Qué bueno verte!

Al-Saud cerró con llave y desconectó la alarma. Al volverse, descubrió la mirada de Gérard clavada en él.

—Este lunes tenía que terminar así —expresó Al-Saud—, con una sorpresa más. Aunque ésta es la primera buena sorpresa que recibo en el día. Ven, siéntate.

—Shariar estuvo contándome lo ocurrido esta mañana. Lo siento. Sé que tu empresa estaba a cargo de la seguridad.

Al-Saud le refirió los hechos, y Gérard, quien, por su relación con tantos gobiernos y empresas, conocía la realidad política al dedillo, le expuso sus hipótesis. Como siempre, la conversación con su amigo de la infancia se desenvolvía con naturalidad y fácilmente, y no importaba que pasase el tiempo y que perdieran contacto, cuando se reencontraban, todo volvía a ser como antes.

—Sigues siendo el hombre más brillante que he conocido —confesó Al-Saud, y Gérard ocultó tras una breve sonrisa el júbilo que esas palabras despertaron en él. Sólo vivía para obtener el beneplácito de Eliah Al-Saud, para recibir su abrazo, su sonrisa, sus confesiones.

Cenaron en la sala de reuniones de la Mercure, y Gérard se emocionó cuando Eliah sugirió comer ostras, su plato favorito. «No te olvidas de mí, Caballo de Fuego, ni de mis gustos.» Para celebrar el reencuentro, Al-Saud pidió un Dom Pérignon, del cual bebió un sorbo después de brindar a la salud de su mejor amigo, según manifestó. Gérard bebió el resto, y Al-Saud se preguntó si su condición de porfírico y la medicación le permitirían aquel exceso. Lo notaba exultante, risueño, distendido. Lo observó mientras le narraba acerca de sus periplos. Aun sin conocerlo, no resultaba difícil adivinar que se trataba de una persona peculiar. La porfiria había dejado sus huellas, por mucho que Berta lo hubiese cuidado. Las cicatrices en las mejillas, en la nariz y en los dedos evidenciaban una imprudente exposición al sol. Las cejas pobladas en exceso, las pestañas tupidas y el hirsutismo en las manos y en los antebrazos —se había arremangado la camisa para comer las ostras— revelaban los esfuerzos del cuerpo para protegerse de la fotofobia; incluso le crecía vello en el puente de la nariz y en los pabellones de las orejas, que Gérard depilaba con cera caliente. Mostraba otras características, como el tinte amarronado de los dientes y la extraña pigmentación de su piel; su orina debía de ser muy oscura. Al-Saud se había informado sobre el tipo de porfiria de Gérard y lo atormentaba que el proceso irreversible de la enfermedad conllevara al deterioro del sistema nervioso autónomo. Su amigo estaba condenado a la insania. Ese pensamiento le causó una profunda tristeza, que se transformó en un escozor en los ojos. Carraspeó y abordó el tema favorito de ambos: los aviones.

Gérard Moses lo escuchaba y lo veneraba en silencio. La mezcla de sangres que corría por las venas de Eliah Al-Saud, la italiana de su madre y la árabe de su padre, había dado como resultado una criatura soberbia, no sólo por su belleza sino por la calidad de su espíritu, indómito, noble, valiente. Ese hombre extraordinario lo consideraba a él su mejor amigo.

Los temas iban hilándose y desembocaban en derroteros impensados. A Gérard le interesaba la vida amorosa de Eliah.

—¿Estás saliendo con alguien? —El investigador privado aseguraba que mantenía un amorío secreto con la famosa modelo publicitaria Céline.

Al-Saud levantó la vista y miró a su amigo a los ojos. No le hablaría de Matilde ni de la felicidad que compartían. Quería a Gérard como a un hermano y con pocos se sentía tan a gusto; no obstante, siempre experimentaba culpa por ser sano y fuerte y libre, y su amigo, prisionero de la oscuridad y, en algunos años, de la locura. Razonó que sería una afrenta confesarle que nunca había sido feliz sino hasta conocer a Matilde. «Como contar dinero frente a los pobres», habría sentenciado su abuela Antonina.

—Con nadie en especial —fue su respuesta—. Ya sabes, con una, con otra. Desde que murió Samara no he tenido ninguna relación demasiado seria.

—¿La policía averiguó algo más sobre el accidente de Samara? —Al-Saud negó con la cabeza y la mirada baja—. ¿Y la tal Natasha? ¿No volviste a saber de ella?

—Se esfumó en el aire. Nunca más volví a verla. Como a veces haces tú —le reprochó con una sonrisa, que luego se desvaneció—: ¿Por qué haces eso, Gérard? ¿Por qué desapareces por meses? No sabemos nada de ti. He estado llamándote al teléfono que me diste en Bélgica, pero siempre me atiende la contestadora.

Gérard se disponía a dar una contestación cuando un golpeteo en la puerta lo detuvo.

—Debe de ser el servicio, que viene a retirar los platos —conjeturó Al-Saud, y se puso de pie. Gérard lo siguió.

Se trataba de Shiloah Moses y de Sabir Al-Muzara, flanqueados por Dingo y Axel.

—¿No te habías ido a mi casa? —le preguntó Al-Saud a Sabir.

—Estuvimos planeando la reunión del miércoles —interpuso Shiloah.

—Pasen.

Shiloah se quedó congelado bajo el umbral al toparse con su hermano mayor, igualmente afectado por la coincidencia a juzgar por la manera en que abría los ojos.

—¡Gérard! —Shiloah avanzó para abrazarlo. El otro retrocedió.

—No me toques.

—Por favor, Gérard —medió Al-Saud, y, con un ademán, indicó a sus hombres que aguardasen fuera.

—¿Por favor, Gérard? ¿Por favor, qué? ¿Tengo que soportar a este tipo sólo porque es mi hermano de sangre? Por cierto, *su* sangre no heredó la peste que me pasó ese hijo de puta de padre que compartimos. Ese malparido y *mi hermano* siempre me despreciaron y humillaron. No tengo que soportarlo ahora.

—¡Qué dices! —se alteró Shiloah.

—Por favor —intervino Sabir, y levantó los brazos a la altura de los hombros en la actitud de quien intenta detener a dos contrincantes en un ring—. Vamos a hablar como personas civilizadas. De lo contrario, Shiloah y yo nos retiraremos.

Al-Saud se hundió en el sofá con un suspiro de disgusto, estiró los brazos sobre el respaldo y echó la cabeza hacia atrás. «La cereza del postre», pensó. El cierre perfecto para un día espantoso: una pelea. Fijó la vista en el cielo raso. Oía los reclamos que se endilgaban los hermanos Moses y las intervenciones de Al-Muzara sin prestar atención. «¡Nuestro padre sólo te ha querido a ti y tú te has aprovechado de eso!» «¡Berta te amaba sólo a ti y yo también era su hijo! Pero ella era para ti y sólo para ti. Y yo jamás me quejé ni me interpuse porque sabía que tú la necesitabas más que yo.» «¡Porque era un enfermo, un fenómeno repugnante de la naturaleza! ¿Verdad?» «¡Estoy harto de que te escondas detrás de tu enfermedad!» «¡Ojalá padecieras tú esta porfiria!»

—¡Basta! —Al-Saud se puso de pie de un salto—. ¡Basta! —Su voz ominosa y el ceño que le endurecía las facciones delataban su hartazgo y su cansancio. Los otros tres lo miraron con azoro. Jamás levantaba el tono ni perdía los estribos—. ¡Esta discusión tiene que acabar! He tenido el peor día en años y no me queda paciencia para soportar una escena patética.

—Dile a este individuo que se marche para proseguir con nuestra conversación.

—Gérard, no pienso decirle a uno de mis mejores amigos que se marche de mi oficina. ¡Es tu hermano, por amor de Dios!

—Mi hermano —repitió, y sonrió con aire sardónico.

—Sí, soy tu hermano menor. Siempre te quise y te admiré. Admiro tu inteligencia, tu mente brillante...

—¡Quieres impresionar a Eliah y a Sabir! Quieres hacerles creer que me quieres cuando siempre he sido objeto de tus burlas y desprecios.

—¡Mientes! ¡Por qué lo haces!

—¡Basta! —Al-Saud se llevó las manos a la cabeza y se aplastó el mechón contra el cráneo—. Gérard, por favor, ¿cómo puedes decir que tu hermano te desprecia? En veinticinco años, jamás he visto que te insultase ni se burlase de ti.

—Le crees a él —declaró Gérard.

—Le creo a lo que veo. Le creo a la realidad. Y la realidad me indica que Shiloah nunca te odió.

—¿Por qué, Eliah? ¿Por qué lo prefieres a él? ¡Tu mejor amigo soy yo!

Al-Saud elevó los ojos al cielo. De pronto, la discusión patética adquiría visos de discusión de niños encaprichados.

—Gracias a mí conociste y aprendiste a amar los aviones. Yo te enseñé todo lo que sabes...

—Por supuesto, Gérard —lo detuvo Al-Saud—. Sabes que siempre te estaré agradecido por eso, pero ahora no puedo soslayar que tu acusación es injusta.

—¡Qué buen actor eres, Shiloah! —Gérard arrancó su abrigo del respaldo de una silla—. Harás bien en dedicarte a la política en ese paisucho de nazis, racistas y lameculos del Imperialismo. De seguro llegarás a ser primer ministro. —Se volvió para enfrentar a Eliah—. Jamás pensé que me traicionarías de este modo. Has roto mi corazón.

—Por favor, Gérard. ¿Qué dices? ¿Por qué reaccionas así?

—Tú eras mi único amigo, Eliah. Mi único hermano. —«Mi único amor»—. Hoy es un día muy triste para mí.

Dio media vuelta y abandonó la suite. Al levantar la vista, Al-Saud vio los ojos de Shiloah brillantes de lágrimas.

Claude Masséna repasó el listado de huéspedes del George V de los últimos quince días. Un nombre atrajo su atención: Udo Jürkens. «¡Hola, Udo! ¿Otra vez tú rondando a mi querido jefe?» Sus dedos se movieron deprisa sobre el teclado. Ingresó en el sistema de la compañía de alquiler de automóviles Rent-a-Car, y verificó que el coche de matrícula cuatro cinco cuatro w j cero seis continuase en poder de Jürkens. Si éste lo devolvía en alguna de las oficinas de París, Masséna contaría con la posibilidad de interceptarlo. El trámite de devolución solía ser burocrático y tomar un tiempo y, como el sistema procesaba los datos en tiempo real, él podría saber en qué momento estaba aconteciendo. Se trataba de una posibilidad remota que no desaprovecharía. Programaría una alarma para que el sistema le avisase cuando el cuatro cinco cuatro w j cero seis estuviese siendo devuelto.

Desde la tarde en que vio a Al-Saud salir del edificio de Zoya, muchas dudas e interrogantes obtuvieron respuesta. Claude sospechaba que Udo Jürkens podía resultar útil en su venganza.

La gravedad del atentado en la sala de convenciones del George V motivó un nuevo viaje de Ariel Bergman en el tren Thalys de alta velocidad desde la estación Centraal de Ámsterdam a la parisina *Gare du Nord*. Al igual que la última vez, los *katsas* Diuna Kimcha y Mila Cibin lo condujeron a las entrañas de la embajada israelí en la calle Rabelais donde se hallaba la oficina del Mossad. Allí se encontraban Greta y Jäel, los *bat leveyha* –oficiales del Mossad un grado por debajo de un *katsa*– que, haciéndose pasar por miembros del organismo Paz Ahora, habían presenciado el atentado. Pasaron horas repasando los hechos y conjeturando.

–¿Qué dice nuestro *sayan* en la *Direction de la Surveillance du Territoire*?

–Nada aún –informó Diuna–. Esta mañana recogieron las pruebas y las están analizando. Apenas tenga un dato relevante, se pondrá en contacto con nosotros.

–¿Han revisado el listado de huéspedes del hotel?

–Por fortuna, el George V usa el sistema Primex –explicó Mila–. Pudieron *hackearlo* sin inconvenientes. Aquí tienes el listado.

Ariel Bergman extendió la hoja y siguió con el índice la lectura rápida de los nombres.

–¿Han estudiado este listado? –se detuvo de pronto.

–Sí –dijo Mila–. Acabo de echarle un vistazo.

–¿No tienes nada para decirme? –El agente lo contempló en abierta confusión–. Aquí figura Udo Jürkens. Según este registro, está alojado en ese hotel. ¿Casualidad?

–No existen las casualidades –replicó Diuna, de acuerdo con una de las máximas que les repetían durante la instrucción en «El Instituto».

–Algo aquí huele muy mal. Tendremos que hacer una visita al hotel esta noche, aunque desde ahora les digo que Udo Jürkens ya no se encuentra allí. ¿Qué sabemos del automóvil que alquiló?

—No lo ha devuelto aún.

—Atentos, muchachos. Será nuestra única posibilidad de echarle el guante. Y roguemos que lo devuelva en París en lugar de hacerlo en cualquier otra ciudad de la Unión Europea.

—Alertaremos a las centrales de las principales ciudades —aportó Mila, contrito por haber pasado por alto un dato de tanta relevancia.

Elaboraron un informe acerca del atentado para el nuevo director general del Mossad. A continuación y sin mayor preámbulo, Bergman se sirvió de un control remoto para proyectar una filmación y pasar a otro tema.

—Éstos son los traficantes de armas Mohamed Abú Yihad y Rauf Al-Abiyia, el Príncipe de Marbella. Aquí los vemos en el Puerto José Banús, al sur de España. El verdadero nombre de Abú Yihad es Aldo Martínez Olazábal, de nacionalidad argentina y con una historia muy interesante. —Les enumeró los hitos de la vida de Aldo—. Antes de ir a prisión en la Argentina, Al-Abiyia no representaba una amenaza. Pero desde hace un tiempo, él y su nuevo socio argentino han estrechado lazos con la gente de Tikrit —aludía a Saddam Hussein y a su entorno— y están recogiendo los dólares a punta de pala. Hace unos días, un informante de Johannesburgo nos dijo que Abú Yihad estaba cerrando un trato para comprar mercurio rojo. —Bergman hablaba de un componente químico empleado para la fabricación de bombas de alta toxicidad radioactiva—. La consigna es clara: Abú Yihad y Al-Abiyia tienen que desaparecer.

1. aldo Martins Olzábal (papa de Matilde)
2. Traficante de armas hermano
   Sabba Moses - (Juana)

10

Matilde no vio a Eliah sino hasta el viernes, cuando la convención hubo finalizado en un marco de tensión y exceso de seguridad, aunque de buen tono y predisposición para el cambio. En opinión de Al-Saud, el documento elaborado por las organizaciones y partidos políticos participantes, que presentarían al Consejo de las Naciones Unidas, al *Knesset* (el parlamento israelí) y al Consejo Legislativo Palestino, quedaría en la nada. Shiloah, por el contrario, lucía exultante ya que la convención había ocupado las planas de los periódicos más importantes y los titulares de los noticieros, y su nombre y el de su partido político, Tsabar, se repetían de continuo en boca de los periodistas y en la gráfica. No se preocupó cuando empezó a correr el rumor de que el atentado había sido una puesta en escena de su partido para atraer a la prensa, es más, soltó una carcajada y citó a Oscar Wilde: «*Que hablen mal de uno es espantoso. Pero hay algo peor: que no hablen*».

Absorbidos por las actividades y las responsabilidades del evento, no mencionaron la pelea con Gérard, de quien no habían vuelto a saber pese a que Al-Saud lo llamaba a diario y le grababa mensajes en la contestadora. No aceptaba que una amistad de tantos años acabase de un modo estúpido e infantil. Quizá la enfermedad había comenzado a estragar el sistema nervioso de Gérard. De otra manera, no explicaba el odio de su amigo ni su distorsionada visión de la realidad.

La intención de que Matilde conociera a su escritor favorito, Sabir Al-Muzara, se desvaneció con el atentado. No bien hubo terminado su discurso de apertura del miércoles, Dingo y Axel viajaron con él en helicóptero a Le Bourget y lo embarcaron en el Gulfstream V de Al-Saud con destino al Aeropuerto Atarot, en las proximidades de Jerusalén. El Silencioso abandonó París con la vieja y pequeña maleta con la que había llegado y una docena de bolsas con regalos que las secretarias de Al-Saud se habían ocupado de comprar para su hija de dos años, Amina. Se fue sin conceder entrevistas a la prensa y, aparte de trabajar duramente con Shiloah, el martes por la tarde le pidió a Eliah que lo llevase a visitar la tumba de su hermana Samara en el cementerio musulmán de Bobigny, a diez kilómetros al noreste de París. Para Al-Saud, visitar la tumba de su esposa nunca resultaba fácil y agitaba viejos demonios que por períodos aflojaban sus garras y que a veces las clavaban con fuerza inusitada.

Necesitaba a Matilde. Ya no cuestionaba la obsesión que ella le despertaba ni cómo esa dependencia se daba de bruces con su naturaleza libre de Caballo de Fuego ni con su vida caótica y errante. Fue a buscarla el viernes al instituto, ansioso como un adolescente, y, al verla aparecer en la acera, experimentó una alegría abrumadora que destruyó el cansancio después de una semana infernal. Caminó hacia ella para recibirla en sus brazos, diminuta, perfumada y sonriente. Les propuso, a Matilde y a Juana, cenar en el restaurante Costes, en la calle Saint-Honoré, famosa por sus tiendas exclusivas, joyerías y almacenes de *delikatessen*; Thérèse había hecho reservaciones para cuatro; Shiloah también iría.

—Como Mat sabía que hoy te veríamos, cocinó para ti toda la mañana.

—Pensé que preferirías cenar en casa —explicó Matilde—, más tranquilo, pero si quieres, vamos a ese lugar.

Esa semana se lo había pasado cenando fuera con potenciales clientes y con desconocidos, algo habitual en su vida. Con Matilde frente a él, anheló el recogimiento del hogar y una comida casera, hecha por ella.

—Le pediré a Thérèse que cancele la reservación y que le avise a Shiloah que lo esperamos en la calle Toullier.

Apenas llegaron al departamento, mientras se quitaban los abrigos y se lavaban las manos, sonó el timbre del interfón. Como Juana no entendía palabra, le pasó el auricular a Al-Saud.

—Traen algo para ti —dijo a Matilde con aire severo, y ella le devolvió una mueca de asombro—. Yo bajaré.

Regresó con un paquete; por el embalaje se desprendía que era un cuadro. Juana se apresuró a abrirlo. Matilde soltó un gritito al ver de qué se trataba.

—¡Mi cuadro! —exclamó.

Juana se apoderó de un pequeño sobre pegado en el marco en pan de oro y lo abrió. Matilde admiraba el óleo con una sonrisa. Sus ojos parecían haberse vuelto de plata líquida.

—Es de Roy —dijo Juana, y le pasó la tarjeta.

Matilde la leyó sin comentarios y con gesto inmutable, y la depositó sobre la mesa. Al-Saud aprovechó que ella permanecía de espaldas, absorta en el óleo, y la recogió. «*Al igual que recuperé tu cuadro, te recuperaré a ti. Eres mía, Matilde. Te amo. Tu esposo.*» Unos celos negros le ensombrecieron la mirada y le endurecieron las líneas de la boca. ¿Cómo se atrevía ese hijo de puta a dirigirse así a su mujer? Lo habría destrozado de tenerlo enfrente. Tomó nota mental del nombre y de la dirección impresa en el reverso de la tarjeta: *Ezequiel Blahetter. Mannequin. 29, Avenue Charles Floquet, troisième étage.* Figuraba un número de celular.

Matilde, aún con la vista fija en la pintura —una niña de perfil, observando un caracol posado en su mano—, sintió la presencia de Al-Saud detrás de ella.

—Ésta era yo cuando tenía cinco años. —Vio la mano oscura y velluda de él pasar delante de ella para acariciar el contorno de la pequeña nariz—. Lo pintó para mí mi tía Enriqueta. Adoro este cuadro.

—Y el imbécil de Roy —intervino Juana— lo vendió cuando Mat se fue de su casa. Y ahora se viene a hacer el muy galante porque lo recupera. ¿No te habrá mentido, Mat, para hacerse el gran héroe y, en realidad, nunca lo vendió? Porque no sé con qué dinero habrá recuperado este cuadro. Los trabajos de tu tía se cotizan en dólares.

—Juana, por favor —suplicó Matilde—, no quiero hablar de él. Recuperé mi cuadro. Es todo lo que importa.

La llegada de Shiloah Moses propició un cambio en el ambiente. Se dejó de lado la historia del cuadro y se dispuso la mesa para comer. Entre Eliah y Shiloah dieron cuenta de la lasaña con boloñesa y salsa blanca hasta vaciar la fuente.

—¡En mi vida había comido una lasaña tan exquisita! —aseguró Shiloah.

—Espera a probar el postre —dijo Juana—. ¡Tiramisú!

Al-Saud vio cómo las mejillas de Matilde se coloreaban. Extendió la mano a través de la mesa y le delineó el contorno ovalado de la cara con la punta de los dedos.

—La comida estuvo exquisita, mi amor. Gracias.

El sonrojo de Matilde se acentuó; la había llamado «mi amor» en contadas ocasiones y siempre en la intimidad. Sonrió, esquivando la mirada de Al-Saud, y se puso de pie para recoger los platos. Acabado el postre y bebido el café, Shiloah manifestó su deseo de ir a bailar. Juana apoyó la idea. Eliah y Matilde intercambiaron una mirada.

—Nosotros nos quedamos —expresó Al-Saud.

Ya solos, y en tanto Matilde se ocupaba de los platos, Eliah atendió una llamada de Shariar y devolvió otra de Alamán. Al entrar en la cocina, la descubrió tomando una pastilla.

—¿Qué es?

—Nada —contestó ella—. Vitaminas.

—Me alegro de que tomes vitaminas. Por lo que comes, estarías desnutrida.

—Estoy muy bien —aseguró ella, y Al-Saud percibió cierto fastidio en su respuesta. La tomó por la cintura, la sentó sobre la barra y la obligó a separar las rodillas para ubicarse entre sus piernas.

Matilde le pasó las manos por la frente y por el cabello. Al-Saud echó la cabeza hacia atrás, cerró los ojos y suspiró.

—¿Estás cansado? —le preguntó con los labios sobre el cuello de él.

Lo estaba, además de agobiado de preocupaciones. Varios contratos de seguridad se habían caído después del atentado; las aseguradoras holandesas lo presionaban para que les entregara los resultados de la investigación acerca del desastre de Bijlmer; Céline lo había llamado cada cinco minutos; y por último contaba la charla telefónica con Joseph Kabila; esto lo inquietaba especialmente.

—Sí, muy cansado. Fue una semana intensa.

Matilde sintió un cosquilleo entre las piernas al ver la nuez de Adán subir y bajar contra la piel tensa del cuello. Se la tocó. Al-Saud irguió la cabeza y levantó los párpados, y la encontró expectante, los ojos muy abiertos, como los de una niña atrapada en la consecución de una fechoría. Matilde se apresuró a preguntar:

—¿Qué novedades hay del atentado? ¿Qué dijo la policía?

No le contaría que Edmé de Florian lo había llamado esa mañana para ratificar su sospecha: el asesino de Rani Dar Salem, el botones, cargó la Beretta 92 con balas Dum-Dum, de ojiva hueca, que provocaron el enorme daño en la cabeza de la víctima, como una explosión. De Dar Salem poco se sabía; era egipcio, con permiso para trabajar en Francia y vivía en el cuartucho de una pensión en el *Dix-neuvième Arrondissement*. Los vecinos lo describieron como un joven tranquilo, tímido y muy religioso; a menudo lo veían cumpliendo con el precepto del azalá, las cinco oraciones diarias. De la revisión de sus pertenencias no surgía ninguna pista, lo mismo que del estudio del listado de huéspedes del George V.

—La policía no ha descubierto nada de relevancia. El asesinato del botones es el trabajo de un profesional, sin huellas ni indicios.

Al-Saud tampoco le mencionaría el desvelo sin frutos de la noche anterior, que la había pasado en la base de la Avenida Elisée Reclus estudiando lo que las cámaras de la sala de convenciones captaron durante el atentado. Sobre todo buscó una cara, esa del pasado que llevaba impresa en la retina.

—Ahora quiero olvidarme del atentado y de todo —dijo, y la tomó en brazos para llevarla a la sala. La sentó en un extremo del sillón.

—Recuéstate aquí —le indicó ella— y apoya la cabeza sobre mis piernas.

En verdad lucía cansado. La sombra natural en torno a sus ojos se había vuelto intensa, casi del color del vino tinto. Era demasiado largo para el sillón, por lo que sus piernas colgaron en el apoyabrazos. Al-Saud suspiró con un gemido cuando Matilde le masajeó el cuero cabelludo. Lo sedaba la voz de ella mientras le refería sus anécdotas de la semana. Le contó que había regresado a la sede de Manos Que Curan para retirar la Guía del Expatriado, un documento clave que debían aprender antes de viajar al Congo. Esa palabra inquietó a Al-Saud, y le trajo a la memoria la conversación telefónica que había sostenido esa tarde con su amigo, el general Joseph Kabila, jefe del Estado Mayor del Ejército de la República Democrática del Congo y primogénito del presidente Laurent-Désiré Kabila. La amistad entre Al-Saud y Kabila había nacido dos años atrás, cuando Joseph se instaló durante seis meses en las barracas de la Isla de Fergusson, en Papúa-Nueva Guinea, para que el personal de la Mercure lo convirtiera en un militar de raza. No le costó a Eliah descubrir en Joseph a un líder nato, no del tipo de los que abundan en África, egocéntricos, amantes del lujo y corruptos, sino reflexivo, circunspecto y sensato. «Otra sería la historia del Congo», había opinado Tony Hill, «si Joseph ocupara el sitio de su padre». Por eso, cuando Joseph le pronosticó que el Congo marcharía a la guerra en pocos meses, Al-Saud no lo tomó a la ligera. Su primer pensamiento fue para Matilde. Se incorporó, se sentó a su lado y la atrajo hacia él para besarla. A Eliah le gustaba apartarse de pronto, cuando ella aún permanecía en trance, con los labios entreabiertos, brillantes a causa de su saliva, y con los ojos cerrados, donde él apreciaba una red de vasos delgadísimos bajo la piel transparente. Matilde levantó los párpados lentamente, le sonrió y le pasó los dedos por la boca y, con el índice, le marcó la hendidura del mentón.

—Eliah, ¿por qué cuando nos conocimos en el avión no me dijiste que eras amigo de Sabir Al-Muzara?

—¿Y usar los talentos y la fama de mi amigo para conquistar a la mujer que me interesaba? No lo creo. Soy orgulloso, Matilde. Si voy a ganarme a una mujer, será por mis propios méritos, no por los de otro. Sin embargo, ahora sí me gustaría hablarte de un amigo. —Hizo una pausa, se acomodó en el sillón—. Matilde, ¿sabes quién es Joseph Kabila? —Ella negó con la cabeza—. Es el hijo del presidente del Congo y amigo mío.

—¿De verdad?

—Sí. Además es el jefe del Estado Mayor del Ejército de su país. Él, como nadie, conoce la situación política del Congo. Esta tarde me llamó por teléfono y me dijo que la situación con sus vecinos, Ruanda y Uganda, es cada vez más tensa y que la guerra es inminente. —Matilde abrió los ojos de manera desmesurada y separó los labios–. La zona álgida es la de las provincias Kivu Norte y Kivu Sur, donde me dijiste que irías con Manos Que Curan –Matilde asintió, aún desorientada–. Matilde, mi amor, no puedes ir al Congo. ¿Lo entiendes, verdad?

Matilde se desenredó de su abrazo y se puso de pie.

–Por supuesto que voy a ir.

Después de mirarla con estupor, Al-Saud abandonó el sofá.

–Estoy diciéndote que habrá una guerra, una gran guerra en el Congo. ¿Tienes idea de lo que eso significa?

–Si mi prima Amélie está allá, ¿por qué yo no?

–Amélie es una religiosa que dedica su vida a los pobres y a los más necesitados.

–¿A quién crees que quiero dedicarla yo?

«¿A mí?» Al-Saud no se atrevió a formular la pregunta; a él mismo lo había tomado por sorpresa. Se llevó las manos a la cabeza e inspiró profundamente. Percibía cómo la turbulencia comenzaba a rugir en su interior. Lo sabía, Takumi *sensei* siempre se lo marcaba: la paciencia no contaba entre sus virtudes, más allá de que la filosofía *Shorinji Kempo* le hubiese enseñado a refrenar sus impulsos.

–Puedes curar a los niños pobres de cualquier otra parte donde no haya un conflicto bélico. Insisto: ¿tienes idea de lo que es una guerra?

–Sólo lo que puedo ver por televisión –admitió Matilde.

–Pues eso no es nada, *nada* comparado con la realidad.

–¿Y tú sabes de la guerra?

No contestaría a esa pregunta; no aún.

–Matilde –le cubrió los hombros con las manos–, no quiero que vayas al Congo.

–Lo siento, Eliah –Matilde se desembarazó del peso de sus manos–. Iré al Congo. Una vez te dije que estudié medicina para esto, y he venido a cumplir mi misión.

–¡Terca! ¿No escuchas lo que estoy diciéndote? ¿La palabra guerra no te asusta?

–Sí, me asusta, pero esas personas me necesitarán todavía más si hay guerra.

«¿Y piensas que yo no te necesitaré?»

–¡No puedo permitir que te metas en ese infierno! ¡No irás al Congo!

–¿Qué derecho tienes para decirme lo que haré o no haré? –Era la primera vez que levantaba la voz–. Toda mi vida actué en función de lo que otros opinaban o querían, y nunca fui feliz. ¡Ya no más! Viviré mi vida como quiera y a nadie rendiré cuentas. Si quiero ir al Congo, iré. Por otra parte, Manos Que Curan cuida de su gente. Nada malo me ocurrirá.

—¡Manos Que Curan cuida de su gente! —Al-Saud forzó una risotada—. Por supuesto que lo hacen, pero, en un contexto bélico como el que se desatará en el Congo, quedarán tan expuestos como los propios congoleños. En cuanto a los que manejaron tu vida, no me compares con ellos. Yo sólo quiero que la vivas libre y feliz, pero que la vivas, no que mueras en el intento. Si vas al Congo en estas circunstancias, lo más probable es que veas la muerte tan de cerca que la toques. ¿No le tienes miedo a la muerte?

—¡Por supuesto que sí! ¡Le temo como a nada en el mundo! ¡Es mi peor enemiga!

Al-Saud dio un paso atrás, estupefacto ante la reacción de Matilde, que se había transformado de una adolescente dulce y suave en una mujer agresiva; no obstante, él olfateaba el pánico que la dominaba. Matilde se sentó en el sillón y descansó la frente en el apoyabrazos. Su pequeña espalda subía y bajaba mientras el aire ingresaba deprisa en sus pulmones. Sin incorporarse, expresó:

—No vine a París para enredarme con un hombre que pretenda dirigir mi vida. Quiero que te vayas y que me dejes hacer lo que vine a hacer aquí. Por favor —añadió, con voz estrangulada.

No conjuró el valor para levantar el rostro y verlo partir. Permaneció en esa posición hasta que el chasquido de la puerta al cerrarse le indicó que se había quedado sola.

Eliah Al-Saud bajó las escaleras como un rayo, impulsado por la ira, la impotencia y el orgullo hecho trizas. Lo frenó el aire gélido con un golpe en los pectorales, y el vórtice del ciclón que azotaba su alma se desvaneció. Lo reemplazó una angustia que se reflejó como un sabor amargo en la base de la garganta. El timbre del celular lo sobresaltó. Miró la pantalla. Céline, por supuesto. Decidió responderle.

—*Allô?*

—*C'est moi, mon amour. Céline.* —Ella no hablaba en castellano si podía evitarlo.

—¿Estás en París?

—Llegué esta mañana y el lunes viajo a Abu Dhabi. Pero antes quiero verte, Eliah. Hace tanto que no estamos juntos.

—Yo también quiero verte. Tenemos que hablar.

—Mañana tengo una fiesta. ¿Te gustaría acompañarme?

—Sólo un momento. Después iremos a un sitio tranquilo. Necesito que hablemos.

—*D'accord* —dijo ella, exultante—. Pasa por mí a las ocho.

Antes de abrir los ojos, Claude Masséna percibió el sabor metálico de la sangre. Agitó la lengua, y el regusto se intensificó junto con una punzada en la nuca. Se dio cuenta de que estaba sentado y de que su cabeza colgaba hacia atrás. A medida que la erguía, despacio para evitar las náuseas, las imágenes danzaban en su mente y le reconstruían las horas pasadas.

Ese viernes, alrededor de las siete de la tarde, el sistema alertó que Udo Jürkens estaba devolviendo el automóvil a Rent-a-Car. Tecleó de manera frenética para averiguar en qué agencia.

—¡Bravo! —exclamó, y atrajo la atención de sus asistentes. Jürkens no sólo estaba devolviéndolo en París sino que lo hacía en la agencia de la *rue* des Pyramides, a minutos de la Avenida Elisée Reclus, si el tránsito no se tornaba pesado.

—Vuelvo enseguida —anunció a sus empleadas, y corrió hacia el ascensor que lo transportaría a la superficie.

A la altura del número 15 de la calle des Pyramides descubrió un cartel con el logo de Rent-a-Car que señalaba un estacionamiento subterráneo. Estacionó su automóvil en la calle y descendió a pie por la rampa. En la mala iluminación se destacaba, en un extremo del amplio recinto, la pequeña oficina de Rent-a-Car, ocupada por una empleada que hablaba por teléfono. Probablemente, razonó, Jürkens y otro empleado controlarían el kilometraje del automóvil y realizarían el chequeo final. Usó la linterna halógena de su llavero para apuntar a las matrículas. Al oír pasos, levantó la vista. Una figura avanzaba hacia él.

—*Monsieur Jürkens?* —atinó a preguntar antes de que un sonido le retumbara en la cabeza y todo se volviera negro.

Al despertar, luego de un momento de dolor y de confusión, estudió el entorno. Le recordó a la base porque no había ventanas. Estaba dentro de un cubo, con las paredes cubiertas por láminas de aluminio sobre las que reverberaba una luz que le daba de lleno en la cara.

Intentó protegerse con las manos y descubrió que las tenía maniatadas detrás del respaldo de la silla. En ese instante cayó en la cuenta de que estaba desnudo.

—Buenas noches, señor Masséna.

—¿Qué hago aquí? ¿Quién es usted? ¿Dónde está mi ropa?

—Tranquilo, Masséna —dijo otra voz—. Nosotros le haremos las preguntas.

Un brazo ingresó en el área iluminada y le acercó un vaso a los labios. Masséna dudó en beber.

—Beba. Es sólo agua.

—¿Qué hacía en el estacionamiento de Rent-a-Car esta tarde?

—¿Por qué debería responder a sus preguntas? ¡Esto es extremadamente irregular! ¡Les exijo que me dejen salir de aquí!

—Saldrá si coopera.

—¿Qué hacía? —insistió el otro, con impaciencia—. No nos obligue a utilizar métodos para hacerlo hablar. Le aseguro que no lo disfrutará, Masséna.

A nada le temía tanto Claude como al padecimiento físico. Después de haber atestiguado la agonía de su madre a muy temprana edad, cualquier dolencia lo aterraba. Era hipocondríaco y vivía rodeado de medicamentos. Lo descompuso la idea de que esos sujetos le infligieran dolor a propósito.

—¿Qué quieren de mí?

—¿Por qué buscaba al señor Jürkens?

—Quería hablar con él.

—¿De qué?

—De un asunto personal.

La misma mano que le aproximó el vaso con agua le dio vuelta la cara de una bofetada. Desde su ubicación en la sala contigua a la cámara de Gesell, Diuna Kimcha y Mila Cibin se contrajeron en un ademán de dolor al ver la sangre que brotó del labio de Masséna. El agente *kidon* había comenzado a realizar la tarea para la que había sido entrenado, aunque no necesitó emplear la fuerza de nuevo; el muchacho habló sin incentivos. Cuando Masséna acabó de explicar su relación con el tal Jürkens, permaneció jadeando, tratando de discernir las figuras tras la luz que lo encandilaba. Pasaron largos minutos antes de que volvieran a dirigirle la palabra.

—¿Por qué está circuncidado, Masséna?

—*Quoi?*

—¿Por qué no tiene prepucio en su pene? ¿Necesito ser más claro?

—Porque soy judío.

Antes de que le cubrieran la cabeza con una bolsa negra para sacarlo de la embajada israelí, había acordado convertirse en *sayan*.

Ninguna de las dos se encontraba en condiciones de que la despertaran a las ocho y media de la mañana. Matilde se había dormido llorando cerca de las cuatro, y Juana, después de tomarse varios daiquirís y de bailar sin freno, terminó en la cama de la suite de Shiloah Moses en el George V. La limusina del hotel la había conducido hasta la calle Toullier a las seis y media de la mañana.

—¡No fastidies, Ezequiel! ¡Es sábado y acabo de acostarme!

—Vamos, Negra. —La urgió con cosquillas en el cuello—. Vine para llevarlas de compras.

—¿De compras? —Se quitó la sábana de la cara—. ¿En serio?

—Esta noche es la fiesta que Jean-Paul organizó para ustedes. La tan pospuesta fiesta. Y quiero lucirme con mis mejores amigas. Planeo comprarles vestidos, zapatos, *bijouterie*. Y Jean-Paul les regala un día en el *spa* de Christian Dior para que las dejen como diosas. —Ezequiel observó a Matilde, que bebía café en la sala—. ¿Qué pasa, Mat? ¿Por qué tienes esa cara?

—Cara de dormida —mintió.

Las invitó a desayunar al famoso Café Les Deux Magots, en la Place Saint-Germain-des-Prés y, al cabo de una hora, estaban arriba del Porsche 911 Turbo, rumbo a lo seguro, según expresó Ezequiel, que había decidido, ya que no contaban con tiempo —a las doce y media tenían turno en el *spa*—, ir a la casa Chanel, en la *rue* Cambon, donde les compró un vestido a cada una, zapatos, bolsas y *bijouterie*, a excepción de la lencería, para la cual caminaron unas cuadras por la calle Saint-Honoré hasta la tienda de la diseñadora Chantal Thomass, donde Matilde se negó a seguir gastando dinero.

—Discúlpame, Matilde Martínez —dijo Juana—, pero con el vestido Chanel no puedes usar tus conjuntos de algodón *amish*. Sería una blasfemia, que te quede claro.

—Cuando me llevaron a las Galerías Lafayette, Eze me compró dos conjuntos muy lindos. Puedo usar uno de ésos.

—De ninguna manera —se opuso Ezequiel—. Esos conjuntos son muy… Muy Matilde.

—¡Nadie los verá!

Al final, le compraron uno en tul negro además de ligueros y medias en el mismo color. Matilde se estudió en el espejo del probador y se sintió ajena y hermosa, y deseó que Eliah estuviese en ese cubículo cálido y alfombrado y que la viera.

Las dos pasaron el resto del día en el Dior Institut del Hotel Plaza Athénée. Metidas en el *jacuzzi*, charlaron hasta que la piel se les arrugó. Juana le relató su aventura con el millonario israelí, que resultó mejor amante de lo esperado.

—Tiene la verga más linda con la que me ha tocado coger —admitió—. Y está terminado a mano —dijo, en alusión a la falta de prepucio en el pene de su amante.

Shiloah le había confesado que era la primera mujer con la que hacía el amor —ésa había sido la locución, aclaró Juana— desde la muerte de su esposa. La joven simulaba su entusiasmo tras una máscara de ironías y bromas, mientras le echaba vistazos frecuentes al celular. Por fin sonó.

—Es el papito. —Matilde sacudió la cabeza y la mano—. ¿No vas a contestarle?

—Anoche peleamos —susurró, y le detalló los pormenores—. No voy a permitirle que me dirija la vida —concluyó.

—Mira, Matita, lo único que no vas a permitirle al semental ese es que deje de cogerte.

El chofer de Jean-Paul Trégart pasó a buscarlas por el Plaza Athénée alrededor de las ocho y media y las condujo al departamento de la Avenida Charles Floquet.

—*Oh, my Gosh!* —exclamó Jean-Paul en el vestíbulo—. Ezequiel, nunca mencionaste que tus amigas del alma fueran modelos. ¡Bienvenidas! —Se inclinó para besarles las manos—. ¡Hacía tiempo que quería conocerlas! ¡Están bellísimas! ¡Arrebatadoras! Pasen, por favor, pasen. Ésta es su casa.

—Gracias por el maravilloso día de *spa*, Jean-Paul —dijo Matilde.

—Querida, ha sido un placer. —Aguzó la vista, en la actitud de estudiarla—. Matilde, con ese pelo y ese rostro, L'Oreal pagaría una fortuna por tenerte. Pocas veces he visto un cabello de esta calidad —farfulló más para sí, en tanto lo examinaba entre sus dedos.

—Nada de negocios esta noche —advirtió Ezequiel, y rescató a sus amigas.

Por el murmullo que las alcanzaba resultaba obvio que la fiesta había comenzado. Ezequiel abrió una puerta de dos hojas, y un salón de grandes dimensiones se extendió frente a ellas. El brillo de las luces potenciaba el de los vestidos, el del cristal de Murano de las tres arañas, el de las copas, el de las *boiseries* doradas a la hoja, el del piso de madera, como una explosión que enceguecía a Matilde, lo mismo que la cantidad de gente, el olor del cigarrillo mezclado con los perfumes y el movimiento; algunos bailaban, otros reían, otros comían, todos bebían. Matilde se arrepintió de haber ido. Para agravar la situación, Jean-Paul mandó bajar la música y, a viva voz y en inglés, las presentó como las homenajeadas, las grandes amigas de la infancia de Ezequiel a quienes deseaba conocer desde hacía tiempo, ambas médicas, por lo que, bromeó, podían cometer desmanes con la bebida y la comida porque ellas los socorrerían. El grupo rio, y se disolvió la incomodidad inicial. Matilde, aferrada al brazo de Ezequiel, miraba sin ver. Juana le apretó la mano y le habló por la comisura izquierda.

—Mat, amiga de mi corazón, quiero que te quedes muy tranquila y que no te muevas ni te des vuelta cuando te diga lo que voy a decirte. Está el papito con tu hermana Celia. ¡No mires, carajo! Él ya nos vio, por supuesto, qué esperabas con semejante introito de Jean-Paul. Tú tranquila, mi vida, tranquila. Caminemos con Eze.

–¿Cómo que está con Celia?

–No sé, ahí están los dos, junto a la mesa de la comida. Están charlando. Ella, por supuesto, le sonríe con esa cara de zorra que tiene y lo toquetea todo lo que puede.

–Yo me voy. –Al girar, dio de bruces contra un hombre–. *Excusez-moi* –balbuceó, dispuesta a proseguir hasta la salida cuando el desconocido la tomó por el brazo y la obligó a detenerse.

Al-Saud no apartaba sus ojos de Matilde. Superado el estupor al verla entrar en el salón, se quedó contemplándola como si se tratase de una criatura de otro mundo. El efecto de su belleza lo aturdía y le causaba un desbarajuste físico como el que habría sufrido un adolescente sin experiencia y con ebullición de hormonas. Se le secó la boca, la lengua se le tornó pastosa y las pulsaciones se lanzaron a galopar en su cuello. Bebió el jugo de piña de un sorbo y volvió a mirarla. Parecía transformada y, al mismo tiempo, conservaba el aura angelical.

En tanto Al-Saud apreciaba el conjunto sin reparar en las minucias, las mujeres la estudiaban como en una mesa de disección preguntándose si el vestido de raso negro a la altura de las rodillas, sin mangas y con cuello en ojal era el de Chanel, el que habían visto en el aparador de la *rue* Cambon, muy elegante al tiempo que sensual porque le delineaba la diminuta cintura y le destacaba los senos. Les pareció un detalle de buen gusto los antebrazos cubiertos por guantes de raso. Algunas objetaron las medias negras; habrían preferido unas en tonalidad champaña. Todas aprobaron los zapatos y el sobre de gamuza en el mismo color del vestido.

Al-Saud sí reparó en tres detalles: el pelo, la boca y los ojos. Sus bucles habían desaparecido, y la cabellera caía, lacia y larga, en torno a ella. Tan larga; él no recordaba haber visto un cabello de esa longitud. El rubio natural destellaba contra el negro del vestido y la colmaba de luz, pero si uno prestaba atención, caviló Eliah, enseguida se daba cuenta de que esa luz nacía en sus ojos, hábilmente maquillados, porque los había resaltado sin endurecerlos ni despojarlos del candor que él amaba. Su boca, en cambio, pintada de rojo, hablaba de una mujer erótica. Que se hubiese embellecido de ese modo para otro que no fuera él desató lo peor de su esencia, la rabia, los celos, el impulso agresivo. Ella contaba con ese poder: obtener de él lo mejor, pero también lo peor.

Resultaba obvio que Juana estaba advirtiéndola de su presencia. Y de la de Céline. El proceder de Matilde lo dejó en vilo: se iba. Un imbécil se interpuso en su camino a propósito. Llevaba rato devorándola con la mirada. Al ver que el hombre la tocaba, Al-Saud plantó a Céline y se dirigió, ciego, hacia ella. Se ubicó a sus espaldas y oyó cuando Ezequiel los presentaba en inglés.

—Mat, él es René Sampler, el amigo que me prestó el auto para ir a buscarlas al aeropuerto.

Por fin el acertijo de Sampler se desvelaba, aunque para Al-Saud no significó una satisfacción. Antes de que Sampler la tocara de nuevo y la besara en las mejillas, intervino.

—Disculpen —dijo en francés—. La señorita y yo tenemos que hablar.

La tomó por el brazo, justo bajo la axila, y la arrastró hacia el vestíbulo.

—¿Qué haces aquí?

—Jean-Paul organizó esta fiesta en honor de Juana y mío. *Tú* qué haces aquí.

—Tu hermana me pidió que la acompañase.

—Ah, mi hermana. No sabía que eran amigos.

—Sí, desde hace muchos años, desde que llegó a París y Sofía nos pidió a mis hermanos y a mí que la integrásemos a nuestras amistades.

—Sí, claro. A Celia le cuesta tanto integrarse... Sobre todo con los hombres.

Le echó una mirada cínica, dio media vuelta y se alejó. Al-Saud permaneció atónito; no la sabía capaz de esa mirada agresiva, tampoco de ese meneo.

Matilde temblaba. Ese breve intercambio con Eliah le había drenado las fuerzas. Se preguntó de qué modo se las había ingeniado para replicarle. Los celos, tal vez, la habían endurecido. No soportaba que Celia y él hubiesen llegado juntos a la fiesta; que Celia hubiese ocupado su sitio en el deportivo inglés; que le hubiese pedido que pusiera la música de Jean-Michel Jarre. ¿Lo habría tocado? ¿Se habrían besado? Eran amigos de hacía tiempo. Celia no tenía amigos. Ella coleccionaba amantes desde la adolescencia.

Se recluyó en el baño. Se miró en el espejo. Deseaba huir de esa fiesta. De inmediato se compadeció de Ezequiel y de Jean-Paul. Abrió la puerta y regresó con calma, que se hizo trizas cuando vio a Roy discutiendo con Juana. Al descubrirla, Blahetter avanzó hacia ella y la abrazó. Intentó besarla en los labios y ella apartó la cara.

—Suéltame. Ahora mismo. Ya. Y a ti —le recriminó a Ezequiel— nunca te voy a perdonar esta traición.

—No lo culpes a él —intervino Roy—. Yo le pedí que mantuviera mi estadía en secreto.

—Ezequiel, ¿podrías pedirme un taxi, por favor? Me voy en este momento.

—¿Irte? Sobre mi cadáver. Ésta es *tu* fiesta. Jean-Paul la organizó con mucho cariño. Quiere impresionarte. —Ezequiel la envolvió en sus brazos y le habló al oído—. Sabe que, después de él, eres lo más importante para mí, y busca congraciarse. —Pasado un silencio, le confesó—: Mat, te quiero como a nadie. No te vayas, por favor. Perdóname. Mi hermano me suplicó que no delatara su presencia en París. Quería darte una sorpresa esta noche. Es mi hermano, entiéndeme, por favor. Y está desesperado por recuperarte.

Matilde no articulaba palabra; un nudo le impedía hablar. Estaba viva gracias a Ezequiel y a Juana, pero sobre todo a Ezequiel. Se aferró a él hasta que cesaron los temblores de su cuerpo.

—Está bien, me quedo, pero que Roy se mantenga lejos —dijo en voz alta.

—Me mantendré lejos —aceptó con aire ofendido— si primero accedes a hablar conmigo. Serán unos minutos, nada más, y es importante. —Matilde le lanzó una mirada furiosa—. Sólo unos minutos, por favor.

Asintió, y Ezequiel los acompañó a una salita. Blahetter cerró la puerta y ahogó el bullicio de la fiesta.

—¿Recibiste el cuadro?

—Sí.

—¿Leíste mi nota? —Matilde no contestó—. Mi amor, por favor…

—Roy, dijiste que era importante.

—¿Nuestro matrimonio no es importante? —Matilde se dirigió hacia la puerta—. ¡Está bien! No hablaré de nuestro matrimonio. Dame tu Medalla Milagrosa —le ordenó, al tiempo que extraía una pequeña llave del bolsillo del pantalón.

—¿Qué?

—Dame tu Medalla Milagrosa, Matilde. Te la devolveré en unos segundos.

Matilde la ocultaba bajo el cuello del vestido. Debió quitarse los guantes para abrir el cerrojo de la cadena. Se la entregó. Blahetter añadió la llave. Intentó ponérsela, pero Matilde se la quitó de la mano y la guardó en su sobre de gamuza negra.

—Ahora quiero que me escuches muy atentamente. —La mudanza de él, que de súbito adoptó un aire de madurez y gravedad, la sorprendió—. Esta llave pertenece a un casillero de la estación Gare du Nord. ¿Fuiste alguna vez a Gare du Nord? —Matilde negó con la cabeza—. No importa. Ezequiel sabe dónde queda. En la llave está el número del casillero. En ese casillero encontrarás una carta que escribí para ti que sólo vas a abrir si a mí llegase a pasarme algo.

—¡Roy, por amor de Dios! Estás asustándome.

—Nada me pasará. Busco ser precavido. En esa carta hay instrucciones. Síguelas al pie de la letra. ¿Está claro?

—Roy, ¿en qué problema estás metido?

Blahetter avanzó hacia ella y se detuvo a un paso. La admiró con una sonrisa. Estaba tan hermosa. No quería atemorizarla y confesarle que no había sido su inteligencia prodigiosa sino la casualidad la que lo había salvado de caer una segunda vez en la trampa del profesor Orville Wright. Una tarde, en tanto despejaba su mente por la ribera del Sena, por *Quai* de Béthune, en la Île Saint-Louis, lo vio salir de una mansión y subirse a un automóvil. Su chofer le abrió la puerta trasera, y, a pesar de que anochecía, tuvo oportunidad de estudiarle la cara; se trataba de un tipo peculiar, con aspecto germano, de pelo rubio cortado a ras y de mandíbulas prominentes. La presencia de Wright en París disparó sus alarmas. Por tal motivo, cuando concretó una cita con el profesor Jürkens, eligió el restaurante L'Espadon del Ritz Hotel al que Ezequiel y Jean-Paul lo habían llevado a cenar noches atrás. La decoración clásica y recargada del lugar le ofreció la posibilidad de ocultarse y espiar. Y ahí estaba el chofer del profesor Orville Wright, que aseguraba ser el doctor Jürkens, un físico nuclear interesado en su revolucionaria centrifugadora de uranio. Blahetter arrojó unos francos sobre la mesa y se deslizó fuera del hotel. El alivio que experimentó por haber descubierto la emboscada a tiempo no resultó suficiente para neutralizar la desilusión por otra oportunidad perdida. Volvía a cero. Ahora dependía de los contactos de Aldo.

Desde la tarde en que confirmó sus sospechas y en que sus sueños volvieron a desvanecerse, Blahetter vivía alterado, con la impresión de que lo seguían y lo acechaban. Esa perturbación lo impulsó a trazar un plan. Ocultó el invento. Después escribió la carta para Matilde y eligió a una de las domésticas de Jean-Paul, la más avispada, para que la depositara en un casillero en Gare du Nord. En caso de que él muriese, deseaba que Matilde disfrutara de los réditos de su genialidad.

—Está todo bien, mi amor. —Se permitió pasarle el dorso del índice por la mejilla para deleitarse con la suavidad de su piel—. Nada malo me sucederá. Y algún día seremos felices. Te lo prometo.

La agonía de Al-Saud adquiría dimensiones colosales y no se molestaba en calmarse. Sólo quería abandonar esa casa con Matilde. Verla en brazos de Roy Blahetter, su esposo, había significado un duro golpe. Verla alejarse con él hacia la intimidad de esa habitación amenazó con desmentir lo que se aseguraba de los Caballos de Fuego, que son de sangre fría. Bramaba por dentro, ofuscado de celos e impotencia. ¿Por qué se encerraba con ese sujeto que la había lastimado? No comprendía qué mecanismo le impedía irrumpir en la habitación, destrozar al malnacido y llevarse a Matilde. Sudaba bajo el chaleco y la camisa. El ambiente lo asfixiaba. Los lances de Céline, cada vez más ebria, se tornaban grotescos.

Al cabo de varios minutos, Matilde y Blahetter reaparecieron en la fiesta. Ella se pegó a Juana. Resultaba evidente que estaba pasándolo mal. Blahetter la seguía como una sombra. El asedio de René Sampler también la mortificaba. El escándalo estallaría en cualquier momento, y Al-Saud lo vio venir cuando la mano de Roy se disparó para aferrar el antebrazo de Sampler.

—No toques a mi mujer —le ordenó en inglés—. Tu mano en la parte baja de su cintura es innecesaria.

Sampler no necesitó más provocación. Se arrojó sobre Blahetter, y la riña comenzó. Los invitados, ebrios en su mayoría, algunos drogados, los alentaban. Ezequiel y Jean-Paul intentaban separarlos. A Eliah le habría llevado dos minutos detenerlos, pero no se movió de su rincón. Disfrutaba viéndolos matarse. Buscó a Matilde entre el gentío. Se incorporó. No la encontraba. Había desaparecido.

Matilde corrió hacia los interiores para alejarse del bochorno. Huiría de esa casa. Nadie la convencería de lo contrario. Algo malévolo rondaba esas paredes y a ese grupo de gente. El alcohol corría como agua, y ella había visto a algunos inspirar un polvito blanco desde sus pulgares.

Céline le salió al paso en el corredor y le dio un susto de muerte. La acorraló contra la pared y le presionó la laringe con el antebrazo.

—¿A qué mierda viniste a París, Matilde? ¿A quitarme lo que construí?

—Estás borracha, como papá. Estás repitiendo su historia. —Al percatarse de las pupilas dilatadas en un ambiente iluminado, agregó—: Y estás drogada.

—Te odio. Me quitaste todo en Córdoba, el amor de la abuela y de papá. Y ahora quieres quitarme lo que conseguí acá. Tía Sofía no para de hablar de ti. Jean-Paul es mi agente, *mi amigo* —acentuó, junto con la presión en la garganta de Matilde—, y jamás me organizó una fiesta. ¿Por qué Eliah habló contigo? ¿Por qué te mira como si quisiera comerte? ¿Dónde lo conociste?

—En casa de tía Sofía. —Tragó con dificultad y dolor—. Estás ahogándome. Suéltame, Celia.

—¡Céline! ¡Mi nombre es Céline! ¡Maldita hija de puta! ¡Mi nombre es Céline!

Matilde deslizó el brazo derecho entre ella y su hermana y la empujó. Céline cayó sobre el trasero, y Matilde salió disparada hacia la zona del vestíbulo. Le temía a Celia; un tinte siniestro se adivinaba en su semblante; la belleza no resultaba suficiente para disfrazar el odio que ardía en su corazón.

—¡Matilde!

La voz la detuvo en seco. Se dio vuelta. Al-Saud la contemplaba con un sobretodo y su chamarra color marfil en las manos. Apareció Juana y los encontró mirándose a través del espacio del vestíbulo.

—Qué fantástica, fantástica esta fiesta —canturreó, con cara de circunstancia—. Sácala de acá, papito, por favor. No te preocupes —dijo antes de que Matilde lograse articular—, le voy a pedir a Ezequiel que me lleve a casa. Vete tranquila.

11

Al-Saud la ayudó a colocarse la chamarra antes de cubrirse con el sobretodo. Actuaba en silencio, el semblante desprovisto de emoción. Abandonaron el edificio de la Avenida Charles Floquet y caminaron hasta el Aston
Martin sin pronunciar palabra. Al-Saud se mantenía alejado; su indiferencia la avergonzaba y la intimidaba. Juana le había impuesto que la sacara
de allí. «No, no», se alentó. «Él tenía mi chamarra en la mano. Quería que
nos fuéramos juntos.» Matilde se dio cuenta de que la frialdad y el mutismo de él intentaban tapar su furia y sus celos. Lo había lastimado la noche
anterior y también en casa de Jean-Paul. «*Soy orgulloso, Matilde*», le había
advertido. Su enojo la alcanzaba como una energía vibrante y caliente.

Al-Saud abrió la puerta del acompañante y, sin mirarla, aguardó a
que ella subiese para cerrarla con un golpe seco. Matilde se colocó el cinturón de seguridad y, como le temblaban las manos, tardó en acertar a la
rendija del seguro. Las ruedas del Aston Martin chirriaron sobre el pavi-
mento, y el deportivo salió impulsado con violencia. El rugido del motor
se apoderó del interior como una manifestación de la ira de su conductor. Matilde se sujetó de la manija sobre su cabeza.

Pese a que se hallaban a pocas cuadras de la Avenida Elisée Reclus,
Al-Saud no estaba preparado para llevarla a su casa. Aceleró a fondo en
la soledad de la noche, rabioso, colérico, enloquecido de celos, ofusca-
do a causa del desgobierno de sus emociones. ¿Por qué ella causaba ese
desastre en él? ¿Con qué poder contaba para transformarlo a su antojo?
¿De qué fuente provenía el imperio que ella ostentaba sobre su ánimo?
Dio un volantazo y frenó el automóvil. Matilde flameó sobre el asiento.
Al-Saud estiró los brazos sobre el volante y dejó caer la cabeza.

—Eliah. —De eso hablaba, del poder de ella, que, con sólo pronunciar su nombre, le volvía líquidas las entrañas—. Eliah —la oyó repetir.

Cuando le pasó la mano por el brazo derecho, lo hizo temblar; ninguna mujer lo hacía temblar con esa simple acción. Se incorporó en el asiento y fijó la vista en el centro del volante.

—Eliah, por favor, mírame.

La complació, y, a través de la penumbra del Aston Martin, Matilde le manifestó con sus ojos la tristeza y la inseguridad que la asolaban. Él, sin embargo, seguía herido y rabioso.

—Te habría destrozado con mis propias manos al verte llegar tan hermosa. ¿Para quién te vestiste así? ¿Para el hijo de puta de tu esposo?

—¡No sabía que Roy estaría en la fiesta! Ni siquiera sabía que estaba en París.

—¿De dónde sacaste ese vestido y todo lo que traes puesto?

—Me lo compró Ezequiel.

—¡Cuántas veces te pedí que me permitieras comprarte de todo! ¿Por qué a mí me desprecias y a él no?

—Ezequiel es como un hermano, Eliah.

—¿Y yo qué soy para ti, Matilde? ¿Qué carajo soy?

Matilde se desembarazó del cinturón y se aproximó a él. Le acarició el pelo y la oreja y el cuello. Se estiró para hablarle al oído.

—Eres el que me hace sentir lo que nunca había sentido. Eres el que está siempre en mi mente, como nunca un hombre lo había estado. Eres el que me despierta un deseo que nunca había conocido.

Al-Saud giró la cabeza y, con las manos aún sobre el volante y los ojos cerrados, arrastró los labios entreabiertos por los de ella.

—Allá, en la fiesta —pronunció, con acento resentido—, quería reclamarte frente a todos y gritar que eres mía y no podía, y me consumía de odio y de frustración.

—Ojalá lo hubieses hecho en lugar de estar con Celia y permitirle que te tocase y que coqueteases contigo. ¿Acaso tú no eres mío?

«¡Sí, soy tuyo, como un esclavo es de su ama! Pero muerto antes que admitirlo.»

—No podía reclamarte porque en verdad no eres mía. Porque nunca quisiste entregarte a mí.

—Ahora quiero ser tuya, Eliah. Quiero entregarme a ti. ¿Ya es tarde? ¿Me odias demasiado por lo que te dije anoche? ¿Ya te perdí?

Matilde oyó el chasquido del cinturón de Al-Saud y enseguida se vio engullida por el torso de él, que la clavó en el espacio entre los dos asientos y se apoderó de su boca en un arranque que hablaba de su furia. Matilde le sujetó la cabeza y lo devoró ella también. Al penetrarlo con su lengua, oyó el gemido ronco que brotó de su garganta y sintió las vibraciones de ese sonido tan masculino, que la surcaron como ondas y le erizaron la piel.

—Dios mío, Matilde —suplicó él, agitado—. ¿Por qué tiene que ser así contigo? ¿Por qué pierdo el control? ¿Por qué me vuelvo irracional?

Matilde no comprendió lo que decía; lo había expresado en francés y demasiado rápido. Se quedó quieta, la cabeza echada hacia atrás, mientras le permitía que le mordiese y le lamiese el cuello y le bajara el cierre de la chamarra. Soltó un gemido largo y doliente y se aferró al cabello de Al-Saud cuando la boca de él se cerró en torno a un pezón que afloraba bajo el raso del vestido, y luego al otro.

—Por favor —suplicó, casi sin aire—. Por favor, Eliah.

Al-Saud se apartó de súbito, se ajustó el cinturón y puso en marcha el Aston Martin. Intimidada, Matilde se ubicó en su asiento y se acomodó el pelo y la chamarra. Los pezones humedecidos le palpitaban. La mano derecha de Al-Saud le apretaba la delgada rodilla, trepaba por su pierna y le subía el vestido hasta que un cambio de marcha lo obligaba a abandonar la faena. Matilde, con la cabeza de costado hacia la ventanilla, apretaba los puños y se mordía los labios. El momento tan ansiado y tan temido se aproximaba. El deportivo inglés devoraba las cuadras, y su miedo se acrecentaba.

El portón de hierro forjado y vidrio se cerró tras el Aston Martin, y Al-Saud se bajó sin pronunciar palabra. Le abrió la puerta y le extendió la mano para ayudarla a descender. Matilde no podía saber lo que significaba para él que ella hubiese penetrado en ese recinto sagrado. La condujo hasta el recibidor. Encendió las luces, y Matilde giró sobre sí, atónita, con la sensación de hallarse en un sueño, porque había algo onírico en esa cúpula de vidrio coloreado sobre ella, en el parquet oscuro con diseños de plantas en maderas de tintes amarillos, en la escalera imponente y en el pasamanos con enredaderas y flores de hierro forjado, en los ventanales con arcos de medio punto y vitrales, en las delgadas columnas con capiteles que representaban helechos y copas de palmeras. Todo lucía pulcro y prolijo, y, a pesar de la altura del techo y la amplitud del recinto, el ambiente estaba cálido.

—Esta casa es estupenda. Nunca había visto algo tan magnífico y original.

—¿De verdad te gusta?

—¿Que si me gusta? Tengo la impresión de estar en un sueño.

Eso mismo había pensado Al-Saud el día en que entró por primera vez, lo cual lo decidió a preservar el estilo arquitectónico.

—Es de finales de siglo XIX, producto del *Art Nouveau* —le explicó, mientras la guiaba hacia la escalera—. Algunos la adjudican al padre de este movimiento, el arquitecto Victor Horta. La hice remozar por completo, pero no toqué el estilo.

—Debí suponer que tu casa me sorprendería, como me sorprendes tú, Eliah.

En el descansillo, la apoyó contra un ventanal de exóticos diseños a colores y le quitó la chamarra, que colgó en la rama de una enredadera de la columna. Descansó la frente en la cabeza de Matilde y le acarició los hombros, y, mientras descendía por sus brazos, arrastró los guantes, que cayeron al piso.

—¿Qué te sorprende de mí?

—Me sorprende el poder que tienes sobre mí. —Él rio. «¡Qué ironía!», se dijo—. Me sorprende estar aquí. Quiero estar aquí, no hay nada que desee más, y al mismo tiempo estoy aterrada.

Al-Saud la alzó en brazos para subir el resto de la escalera. Matilde levantó la vista y vio que la escalera continuaba dos pisos más y que la casa remataba en otra colorida cúpula. Nunca había experimentado esa sensación de plenitud y dicha combinada con pánico. «Con Eliah todo será distinto», se animó, y pegó el rostro a la mejilla de él, e inspiró su perfume y le delineó el ángulo recto de la mandíbula con besos. Al-Saud avanzaba por un corredor largo, tan excéntrico como lo demás, con un techo curvo en hierro y vidrio esmerilado, que daba la impresión de un gran invernadero. Al final del pasillo, Al-Saud empujó una puerta con el pie e hizo girar el interruptor hasta lograr una luz tenue. La depositó en la cama matrimonial elevada sobre un plinto. Matilde se incorporó. Al-Saud se quitaba el sobretodo negro y los zapatos y los calcetines y el chaleco azul a rayas blancas, todo deprisa, y Matilde comenzó a retraerse. La visión del torso desnudo de él, oscuro, velludo y firme, acalló por un instante los gritos de terror de su alma. Podía identificar cada músculo —los deltoides, los pectorales mayores, los trapecios, los abdominales, el serrato anterior, los bíceps braquiales y los braquiorradiales—, había disciplina en ese cuerpo, horas de ejercicios físicos, sin alcanzar la hipertrofia muscular que a ella tanto disgustaba. Lo juzgó el torso de un hombre saludable y vigoroso, y anheló apreciar su peso sobre ella. Él seguía quitándose la ropa y nunca la abandonaba con la mirada. Por fin, sólo quedaban los boxers, que evidenciaban su erección.

Al-Saud percibió el pánico de ella. Casi le dio risa la mueca desolada que Matilde le devolvió luego de estudiarle el bulto. A punto de deshacerse de los boxers, decidió esperar. Se aproximó a la cama. Ella estaba arrodillada y le abrió los brazos y lo atrajo a él.

—¡Abrázame! —le rogó—. Porque estoy muerta de miedo.

Al-Saud la llevó en andas hasta un diván donde se sentó y la acomodó como si Matilde fuera una bebita. Le besó las pecas y los labios, aún teñidos de rojo, y la miró con intensidad. Ella cerró los ojos, y Al-Saud admiró el abanico de sus pestañas pintadas de negro sobre la piel lechosa.

—Quiero contarte algo de mí —susurró, sin levantar los párpados—. Es algo doloroso y humillante, y *quiero* contártelo. *Necesito* compartirlo contigo. No sé por qué.

—Mi amor, Matilde, te dije muchas veces que quiero saber todo acerca de ti.

—Cuando me casé en diciembre del 96, era virgen. Tenía veinticinco años y nunca había estado con un hombre. Nunca un hombre me había tocado ni besado ni nada. Y la idea me aterrorizaba. Mi noviazgo con Roy no fue largo, apenas ocho meses, y durante ese tiempo me incomodaban sus besos y nunca le permitía que me tocase. Yo sabía que algo funcionaba mal en mí, pero me negaba a aceptarlo.

—¿Por qué te casaste con él si no lo deseabas?

—Porque mi padre lo quería, mi tía Enriqueta también, ya te conté, y además… Bueno… Porque pensé que nadie más me aceptaría. —Ante esa aseveración, Eliah levantó las cejas e hizo un ceño—. Él estaba tan enamorado. Yo nunca había amado a nadie. En realidad, no sabía cómo se sentía. ¡Era todo un gran lío! —exclamó, con voz estrangulada y visos de desesperación.

—Tranquila —susurró él sobre la frente de ella, y le sopló los párpados y la besó varias veces.

—Nos casamos y nos fuimos de luna de miel. —Agitó la cabeza, siempre con los ojos cerrados—. No quiero recordar esos días. Fueron espantosos. Me lo pasé llorando y Roy, con mala cara. No podía aceptarlo, no soportaba la idea de…

—De que te penetrara —completó Al-Saud—. Si quieres superar el miedo, mi amor, será mejor que empieces a hablar del sexo como de la cosa más natural, porque eso es lo que es. ¿Existe algo más natural que el medio por el cual se perpetúa la especie humana?

—Mi psicóloga dice lo mismo, pero el miedo es irracional, Eliah, no tiene explicación. Y es poderoso, tan poderoso como lo que siento por ti. Por eso creo que… ¡Estoy tan asustada!

—¿Qué pasó con tu ex esposo?

—Durante meses lo intentamos. No quiero recordarlo, por favor.

—No, no, nada de detalles, solamente los hechos.

—Le rogué que fuéramos a terapia de pareja para superar el problema, pero él se negaba. Es un hombre muy reservado y desconfiado. Y no tiene buen concepto de la psicología. Así seguía nuestra patética vida matrimonial, sin intimidad. Yo me retraía cada vez más y él se ponía agresivo. Yo comencé terapia con una psicóloga que fue explicándome por qué soy así, cuál es el origen de mi trauma. Mi educación y la familia disfuncional de la que provengo y las cosas que me tocó vivir se confabularon para hacer de mí una mujer dañada.

—¡No vuelvas a decirlo! —se molestó Al-Saud, y Matilde comenzó a sollozar—. Tú no eres una mujer dañada. Matilde, mi amor, no hay nada malo en ti, confía en mi palabra. Cada vez que te tengo en mis brazos, te siento mujer y tu cuerpo vibra lleno de deseo por mí y me hace feliz. Matilde, Matilde —susurró, agobiado por la pena de ella, abrumado por la impotencia.

—Yo lastimé mucho a Roy y él me lastimó a mí. Una noche... —Ante la inflexión en su voz, Al-Saud supo que le referiría algo que él no deseaba escuchar—. Una noche llegó borracho y loco de rabia. Había estado con su primo Guillermo, que le llenó la cabeza de ideas estúpidas. Discutimos. Me echó en cara que era frígida, que no era una mujer de verdad, hasta llegó a decirme que se acostaba con otra. Estaba como loco y... —Aunque sabía lo que le confesaría, Al-Saud imploró que no lo hiciera—. Y me violó.

Matilde oyó la inspiración áspera y profunda de Al-Saud y pronto se sintió abandonada sobre el diván. Abrió los ojos. Él se había alejado y le propinaba golpes a la pared. Insultaba en su idioma. Ella entendía algunas palabras. *Merde. Merde. Maudit. Fils de pute. Fils de pute. Fils de pute.* Al-Saud levantó los brazos por encima de la cabeza y apoyó los puños en la pared. La cabeza le colgó, el mentón sobre el pecho. Los músculos de su espalda se contraían y se relajaban a medida que tomaba inspiraciones para aplacarse. Matilde no sabía cómo proceder. Sólo necesitaba que la abrazara, y él parecía incapaz de tocarla. La rabia y el asco lo mantenían apartado. Se instó a huir. «¡Qué noche perra!», se lamentó, deprimida, devastada.

Al-Saud la oyó moverse y se dio vuelta. Matilde abandonaba la habitación. Caminó hacia ella a trancos largos y la detuvo en el corredor. Se miraron a los ojos antes de que él la envolviese en un abrazo. Matilde hundió la cara en su pecho, y Al-Saud percibió sus lágrimas en la piel. Lo conmovió la desesperación que empleaba para aferrarse a su espalda desnuda, como a una tabla en el océano.

—No me rechaces, Eliah, por favor.

Al-Saud apretó los dientes para no bramar como un loco. Lo había malinterpretado. Él no la rechazaba. Acunó su cara con las manos y le besó los ojos húmedos, y la nariz enrojecida, y los labios trémulos.

—Matilde. —Amaba pronunciar su nombre—. Mi dulce Matilde.

—Estoy aterrada, Eliah. Pero quiero ser normal. Quiero ser mujer.

—Yo te voy a curar, mi amor. Te voy a hacer mía y te voy a hacer sentir mujer.

—¡Quiero ser tuya!

Por tercera vez esa noche, Al-Saud la tomó en brazos y la condujo al dormitorio. La recostó sobre la cama, y ella se ovilló como un feto. Eliah le quitó los zapatos antes de rodearla con su cuerpo. Le habló al oído, con suavidad, y le indicó cómo respirar para que la angustia aflojara y el llanto acabase. Poco a poco los espasmos cedieron y la opresión en el diafragma se diluyó.

—Nunca te conté cómo te conocí —pronunció él.

—En el avión.

—No, te había visto antes, mientras hacías el *check-in* y te despedías de tus amigos. Me llamó la atención que tu pelo rozase el piso cuando te acuclillaste para buscar algo en tu mochila.

—¿De verdad? —Matilde sonrió, pero Al-Saud, que la abrazaba por detrás, no la vio.

—Sí, me quedé mirándote como un tonto. —Tras una pausa, le recordó—: Una vez te dije que no existen las casualidades. Ese día, se suponía que regresaría a París en mi avión, pero un desperfecto me obligó a abordar tu vuelo. Se suponía también que viajaría en primera clase, pero cuando tú y Juana se ubicaron cerca de mí, cambié de parecer. Tú ya estabas a mi lado y no podía dejar de mirarte. Y todo eso sucedió para que tú y yo estemos aquí esta noche, en mi cama.

—Y para que tú me cures.

—Sí, mi amor, sí. Quiero que estés cómoda. Voy a quitarte el vestido. —Enseguida percibió la tensión en ella—. Tranquila. No va a ocurrir nada que tú no desees. ¿Confías en mí? Necesito saberlo.

—Como en nadie —afirmó ella.

Matilde se solazó con el cosquilleo del cierre al bajar por su espalda y la delicadeza de las manos de Al-Saud al retirarle el vestido. «Al menos», se dijo, «tengo una linda lencería».

—Quería sentir tu piel contra la mía —le habló él en el cuello, mientras pegaba el torso a la espalda de Matilde—. ¿Te gusta sentirme? —Matilde exhaló un suspiro como respuesta—. ¡Qué hermosa estás esta noche! Me duele que no te hayas preparado para mí.

—Esta tarde fuimos a un *spa* con Juana, que Jean-Paul pagó para nosotras. Y mientras me peinaban y me maquillaban sólo pensaba en ti, en cuánto deseaba que me vieses así, tan elegante y con el pelo lacio. —Matilde se dio vuelta y pegó la frente en el mentón de Al-Saud—. Y por la mañana, mientras me probaba este conjunto de lencería y este liguero, me imaginaba que me veías y me deseabas.

—Te deseo —dijo él, la voz oscura, pesada—. Tanto.

Sus labios vagaban por la cara de Matilde y sus manos le abarcaban la espalda y la delgada cintura. La visión de los pezones erectos transparentados bajo el tul del corpiño lo tentaba, lo atraía, le desbarataba sus intenciones de prudencia.

—Voy a desabrocharte el... *soutien*.

—El corpiño —rio ella, y, al tomar conciencia de las consecuencias, se calló de pronto, atenta a los dedos de Al-Saud que trabajaban en su espalda para arrebatarle uno de sus últimos baluartes. Pensó en *El jardín perfumado*, y se acordó de una ilustración que la había excitado, la de un hombre sentado frente a una mujer, ambos desnudos; él le masajeaba los pezones, ella le acariciaba el pene.

—Quiero que pegues tus pechos en el mío y que me sientas en tus pezones. Así, muy bien —dijo, y Matilde levantó la vista para descubrirlo con los ojos cerrados y la boca entreabierta por donde escapaba un jadeo. Quería hacerlo feliz. Extendió la mano y le acarició la mandíbula y le metió el índice en la boca, que él succionó con fruición al tiempo que le sujetaba las nalgas y se las apretaba. Matilde dio un respingo y se puso tensa. «No, no», se instó. «Debo conservar la calma.» Se distrajo al reconocer que encontraba fascinante la sensación del vello del torso de él en sus pezones, que se habían vuelto sensibles, con la piel tirante; había algo de dolor también, como cuando tenía mucho frío.

Al-Saud cerró la mano en torno a un seno de Matilde, bajó la cabeza y se metió el pezón en la boca. A su vez, ajustó el brazo en torno a la espalda de ella para evitar que escapara. Matilde se sujetó a los hombros de Eliah y respiró como le había enseñado. Sus labios que succionaban y su lengua que giraba en torno a la areola la volvían loca. Nada la había preparado para esa experiencia, la de hacer el amor con deseo. Su cuerpo se agitaba en el abrazo implacable de él, y de su garganta emergían grititos que no lograba ahogar por mucho que la avergonzaran. Necesitaba que le chupase el otro pezón, que calmase el dolor. Como si leyese su mente, Al-Saud la colocó de espaldas y le dio gusto. Matilde se arqueó y echó la cabeza hacia atrás, enloquecida de placer, de confusión, de miedo, de alegría. El latido feroz que nacía entre sus piernas y que terminaba en el ombligo se profundizó cuando Al-Saud cargó su peso sobre ella. Los párpados de Matilde se dispararon. Se sabía atrapada. La fuerza de él era infinita.

—Matilde —la llamó, y se contemplaron durante unos segundos antes de que Al-Saud cayese sobre su boca. Se besaron, locos de pasión, fundidos en un abrazo que no bastaba—. No tengas miedo, mi amor. Te suplico, no me tengas miedo.

—No, no —jadeó ella, y se incorporó sobre sus antebrazos cuando él abandonó la cama para desembarazarse de los boxers. Su pene saltó, erguido, grande, oscuro, y el pánico, sin remedio, se apoderó de ella. Terminó encogida contra el respaldo, con las piernas al pecho. Al-Saud volvió a la cama y se sentó frente a ella sobre sus talones. Le expuso el miembro de cerca, en toda su magnitud.

—Eso no va a encajar dentro de mí —pensó en voz alta.

Con una sonrisa compasiva, él le tomó las manos y la obligó a acostarse con la cabeza a los pies de la cama. Se ubicó a su lado, y Matilde percibió la punta del pene clavarse en su muslo.

—No te asustes. Me saqué los boxers porque no soportaba la presión. Ya te dije que nada va a pasar que no quieras. ¿Cómo te sientes hasta ahora?

—Rara. Feliz —admitió—. Asustada. ¿Y tú?

—Feliz por tenerte en mi cama, algo que deseé desde el primer momento en que te vi y que me costó muchísimo conseguir.

—Dime que todo está bien, que estoy haciendo todo bien.

—Estás haciendo todo *muy* bien. Y si te equivocases, ¿cuál sería el problema? Después de todo, ésta es tu primera vez. Al menos así la considero yo.

—Para mí también es mi primera vez, pero igualmente no quiero equivocarme. No contigo.

—¿Por qué no conmigo?

—Tengo miedo —sollozó ella.

—¿A qué le tienes miedo, mi amor?

—A decepcionarte. Me moriría de vergüenza. No lo soportaría. Tú eres tan hombre. Exudas tanta masculinidad que siempre supe que serías un amante extraordinario. Eso fue lo que me asustó de ti, lo que me llevaba a actuar con frialdad. Te quería lejos porque eras una tentación demasiado fuerte para resistir. Y yo era consciente de mis limitaciones.

—Matilde, quiero que estemos cómodos en la presencia del otro y que nos permitamos equivocarnos cuanto sea necesario.

—Tú no te vas a equivocar en nada, lo sé.

Al-Saud sonrió.

—¡Qué responsabilidad! ¿Y si resulto un fiasco?

El gesto y el resoplido de Matilde le provocaron una carcajada; ella también se rio. Las risas fueron extinguiéndose y las miradas ahondándose. Los ojos de Al-Saud habían perdido su verde natural para volverse negros. La contemplaba con fijeza, sin pestañear. Su seriedad presagiaba lo inminente. La deshizo del calzón de tul negro. Frunció el entrecejo, aguzó la vista. No tenía vello, apenas una pelusa rubia, y no se trataba de que estuviese depilada, él conocía la calidad de un monte de Venus depilado, más áspero y poroso; parecía la vulva de una niña. Pasó la mano sin detenerse ante la desazón de Matilde y descubrió al tacto una cicatriz muy tenue, de un color blanquecino distinto del de la piel; no la había notado a primera vista. Se la dibujó con el dedo; parecía una sonrisa sobre el pubis.

—¿De qué es?

—Me operaron cuando tenía dieciséis años. No es nada.

Al-Saud prosiguió con su examen. Le acarició los antebrazos y los muslos apenas cubiertos por las medias.

—No tienes vello, ni uno. *Mon Dieu, Matilde!* —Refregó la cara en el pubis de ella, que se contorsionó y clamó y le hundió los dedos en la cabellera.

Al-Saud actuaba como presa del delirio, su boca devoraba el clítoris de Matilde, su lengua lo lamía, sus labios lo chupaban, su nariz recogía el aroma. La respuesta de ella lo enardecía. La penetró con un dedo y percibió la humedad de su vagina y la contracción de los músculos, que lo apretaron de una manera sorprendente. Su pene latía, sus testículos se habían vuelto pesados, su boca estaba seca. El deseo que Matilde le despertaba era como todo lo que ella despertaba en él: descontrolado, irracional, desmedido. Manoteó el condón del buró, rasgó el envoltorio con los dientes y se lo colocó con habilidad. Se ubicó sobre ella y le ordenó que separara las piernas, primero en francés, luego en castellano. Matilde obedeció y se abrazó a su cuello. «Despacio», se instó Eliah. «Muy despacio.» No separó la vista de ella en tanto la penetraba. Era tan pequeña, estrecha y delicada. Ese pensamiento lo enardecía, le costaba reprimirse.

—¿Estás bien? —Ella asintió—. Relájate, por favor. Quiero que te permitas el placer que puedo darte. Déjame entrar. Estoy ardiendo de deseo. Déjame entrar.

Matilde cerró los ojos para visualizar la imagen de la carne de él deslizándose dentro de su vagina húmeda y lubricada. Sonrió y le envolvió la parte baja de la espalda con las piernas. Al-Saud liberó el aliento con ruido y se hundió hasta que no quedó un centímetro de su pene fuera de ella. Se detuvo, endureció el cuerpo, resistió la marea de placer.

—¿Cómo estás? ¿Te duele?

—Estás dentro de mí —atinó a pronunciar con gesto extasiado, y él la besó y bebió sus lágrimas—. Estás dentro de mí, Eliah, mi amor.

—Sí, estoy muy profundo dentro de ti. Todo dentro de ti. Lo logramos, mi amor.

—¿Qué hago ahora? Quiero complacerte, quiero hacerlo bien.

—Amor mío… —atinó a balbucear, y extendió los brazos para balancearse sobre ella y dentro de ella hasta que se permitió gozar, y el placer lo dejó exhausto.

De modo inconsciente, Matilde le clavó las uñas en la espalda, pasmada al descubrirlo en esa intimidad en la que Al-Saud se mostraba, a un tiempo, dominante y brusco, vulnerable y entregado. Sus gritos roncos la conmocionaron, sus embestidas la sacudieron, su mueca de dolor la impresionó. Él se desplomó, aliviado, sobre ella, y Matilde se aferró a su cuello.

—Ya estoy curada.

—Ya eres mía —apuntó él.

Al-Saud siguió amándola hasta que Matilde alcanzó su primer orgasmo. A pesar de haberla recorrido toda y de que no quedara centímetro de su piel sin reclamar como propio, ella aún constituía un misterio para él. Nunca antes de esa noche había experimentado el alivio.

—¿Nunca te masturbaste? —le preguntó, incrédulo, y ella, todavía agitada y con los ojos cerrados, agitó la cabeza para negar—. Matilde, mi amor —susurró.

—Eliah, bésame, por favor.

Se fundieron en un abrazo de piel ardiente, muslos entreverados, bocas sedientas y manos irreverentes. Matilde deslizó la de ella entre sus cuerpos y lo sorprendió al sujetarle el miembro como había visto y leído en *El jardín perfumado*. Él se arqueó y gimió como herido de muerte. El pene creció en la mano de Matilde, mientras el beso se profundizaba y los dedos de Al-Saud le separaban los labios de la vulva para hurgarla. No hallaban la saciedad, no existía el fin.

—¿Puedo ponerme sobre ti?

—Puedes hacer lo que quieras. Colócame el condón primero.

—¿Yo?

Le indicó el modo, y ella reía, nerviosa. La ayudó a acomodarse y a deslizarse sobre su carne dura y caliente hasta que el cuerpo de Matilde lo tragó por completo. Le indicó el vaivén correcto. Al-Saud no atinaba a nada, se limitaba a admirarla. Le recordaba a una modelo de los prerrafaelistas, voluptuosa al tiempo que diminuta. Un misterio. Su Matilde. Su amor. Su mujer con cara de niña, sin vello, con pecas y trenzas. Por cierto que ella no había estado en sus planes. En verdad, nunca había buscado enamorarse. Esa clase de pasión complicaba una vida excéntrica como la de él. Sin embargo, ya no la concebía sin su Matilde. La grandeza de lo que nacía en él lo emocionó. Se irguió para quedar frente a ella. Matilde se acomodó y lo recibió en la nueva postura.

—Mírame —le exigió, y por unos instantes se contemplaron en silencio—. Eres lo más lindo que he visto en mi vida.

—Y tú eres lo mejor que me ha pasado en la vida. Eres mi sanador.

El placer los sorprendió con los labios unidos y gimieron en la boca del otro hasta que se desarmaron sobre la cama. Permanecieron inmóviles mientras recuperaban el aliento. Matilde se desembarazó del peso de él y bajó de la cama. Intrigado, Al-Saud se irguió para observarla. Matilde giraba y giraba en puntas de pie y con los brazos extendidos al cielo, su desnudez velada a medias por el largo cabello.

—¡Estoy curada! —clamó—. ¡Estoy curada!

Al-Saud corrió hacia ella, la levantó en el aire y la hizo dar vueltas. Los dos reían a carcajadas.

—Quiero que sepas algo. Éste es el primer día feliz de mi vida. Y te lo debo a ti.

Eliah tragó el nudo en su garganta y pestañeó varias veces para acabar con la picazón en los ojos. Se acordó de las palabras de Sofía y de las de Juana. *«Te advierto, sobrino, esa chica es un ángel venido a esta Tierra. No la lastimes. Demasiado ha sufrido en esta vida.»* *«Le sucedieron cosas de todo tipo y color, y así como la ves, tan chiquita y suavecita, nuestra Mat las afrontó solita, porque con la familia que le tocó en suerte, no podía esperar ayuda de nadie.»* Como en aquellas oportunidades, se acobardó. No quería saber. No soportaría el dolor de ella. Lo de la violación lo había devastado.

—Es el primero, mi amor, pero no el último.

—Quiero más —pidió Matilde con aire retozón—. ¿Hay más?

—He creado un monstruo —dijo él, y cayó sobre la cama, de cara al cielo y con los brazos en cruz.

Matilde lo observaba dormir. Era consciente del esfuerzo titánico en el que él se había embarcado para que ella alcanzase su primer orgasmo, y después le regaló otro más. Al comenzar la noche, ella no ambicionaba experimentar eso de lo que Juana siempre le hablaba, «el orgasmo»; se conformaba con adquirir un viso de normalidad aceptando el miembro de un hombre en su cuerpo, como cualquier mujer. No obstante, Eliah se lo había dado; le había dado todo. Le resultaba imposible conciliar el sueño con la erupción de sensaciones que la dominaban. En especial la dicha, que experimentaba por primera vez, tan pura y real, mantenía altas sus pulsaciones. Se deshizo del abrazo de Al-Saud y abandonó la cama. Sintió una molestia entre las piernas y sonrió. Se puso la camisa de él e inspiró con los ojos cerrados cuando una oleada de A Men inundó sus fosas nasales. Caminó en dirección a una salita separada de la habitación por una abertura en arco de medio punto. La salita era circular, y los vitrales cóncavos, uno a continuación del otro, que iban del techo al suelo, perfilaban los pétalos de una flor dibujada en el piso de madera. Todavía estaba oscuro. Apoyó la frente y las manos en el vidrio emplomado y sollozó quedamente. «Gracias, Virgen Santa, por haberme preservado de la muerte para experimentar esta felicidad con Eliah.»

Volvió a la habitación secándose las lágrimas con la manga de la camisa. Al-Saud seguía durmiendo, boca abajo y con el pelo sobre la cara. Caminó hacia una puerta que conducía al baño, de gran dimensión, con tres lavabos sobre un mármol blanco, un *jacuzzi* de unos dos metros de diámetro y una ducha con mampara de cristal. No había bidet. La atrajeron las botellas de perfume sobre un estante, la de A Men y varias más. Los probó todos y dio vueltas con los brazos extendidos para que las fragancias se agitaran a su alrededor. Cada detalle la fascinaba, incluso el jabón de manos Roger & Gallet. Antes de salir, observó el cesto de la basura donde Al-Saud había arrojado los condones cargados de semen. La surcó un escalofrío. ¿En verdad era ella la que había vivido esa noche de pasión?

Regresó a la salita en forma de flor y vio que clareaba. El vitral emplomado daba a un patio interno estilo andaluz, con fuente de mayólicas y palmeras. Volvió a la habitación y descubrió que, frente a la puerta del baño, había otra. La abrió. Un aroma fresco, como a pino, salió a su encuentro. Tanteó en la pared hasta dar con el interruptor de la luz. Se trataba del vestidor de Eliah. «Si Juana viera esto», pensó, en tanto avanzaba por el largo recinto. Tantos trajes, sobretodos, chamarras, zapatos, deportivos, pantalones, camisas, playeras, corbatas, cintos. Al final, enfrentado a la puerta, había un espejo que ocupaba toda la pared. Matilde estudió su reflejo desde varios ángulos, ensayando gestos y miradas. La camisa la cubría más allá de las rodillas y le quedaba enorme. Se tapó la cara y rio al evocar las cosas que Eliah le había hecho. Él era tan diestro y apasionado, a nada le temía, no sabía de ataduras. Era libre y la había curado. Una imagen sobre el espejo llamó su atención. Se trataba de su frasco con sombrerito; estaba vacío y limpio. Eliah lo guardaba entre sus relojes, más botellas de perfume, varias billeteras, gemelos de todo tipo y un sujetabilletes de plata.

Oyó pasos. Comprobó que Al-Saud dormía. Entreabrió la puerta que daba al corredor y vio a una joven avanzar con su chamarra y sus guantes negros y una pila de toallas. Se apartó en el momento en que la muchacha entornaba la puerta para entrar. Ambas se quedaron estáticas y mudas observándose mutuamente. El pánico y la duda comenzaban a teñir de negro el ánimo de Matilde hasta que una sonrisa aniñada de la joven —le mostró todos los dientes y elevó tanto los pómulos que achinó los ojos– la sacudió. La vio acomodar su chamarra y sus guantes largos sobre una silla y le hizo gracia la seña con que le pidió que la acompañase al baño. Se notaba que conocía la casa y que se movía con libertad y autoridad. Abrió un armario que Matilde no se había atrevido a husmear y colocó las toallas en un estante. Se dio vuelta y volvió a sonreír. Matilde se presentó en francés, pero la joven no abrió la boca y se limitó a contemplarla de la cabeza a los pies, sin pudor. Matilde decidió que era muy bonita pese a llevar el cabello, de un rubio ceniza, tan corto. Lo varonil del corte provocaba un efecto dramático sobre sus facciones suaves y redondeadas, como si se tratara de una peluca mal puesta sobre esa carita de muñeca, de nariz recta y diminuta, de boca pequeña, aunque de labios suculentos, y de ojos enormes y oscuros. Alta y delgada, vestía con sencillez, si bien ropas de calidad.

La joven se aproximó y le tomó el mechón cercano al rostro. Por un instante, Matilde temió que lo jalara para lastimarla. Por el contrario, lo acarició y lo olió. Le indicó que se sentase sobre la tapa del inodoro y le hizo dos trenzas. Esa casa y la muchacha, pensó Matilde, formaban parte de esa sensación onírica que la embargaba.

–¡Matilde! –La voz de Al-Saud las puso en guardia, y la joven sacudió la mano conminándola a acudir al llamado.

Matilde lo encontró incorporado en la cama, la espalda contra el respaldo, el torso desnudo, el pelo desgreñado. Hasta en esa guisa, le pareció el hombre más hermoso.

–¿Dónde estabas? –le preguntó, con aire impaciente, algo irritado.

–En el baño, con una chica que trajo toallas.

–*Bonjour, ma petite!* –dijo Al-Saud, y la muchacha corrió a su cama con la torpeza de una niña y se arrojó a sus brazos.

Matilde no daba crédito a sus ojos. Al-Saud la sostenía y le hablaba en francés y la joven afirmaba o negaba, pero no emitía sonido. Cada tanto, la miraban.

–Matilde, ella es Leila, una gran amiga, que se ocupa del orden de esta casa.

Leila se desembarazó del abrazo de Al-Saud y caminó hacia Matilde. Le acarició las mejillas y le sostuvo las trenzas.

–¿Has visto qué hermosa es, Leila?

La muchacha asintió con vehemencia e hizo el gesto de llevarse una taza a la boca.

–Sí, tráenos el desayuno, por favor. –A Matilde se dirigió en castellano–: ¿Qué quieres tomar? ¿Café, té, chocolate?

–Muero por unos mates, pero me conformo con café con leche, por favor.

–*Café au lait pour Matilde, ma petite.*

La puerta se cerró tras Leila, y Al-Saud estiró los brazos hacia Matilde. Ella subió al plinto y luego a la cama por el lado de los pies y gateó hacia él. Las trenzas acariciaban el cobertor y sus pechos se zangoloteaban bajo la camisa. Nada resumía con mayor certeza la esencia paradójica de Matilde que esas trenzas de niña y esos pechos de mujer. Al-Saud recordó el ansia con que los había chupado la noche anterior, y su pene comenzó a revivir. La aferró del antebrazo y la obligó a acomodarse sobre él.

—Buen día —dijo ella, y Al-Saud absorbió su aliento fresco y dulce y las fragancias que destilaba su piel.

—Buen día, amor mío. ¿Cómo te sientes?

—Feliz. Plenamente feliz.

La sonrisa de él le quitó el aliento. Le pasó la mano por la mejilla oscurecida.

—Hoy no te afeites. Me encanta cómo te queda esta barba.

—Y a mí me encanta todo de ti, mi Pechochura Martínez. Mi araña pollito. —Metió la mano bajo la camisa y le pellizcó las nalgas. Nunca había visto un trasero tan apetecible, pequeño y al mismo tiempo respingado, lleno, regordete.

«Soy tan afortunado por haberte encontrado», pensó Eliah, y no se atrevió a decírselo porque albergaba dudas respecto de los sentimientos de ella. «¿Qué soy para ti, Matilde? ¿Sólo tu sanador? ¿Te irás al Congo y me dejarás?» La besó largamente, despacio, saboreando su boca, jugueteando con la lengua de ella. Rompieron el beso y se perdieron en sus miradas.

—¿Estás bien? —se interesó él, y posó su mano sobre la vulva de ella.

—Sí, muy bien. —No le mencionó que, al caminar, sentía un escozor; temía que él se negara a hacerle de nuevo el amor.

Leila entró arrastrando una mesa con rueditas.

—¿Cómo la subió hasta aquí?

—Hay un ascensor en la zona de servicio. Es tan viejo como la casa. Debió de ser de los primeros ascensores de París. Después, cuando hagamos el recorrido, te lo voy a mostrar.

Leila les sirvió y se marchó. Estaban famélicos y comieron con fruición. Eliah se regocijó con la imagen de Matilde comiendo el segundo *croissant* y bebiendo todo el café con leche.

—Cuéntame de Leila. Sólo es muda. Me di cuenta de que escucha sin problemas.

—Ni siquiera es muda. Simplemente decidió no volver a hablar. —Le refirió la historia de los hermanos Huseinovic, aunque se abstuvo de hablarle de las violaciones que La Diana y Leila habían sufrido a manos de los serbios; no podía mencionarlo sin evocar la confesión de la noche anterior–. Pocos días después de que las liberasen de Rogatica –también se guardó de mencionar que él comandaba el grupo de rescate–, Leila empezó a comportarse de un modo extraño y a comunicarse por señas. Hemos consultado a los mejores psicólogos y psiquiatras de París. Todos coinciden en que ella decidirá cuándo regresar al mundo de los adultos. Quizá prefiera ser una niña el resto de su vida.

–¿Sus hermanos viven contigo también?

–No. La Diana y Sándor alquilan sus propios departamentos en los suburbios de París, aunque vienen a menudo a visitar a Leila. Trabajan para la Mercure.

–¡Qué extraño que Leila prefiera vivir contigo y no con sus hermanos!

–Un psiquiatra me dijo que ella construyó conmigo la figura paterna que necesita para sentirse protegida.

–¿Cómo se conocieron?

Lo acobardaba referirle la verdad. No renegaba de su oficio, Dios sabía que los mercenarios y los profesionales de la guerra eran tan necesarios como los médicos y los ingenieros, sin embargo, las personas comunes no lo comprendían, y a él lo inquietaba el juicio de Matilde.

–Sus hermanos trabajan para mí, así la conocí.

–Sí, lo sé. Diana fue quien me sacó de la sala de convenciones.

«Jamás habría admitido que uno de mis hombres te pusiera las manos encima», caviló él.

–Leila resultó una excelente cocinera y la traje a vivir conmigo. Vivió conmigo en mi anterior departamento hasta que me mudé aquí. Ahora se ocupa de esta casa y está al mando de mis dos empleadas, Marie y Agneska. Para eso no es una niña, te lo aseguro.

–Se nota que te quiere muchísimo. La tratas muy bien.

–Estoy encariñado con ella. Es bueno llegar a casa y verla.

Matilde experimentó una punzada de celos que la avergonzó. Simuló juguetear con las migas de los *croissants* para ocultar su semblante. Ezequiel sostenía que resultaba fácil adivinar sus pensamientos, y no deseaba que Eliah leyera ése. Al-Saud apartó la bandeja y la obligó a recostarse; la besó en el cuello mientras con una mano se las ingeniaba para desabotonar la camisa.

–Quiero hacerte el amor mientras nos bañamos juntos.

Terminó de quitarle la camisa y se quedó mirándola al favor de la luz del día. Con el índice, la recorrió desde la depresión que se forma en la base del cuello hasta el monte de Venus imberbe, apenas mancillado por la cicatriz en forma de sonrisa. Una vez había escuchado decir a su padre: «Mi piel no es tan oscura. Sucede que, junto a tu madre, parezco más oscuro de lo que soy». En verdad, su mano parecía negra sobre ese vientre níveo, moteado de pequeñas lentejitas marrones. Separó los dedos y abarcó toda la superficie, de un grupo de costillas al otro. Le lamió el ombligo y sintió las manos de ella enredarse en su cabello, y percibió el temblor en sus entrañas y oyó su inspiración entrecortada. Los pezones de Matilde respondían al estímulo, se endurecían y adoptaban un rojo intenso.

—Vamos —ordenó.

Entraron en el baño. Al-Saud la obligó a detenerse frente al espejo y se ubicó detrás de ella. Le tapó el pubis con una mano. El contraste los impresionó y los excitó. Matilde lo sintió crecer en la base de su espalda. Profirió un sollozo cuando la otra mano de él masajeó sus pechos.

—*Touche-moi* —le rogó, y ella lo tomó con delicadeza. Al-Saud sufrió un espasmo y se encorvó—. *Mon Dieu, Matilde!*

La aferró por los hombros y la dio vuelta para besarla. Ella, que se sentía osada y quería imitarlo, le masajeó las nalgas, y él gimió en su boca.

—Basta —suplicó— o acabaré antes de haber empezado.

Matilde se quedó quieta frente al espejo, cubriéndose los pechos con el antebrazo y el monte de Venus con la mano, mientras seguía a Al-Saud con la vista. Él se movía con soltura, y su pene erecto y rígido apenas se mecía. Abrió la llave de la ducha y enseguida el vapor inundó el receptáculo tras la mampara de cristal. Del armario donde Leila había acomodado las toallas, sacó una caja de condones. Quedaba uno. Entraron en la ducha y se abrazaron bajo la lluvia caliente. Matilde suspiró en tanto sus músculos se aflojaban.

—¿Cómo dormiste? —se interesó él, todavía abrazado a ella.

—No dormí en toda la noche. —Al-Saud la apartó para mirarla—. No podía dormir —le explicó—. Estaba demasiado feliz. Exultante. Tenía las pulsaciones desbocadas. Quizá no tengas la justa dimensión de lo que anoche significó para mí, Eliah. Siento que me devolviste a la vida.

Ella comenzó con tímidas caricias —apenas apoyaba la punta de los dedos— para trazar los músculos de su espalda, y luego pasó a los pectorales, y a los brazos y antebrazos, y a los abdominales. Al-Saud la observaba en silencio, atento al movimiento de sus manos, cada vez más intenso y desvergonzado, y al de su rostro cargado de deseo. Por fin, ella le sostuvo y le acarició los testículos.

—Por Dios —tembló él, con la frente en el hombro de ella.

—Quiero tenerte de nuevo dentro de mí, Eliah, por favor.

Al-Saud la empujó hasta que la espalda de Matilde tocó la pared caliente de la ducha. Se puso el condón de mala gana y la levantó en brazos.

Las piernas de ella le rodearon la cintura, y él, que la sujetaba de las nalgas, la movió hasta que su pene halló la entrada. La penetró con lentitud esperando que Matilde se adaptase a la intrusión.

—¿Estás bien? —Matilde, como en trance, apenas asintió—. Dime que te gusta, dime que te encanta.

—Sí... Me encanta. Por favor... Eliah.

Al-Saud se retiró y volvió a entrar con más ímpetu. Matilde gimió y se contorsionó. De nuevo, salió y entró, y mientras repetía la operación hasta obtener la certeza de que ella estaba lista para recibirlo en su totalidad, le succionaba los pezones. Con un embiste que la elevó contra la pared, Al-Saud se metió dentro de Matilde y la llenó. El alarido de ella lo detuvo en seco.

—¿Te lastimé? ¿Estás bien? —preguntó, con angustia.

—Sí, sí. Es que... Sentí una corriente eléctrica dentro de mí, hasta el ombligo. No pares, Eliah, por favor, no pares.

Segundos después, los gritos de Matilde lo hechizaron. La absorbió con la mirada en tanto ella se consumía en el alivio y caía, laxa, sostenida por la pared y su torso. Los movimientos de él reanudaron. Matilde le buscó los labios, y el beso fue arrebatador. Al-Saud apartó la boca para liberar su gozo, y a Matilde le dio la impresión de que su bramido traspasaba los muros e inundaba la casa. Él terminó derrumbado en el piso del receptáculo. Matilde aprovechó para quitarle el condón y para lavarlo, y cada vez que rozaba su miembro, Al-Saud se agitaba en un espasmo.

Ella lo bañó. Y después él la bañó a ella. No les bastaba con amarse de ese modo delirante; necesitaban seguir tocándose.

~: ✂ :~

Al-Saud terminó de calzarse un par de botas tejanas y levantó la vista para ubicarla. Matilde estaba en la flor, como él llamaba a la salita circular con vitral cenital en forma de pétalos. Observaba el patio andaluz con la frente apoyada en la ventana. Llevaba el vestido negro de la noche anterior. El cabello húmedo comenzaba a secarse y a retraerse en sus bucles. Ella giró la cabeza sin despegar la frente del vidrio y lo miró.

—Tu casa es un sueño. Tú eres un sueño. Lo de anoche y lo de hace un momento son un sueño.

Al-Saud la alcanzó en la flor y la abrazó por detrás.

—Es la pura realidad, Matilde. Eres mi mujer. ¿Te sentías mía?

Ella se dio vuelta y hundió la cara en la playera de él con aroma a otro perfume distinto del A Men. No quería llorar, ni siquiera de felicidad.

—Toda tuya, mi amor. Y tú, ¿eres mío y de nadie más? —Matilde pensaba en Celia y en las mujeres que lo desearían e intentarían conquistarlo. Por un momento, tuvo miedo de él, de su inconstancia. Al-Saud apoyó el índice bajo el mentón de Matilde y le imprimió una ligera presión para elevar su rostro.

—¿Tú qué piensas?

—No sé.

—Anoche te pregunté si confiabas en mí y me dijiste que sí.

Matilde se abrazó a su torso y volvió a inspirar el nuevo perfume.

—¡Sí, eres mío! Lo sé, lo sé.

—¿Por qué dudaste?

—Porque anoche te vi con Celia y me volví loca de celos.

—Anoche te vi con el tal Sampler, que no perdía oportunidad de ponerte las manos encima, y te vi encerrarte en una habitación con tu ex esposo, y me volví loco de celos, pero no dudé de ti.

—Nada pasó con Roy. Sólo hablamos.

—Lo sé.

Después de enseñarle la casa, excepto la base, la dejó en la cocina con Leila para hacer unas llamadas. Matilde aprovechó otra línea y habló con Juana.

—Estoy bien. Esta noche nos vemos. ¿Tú cómo estás?

—Shiloah vendrá a buscarme en un rato. Estoy bien. Te quiero, amiga.

—Yo también.

Al-Saud se preparó para salir. Debía ocuparse de dos asuntos. Uno no constituía un problema, comprar condones; para el otro, en cambio, necesitaría un arma. Marchó a su dormitorio y trabó la puerta al entrar. Se dirigió al vestidor. Caminó hacia el espejo y tanteó en la parte superior hasta hallar el interruptor. El espejo se despegó de la pared e hizo un sonido similar al de una lata envasada al vacío al abrirse. Al-Saud lo movió hacia la izquierda como si se tratara de una puerta para revelar un pequeño arsenal. Pistolas de varios tipos y marcas, subfusiles, fusiles, entre ellos un AK-47, una ametralladora automática, además de municiones, cargadores, binoculares de visión nocturna, un telémetro, una brújula electrónica, varios silenciadores y un marcador infrarrojo de objetivos, prolijamente ubicados en soportes que perfilaban la silueta del arma o del instrumento. Había una fortuna en armamento y adminículos. Fijó su atención en las pistolas y se decidió por una de sus favoritas, la Beretta 92, la misma con la que habían asesinado al botones del George V. Se la guardó cerca del corazón, en la pistolera axilar, y se cubrió con la chamarra Hogan de cuero.

Encontró a Matilde envuelta en un delantal de cocina enseñándole a Leila a preparar dulce de leche.

—¿Cómo se dice bicarbonato de sodio en francés?

—*Bicarbonate de soude*. Leila, hay en la gaveta del baño de la planta baja.

La muchacha corrió a buscarlo. Al-Saud cerró sus manos en torno a la cintura de Matilde y le sonrió.

—Me excitas mucho con ese delantal y la cuchara de madera en la mano.

—Me excitas mucho de cualquier modo —replicó Matilde. Al-Saud echó la cabeza hacia atrás y profirió una risotada. —¿Sales? —le preguntó al notar que llevaba puesta una chamarra.

—Nos quedamos sin condones. —Volvió a reír y la besó en todas partes, haciéndole cosquillas con la barba—. Quiero que siempre te pongas colorada. Eres muy hermosa así.

Compró los condones, a pesar de que ya había decidido que no los usaría con Matilde. Con ella, quería sentir plenamente y no con la restricción del látex. Aunque siempre se había protegido y cada año se hacía los análisis de rutina, al día siguiente le pediría a su hermana Yasmín que le extrajera sangre y disipara cualquier duda.

En el departamento de Jean-Paul Trégart pidió por el señor Blahetter. El vestíbulo donde él y Matilde se habían enfrentado la noche anterior lucía tranquilo. Aparecieron los dos hermanos, Roy y Ezequiel. Al-Saud, sin pronunciar palabra, se abalanzó sobre el mayor y le propinó un puñetazo en el estómago que lo arrojó al suelo. Acto seguido, le pisó el cuello con la bota tejana.

—¡Ey! —se alteró Ezequiel—. ¿Qué mierda hace?

Al-Saud lo sujetó por el suéter y lo atrajo hacia él. Le habló en castellano.

—No te metas. Esto no es contigo. —Movió un poco la bota y Roy se quejó—. Pedazo de mierda, hijo de puta, si vuelvo a verte a mil metros de mi mujer te mato. —Empuñó la Beretta y se acuclilló para colocarle el cañón en la sien—. ¿Te quedó claro?

—¡Por favor! —intervino Ezequiel—. Acá debe de haber una equivocación. Mi hermano no vive...

—¡Ninguna equivocación! ¡Hablo de Matilde! ¡De *mi* mujer!

—Matilde no es su mujer —farfulló Roy—, ni de nadie.

Al-Saud retiró la bota y colocó la Beretta bajo el mentón de Blahetter.

—No vuelvas a pronunciar su nombre, basura. Matilde es mía en todos los sentidos en que una mujer puede ser de un hombre. Lo que tú tomaste por la fuerza, ella me lo da *a mí* libremente, tantas veces como quiero.

Se incorporó y dio un giro para enfrentar a Ezequiel, que se echó hacia atrás, apabullado por la mueca de odio en el semblante oscuro de ese hombre, que la noche anterior había llegado con Céline para irse con Matilde.

—Tú eres el mejor amigo de Matilde, al menos ella lo cree así. Por tu bien, mantén alejada a esta mierda de mi mujer o tú también obtendrás tu parte por traidor.

Al abandonar el edificio de la Avenida Charles Floquet, vio la camioneta negra desde la cual Peter Ramsay o alguno de sus expertos vigilaban a Roy Blahetter. Condujo su deportivo inglés por la orilla del Sena hasta equilibrar las energías de su espíritu; acababa de vivir un momento intenso y casi había sucumbido al impulso de destrozar a ese malparido.

Al regresar a la Avenida Elisée Reclus, encontró a Leila y a Matilde riendo a carcajadas en la cocina. Sándor y La Diana las contemplaban con ojos bien abiertos. Al-Saud se interesó en el motivo de las risas. Leila tomaba un pollo por las alas y lo hacía bailar, sentarse, cruzar las piernas, fumar. A él también le causó gracia.

—Leila está como niña con juguete nuevo —comentó La Diana, y sacudió la cabeza para señalar a Matilde—. No deja de coquetearle para ganarse su amistad.

—No creo que le cueste mucho —opinó Al-Saud.

Ni Sándor ni La Diana se atrevieron a mencionar que se trataba de la primera vez que Al-Saud llevaba a una mujer a la casa. Eliah besó a Matilde en los labios y le indicó a La Diana que lo siguiera. Se encerraron en la biblioteca.

—El 5 de febrero será el encuentro con el científico israelí, con Moshé Bouchiki, en el Semiramis Intercontinental de El Cairo.

—Lo sé. Dingo me explicó que tendré que acompañarlo. Pensé que tú te encargarías de Bouchiki en El Cairo.

—No. Desde hace unos días sé que están siguiéndome. El Mossad podría estar detrás de mí. Mejor que vaya Dingo. Pero sí quiero que tú participes en esta misión. Y quiero que seas tú la que aborde al científico. Bouchiki espera que le digas en inglés: «La Diana y Artemisa son la misma diosa».

—Original —ironizó La Diana.

—Se me ocurrió en ese momento porque ya pensaba en ti para esta misión. Ya estás preparada.

La Diana ocultó el placer que ese comentario le produjo tras la máscara endurecida en que se había convertido su rostro. Por supuesto que estaba lista para cualquier misión. Takumi *sensei* y Al-Saud se habían ocupado de su adiestramiento, y ella no los defraudaría. Habían sido generosos y ella, receptiva. No sólo le enseñaron acerca de armas y de la guerra, sino que la entrenaron en varias artes marciales. Al-Saud incluso le mostró cómo meter su SIG Sauer P226 en la ropa interior y cómo abrir una hendidura en su falda para acceder rápidamente al arma.

—Conoces bien la fisonomía de Bouchiki —prosiguió Al-Saud— de los días que pasamos en Ness-Ziona. El encuentro será en un sitio público pues sospecho que su habitación estará controlada con cámaras y micrófonos, lo mismo que sus teléfonos. A través de Filippo Maréchal, su oficial de cuenta en el Credit Suisse, le comunicamos dónde, qué día y a qué hora lo abordaríamos. Dingo te dará los datos después. Te harás pasar por una más de la convención de científicos. Él te entregará el bolígrafo, se lo darás a Dingo del modo en que él lo haya planeado y, hasta que no regrese y te dé la señal de que las fotografías se ven correctamente, no te alejarás de Bouchiki.

—¿Cómo sacaremos a Bouchiki de El Cairo?

—De eso se ocupará Dingo, pero primero Peter tendrá que quitarle de encima a los *katsas* del Mossad que estarán siguiéndolo como una sombra.

—Ramsay es bueno para eso.

—Sí, lo es. Y ahora vamos a almorzar. Estoy hambriento.

Almorzaron los cinco en una salita de la planta baja cuyas puertaventanas daban al patio andaluz. Leila lucía feliz y agitaba las manos y emitía sonidos para captar la atención de Matilde, que se las ingeniaba para entenderla y hablarle en su precario francés. Terminada la comida y levantada la mesa, Sándor y La Diana llevaron a Leila a su paseo dominical, al *Bois de Boulogne* a montar a caballo. Quiso que Matilde la ayudara con el abrigo. Matilde le ajustó la bufanda, le colocó la gorra de lana y la besó en la nariz.

La casa quedó en silencio con la partida de los hermanos Huseinovic.

—¿Qué te gustaría hacer esta tarde?

—Me gustaría volver a un lugar de tu casa que me impactó.

—¿Mi cama?

—Tu cama —dijo Matilde, con aire sensual— es el lugar de tu casa que más me excitó. Adonde me gustaría volver es a la habitación donde está la piscina.

En el ático, por encima del gimnasio, con techo de vidrio y grandes ventanales empañados, se hallaba la alberca rectangular, de grandes proporciones, rodeada de listones de teca. Había sillas largas y sillones tejidos con almohadones. Matilde avanzó, descalza, sobre el piso de madera e inspiró el aire pesado de humedad y de aroma a cloro. Al-Saud se había quitado la bata y la observaba, desnudo, desde lejos. Ella también llevaba una bata blanca con el escudo del George V, de la que se desembarazó con movimientos deliberados; primero desveló los hombros, y él después le vio los omóplatos y cómo se le afinaba la espalda en la cintura; la tela le lamió el trasero respingado, y Al-Saud tuvo una erección. La bata cayó sobre los listones de teca, y Matilde giró la cabeza y lo miró sobre el hombro.

—Atrápame. Si puedes. —Se lanzó de cabeza al agua caliente de la piscina. Eliah la siguió. La persecución duró más de lo que él había planeado. Matilde se movía con rapidez y agilidad, y pataleaba cuando Al-Saud intentaba sujetarle los tobillos. Exhausta, nadó hasta el borde de la piscina, y Al-Saud la cubrió con su cuerpo, todavía risueño y jadeando. Matilde descansaba la mejilla sobre los brazos y espiraba por la boca.

—Eres buena escurriéndote —pronunció él, con intención.

—Juana y Ezequiel nunca podían atraparme.

Fueron aquietándose. El agua alborotada los mecía, y el torso de él friccionaba la espalda de ella. La mano de Al-Saud vagó por las piernas de Matilde y terminó internándose en la hendidura entre sus nalgas. Ella levantó la cabeza y emitió un jadeo, más escandalizada que excitada.

—No —dijo Al-Saud, y su voz áspera y severa transmitió la urgencia que gobernaba su ánimo—. No te des vuelta. Quiero tomarte así, en esta posición. Desde atrás.

Matilde metió los dedos entre los resquicios del entablado de teca para resistir el dolor que le provocaba la punzada entre las piernas; sus pezones, endurecidos, también dolían y los apretó contra la pared de cerámica de la piscina. «Desde atrás», repitió, y evocó una sección de *El jardín perfumado*. «La postura de la oveja.» Le dio frío cuando él se alejó para buscar el preservativo y contó hasta cuarenta y siete, lo que tardó en regresar. Al-Saud le pasó el mentón por los hombros con la barba de un día, dura y puntiaguda, mientras sus manos trabajaban en los pechos y en la vagina de Matilde para arrancarle esos gritos que a él le fascinaban.

—*Mon Dieu! Comme tu me fais bander!*

A pesar de que lo había expresado en francés, Matilde lo comprendió. Juana había averiguado que excitar sexualmente se decía *bander*; les habían aclarado que se trataba de una expresión muy vulgar, similar a «calentar».

—Por favor, Eliah, por favor…

—¿Por favor, qué?

Matilde volvió el rostro hacia él y le ofreció la boca.

—Por favor —le rogó—, bésame mientras me penetras.

Al-Saud sintió que su cuerpo se diluía en el agua caliente. La tomó por la parte delgada de la cintura y la guio hasta su pene y, al mismo tiempo que invadía su vagina, le llenaba la boca con la lengua. Matilde se aferró a la tabla de teca con una mano y con la otra, en un acto reflejo, apretó la nalga de Eliah en el intento por tenerlo más dentro de ella. El orgasmo resultó demoledor. Matilde, que no tocaba el suelo, se habría precipitado al fondo si Al-Saud no la hubiese recogido contra su pecho. La manipuló como a una muñeca de trapo y la colocó de frente. Matilde descansó la cabeza sobre el borde de la alberca, con la boca entreabierta, los párpados caídos; sus pechos flotaban en el agua, los pezones aún erectos. «Eres lo más lindo que he visto en mi vida.» No lo pronunció en voz alta porque detestaba ser reiterativo; no obstante, ese pensamiento se deslizaba cada vez que la tenía relajada después del orgasmo.

Salieron de la piscina, y Al-Saud secó a Matilde antes de envolverla en la bata y ubicarla sobre los almohadones de un sillón tejido, donde se le unió segundos después, luego de secarse y cubrirse. Matilde se acurrucó en su pecho.

—Era imposible que yo imaginara la grandeza del sexo —comentó, aún lánguida—. Mi mente timorata no estaba preparada para esto. Estoy tan feliz.

—Hay algo que quiero negociar contigo —manifestó Al-Saud, y Matilde se inquietó pues pensó que le hablaría del Congo.

—Yo no sé negociar. Juana dice que siempre salgo perdiendo en las negociaciones, que cedo demasiado rápido.

—Acá saldrás ganando, te lo aseguro. No quiero usar condón contigo, Matilde. —Ella se irguió y lo miró a los ojos—. Contigo quiero sentir plenamente.

—¿Y con el condón no sientes plenamente?

—No. Es como usar guantes. Se pierde mucha sensibilidad.

—Pero…

—Mañana iré a sacarme sangre para eliminar cualquier duda. Siempre he sido extremadamente cuidadoso, jamás he tenido sexo sin protección y me he hecho análisis con regularidad. De todas maneras, quiero estar muy seguro y por eso mañana volveré a repetirlos. En una semana estarán listos. Mientras tanto, seguiremos con los condones. —Se quedaron en silencio, mirándose—. ¿Tú te cuidas? Sí, ya sé. Es una pregunta estúpida. Por supuesto que no.

—Yo me ocupo de eso.

—Entonces, ¿estás de acuerdo? —Matilde afirmó con la cabeza—. Gracias, mi amor. —El consentimiento de ella no le provocó la alegría esperada. Matilde se había apagado—. ¿Estás bien? —le susurró sobre la sien.

—Sí, muy bien.

—Matilde, mi amor, mírame. —Ella obedeció—. Si prefieres que use condón, no hay problema. No quiero que te sientas presionada a…

Matilde lo acalló colocándole el índice sobre los labios. Volvió a incorporarse y le tomó la cara entre las manos.

—Eliah, me hace feliz que desees sentir plenamente conmigo. Pienso que soy importante para ti.

—¡Lo eres, Matilde! ¿Acaso no lo sabes? Pero noté que te cambió el ánimo después de mencionarlo.

—Será la noche de insomnio que comienza a pesarme. Eliah, quiero que sepas que, después de que Roy... Bueno, de que pasara aquello, me hice el test ELISA, el que detecta los linfocitos... Bueno, no importa. El test para saber si existe el VIH en sangre. Dejé pasar el período de ventana, de tres meses, y lo hice. No me sentía segura porque sabía que Roy tenía una amante, por eso lo hice. Dio negativo. Por las dudas, repetí el test en noviembre pasado y volvió a dar negativo.

Al-Saud no emitió palabra y la besó en la coronilla. Como la notaba tensa, le descubrió el brazo y le hizo lánguidas caricias.

Alrededor de las ocho, Matilde despertó en la cama de Al-Saud. Lo descubrió entre los resquicios de sus párpados. Estaba observándola. La besó en el cuello y en las mejillas tibias. Matilde rio.

—Me haces cosquillas con la barba.

—¿No me dijiste que te gustaba?

—¡Me encanta! Eres el hombre más hermoso y viril que he conocido, Eliah Al-Saud. Todavía no sé cómo fue que te fijaste en mí.

—¿En Pechochura Martínez? ¿Será por este culito de araña pollito que tienes? —Deslizó la mano bajo la bata y se lo acarició—. Dios... Tu culo me excita sólo con imaginarlo.

Le apartó el escote de la bata con el mentón hasta exponer uno de sus senos. El pezón se endureció apenas lo rozó con la punta de la lengua. Matilde cerró la mano en la nuca de él y gimió. Al-Saud buscó el otro y lo saboreó largamente.

—¿Cómo puedes preguntarme por qué me fijé en ti? —Matilde se contorsionó cuando el aliento de él le golpeó el pezón húmedo de saliva—. No creo que haya nacido el hombre que no se fijara en ti.

Matilde jamás le habría confesado que Celia constituía el tipo de mujer para él, de largas piernas, un rostro bellísimo y, sobre todo, mundana y con experiencia. Ella, en cambio, con un metro cincuenta y nueve centímetros de estatura y un cuerpo poco armonioso —en el Garrahan la habían apodado «tapón erótico»—, era una simple cirujana pediátrica que hallaba en su profesión el sentido de la vida.

—Matilde, quiero que hagamos el amor. ¿Y tú? ¿Cómo te sientes?

Sin incorporarse, Matilde se quitó la bata, que quedó bajo su cuerpo desnudo. Se miraron y, después de ese silencio, en el que expresaron tanto a través de sus ojos, Al-Saud se desnudó y se colocó sobre ella. Cuando acabaron, él todavía dentro de ella, los dos agitados y abrazados, Matilde le dijo al oído:

—Tengo que irme.

—No... —se lamentó Al-Saud—. Por favor, no te vayas.

—¡Dios mío! —gimoteó Matilde—. ¡Qué difícil es dejarte!

—Quisiera guardarte en esta casa para que nadie te viese, ni te desease, ni te admirase, ni te tocase. ¡Sólo para mí! —dijo, y apretó el abrazo.

—Soy sólo para ti, nunca dudes de eso.

—Nunca.

Al-Saud la llevó a la calle Toullier y se despidieron en la planta baja del edificio. No conseguían separarse. Eliah se apremiaba a quitarle las manos de encima; no conjuraba la voluntad para hacerlo.

—Mañana, después de la extracción de sangre, me iré de viaje. El martes por la mañana estaré de regreso y saldremos a almorzar. —Aunque le habría preguntado adónde viajaría y por qué, Matilde no se animó—. ¿Irás a buscarme al George V el martes?

—Sí, ahí estaré.

—Matilde, mi amor. —Ella elevó la cara y Al-Saud le despejó la frente y le acarició el cabello—. Quiero que te cuides por mí. ¿Lo vas a hacer? —Ella asintió—. Medes queda a tu disposición. Él te llevará y te traerá adonde sea que vayas. ¿Estamos de acuerdo? —Ella asintió de nuevo—. ¿Me prometes que te cuidarás?

—Sí, me cuidaré.

El beso de despedida se prolongó por minutos. Al final, Matilde se escurrió del abrazo y, sin pronunciar palabra, corrió al segundo piso. Al-Saud permaneció al pie de la escalera hasta que escuchó el golpe de la puerta al cerrarse. Al subir al Aston Martin, inspiró profundamente y soltó el aire con lentitud. Lo que estaba viviendo con Matilde era la experiencia más abrumadora y desconcertante de su vida. En sus casi treinta y un años, después de haber sido piloto de guerra, de haber combatido en la Guerra del Golfo, de haber formado parte de un comando de élite de la OTAN y de presidir el directorio de una de las pocas empresas militares privadas, se topaba con una muchacha que ponía su mundo patas arriba. El timbre del celular lo sobresaltó.

—*Allô?*

—Es ahora o nunca. —La voz de Peter Ramsay indicaba urgencia—. Roy Blahetter acaba de ingresar en el Au Bascou. —Ramsay aludía a un *bistrot* de la calle Réaumur—. Está solo y con expresión abatida.

—Ahora mismo arreglo todo. Gracias, Peter.

Apretó las teclas de su celular y se colocó el aparato al oído.

—*Allô?*

—Zoya, soy yo.

—Hola, cariño.

—Te necesito ya, ahora.

—Siempre lista para ti, *mon chéri*.

—Se trata del que te hablé, Roy Blahetter, el hermano de Ezequiel Blahetter, el modelo publicitario. ¿Tienes su foto a mano? —Zoya le aseguró que sí—. Se encuentra en el *bistrot* Au Bascou, el de la calle...

—Sé dónde está.

—Perfecto. Hazte cargo.

Juana salió de su dormitorio en pijama al oír el tintineo de las llaves. Matilde cerró la puerta y se topó con su amiga en el extremo opuesto de la sala.

—¿Y? ¿Pasó lo que deseo que haya pasado? —Matilde, sonrojada, asintió—. ¡Yupi! —El entablado de madera crujió con el salto de Juana—. ¡Yupi, amiga! —Se abrazaron y lloraron juntas—. ¿Cómo estás? ¿Cómo te sientes?

—Feliz, Juani. Nunca he sido más feliz que en este momento. No sabía que podía ser tan maravilloso. Todo lo que me contabas era poco.

—¡Amiga, es que te ha tocado un semental por amante! ¡El mejor! ¡Valió la pena esperar! —Juana le descubrió las ojeras y menguó un poco el entusiasmo—. ¿Cómo te sientes? Digo, ¿estás bien?

—La verdad es que siento un escozor en la zona de la vagina, como la piel sensible y tirante.

—¡No hay problema, como decía Alf! Vi que tu tía guarda una bolsita con hojas de malva en el armario de la cocina. Te preparo un baño de asiento y asunto arreglado. Anda, cámbiate mientras yo te lo preparo.

—No tomé mis medicamentos hoy.

—Yo te los llevo al dormitorio.

—Gracias, Juani. ¿Y tú? ¿Cómo lo pasaste? Me siento mal por haberte abandonado todo el día.

—Matilde Martínez. —Juana la sujetó por los hombros—. Si por un segundo sientes culpa, te pego, ¿me entendiste? Quiero que te hagas a la idea de que yo he desaparecido de París. Quiero que vivas tu romance con el papito en pleno, sin pensar en nada ni en nadie. No me hagas la Matilde de siempre, preocupada por todos menos por ella. ¡Te lo imploro!

—De acuerdo. Gracias, amiga. Te quiero tanto.

—No más que yo.

—¿Y Shiloah?

Juana suspiró.

—Fue lindo mientras duró, pero mañana por la mañana vuelve a Tel Aviv. Hace un mes que no está en su país, en sus empresas y en sus compromisos. No creo que nos veamos de nuevo. Apenas llegue a Israel, se meterá de lleno en su campaña política. Ya sabes cómo es eso.

—Lo siento.

Juana sacudió los hombros.

—La verdad es que no estoy para embrollarme con otro ahora. Mejor así, libre.

Más tarde, cuando Matilde terminó su baño de asiento, más aliviada, entró en el dormitorio de Juana y se recostó junto a ella.

—Cuéntame de la fiesta. Me da la sensación de que escapé de una catástrofe.

—¿Me das permiso para pegarle un tiro entre ceja y ceja al imbécil de tu ex? ¡Qué tipo imbécil, Mat! Le agarró un ataque cuando descubrió que habías desaparecido. Tengo una mala que contarte. Esta mañana llamó Ezequiel y me dijo que Jean-Paul internó hoy a Celia en una clínica de desintoxicación. Anoche se pasó de drogas y de alcohol.

Matilde se incorporó con un impulso raudo.

—¿Dónde la internaron? ¡Quiero verla!

—Imposible. Ezequiel dijo que, al menos por un mes, estará aislada, no podrá recibir a ningún familiar ni amigo; ni siquiera hablar por teléfono. Política de la clínica.

—Dios mío, Juani. Es la maldición del alcohol que persigue a los míos.

12

−¿De nuevo los análisis? −se extrañó Yasmín−. ¿Tan intensa e imprudente ha sido tu vida sexual en estos últimos cinco meses?

−No esperarás que discuta mi vida sexual con mi hermanita menor.

−¿Por qué no? Estamos a un paso del siglo XXI. ¡Somos jóvenes y modernos!

−No tan moderno como para hablar contigo de esos temas.

−¿Quién es ella? −Yasmín le ajustó la banda elástica para resaltarle las venas, algo innecesario, caviló, porque, debido al cuerpo entrenado de su hermano Eliah, se le marcaban naturalmente−. ¿No vas a decírmelo?

−Yasmín, no fastidies. Acaba con esto que salgo de viaje en una hora.

−Mmmm... Este análisis debe de ser en extremo importante para que hayas venido hoy aquí con un viaje inminente.

−¿Cuándo tendré los resultados?

−Si me dices su nombre, en una semana. Si no, en quince días.

−¡Pequeña chantajista! −Yasmín hincó la aguja en la vena de Al-Saud mientras sonreía con una mueca pícara−. Matilde. Ése es su nombre.

−¿Matilde? Me gusta. ¿Cómo es? ¿Bonita? ¿Simpática? ¿Edad?

−Sólo negociamos por su nombre. En una semana vendré por los resultados.

−Antes de que te vayas quiero pedirte que me saques de encima a ese gigante bosnio que me sigue a sol y a sombra.

−Sándor es su nombre, y no es un gigante bosnio sino quien te protege.

−¡Es una pesadilla, Eliah! Tengo su aliento en la nuca cada vez que le toca su guardia.

246

—Así debe ser. Takumi *sensei* y yo lo entrenamos, Yasmín. Es uno de mis mejores hombres.

—¡Es muy joven! No tiene veinticinco años.

—Su espíritu es mucho más viejo y sabio que el tuyo, te lo aseguro. —Ante la mueca de hartazgo de su hermana, Al-Saud se enfadó—: Yasmín, no me fastidies. Sándor seguirá siendo tu guardaespaldas y no volveremos sobre este tema.

En Ámsterdam, recibió, en su suite del Hotel de L'Europe, al presidente y al director financiero de The Metropolitan, una de las compañías aseguradoras que lo habían contratado por lo del desastre de Bijlmer, a quienes les expuso su plan de acción. Los funcionarios se mostraron complacidos. A esa reunión le siguió otra de igual tenor con el presidente y la vicepresidenta de la otra compañía, World Assurance, que se asustaron ante la posibilidad del escándalo mediático, a lo que Al-Saud restó importancia.

—Nuestro objetivo es que El Al los compense económicamente y eso lograremos. La reputación de World Assurance quedará intacta.

Despidió a sus clientes y, al cerrar la puerta, consultó la hora. Las seis de la tarde. Matilde se encontraría aún en el instituto. De nada valía llamarla al celular de Juana porque ésta lo apagaba. Se comunicó con Medes.

—¿Llevaste a Matilde al instituto?

—Sí.

Al-Saud lo notó tenso.

—¿Qué ocurre, Medes?

—Hubo un pequeño incidente, señor.

—¿Matilde está bien? —La voz le tembló, y carraspeó.

—Sí, ella está muy bien.

El alivio le aflojó las piernas y se echó en una silla.

—Dime qué pasó, Medes. Habla.

El chofer le refirió que en la puerta del edificio de la calle Toullier la aguardaba un hombre. Por la descripción, Al-Saud dedujo que se trataba de Roy Blahetter. El malparido no entendía con amenazas. Al escuchar que había aferrado a Matilde por el brazo y la había sacudido, Al-Saud partió una lapicera con el logotipo del hotel.

—La señorita Juana le pegaba con unos cuadernos, pero el hombre no se inmutaba. Yo intervine, señor. Bajé del auto y se lo quité de encima. Las señoritas subieron y nos fuimos deprisa. Eso es todo.

Lo que Medes no le refirió porque no lo sabía fue que, desde una camioneta estacionada casi en la esquina con la calle Soufflot, alguien les tomaba fotografías.

Al-Saud colgó con Medes y llamó a Zoya.

—Hola, *mon chéri*. ¿Cómo estás?

—¿Cómo te fue anoche con Blahetter?

—*Parfait*. Tengo lo que necesitas. Cuando quieras, puedes pasar a buscarlo. Y gracias por ponerme en las manos a una víctima tan fogosa. Hacía tiempo no lo pasaba tan bien. —El comentario de Zoya no colaboró en aplacar el ánimo negro de Al-Saud—. ¡Ah, me olvidaba! Natasha se puso en contacto. Me llamó esta mañana. —Al-Saud guardó silencio—. Preguntó por ti. Mucho.

—¿Te dijo dónde está?

—No, no quiso. Sólo dijo que está bien, aunque yo la noté abatida.

—Es un alivio saber que está bien. Si vuelve a llamar, dile que se comunique conmigo, por favor.

Le quedaba poco tiempo. En menos de una hora, Ruud Kok, el periodista holandés, se presentaría para cenar en el restaurante del hotel. Se dio una ducha. No vestiría de traje y corbata; eligió un estilo más relajado, un saco tipo *blazer* azul con botones dorados de Ralph Lauren, una camisa amarillo pálido Tommy Hilfiger, jeans y botas marrones.

Kok lo esperaba en la barra. Se dieron la mano, y el holandés sonrió con incomodidad. El *maître* los condujo a la mesa y les recitó los platos del día. Ambos comensales, para evitar la lectura de la carta, eligieron entre las sugerencias. Ninguno pidió vino.

—Creo, señor Kok, que usted y yo hemos empezado con el pie izquierdo.

—Mi culpa, señor Al-Saud. Jamás debí abordarlo a usted de ese modo, como lo hice aquel día en el ingreso del George V. Fue temerario además si tenemos en cuenta que molestaba a un cinturón negro de karate, que puede matarme con sus propias manos —añadió, con acento risueño, y Eliah festejó la broma para distender el ambiente.

—Al igual que usted, yo hacía mi trabajo: proteger a Shiloah Moses.

—Sí, comprendo. Y a la luz de lo que pasó semanas más tarde, veo que sus escrúpulos eran muy atinados. ¡Menudo asunto el del atentado en la convención!

Hablaron largamente acerca del atentado, lo que derivó en la situación política en la Franja de Gaza y en Cisjordania después de los Acuerdos de Oslo. Al momento del postre, Al-Saud decidió empezar a negociar.

—Señor Kok, al igual que usted ha estado investigando acerca de mí, yo he estado averiguando acerca de usted, y me he hecho de información muy interesante, como, por ejemplo, que usted estuvo en el lugar del accidente el día en que el avión de El Al cayó sobre el barrio de Bijlmer.

—Así es —admitió Ruud Kok—. Vivo ahí, y ese día me encontraba en casa trabajando. Fui testigo de todo.

—Incluso supe que salvó a muchos de sus vecinos atrapados en sus apartamentos en llamas. Lo felicito —remató Al-Saud, e inclinó la cabeza—. También supe que, no sólo atestiguó cómo el avión cayó sino cómo después de varios días sus vecinos, aun usted, sufrieron trastornos de todo tipo, ¿verdad? Desde problemas en la piel hasta respiratorios, y otros más graves. —A ese punto, Kok se irguió en la silla y dejó de juguetear con el tenedor. Asintió—. También sé que, por mucho que investigó y trató de llegar a la verdad, nunca lo consiguió. Leí los dos artículos que publicó en el *NRC Handelsblad* y el de *Paris Match*. Buena pluma —lisonjeó Al-Saud—, pero, al carecer de pruebas, quedó en la esfera de las suposiciones, y el asunto perdió peso e importancia.

—Aún hoy hay quienes sufren problemas graves de salud que, estoy convencido, se iniciaron ese día, cuando el avión de carga de El Al se estrelló contra el edificio en Bijlmer. Pero, como bien dice, sin pruebas no hay nada. Tanto El Al como el gobierno holandés cerraron filas y me resultó imposible penetrarlas.

—Yo las penetré —disparó Al-Saud—, yo tengo las pruebas que usted necesita. Lo que preciso es alguien en la prensa que me ayude a exponerlas. Creo que usted es la persona indicada.

Ruud Kok permaneció en silencio, con gesto demudado. Unos segundos después ganó cierto dominio y preguntó:

—¿Por qué yo?

—Porque usted fue el único periodista holandés que investigó con profesionalismo el siniestro y que no se limitó a la cuestión de lo que lo había motivado sino que estudió las consecuencias.

—¿Qué gana usted en esto?

—¿Importa?

—No quiero formar parte de una intriga de la que podría salir mal parado.

—Señor Kok, un periodista de investigación como usted no puede asustarse ante la posibilidad de quedar enredado en un cuestión de intriga internacional. ¿Qué habría sucedido a principios de los setenta si Bernstein y Woodward —Al-Saud aludía a los periodistas del *Washington Post* que investigaron el escándalo de Watergate— se hubiesen acobardado frente a lo que descubrían en tanto avanzaban en su averiguación?

—Ellos contaban con *Deep Throat* —pensó en voz alta Kok, con la vista sobre el mantel, en tanto recordaba el nombre del informante de los periodistas estadounidenses.

—Y usted cuenta conmigo. Yo seré su fuente. Imagino que a Bernstein y a Woodward les interesaba poco saber por qué *Deep Throat* les contaba lo que sabía. Ellos sólo querían la información.

—Y las pruebas —agregó Kok, que de nuevo había ganado entereza.

—Y las pruebas —refrendó Al-Saud—. ¿Está dispuesto a hacerlo? Eso sí, cuando yo lo indique y a mi modo.

—Tendría que conversarlo con mi jefe de redacción, pero no creo que haya problema. —Al-Saud asintió—. De igual modo, lo haré con una condición.

—Lo escucho.

—Que me conceda una entrevista para hablar acerca de las llamadas empresas militares privadas.

Al-Saud lo contempló de hito en hito, y Kok terminó por incomodarse y bajar la vista.

—Está bien —concedió.

Al-Saud se hallaba solo en la sala de reuniones. Había extendido el mapa de África y se concentraba en Etiopía y Eritrea, cuyas relaciones se volvían día a día más tensas. Semanas atrás, Dingo y Axel habían regresado con información que les serviría para trazar la estrategia. En la Isla de Fergusson, se aprestaba el grupo de hombres que, junto con el armamento, las municiones, el agua y los víveres, se desplazaría hacia la región. Se trataba de una empresa titánica.

Al-Saud observó el monitor que transmitía el movimiento en la recepción. Victoire y Thérèse, cada una en su escritorio, trabajaban en silencio. Nadie aguardaba en los sillones para ser recibido. El mutismo sumergía a las oficinas del George V en un ambiente de tranquilidad infrecuente. El sistema de música funcional, que en ese momento ejecutaba la Sinfonía Número Tres de Mendelssohn, una de sus favoritas, circulaba con timidez por las distintas estancias, acentuando la paz. Miró la hora. Las doce y veinticinco. Fijó la vista en la puerta principal, impaciente por verla abrirse. Matilde llevaba veinticinco minutos de retraso. ¿Acaso no experimentaba la misma ansiedad que él por reencontrarse? Volvió su atención al mapa.

—*Bonjour, Matilde!* —La cabeza de Eliah se disparó hacia el monitor—. *Monsieur* Al-Saud ha estado preguntando por ti.

—¡Sí, he llegado tarde! —exclamó en inglés, con las mejillas arreboladas a causa del frío y de los nervios—. Acabo de descubrir que mi reloj retrasa casi media hora. Es un desastre. El pobre Medes hacía rato que me esperaba en la puerta de casa.

«¡Maldito reloj!», insultó Al-Saud, mientras la veía deshacerse de la bolsa rústica y de la chamarra. Enseguida reconoció el conjunto que llevaba aquel día en la estación *Rue du Bac*, los pantalones ajustados a cuadros marrones y rosas y el suéter rosa, ajustado y de cuello alto. Al igual que aquel día, se había hecho dos trenzas. Esperó, inmóvil, a que se abriera la puerta de la sala de reuniones. Matilde lo hizo con cuidado, entornándola poco a poco, y asomó su carita ovalada. Se contemplaron en silencio hasta que ella profirió una risita, más bien un gorgorito, y, después de cerrar tras de sí, corrió a él. Al-Saud la recibió en sus brazos y la levantó en el aire, y Matilde le ajustó las piernas en la cintura. En tanto sus bocas se fusionaban en un beso, él apoyó la espalda contra la pared y se deslizó hasta el suelo, donde continuaron besándose como si en lugar de poco más de veinticuatro horas hubiera pasado un año.

—Matilde —suspiró Al-Saud, sin apartar la boca de la de ella—. No veía la hora de que llegaras. ¡Estaba volviéndome loco! ¡Llegas tarde!

—¡Perdón, perdón! Si supieras lo ansiosa que estuve todo el día de ayer y esta mañana, no te enojarías conmigo. No me llamaste.

El reproche, apenas susurrado, lo conmovió. Había pensado en él, lo había añorado. Apretó el abrazo y hundió la nariz detrás de su oreja para inspirar el aroma a bebé.

—Cuánto deseaba olerte. Amo tu perfume de bebé. ¿Cómo se llama?

—Upa la la. —Matilde rio cuando Al-Saud la imitó—. Dilo de nuevo. Upa la la. Eres gracioso.

—Ahora soy tu payaso. Upa la la —dijo, para complacerla—. ¿Qué quiere decir?

—No quiere decir nada. Es una expresión que se usa al tomar en brazos a un bebé. «¡Upa la la!» decimos cuando lo levantamos. No sé de dónde proviene. —Matilde le pasó la nariz por el cuello. Su voz se agravó al expresar—: Y yo amo tu perfume, Eliah. No sé qué me pasa cuando lo huelo en tu cuerpo, en tu ropa. Ayer me lo pasé oliendo tu pañuelo, así te sentía más cerca. Tengo que confesarte que el domingo en tu casa lo empapé de A Men. ¿Me perdonas?

Matilde se arqueó cuando las manos de Al-Saud le sujetaron los pechos, y comenzó a gemir sin consideración al sitio en el que se hallaban cuando él le rozó los pezones con los pulgares de modo insistente. Para acallarla, Al-Saud se apoderó de su boca en tanto se incorporaba con Matilde aún enroscada en su torso. Despejó la mesa de un manotazo —el mapa terminó sobre los respaldos de las sillas— para depositar a Matilde.

—No puedo esperar hasta la noche —le confesó, enternecido por la expresión turbada de ella—. No hagas mucho ruido.

—No sé si podré. —Se mordió el labio y fijó la vista en el cielo raso, mientras sentía que él la despojaba de las botas y del pantalón.

Eliah le contempló largamente las piernas hasta desviar la atención a los calzones blancos de algodón con lunares rosas. Fue bajándoselos con las manos de Matilde cerradas en sus muñecas, como prontas a detenerlo.

—Suéltame, Matilde. Déjame bajarte los calzones.

El pubis imberbe se reveló centímetro a centímetro, y emergía como un monte pelado y blanco luego de la depresión del vientre. Lo enloqueció esa visión, y refregó la cara en él, y lo lamió, y lo olió y le pasó la punta de la lengua por la cicatriz.

—¡Matilde! —exclamó, casi con exasperación, y ella se agitó al percibir el resuello caliente de él en su monte de Venus—. Matilde —susurró, con las manos ajustadas a las crestas ilíacas de la muchacha y la frente en su pubis. Pensó en Thérèse y en Victoire, que trabajaban a pocos metros, apenas separadas de esa escena por una mampara. Jamás había perdido el control de esa manera, ni siquiera cuando regresaba de la Escuela de Aviación después de semanas de no ver a Samara. Él era frío, calculador, moderado; mantenía sus pasiones bajo control. No perdería el tiempo lamentándose, ya había aprendido que Matilde ejercía una extraña influencia sobre él, algo que escapaba a su comprensión. Se desajustó el cinto y liberó su pene. Sacó un condón de la billetera y se lo colocó con maniobras iracundas. Ella lo seguía con miedo desde esa posición de vulnerabilidad; sus trenzas descansaban sobre la mesa. Había atestiguado la lucha de él. Le sonrió para animarla. Le habló sobre los labios.

—Ayer, antes de viajar, me hice los análisis. En una semana tendremos los resultados. —Matilde se limitó a asentir, todavía insegura—. No quiero depender de un condón para amarte.

Cerró los brazos en torno a la nuca de Al-Saud y lo pegó a su cuerpo. Sus bocas se buscaron con desesperación; sus lenguas se entrelazaron y sus alientos se fundieron; las manos de él se escurrieron bajo el suéter de lana, bajo la camiseta de algodón, levantaron el corpiño y le acariciaron los pezones. Matilde apretó los ojos. Chispazos verdes explotaron en su interior. El placer la surcaba como una corriente fría y veloz, sus miembros se debilitaban.

Al-Saud la sujetó por las nalgas para atraerla hacia el filo de la mesa, donde la obligó a apoyar la planta de los pies. «La postura ginecológica», se dijo Matilde, y ese pensamiento derivó en un párrafo de *El jardín perfumado*. *La primera postura: tumba a la mujer sobre la espalda y leván-tale los muslos. Sitúate después entre sus piernas e introdúcele el pene. Apoyándote en el suelo con los dedos de los pies, podrás moverte de la forma adecuada. Esta postura es recomendable para los que poseen miembros largos.* Matilde ladeó la cabeza para observar parte de la mano izquierda de Eliah aferrada a su muslo. Se dio cuenta de que el vello le crecía aun en la zona superior de los dedos, cerca de la uña. Se trataba de un vello muy oscuro. La mano se hundía en su carne, y la oposición entre la blancura de ella y la piel morena de él la enardeció. También la excitó la muñeca de Al-Saud; el puño con gemelos se retiró en uno de sus movimientos, y ella la vio, gruesa e hirsuta. Ahora comprendía la expresión: «Hacerse agua la boca», porque de pronto necesitó tragar. Anhelaba tocarlo, aun a través de la tela de la camisa. Ascendió con las palmas abiertas por sus brazos, percibiendo la sinuosidad de sus músculos; le delineó el filo de la mandíbula, los labios, descendió por el cuello y le apretó las tetillas en el instante en que él se impulsaba dentro de ella. Se asustó. La espalda de Al-Saud se arqueó con violencia, como si hubiese recibido un golpe o una descarga eléctrica, y Matilde asimiló su sacudida con la que sufre un epiléptico; incluso había echado los ojos hacia atrás, y ella los vio blancos. Al cabo, se cerró sobre ella. Respiraba como si hubiese hecho doscientos abdominales. Sentía el latido de su miembro dentro de ella. No sabía qué hacer. Le acarició la cabeza.

—Eliah, mi amor, ¿estás bien?

Al-Saud levantó la mirada, y Matilde apreció la alteración de su semblante. Sin articular palabra, empezó a moverse hacia adentro y hacia afuera, siempre con la vista fija en ella. Le gustaba salir por completo para penetrarla con una embestida sorda y profunda; le fascinaba la reacción de Matilde, que se mordía el puño en un intento para atrapar los sollozos de éxtasis. Los gritos de placer que quedaban encerrados en el pecho de ella se transmutaban en la fuerza con que le clavaba los dedos en el cuero cabelludo, en la nuca, en los hombros.

Al-Saud atinó a taparle la boca cuando el orgasmo aniquiló la voluntad de Matilde por permanecer callada. Amó verla convulsionarse sobre la mesa. Aceleró el vaivén y pronto la siguió. Sus fosas nasales, que se dilataban para inspirar grandes porciones de aire, y sus labios convertidos en una línea blanquecina daban cuenta de su esfuerzo para no prorrumpir en gritos. El semen fluía desde su interior en una corriente sin fin. El orgasmo parecía no tener fin, lo ahogaba. Tenía la impresión de que habían subido el volumen de la música de Mendelssohn, ¿o se trataba de una ilusión? Le zumbaba en los oídos junto con su torrente sanguíneo. Más reprimía los gritos, más lo ensordecían los acordes de la sinfonía.

Se desplomó sobre ella. Respiraba por la boca con un sonido anginoso. Ninguna inspiración bastaba en su intento por llenar los pulmones.

Las caricias de Matilde sobre su espalda y su cabeza lo ayudaban. Igualmente, necesitó varios minutos para recobrarse.

—No creo que alguna vez pueda salir de esta sala —la oyó decir—. Siento que tengo un cartel en la frente que dice: «*Monsieur* Al-Saud acaba de hacerme el amor».

—Qué lindo cartel. Me gustaría que lo llevaras de verdad, así ningún estúpido vuelve a acercarse a ti. —Levantó la vista para destinarle una mirada cargada de dureza—. Medes me contó acerca del incidente que tuviste con Blahetter en la puerta de tu casa.

—Por favor, no lo menciones. No aquí. No cuando todavía estás dentro de mí.

—Está bien, está bien —se arrepintió Al-Saud—. ¿Quieres que pida el almuerzo al restaurante del hotel y que comamos aquí?

—Sí, sí, por favor. No podría enfrentarme a tus secretarias. No aún.

—¿Qué te gustaría comer?

—Cualquier cosa.

Esa tarde, en la clase de francés, Matilde oía a la profesora como un murmullo lejano. Delante de ella, se recreaban las escenas sobre la mesa en la sala de reuniones. Aún le costaba creer lo que había vivido en las oficinas de la Mercure, a pasos de Thérèse y de Victoire. Sonrió de modo involuntario al evocar a Eliah mientras el orgasmo parecía acabar con él. Dedujo que si hubiese cedido a la potencia que ella había visto acumularse en su rostro, en sus músculos, entre sus piernas, habría explotado en bramidos que habrían alcanzado la recepción en la planta baja. Miró a sus compañeros, concentrados en la profesora, en el pizarrón. Experimentó una extrañeza en el ánimo y tuvo ganas de gritar: «¡Ey, acabo de hacer el amor con el hombre más maravilloso del mundo! Yo, Matilde Martínez, hice el amor». Más tarde, en el recreo, se atrevió a pedirle a Juana:

—Quiero que me digas cómo hacerle cosas lindas a Eliah. En la cama —añadió.

—¿Ya se la chupaste? ¡Ay, no te pongas colorada, Mat! ¿Ya se la chupaste? —Matilde sacudió la cabeza para negar—. Es importante que aprendas a hacerlo bien. Los vuelve locos. Si no se la chupas tú, buscará otra que lo haga. Es así, no me mires con esa cara. Recuérdame que compremos plátanos.

A las seis y media, Al-Saud pasó a buscarlas por el instituto con Leila. Cada vez le gustaba menos la lobreguez de la calle Vitruve, la poca iluminación de la entrada del *Lycée des langues vivantes* y el aspecto amenazador de los alrededores.

Leila, que ocupaba el sitio del acompañante, se bajó del Aston Martin y corrió a abrazar a Matilde. Enseguida hizo migas con Juana. Al momento de subir en el automóvil, Leila se apresuró a ocupar su sitio junto a Al-Saud.

—Leila, bájate. Ese lugar es de Matilde. —La muchacha se empacó: cruzó los brazos a la altura del escote e hizo trompa con la boca—. Debes ir atrás —insistió, con poca paciencia.

—Déjala. Yo voy atrás.

—No, Matilde.

—Por favor, Eliah, no la regañes. Yo voy atrás.

—Tú y yo hablaremos esta noche —amenazó Al-Saud, lo que acentuó la expresión de enfado de Leila y la firmeza de sus brazos cruzados ya casi a la altura del cuello.

Matilde se ubicó detrás de Al-Saud y le pasó los dedos por la barbilla áspera. Le habló al oído por el lado izquierdo.

—¿Ves? Este lugar es mejor porque puedo tocarte mucho, todo lo que quiero. ¿Adónde vamos? —preguntó en voz alta y en francés.

—Vamos de compras —explicó él en el mismo idioma—. Hoy es martes, y Leila quiere ir a su *foire* favorita, aunque no sé si se lo merece.

—¿Qué significa *foire*? —se interesó Juana.

—Feria —explicó Al-Saud—, de esas donde puedes comprar de todo.

Matilde estiró la mano, apartó un mechón de la frente de Leila y le acarició la mejilla, sonrojada a causa del disgusto. La muchacha no tardó en ceder. Le aferró la mano y se la besó varias veces, en la palma y en el dorso. Al-Saud la observaba de soslayo.

La feria en la Place Maubert, sobre el Boulevard Saint-Germain, era un festival de colores, aromas y sonidos. En los puestos que atiborraban el espacio, decorados con toldos a rayas verdes y blancas, se exponían desde máscaras africanas y bombones artesanales hasta mariscos, frutas y verduras; la variedad apabullaba. Al-Saud la conducía de la mano en silencio; Matilde lo sentía sereno y feliz. Les compró unas pelotas de chocolate con frutas secas que arrancaron suspiros a las tres. Resultaba fascinante ver a Leila regatear con ademanes y muecas con los puesteros, que la conocían y la llamaban por su nombre. Al-Saud nada decía; se limitaba a sacar la billetera y a pagar. Juana se acordó y compró plátanos.

Al llegar a la casa de la Avenida Elisée Reclus, se encontraron con que Marie y Agneska se ocupaban de preparar la cena. Ambas se sorprendieron con la aparición de Matilde y de Juana, y se quedaron boquiabiertas cuando vieron al patrón besar en la boca a la rubia antes de encerrarse en el escritorio. Se llenaron de aprensión y de timidez, aunque enseguida se distendieron al comprobar que las señoritas las trataban como a iguales y que ayudaban a Leila a guardar los mariscos, las verduras y el sinfín de productos que había comprado; incluso se ocuparon de poner la mesa para varios comensales ya que Alamán, Peter, Mike y Tony se presentaron un rato más tarde y anunciaron que se quedarían a comer.

Alamán abrazó a Matilde al saludarla y le preguntó al oído:

—¿Sabes quién cumple años el sábado? —Matilde agitó la cabeza—. Eliah.

El corazón le saltó en el pecho. A Alamán le causó risa su expresión, porque de pronto sonreía y sus ojos plateados destellaban. Matilde hizo un cálculo rápido: Eliah cumplía años el 7 de febrero. Se puso en puntas de pie y besó a Alamán en la mejilla.

—Gracias por contármelo —susurró.

Por su parte, Eliah alejó a Juana para hablarle en confidencia.

—Quiero comprarle un reloj a Matilde.

—Perfecto.

—¿Qué te parece un Rolex?

—No es buena idea. —Ante la extrañeza de Al-Saud, se dispuso a explicarle—: Mira, papito, Mat es la mejor persona que habita este mundo, sin exagerar, pero es medio rara la pobre. Hasta los quince años vivía en un palacio de cincuenta habitaciones y la atendía una docena de sirvientes. Era algo así como la Sisí emperatriz cordobesa, en extremo mimada por su papá. Desde chica, vivió en el lujo y en la opulencia, y fue muy infeliz. Ella relaciona ese mundo con lo superficial, con lo vano, y lo desprecia. O simplemente, lo ignora. Creo que te ganarías más su corazón si le compreses un reloj de buena calidad pero que no sea fastuoso. Lo ostentoso le provoca repulsión.

Para Matilde resultaba evidente la parcialidad de Peter Ramsay por Leila. El inglés rara vez le quitaba los ojos de encima y se empeñaba en hablarle en su francés mal pronunciado. La muchacha le sonreía, le contestaba con señas, le coqueteaba. La preocupaba que fuera casado. Eliah le había comentado que la esposa de Ramsay vivía en Londres y que él la visitaba de tanto en tanto. En las propias palabras del inglés, su matrimonio era *a little bit strange* (un poquito raro).

Mike y Tony se disputaban la atención de Juana, más interesada en la exótica casa de Al-Saud que en sus socios. Matilde la llevó a recorrerla, con Leila tomada de su mano, aprovechando un momento en que los hombres se ausentaron para hablar de sus asuntos. Orgullosa, como si fuera la dueña de casa, la paseaba por las estancias y le explicaba las características del estilo *Art Nouveau*. De pronto se estremeció al evocar lo que Al-Saud le había dicho el domingo por la noche antes de partir hacia la calle Toullier: «Quiero que hagamos el amor en cada una de las habitaciones de esta casa. Una especie de rito bautismal», aclaró.

Claude Masséna vio entrar en la base a Al-Saud seguido por Alamán y sus tres socios. Desde que había descubierto la intriga tramada para retenerlo ahí, como jefe de sistemas de la Mercure, pero sobre todo desde que sospechaba que Zoya había tomado parte en el complot, la furia y el odio opacaban su vida. A veces se convencía de que Al-Saud era cliente de Zoya, por esa razón había abandonado el edificio de la calle del Faubourg Saint-Honoré aquel martes 20 de enero. El convencimiento duraba poco; Al-Saud no precisaba de una prostituta para satisfacer sus apetitos sexuales. Además, en ese sórdido mundo no existían las coincidencias.

Lo exasperaba especialmente su dependencia de Zoya. La necesitaba aun cuando ella fuera una traidora y una zorra. A veces pensaba en adquirir un arma y meterle un tiro en la cabeza para acabar con tanta desazón. Enseguida se arrepentía al avizorar su vida sin ella.

Mike Thorton los convocó a la sala de mapas. Una pantalla transparente bajó del techo y proyectó el plano de la ciudad de El Cairo del que Al-Saud se sirvió para exponerles los detalles de la misión que se llevaría a cabo dentro de dos días. Masséna se cuidaba del contacto visual con su jefe; temía que descubriese que lo traicionaba, que en realidad trabajaba para el servicio secreto israelí. Lo creía capaz de eso, de leerle la mente con mirarlo a los ojos.

Tony repartió los roles y las órdenes entre los empleados. Peter Ramsay detalló el plan para eludir el cerco del Mossad en torno a Bouchiki. Se habló de La Diana y de Dingo, que habían viajado a El Cairo esa mañana para ocupar sus puestos en el Hotel Semiramis Intercontinental. Todo estaba listo.

—¿En qué medio le pasará la información Bouchiki a La Diana? —se interesó Masséna.

—Eso no es cosa tuya —contestó Al-Saud—. Lo que tienen que saber, ya lo saben. A trabajar.

Horas más tarde, Masséna se dirigió hasta la cabina telefónica que debía utilizar para comunicarse con sus nuevos jefes, la que se hallaba en la estación del *métro Alma-Marceau*. Ariel Bergman atendió con voz de dormido.

—¿Picasso? Soy Salvador Dalí. —Se anunció con su nombre en clave.

—Te escucho —dijo Bergman.

Gérard Moses entró en su departamento de la calle Charles Martel de la ciudad belga de Herstal. No le agradaba Herstal en particular; la había elegido por su proximidad con la fábrica de armas Fabrique Nationale, de las más viejas de Europa y una de sus mejores clientes. Le pagarían una fortuna por el nuevo adminículo que estaba diseñando, al que había bautizado «unidad de control de disparo» y que serviría para afinar la puntería al momento de lanzar una granada desde un lanzacohetes con un margen de error de escasos centímetros. No le cabía duda de que su invento revolucionaría la próxima exposición de armamento en Berlín.

Si bien hacía tiempo que se ausentaba de Herstal —después de París, había pasado unos días en Bagdad—, de igual modo le extrañó que su contestadora automática marcase cinco mensajes sin escuchar; a él no lo llamaba nadie. La voz de Eliah lo sorprendió, le ablandó las piernas; se sentó en el sillón junto al teléfono y escuchó los mensajes una y otra vez, y lloró. Se secó las lágrimas con el puño de la camisa y se instó a ganar compostura. Udo se presentaría en breve, y no quería que advirtiese su debilidad. Sorbió unos tragos de Laphroaig, su whisky favorito, para cobrar valor. Estaba furioso con su asistente y se lo demostraría. Por alguna razón que Jürkens no acertaba a explicar, había arruinado el encuentro con Roy Blahetter; el muy necio no se había presentado en el restaurante del Hotel Ritz de acuerdo con lo pactado y no respondía a los mensajes de correo electrónico. La posibilidad de echar mano a los planos de la centrifugadora de uranio se desvanecía una vez más. Y Saddam Hussein comenzaba a perder la paciencia.

Odiaba a Blahetter por varias razones: por su juventud, por su belleza, por su lozanía y cuerpo saludable, pero sobre todo por ser aún más brillante que él. ¿Cuál sería su coeficiente intelectual? Lo desconocía, y se lamentaba de no haberlo sometido a un test cuando trabajaban juntos en el laboratorio del MIT. Jamás se había topado con un ingeniero nuclear que conociera tan acabadamente su campo y que se moviera con tanta soltura y seguridad; daba la impresión de que Blahetter era el dios creador del mundo de la energía nuclear. La revolucionaria centrifugadora de uranio era prueba suficiente. Por cierto, la presentó a los iraquíes como una obra de su invención, incluso publicó un artículo en *Science and Technology* esbozando los principios utilizados en la construcción de acuerdo con las notas y los diseños que le escamoteó a Blahetter en el MIT. De igual modo, le llevó días convencer a los ingenieros iraquíes de que se trataba de una máquina factible. Los iraquíes no eran tontos y conocían bien el funcionamiento de las centrifugadoras tradicionales, las que se utilizan para enriquecer el uranio, es decir, para separar el isótopo 235, el isótopo fisible, el necesario para construir una bomba nuclear, del 238, que es el de mayor presencia dentro del mineral. El proceso de separación es complejo porque ambos isótopos presentan masas similares; el centrifugado, por ende, requiere una fuerza altamente superior y gran cantidad de tiempo. Y tiempo era con lo que Saddam Hussein no contaba. Para enriquecer la suficiente cantidad de uranio que permitiese construir una bomba, los iraquíes precisaban cientos de centrifugadoras que trabajasen «en cascada» durante tres años. Antes de la Guerra del Golfo, Saddam había contado con esa tecnología, mayormente alemana. En ese momento, debía comenzar de cero. Su ambición por convertirse en una potencia nuclear no había menguado con la derrota; por el contrario, se había tornado obsesiva. *Necesitaba* la centrifugadora de Blahetter (aunque el *rais* pensaba que era de Gérard Moses) para enriquecer el uranio en pocas semanas y construir las bombas suficientes que lo dotasen con el poder para destruir a sus mayores enemigos: Estados Unidos e Israel, un apéndice de los estadounidenses. El *rais* sabía que Estados Unidos no había dado su golpe final. Algún día, no muy lejano, regresaría para finiquitar lo comenzado en enero de 1991. Y él estaría preparado para recibirlo.

La centrifugadora de Blahetter resultaba tan novedosa −reducir un proceso de años en semanas− que Gérard no terminaba de maravillarse. Además de su mayor ventaja −la reducción del tiempo−, la centrifugadora contaba con artilugios ingeniosos para resolver inconvenientes que, desde la Segunda Guerra Mundial, desvelaban a los ingenieros nucleares. Por ejemplo, Blahetter, para proteger al rotor de la fricción sugería que se moviese en el vacío y para lograr mayores velocidades de giro y eliminar las vibraciones proponía construir la centrifugadora no en aluminio sino en acero *maraging*, de un alto contenido de níquel, que la volvía más ligera y resistente. Moses sabía que había experimentado con ese acero en la metalúrgica de su familia, en Córdoba, y que las pruebas habían resultado exitosas.

Esa maravilla de la inventiva humana, a punto de caer en sus manos, volvía a escabullirse por culpa de la inoperancia de Udo Jürkens. Blahetter no había vuelto a contactarlo; ni siquiera sabían si aún permanecía en París. Y él, Gérard Moses, con la información en su poder no acertaba a concluir el proyecto, no sabía cómo hacerlo, a pesar de que lo había intentado. Necesitaba los diseños finales de Blahetter.

Sonó el timbre. Era Udo. Con su voz metálica e inhumana, se apresuró a decir:

−Jefe, traigo buenas noticias de Blahetter. −Gérard Moses lo miró con recelo−. Estuve con el investigador privado que sigue a Al-Saud.

−¿Qué tiene que ver él con Blahetter?

−Por favor, sentémonos y le explico. El sábado por la noche, Al-Saud concurrió a un edificio en la Avenida Charles Floquet, en el número 29. Llegó con Céline −añadió, y extendió una foto en la que Eliah aparecía cubierto por un sobretodo negro con Céline del brazo−. Unas horas más tarde abandonó el edificio con otra mujer. —Extendió una nueva fotografía donde aparecía Matilde.

—Luce muy joven —pensó Gérard en voz alta, y, como Jürkens no reanudaba su discurso, levantó la vista para urgirlo—. ¿Qué pasó con esta joven?

—La llevó a su casa.

—¿A qué casa?

—A su casa en la Avenida Elisée Reclus.

—¡Imposible! —se ofuscó Gérard—. Jamás lleva a sus prostitutas a la casa de la Avenida Elisée Reclus. Él mismo me lo dijo: ése es su santuario. Nadie lo penetra a menos que sea de mucha confianza para él, a menos que se trate de alguien muy importante… —Las palabras flotaron en el ambiente.

—La muchacha pasó la noche ahí y todo el domingo. Al-Saud la llevó hasta su casa, en la calle Toullier, donde el investigador regresó al día siguiente para continuar con las averiguaciones. Cerca de las dos de la tarde, la muchacha y otra joven salieron del edificio. —Con el índice, arrastró una tercera foto sobre la mesa—. Blahetter estaba esperándolas.

Gérard Moses se puso de pie con la fotografía y la acercó a la luz natural que filtraba por la ventana. Sí, era Blahetter. Blahetter tomando por el brazo a la muchacha que había penetrado en el santuario de Eliah.

—Por favor, Udo, dime que el investigador privado siguió a Blahetter.

—Lo hizo, jefe. Como ya sabía dónde volver a ubicar a la joven rubia, juzgó que no sería un problema desviar la vigilancia por un momento para ocuparse del hombre que la hostigaba. Pensó que quizá podría sernos de utilidad.

—¿Qué hace Medes ahí? —preguntó Moses de manera súbita y señaló la fotografía que captaba el momento en que el chofer se aproximaba para intervenir entre Blahetter y Matilde—. ¿Por qué Medes está en esta foto? —insistió, colérico.

—No lo sé, jefe. Ni siquiera había notado al chofer de Al-Saud.

Moses no sabía en quién concentrarse, si en Blahetter o en esa muchachita y las consecuencias de su aparición en la vida de Eliah. Se sirvió una medida de Laphroaig y la apuró hasta el fondo.

—Olvidemos a la muchacha por un momento. Háblame de Blahetter.

—La verdad es que Blahetter advirtió que el investigador privado lo seguía. Se metió en el Louvre y se perdió entre los contingentes de turistas.

—*Merde!* ¿Acaso no contratamos a un profesional? ¿Cómo pudo evidenciarse de ese modo?

—Según el investigador, Blahetter estaba muy atento, como si esperase que lo siguieran. Además, es un tipo brillante, lo sabemos. —Ante la mirada que le lanzó Moses, Udo lamentó no haber cerrado la boca—. Pero no cabe duda de que regresará a la calle Toullier, lo hará. Tarde o temprano lo hará.

—Págale al investigador privado lo que sea que le debo y despídelo. De ahora en más, tú te ocuparás de este asunto.

—Sí, jefe.

Al día siguiente, Al-Saud fue a buscar a Matilde al instituto alrededor de las seis y veinte. No se habían encontrado al mediodía debido a que ambos estaban ocupados, Matilde preparando un examen y Eliah con la misión en El Cairo. Apenas dobló la esquina, frunció el entrecejo y masculló un insulto al divisarla sola en la puerta. Lucía tan vulnerable en esa calle solitaria y poco iluminada que Al-Saud casi cede al impulso de prohibirle regresar al *Lycée des langues vivantes*. Descendió del deportivo inglés y la abrazó en la acera. Eran tan pequeña, su torso se le perdía entre los brazos y en el pecho. Matilde elevó la cara y Al-Saud la besó con delicadeza.

—¿Por qué estás sola? ¿Y Juana?

—Se fue con un grupo de compañeros a tomar algo.

Al-Saud agitó la muñeca hasta que su Rolex Submariner apareció bajo el puño del sobretodo de pelo de camello.

—Es temprano, aún no son las seis y media. ¿Por qué estás afuera?

—Hoy tuvimos un examen. A medida que terminábamos, podíamos irnos. Yo terminé a las seis y cuarto. Hace poco que estoy aquí, esperándote.

—Vamos, subamos al auto —la urgió.

Una vez al seguro en el deportivo blindado, no puso en marcha el motor y se quedó mirándola. Deseaba pedirle tantas cosas que no se atrevía a pronunciar. «No vayas al Congo. No sigas viniendo acá, yo te enseñaré francés o pagaré a una profesora para que te enseñe en casa. En casa. En nuestra casa. Porque la casa de la Avenida Elisée Reclus es tan mía como tuya. Ya no es lo mismo sin ti, Matilde, amor mío. ¿Qué me has hecho? Un Caballo de Fuego ama su libertad, ése es su bien más preciado. Ahora estoy encadenado a ti y no me importa.» Matilde le sostenía la mirada con dulzura. Elevó la mano y arrastró el dorso de los dedos por el filo de su mandíbula.

—¿Qué pasa, Eliah?

—*Tu es si belle, mon amour.* —Ella bajó los párpados al tiempo que sus mejillas se teñían de rojo. Al-Saud ahogó una risa—. Y eres tan adorable cuando te pones colorada.

—Siempre me dices que te gusto cuando se me ponen los cachetes colorados, pero a mí no. Quedo horrible.

Al-Saud le pasó una mano por la nuca, la otra por la cintura y la atrajo hacia sus labios.

—Sí, sí, horrible. Muy horrible.

La besó larga y minuciosamente, adentrándose en lo profundo de su boca, invadiéndola con su lengua, devorándole los labios, engulléndolos con los suyos. Cada inspiración de Matilde la embriagaba porque llegaba cargada del perfume de él; las notas dulces con aroma a chocolate se mezclaban con otras más picantes, como si se tratara de pimienta de Cayena; a veces le parecía que atrapaba la esencia de una naranja; un segundo después, de la vainilla. Se dijo que ese perfume poseía tantas aristas como Eliah Al-Saud; de algunas, ella tenía conocimiento; de otras, no; le daba la impresión de que él escondía un costado oscuro, tal vez sórdido. Percibió, en el mutismo del interior, que él comenzaba a sublevarse porque su respiración se tornó más intensa y rápida.

—Hagamos el amor, aquí, ahora —propuso, en tanto deslizaba la butaca hacia atrás, para alejarla del volante.

—¿Y si pasa alguien? ¡Nos va a ver!

—Los vidrios están polarizados, incluso el parabrisas. No se ve absolutamente nada. Y yo no puedo esperar a llegar a casa. —Le metió las manos bajo las nalgas y la sentó delante de él, a horcajadas—. *J'ai besoin de toi, Matilde. J'ai besoin de te sentir.*

—Me hablas en francés porque sabes que de ese modo consigues cualquier cosa de mí. Eres perverso. Y un aprovechado.

Al-Saud rio por lo bajo y comenzó a quitarle la chamarra.

—¿Eso quiere decir que puedo hacerte el amor?

La protesta de Matilde se transformó en un gemido cuando Al-Saud escurrió las manos bajo el suéter y le apretó los pechos a través del corpiño. Se arqueó cuando él le acicateó un pezón con los dientes a través del algodón de la prenda. Matilde le abrió el sobretodo y le desajustó el cinto. Al-Saud echó la cabeza hacia atrás en la actitud de quien emerge para inspirar después de un rato bajo el agua. Levantó la pelvis para que ella le bajara el pantalón y los boxers.

—*Touche-moi, Matilde. Je t'en prie.*

De rodillas en el asiento, elevada sobre su amante, Matilde le cubrió con ambas manos el miembro y, de acuerdo con las indicaciones de Juana, lo acarició con movimientos descendentes y ascendentes. Permanecía atenta a las reacciones de Al-Saud, que no reparaba en la fuerza que empleaba al apretarle la cintura. Él agitaba la cabeza, apretaba los ojos —las pestañas negras le sobresalían, enmarañadas— y se mordía el labio. Matilde también prestaba atención a los sonidos que, en el mutismo del interior, se limitaban al roce del pelo de Al-Saud sobre el cuero del apoyacabeza y a su respiración pesada e irregular; cada tanto se filtraba el rugido del motor de un automóvil ocasional, y Matilde tomaba conciencia del lugar en el que estaban amándose. Aplicó velocidad y vigor a sus caricias, y Al-Saud respondió abriendo los ojos con expresión desorbitada.

—*Le préservatif!* —clamó, y Matilde hurgó en el bolsillo interno del sobretodo hasta obtener la billetera, de donde extrajo un condón. Se lo colocó con ayuda de él.

Al-Saud le levantó el suéter hasta el cuello y le liberó los pechos del corpiño para hundir el rostro entre ellos, y luego para buscar los pezones con una boca ávida por chuparlos, succionarlos, mordisquearlos. Matilde seguía de rodillas, en completa entrega, una mano aferraba el sujetador de la puerta y la otra se abría en el techo, como si lo sostuviera para que no cayese sobre sus cabezas. Al-Saud la obligó a recostarse de espaldas sobre el asiento del acompañante y le quitó las *ballerinas*, el pantalón y los calzones, que iba arrojando a la parte trasera. La mantuvo en esa posición para introducirle el dedo mayor en la vagina y acicatearle el clítoris con el pulgar. Matilde gritó y se contorsionó.

—Estás tan húmeda —jadeó él.

La incorporó con un tirón brusco. Matilde dejó caer la cabeza hacia atrás. Él la manipulaba como a una muñeca de trapo y, mientras la acomodaba sobre él, la obligó a recibirlo con un movimiento seco y autoritario, que causó a Matilde un instante de malestar y ardor. Clavó las uñas en los hombros de Al-Saud y sollozó. Él le apartó los cabellos y le estudió la mueca contraída.

—Matilde… —Su voz acongojada la hizo sonreír—. Mi amor, perdón.

Ella afirmó con la cabeza, incapaz de articular en ese instante de delirio, placer y dolor. Sintió que él le besaba el cuello, justo donde la sangre pulsaba, y ladeó la cabeza hasta encontrar su boca. Las manos de Al-Saud se apoderaron de las caderas de Matilde y le enseñaron el meneo que más le gustaba, el que propiciaba que su falo se enterrase muy dentro de ella. Matilde rompió el beso, se sujetó un pecho e introdujo el pezón dentro de la boca de Al-Saud.

—Chúpame, Eliah, como si estuvieras alimentándote de mí.

Sintió cómo sus palabras lo alteraban; el pene de Al-Saud creció y latió dentro de ella, al mismo tiempo que sus párpados oscuros se volvían pesados y casi le cubrían la mirada por completo. La mano derecha de él permaneció sobre la cadera de Matilde, para seguir meciéndola, en tanto la otra trepó por la espalda hasta los omóplatos y la presionó contra su cara. Él soltó el aire con violencia sobre la piel de Matilde antes de succionar. Los movimientos seguían el mismo ritmo, el de la cadera de Matilde sobre la ingle de Al-Saud, y el de la boca de él sobre el pezón de ella. Matilde se arqueaba y se quejaba cuando él abandonaba un pecho para arrastrar los labios hasta el otro. De pronto sus miradas se encontraron, y una emoción los invadió. El movimiento ganó velocidad. Ella se apartó de los ojos oscuros de Al-Saud para observar el aro que formaba la boca de él en torno a su pecho. La enardecía esa visión, como también la del punto en que sus cuerpos se unían. Deslizó la mano y, con el índice, tocó lo poco de él que no estaba dentro de ella, y se tocó el clítoris inflamado. Al-Saud protestó con un quejido y, sin soltar el pezón, le habló en francés, corto de aliento.

—No hagas eso o terminaré antes que tú.

Matilde lo abrazó y le susurró sobre la frente:

—Termina cuando quieras, mi amor. Verte en el orgasmo es suficiente para mí.

—Matilde...

El vaivén erótico se intensificó, junto con la succión de Al-Saud. Matilde gritaba, dividida entre un placer arrebatador y el dolor que le ocasionaban las manos de él en su cintura y sus labios voraces en los pechos. El éxtasis no tardó en tensar sus cuerpos, para sacudirlos después con la potencia arrolladora de la pasión que se había encendido dentro del deportivo inglés y que los esclavizaba el uno al otro donde fuera que se hallasen.

El jueves 5 de febrero, desde muy temprano, una actividad vertiginosa se apoderó de la base. Los empleados se dedicaban a ultimar los detalles de la misión en El Cairo en tanto Al-Saud y sus socios revisaban el plan. Cerca de la una de la tarde en la capital egipcia (las doce en París), los científicos del seminario de nanotecnología compartirían un almuerzo en la terraza del Hotel Semiramis Intercontinental que colgaba sobre el Nilo. Ése sería el momento en que La Diana abordaría a Bouchiki.

Peter Ramsay se hallaba en un pequeño yate en el río desde el cual captaba con sus cámaras el restaurante del hotel y transmitía las imágenes a la sala de proyección de la base, donde se habían encerrado Eliah, Tony, Mike y Alamán para seguir las instancias del intercambio. Los micrófonos y sistemas de comunicación habían sido controlados varias veces.

Apenas pasada la una, los científicos comenzaron a invadir la terraza y a ocupar sus lugares de acuerdo con las indicaciones del *maître*. Al máximo aumento, los binoculares electrónicos de Ramsay le permitían leer los nombres en las credenciales.

—Lo tengo ubicado —informó Ramsay—. Bouchiki acaba de ingresar. El de camisa a rayas verdes y blancas. La Diana va detrás de él.

—Lo vemos —contestó Al-Saud, que, de pie frente a una pantalla gigante, seguía con atención las secuencias—. Diana —dijo—, pásate la mano por la frente si recibes bien. —La Diana ejecutó la orden—. Dingo, ¿qué puedes decirnos desde tu posición?

Dingo, vestido como camarero, se inclinó sobre una mesa y simuló acomodar unos platos antes de contestar:

—Hay mucho movimiento, tanto en el *lobby* como aquí, en el restaurante. También veo varios botes y lanchas en el río. Nada que llame mi atención.

La Diana se ubicó junto al doctor Bouchiki, que atendía con pocos ánimos los comentarios de un colega canadiense.

—Diana —habló Tony Hill, en tanto se aplastaba el cabello rubio con ambas manos, una costumbre que revelaba su inquietud—, fíjate si ves el bolígrafo de Bouchiki. Si lo ves, acomódate la servilleta sobre las piernas ahora.

La Diana desplegó la pieza de paño después de comprobar que un bolígrafo similar al que Al-Saud le había proporcionado en Ness-Ziona asomaba del bolsillo izquierdo de la camisa.

—Momento de actuar, Diana —la instó Mike Thorton, y, con un movimiento ágil, saltó de la butaca y deslizó su cuerpo alto y delgado hasta ubicarlo junto al de Al-Saud, muy próximo a la pantalla.

La tensión palpitaba en tanto aguardaban el inicio de la puesta en escena. La Diana volcó la copa de agua, que se derramó sobre el plato base de Bouchiki. El hombre se echó hacia atrás para evitar que el líquido lo mojase.

—¡Oh, lo siento! ¡Qué torpe! —Se acercó para secarle unas gotas ficticias de la manga y le murmuró—: La Diana y Artemisa son la misma diosa.

El cambio de expresión del científico israelí resultó imperceptible. La Diana se agachó para recoger la servilleta que había dejado caer adrede y percibió un zumbido sobre su cabeza. Bouchiki se desplomó sobre el mantel blanco, que se encharcó con la sangre que brotaba de la frente del israelí. Los demás científicos se pusieron de pie y pegaron alaridos. Un segundo disparo los desbandó, lo mismo que al resto de los comensales.

—¡Cúbrete, Diana! —la urgió Tony Hill, y la vieron caer bajo la mesa.

—Si se mantiene al nivel del suelo —dijo Peter Ramsay por el micrófono—, el pretil de la baranda la protegerá.

—A menos que le lancen una granada —apuntó Al-Saud.

—¡Quítale el bolígrafo! —le ordenó Mike Thorton, y la piel de su rostro, extrañamente olivácea para un inglés, se volvió colorada—. No salgas de allí sin las pruebas.

La Diana, acuclillada bajo la mesa, oía los disparos que caían a su alrededor.

—¡Le disparan desde una lancha a mis tres! —informó Peter Ramsay.

—¿Puedes cubrirla, Pete? —preguntó Al-Saud.

—Afirmativo.

Las cámaras captaban la mano de La Diana que asomaba por la mesa, reptaba sobre el charco de sangre y se deslizaba bajo el pecho de Bouchiki en busca del bolígrafo.

—¡Lo tengo!

—¡Diana, escúchame! —Era la voz de Al-Saud—. Quiero que te zambullas en el río y nades hasta el barco de Peter. Deberás hacerlo mayormente bajo el agua. Es tu única vía de escape. Por ninguna razón debes volver al *lobby*. Podrían emboscarte allí. Vamos, comienza a reptar hacia la baranda.

—¡Dingo, Peter! —vociferó Tony Hill—. ¡Cubran la retirada de La Diana!

—¡El bolígrafo! —se desesperó la muchacha—. ¡Se arruinará con el agua!

—La plaqueta de memoria está en un compartimiento sumergible —explicó Alamán—. No se arruinará.

—¡Ahora, Diana! —la apremió Al-Saud—. ¡Dingo, cúbrela y arrójate tras ella!

La Diana gateó bajo las mesas. Los disparos arreciaban, no sólo en dirección a ella sino al barco donde se hallaba Peter Ramsay. El momento de mayor exposición y, por ende, de gran riesgo, se presentaría cuando La Diana trepase para deslizarse sobre el barranco de concreto que se hundía en el río.

—¡Vamos! —Dingo apareció reptando tras ella, y La Diana experimentó un gran alivio; si el australiano estaba a su lado, todo saldría bien.

Dingo se colocó de espaldas sobre el suelo y se quitó el delantal de camarero, y La Diana descubrió que, sujeto con correas a su larga pierna derecha, ocultaba un fusil de asalto Galil. Dingo desplegó la culata, extrajo el cargador de la parte posterior de su pantalón y lo metió en el arma.

—A la cuenta de tres, saltas. Uno, dos, tres. ¡Ahora!

Dingo se incorporó detrás de la baranda y vació el cargador en dirección del barco que les abría fuego. Los casquillos vacíos saltaban hacia delante, en un ángulo alto. La Diana los oía golpear contra el barranco. Como no iba preparada, se lastimó las manos y las rodillas, aunque nada importaba, sólo alcanzar el Nilo y protegerse bajo sus turbias aguas. Temía que los del barco enemigo se deslizaran tras ella. Confiaba en Peter, en Dingo también, en que no la dejarían expuesta.

Agotados los treinta y cinco cartuchos, Dingo se parapetó tras el pretil, se colgó el Galil en bandolera y empuñó su Magnum Desert Eagle.

Podía oír las sirenas de la policía egipcia; en unos segundos, los oficiales atestarían la terraza del restaurante. Se arrojó sobre el barranco de concreto y rodó hasta el agua.

En la sala de proyección de la base, los dueños de la Mercure seguían las imágenes con el aliento contenido. La comprensión de que los habían traicionado, de que alguien, infiltrado en la organización, los había vendido, les enfatizaba los gestos contrariados. Las cámaras seguían congeladas en la terraza del hotel y no captaban lo que ocurría en el Nilo. Notaron que el barco de Ramsay se ponía en movimiento.

—¡Pete! —Los ojos pardos de Mike chispearon de ansiedad—. Dinos si logras verlos.

—¡Los veo! Voy hacia ellos.

Una vez que La Diana y Dingo subieron al yate, no perdieron tiempo. Buscaron los lanzacohetes RPG-7, ya preparados, y salieron a cubierta. La lancha enemiga se aproximaba; la ocupaban dos hombres. Uno de ellos se aprestaba a atacarlos con un misil antitanque. Dingo, que se había colocado los prismáticos, descubrió que se trataba de un Spike-SR, el de fabricación israelí, utilizado por el *Tsahal*, el ejército de ese país. «Son *kidonim*», pensó, y aludía a los sicarios del Mossad. Vio, con satisfacción, que el hombre parecía tener problemas con el trípode del lanzador.

—Yo me ocupo del que está por disparar. Tú, del que conduce la lancha.

—Perfecto —contestó La Diana.

Los ubicaron con la mira réflex de punto rojo y dispararon. Peter Ramsay, que se ocupaba de alejar el pequeño yate hacia el delta del Nilo para perderse en la intrincada red de islas e islotes, oyó el silbido de los disparos y el estruendo al impactar en la lancha enemiga. No se detendría a contemplar el resultado. Exigió a fondo los motores. De lejos se oía la sirena de la lancha de la policía egipcia.

Pasaron horas de gran tensión hasta que se dio por acabada la misión en El Cairo. Cerca de las diez de la noche, cuando Al-Saud y sus socios estuvieron seguros de que Peter Ramsay, Dingo y La Diana viajaban en el Gulfstream V de la Mercure con destino a Le Bourget, abandonaron el recinto para cenar. Leila los recibió con la comida lista y la mesa puesta. Nadie alabó la *vichyssoise* ni *les moules avec sauce au safran*. Comían en silencio, abstraídos en sus pensamientos. Leila atrajo la atención de Al-Saud para preguntarle por Matilde; con la punta del índice, se tocó varias veces el puente de la nariz, como dibujando pecas. Eliah sonrió con desgano.

—Hoy no viene, *ma petite*. Tú también la echas de menos, ¿eh? —A sus socios les indicó—: Tomemos el café en la sala de música. En unos minutos me reúno con ustedes —dijo, y abandonó el comedor.

Eran las once y media, muy tarde para llamarla. Pero la necesitaba; escuchar su voz le traería paz. La imagen de Bouchiki cayendo de bruces sobre la mesa no lo abandonaba. Él lo había conducido a esa trampa. Descargó el puño sobre su escritorio y después se cubrió el rostro con las manos. Tomó el teléfono.

—¿Hola?

—Juana, soy yo.

—¡Hola, papito!

—¿Las desperté?

—No. Estábamos viendo una película vieja con Alain Delon. ¡Qué bombonazo, mi Dios! Pero no te pongas celoso que Mat dice que tú eres mucho más lindo.

Al-Saud sonrió a pesar de sí.

—Qué bueno que las encuentro despiertas.

—Mañana no tenemos que ir al instituto, por eso nos estamos dando este gusto.

—¿Por qué no irán?

—Porque van a desratizar. Parece ser que una chica del otro curso levantó la tapa del pupitre y se encontró con una ratita del tamaño de un gato que por poco la saluda en francés. Casi le dio un ataque. Así que decidieron cerrar el instituto mañana viernes y desratizar. Te paso con Mat que está quitándome el aparato.

—Gracias —balbuceó Al-Saud, en tanto una idea se gestaba en su mente.

—Hola.

—Hola, mi amor. Qué bueno es escucharte.

—¿Cómo estás? Te noto cansado.

Cerró los ojos. La voz de Matilde se coló suavemente y operó en su ánimo como el efecto de un bálsamo sobre una quemadura. Expandió los pulmones y se echó en el asiento.

—Tuve un día de mucho trabajo. Muy pesado.

—Sí, me dijiste que hoy tendrías un día complicado. Puedo sentir que estás exhausto.

—¿Sí? ¿Puedes sentirme?

—Sí.

—Me gustaría que estuvieras aquí.

—Y a mí me gustaría estar ahí.

—Matilde, quiero que conozcas mi hacienda en *Rouen*. Juana acaba de decirme que mañana no tienen que ir al instituto. Podríamos salir temprano por la mañana y regresar el domingo por la noche. ¿Qué te parece?

—Me encantaría.

Al-Saud se incorporó en el asiento.

—Paso por ti a las nueve.

—Te espero. Que duermas bien, Eliah.

—Gracias, mi amor.

Al-Saud se unió a sus socios en la sala de música. Alguno había elegido la Suite para *cello* Número Uno de Bach.

—Es evidente que tenemos un infiltrado —opinó Tony Hill.

—¡Por favor! —se ofuscó Mike Thorton—. No empecemos a volvernos paranoicos. Hacía dos años que el tipo tenía a los del Mossad detrás de él. Sabíamos que se trataba de un intercambio muy complejo.

—Es cierto —acordó Al-Saud—. De todos modos, una cosa es seguirle el rastro, custodiarlo, no perderlo de vista, y otra muy distinta es apuntarle desde el río con fusiles M-16.

—Supongamos por un momento que la información se filtró y que llegó a oídos del Mossad —conjeturó Mike—. Supongamos por un momento que tenemos un traidor dentro de la Mercure. ¿Por qué el Mossad o quien sea que haya matado a Bouchiki habría esperado hasta ese momento, el momento mismo del intercambio de la información para matarlo? ¿Por qué no hacerlo antes y evitar los riesgos?

—Para enviarnos un mensaje —concluyó Al-Saud—. Quieren que sepamos que están al tanto de nuestra investigación. Están advirtiéndonos que no sigamos adelante.

—¿Y quién sería el traidor? —preguntó Mike, aún suspicaz.

Los socios se miraron unos a otros. Los empleados que operaban en la base no eran pocos; aislar la fisura resultaría una tarea complicada.

—No sólo podría tratarse de un infiltrado del Mossad —opinó Tony—, sino de ese hijo de puta de Nigel Taylor. —Tony Hill aludía al dueño de Spider International, la competencia de Mercure S.A. Existía una rivalidad entre Taylor y Al-Saud nacida durante los años que prestaron servicio en *L'Agence* y que trasponía el ámbito de los negocios para convertirse en una cuestión personal—. Taylor bien pudo plantar un espía en la Mercure y después venderle la información al Mossad —continuó Tony—. El muy hijo de puta es capaz de eso y de cualquier cosa para hundirnos.

—No sigamos especulando porque no llegaremos a nada —propuso Mike—. Lo primero que tendríamos que hacer es determinar si existe un traidor entre nosotros.

—Tender una trampa —manifestó Tony— será la mejor forma para determinar eso.

—Fingiremos un encuentro —declaró Al-Saud— con un informante ficticio que nos proveerá más información acerca del vuelo de El Al. Limitaríamos el número de gente de la Mercure involucrada en esta misión a los que, de acuerdo con nuestro juicio, resulten más sospechosos.

—Masséna encabeza la lista —opinó Tony—. Nunca me gustó ese roedor.

—Yo seré quien concurra a ese supuesto encuentro —expresó Al-Saud.

Estaban demasiado agotados para ajustar los detalles de la emboscada que les permitiría ratificar la sospecha de que la Mercure había sido infiltrada. Una vez admitida la existencia de un traidor, aislarlo implicaría un juego sutil en el cual se guiarían más por el instinto que por la certeza.

—Como lo indica la prueba de hipótesis —dijo Tony—, sería peor eliminar una opción buena que aceptar una mala.

—En este caso, ambas situaciones serían desastrosas —expresó Al-Saud—: deshacernos de un buen empleado o bien conservar al traidor. —Sin mediar pausa, anunció—: Mañana me ausentaré de París. Quiero que me llamen apenas Chevrikov haya revelado las fotografías de Bouchiki.

13

Roy Blahetter ocupaba una de las mesas del Soufflot Café apostadas en la acera, que se hallaba casi en la esquina con la calle Toullier. Allí, medio oculto tras el atril donde se exponían los precios, Roy obtenía una visión perfecta de la entrada del edificio de Matilde. Consultó la hora. Las nueve menos cuarto de la mañana. Era temprano. Permanecería el día entero en esa silla hasta verla salir. No había querido atender sus llamadas telefónicas, y para él se había convertido en una misión imposible abordarla al mediodía, cuando se dirigía al instituto; el chofer que la buscaba se mostraba celoso como un rottweiler. En algún momento, Matilde saldría sola, y él la interceptaría.

Su atención se desvió al magnífico Aston Martin azul que avanzaba por la calle Soufflot y que dobló en la de Toullier. Lo vio detenerse frente al edificio de Matilde. Un mal presentimiento lo impulsó a ponerse de pie. Los vidrios polarizados le impedían distinguir quién iba dentro. La puerta del conductor se abrió y apareció el hijo de puta que lo había humillado en casa de Jean-Paul Trégart el día después de la fiesta. Volvió a su silla y se ocultó tras el atril cuando Al-Saud —así le había dicho Ezequiel que era su apellido— se quitó los anteojos para sol y, mientas los colgaba en el cuello en V de su playera blanca, estudiaba el entorno, aun los techos, con la actitud de un vigilante. Sin abandonar el aire alerta, oprimió el timbre del interfón, cruzó unas palabras y esperó junto a la entrada. Matilde no tardó en presentarse, hermosa, con el cabello suelto, más largo, rubio y resplandeciente que nunca, enfundada en una chamarra color beige que él no le conocía y que le sentaba muy bien. No se dio cuenta de que doblaba la cucharita mientras atestiguaba el beso que su esposa y Al-Saud intercambiaban. Él la desembarazó de la mochila y la obligó a ponerse de puntillas al pasarle el brazo por la cintura para acercarla a su boca. Matilde, sujeta a la nuca de Al-Saud, le devolvió el beso con una pasión de la que jamás la habría creído capaz, ahí, en medio de la calle, a la vista de todos. No la reconocía. Al-Saud siguió besándola —comiéndola más bien porque ya no se avistaban los labios de Matilde— hasta que se apartó, agitado, turbado quizá. Después de presenciar ese beso, Blahetter debía admitir que las palabras de Al-Saud, que Matilde le daba libremente lo que a él le había negado, cobraban un matiz de veracidad. «Si no supiera que va armado», se convenció Roy, «iría y lo molería a golpes». Matilde y Al-Saud se subieron al Aston Martin y se alejaron en dirección a la calle Cujas.

No contó con tiempo para desmoralizarse. Sintió una ligera presión en la zona del riñón derecho. Giró sobre la silla y se topó con la cara del chofer del profesor Orville Wright a escasos centímetros de la de él.

—Buenos días, doctor Blahetter. Estoy apuntándole con una pistola calibre cuarenta y cinco. No me obligue a usarla. Póngase de pie y camine conmigo hacia aquella camioneta. —Señaló con el mentón un vehículo estacionado sobre la calle Soufflot—. Imagino que sabe conducir. —Blahetter asintió apenas—. Aquí tiene las llaves.

A medida que se alejaban de París hacia el noroeste por la *Autoroute A13*, el cielo se tornaba gris. Matilde casi no prestaba atención al paisaje, mayormente rural, absorta como estaba en lo que Eliah le contaba acerca de Jacques Méchin, a quien había querido como a un abuelo y de quien había heredado la casa de la Avenida Elisée Reclus y la hacienda de Ruán. A pesar de que Al-Saud se mostraba locuaz, ella lo notaba tenso; su mirada se ubicaba con frecuencia en el espejo retrovisor, en especial si un automóvil se aproximaba por la parte trasera, lo que ocasionaba que Al-Saud apretara el acelerador para distanciarse. Matilde alcanzó a ver cuando la aguja trepó hasta los doscientos kilómetros por hora. Le pareció una contradicción no experimentar miedo; se sentía segura con él.

La conversación acerca de Méchin derivó en el verdadero abuelo de Eliah, amigo de Méchin y fundador del reino de Arabia Saudí, Abdul Aziz Al-Saud, y en su vida de novela. Eliah también le habló acerca de la realidad del Islam en el país de Kamal.

—La familia de mi padre pertenece a una secta sunita llamada *wahabita*. La fundó Mohamed ibn Abd-al-Wahab; de ahí que se llame así. Es la más estricta del Islam, hasta la danza y el canto están prohibidos.

—Es extraño que te hayan puesto el nombre de un profeta judío siendo hijo de un príncipe *wahabita* —comentó Matilde.

—A mi madre le gustaba mucho, ella lo quería para mí, y mi padre, que siempre le da gusto en todo, la dejó salirse con la suya. Mi abuela Fadila nunca se lo perdonó. De hecho, ella siempre me llamó por mi segundo nombre, Aymán. Significa afortunado.

—Aymán —repitió Matilde—. Qué lindo nombre. Y qué lindo significado.

—Y a ti, ¿por qué te llamaron Matilde?

—Porque nací un 14 de marzo, día de Santa Matilde. Mi nombre es de origen alemán y significa fuerza o ejército. Nada menos apropiado para mí, ¿no te parece?, que siempre fui tan baja y pequeña.

Al-Saud giró la cabeza para mirarla de un modo enigmático.

—Tal vez se refiere al temperamento —razonó—. Estoy convencido de que tú te levantas con la fuerza de un ejército cuando algo te molesta.

Un silencio incómodo invadió el interior y la canción *Alfa* de Vangelis cobró preeminencia. Matilde era consciente de que Al-Saud se refería a la noche en que lo había echado de la calle Toullier. No tocaban ese tema, y su viaje al Congo pendía como la espada de Damocles. Pasados unos minutos, Matilde se atrevió a hablar.

—Tu papá está muy enamorado de tu mamá, ¿verdad?

—Mi padre renunció al reino de Arabia Saudí para tener a mi madre.

—¿Tu papá iba a ser rey de Arabia Saudí? —Eliah asintió—. Es increíble.

—No habría podido casarse con mi madre si aceptaba el trono. Ella, para los saudíes, es una infiel. ¿Por qué me preguntas?

—Tuve la impresión de que tus padres se quieren de un modo especial la noche en que lo conocí a él, en casa de Sofía. Se miraban de una manera que... me emocionaba.

Al-Saud salió de la ruta y tomó por una más angosta y solitaria, flanqueada por un espeso bosque. Al cabo de unos minutos, dobló a la derecha y se adentró por un camino de tierra oscurecido por la fronda de los árboles, que terminó frente a un antiguo portón de hierro forjado coronado por un letrero metálico que rezaba: *Haras Al-Saud. Élevage de Chevaux Frisons*. Apuntó con un pequeño dispositivo al portón, que se abrió para franquearles el paso.

—Léeme el cartel, Eliah. —Al-Saud la complació—. ¿Qué quiere decir?

—Caballerizas Al-Saud. Cría de caballos frisones.

—¿Cuáles son los caballos frisones?

—*Les plus beaux chevaux au monde, mon amour.*

La casa principal se erigía en un predio de cuidados jardines y circundada por casas menores de sólida construcción y de cuidado aspecto, si bien más antiguo que el de la principal. Al-Saud le informó que en una vivía el administrador, Takumi Kaito, y en las demás se distribuían los dos veterinarios y el resto de los empleados. La zona bullía de actividad, que se detuvo por un momento cuando apareció el Aston Martin. Al-Saud estacionó sobre un camino de grava que conducía hasta la escalinata de ingreso a la casa grande. Junto a la puerta de dos hojas, se hallaban el administrador —Matilde no tuvo dificultad en identificarlo dadas sus marcadas facciones japonesas— y una señora regordeta, ataviada con un pañuelo en la cabeza y un delantal floreado, cuya sonrisa ayudó a Matilde a relajarse.

Takumi Kaito observaba a Eliah mientras éste bajaba el equipaje y cruzaba unas palabras con la muchacha que lo acompañaba. Su gesto imperturbable disfrazaba el estallido de emociones que significaba para el japonés la visita de quien él consideraba su hijo. Nunca olvidaría los comienzos de su relación, cuando Eliah contaba con trece años, una mente brillante y un espíritu ávido, inquieto e incomprendido. El príncipe Kamal lo había contratado como guardaespaldas personal de su tercer hijo, tarea que compartía con otro profesional, un rumano, ex miembro de la Legión Extranjera. Luego de estudiarlo sin arrogancia, pero abierta y concienzudamente, Eliah pidió a su padre unas palabras en privado, y, aunque cerraron la puerta de la habitación contigua, Takumi captó el intercambio. «Yo podría derribar a ese japonés con un dedo, papá.» «Tú no alcanzarías a poner tu dedo sobre ese hombre antes de que estuvieras rogando por aire», fue la respuesta del príncipe saudí. «Lamento que tengas tan poco juicio para dejarte llevar por las apariencias. Es cierto que el señor Kaito es de baja estatura y contextura pequeña, pero ese hombre, nieto de uno de los últimos samuráis, es experto en varias artes marciales y lo he visto derribar a hombres de mi contextura con dos o tres movimientos.» Durante meses, su protegido le dispensó un trato distante; en realidad, se mostraba reservado y poco afectuoso con la mayoría de las personas, excepto con su madre, la señora Francesca, y con su hermana Yasmín; sin embargo, Kaito percibía que a él no sólo lo trataba con circunspección sino que no le tenía confianza; por otra parte, sabía que a su protegido, un Caballo de Fuego, la falta de libertad de movimiento lo fastidiaba como pocas cosas, y la presencia de un guardaespaldas lo limitaba.

Un sábado por la mañana de mayo del 81, la señora Francesca le pidió que aprestase uno de los automóviles; ella y sus dos hijos menores, Eliah y Yasmín, saldrían de compras. Apenas entraron en el calle Saint-Honoré, dos vehículos los encerraron, uno por detrás y otro por delante, y Takumi Kaito se vio obligado a frenar. Cuatro hombres, armados con fusiles MP5 y con rostros grotescos debido a las medias que cubrían sus cabezas, rodearon el automóvil de los Al-Saud y les vociferaron en un francés de pésima pronunciación que descendieran; acompañaban sus gritos con golpes en el techo del vehículo. La niña Yasmín, abrazada a la cintura de la señora Francesca, escondía la cara en su regazo y le impedía cumplir con la orden de los secuestradores. El joven Eliah permanecía estático en el asiento, sólo sus ojos verdes se movían para acompañar a la figura de quien parecía llevar la voz cantante de la banda. Los secuestradores comenzaban a perder la paciencia. La operación, a plena luz del día y en una calle transitada, no debía tomar más de unos segundos, ni siquiera alcanzar el minuto. Uno arrancó a Kaito del lugar del conductor y lo arrojó sobre el asfalto, en tanto el jefe intentaba desasir a la niña de la cintura de la madre. Todo era alaridos y llanto. Yasmín, en un ataque de histeria, se volvió contra el hombre e, intentando arañarle la cara, le rompió la media, que se abrió para dejar al descubierto el rostro del delincuente. Eliah, que desde muy chico estudiaba alemán, comprendió los insultos del atacante. Lo seguía con la mirada en una especie de estado de fascinación y estupor, mientras le estudiaba las peculiares facciones. Takumi Kaito aprovechó ese momento de confusión para deshacerse de quienes lo apuntaban. Los quejidos de los secuestradores desviaron la atención de Eliah hacia el japonés. Sus brazos se agitaban como aspas a una velocidad que los tornaba casi invisibles, apenas destellos de color en el aire. Kaito se ocupó del tercero, y el crujido del húmero al quebrarse le provocó a Eliah una náusea. El jefe de la banda, sin media y alterado, intentó vaciar el cargador de su MP5 en el cuerpo del japonés. Resultó difícil comprender de qué modo el hombre terminó con la culata del fusil enterrada en el vientre. Sin aire, se arrastró hacia uno de los vehículos y, con las puertas abiertas, hizo chirriar los neumáticos al huir por el bulevar.

Eliah se vio abrazado por su madre y por su hermana, que lloraban, temblaban y gimoteaban, una en castellano, la otra en francés. Kaito puso en marcha el automóvil y regresó a la mansión de la Avenida Foch. Los días siguientes transcurrieron de modo confuso para Eliah. No iba al colegio, no le permitían salir a la calle ni ver a sus amigos. El desfile de policías, inspectores, políticos, embajadores y demás funcionarios nunca acababa. En medio de la revolución causada por el ataque, nadie reparaba en la actitud de Eliah, que se retraía y se ensimismaba cada día más. Takumi Kaito lo observaba.

Lo encontró un día en el desván, llorando. Respetó el afán del adolescente por disimular ese momento de debilidad. Su inacción ante el peligro corrido por las mujeres de su familia lo había humillado; seguía humillándolo cada vez que la policía o los agentes de la *Direction de la*

Surveillance du Territoire lo interrogaban, y él debía admitir que había permanecido impávido.

—Este sitio —habló Kaito— sería un magnífico dojo.

—¿Qué es un dojo? —preguntó el joven Al-Saud, y se puso colorado porque la voz se le afinó.

—Es una especie de gimnasio donde se aprenden artes marciales. —Kaito estudió el desván y evaluó las condiciones—. Sí, definitivamente sería un buen dojo. ¿Te gustaría aprender a luchar como me viste hacerlo cuando intentaron secuestrarlos? —Mencionó aquel día a propósito, usó las fatídicas palabras sin pudor—. Creo que tienes condiciones para la lucha.

—¿Cómo sabe? —desconfió Eliah.

—Porque te he visto practicar deportes en tu colegio. Te mueves con soltura, estás en armonía con tu cuerpo. Te sientes cómodo con él.

Las palabras se revelaron como incomprensibles. Eliah no sabía de qué le hablaba el japonés, como si su cuerpo y él fueran dos entidades separadas.

—No le entregaría a cualquiera mi conocimiento, Eliah.

El joven Al-Saud levantó la vista y la clavó en su guardaespaldas. Era la primera vez que lo llamaba por su nombre.

—Se puede matar fácilmente con lo que yo sé. Y no se trata de eso. Pero tú posees el equilibrio y el control que se requieren para discernir cuándo convertirte en un arma para matar. Si yo te enseño, Eliah, nadie, nunca, podrá hacerte daño.

—No supe qué hacer cuando esos hombres querían llevarse a mi madre y a mi hermana. Me comporté como un cobarde.

—¿Un Caballo de Fuego, un cobarde? El Caballo de Fuego no conoce el miedo. No es un mérito. Sencillamente nace sin ese sentimiento. ¿Acaso tuviste miedo el día del secuestro? Lo dudo. Simplemente te limitaste a observar. Nadie como el Caballo de Fuego para conservar la calma frente a las catástrofes. A veces resultan inhumanos.

—¿De qué está hablando? —articuló Eliah.

—Hablo de ti. Tú, por haber nacido el 7 de febrero de 1967 eres un Caballo de Fuego en el Zodiaco Chino. —La sonrisa socarrona de Al-Saud no ofendió a Kaito—. Tampoco creíste en mí cuando tu padre me contrató. Dijiste que podrías derribarme con un dedo, ¿no es así? —Las mejillas imberbes de Eliah volvieron a teñirse de rojo—. Así que no dudes cuando te digo que tu espíritu es el de un Caballo de Fuego.

—Está bien —claudicó, luego de un silencio—, quiero que me enseñe a pelear como lo hizo aquel día.

—Lo haré, Eliah, pero a mi lado no sólo aprenderás a pelear sino a respetar todo cuanto te rodea, desde la criatura más pequeña a la más grande. Porque cada elemento forma parte de un todo, nada está puesto al azar. No sólo seré tu entrenador sino que me convertiré en tu maestro. Por eso me llamarás maestro Takumi. Me llamarás Takumi *sensei*. Dilo.

—Takumi *sensei*.

—Takumi *sensei* —dijo Al-Saud, y ejecutó una reverencia. Después se fundieron en un abrazo—. *Bonjour, Laurette* —saludó a continuación.

Matilde creyó que la mujer se echaría a llorar. Emocionada, envolvió a Al-Saud con sus brazos rechonchos y le soltó una retahíla de palabras indescifrables para ella; el acento de la *Haute-Normandie* sonaba más confuso que el parisino. Si bien Al-Saud le permitió que lo abrazase, Matilde intuyó que las muestras de afecto lo incomodaban.

—*Sensei*, Laurette, ella es Matilde, mi mujer.

Laurette profirió una exclamación, abrazó a Matilde y de nuevo habló rápido y mucho. Matilde, sonrojada y turbada por el modo en que Al-Saud la había presentado, se inclinó de manera autómata ante el japonés y después se sintió ridícula. Entraron en la casa. Laurette parloteaba a Matilde. Al-Saud traducía, y no importaba cuántas veces le explicara que el francés de Matilde era limitado; la mujer seguía soltando parrafadas incomprensibles. Hasta que Kaito le habló de manera enérgica y por lo bajo en japonés, y Laurette se calló, sin perder la sonrisa.

La casa estaba construida en piedra blanca y madera. Atravesaron el vestíbulo y descendieron tres escalones para acceder a la sala de grandes dimensiones. Matilde enseguida cayó presa del encanto de ese sitio, con una chimenea donde crepitaban dos leños, un sillón de varios cuerpos y otros individuales forrados en gamuza marrón, almohadones por doquier y una alfombra enorme que cubría el parquet. Cerca de las contraventanas que daban al jardín trasero, se encontraba la larga mesa de roble con un frutero colmado de manzanas, naranjas y plátanos.

La escalera se hallaba en un extremo de la estancia y conducía a un balcón interno, que colgaba sobre la sala. Matilde se preguntó cómo vería desde arriba y se dispuso a subir. El celular de Al-Saud sonó, y éste consultó la pantalla antes de contestar.

—Tengo que atender esta llamada —le dijo, y Matilde asintió.

Lo vio cruzar la sala, entrar en una habitación y cerrar la puerta tras él. Kaito le sonrió y, con una seña, le indicó que subiese. Laurette y el japonés cargaban el equipaje.

—Habrá nieve esta noche —informó Takumi, y Matilde comprendió su francés pausado—. La casa tiene un excelente sistema de calefacción, señorita.

—*Monsieur* Kaito, por favor, llámeme Matilde y tutéeme. Para mí será un placer.

—Lo mismo tú, Matilde.

Avanzaron por el balcón. Matilde se detuvo y contempló la sala a sus pies; desde esa posición descubrió, a metros del hogar, un mueble que albergaba el equipo de música y cientos de discos compactos. Sonrió. La afición de Eliah por la música comenzaba a cambiar su propia relación con ese arte. Reanudó la marcha. En la parte superior, según le explicó Kaito, se hallaban las cuatro habitaciones y el gimnasio.

—Ésta es la habitación de Eliah.

—Es muy acogedora. ¡Qué hermosas flores! —exclamó, y se acercó a la cómoda para olerlas; las había en varios colores (violeta, blanco, fucsia, azul) y crecían en racimo—. ¡Ah, qué exquisito perfume! ¿Qué flor es? No la conozco.

—*Jacinthe* —se apresuró a contestar Laurette, y le explicó que se trataba de una rareza para esa época del año; ella las cultivaba en el invernadero.

—Laurette, dejemos a Matilde para que se refresque y se ponga cómoda. En media hora serviremos el almuerzo. Aquí está el baño.

—Gracias, Takumi. Gracias, Laurette. —Matilde les sonrió. Se sentía muy bien.

Al-Saud cerró la puerta del estudio para responder la llamada.

—Dime, Tony.

—Estoy en lo de Lefortovo —apodó a Vladimir Chevrikov con su *nom de guerre*—. Tenemos listo el material.

—¿Qué puedes adelantarme?

—Es mucho mejor de lo que esperábamos. Está todo. Ha fotografiado el laboratorio, las sustancias, a los empleados manipulándolas, informes, documentación con las cantidades, el origen, los embarques. En fin, una bomba. ¿Quieres que contacte al periodista para empezar con la ejecución del plan?

—No. Aguardaremos. Prefiero contar con la otra prueba antes de contactar al holandés.

—¿Quieres que yo me ocupe? ¿O Mike?

Al-Saud meditó la sensatez de enfrentarse con Roy Blahetter. Se preguntó si se dominaría o sucumbiría al deseo de molerlo a golpes.

—Descuida, Tony. Yo me haré cargo. Manténganme al tanto, a cualquier hora.

Al-Saud regresó a la sala. La voz de Laurette provenía de la cocina; hablaba de Matilde —qué pequeñita, pero qué bonita; ¿cuántos años tendría? Ella le daba veinte; ¿no era un poco joven para Eliah? Debía de ser una buena persona; alguien que reconocía la belleza de sus jacintos, no podía ser mala−. Al-Saud agitó la cabeza y sonrió. Corrió escaleras arriba. Entró en su habitación y la ubicó en la terraza. Ella se había puesto la chamarra y salido a admirar el paisaje. El viento le agitaba el pelo. ¡Qué hermosa imagen componía! La sintió sobresaltarse cuando la envolvió con sus brazos por detrás, y la apretó contra su pecho para reconfortarla. Guardaron silencio. Desde allí se distinguían las caballerizas, dos construcciones paralelas, más largas que anchas, con paredes blanqueadas y techos a dos aguas con tejas españolas.

−¿Te gusta montar?

−Me encanta. Pero hace años que no subo a un caballo.

−¿Sabes montar?

−De chica tenía un instructor. Y cuando íbamos al campo de mis abuelos, costaba bajarme del caballo. Sólo quería montar y montar. Pero después perdimos el campo y los caballos, y ya no volví a hacerlo.

Al-Saud quería saber todo acerca de ella, no sólo porque anhelaba conocerla en profundidad sino por aquello que Juana había mencionado, que Matilde le contaría sus pesares si él se ganaba su confianza.

−¿Qué pasó con el campo? ¿Por qué lo perdieron?

Pensó que no le contestaría hasta que la oyó suspirar.

−Lo perdimos todo. El campo, los caballos, la mansión de la familia, las joyas, los cuadros, los autos, todo, todo. −Se giró en su abrazo y apoyó la mejilla sobre la chamarra de gamuza de él−. Mi papá estafó a mucha gente. Era dueño de un banco y, cuando quebró, dejó a muchos sin nada. Nos llamaban por teléfono para insultarnos, nos agredían en la puerta de casa. Los abogados se lo pasaban encerrados con mi papá y mis abuelos en el estudio. Estaban tan preocupados. Mi papá tomaba desde muy temprano. Mi mamá lloraba en su cuarto. Mi abuela Celia acusaba a mi papá de todas las desgracias del mundo. Una vez vinieron a embargar la casa y lo que había dentro. ¡Fue tan desagradable! −La voz le falló.

−Shhh. Basta. No me cuentes más −le dijo, y ajustó sus brazos en torno a ella para insuflarle su energía, su fuerza.

Matilde elevó la cara, y Al-Saud, impresionado por esos ojos enormes colmados de lágrimas, sintió un tirón en la garganta.

−Matilde −imploró, y ocultó el rostro en su cuello−. Matilde. Amor mío. Matilde.

−Una mañana −prosiguió ella−, mi papá vino a mi habitación y me dijo que saldría por unas horas pero que volvería para llevarme a la fiesta de cumpleaños de Juana. Yo me puse muy contenta porque, por una vez, estaba sobrio, bien vestido, hasta perfumado. Me abrazó y me besó y me dijo que me quería con todo su corazón. Yo no le dije nada porque no podía hablar. ¡Cómo me arrepentí! Tendría que haberle dicho: «¡Yo te quiero mucho, papi!». En cambio, no le dije nada. Y ya no volvió más. Esa mañana se presentó en el juzgado a declarar y lo metieron preso.

Al-Saud no esperaba una confesión de ese tenor. No sabía que el hermano de su tía Sofía había terminado en la cárcel por estafador.

Matilde elevó el mentón y lo enfrentó con una mirada decidida.

—Estuvo preso cinco años. Como no había dinero para nada, no se pudo pagar para que él se alojara en el sector VIP, así que debía pasar el tiempo con los delincuentes comunes, con gente de lo peor. ¡No quiero pensar lo que habrá padecido!

—¡No pienses en eso! Seguramente tu padre habrá sabido darse su lugar. —«¡Qué comentario tan estúpido!», se lamentó, superado por la impotencia.

Matilde sacudió la cabeza.

—No sé, Eliah, no sé. Yo siempre lo veía muy abatido.

—¿Ibas a visitarlo?

—Era la única de mi familia que iba a visitarlo, además de mi abuelo Esteban. Pero mi abuelo murió (de pena, creo) al poco tiempo. Así que sólo lo visitaba yo. Juana y Ezequiel me acompañaban. Nos llevaba el papá de Juana. Ellos eran mi familia. Ellos siempre fueron mi familia. —De pronto, Matilde ganó compostura—. Eliah, no juzgues con dureza a mi papá. Él no es una mala persona. Se equivocó, estaba confundido, perdido, pero yo sé que no lo hizo con mala intención ni a propósito. ¡Te lo juro!

—Lo sé, lo sé.

—¡Yo lo quiero tanto! No sé por qué. En realidad, no fue un buen padre. Era alcohólico, se llevaba pésimamente con mi mamá, tenía amantes, nunca estaba en casa. Pero lo quiero, Eliah. Quizá porque sé que él me ama con todo su corazón, como me dijo aquel día en que... —Matilde rompió en un llanto abierto, y Al-Saud lamentó haber removido tanto dolor. La sostuvo, absorbió sus espasmos, la meció en sus brazos y le besó la cabeza. Entre beso y beso, le susurraba: «*Matilde, mon amour, ne pleures pas, je t'en prie. Je suis désolé. Ne pleures pas, s'il te plaît*». Minutos más tarde percibió que el cuerpo de ella se aquietaba. Le acunó el rostro con las manos y le pidió que lo mirara.

—Sólo por haber dado vida a una criatura tan magnífica como tú, tu padre se merece todo mi respeto.

—Gracias —dijo, con voz trémula y la visión nublada.

El almuerzo con el matrimonio Kaito —Matilde se sorprendió al enterarse de que Takumi y Laurette eran esposos— ayudó a disipar los vestigios de tristeza en que los sumió la revelación en la terraza. Matilde llevaba un traje de amazona, propiedad de Yasmín, que le quedaba un poco grande, lo mismo que las botas, las cuales Eliah rellenó con algodón.

—¿Qué número calzas? —se sorprendió de rodillas frente a ella, con el pie de Matilde en la mano.

—Treinta y cinco.

—Es el pie adulto más pequeño que he visto en mi vida. —Lo besó en el empeine, en cada dedo, y empezaba el ascenso por la pantorrilla desnuda cuando Laurette les anunció, desde la planta baja, que el almuerzo estaba servido.

—Es sólo por esta comida —se excusó Al-Saud—. Los demás días estaremos completamente solos, te lo prometo.

Se miraron. Matilde aún tenía los párpados y la nariz enrojecidos por el llanto. Los ojos de Al-Saud vagaron hasta su boca en forma de corazón, con la tonalidad de una cereza al marrasquino. No guardaba en su memoria la imagen de otros labios tan preciosos. Le pasó la mano por la mejilla, y ella descansó el rostro en su concavidad.

—Perdóname por haber hecho que te pusieses triste. Sólo quiero que seas feliz.

—Eliah, nadie me ha hecho más feliz que tú.

Él le habría preguntado: «¿Por qué, Matilde? ¿Por qué te hago feliz? ¿Porque soy tu sanador? ¿Porque te enseñé a hacer el amor? ¿Me amas, Matilde?». Como de costumbre, calló.

Durante el almuerzo, Laurette habló por todos. Poco a poco, Matilde se acostumbraba a su acento. Advirtió que Takumi Kaito la observaba y deseó que Al-Saud quitase la mano de su entrepierna porque estaba segura de que el japonés se daba cuenta de la metamorfosis de su gesto.

—¿Cuántos años tienes, Matilde? —se interesó Laurette.

Al-Saud sonrió con presunción. Había estado preguntándose cuánto soportaría la mujer sin averiguar el dato.

—El próximo 14 de marzo cumplo veintisiete.

—¡Veintisiete! —se pasmó Laurette—. No te daba veinte.

—Cuando se hace dos trenzas —citó Eliah a Juana—, parece de quince. Y no sólo te sorprenderás por su edad, Laurette, sino cuando te diga que Matilde es *une chirurgienne pédiatrique*.

Matilde percibió el orgullo de él, y esa emoción se mezcló con la de escucharlo pronunciar el nombre de su profesión en francés. Deseaba pedirle: «Una vez más, Eliah. Di "cirujana pediátrica" en francés una vez más». La fonética de la palabra cirujana le resultaba inarticulable.

—Naciste en 1971 —expresó Takumi Kaito, y Matilde asintió—. Eres Cerdo de Metal.

Como Matilde creyó haber entendido mal, giró para solicitar la asistencia de Al-Saud.

—Cerdo de Metal —dijo éste en castellano, y prosiguió en francés—: Takumi *sensei* es experto en el Zodiaco Chino. Tú, por haber nacido en 1971, eres Cerdo y tu elemento es el metal.

Matilde rio. Pese a no darle importancia al zodiaco, sabía que en el solar era Piscis. Alguien le había dicho que los piscianos eran compasivos.

—En mi país, en Japón, dirían que eres un Jabalí, pero es lo mismo.

—No sabía que era un Cerdo. No es muy lindo ser un Cerdo, ¿no?

—Sin duda los Cerdos son las personas más bellas y buenas del planeta —manifestó Takumi, y Matilde abandonó el talante risueño al advertir la circunspección con la que el japonés abordaba el tema—. Son de ese tipo de gente con la cual todos los otros animales del zodiaco se llevan bien, aunque el Cerdo tiene sus preferencias. Es afortunado quien se gana su confianza y su amistad, porque tendrá un amigo fiel para toda la vida. El Cerdo se caracteriza por su paciencia. Siempre te hará sentir cómodo. Su presencia es luminosa, tanto que, cuando falta, se nota su ausencia, y en ese momento adviertes cuán dependiente eres de él.

«¡Dios mío!», exclamó Al-Saud para sí. Takumi describía a Matilde y lo que a él le inspiraba con exactitud.

—De tan buenos que son —continuó Kaito—, son fácilmente engañados. Su credulidad es casi tan grande como su corazón.

A ese punto, Eliah tomó a Matilde por la muñeca y la obligó a abandonar la silla para sentarla sobre sus piernas.

—Siempre tendré que protegerte de los que quieran engañarte, mi amor.

—Tendrás que hacerlo, hijo —acordó Kaito—. Los Cerdos simplemente no saben decir que no.

—¡Eres un peligro! —simuló espantarse Al-Saud, y la besó en la mejilla, raspándola con su barba incipiente.

—Pero no creas, Eliah, que estás lidiando con una criatura fácil. Los Cerdos tienen una personalidad muy definida. Son tenaces por naturaleza. Cuando se proponen un objetivo, no se detendrán hasta lograrlo. Son muy buenos estudiantes. En realidad, son buenos en todo lo que emprenden porque nada los desvía del camino que los conduce a la meta. Aunque detestan la violencia y las discusiones, no se debe provocar jamás a un Cerdo porque reaccionan de manera intempestiva. Como es infrecuente verlos enojados, su estallido siempre toma por sorpresa y asusta. En cuanto al Cerdo de Metal, es el más intenso y apasionado de todos.

–Takumi, que hasta ese momento había mirado a Matilde a los ojos, desvió la vista hacia Al-Saud–. No podrías haber elegido mejor persona, Eliah.

–Lo sé, *sensei*. No me siento digno de ella –admitió en japonés.

–¿Qué dijiste? –se interesó Matilde.

–Que eres tan hermosa como testaruda.

Matilde ensayó una mueca de incredulidad y se volvió hacia Takumi.

–Takumi, ¿qué es Eliah en el Zodiaco Chino? –Ante la expresión del japonés, que inspiró profundamente, levantó las cejas y apoyó las manos sobre la mesa, Matilde dijo–: No me asustes, Takumi. ¿Qué es?

–Es un Caballo de Fuego. En China evitan su nacimiento.

–¡Gracias por tu ayuda, *sensei*! Es invaluable para mí, pero mejor ya no digas nada.

–Déjalo hablar –interpuso Matilde–. Cuéntame, Takumi. Me interesa saber por qué evitan su nacimiento.

–El último año del Caballo de Fuego fue 1966. Ese año, la tasa de natalidad de China experimentó una estrepitosa caída y, como nunca, se practicaron abortos.

–¿De veras?

–Así es. Los chinos consideran que el Caballo de Fuego es portador de desgracias.

Matilde miró a Eliah y, al descubrir sus ojos cargados de congoja, lo tomó por las mejillas y lo besó en los labios. Le aseguró en castellano:

–Tú eres una bendición en mi vida, no una desgracia. Nunca olvides eso.

La sonrisa de Al-Saud afectó a Takumi Kaito. Lo que fuese que la muchacha le hubiese dicho había traspasado las capas endurecidas de su pupilo para acariciar su sustrato más íntimo, ese blando, generoso, sentimental y sensible que él sabía que existía, pero que rara vez se manifestaba. Matilde accedía a esa esencia con una facilidad de la cual ella no era consciente quizá porque desconocía con qué tipo de hombre lidiaba. Kaito comenzaba a avizorar el inmenso amor que su pupilo le profesaba. Los había sorprendido al presentarla como *ma femme* (mi mujer); sin embargo, era en ese momento en que Kaito asimilaba la contundencia de ese «*ma femme*», de esa sonrisa, del modo en que la observaba y de esa necesidad por tenerla cerca, de esa urgencia en el contacto de su piel con la de ella. En ocasiones se había preguntado si Eliah sería capaz de amar plena y profundamente a una mujer. Si bien había querido, y mucho, a Samara, se había tratado de un amor inmaduro que murió antes de florecer. Y Takumi dudaba de que hubiese llegado a florecer. Samara, insegura y temerosa, se habría convertido en un ancla para Eliah.

—Debes saber, Matilde, que si pretendes conservar a un Caballo a tu lado, y sobre todo al de Fuego, *jamás*, *nunca* debes atacar su libertad. Bríndale tanto espacio como él necesite, porque no hay nada que el Caballo aprecie más que ser libre. En general, los Caballos son populares y atractivos. Donde sea que entren, captan la atención.

—Ya lo creo —acordó Matilde.

—Son egocéntricos y usan su magnetismo para conseguir de los demás lo que desean.

—Estás pintando un cuadro estupendo, *sensei* —se quejó Al-Saud.

—Su generosidad no conoce límite y son descuidados con el dinero.

—Tú tendrás que ocuparte de las cuentas, mi amor —le susurró Eliah, y Matilde fingió no prestar atención y continuó con la vista fija en el japonés. ¿Qué significaba ese comentario? ¿Que ella existía en el futuro de él? No se atrevía a preguntar porque, de hecho, no había futuro. Además, como manifestaba Kaito, un Caballo de Fuego amaba su libertad.

—El Caballo es un viajero incansable. Ningún sitio es su sitio. Todos lo son.

«Desde que tú estás en París, Matilde, ése es mi sitio.»

—Como en general es un animal brillante y de aguda inteligencia, se vuelve impaciente con aquellos que no lo son y se muestra poco compasivo, aun cruel. No admite los consejos ni las órdenes. Rara vez puede trabajar con un jefe. No conoce el miedo ni los límites. Carece de redes de contención y se lanza a la conquista de lo que desea con un empeño similar al de un Cerdo. Es capaz de encarar diez proyectos al mismo tiempo. Es trabajador e industrioso; detesta la vagancia. Ahora bien, una vez logrado su objetivo, enseguida se aburre. La rutina lo agobia, lo espanta. Cada día del Caballo debe ser distinto del anterior. Sin embargo —se produjo una inflexión en su voz—, cuando encuentran a su alma gemela, el corazón errabundo del Caballo se muestra más que deseoso por asentarse y hallar un poco de paz.

—¡Guau! —Matilde había escuchado a Kaito en un estado de perplejidad y arrobamiento; salvo algunas palabras, había captado la idea—. ¿Así eres tú, Eliah?

—Hasta hace unas semanas, sí —admitió, mientras quitaba a Matilde de sus piernas para ponerse de pie—. Ha llegado a su fin la sesión de Zodiaco Chino. Tengo necesidad de descargar un poco de energía. Vamos por los caballos. Ansío montar. Gracias, Laurette, por este magnífico almuerzo. Y gracias, querido *sensei*, por espantar a mi mujer.

Todos rieron, aun el propio Al-Saud al percibir la alegría de Matilde. «Lo más importante», pensó, «es que ha olvidado lo que me contó acerca de su padre». En el trayecto hacia las caballerizas, comentó:

—Hoy Takumi *sensei* ha estado particularmente conversador. Eso es porque le caíste bien. En general, es un hombre retraído, no abstraído, pero sí silencioso, que escucha y observa. Es de poco hablar.

—A mí también me cayó muy bien Takumi. Laurette también, aunque le entiendo poco cuando habla. Quieres mucho a Takumi, ¿no?

—Sí. Lo conozco desde los trece años. En cierta forma, él es mi mentor y mi maestro. Él es quien me enseñó a conocerme y a aceptarme.

—Me doy cuenta, después de lo que Takumi dijo acerca de los Cerdos, que nunca me preocupé por conocerme. Tal vez porque siempre intenté agradar a los demás y me dediqué a aparentar una personalidad que se amoldase a los deseos de mis padres, de mis abuelos, de mis hermanas… Pero con la libertad que tú me regalaste, empecé a tener conciencia de quién y de cómo soy.

—Eres una inmensidad de mujer y de persona, Matilde. Me parece que no eres consciente de eso. *Bonjour, Jean-Louis!*

A pasos del portón de las caballerizas, les salió al encuentro un hombre joven cubierto por una bata blanca. Al-Saud lo presentó como Jean-Louis Manais, jefe de los veterinarios. Matilde enseguida apreció la pulcritud y el aroma a desinfectante de las caballerizas. Jean-Louis le explicó que las condiciones de higiene se respetaban a rajatabla; trataban con caballos de una pureza extrema, ejemplares de gran valor, a los que cuidaban como a niños pequeños. Recorrían la caballeriza de los sementales. El otro edificio se destinaba para la maternidad. El predio, un campo de ricos pastos, según aclaró, se dividía en zonas, una para las madres y los potrillos, otra para el destete y otra para los sementales. Por fin, Jean-Louis abrió la parte superior de la puerta de uno de los compartimientos, y un caballo negro asomó la cabeza.

—¡Qué belleza! —exclamó Matilde, y se aproximó.

Era la primera vez que veía un caballo frisón. Sus crines, pobladas de bucles y peinadas hacia el costado izquierdo, colgaban hasta el piso; un flequillo enrulado le ocultaba en parte los ojos y le confería un aire seductor y coqueto. El cuidador lo sacó del recinto, y el animal lució su pelaje brillante y su cola tan larga como las crines; las cuartillas estaban cubiertas por un pelaje abundante, similar a los percherones, sólo que, a diferencia de ese caballo de tiro, el frisón presentaba una gran alzada; su cuerpo era robusto, algo que, explicó Jean-Louis, se había apreciado en la antigüedad en los campos de batalla. El veterinario destacó otras características como la cabeza convexa, el cuello erguido que le daba el aspecto de altanero, los ojos grandes y oscuros, y las orejas medianas cuyas puntas giraban levemente hacia el interior.

—Todos nuestros ejemplares son negros —comentó—. Algunos tienen una estrella blanca en la frente, muy pequeña.

—¿Puedo tocarlo?

—Por supuesto —dijo Al-Saud, y Matilde pasó la mano abierta por el hocico.

—Eres hermoso, el caballo más hermoso que vi en mi vida. ¿Cómo se llama?

—Éste es Rex. Lleva el nombre de un caballo que perteneció a mi madre. Mi padre se lo compró antes de que se casaran. Y ella lo amaba. Sufrió mucho con su muerte.

—¿Por qué se los llama frisones?

—Porque provienen de Friesland, una región en los Países Bajos —contestó el veterinario—. La raza estuvo a punto de extinguirse. Por fortuna, *haras* como éste la salvaron de desaparecer.

A Eliah le ensillaron su semental, *Diavolo*, y a Matilde, una yegua llamada *Lattuga*. Les habían envuelto los cuartillos con bandas de tela roja para evitar que se ensuciaran el pelo que cubría los cascos, y el contraste entre el rojo y el negro del pelaje embellecía la estampa de los animales. Aunque le urgía galopar, Al-Saud aguardó a que Matilde se amoldara a su montura después de tantos años. Se alejaron de las caballerizas en dirección a los pastizales. Matilde propuso adentrarse en un bosque que se apreciaba en la lejanía. Confiado en la mansedumbre de *Lattuga*, Al-Saud preguntó:

—¿Te animas a ir a un galope ligero?

Ella asintió, y se lanzaron en dirección al objetivo. Matilde iba a la zaga y conservaba esa posición a propósito para admirar a Eliah sobre *Diavolo*. La excitaron sus piernas largas y delgadas cuyos músculos se marcaban bajo la tela elástica del pantalón de montar en tanto acompañaban los movimientos del caballo. El cielo gris y la baja temperatura no la desanimaban, por el contrario, se sentía exultante en ese entorno feraz poblado de pastos verdes. Las yeguas y sus potrillos, que ramoneaban a cientos de metros, elevaban sus cabezas para verlos pasar; entonces, el viento les volaba las crines larguísimas, y Matilde se emocionaba con tanta belleza.

Se adentraron en el bosque, una mezcla de arces y de una especie de roble llamado rebollo, cuyas hojas se habían tornado de color amarillento. El aroma a humedad y a hojas podridas se disipaba en el aire frío. Andaban a paso tranquilo entre los árboles. Los alientos de los caballos y de los jinetes se convertían en vapor, y dotaban de misterio a ese espacio silencioso y lúgubre. Las palpitaciones de Matilde se elevaban ante la belleza y la paz del bosque.

—Eliah —lo llamó en un susurro, y él se aproximó en su montura—. Gracias por traerme a tu hacienda. Siempre logras que todo sea maravilloso para mí.

—Será porque me siento feliz cuando estoy contigo.

Lo que pretendió ser un fugaz contacto de bocas se transformó en un beso que inquietó a los frisones. Los caballos resoplaron, agitaron las cabezas y piafaron hasta separarlos. Se contemplaron a través del espacio.

—Volvamos a casa. Quiero hacerte el amor.

Emergieron del bosque urgidos por el deseo y galoparon a campo traviesa como si los persiguiera un ejército de cosacos. Cerca de las caballerizas, Matilde se admiró del modo en que Al-Saud abandonó la montura antes de que *Diavolo* se detuviera por completo. En segundos, las manos de él estuvieron sobre su cintura y la ayudaron a bajar. Los cuidadores que se acercaron para ocuparse de los caballos los miraron correr en dirección a la casa grande.

—Es la primera vez que escucho reír al patrón —comentó uno, y el otro asintió.

Cruzaron la sala con el impulso de un torbellino y treparon las escaleras a la carrera. Entraron en la habitación unidos en un beso salvaje. Al-Saud empujó la puerta con el pie para cerrarla mientras aprisionaba a Matilde contra la pared. Ya eran presas del delirio. El beso no bastaba, las manos no calmaban la desesperación. Matilde clavaba las uñas en el cuero cabelludo de él; lo quería dentro de ella, como la lengua de él ocupaba su boca. Deslizó los dedos bajo la chamarra de cuero y le apretó los pectorales, y le acarició los músculos tensos de los hombros, y descendió hasta que sus manos notaron las depresiones que se formaban a los costados de su trasero. Enterró los dedos en sus glúteos. Lo sintió tensarse y también sintió la humedad de su aliento en el cuello cuando Al-Saud respiró por la boca bruscamente. Abandonó el trasero de él y se movió hacia delante, hasta hallar el bulto que levantaba la tela del pantalón de montar. Al-Saud apoyó los antebrazos sobre la pared, por encima de la cabeza de Matilde, descansó la frente en ellos y separó las piernas para permitir que la mano de ella vagase con libertad.

—Por favor… —masculló él.

—Sí, ya sé —susurró ella, y le desajustó el cinto y le bajó los pantalones y los boxers para liberar su miembro. Se quedó mirándolo sin entender por qué la atraía cuando se trataba de un apéndice poco agraciado. Le pasó la punta del dedo por la línea de pelo renegrido que nacía bajo el ombligo hasta la mata que circundaba el pene, a sabiendas de que esa caricia tímida lo exasperaba. Al-Saud se mordió la carne del antebrazo cuando Matilde le sostuvo los testículos y profirió un clamor al percibir el apretón de ella en torno a su miembro. Ella retiró el prepucio hasta descubrir el glande húmedo y brillante. Al-Saud no esperaba lo que siguió. Una convulsión le arqueó la espalda y se le escapó un grito desgarrador. Incrédulo, bajó el rostro para comprobar lo que estaba sucediendo: Matilde, de rodillas frente a él, lo había tomado en su boca.

—*Oh, mon Dieu, Matilde! Mon Dieu…*

Matilde se concentraba para no cometer errores mientras evocaba los consejos de Juana y la clase práctica con plátanos. Al-Saud le causó daño al clavarle los dedos en el brazo izquierdo para ponerla de pie.

—¡Bájate los pantalones! —le ordenó en francés, en tanto rasgaba el envoltorio de un condón.

Estaban tan incómodos, con las botas de montar y los pantalones a la altura de las rodillas, pero no había tiempo para minucias. Actuaban como si una fiebre los privara de las facultades. La pasión los volvía impacientes y poco exigentes de las condiciones. Se besaron con hambre hasta que Al-Saud la obligó a darse vuelta contra la pared. De manera instintiva, Matilde se puso de puntillas y se separó las nalgas. Él guio la cabeza de su pene y se introdujo dentro de ella. Los dos liberaron suspiros de alivio que enseguida se convirtieron en lamentos y gemidos de padecimiento en tanto los impulsos de él adquirían velocidad. Matilde tuvo un orgasmo casi de inmediato. Él se inclinó y le besó la mano que trepaba la pared con desesperación. Ahí descansó la frente para seguir con los embistes. Matilde percibía que Al-Saud se refrenaba; a veces se movía con lentitud; en ocasiones se detenía y, al soltar el aire, soltaba un quejido como si le doliera.

—Quiero que terminemos juntos —dijo él, y tanteó la vulva de Matilde hasta dar con su clítoris. Lo masajeó en un movimiento coordinado con sus impulsos para meterse dentro de ella. La sorprendió que volviera a crecer la sensación inefable, esa que, en su mente, tenía forma de chispa y que, al explotar, se transformaba en una bola de luz. Explotó por segunda vez en pocos minutos y él la siguió con unos bramidos que taparon sus sonidos. Al día siguiente advertiría los moretones que los dedos de Al-Saud le habían impreso en la pelvis al sujetarla durante la eyaculación. La firmeza para sostenerla, que le dio una idea del vigor de él, le impidió convulsionarse durante el orgasmo. Al-Saud embestía dentro de ella con golpes secos y violentos y descargaba su simiente en el condón. La quietud a la que la había confinado de algún modo propició que el éxtasis de Matilde se multiplicase. Experimentó un ahogo, y un vacío oscuro la circundó.

Le había destrozado la rótula de un mazazo. Roy Blahetter lo supo apenas recobró la conciencia, y un espasmo de dolor lo surcó hasta alcanzar su garganta e inundarle la boca de un sabor amargo. Aulló y se agitó. La cabeza le colgó, y un hilo de saliva sanguinolenta se balanceó entre sus labios y terminó absorbido por la tela de sus jeans. Le faltaba poco para claudicar. En segundos su invento revolucionario carecería de valor y lo entregaría a cambio de que Jürkens, el matón del profesor Orville Wright, pusiera fin al martirio.

Jürkens aferró el pelo de Blahetter y le echó la cabeza hacia atrás.

—Blahetter, abra los ojos —le exigió en inglés, y esperó hasta que los párpados hinchados se entreabrieran—. Le destrozaré las piernas si no me dice dónde tiene los diseños y las fórmulas de la centrifugadora de uranio. Ya ve que no bromeo —dijo, y elevó la maza dispuesto a descargarla sobre el fémur.

Roy sollozó en la silla a la cual lo había maniatado el gigante berlinés.

—Por favor —imploró en castellano—. Por favor, no…

—¡En inglés! No le entiendo un carajo.

—Yo no tengo los diseños —expresó—. ¡No, por amor de Dios, no! —lloró al ver la maza que caía sobre su muslo.

—¿Sigo?

—¡No, basta! Le diré… Le diré todo. Un sorbo de agua, por favor. No puedo… —Jürkens le acercó el filo de un vaso y apenas le permitió mojar los labios—. Más, por favor.

—Dígame primero dónde están los diseños.

—En un casillero en la estación de Gare du Nord.

—¿Cree que está lidiando con un imbécil?

—¡Es la verdad!

—Deme la llave e iré ahora mismo a comprobar lo que me dice.

—No la tengo yo sino mi esposa.

—¿Su esposa? —Jürkens lo vio asentir y habría jurado que los ojos celestes se le llenaron de lágrimas, pero Blahetter, al volcar la cabeza hacia delante, le impidió confirmar su impresión—. ¿Dónde está ella?

—Vive en un departamento en la *rue* Toullier.

Con esa información le bastaba; sabía a quién se refería: la muchacha de las trenzas rubias, la nueva amante de Al-Saud. Moses le había ordenado posponer ese asunto porque urgía hacerse con los planos de la centrifugadora; no obstante, las cuestiones se intrincaban de una manera insospechada. Se le ocurrió presentarse en *Gare du Nord*, una de las estaciones principales de París, y abrir el casillero con explosivo silencioso. Desistió un segundo después; desde el atentado en el George V, la policía se hallaba alerta, sobre todo en las estaciones de trenes, donde la vigilancia se intensificaba, y si bien el explosivo era prácticamente insonoro, sí producía un fogonazo que llamaría la atención. Lamentó no contar con la destreza para franquear cerrojos con una ganzúa. Tendría que conseguir la llave.

—¿Dónde está la llave? ¿En el departamento de la *rue* Toullier?

—No. La llave...

—¡Hable!

—La tiene con ella, en una cadena, en su cuello.

Minutos más tarde, Blahetter comprendió que Jürkens se había marchado y lo había dejado solo. Nunca creyó que agradecería que Matilde estuviera con Al-Saud. No le cabía duda de que la defendería del matón alemán. Por su parte, él tenía que escapar. Resultaba improbable que lo lograse, porque si conseguía desasirse las manos, dudaba de contar con la fuerza para arrastrarse hasta la calle. ¿Dónde se hallaría? Desconocía cuánto tiempo había permanecido sin sentido en la parte trasera de la camioneta. No sólo le dolía con ferocidad la pierna sino que unas punzadas en el vientre, donde Jürkens se había ensañado, le indicaban que el daño era serio.

Al cabo de agitar las muñecas y sobar el nudo con los dedos, consiguió aflojar la soga. Terminó en carne viva, pero liberó las manos.

Las llamas de la chimenea eran la única fuente de luz de la sala. Afuera nevaba, y el parque poco a poco se cubría de un manto blanco. Saciada, Matilde observaba los copos que, como plumas blancas, se mecían en el aire antes de posarse en tierra. No sabía qué hora era; calculó que tarde, alrededor de las diez de la noche. Después de horas encerrados en la habitación, bajaron desnudos, envueltos en frazadas, para buscar comida. Tentados por la visión de los leños crepitando, de la alfombra y de los almohadones, decidieron echarse frente a la chimenea para recuperar fuerzas. Los discos compactos elegidos por Matilde se ejecutaban unas tras otro. No sabía si Eliah dormía, no podía verlo porque la envolvía desde atrás. Sentía su cuerpo desnudo, tibio y relajado amoldado al de ella. Sonrió al percibir que él le dibujaba el contorno del trasero con la concavidad de la mano.

—Ahora entiendo de dónde sale este culito. No es el de una araña pollito sino el de un Cerdo de Metal. Tan mullido y respingado.

Matilde, riendo, echó el brazo hacia atrás y lo golpeó con un almohadón en las piernas.

—¡Amo esta canción! —exclamó ella cuando sonaron las primeras notas de *Can't take my eyes off of you*, interpretada por Gloria Gaynor.

Al-Saud se removió, y Matilde se giró sobre la alfombra, intrigada. Él estaba de pie, completamente desnudo, y le extendía la mano.

—¿Te gustaría bailar conmigo?

Después de lo que habían compartido en la habitación, no imaginó que el contacto de sus cuerpos desnudos y tibios la emocionaría y la haría sonrojar. Al-Saud le cantó al oído con una voz de contrabajo como surgida de un pozo profundo y oscuro.

—*You're just too good to be true. Can't take my eyes off of you. You'd be like heaven to touch. I want to hold you so much.* —Matilde se estremeció cuando Eliah apretó su abrazo—. *At long last love has arrived. And I thank God I'm alive. You're just too good to be true. Can't take my eyes off of you.* —A ese punto, él la obligó a mirarlo. Siguió cantándole, aunque Matilde fantaseó que le hablaba, que los versos expresaban lo que él pretendía decirle—: *I love you, baby. And if it's quite all right, I need you, baby, to warm the lonely nights. I love you, baby. Trust in me when I say I love you, baby. Don't let me down, I pray. I love you, baby. Now that I've found, you stay. And let me love you, baby. Let me love you.* —Ante la repetición de las estrofas, él dejó de cantar y volvió a pegarla a su pecho.

Matilde se mordió el puño para evitar que el llanto brotase. ¡Cuánto lo amaba! La inmensidad del sentimiento le oprimía el diafragma y le quitaba el aliento. Lo supo desde el instante en que posó los ojos sobre él en el avión. «¡Evítalo!», se había urgido. «Aléjate de este hombre magnético porque vas a salir herida.» Su recia voluntad la había abandonado, y terminó por sucumbir. Sufriría como nunca había sufrido en su vida, y eso era mucho sufrimiento. Pero como lo amaba de ese modo demencial, su relación debía terminar. Ella partiría al Congo y él seguiría con su vida. La idea le produjo pánico. Tembló y se aferró a la cintura de él.

—Matilde, ¿qué pasa, mi amor?

—Nada. Tengo frío. —Al-Saud recogió una frazada y la envolvió—. ¿Qué hora es?

—Las doce y cinco —dijo él.

—¡Ya vengo!

Al-Saud la vio recoger la frazada y correr escaleras arriba. Agregó un nuevo leño, atizó los rescoldos y se acomodó sobre los almohadones. Hasta prestar atención a la letra de *Can't take my eyes off of you* no había reparado en la exactitud con la cual detallaba sus sentimientos. Apuntó el equipo de música con el control remoto y la canción comenzó a ejecutarse de nuevo. Tarareó las partes al tiempo que las pensaba en francés. «*Eres demasiado buena para ser real. No puedo apartar mis ojos de ti. Tocarte debe de ser algo celestial. Quiero abrazarte tanto. Al fin el amor ha llegado. Y le agradezco a Dios estar vivo... Perdona el modo en que te miro fijamente... Sólo pensar en ti me debilita... Pero si tú sientes como yo siento, entonces permíteme saber si es real. Eres demasiado buena para ser real... Te amo, mi amor... Confía en mí cuando te digo que te amo, mi amor. No me decepciones, te lo ruego. Ahora que te encontré, te quedas. Permíteme amarte, mi amor.»*

Matilde regresó y se arrodilló a su lado.

—Feliz cumpleaños, Eliah —dijo, y le extendió un paquete.

Al-Saud se incorporó, y su mueca desconcertada arrancó una risa a Matilde.

—¿Cómo lo supiste?

—Alamán me lo dijo. ¡Estoy tan contenta de que lo haya hecho! Te preparé un regalo. No es mucho, pero lo hice yo.

Al-Saud rompió el papel. Se trataba de un marco de madera con el retrato de Matilde. Lo aproximó a la chimenea para verlo a la luz rojiza del fuego. Se demoró en la fotografía porque aún no estaba listo para enfrentarla.

—¿Te gusta? —la oyó decir—. Yo lo pinté.

—¿De verdad? —Con obstinación, mantuvo la vista baja.

—Sí. Llamé por teléfono a mi tía Enriqueta y le pregunté cómo hacerlo. ¿Te das cuenta de lo que pinté? —La ansiedad le impidió aguardar la contestación—: Es nuestra historia de amor. ¿Ves? Aquí pinté un avión, donde todo empezó. Después pinté el metro, aunque parece un tren —se lamentó—. Pero tú y yo sabemos que nos encontramos en el metro.

«Éste es el saloncito de mi tía Sofía. Las tazas de té están ahí, muy chiquitas. Era difícil pintar con el plumín y la tinta china. —Sin advertir que él no levantaba el rostro, ella proseguía con las explicaciones—. Ésta es la fachada de la sede de Manos Que Curan, en la *rue* Breguet, donde volvimos a vernos después de tu viaje. Y ésta es la salita en forma de flor de tu dormitorio, donde me hiciste mujer y me curaste. —A ese punto, la vista de Al-Saud se tornó nublada—. Y ésta es la mesa de la sala de reuniones de la Mercure y éste, el Aston Martin, los lugares más exóticos donde nos amamos. La foto no es muy buena. Me la sacó Juana con una de esas máquinas que son desechables. Estoy en los Jardines de Luxemburgo. Bueno, no es un gran regalo, pero lo hice con todo mi amor.

Sin permitir que lo viese aturdido, Al-Saud la envolvió en sus brazos y hundió la cara en el cabello de ella. La recostó sobre los almohadones y la besó empleando la ternura ausente cuando la poseyó de pie, contra la pared del dormitorio.

—Matilde... Matilde.

—¿Qué?

—Siempre logras sorprenderme. Como cuando me regalaste el dulce de leche.

—¿No vas a decirme si te gusta mi regalo?

—Todo lo que tú me das es lo mejor. Este retrato para mí vale más que cualquier otra cosa. Lo juro por mi vida.

—Lo hice para que nunca olvides nuestra historia.

—Jamás podría olvidarla. Imposible. Además, siempre voy a tenerte a mi lado para recordarla.

Matilde no contestó, y él experimentó un instante de miedo profundo; la sensación se alojó en su nuca; le dolió el cuello, le ardió la boca del estómago. Entre los almohadones, con el cabello rubio que adquiría una tonalidad rojiza a causa del resplandor del fuego, las mejillas sonrosadas y los ojos de plata increíblemente oscuros, la calidad etérea de Matilde surgía más vívida que nunca. A veces temía despertar y descubrir que ella había regresado a su mundo de hadas y ángeles.

—Eliah, quiero que sepas que yo atesoro cada momento que pasamos juntos. Cada momento. Son un tesoro para mí.

Él asintió, incapaz de articular.

A la mañana siguiente, pasadas las ocho, Al-Saud la sorprendió presentándose con la bandeja del desayuno en el dormitorio. Le había preparado mate.

—¡Mate! ¡No puedo creerlo! ¡Gracias, Eliah! Hace semanas que se nos acabó la yerba. Estamos con abstinencia. ¿Dónde conseguiste todo?

—La yerba la compré en una tienda de *delikatessen* de la rue Saint-Honoré, donde compra mi madre. Y el mate se lo robé a ella.

—¡La dejaste sin mate!

—Traje el que tiene en su casa de París, pero ella está ahora en Jeddah, en Arabia Saudí. Allá tiene otro.

Laurette había horneado panecillos, *brioches* y *croissants*. Además, la bandeja presentaba un festín de mermeladas y quesos. Después del desayuno, Al-Saud se puso ropa cómoda y holgada y la invitó al gimnasio. A Matilde le gustó probar los aparatos. Se cansaba rápido, así que decidió finalmente ejercitar con la bicicleta fija, mientras Al-Saud, colgado de una barra por las piernas, llevaba la cabeza a las rodillas para trabajar los abdominales. Debido a la calefacción, se había desembarazado de la sudadera y de la playera, y Matilde observaba cómo los músculos de su espalda se inflaban y distendían. Se bajó de la bicicleta y se plantó frente a él para admirar su torso en tensión. Eliah detuvo el ejercicio y se quedó mirándola cabeza abajo. Al notar el gesto de Matilde, demudado por el deseo, un cosquilleo de anticipación le provocó una erección. Bastó que ella le pasara los labios por los abdominales y que entretejiera los dedos en el vello de su pecho para ocasionarle un desbarajuste. Se incorporó en la barra y saltó sobre el tatami. Ahí la tomó, sobre el tatami, y, cuando acabaron, se quedó tumbado sobre ella, inspirando grandes porciones de aire, gozando cuando sus pechos entrechocaban.

—Eliah —la oyó susurrar—, quiero preguntarte algo. Ayer, cuando te tuve en mi boca, ¿lo hice bien? Era mi primera vez —se justificó— y no sé cómo lo hice.

—Lo hiciste perfecto, mi amor. Simplemente perfecto.

—Quiero que me digas cuando no haga bien las cosas. Quiero que me enseñes. Quiero hacerlo bien para ti, Eliah.

—Matilde, quiero que sepas algo. Nunca una mujer me ha hecho sentir como tú me haces sentir. Me pones duro con sólo mirarme como lo hiciste hace un momento.

Se ducharon juntos. Cerca de las once de la mañana, cuando se disponían a visitar Ruán, cinco automóviles se detuvieron en el sector de grava frente a la casa, cubierto de nieve. Al-Saud los observó por la ventana de la sala. «*Merde!*», insultó. Se trataba de sus hermanos y de sus socios; incluso estaban La Diana y Leila. Ésta descendió del Smart de La Diana con un pastel protegido por una cúpula de cristal. La casa se llenó de voces, risas, saludos y ruidos que estropeaban la paz que él anhelaba compartir con Matilde. La vio descender por la escalera a paso tímido, con una sonrisa trémula y los pómulos rosados. En ese vestido blanco, con pliegues y encaje, parecía en verdad un hada. Resultaba evidente que a ella la invasión no la fastidiaba. Juana, que había llegado con Alamán, se acercó para felicitarlo por su cumpleaños y le pidió al oído:

—Cambia la cara, papito. Estoy aquí con la condición de que a las seis de la tarde nos vayamos y los dejemos en paz. Por otra parte, no habría venido si no supiera que a Mat esta reunión la hará feliz. Confía en lo que te digo.

Yasmín lo besó en ambas mejillas.

—¿Pensabas librarte de nosotros en el día de tu cumpleaños, verdad? Te traje un regalo que te gustará muchísimo. —La mueca de Al-Saud comunicó incredulidad y hastío—. Ah, bueno, si no quieres saber cómo salió el análisis que te hice el lunes pasado —dijo, y aventó el sobre cerca de la nariz de su hermano—, le diré a Sándor que me lleve de regreso a París.

—Dámelo, Yasmín.

—Antes quiero un abrazo y un beso de mi hermano favorito.

—Siempre me dices a mí que soy tu favorito —se quejó Alamán, que cargaba a su sobrino Guillaume sobre los hombros—. Feliz cumpleaños, hermano —dijo, y entrechocó la mano con Eliah.

—Fue idea de Yasmín —la acusó Shariar—. No nos mires a nosotros con esa cara de bulldog.

—Ya que están acá, tratemos de llevar la fiesta en paz —dijo Al-Saud, y abrazó a su hermano mayor.

Sólo por atestiguar la alegría de Matilde, Al-Saud soportaba la invasión con buen talante. Juana había dicho la verdad: Matilde lucía feliz y se desenvolvía con soltura, sobre todo con sus cuatro sobrinos, los hijos de Shariar. De algún modo que él no acababa de precisar, ella se había convertido en el objeto de deseo de los cuatro, aun del pequeño Dominique, que en ese momento se ubicaba en el hueco que formaban las piernas de Matilde mientras jugaban a «Piedra, papel y tijera». Alamán, Juana, Jacqueline, la mujer de Shariar, y Leila también ocupaban sitios sobre la alfombra cerca de la chimenea; en realidad, Leila se ubicaba tras Matilde y le trenzaba y destrenzaba los bucles. Al-Saud guardaba distancia y los contemplaba desde el sillón de varios cuerpos que compartía con La Diana, Yasmín y Takumi Kaito. La mala pronunciación del castellano de sus sobrinos —de Francesca, de ocho, y de Gaëtan, de seis— le arrancaba sonrisas. Los intentos del pequeño Guillaume, de tres, por articular las palabras piedra, papel y tijera lo hicieron reír por lo bajo.

—Ojalá mamá estuviera aquí para ver esto —se lamentó Yasmín—. Nunca logra sacarles una palabra en castellano a los muy condenados. Y Matilde, sin ningún esfuerzo, los tiene balbuceando como si nada. ¡Qué extraño que papá y mamá no hayan viajado para tu cumpleaños!

—Ésa era su intención —manifestó Al-Saud—, pero yo les dije que tenía otros planes. Planes que tú desbarataste.

—Tu Matilde lo está pasando muy bien, ¿no? Así que mi idea fue estupenda. —Tras una pausa, añadió—: Debo admitir que es muy hermosa.

Después jugaron a «Viene un barquito cargado de...», y Juana y Alamán formaron equipo con Francesca y Gaëtan, en tanto Matilde colaboraba con Guillaume. Dominique ya no se interesaba en la cadena con la medalla y una llave —Eliah no recordaba haber visto la llave la tarde en Berthillon— y, cómodamente ubicado en el regazo de Matilde, observaba a los demás con el chupón en la boca. Leila se había cansado de las trenzas y jugaba con la mano derecha de Matilde; cada tanto la besaba y, aunque reía cuando todos reían, Al-Saud sabía que no entendía el motivo de las risas porque los demás hablaban en castellano.

Matilde constituía el polo luminoso en torno al cual se congregaban; incluso sus socios y su hermano Shariar abandonaron la conversación acerca de política internacional atraídos por las risas provenientes del sector de la chimenea.

—¿Puedo poner música? —le preguntó La Diana, y Eliah asintió.

La música le trajo recuerdos de la noche anterior. Él y Matilde, desnudos bajo las mantas, habían compartido un momento sublime y, después de hacer el amor, subieron al dormitorio y se metieron en la cama, donde la tuvo toda la noche para despertar con ella a su lado. La quería para siempre con él, y, aunque la idea de traer hijos al mundo nunca lo había seducido, le daría cuantos ella quisiera, porque no cabía duda de que, para Matilde, los niños eran importantes.

Yasmín entrelazó su brazo con el de Eliah y le habló en susurros:

—Siempre imaginé que sería Alamán el que se enamoraría como un tonto. Tú siempre te muestras tan frío y reservado que ahora resulta extraño verte observarla. No has apartado tus ojos de ella ni un momento.

En pocos segundos le tocaría el turno a *Can't take my eyes off of you*, y Al-Saud aguardó con expectación. Matilde lucía tan abstraída en el juego con sus sobrinos, tan feliz y risueña. Los ecos de sus latidos desenfrenados le invadieron la garganta al verla elevar la vista con los primeros acordes y buscarlo con la mirada. Se trató de un instante íntimo y mágico en el cual los demás se esfumaron. Él le guiñó un ojo y sonrió cuando descubrió que sus cachetes se teñían de rojo. «¡Dios mío, Matilde, cuánto te amo!» Si le hubiesen pedido que definiera en qué consistía amar a una persona, él, un hombre racional y analítico, no habría sabido qué decir. No hallaba explicación para el sentimiento posesivo y poderoso que Matilde le inspiraba. La única certeza con la que contaba era que habría matado por defenderla, habría muerto por protegerla.

Alrededor de las siete de la tarde, la casa había recuperado la paz. Se oía *Pulstar* de Vangelis a bajo volumen y las voces lejanas de Laurette, de Takumi y de Matilde, que preparaban la cena. Al-Saud hablaba por teléfono con Gérard Moses en su estudio. Después de la discusión en el George V, la conversación se desarrollaba con cierta incomodidad. De hecho, Eliah había asumido que Gérard no lo llamaría para su cumpleaños.

—¿Desde dónde me hablas?

—Desde Bélgica —mintió Moses; en realidad, estaba en La Valeta, capital de Malta—. Eliah, hermano, quiero pedirte disculpas por mi pelea...

—Está bien, Gérard. Olvídalo. Mejor no recordemos ese episodio.

—Como tú digas. Lamento haberte involucrado en la rencilla con mi hermano.

—Y yo lamento que las cosas sean así entre ustedes.

—¿Estás en París? —cambió de tema.

—No. Estoy en mi hacienda de *Rouen*.

—¿Solo o en buena compañía?

—Solo —mintió, y del otro lado de la línea Gérard Moses bajó los párpados. Lo lastimaba la mentira; eso significaba que la muchacha le importaba más de lo que había sospechado. Lo conocía en profundidad, conocía su naturaleza celosa. Si Al-Saud la codiciaba, la ocultaría para no compartirla con el mundo porque era avaro con lo que atesoraba.

A Eliah lo entristecía caer en la cuenta de que entre su mejor amigo y él comenzaba a abrirse un abismo. A diferencia del pasado, en ese momento no tenía nada para decirle. Quería colgar. No entendía por qué. Se despidieron con palabras formales. Colocó los pies sobre el escritorio y se hundió en la butaca. Se incorporó brevemente para tomar el portarretrato de Matilde y regresó a su posición relajada. Se trataba de un primer plano de su rostro ovalado, de ojos enormes, alejados del tabique algo más de lo usual; se había maquillado las pestañas, que le arañaban los párpados superiores, y tenía los labios pintados con el brillo rosa que solía usar. Permaneció con la vista fija en el retrato y simuló no haberse percatado de que Matilde se había deslizado en el estudio y que intentaba sorprenderlo. Le tapó los ojos.

—¿Quién soy?

—La que quiero que sea —contestó, y devolvió el marco al escritorio de memoria.

—¿Quién es ésa?

—Una chica con pecas en la nariz, cabello rubio y culo de pato, o mejor dicho, de Cerdo —Matilde rio—, que, a pesar de que hoy es mi cumpleaños, se olvidó de mí para dedicarse a los demás.

—¡No me digas eso! —Al-Saud la aferró por el antebrazo y la ubicó sobre sus piernas—. No hubo un instante en que no te pensara y en que no le pidiera a la Virgen que seas feliz hoy y siempre.

—Matilde... Hoy te quería sólo para mí y tuve que compartirte. Por eso estoy de mal humor. Pero ahora que eres toda mía de nuevo, quiero que nos amemos.

—Sí —jadeó ella, y se sujetó del apoyabrazos del asiento cuando las manos de Al-Saud comenzaron a excitarla—. Quítame el vestido, Eliah.

—Al-Saud le bajó el cierre de la espalda y la ayudó a quitárselo.

—Levántate para que me desnude —indicó él.

Al-Saud abandonó el asiento y cerró la puerta del estudio con llave. La música que provenía de la sala se amortiguó, lo mismo que las risas de Laurette y la voz de Takumi, que seguían en la cocina preparando la cena. Se detuvo frente a Matilde y le quitó el corpiño. Se puso de rodillas y frotó la cara lentamente en uno de sus pechos hasta que sus labios acertaron con el pezón y lo succionaron.

—Matilde, quiero que lo hagamos sin condón. Mi hermana trajo el resultado del análisis que me hice el lunes pasado y dio negativo. Mira, aquí lo tengo.

Matilde lo aferró por la muñeca y dibujó con la boca la frase «te creo». Se sujetó un pecho y delineó el contorno de los labios de Al-Saud con el pezón. Él se puso de pie, y sus ojos ennegrecidos la contemplaron con hambre, mientras se quitaba las botas, los pantalones y los boxers. Se dejó la camisa puesta; de entre los faldones asomaba el miembro erecto, oscuro y brillante de humedad.

Le bajó los calzones, y ella levantó uno a uno los pies para ayudarlo. Le frotó con delicadeza el monte de Venus imberbe y la vulva hasta que pensó que Matilde se desmoronaría en medio de gemidos y temblores. Amaba atestiguar cómo se entregaba, cómo se le iluminaba el rostro en el placer, cómo dejaba caer los párpados y entreabría los labios. Amaba sentir cómo su vagina caliente y húmeda se contraía en torno a él. Le atrapó los labios en un beso voraz y absorbió sus suspiros y su aliento, mientras le apretaba el trasero y la frotaba contra su bulto.

—Quítate la camisa, Eliah. Quiero que estemos piel con piel.

Cumplió el pedido con una rapidez que provocó risas a Matilde. Al-Saud volvió al asiento y la arrastró de nuevo sobre él.

—Pasa las piernas por aquí, por debajo de los apoyabrazos.

Matilde se ubicó a horcajadas, de frente a él, y enseguida percibió la dureza de su pene contra la vulva. Al-Saud se introdujo dentro de ella. La sensación de su carne desnuda en contacto con la vagina de Matilde resultó más de lo que había imaginado, y explotó y eyaculó con la premura de un inexperto. «Ojalá te haga un hijo», deseó.

Cerca de las siete y media de la tarde, Gérard Moses abandonó el British Hotel, un discreto alojamiento en la calle Battery de la ciudad de La Valeta, en Malta, que presentaba la ventaja de hallarse a sólo tres cuadras de la Concatedral de San Juan donde se reuniría con Anuar Al-Muzara. A pesar de la hora tardía, la iglesia estaba abierta debido a un concierto de música sacra; Moses dedujo que se trataría del festejo por el natalicio de un santo o de un caballero templario. Entró en la nave y admiró los frescos y el altar dorado que cobraba imponencia con los acordes del órgano.

Alguien lo aferró por el brazo, justo arriba del codo, y permitió que lo guiasen. Entraron en una de las capillas laterales. Estaba vacía salvo por la presencia de un hombre alto y delgado, vestido con camisa de manga corta y pantalones de tela de mala calidad, que daba la espalda al acceso. Se dio vuelta al oír los pasos. Anuar Al-Muzara nunca sonreía, por lo que Gérard no esperó muestras de afecto. Se dieron la mano. A pesar del riesgo de hallarse en un sitio público, Al-Muzara lucía tranquilo. Moses se preguntó de dónde habría venido y cómo habría accedido a la isla.

A veces pensaba en colocar un microtransmisor a alguna de sus palomas para que lo guiase al escondite del terrorista. Ese dato le redituaría mucho dinero.

La gran obsesión de Gérard Moses, además de Eliah Al-Saud, era el dinero. Le quitaba el sueño imaginar que el sistema financiero mundial colapsaba y que él lo perdía todo. Necesitaba su fortuna para sentirse seguro porque la soledad a la que su enfermedad lo confinaba se superaba pagando: pagar para que lo cuidaran, para que lo asistieran, para que lo acompañaran, para que lo amaran. También lo necesitaba para no cortar el flujo de donaciones que realizaba a un laboratorio español comprometido en la investigación de la porfiria.

—Algún día —se quejó Moses en francés— no lograré descifrar tus columbogramas y te dejaré plantado.

—Sabes que los descifrarás. De todos nosotros, siempre has sido el más inteligente y, por lejos, el más culto.

«Y el más enfermo», añadió Gérard para sí.

—Dame la llave de tu habitación en el British Hotel —lo urgió Al-Muzara.

Gérard sonrió con un asentimiento. Su amigo ya sabía dónde se alojaba.

—¿Para qué la quieres?

—Para que Barak —señaló a uno de sus guardaespaldas— te devuelva mis palomas y retire la jaula con las tuyas, las que necesito para seguir enviándote columbogramas. Las trajiste, ¿verdad?

—Por supuesto. Me urgía que me las devolvieras. Estaba quedándome sin ellas. Las tengo en una jaula, dentro de la bañera.

Al-Muzara le entregó la llave a Barak al tiempo que le hablaba en árabe.

—¿Tuviste dificultad para entrar en Malta con las palomas? —se interesó el terrorista.

—No. Declaré que venía a participar en una competencia y presenté mis papeles. Las autoridades de sanidad no son demasiado estrictas. Unos billetes deslizados en la mano del jefe aceleraron los trámites.

—Bien —dijo, y enseguida disparó—: ¿Qué sucedió en el George V?

—Sucedió que enviaste un inepto a concretar la tarea.

—Tu hombre, Jürkens, ¿no te dijo qué ocurrió?

—No lo sabe. Él no tenía acceso al salón de convenciones. Se coló después, cuando todo era un caos, pero no pudo averiguar por qué el atentado salió mal. Tuvo que ocuparse del muchacho, como bien sabes.

—Al-Muzara masculló su consentimiento—. Perdimos una oportunidad de oro para matar dos pájaros de un tiro. No sé si se presentará otra como ésa.

—Nos desharemos de esos traidores, no tengas duda.

—¿Para qué me citaste hoy aquí, Anuar? El intercambio de palomas podría haberse realizado de la manera habitual.

—Te cité para pedirte que me diseñes un misil de mayor alcance que los Qassams con los que atacamos a los asentamientos israelíes, uno que mis hombres puedan fabricar en sus talleres, como hacen ahora con los Qassams. Y no sólo necesito mayor alcance, Gérard, sino precisión.

—¡Pides el arma perfecta, Anuar! ¿Crees que puedo destinar tanto tiempo en diseñar un misil de esa naturaleza y desatender a mis otros clientes y pedidos?

—Pienso pagarte.

—No tienes un centavo. Lo que te dio Qaddafi lo has usado para comprar armas y explosivos al Príncipe de Marbella. —Moses hablaba de Rauf Al-Abiyia, el socio de Aldo Martínez Olazábal—. ¿Dónde pretendes conseguir el dinero?

—*Pretendo* que me ayudes a conseguirlo. Estoy planeando un golpe como en los viejos tiempos, como los que daba Carlos, el Chacal, para hacerse de dinero.

Gérard se quedó mirándolo con expresión azorada.

—¿Y me necesitas para conseguirlo? Pues busca a Carlos, el Chacal —expresó, con aire sardónico y una sonrisa que, en opinión de Al-Muzara, acentuaba la sordidez de sus facciones.

—Carlos está viejo y acabado. Ya no puede moverse con la facilidad de antes; casi ningún país le brinda refugio. Necesito que me prestes a Udo Jürkens. —Se contemplaron en silencio—. Sé quién es él, Gérard. Es el famoso Ulrich Wendorff, de la banda Baader-Meinhof. No está tan cambiado, a pesar de los años. Existen varias fotos de él. Deberías someterlo a una cirugía plástica. Así como lo reconocí yo, algún viejo agente de los tantos servicios de inteligencia que lo buscan también podría hacerlo.

—Udo ha sufrido una fuerte metamorfosis desde que Abú Nidal mandó matarlo. No creo que sea el hombre que necesitas.

—Jürkens es el adecuado. Una parte de lo obtenido sería para ti.

—¿Qué golpe estás planeando?

—La OPEP —dijo, y aludía a la Organización de Países Exportadores de Petróleo—. Allí tendré reunidas a todas las víboras árabes para secuestrarlas y pedir rescate. En especial me interesa Kamal Al-Saud. En unos meses habrá un acto conmemorativo a la memoria de su hermano, el rey Faisal, en la sede de Viena, y está previsto que él dé un discurso. Pienso atacar ese día.

—Kamal Al-Saud te recogió en su casa y te trató como a un hijo cuando tus padres murieron.

—No vengas a darme lecciones de moral. No tú, Gérard. Necesito a Jürkens. Mis hombres son hábiles con las armas, pero no saben cómo diseñar la estrategia para un ataque de esa índole. Necesito que Jürkens los conduzca al corazón de la sede de la OPEP y que se hagan de las víboras árabes para sacarles dinero. Un diez por ciento será para ti.

—Un cincuenta.

—Ni en sueños, Gérard. Un quince. Además, te pagaré por el diseño del misil, y no creo que me bajes el precio en nombre de nuestra vieja amistad, ¿verdad?

—Un veinticinco.

—Un dieciocho.

—De acuerdo —dijo, pasado un momento de reflexión.

—Necesito que empieces a trabajar en el diseño del misil.

—Pides demasiado, Anuar. Estás construyendo castillos en el aire. Todavía no te has hecho del botín y ya estás gastándolo a cuenta.

—Con Jürkens a la cabeza del grupo, el asalto a la OPEP será un éxito.

Discutieron los pormenores de la participación del berlinés en la organización del golpe. Conseguir los planos de la sede de la organización se presentaba como el escollo más importante. Las armas y los hombres no serían problema, aunque estos últimos requerirían entrenamiento y disciplina para actuar como un comando aceitado.

Parecía que la entrevista había llegado a su fin cuando Al-Muzara cambió el semblante para preguntar:

—¿Qué sabes de mi cuñado?

—Estuve con Eliah el día del atentado. Lo vi bien. Y acabo de llamarlo por su cumpleaños. Creo que está conviviendo con una mujer.

—Una de sus putas —escupió Al-Muzara—. Se cansó de serle infiel a Samara.

—Creo que se trata de otra cosa. Creo que esta vez está enamorado.

—El cuerpo de mi hermana no se enfría en la tumba y él se enamora de otra.

—Anuar, tu hermana murió hace casi tres años.

—¡A mi hermana la mataron! A ella y al hijo que llevaba en su vientre. Y de seguro fue a causa de Eliah. Alguna venganza por sus oscuros asuntos.

—O para vengarse de ti, que tampoco conduces una vida cristalina. —El comentario turbó al terrorista palestino—. Además, no está probado que haya sido un atentado.

—¡Por favor, Gérard! El accidente fue provocado, en el mismo sitio y de manera similar al que le costó la vida a la princesa de Gales. El perito sostiene que el cinturón de seguridad fue desgastado a propósito y que el tubo del líquido de frenos estaba perforado.

En la mañana del domingo, Al-Saud despertó con el timbre del teléfono. Manoteó el inalámbrico del buró. Se irguió con violencia al escuchar la voz de un hombre que pedía por Matilde. Abandonó la cama y salió de la habitación.

—¿Quién habla?

—Al-Saud, soy Ezequiel Blahetter.

—¿Quién te dio este teléfono?

—Juana. Es una emergencia. Tengo que hablar con Matilde.

—Está durmiendo. ¿Qué ocurre?

—Mi hermano Roy, el esposo de Matilde, está internado. Lo encontraron inconsciente en la calle. Una banda lo molió a golpes. Tiene la pierna quebrada e infinidad de heridas y contusiones. Pide por Matilde.

—¿Dónde está internado?

—En el Hospital Européen Georges Pompidou, en la *rue* Leblanc número 20.

—¿Cómo está?

—No está muerto, como supongo que usted desearía.

—No seas ridículo, Blahetter.

—Usted amenazó con matarlo si volvía a molestar a Matilde. Y ahora una banda lo ataca. Muy oportuno, ¿verdad?

—Yo no envío emisarios a cumplir mis advertencias. Me ocupo yo mismo. Y si la mierda de tu hermano vuelve lastimar a mi mujer, no tengas duda de que lo mataré con mis propias manos.

Matilde se revolvió en la cama y entreabrió los párpados. Estaba sola. Oyó unas exclamaciones cortas y secas, como de quien ejercita el cuerpo y suelta el aire ruidosamente. Fue al baño y, después de orinar, lavarse el rostro y los dientes y de peinarse, se envolvió en la bata de seda de Al-Saud, se calzó sus pantuflas de gamuza y caminó hasta el gimnasio.

Hacía tiempo que Eliah y Takumi no se medían en el dojo. Habían elegido la técnica del *Ninjutsu*, el arte de lucha de los ninjas, y, como instrumento, las catanas, los típicos sables de los samuráis. Eliah sufrió un instante de distracción cuando vio aparecer a Matilde, y Takumi aprovechó para ganar ventaja. Le golpeó el costado con el filo de la catana. Matilde ahogó un grito.

—Estarías muerto si la lucha fuera de verdad —le reprochó Kaito en japonés—. ¿Una cara bonita basta para hacerte perder la concentración?

—No es sólo una cara bonita, *sensei* —contestó Al-Saud en la misma lengua—. ¿No me dejarás ganar para impresionar a mi mujer?

—¿Quieres impresionarla?

Eliah asintió, con una media sonrisa.

—¿Cuánto quieres impresionarla?

—Mucho.

Matilde se sentó, alejada, sobre uno de los aparatos de gimnasia. Observaba con fascinación cómo se batían esos hombres tan dispares ataviados en trajes negros como pijamas. A pesar de que Al-Saud era más alto y fornido, Takumi era habilísimo y rápido, y la lucha se presentaba equilibrada. A Matilde le dio la impresión de estar viendo una película de Bruce Lee o de Chuck Norris, las que tanto gustaban a Ezequiel. Jamás imaginó que esos hombres supieran dar saltos semejantes o realizar giros en el aire como si sus cuerpos pesaran lo que una pluma. Blandían los sables con ambas manos y los hacían girar a tal velocidad que a veces las hojas de acero se convertían en ráfagas plateadas en el aire. Al-Saud, para esquivar un mandoble destinado a sus pantorrillas, dio una marometa en el aire que lo posicionó junto a Takumi y le permitió atacarlo desde el costado. Takumi se quedó estático al percibir el filo de la catana en las costillas.

—Me ganaste en buena lid, hijo. —Se inclinó frente a su contrincante—. *Bonjour, Matilde.*

—*Bonjour, Takumi.* Estoy sorprendida de tu habilidad. Eres fantástico.

El japonés le sonrió y ejecutó una reverencia. Al-Saud envainó el sable y lo depositó en el soporte; se secó la cara y se aproximó a Matilde.

—No me abraces. Estoy transpirado.

—No me importa —dijo ella—. Después nos bañamos juntos.

Se besaron como si Takumi Kaito no siguiera por ahí, acomodando el sable, recogiendo su ropa y las toallas sucias y poniendo orden en el gimnasio.

—Cuando me hablaste aquel día en el restaurante japonés de tu maestro de artes marciales, jamás imaginé que serías tan bueno. Me parecía estar viendo una de esas películas que le gustaban a Ezequiel cuando éramos chicos. —Ese nombre disparó el mal humor de Al-Saud—. ¿Qué pasa? —se preocupó Matilde, y le apartó el mechón que le ocultaba el ojo izquierdo.

—Vamos al sauna. Ahí te cuento. —Cuando la sostuvo desnuda entre sus brazos, con el vapor en torno a ellos, le transmitió el mensaje de Ezequiel—. Dice que Blahetter pregunta por ti.

—No quiero verlo —expresó Matilde—. Él y yo ya no somos nada. Siento mucho lo que le ha pasado, no le deseo ningún mal, pero verlo me hace daño, y no quiero sufrir.

Al-Saud ajustó su abrazo y le besó el hombro.

—Gracias. Me habría muerto de celos si hubieses querido verlo.

Esa noche, todavía dentro del Aston Martin, frente al edificio de la calle Toullier, Al-Saud experimentaba la angustia habitual en relación con Matilde: no reunía la fuerza para dejarla ir.

—Éste ha sido el mejor fin de semana de mi vida —susurró ella, aprisionada en el pecho de Eliah—. Nunca había sido tan feliz.

—Tengo un regalo para ti. Aquí. —Abrió la gaveta frente a Matilde, de donde extrajo un estuche largo y acolchado, como los que se usan para las pulseras.

Matilde levantó la tapa y se quedó mirando el reloj Christian Dior que, supo enseguida, era de oro. Lo encontró de un gusto exquisito. Se trataba de un modelo clásico al tiempo que original, de brazalete en cuero negro y la caja en forma ovalada, con bisel en oro, lo mismo que las agujas, que contrastaban con la esfera negra.

—Eliah —dijo, y levantó la vista—. Es tan hermoso. ¡Cuánto te habrá costado!

—No lo suficiente. Yo quería un Rolex para ti, pero Juana me aconsejó que no. Dice que no aprecias las cosas ostentosas.

—¡Este reloj también es demasiado! ¿Por qué?

—Porque no quiero que uses ese de plástico que te hace llegar tarde a todas partes y que nunca te da la hora correcta. ¿Vas a despreciarme? ¿No vas a aceptarlo?

—No, por supuesto que no voy a despreciarte. —Lo sacó de la caja. Al-Saud la ayudó a colocárselo—. Es hermoso. Pero no quiero que gastes dinero en mí.

—¿En quién lo gastaría si no es en ti?

Matilde se echó a su cuello y lo besó en la boca hasta lograr que él abandonara la actitud defensiva y sucumbiera al deseo por ella. Había advertido la sensibilidad de su humor, que se volvía tormentoso con la misma facilidad que mejoraba. Detestaba que lo contrariaran, como un niño malcriado.

—Gracias, mi amor. La verdad es que estaba necesitando un reloj nuevo. Gracias por ser tan detallista y por pensar en mí.

—Lo único que hago desde que te conocí es pensar en ti.

14

La recepcionista del Hospital Européen Georges Pompidou le informó que el paciente Roy Blahetter se hallaba en la habitación 304 del tercer piso. El horario de visitas había finalizado a las siete de la tarde. Eran las diez de la noche. Al-Saud avanzó por el pasillo silencioso y vacío. Se deslizó, sin llamar, en la 304. Roy Blahetter estaba solo. Dormía con la pierna rota elevada, sujeta por un sistema de cuerdas y poleas y una férula de Thomas. Tenía costillas quebradas o con fisuras, a juzgar por el vendaje que le ceñía el torso desnudo. Su semblante revelaba que la golpiza había sido feroz. La visión de Blahetter en tan mal estado atemperó el odio que le inspiraba.

Roy aleteó los párpados hinchados.

—¿Qué hace usted aquí? ¿Dónde está Matilde? Me urge verla. Ella y yo tenemos que hablar. Esta noche. Ahora mismo.

—No quiere verlo. En cambio yo tengo algo para mostrarle. —Al-Saud sacó de un estuche negro una pequeña videocámara Sony y desplegó la pantallita. La colocó delante de la cara de Blahetter—. ¿Se reconoce?

Roy contempló su propia imagen y la de la mujer que había conocido en el *bistrot* Au Bascou, enzarzados en un acto sexual sórdido y violento. Giró el rostro sobre la almohada para apartar la vista. Al-Saud percibió su abatimiento. Eso no le convenía. Lo necesitaba acorralado y furioso.

—Buenas imágenes para una porno —dijo, con los gemidos de Zoya y los gritos y las palabrotas de Blahetter a modo de telón de fondo—. ¿Qué diría Matilde si viese esto?

—¿Qué quiere? —preguntó, sin mirarlo.

—Información. Documentos. Pruebas. El laboratorio de su familia comercia de manera ilegal con sustancias prohibidas. Dimetil metilfosfato y cloruro de tionilo, entre otras. Necesito que consiga la documentación que respalda las salidas de dichas sustancias, los clientes a quienes se las han vendido, las cantidades, los destinos. Todo.

—¿Para qué la necesita? ¿Para destruir a mi abuelo?

—A mí, su abuelo no me importa.

—Entonces, ¿para qué necesita esa información? —Evidentemente, Al-Saud no tenía intenciones de contestarle—. ¿Y si me negase?

—No creo que a usted le gustaría que esta filmación terminara en poder de su esposa.

—Usted jamás se la mostraría.

—Yo no me atrevería a apostar.

Blahetter sonrió con dificultad y enseguida ensayó un gesto de dolor cuando las heridas de sus labios se abrieron.

—Conozco a Matilde. Conozco lo que provoca, esa necesidad incontrolable de protegerla, de amarla. Sé que usted está enamorado de ella. No se habría presentado en casa de mi hermano y montado ese número si no lo estuviese. Lo entiendo. Ella es como una fiebre que se apodera de uno.

Al-Saud sufrió un instante de desconcierto.

—Sin embargo, usted le causó un daño imperdonable.

—Créame que lo que le hice me desgració la vida. Y siempre pagaré por ese error de borracho. —Después de un silencio, continuó—: Hágalo, Al-Saud. Muéstrele la filmación. Ya la perdí. ¿Cree que no lo sé? Nada me importa.

Eliah apagó la videocámara y la guardó en el estuche. La golpiza había desmoralizado a Blahetter. Quizá debería insistir en unos días, pero él no contaba con ese tiempo. Las aseguradoras presionaban, y a la Mercure le urgía recibir el pago por el trabajo.

—Le conseguiría lo que me pide por dinero —pronunció Blahetter, y lo sorprendió—. Por quinientos mil dólares lo haría. —Pidió bastante más de lo que precisaba para construir el prototipo de la centrifugadora de uranio.

Al-Saud lo miró fijamente. Quinientos mil dólares. Contaba con ese dinero, el pago a Bouchiki que no se había concretado.

—Los quiero en efectivo.

Al-Saud asintió con una bajada de párpados.

—Necesito la información en setenta y dos horas. En caso contrario, ya no me resultará útil.

—De acuerdo.

—Blahetter, no pagaré quinientos mil dólares por fotocopias. Necesito documentos, registros de inventario, registros contables, pruebas de embarque, todo lo que sirva para probar fehacientemente el comercio de Química Blahetter con dimetil metilfosfato y cloruro de tionilo.

Ezequiel entró en la habitación. Llevaba una botella de agua mineral en una mano y un cono de papel en la otra.

—¿Qué hace usted aquí? —vociferó.

—Ezequiel —intervino Roy—, tranquilo. Al-Saud sólo ha venido a hablar. Además, ya se va.

—Me pondré en contacto con usted dentro de cuarenta y ocho horas —dijo Eliah, y dio media vuelta para abandonar la habitación.

—Al-Saud —lo llamó Roy—. Cuide a Matilde. Protéjala. Ahora ella es su responsabilidad.

Al-Saud asintió y se marchó.

—¿Qué mierda hacía ese tipo acá y qué mierda te pasa que le hablas así? La golpiza te dejó medio estúpido.

—Cállate, Ezequiel, y dame un trago de agua. —Roy bebió del cono que sostenía su hermano—. Necesito comunicarme con Pedro Testa. Ahora.

—¿Ahora? ¿Te volviste loco?

—No discutas. Por favor, haz lo que te pido.

Su primo Guillermo Lutzer, en su carrera desenfrenada por quedarse con la presidencia del Grupo Blahetter, había cosechado varios enemigos, entre ellos Pedro Testa, un asesor del abuelo Guillermo que lo acompañaba desde los tiempos en que el apellido Blahetter no significaba nada en la Argentina. La pugna por el poder entre Guillermo y Pedro se había convertido en un forcejeo feroz, con golpes bajos y ardides sucios, que Lutzer terminó por ganar. El viejo alemán, cansado y deprimido desde el distanciamiento con su nieto Roy, apartó a Testa de la vicepresidencia, que enseguida pasó a manos de Guillermo. Lo arrumbaron en el laboratorio de Pilar con el mismo sueldo de seis cifras que recibía cuando ocupaba el encumbrado puesto. La esposa de Testa aseguraba que había salido ganando: no lo agobiaban las responsabilidades y continuaba percibiendo la misma cifra. Pedro no veía la situación con la misma lente; él la consideraba una traición y una afrenta; lo habían humillado y desacreditado dentro del mundo empresarial en el cual su nombre se pronunciaba con respeto.

—Hola, Pedro. Habla Roy Blahetter.

Después de una larga conversación con el ex vicepresidente del Grupo Blahetter, Ezequiel interrogó a su hermano:

—¿En qué carajo estás metiéndote?

—No preguntes. Quiero destruir a Guillermo tanto como Testa. Y sé cómo hacerlo.

—Guillermo no tiene la culpa de que violases a Matilde.

—¡Sí, él es el culpable! Me llenó la cabeza, me emborrachó y lo hizo para destruirme. Siempre me tuvo celos porque yo era el preferido del abuelo —apoyó la nuca sobre la almohada y suspiró, dolorido, cansado, devastado—. Ezequiel, hermano, necesito que me ayudes, por favor.

—Sabes que haría lo que me pidieses.

—Necesito que convenzas a Matilde de que venga a verme. Es imperativo. Si no quiere venir, dile que te dé la llave que le entregué la noche de la fiesta. ¿Cuándo vas a ir a verla?

—Mañana por la noche, antes no puedo.

—¡Tiene que ser antes! ¡Ahora!

—¡No iré ahora, Roy! Es tardísimo. Para tu información, yo tengo un trabajo y compromisos asumidos que no puedo cambiar. Mañana comienzo muy temprano con una sesión fotográfica que va a durar todo el día. Iré a verla por la noche.

Entró una enfermera e inyectó una dosis de somnífero en el suero de Roy. Ezequiel esperó hasta que su hermano se quedó dormido para marcharse.

Ariel Bergman se dijo que los viajes a París estaban volviéndose una costumbre fastidiosa, aunque necesaria. El giro dado por el asunto de Eliah Al-Saud inquietaba a la plana mayor del «Instituto». Lo que al principio había nacido como una leve sospecha y los había puesto en un estado de alerta leve tomaba un cariz trágico.

—¿Pudo saberse si llegó a tener lugar el intercambio entre Bouchiki y esa mujer en El Cairo? —preguntó Diuna Kimcha.

—No lo sabemos con certeza —admitió Bergman—. Los *kidonim* que los observaban desde el río no atestiguaron intercambio alguno. Salvador Dalí desconocía el soporte en el que Bouchiki pasaría las fotos.

—Levantamos el seguimiento a Al-Saud. Lo mismo a Hill y a Thorton. Los tres advirtieron que nuestros *katsas* los seguían. Nos enfrentamos a profesionales.

—Más que profesionales. Yo diría —opinó Bergman— que son maestros del espionaje, del asesinato, del reconocimiento y de la guerra. Son armas letales, en especial Al-Saud. Son los mejores mercenarios del mercado. Pudimos averiguar que pertenecieron a un grupo de élite y secreto de la OTAN llamado *L'Agence*. Fueron elegidos por sus condiciones en sus lugares de origen. Por ejemplo, Al-Saud era uno de los mejores pilotos de guerra de la Fuerza Aérea francesa, además de dominar varias lenguas a la perfección. Michael Thorton fue de los espías más hábiles con que contó el SIS durante la Guerra Fría. Se dice que entraba y salía de Alemania Oriental casi con la temeridad de un chiflado. Les causó grandes dolores de cabeza a los rusos. En tanto que Anthony Hill se destacó en otro grupo de élite, el SAS. En su nómina cuentan con varios activos valiosos, como Peter Ramsay, también ex empleado del SIS. Trabajó por años en la unidad de rastreo. Es un genio en su *métier*.

Mila Cibin soltó un silbido.

—¿Dónde conseguiste esta información? Al-Saud y sus socios no existen en los sistemas. Los chequeamos a todos.

—Al-Saud tiene un enemigo. Nigel Taylor, dueño de Spider International, la competencia de Mercure S.A. Él nos proporcionó la información.

—¿Cuáles son los pasos a seguir? —preguntó Cibin.

—No tenemos otra alternativa que aguardar el próximo movimiento de Al-Saud. Salvador Dalí nos alertará y entonces actuaremos. La orden es apresarlo y sacarle lo que sabe. Y después, eliminarlo.

El lunes por la tarde, Eliah avanzaba por la Avenida de la République en medio de un tráfico intenso. Se detuvo en un semáforo y consultó su Rolex Submariner. Eran pasadas las seis y media de la tarde. Masculló un insulto y golpeó el volante. Esperaba con ansiedad el cambio de la luz roja a la verde. Aceleró cuando el semáforo le franqueó el paso, y los chirridos de los neumáticos del Aston Martin quedaron absorbidos por los primeros acordes de la canción *The friends of Mr. Cairo*. El corazón le latía al ritmo de la música y de la rabia. Llegaría tarde al instituto, y Matilde estaría aguardándolo sola, en la calle Vitruve, oscura y poco concurrida; rogaba que Juana la acompañara; últimamente solía irse con sus compañeros. En momentos como ése lo encolerizaba que Matilde no tuviera celular.

Si bien la reunión con Shaul Zeevi, el empresario israelí de la computación, se había extendido más de lo previsto, él habría llegado a tiempo al *Lycée des langues vivantes* si Céline no le hubiese hecho una escena de llanto por teléfono.

—¡Ven a sacarme de esta clínica! —le exigió, histérica—. No aguanto estar aquí. *C'est terrible!*

—Es lo mejor para ti, Céline —trató de razonar Eliah.

—Si estoy aquí es por tu culpa. Me puse histérica cuando me di cuenta de que te habías ido de la fiesta sin mí, y Jean-Paul me internó. Me dejaste, te fuiste —sollozó.

—Yo te había dicho que sólo pasaríamos por la fiesta un momento y que luego hablaríamos. Estabas demasiado pasada de drogas y de alcohol para hablar. No tenía sentido que me quedara.

—¡Mentira! Te fuiste con Matilde. ¡Oh, casualidad! Ella también desapareció de la fiesta en el mismo momento en que tú te fuiste.

—Céline, tengo que dejarte. Cuando te calmes, hablaremos. Y para que te calmes, lo mejor es que permanezcas en esa clínica. Tienes que desintoxicarte.

Aunque en el pasado la sexualidad descarada de Céline y su alma libre y desenfrenada, opuesta a la tímida y asustadiza de Samara, lo habían seducido, más bien dominado como un hechizo, en ese momento experimentaba un fuerte rechazo hacia ella. ¿Qué diferenciaba a Matilde de las mujeres que había poseído? Era consciente de que Matilde, como ninguna otra, lo tenía en un puño; extrañamente, esa certeza no le provocaba inquietud. ¿Por qué? Quizá porque conocía su índole. No pretendía atraparlo, sólo quería que él fuera feliz; así lo había expresado. *No hubo un instante en que no te pensara y en que no le pidiera a la Virgen que seas feliz hoy y siempre.* Ella desconocía el impacto de esas palabras. ¿Por qué era distinta?, volvió a cuestionarse. Como una súbita revelación entendió que había luchado por Matilde cuando a las demás, aun a Samara, las había tenido al alcance de la mano. Con sutileza, ella había incitado su alma de cazador y de conquistador, y seguía haciéndolo en el presente porque Matilde aún no se rendía por completo. Sin dobleces ni intenciones ocultas, lo había enredado en un juego de deseo que a veces lo enloquecía. La atesoraba; pocas cosas le habían costado como ganar la confianza de Matilde.

El Aston Martin tomó por la calle des Orteaux, y Al-Saud apretó la tecla de su teléfono que lo comunicaba con el celular de Juana.

—¿Hola?

—Juana, soy yo.

—¡Hola, papito!

—¿Matilde está contigo?

—Sí. Estamos esperándote en la puerta del instituto. ¿Vas a venir a buscarnos?

—Estoy a unos minutos de ahí. No me esperen en la acera. Entren en el instituto.

—El portero ya cerró la puerta. Somos el último turno.

«*Merde!*»

—Llegaré en cinco minutos.

Pisó el acelerador, y el deportivo inglés devoró los metros de la calle des Orteaux hasta el cruce con la de Vitruve. Dobló a la izquierda en una maniobra indebida, y, gracias al charco de luz que iluminaba la entrada del *Lycée des langues vivantes*, enseguida advirtió que tres hombres rodeaban a Juana y a Matilde. Los filos de sus navajas destellaron en contacto con la luz de los faros. Años de entrenamiento lo previnieron de caer presa del pánico. Detuvo el automóvil en la esquina y descendió. Cruzó la calle para alcanzar la acera del instituto. Se movía aprovechando las sombras que la mala iluminación proyectaba sobre la cuadra. Debido a la prisa con la que abandonó las oficinas en el George V, había olvidado quitarse la Colt M1911, guardada en su pistolera axilar. Siempre tomaba la precaución de deshacerse del arma antes de buscar a Matilde. De igual modo, razonó, de poco le serviría. Desenfundar la Colt podía desembocar en un fuego cruzado, del cual las víctimas serían Matilde y Juana.

En tanto se aproximaba con el cuerpo pegado a la pared, analizaba la situación. Los atacantes eran tres hombres jóvenes, no más de veinticinco años. Les gritaban a las muchachas en un francés con marcado acento árabe que ni Matilde ni Juana comprenderían. Probablemente un cuarto hombre los aguardaba al volante del Renault Laguna en marcha y con las puertas abiertas, detenido frente al instituto.

Matilde profirió un alarido y soltó sus cuadernos cuando uno de los muchachos la aferró por detrás y le colocó el filo de la navaja sobre el cuello. Le exigía con nerviosismo y en su mal francés que le entregara la llave. El alarido de Matilde impactó en Al-Saud con la certeza de un filo, y tuvo la impresión de que su corazón se detenía. Juana empezó a insultarlos en castellano y recibió una bofetada a cambio.

Deshacerse del primero, aprovechando el efecto sorpresa, resultó un juego de niños. Lo tomó por el hombro, y, al darse vuelta, el muchacho recibió un golpe seco en la garganta. Los nudillos de Al-Saud se hundieron en un punto estratégico bajo la nuez de Adán que lo dejó fuera de combate en un instante. El muchacho se desplomó, inconsciente. Al-Saud aprovechó el azoro de los otros dos para tomar a Juana por la muñeca y arrojarla sobre la acera, detrás de él. Oyó el taconeo de la muchacha que se alejaba hacia la esquina de la calle des Orteaux.

El que retenía a Matilde vociferó órdenes en árabe a su compañero, que avanzó con la navaja extendida apuntando al rostro del repentino héroe. Al-Saud notaba que el joven sabía lo que hacía. Sujetaba con firmeza el arma blanca, colocaba el cuerpo de modo equilibrado y movía la hoja de acero con habilidad. Lo habían entrenado en la lucha cuerpo a cuerpo, dedujo.

Eliah advirtió por el rabillo del ojo que un cuarto atacante, el que conducía el Renault Laguna, se unía a sus compañeros. También blandía un cuchillo y se colocó tras Al-Saud. Éste les habló en árabe, lo cual los desorientó.

—Les doy la oportunidad de salir de ésta con todos los huesos sanos. Entréguenme a la chica sin un raspón y se marcharán pudiendo llevarse a su compañero inconsciente.

—¡Ven a quitármela! —lo desafió el que sujetaba a Matilde, en tanto le metía la mano por el cuello y la hurgaba.

Matilde no apartaba los ojos de Eliah y clavaba los dedos en los antebrazos del delincuente. Pese a sus intentos por no llorar ni desmoronarse, unos sollozos incontenibles se deslizaban entre sus labios.

Ver las manos de ese tipo en contacto con la piel de su mujer, la de su escote, tan suave, casi traslúcida, donde él amaba besarla y olerla, desquició a Al-Saud. Fue casi instantáneo percibir el ataque del que lo asediaba por la espalda y lanzar una patada hacia atrás sin girarse, como si contara con ojos en la nuca. El tacón de la bota de Eliah se enterró en el esternón del atacante. Éste soltó un resoplido y cayó de rodillas. Al mismo tiempo, recibió la ofensiva del que lo enfrentaba; la cuchillada estaba destinada a su vientre. Al-Saud rotó la cintura para alejar el torso del filo y aferró el brazo armado por la muñeca; lo torció hasta una posición antinatural en la espalda del muchacho, que terminó en el suelo, con la cara sobre la acera. Al-Saud le apretó los tendones, y el atacante soltó el cuchillo junto con un grito de dolor. Un golpe del codo de Eliah en la parte posterior de su cabeza lo hizo callar; quedó tendido junto al otro, el que había recibido el golpe en la nuez de Adán.

El que sostenía a Matilde no esperaba que el repentino héroe se agazapara, tomara impulso y girara en el aire con la habilidad de un bailarín para demoler a su único compañero en pie, el que se recuperaba del golpe en el pecho, con una patada voladora que lo alcanzó en el cuello y que acabó con él desmayado a pocos metros de los otros dos.

Al-Saud fijó una mirada implacable en el que mantenía rehén a Matilde. El muchacho la arrastraba en dirección al Renault Laguna.

—Ni un paso más —le ordenó Eliah en árabe, y desenfundó la Colt M1911. El delincuente abrió los ojos de manera desmesurada al reconocer la pistola de calibre letal—. Deja ir a la chica.

—La degollaré si no baja el arma. Lo haré, ¡aquí, frente a usted!

Matilde reparó en que Al-Saud sostenía el arma con firmeza. Si bien un poco despeinado —los mechones duros de gel le caían como clavos sobre la cara— y con el saco del traje arrugado, se lo veía compuesto y tranquilo; incluso le pareció advertir que desplegaba una sonrisa tenebrosa.

—¿Nunca te dijeron que eres un poco orejón? —El proyectil de calibre cuarenta y cinco destrozó la pantalla de la oreja del muchacho, que, en un ademán instintivo, soltó a Matilde para sujetarse el costado de la cabeza. Se miró las manos empapadas de sangre y luego a Al-Saud con un gesto entre suplicante y espantado.

—La próxima, acá —dijo Eliah, y se señaló el entrecejo.

Al tomar conciencia de que había perdido la oreja, el joven árabe rompió en alaridos que perforaron la quietud de la calle Vitruve.

Al-Saud se adelantó para sostener a Matilde, que tambaleaba en su dirección. Matilde apoyó las manos sobre el pecho de Eliah, elevó la vista y lo miró con ojos desmesurados antes de que se pusieran en blanco y ella se desplomara.

—¡Matilde!

El delincuente ganó algo de dominio y, apretándose los restos de oreja y marcando un reguero de sangre, huyó en dirección del Renault Laguna. Se metió en el automóvil en cuatro patas por la puerta del acompañante y arrancó con las puertas abiertas. Los neumáticos rechinaron cuando dobló hacia la derecha en la calle des Pyrénées. Al-Saud, ocupado con Matilde, no se dio cuenta de que un automóvil, estacionado cerca de la esquina, se ponía en marcha y seguía al Renault.

El disparo había atraído a los vecinos, que encendían luces y se asomaban en los balcones. El portero del instituto abrió la puerta y se quedó observando el cuadro de tres tipos tirados en la acera, muertos o inconscientes, y un cuarto cargando en andas a una señorita, desvanecida también a juzgar por el modo en que le colgaba la cabeza y su cabello casi acariciaba las baldosas.

Juana detuvo el Aston Martin frente al instituto y se bajó para abrir la puerta del acompañante y ayudar a Al-Saud a acomodar a Matilde.

—Entra por aquí —le indicó Eliah, y bajó el asiento del conductor para que Juana se introdujera en la parte trasera.

—Papito… —sollozó, pero Al-Saud no le prestó atención, concentrado como estaba en deshacer a Matilde de su bolsa rústica y de la chamarra, estropeada por la sangre del árabe, para buscarle posibles heridas.

—¿La golpearon? —le preguntó a Juana, sin detener la revisión.

—No, creo que no. Permíteme que le tome el pulso. Las pulsaciones están un poco bajas, pero estables. Debió de desmayarse del susto.

Convencido de que Matilde no tenía heridas, se ocupó de hacer una llamada a Chevrikov.

—Lefortovo, soy Caballo de Fuego. Se trata de una emergencia —expresó en ruso—. Necesito los servicios de tu amigo, el inspector Olivier Dussollier, del 36 *Quai* des Orfèvres —hablaba de la *Direction Régionale de la Police Judiciaire*—, el que trabaja en la Brigada Criminal.

—¿Qué quieres con él?

—Tengo a tres árabes inconscientes en el 18 de la *rue* Vitruve. Quiero que se los lleve para interrogarlos. Me atacaron.

—Espero que esté en servicio —dijo.

—Diles que alerten a los hospitales. Uno huyó y está herido. Le destrocé la oreja de un tiro.

—Nunca te privas de nada, ¿eh, Caballo de Fuego?

Si no hubiese habido testigos del hecho, Al-Saud habría dispuesto que sus hombres se hicieran cargo de los tres árabes y los llevaran a la base para interrogarlos. Descendió del Aston Martin y se dirigió hacia la puerta del instituto, donde recogió los cuadernos de Matilde. Volvió al automóvil. Juana estaba sobre su amiga. Alternaba ligeras palmadas en las mejillas con masajes en las manos, que estaban frías.

—¿Tú estás bien, Juana?

—Sí, papito. Me dieron un puñetazo como nunca nadie se atrevió a darme. Voy a tener el moretón por días. ¡Malditos hijos de puta! Pobrecita... —se lamentó—. Mat se llevó la peor parte. Nos gritaban en francés, pero no entendíamos. No sé qué querían.

Al-Saud repartía miradas ansiosas entre Matilde y los tres cuerpos despatarrados en la acera. Un grupo de vecinos los circundaba.

Matilde agitó la cabeza sobre el asiento reclinado y lloriqueó sin levantar los párpados. Al-Saud la tomó entre sus brazos y la atrajo hacia su pecho. Le siseó y le besó la sien.

—Ya pasó todo, mi amor. Ya estás bien.

—Tengo náuseas.

—Inspira hondo, Mat, para que bajes el diafragma. Papito, levanta un poco el asiento de Mat.

Al-Saud hizo como Juana le indicaba. Acto seguido, encendió el motor y puso la calefacción porque Matilde temblaba. Le costaba mantenerse apartado de ella, pero Juana tenía razón: necesitaba aire. La abanicó con un cuaderno. Al oír las sirenas de la Brigada Criminal, le entregó el cuaderno a Juana y arrancó en dirección de la calle de Pyrénées. Los hombres de Dussollier se harían cargo de la situación. Él los alcanzaría después en las dependencias del *Quai* des Orfèvres.

∽: ✂ :∽

Al llegar a la casa de la Avenida Elisée Reclus, la tomó en brazos para bajarla del Aston Martin. Las manos frías de Matilde se cerraron en torno a su cuello.

—Eliah —susurró, sin fuerza.

—¿Qué, mi amor?

—Quiero darme un baño. Me siento sucia.

Entraron por el sector de la cocina. Leila empezó a agitarse como gallina clueca y no se calmó hasta que Matilde le sonrió. Las muchachas, Marie y Agneska, se pusieron a disposición del patrón.

—Marie, prepara el *jacuzzi* de mi baño. Agneska, atiende a Juana. Dale una habitación.

—Papito, Mat me mostró el otro día tu alberca alucinante. ¿Puedo ir a nadar un rato? Creo que será lo mejor para tranquilizarme.

—Por supuesto —dijo, y ordenó a Agneska que la acompañara y la asistiera.

En el dormitorio de Al-Saud, Matilde se echó a llorar como una niña al descubrir su chamarra color beige arruinada por los manchones de sangre. La compuerta se levantó y dio paso a la angustia y al pánico atrapados en su pecho, que brotaron en forma de llanto histérico. Leila, acobardada en la salita de la flor, la miraba y lloraba. Poco a poco, el llanto se mezclaba con las recriminaciones.

—¡Le disparaste cuando me tenía con él! —Al-Saud pugnaba por sujetarla, pero ella no se dejaba—. ¡Pudiste haberme matado! ¡Pudiste haberme matado!

¿Cómo explicarle que su puntería era perfecta? ¿Cómo explicarle que para él destrozar la oreja del atacante no había significado un desafío? ¿Cómo explicarle que era un gran francotirador, capaz de colocar una bala entre ceja y ceja a más de quinientos metros? Sus brazos se cerraron en torno a la pequeña espalda de Matilde con implacable firmeza. Ella se agitó hasta que, vencida, apoyó la frente sobre el corazón de él y lloró quedamente; el ímpetu la abandonaba. Al-Saud eligió ese momento para hablarle al oído.

—Eres lo más valioso que tengo en la vida. ¿Cómo creíste que te exponía a algún peligro cuando disparé?

—Sí —sollozó ella apenas.

—¡No! Nunca estuviste en riesgo. Jamás. Ese tipo quería llevarte. ¿Pensaste que iba a permitir que lo hiciera? ¿Que te alejara de mí? —Matilde sacudió la cabeza con la cara enterrada en el pecho de él. Al-Saud le besó la coronilla con pasión y siguió hablando en francés—: Matilde, no sabes lo que significó para mí verte en peligro. No sabes lo que significó para mí verlo tocarte.

—Me arrancó la cadena con la Medalla Milagrosa. Mi medalla...

Sin embargo, la Medalla Milagrosa permanecía aún con ella. Había saltado de la cadena con el tirón y quedado atrapada dentro del corpiño. La encontró cuando se lo quitó en el baño, y se echó a llorar de nuevo. Al-Saud terminó de desnudarse y la guio dentro del *jacuzzi*, donde se dedicó a lavarle la espalda con la esponja hasta que el llanto mermó y ella quedó laxa.

—No sabía que tenías un arma —musitó, y Al-Saud a duras penas la oyó debido al borboteo del agua—. ¿Por qué la tienes?

La besó en el hombro antes de contestarle.

—Para defenderme y para proteger lo que es mío.

—No me gustan las armas.

—Lo sé.

—Creo que se llevó la llave que tenía en la cadena.

Al-Saud recordó habérsela visto en la hacienda en Ruán.

—¿De dónde es esa llave?

—Me la dio Roy en la fiesta de Jean-Paul.

Le contó lo que Blahetter le había pedido, y a Eliah no le gustó lo que escuchó. El asunto tomaba otro cariz a la luz de esa revelación. ¿En qué negocios turbios andaba Blahetter? Sostendría una nueva conversación con él y, si había expuesto a Matilde, lo ahorcaría en la cama del hospital, ya no se apiadaría de su estado de indefensión. Cerró los ojos e inspiró para calmarse. Ella no debía percibir su inquietud.

Un rato después aprovechó el entusiasmo de Juana, que acababa de descubrir la sala de cine, y dejó a Matilde con su amiga viendo una película cómica de Gérard Depardieu. Bajó envuelto en su bata hasta el escritorio, donde se encerró para llamar por teléfono a Chevrikov.

—Estoy en *Quai* des Orfèvres —le informó el ruso—. Tus atacantes están siendo atendidos en el Hospital Hôtel-Dieu. —Chevrikov aludía al hospital más antiguo de París, a pocas cuadras de la *Police Judiciaire*—. Les diste una paliza que casi los mata. Aquí se preguntan quién atacó a quién. Los traerán más tarde. Te llamo cuando estén por interrogarlos.

—¿Pudieron saber algo del que huyó?

—Nada. Los hospitales están alertados.

Colgó. Se daba golpecitos en la boca con el teléfono en tanto sometía el asunto a su reflexión. Volvió a marcar.

—Thérèse, soy Al-Saud.

—Buenas noches, señor.

—Discúlpeme que la moleste a esta hora.

—Ningún problema, señor.

—Quiero que mañana a primera hora vuelva al Emporio Armani y compre otra chamarra como la que compró para Matilde tiempo atrás. Del mismo color. ¿La recuerda?

—Perfectamente, señor.

—Ofrezca el triple para que le consigan una igual.

La última llamada la destinó a su amigo, Edmé de Florian, al que le refirió los hechos y le pidió que se le uniera en la sede de la Policía Judicial, en la Île de la Cité. Salió del escritorio y se dirigió a la cocina. Le indicó a Leila que subiera una cena liviana a su dormitorio. A Medes, que soltó el periódico y se puso de pie al verlo entrar, le indicó que se preparara, saldrían en una hora. El acento de los árabes le había recordado el de su chofer, un kurdo de Irak.

—¿Que le recriminaste al papito por meterle un tiro a ese hijo de puta? —se enojó Juana—. ¿Estás loca, Matilde? ¿Qué parte no entendiste de lo que acabamos de vivir? Si el papito no hubiese aparecido, esos degenerados nos habrían violado y degollado.

—Nunca me dijo que tuviera un arma —interpuso, con aire contrito, mientras contemplaba su propio retrato, el que le había regalado a Eliah; lo había encontrado sobre su buró.

—¡Ah, ésta sí que me gusta! Hay cosas muy importantes de ti que no le has contado al papito, ¡mucho más importantes que la posesión de un arma! No te hagas la ofendida, entonces.

—¿Qué pasa? —preguntó Al-Saud al entrar en su dormitorio.

—Nada, papito. Disculpa que haya invadido tus aposentos. Mat quería mostrarme la salita en forma de flor. ¡Tu casa es lo más, papito! No te lo dije el otro día, pero nunca vi una casa tan rara y hermosa. Lo mejor de todo, la piscina. Gracias por prestarme esta bata.

—*De rien* —dijo, y echó un vistazo a Matilde, sentada como los indios en el medio de la cama, envuelta en una bata del George V que le quedaba enorme y con su retrato en la mano—. Se me ocurrió que les gustaría cenar acá. ¿Qué te parece, mi amor? Ponemos la mesa en la flor y, mientras comemos, vemos el patio andaluz. —Ordenó a Marie por el intercomunicador que encendiera las luces del patio.

—¡Guau! —exclamó Juana, cuando las palmeras y la fuente cubierta de mayólicas quedaron iluminadas en la planta baja—. Dios mío, papito, esta casa es divina. ¿Hace mucho que vives acá?

—Casi dos años. Estaba en un estado calamitoso cuando la recibí, lo mismo la casa de *Rouen*. A ésa prácticamente tuve que levantarla desde los cimientos. Lo que había quedado de la casa principal no servía para nada. Por eso tardé en comenzar el reciclaje de ésta. Y apenas pude mudarme, menos de dos años atrás.

Durante la cena, que compartían con una Leila entristecida, sonó el celular de Juana.

—Hola, Negra. Soy Ezequiel.

—¡Eze, mi vida!

—¿Dónde están? Hace rato que estoy llamando al departamento de Enriqueta.

—Estamos en casa del papito.

—¿De quién?

—De Eliah, el novio de Mat —dijo, e hizo un guiño cómplice a Al-Saud, que seguía el intercambio con actitud pétrea—. ¡No sabes lo que nos pasó, Eze! Cuatro tipos nos atacaron a la salida del instituto.

—¡Qué!

—Tranquilo, mi vida. Las dos estamos bien. El papito llegó justo para salvarnos, como en las películas. A Mat le tocó la peor parte. Te paso con ella.

—Hola, Eze.

—Hola, Mat. ¿Cómo estás?

—Ahora bien, pero fue horrible, Eze.

—Me gustaría estar ahí para abrazarte.

—Sí, lo sé. Gracias.

—Mat, mi hermano pregunta por ti.

—No quiero verlo, Eze. Por favor, no insistas.

—Está bien, está bien, no insisto. Pero él me pide que te diga que necesita que le devuelvas la llave. No sé de qué me habla. Pero dame a mí la condenada llave y yo se la llevo al hospital.

—No la tengo, Eze. Me la robaron esos tipos que nos atacaron.

—¡Mierda! Roy se va a poner como loco.

Apenas colgó, Matilde se topó con la mirada de Al-Saud, y por un instante le tuvo miedo.

—¿Qué te dijo?

—Dice que Roy quiere que le devuelva la llave.

—*Fils de pute* —masculló Eliah, y siguió comiendo.

Al término de la cena, mayormente silenciosa e incómoda después de la llamada de Ezequiel, Juana se retiró a dormir. Matilde salió del baño y se encontró con que Al-Saud estaba vistiéndose.

—¿Vas a salir?

—Tengo que ir a la comisaría para levantar cargos contra esos tipos. No pongas esa cara, nada malo sucederá. —Caminó hasta ella y la abrazó—. Algo bueno resultó de todo esto: estás en mi casa y vas a pasar la noche conmigo.

—Sí —musitó ella—, pero no quiero que te vayas. —Se puso en puntas de pie y le olió la base del cuello—. Mmmm… Qué rico perfume. ¿Cuál es?

—Givenchy Gentleman.

—Me encanta —aseguró, y levantó la vista.

Las bolsas que naturalmente se formaban bajo los ojos de Eliah presentaban un color violáceo, por lo que dedujo que estaba cansado. Le pasó la punta del índice por la frente, bajó por la sien, la hundió con delicadeza en la bolsa bajo su ojo derecho, le dibujó el ángulo recto de la mandíbula y apreció la dureza de la barba; continuó hasta alcanzar el abultamiento del labio inferior, donde se demoró, yendo y viniendo de una comisura a otra; se trataba de una boca con un matiz casi femenino, pequeña, llena, con límites bien definidos. Era consciente de cómo los dedos de Al-Saud se clavaban en la base de su espalda.

—¿Estás tratando de excitarme para que me quede contigo?

—Sí.

Rieron y se estrecharon en un abrazo que intentaba diluir la tensión entre ellos. Se miraron con una seriedad que hablaba del deseo que iba apoderándose de sus ánimos. Los ojos de ambos se habían ennegrecido.

—Matilde, tengo que irme. —La separó de su cuerpo—. ¿Te acuerdas cuál era el número de la llave que te dio Blahetter?

—Setenta y uno. Me acuerdo porque es el año de mi nacimiento. ¿Por qué quieres saber?

Al-Saud sacudió los hombros.

—Por si la policía me pregunta.

Antes de dirigirse a la sede de la policía en *Quai des Orfèvres*, Al-Saud le indicó a Medes que lo condujese a la estación de trenes *Gare du Nord*. Consultó a uno de los tantos policías que rondaban la estación dónde se encontraban los casilleros. No le sorprendió hallarlo abierto y vacío. La intriga que se tejía en torno a la llave y a Blahetter enredaba a Matilde, y la posibilidad de que ella estuviera en la mira de una banda lo ponía de cara a un recelo al cual se había entregado poco a lo largo de su vida: el miedo. Le indicó a Medes que lo llevase al Hospital Européen Georges Pompidou. No resultó fácil acceder a la habitación de Blahetter a esa hora. Necesitó esquivar a dos enfermeras antes de deslizarse dentro. Debían de haberle dado un somnífero muy potente porque no conseguía despertarlo. Los párpados de Blahetter aletearon y volvieron a cerrarse.

—¿Qué hace usted aquí? El horario de las visitas terminó hace horas.

—Disculpe, enfermera. Acabo de llegar de viaje y me dijeron que mi amigo Roy Blahetter estaba internado. No pude esperar hasta mañana para verlo. ¿Cómo está él?

—Mejor, aunque muy dolorido —informó la mujer, todavía enojada—. Le hemos dado un hipnótico para dormirlo. Ahora tendrá que marcharse.

—Por supuesto.

De camino a la Île de la Cité, Chevrikov lo llamó al celular para informarle que en breve interrogarían a los atacantes. En la sede de la Policía Judicial, lo recibieron en el sector de la Brigada Criminal. Edmé de Florian y Chevrikov lo aguardaban para presentarle al inspector Dussollier, que le estrechó la mano y lo miró con apreciación. A Eliah le dio asco la palma húmeda y el apretón flojo como también la manera en que Dussollier se pasó la lengua por el labio inferior al tiempo que fijaba la vista en los de él. Chevrikov no le había prevenido de que el inspector era homosexual. Quizá la condición sexual del policía constituiría una ventaja.

—Reláteme los hechos, Eliah —dijo, y se lanzó a usar el nombre de pila con descaro. Al-Saud narró lo acontecido—. Necesitaremos los testimonios de las muchachas —manifestó Dussollier.

—¿Es necesario, Olivier? —pronunció Al-Saud—. Ellas están muy trastornadas a causa de lo vivido.

—De verdad, Olivier —terció De Florian—, ¿para qué molestar a las muchachas si Eliah te ha dado un reporte más que detallado?

—¿Les robaron algo? —preguntó, sin mayor interés; parecía estar frente a otro caso de violencia callejera.

—Nada —mintió—. Llegué justo a tiempo.

—Olivier —intervino Chevrikov—, ¿le permites a Eliah hablar con los detenidos?

—¿Para qué? —se extrañó el inspector—. Eso sería muy irregular, Vladimir.

—Son árabes —interfirió Al-Saud—. Sé hablar muy bien su idioma. Podría facilitar las cosas.

La excusa no se sostenía. Sin embargo, Dussollier autorizó a Al-Saud para que hablase con los detenidos porque le debía unos cuantos favores a Chevrikov y porque ¿quién podía negarse a esa mirada del color de una esmeralda? Se ubicaron detrás del vidrio de visión unilateral que los separaba de la cámara de Gessell, aun el chofer de Al-Saud. Dussollier sabía de antemano que no entendería un pepino. Advirtió el modo en que los tres muchachos se encogían en sus sillas ante la aparición de quien los había reducido en la calle de Vitruve. No los culpaba; ese Adonis de figura alta y atlética, que se movía con la cadencia de una pantera asesina, les había dado una paliza del infierno.

—Si me dicen quién los envió a robar esa llave, los sacaré de aquí mañana. De lo contrario, los dejaré a merced de la Policía Judicial. Me pregunto cómo están sus permisos de estancia.

Habló el que cayó inconsciente en primer lugar, y lo hizo con dificultad y voz rasposa. Juró no saber cómo se llamaba el que les pagó para robar la llave. Les había ofrecido dinero para llevar a cabo el trabajo y les había mostrado la foto de Matilde. Ante esa declaración, Al-Saud sintió un frío en el estómago. De modo mecánico, apretó los dientes, y Dussollier notó que se le tensaban los músculos de la mandíbula.

—¿Cómo llegó a ustedes? No me harán creer que los detuvo en la calle y les ofreció el trabajo. Empiecen a soltar lo que saben, o convertiré sus vidas en una pesadilla. Saben que puedo hacerlo, ¿verdad?

—Un amigo en común nos puso en contacto.

—Quién es y dónde puedo encontrar a este amigo en común.

Los muchachos se miraron entre sí.

—Su nombre es Fauzi Dahlan.

—¿Dónde puedo dar con él?

—¡Eso sí que no lo sabemos! Él se contacta desde afuera. Nosotros no sabemos dónde está. Nunca lo sabemos.

—¿Desde afuera?

—Desde Irak. Al menos, eso creemos.

—¿Ustedes son iraquíes?

Los tres asintieron a la vez.

—Describan al hombre que los contrató para lo de la llave.

—Tenía pinta de alemán o de sueco —opinó el que había estado a cargo del volante del Renault Laguna—. Llevaba el pelo cortado a ras. Era rubio, con canas. Ojos celestes.

—Sus mandíbulas eran muy marcadas, muy cuadradas —aportó otro.

—Y era un oso. Alto como usted, pero mucho más robusto.

—Hablaba con voz rara.

—¿A qué te refieres con voz rara?

—Con un sonido metálico, como si fuera una voz artificial, electrónica. Jamás había escuchado una voz tan extraña.

—¿Le vieron algún aparato en la garganta? —Los tres agitaron las cabezas para negar—. ¿Una cicatriz? —Volvieron a negar—. ¿Tenía la garganta descubierta? ¿Pudieron vérsela?

—Sí, llevaba puesta una camisa y, aunque hacía frío, no llevaba chamarra. Lo vimos bien y no tenía nada raro en la garganta. Simplemente, hablaba así.

Al inspector Dussollier, Al-Saud le manifestó:

—Son tres pobres tipos que roban para llevar dinero a sus familias pobres. No presentaré cargos en contra de ellos.

A Medes le preguntó al salir de la sede la Policía Judicial:

—¿Son iraquíes?

—Sin duda.

—¿De qué zona?

—Por el acento, diría que del norte del país, posiblemente de Tikrit.

—El kurdo aludía a la ciudad natal de Saddam Hussein.

Se desnudaba en la oscuridad y trataba de no hacer ruido. La iluminación del patio andaluz se filtraba por el vitral cenital de la flor y regaba en parte su cama. Se veía el pequeño montículo que formaba Matilde bajo la colcha. Ese día había atestiguado el enojo infrecuente aunque proverbial de un Cerdo de Metal, tal como Takumi *sensei* le había prevenido. Si la visión de un arma le provocaba esa cólera, ¿qué sucedería si le confesase cuál era su oficio? No quería pensar. La oyó revolverse y agitarse. Del silencio absoluto pasó a quejarse y a pronunciar palabras ininteligibles. Al-Saud se quitó los boxers y fue a la cama. Matilde lloraba, dormida. Se metió bajo la colcha y la abrazó para aquietarla. Le siseó sobre la frente y le besó las lágrimas hasta percibir el gusto salobre en su boca.

—¡Eliah! —pronunció con tinte desesperado.

—Aquí estoy.

—Tuve un sueño horrible —lloriqueó en el cobijo de su pecho. Al-Saud pasó las manos por el cuerpo desnudo de ella.

—¿Soñabas con lo que viviste hoy en el instituto?

—No, estaba soñando con mi hermana Celia. Fue espantoso. Ella me llamaba, me pedía que la salvara, y yo no la encontraba. Yo chocaba con un montón de personas que no me permitían avanzar, no podía saber de dónde venía su pedido de ayuda. Pienso que está sola en esa clínica y que me necesita. Tengo que conseguir un permiso para verla.

—Ezequiel te dijo que la política de la clínica es muy estricta. Nada de visitas.

—¡No puedo seguir sin verla! Ella y yo siempre nos hemos llevado muy mal, pero yo la quiero, Eliah. ¡Es mi hermana!

—Sí, mi amor, sí, es tu hermana, pero está enferma, y sólo gente muy preparada puede ayudarla. Tú eres médica, Matilde. No es necesario que te lo explique.

—Sí, lo sé, pero en este momento no soy médica sino una hermana que sufre.

—Por favor, Matilde, ya no hablemos de nada malo. Necesitamos un respiro. Hoy ha sido un día nefasto.

—Eliah —sollozó, y se apretó a él—. Perdóname, mi amor, perdóname.

—¿Por qué?

—Tú sabes por qué. Me siento una estúpida por haberte gritado del modo en que lo hice, por reprocharte que hubieses disparado contra ese hombre. Lo hiciste para salvarnos y te lo agradezco de corazón. Es que me asusté tanto. No recuerdo haber tenido tanto miedo en mi vida. Y perdí el control. Estoy avergonzada.

—Ya pasó todo. Y te juro que no volverá a repetirse. Te voy a proteger, Matilde, siempre lo voy a hacer. Con mi vida, mi amor, con mi vida.

—No —musitó ella—, con tu vida no quiero.

La besó con ternura para tranquilizarla y para transmitirle lo que sus palabras no lograban comunicar. El beso fue volviéndose tórrido bajo las sábanas. La fricción de sus cuerpos, el contacto húmedo de sus labios y los suspiros contenidos que soltaban por la nariz constituían los únicos sonidos que, extrañamente, ahondaban el silencio de la habitación, hasta que Matilde apartó la cara; necesitaba gemir porque la mano de él entre sus piernas estaba volviéndola loca, y así lo hizo, profirió un gemido como un lamento largo y sonoro que rebotó en las paredes del dormitorio, quebró la quietud y volvió de piedra el pene de Al-Saud. La boca de él, que dibujaba una sonrisa de satisfacción, cayó sobre su pezón y lo chupó con succiones enardecidas para que Matilde no cesara de gemir. Ella lo sorprendió colocándose a horcajadas sobre su vientre. La visión de Matilde bañada por la tenue luz del patio le robó el aliento. Se quedó quieto, admirándola desde la penumbra. Su cabello había adquirido una tonalidad blancuzca; sus labios brillaban con la saliva que su boca le había impreso.

—*Regarde-moi, Matilde.*

Ella irguió la cabeza e hizo lo que él le pedía: lo miró. Al-Saud contuvo el aliento ante el fulgor de sus ojos plateados; se trataba de una visión sobrenatural. La vio colocarse de rodillas sobre el colchón. Se contorsionó y respiró de manera irregular cuando ella le aferró el pene para guiarlo dentro de su vagina. Observó con fascinación cómo su carne apretada y caliente lo devoraba hasta el final. Ella lo montaba con una cadencia lenta. Las manos de él no la guiaban sino que se sujetaban a sus pechos, y con la aspereza de los pulgares le arrancaba exclamaciones ahogadas cada vez que le masajeaba la piel sensible de los pezones. Los ojos de Al-Saud vagaban del rostro de Matilde, alterado por el deseo, al punto en que sus cuerpos se unían. La vulva blanca y desnuda, que se mecía sobre su pelvis negra e hirsuta, conformaba la visión más erótica que Al-Saud había visto. Quería decirle tantas cosas —que la amaba como a nadie; que se trataba de la criatura más acabada que conocía; que no lo abandonara—, pero, sin aliento, hablar se dificultaba.

A la mañana siguiente, Al-Saud se presentó en la cocina para desayunar y se topó con Juana.

—¡Buen día, papito! ¿Y Mat?

—Duerme. Quiero que siga descansando. —A Marie y a Agneska, les ordenó en francés—: No hagan ruido en el primer piso. Matilde duerme.

—Papito, desayuno y me voy al depto para no seguir invadiéndote. Pero antes quiero agradecerte por lo de ayer. Nos salvaste de una buena.

—No quiero que vayas sola a la *rue* Toullier. Yo te voy a llevar. Juana, quiero que se muden aquí, conmigo. El departamento de la *rue* Toullier ya no es seguro.

—*Pour moi, enchantée,* papito! Pero no creo que Mat quiera.

—Por eso estoy diciéndotelo a ti primero, para que me ayudes a convencerla.

—¿Por qué dices que el departamento ya no es seguro?

—Porque esos tipos que las atacaron ayer no eran delincuentes casuales. Buscaban a Matilde. Algo relacionado con una llave que el imbécil de Blahetter le dio la noche de la fiesta en lo de Trégart. Si esos tipos sabían que ustedes concurrían al instituto, es muy probable que sepan dónde viven.

En la calle Toullier, Al-Saud le indicó a Juana que se colocara detrás de él mientras subían por la escalera. Echó el brazo hacia atrás y detuvo el avance al descubrir la cerradura destrozada y la puerta entornada del departamento de Enriqueta. Juana profirió una exclamación, y Al-Saud se llevó el índice a la boca reclamándole silencio. Desenfundó su SIG Sauer nueve milímetros antes de empujar la puerta con la punta de la bota. Se deslizó dentro y fue registrando estancia por estancia. No había nadie.

—Juana, el lugar está limpio. Puedes entrar.

—¡Dios mío, papito! Me parece estar viviendo en una película de suspenso. ¿Cómo carajo destrozaron así la cerradura? ¿Acaso ningún vecino escuchó nada?

Al-Saud estudió el marco de la puerta.

—Usaron un explosivo silencioso. —Para sí, dijo: «¡Dios mío! Son profesionales y están detrás de Matilde».

Según Juana, que revisó las habitaciones, el único elemento fuera de lugar era el cuadro con el retrato de Matilde a los cinco años, tirado en el suelo, con el marco de pan de oro quebrado y el contrachapado rebanado en sus cuatro lados. No se habían robado la pintura, simplemente habían quitado la parte posterior. Recordó que Blahetter lo había recuperado y devuelto a Matilde. ¿Qué había escondido entre el lienzo y el panel del reverso?

—Juana, mete un poco de ropa para ti y para Matilde en un bolso y dejemos este lugar. Después vendré por el resto. —Al-Saud salió al rellano de la escalera para hablar con Peter Ramsay—. Peter, soy yo. Necesito que tú y Alamán vengan al número 9 de la *rue* Toullier. Sí, al departamento de Matilde. Alguien reventó la cerradura y entró. Necesito que la cambien y que pongan medidas de seguridad, las mejores. Además quiero ver la cinta de filmación. Estimo que quien haya entrado lo hizo a partir de las siete de la tarde y hasta las seis de la mañana. —Apenas colgó con Ramsay, le entró otra llamada. Era Edmé de Florian—: Dime, Edmé.

—Eliah, acaban de encontrar un Renault Laguna en el *Bois de Boulogne*. Había un cadáver dentro, con la oreja izquierda destrozada. Es evidente para mí que se trata del mismo tipo que te atacó ayer. ¿Sabes dónde le metieron el balazo? En el ojo derecho.

—Como al botones del George V —pensó Al-Saud en voz alta.

—El impacto le hizo un hueco del tamaño de un puño. Creo que usaron el mismo tipo de proyectil que mató al botones.

—¿Una bala con punta hueca? ¿Una Dum-Dum?

—Podría ser.

—¿Encontraron el casquillo?

—No aún. Los forenses están peinando el Renault y la zona. Te avisaré apenas tenga el informe de balística.

De nuevo una bala Dum-Dum y un balazo en el ojo derecho. Aunque podía juzgarse como una casualidad, el asunto adoptaba un aspecto endemoniado.

—Listo, papito —dijo Juana.

—Vamos, entonces.

Antes de abandonar el departamento, Al-Saud recogió el cuadro.

~: ⚹ :~

—Matilde.

El susurro formaba parte del sueño. Entreabrió los párpados con dificultad y le llevó unos segundos reconocer a Leila en la figura arrodillada junto a la cabecera de la cama.

—*Bonjour, Matilde.*

Se trató de una sensación rara, la de estar medio dormida y que el corazón se le desbocase. Permaneció quieta sobre la almohada en la actitud de quien teme espantar a un pajarito. Atinó a contestar con voz ronca de sueño.

—*Bonjour, Leila.*

La muchacha le sonrió y le acarició la mejilla con el dorso de los dedos hasta que se puso de pie, bajó del plinto y se alejó en dirección a la flor, donde aprestó las tazas para el desayuno sobre la mesa donde habían cenado. El aroma de café recién preparado se mezclaba con el de los *croissants* tibios, pero Matilde no lo percibía. Continuaba inmóvil en la cama. Leila acababa de hablarle. Ganó algo de compostura y, simulando normalidad, se envolvió en la bata y fue al baño. Al regresar, Leila estaba sentada a la mesa y le sonreía. Matilde le habló en francés sin obtener respuesta. Desayunaron intercambiando palabras de Matilde y silencios sonrientes de Leila.

Al-Saud las encontró en la flor. Leila abandonó su silla para correr hacia él. Había vuelto a ser la niña. Al-Saud la abrazó y guiñó un ojo a

Matilde, que le sonrió desde la mesa. Leila se apartó de Al-Saud y, a través de señas, le preguntó si irían a la feria. Resultaba increíble que supiera que se trataba de un martes, día de la feria en la Place Maubert.

—Hoy no podré acompañarte, cariño. Tengo mucho trabajo. Le pediré a Medes que te lleve. Ahora baja a la cocina, que Marie y Agneska quieren saber qué prepararás para el almuerzo.

Matilde se aproximó a él en silencio. Pasó las manos bajo el saco de su traje y le apretó la cintura. Aún conservaba el frío del exterior pegado al cuerpo; no entendía por qué salía tan desabrigado en una mañana gélida como ésa. Hundió la nariz en la parte desnuda de su pecho, la que no cubría la camisa, por donde asomaba la mata de vello espeso y negro. Inspiró el Givenchy Gentleman.

Al-Saud le puso el pulgar bajo el mentón y le levantó la cara.

—¿Qué pasa? ¿Por qué esas lágrimas?

—Eliah —pronunció Matilde, y se detuvo, conmovida—. Eliah, Leila me ha hablado.

—¿Qué?

—Sí. Me dijo «Matilde» y después «*Bonjour, Matilde*».

Al-Saud cerró su abrazo y apoyó la cara sobre su coronilla.

—Tenías que ser tú —dijo en francés—. Tenías que ser tú la que la rescatase. Matilde, amor mío.

—Sólo eso dijo. Y por un momento se comportó como una mujer de su edad. Después volvió a recluirse en su Leila niña. ¿Cómo podemos ayudarla?

Sin soltarla, Al-Saud la condujo al sillón y la sentó sobre sus piernas.

—Matilde, tengo que darte una mala noticia. No te asustes. No ha habido consecuencias, pero tiemblo de pensar que podrías haber estado ahí.

—Eliah, por amor de Dios, dime qué pasa.

—Esta mañana llevé a Juana al departamento de la *rue* Toullier. Encontramos que la cerradura estaba destrozada y la puerta abierta. —Matilde se llevó las manos a la garganta y ahogó un grito—. Juana asegura que no robaron nada. No cometieron destrozos, excepto con tu cuadro, el de tu retrato. No estropearon el lienzo, por suerte, pero sí el marco y la parte de atrás. La cortaron como si buscaran algo oculto, algo que, evidentemente, el hijo de puta de Blahetter escondió ahí.

—¡Dios mío, Eliah! Tengo miedo. ¿Qué está pasando?

—Matilde, quiero que tú y Juana vivan aquí, conmigo. En ningún lugar estarán más seguras. —Ante la expresión desconcertada de ella, insistió—: Mi amor, es obvio que el imbécil de Blahetter te metió en un lío. ¡Déjame que te proteja! ¡Por favor! No seas terca en esto.

—Está bien, sí, sí. No volveremos a la *rue* Toullier hasta que este embrollo se aclare. Pero tendré que ocuparme de reparar la cerradura y de arreglar...

—Olvídate. Ya estoy ocupándome de todo. Matilde —dijo, y le sujetó la cara con ambas manos—, por ninguna razón quiero que vuelvas a ese lugar. Jurámelo.

—Te lo juro.

—Además, ni tú ni Juana podrán salir sin custodia. A ninguna parte.

—¡Eliah, por favor!

—Matilde, ¿no fue muestra suficiente lo que sucedió anoche? Estos tipos no juegan y son profesionales. No me hagas las cosas difíciles. Sólo te pido colaboración. Ya hablé con Juana y está de acuerdo en todo.

—Obvio —musitó ella, con ironía—. Si lo dice el *papito*, es palabra santa. —Al-Saud rio por lo bajo y la besó en los labios—. Gracias por ocuparte de nosotras, Eliah. No sé qué habríamos hecho sin ti.

—Hasta que organice lo de los guardaespaldas, no podrán ir al instituto. No me mires así, sólo será por hoy, tal vez por mañana. Ahora tengo que dejarte. Me esperan varias reuniones y compromisos en la Mercure.

—Sí, sí, no pierdas más tiempo.

—Matilde, ésta es tu casa. Tú eres la dueña de ahora en adelante. Puedes hacer lo que quieras. Así se lo he comunicado a Marie y a Agneska.

Ella no supo qué contestar.

15

—Te felicito, Udo —dijo Gérard Moses—. Has realizado un buen trabajo. —Como paseaba la mirada por los planos de la centrifugadora de Blahetter, no observó la mueca exultante del berlinés—. A pesar de que permitiste que Blahetter se te escapara, conseguiste los planos, y eso es bastante. *C'est incroyable!* —exclamó por lo bajo al descubrir de qué modo Blahetter había resuelto una de las dificultades de la enriquecedora de uranio que a él le había quitado el sueño. La inteligencia del ingeniero nuclear argentino no conocía parangón. Desde Einstein la física atómica no atestiguaba un avance revolucionario de ese nivel. ¡Cómo habría disfrutado trabajar con él! Lo habría persuadido de que investigase la nanotecnología, en su opinión, la ciencia del futuro.

Ahora se dedicaría a construir el prototipo de la centrifugadora de Blahetter. Tenía que dejar de llamarla la centrifugadora de Blahetter. «La centrifugadora Moses», pensó, aunque enseguida desechó el nombre porque no la llamaría con el apellido de su padre. Usaría el apellido Wright, con el que lo conocían tanto en el ámbito académico como en el mundo de las armas. Orville Wright. El nombre no resultaba de una elección antojadiza. Orville Wright había sido uno de los hermanos Wright, los constructores del primer avión. De chicos, Eliah y él solían jugar a los hermanos Wright. Él, Gérard, siempre era Orville. Eliah, Wilbur.

Se esforzó por hacer a un lado el rostro de Eliah y regresar a los planos de la centrifugadora. Los estudiaría profundamente, leería las notas de Blahetter y desmenuzaría las fórmulas y construiría el modelo antes de viajar a Irak y entregarle al *sayid rais* —al señor presidente— Saddam Hussein, su gran invento, el que lo posicionaría en un sitial de privilegio entre las naciones del mundo; el que devolvería el orgullo a la nación iraquí y que le permitiría destruir a los enemigos que la habían humillado. Éstos desaparecerían de la faz de la Tierra con la potencia nuclear que Irak desarrollaría, y, junto con ellos, su padre y su hermano Shiloah.

–Señor –habló Udo–, no será difícil localizar a Blahetter. –Gérard detuvo la observación de los planos y levantó la vista–. Cuando lo tenía en mi poder, le quité esta tarjeta de su abrigo. –Se la entregó, y Moses leyó: *Ezequiel Blahetter. Mannequin. 29, Avenue Charles Floquet, troisième étage*–. Montaré guardia en esa dirección y, tarde o temprano, daré con él.

Resultaba imperativo encontrarlo. Tenían que acabar con él. ¡Qué tristeza le causaba ese pensamiento! Acabar con Blahetter, un desperdicio, sin duda. No obstante, Blahetter tenía que desaparecer porque no había lugar para los dos en el mundo. Blahetter reclamaría su invento, y, si lo enfrentaba en una corte internacional, lo destruiría.

–Ocúpate de hallar a Blahetter. Que ésa sea tu prioridad ahora. Si bien creo que los planos están completos, tengo que estudiarlos para asegurarme. Si llegasen a estar incompletos, lo necesitaríamos para que nos dé la parte faltante. Udo –dijo, y suavizó el tono de voz–, ¿qué te parecería volver al ruedo, a lo de antes? ¿A tus ataques comando y a todo eso en lo cual eras tan diestro? –El berlinés se quedó mirándolo, con ojos aguzados–. Al-Muzara te reclama. Dice que sólo tú puedes llevar a buen puerto un ataque a la OPEP.

–La OPEP –repitió, y se acarició el mentón–. No sería fácil, pero podría hacerse. Carlos, el Chacal, lo hizo con éxito en el 75. Yo estuve con él en esa ocasión. –A Jürkens lo gratificó la expresión de azoro de su jefe–. Sí, uno de los que entró con Carlos en la sede de la OPEP fui yo. ¿Cuál es el objetivo del ataque?

–Al-Muzara quiere secuestrar a varios ministros del petróleo y a un príncipe de la casa de Al-Saud, Kamal Al-Saud. Sí, sí, está relacionado con mi amigo Eliah. Es su padre. Quiere pedir rescate. Es por dinero.

–Como lo fue en ocasión del asalto de Carlos.

–La paga será buena, Udo, si aceptas el trabajo. Eso prometió Al-Muzara. Un siete por ciento del botín será para ti.

–Acepto –respondió Jürkens, entusiasmado, aunque lleno de escrúpulos–. ¿Con quién haré el trabajo? ¿De dónde sacaré las armas?

–Al-Muzara responderá a tus preguntas a su debido tiempo. –Gérard Moses se puso de pie con la intención de salir del estudio. Se detuvo antes de alcanzar la puerta–. Udo, ahora que nos hemos hecho con los planos, necesito que pasemos a la otra cuestión: la nueva mujer de Eliah

—La esposa de Blahetter, la que tenía la llave.

—Sí, esa misma. Necesito saber todo acerca de ella. Ya averiguaste que es la esposa de Blahetter. Ahora quiero más información.

—Señor, acaba de decirme que mi prioridad es ubicar de nuevo a Blahetter.

Gérard sufrió un instante de confusión y después, de vergüenza. La memoria empezaba a fallarle, los pensamientos se le mezclaban; a veces se descubría en la prosecución de actos estúpidos, como echar pasta dental dentro de la bañera en lugar de sales. La porfiria avanzaba, y la cura no aparecía. Eligió el enojo para disimular el embarazo.

—¡El hecho de que te fije prioridades no significa que no pueda decirte *todo* lo que tienes que hacer!

—Por supuesto, señor. Disculpe.

—Ocúpate de encontrar a Blahetter, al que perdimos por tu inoperancia, y *después* investigas a la muchacha.

Gérard subió a la terraza de su casa en el *Quai* de Béthune. Encontró al joven Antoine alimentando a las palomas. Todas lucían saludables y hermosas. Paseó la vista por las de Al-Muzara y eligió a un palomo que le inspiraba especial cariño.

—Antoine, prepara a Aladín. La suelta será en tres horas.

Regresó al estudio para escribir el columbograma donde le confirmaría a Al-Muzara que Udo Jürkens lideraría el golpe en la OPEP.

Al-Saud ingresó sin inconvenientes en la habitación 304 del Hospital Européen Georges Pompidou. La mirada fugaz que Blahetter le destinó bastó para saber que estaba abatido. Probablemente, Ezequiel ya le había comunicado lo de la desaparición de la llave.

—Mañana tendré la documentación que me pidió —manifestó Roy, con la cabeza caída en la almohada, sin hacer contacto visual con Al-Saud—. La persona en la empresa de mi abuelo consiguió todo en menos tiempo del imaginado. Y lo despachará hoy en un servicio de veinticuatro horas de Federal Express.

—Pedazo de mierda —pronunció Eliah, y Blahetter giró la cabeza en un movimiento rápido—. Quiero que me digas en este instante en qué lío has metido a Matilde. Seguramente ya sabes por tu hermano que ayer la atacaron cuatro hombres para sacarle la llave que le diste. Y hoy encontramos la cerradura reventada en el departamento de su tía. El retrato de Matilde cuando era chica estaba destrozado.

Blahetter dejó caer los párpados lentamente y soltó un quejido angustioso.

—Lo siento —dijo, sin abrir los ojos—. Lo siento tanto. Parece que siempre hago todo mal.

—¡A la mierda con tus disculpas! Quiero que me digas qué está sucediendo. Necesito saber a qué me enfrento para protegerla. Los tipos que te redujeron a este estado te sacaron a golpes que Matilde tenía la llave, ¿verdad?

—Ya nada importa. No volverán a molestarla. Tienen lo que querían.

—¿Y qué querían? ¿Quiénes son esos tipos?

—Eso a usted, Al-Saud, no le importa.

—Me importa porque mi mujer está en riesgo.

—Le aseguro que Matilde ya no está en riesgo. No volverán a molestarla.

—¡Maldito hijo de puta! Si algo le sucede a Matilde por tu culpa, volveré a este hospital y te mataré en esta cama. Ya no tendré compasión del despojo que eres.

—No se preocupe, Al-Saud. Si algo llegase a sucederle a Matilde por mi culpa, yo mismo me pegaría un tiro en la cabeza. No crea que es el único que la ama. Nadie la ama como yo. Y cuando le di esa llave, lo hice por ella, para protegerla, para que nunca le faltara nada en caso de que yo muriera.

—A Matilde nada le va a faltar porque yo se lo daré todo. Ahora es *mía* —declaró, con fiera expresión— y no quiero que vuelvas a aproximarte a ella. Y ya no mandes pedir que venga a verte. Estás advertido. —Con la misma exaltación, siguió diciendo—: Mañana volveré con el dinero. Si los documentos que me conseguiste son satisfactorios, te lo daré.

Entró en la suite del George V todavía impulsado por la ira que Blahetter le despertaba.

—¡Thérèse, a mi despacho! —vociferó.

La mujer lo siguió corriendo, con un anotador y una lapicera en una mano y una bolsa de Emporio Armani en la otra.

—Veo que consiguió la chamarra para Matilde —comentó, más sereno—. Colóquela ahí, Thérèse, por favor. Y gracias.

—De nada, señor.

—Thérèse, ocúpese de reparar el marco de esa pintura. —Señaló el cuadro de Matilde cuando niña, que había apoyado en la pared, junto a la puerta—. Encárguelo a *monsieur* Lafère. Sólo confío en él. Comuníquese con mi hermana. Quiero almorzar con ella hoy mismo en el restaurante del George V. Dígale que nada de excusas. Avise a La Diana y a Sándor que se presenten esta tarde alrededor de las cuatro. Comuníqueme ahora con mi abogado, el doctor Lafrange, y después con Peter Ramsay. ¿Alguna llamada?

Thérèse le recitó los mensajes y le recordó que a las tres de la tarde tenía una reunión con los abogados de la Mercure y los de Shaul Zeevi para terminar de redactar las cláusulas del contrato. El hombre había aceptado el plan de acción para el Congo sin cuestionar la abultada suma que la Mercure exigía a cambio. A su abogado, el doctor Lafrange, le encargó el asunto de los tres iraquíes retenidos en el *Quai* des Orfèvres. Los quería en la calle lo antes posible para seguirlos.

El resto del día se convirtió en una concatenación de problemas y sofocamiento de incendios, como el que causó la llamada del presidente de Liberia, Charles Taylor, cuya integridad física y la de su familia eran responsabilidad de la Mercure. Se trataba de un gobernante hipócrita y cruel, con el cual resultaba difícil lidiar, pero que pagaba bien por sus servicios, y la Mercure no podía darse el lujo de mandarlo al diablo. Taylor se había enfurecido con uno de sus guardaespaldas por mantener relaciones sexuales con su sobrina política, y amenazaba con ejecutarlo. La gravedad de la situación casi precipita a Al-Saud al Aeropuerto de Le Bourget para viajar a Monrovia. Tony Hill, quien había cerrado el trato con el presidente Taylor, tomó a su cargo la responsabilidad de salvar el pellejo del empleado de la Mercure y voló en el Gulfstream V a Liberia.

El almuerzo con Yasmín tampoco resultó fácil. Su hermana había cambiado de parecer en cuanto a la idea de deshacerse de Sándor.

—¿Quién te entiende, Yasmín? Has estado fastidiándome con que no soportas a Sándor, y ahora que te doy el gusto, me vienes con que quieres que se quede.

—Ya me hice a la idea de que permanecería a mi servicio. Si lo cambias, tendré que acostumbrarme a uno nuevo.

—¡Pues así será! Sándor saldrá de tu servicio y se ocupará de la custodia de Matilde.

—¿De Matilde? —se enfureció Yasmín.

—¿Tienes algo en contra de mi mujer?

—¿Tu mujer? —La expresión de Yasmín cambió del enojo al pasmo—. ¿La llamas «tu mujer»? Creo que estoy celosa —admitió, después de un silencio, aunque no sabía a causa de quién, si de su hermano o de su guardaespaldas, que pasaría el día junto a la hermosa novia de Eliah—. Discúlpame —le pidió, y le apretó la mano—. Pienso en Samara...

—Cállate —pronunció Al-Saud con los dientes apretados, y retiró la mano—. ¿Cuánto más tendré que pagar por su muerte? ¿No tengo derecho a ser feliz?

—Sí, sí, por supuesto. Perdóname. Sabes que yo la quería como a una hermana, por eso... Olvídalo. He dicho una estupidez. Estoy feliz por ti. Matilde es muy dulce y parece tener un buen corazón. Y tú te ves tan enamorado de ella, como nunca te había visto, debo admitir.

—Como nunca me habías visto —refrendó Al-Saud.

Durante la reunión con los abogados de la Mercure y del empresario israelí, se plantearon algunas cuestiones que requerían nuevos cálculos por parte de Al-Saud y de sus socios, lo que retrasaba la firma y, por ende, el cobro del anticipo. Los requerimientos se detallaban a la mínima expresión; se especificaban datos tan esenciales como el número de mercenarios involucrados y otros menos obvios pero igualmente relevantes como los litros de agua mineral.

Antes de la reunión con los hermanos Huseinovic, cerca de las cuatro y media, llamó por teléfono a Matilde. Dado que se demoraban en contestar ambas líneas, sufrió un momento de desasosiego; temía que hubiesen transgredido su orden y concurrido al instituto. Al escuchar el «¿Hola?» de Matilde, su corazón bombeó sangre de nuevo.

—¿Por qué tardaban en contestar? —preguntó, de mal humor.

—Porque estábamos todas con las manos ocupadas. Hola, Eliah —lo saludó, con intención—. ¿Cómo estás?

—Hola, mi amor. Discúlpame. Por un momento temí que hubiesen ido al instituto.

—Acordamos que no iríamos. Yo cumplo mis promesas, Eliah. ¿Y tú?

No siempre las había cumplido. A Samara le había prometido fidelidad, y nunca le había sido fiel. ¿Por qué le resultaba intolerable la idea de traicionar a Matilde?

—Yo también.

—¿Vas a venir a cenar?

—Sí. Y lo siento, pero mi hermano, Mike y Peter también.

—Los esperamos.

La Diana y Sándor reaccionaron negativamente a la propuesta de ocuparse de la custodia de Matilde, cada uno por razones distintas. La Diana adujo que prefería embarcarse en misiones de riesgo, como la de Bouchiki en El Cairo; que el oficio de guardaespaldas no representaba ningún desafío para ella; y que quería regresar a la Isla de Fergusson para completar su entrenamiento. Sándor, por su parte, no ofreció un argumento para justificar su mala cara y se limitó a decir: «Si a ti te parece, Eliah».

—¡Mierda! —saltó Al-Saud, y abandonó su asiento—. Estoy poniendo en manos de las personas en quienes más confío la custodia de lo que más atesoro, y me dan la espalda.

Los gestos de los Huseinovic mutaron como por ensalmo, y ambos balbucearon disculpas. La única pregunta que Sándor formuló fue: «¿Quién protegerá a la señorita Yasmín en mi lugar?».

Ya de pie y antes de despedir a los Huseinovic, Al-Saud manifestó:

—Se ocuparán de la protección de la única persona que ha escuchado la voz de Leila en años.

—¿De qué estás hablando, Eliah? —La Diana volvió sobre sus pasos.

—Esta mañana, Leila fue a despertar a Matilde. La llamó por su nombre y después le dijo «*Bonjour, Matilde*».

—¡Dios bendito! —soltó Sándor en bosnio.

—¿Por qué a ella? —se cuestionó La Diana, incapaz de ocultar los celos.

—No lo sé —admitió Al-Saud—. Desde un principio, Leila se sintió atraída por Matilde.

—¿Será verdad? —desconfió La Diana.

—¿No tendríamos que consultar con el psiquiatra de Leila? —se preguntó Sándor—. Quizá la señorita Matilde aceptaría acompañarla.

—Ya veremos —dijo Al-Saud, y, antes de que La Diana abandonara su despacho, la tomó por el brazo y la atrajo hacia él—: Si tu actitud hacia Matilde será la que has demostrado aquí, no te quiero como su custodia. Decídete ahora. Si crees que no te comprometerás con el encargo, entonces buscaré a otro.

—Perdóname, Eliah. He sido una grosera y me he comportado como una niña celosa. Será un honor cuidar a tu mujer.

El remate de ese día plagado de inconvenientes y de discusiones lo constituyó la llamada de Olivier Dussollier, que recibió dentro del Aston Martin, de camino a su casa. El inspector se dio aires al informarle que, gracias a su intervención, los de balística habían trabajado duro para entregar el informe antes de lo habitual. Las palabras que siguieron alarmaron a Al-Saud.

—De las pruebas de cotejo surge que la bala era de ojiva hueca, como las Dum-Dum.

«¡Puede ser casualidad!», trató de convencerse. No obstante, su parte racional le indicaba que algo turbio se cernía sobre ese asunto. El uso de la bala Dum-Dum, nada usual; ambas víctimas, tanto el botones como el kurdo, con agujeros en el ojo derecho; las evidencias lucían como la marca registrada de un asesino. ¿De qué modo se relacionaban el atentado en el George V con el ataque a Matilde? ¿Se trataría del mismo sicario contratado por personas diferentes?

—Gracias, Olivier. Aprecio mucho tu colaboración. Cualquier cosa, no dudes en llamarme.

Al llegar a su casa, seguido por Alamán, Mike y Peter, encontró a Matilde y a Leila, muy divertidas, preparando milanesas, una novedad para la muchacha de Bosnia. A Matilde la vio distendida, sin rastro en el semblante de la angustia de la noche anterior. Juana, con los codos apoyados sobre el mármol negro de la isla, hablaba por teléfono en actitud intimista.

—Está hablando con Shiloah —dijo Matilde—. Desde hace una hora —añadió.

—Los muchachos y yo nos ocuparemos de unas cuestiones de la Mercure antes de cenar. ¿Con cuánto tiempo contamos?

—Con el que necesiten. Avísame cuando estén por terminar, que Leila y yo tendremos lista la cena. ¿Por qué me miras así?

—Te miro porque estás hermosa. Te avisaré cuando estemos por terminar.

—Eliah —lo detuvo.

—¿Sí?

—¿Arreglaron la cerradura de la casa de mi tía? No quisiera que…

—Está todo solucionado. Quédate tranquila.

—Gracias. Quiero que me digas cuánto te debo.

Al-Saud elevó los ojos al cielo antes de salir de la cocina sin responder.

Peter y Alamán habían aislado la parte de la filmación captada por las cámaras plantadas en el departamento de la calle Toullier entre las horas señaladas por Eliah, y se disponían a analizarla en la base. En tanto descendían por el ascensor tres pisos bajo tierra, Al-Saud meditaba que, tarde o temprano, Matilde descubriría la puerta y le preguntaría adónde conducía. Alejó ese pensamiento. Se ocuparía más tarde.

Masséna los vio entrar y se preguntó por qué se encerrarían en la sala de proyección. Alamán tomó a su cargo el control remoto del reproductor. La filmación obtenida por la cámara instalada en el comedor, pese a estar a oscuras, devolvía una imagen de buena definición ya que se trataba de una tecnología con visión nocturna y con amplificador de luz; de igual modo la imagen estaba teñida de una coloración verdusca y había sectores sumidos en la oscuridad.

Pasaron los primeros minutos de cinta con la función de avance rápido hasta que un fogonazo les advirtió de la explosión silenciosa que franquearía el paso al delincuente. La irrupción se había producido a las doce menos veinte de la noche. Segundos después apareció un hombre de contextura alta y poderosa, vestido con un overol negro. Eliah se incorporó para aproximarse a la pantalla movido por una sensación inquietante. Notó que el intruso llevaba un casco con un monocular de visión nocturna. Esto confirmaba su sospecha: se enfrentaban a un profesional; no cualquiera poseía un adminículo para ver en la oscuridad que costaba más de tres mil dólares.

Resultaba evidente que el hombre sabía qué buscaba, y lo hacía en las paredes. Descolgó el cuadro de Matilde y se acuclilló en el suelo para destrozarlo. Hasta ese momento la cámara no había obtenido una buena toma del rostro del delincuente.

—¿Qué hace? —se preguntó Peter Ramsay—. ¿Qué es eso?

—Algo que Blahetter escondió en el cuadro —habló Al-Saud.

Se trataba de varias láminas de papel, dobladas a la mitad, que el intruso extendió, enrolló y guardó en un tubo de plástico, como el que utilizan los arquitectos para portar planos. Se puso de pie, y la cámara oculta tras el marco de la puerta principal capturó de lleno su cara; el ojo no cubierto por la lente del monocular refulgía como el de un gato en la noche.

—*Mon Dieu!* —exclamó Eliah, y se puso de pie—. ¡Alamán, retrocede! Quiero verle el rostro de nuevo. ¡Congela la imagen ahí! *Merde* —musitó.

—¿Qué ocurre?

—Conozco a ese tipo. —Se detuvo, calló por un largo momento; casi le resultaba insoportable expresar lo que pensaba—: Tengo la impresión de que es el terrorista que intentó secuestrarnos a Yasmín, a mamá y a mí en el 81.

—¡Estás delirando! —dijo Alamán—. Es imposible distinguir bien sus facciones. La luz es mala; la tonalidad verdusca disminuye la calidad de la definición. Además, ese hombre debe de haber cambiado mucho en más de quince años. No, no, hermano, estás confundiéndote.

Al-Saud, sin embargo, sabía que no. La visión fugaz obtenida en el pandemónium en que se había convertido la sala de convenciones del George V no había sido producto de su imaginación.

Le pidió a Ramsay que pusiera a uno de sus hombres expertos en seguimientos tras la huella de los tres iraquíes que saldrían de prisión probablemente en uno o dos días.

—Quizás ellos nos conduzcan al que acabamos de ver en la filmación.

—Llamaré a Amburgo Ferro. El italiano está disponible y es de los mejores.

—Que desde esta noche se plante en la puerta del 36 *Quai* des Orfèvres. Posiblemente salgan mañana o pasado. Adviértele que es posible que no sea sólo él el que esté tras los iraquíes.

⁓ ❧ ⁓

Más tarde, esa misma noche, Matilde lo observaba nadar desde un sillón ubicado en la cabecera de la piscina. Al-Saud extendía los brazos y abría el pecho al avanzar en el estilo mariposa. Los músculos de sus hombros se inflaban antes de quedar ocultos por el agua; y de nuevo aparecían, y se inflaban con el esfuerzo. Así, una y otra vez. ¿Cuántas piscinas había nadado? Percibía su energía colérica; sabía que lo impulsaba la ira. Lo había notado tenso durante la cena, casi no había pronunciado palabra, ni siquiera para elogiar sus milanesas a la napolitana, en tanto Alamán, Mike y Peter las devoraban y, con la boca llena, la felicitaban.

Por fin salió de la piscina y se tiró boca abajo, empapado y desnudo, sobre un sillón largo; sus brazos caían a los costados y descansaban sobre los tablones de teca. Matilde abandonó su posición para secarlo. La espalda de él se curvaba y bajaba al ritmo de sus inspiraciones agitadas. Había realizado un esfuerzo sobrehumano.

—Mi Caballo de Fuego —le susurró sobre la sien—. Tan fuerte y poderoso. ¿Sabes qué, Eliah? Podría identificar uno a uno los músculos de tu cuerpo. —Arrastró los labios por la espalda húmeda de él, y lo sintió removerse, y vio cómo se comprimían sus glúteos y se marcaban las depresiones de los costados—. Eres tan hermoso. —Con una caricia lánguida, apenas un roce tímido, sus dedos le recorrieron la columna vertebral y siguieron por la hendidura que le separaba las nalgas. Al-Saud ahogó un lamento, y Matilde advirtió que su mano izquierda se cerraba en los resquicios de la tabla de teca.

—Matilde —lo oyó decir, y se asomó para verle la cara contraída de placer, más bien parecía soportar un dolor lacerante. Siguió torturándolo, pasándole la punta del índice una y otra vez por el valle entre sus glúteos. Amaba conmoverlo, tal vez porque él se mostraba inconmovible. Cuando su mano se hundió más allá de la hendidura y le acarició los testículos, Al-Saud se echó sobre ella y le hizo el amor en el entablado. Matilde le apartaba el mechón de la frente y le acariciaba la mandíbula azulada. Se miraban fijamente mientras él embestía dentro de ella. La poseía con la misma pasión de siempre; no obstante, algo lo perturbaba, algo que le robaba brillo al verde de sus ojos.

Al regresar al dormitorio, exhaustos y satisfechos, Matilde encontró su chamarra extendida sobre la cama. No era la misma, enseguida se dio cuenta; Eliah le había comprado otra.

—Gracias, mi amor —dijo, y se apartó de pronto y corrió a su *shika*, de donde extrajo la Medalla Milagrosa, sin cadena—. Ésta es mi posesión más preciada —le confesó, de nuevo frente a él—. Me ha protegido desde que tengo dieciséis años. Ahora quiero dártela como símbolo de mi amor y de mi admiración. Eres el mejor hombre que conocí en mi vida, Eliah.

Al-Saud recibió la medalla en un silencio que no habría podido quebrar con la garganta tiesa. Matilde se dio cuenta de que le temblaba el mentón y de que la miraba a través de un velo de lágrimas.

—Te la doy también para que siempre te preserve de todo mal.

Temprano, a la mañana siguiente, Al-Saud se precipitó dentro de la habitación 304. Ezequiel ayudaba a Roy a ingerir el desayuno.

—Fuera.

—¿Quién mierda se cree que es para echarme? ¡Me tiene cansado, Al-Saud! —Ezequiel se abalanzó sobre él, dispuesto a golpearlo. En dos movimientos, Eliah lo redujo sobre el piso de linóleo. Le habló mientras lo sujetaba por la nuca y le mantenía las manos inutilizadas en la espalda.

—No quiero lastimarte, Ezequiel, porque eres importante para Matilde. Pero hoy tengo poca paciencia, poco tiempo y mucho que hablar con tu hermano. Así que te lo repito de buen modo: fuera.

—Por favor, Ezequiel —intervino Roy.

El muchacho se puso de pie y contempló a Al-Saud sin visos de humillación, más bien con azoro. Él no había dedicado años en el gimnasio y desarrollado esa musculatura para que uno, sólo un poco más alto, lo manipulara como a una criatura y lo pusiera de cara al suelo. Hablaría con Matilde. ¿Quién era Al-Saud?

Ezequiel salió, y Eliah caminó hacia la cabecera de la cama. Hundió los puños en la almohada, a los costados de la cabeza de Roy, y se inclinó para mirarlo de cerca.

—Ahora, Blahetter, me vas a decir el nombre del que te dejó en este estado.

—¿Por qué tendría que hacerlo?

—Puedes hacerlo por dos razones, tú eliges: porque Matilde está en riesgo y quieres ayudarla o bien por miedo, porque te aseguro que si salgo de esta habitación sin ese dato, esta vez van a tener que operarte el brazo. —Para conferir fuerza a su amenaza, le aferró el antebrazo derecho con ambas manos—. A lo largo de mi vida he desarrollado algunas habilidades, como habrás visto hace poco, que me permitirían quebrarte el radio con sólo aplicar un poco de presión. Habla ahora. Estoy tan enojado, Blahetter, que no respondo de mis actos.

—Su nombre es Udo Jürkens, al menos eso es lo que me dijo. Bien podría ser un nombre falso.

«Udo Jürkens, Udo Jürkens.» El nombre rebotaba en su mente, lo volvía loco.

—Pasen —dijo Ezequiel, y entró escoltado por dos guardias de seguridad—. Acompañen a este sujeto fuera del hospital. Está importunando a mi hermano.

Al-Saud clavó una mirada furibunda en Ezequiel.

—Volveré mañana.

—¡No volverá!

—¡Ezequiel, cállate! —intervino Roy—. Traiga lo que le he pedido, Al-Saud.

Del hospital se dirigió a sus oficinas en el George V con el nombre de Udo Jürkens en su cabeza. A punto de ingresar en el estacionamiento subterráneo del hotel, dio un volantazo y, con un chirrido de neumáticos, se dirigió hacia el Puente de l'Alma. En cinco minutos, estaba en su casa. Dejó el Aston Martin en la calle y entró por el acceso sobre la calle Maréchal Harispe, que lo conducía directamente a la base.

—¡Masséna! —vociferó apenas se abrieron las puertas del ascensor—. ¡A mi despacho, ahora!

El experto en computación se limpió las migas de un *brioche* que acababa de morder y se precipitó detrás de su jefe. Temblaba. Sin duda, Al-Saud acababa de descubrir su traición. Los planes se desbarataban. No podría llevar a cabo su venganza.

—*Quoi?* —se pasmó Masséna al comprobar que Al-Saud lo convocaba por otro asunto.

—¿Estás sordo, Masséna? Estoy preguntándote por Udo Jürkens. Tiempo atrás te pedí que investigaras la matrícula de un automóvil estacionado frente a mi casa que no me gustó. Averiguaste que Jürkens lo había alquilado. Y te encargué que siguieras de cerca a ese tipo. Me aseguraste que lo harías a través del sistema de Rent-a-Car. Y bien, ¿qué averiguaste?

—Nada —mintió.

—*Merde!* —Al-Saud acompañó la palabrota con un golpe sobre el escritorio, que hizo saltar del asiento al *hacker*—. ¡Eres un incompetente! Te pedí expresamente que le siguieras la pista. ¿En qué mierda pierdes tu tiempo? ¡Un tiempo que pago a precio de oro!

—¡Estoy abarrotado de trabajo, señor! —se excusó Masséna.

—¡Tienes cinco asistentes! ¡Yo no tengo ni la mitad de las que tú tienes! ¿Y vienes a decirme que estás abarrotado de trabajo? Sal ahora mismo de aquí y métete en el sistema de Rent-a-Car. Quiero saber qué fue de ese vehículo, el que alquiló Jürkens. ¡Cierra la puerta!

Apoyó los puños sobre el escritorio y les aplicó presión, como si buscara horadar la madera. Soltó el aire con ruido y gotas de saliva y se echó en el asiento. «¡Maldito Udo Jürkens! ¿Quién eres, carajo? ¿Qué estás buscando?» Abrió un agua mineral Perrier y bebió media botella de golpe. Se secó la boca con el puño de la camisa. Sabía que tenía que calmarse. Se sentó en la butaca y ejercitó la respiración como Takumi *sensei* le había enseñado para preparar el cuerpo y la mente para la meditación. Su cabeza fue despejándose, su corazón, equilibrándose, su cuerpo, aflojándose. Visualizó la noche en que había reparado en el automóvil estacionado en la Avenida Elisée Reclus. «Fue el 2 de enero», se acordó, «el día en que intercepté a Matilde en el *métro*». En aquel momento, razonó, no existía ninguna conexión entre Roy Blahetter y él, de modo que Jürkens había montado guardia frente a su casa por otro motivo. ¿Trabajaría para los servicios secretos israelíes? Tal vez le habían advertido de sus averiguaciones en Buenos Aires y lo mantenía en la mira. ¿Acaso tiempo atrás no había advertido que lo seguían?

Llamaron a la puerta.

—Pasa, Masséna.

—Señor, según el sistema de Rent-a-Car, Udo Jürkens devolvió el automóvil el viernes 30 de enero en la sede que la empresa tiene en la *rue des Pyramides*.

Al-Saud experimentó una profunda ira mezclada con desazón. Quería matar a Masséna. Aunque también quería darse la cabeza contra la pared por haber olvidado el encargo, por no haber vuelto a preguntar por Jürkens. En verdad lo había borrado de su mente. La capacidad de un Caballo de Fuego para lidiar con varios temas a la vez tenía un límite.

—Vuelve a tu trabajo, Masséna —dijo, después de reunir mucho dominio. Permaneció en silencio, con la vista fija en un punto, mientras ordenaba sus ideas y repasaba los temas pendientes. Marcó el número de Chevrikov—. Lefortovo, soy yo.

—¿En qué puedo serte útil, Caballo de Fuego?

—Investiga a un tal Fauzi Dahlan. Aparentemente es iraquí. Lo preciso de inmediato.

—Sí, señor. ¿Algo más?

—¿Te suena el nombre Udo Jürkens?

—No, en absoluto. Parece alemán, ¿verdad? ¿Quieres que pregunte entre mis contactos si lo conocen?

—Sí, hazlo.

⥣ ✗ ⥣

La carrera febril por analizar los planos y los escritos de Blahetter desembocaría en un ataque de porfiria si no se echaba a descansar. Si bien había tomado la precaución de ingerir alimentos cada dos horas, la falta de sueño —hacía veinticuatro horas que no dormía— haría mella en él. Conocía los síntomas. Sin embargo, la excitación que sentía por hallarse frente a un invento de esa magnitud inyectaba altas dosis de adrenalina en su cuerpo y lo mantenía despierto.

Del análisis de los planos surgía que Blahetter por fin había terminado su invento y resuelto las lagunas del pasado, aunque sin las pruebas en un prototipo no podía garantizarse su funcionamiento. Él, sin embargo, apostaba a que funcionaría. Su experiencia se lo dictaba. Saddam Hussein se mostraría complaciente en financiar la construcción del prototipo si él sabía cómo convencerlo. Y la verdad es que siempre sabía cómo tratar con el *sayid rais*.

Apremiaba deshacerse de Blahetter. El ingeniero argentino ya debía de estar al tanto de la desaparición de los planos. ¿Habría contado con tiempo para registrar la centrifugadora a su nombre? Lo atormentaba la duda. ¿Blahetter habría levantado una denuncia? ¿Alguien más estaría al tanto de su desarrollo? ¿Su esposa, por ejemplo? Pensó en Eliah enredado con la esposa de Blahetter. ¡Qué situación irónica!

Udo Jürkens llamó a la puerta y entró.

—¿Qué has averiguado de Blahetter?

—He dado con él, jefe. Ha sido más fácil de lo que pensé. Monté guardia en el edificio de la Avenida Floquet y esta mañana, muy temprano, vi salir a un muchacho parecido a Blahetter. Sin duda, se trata del tal Ezequiel. Lo seguí hasta el Hospital Européen Georges Pompidou, en la *rue* Leblanc.

—Y descubriste que Blahetter está hospitalizado ahí —culminó Moses, y Jürkens dijo que sí en alemán con una sonrisa que sólo ayudaba a marcar sus facciones siniestras, como si se produjera un reflejo de su alma en ese rostro brutal, en esa voz inhumana.

—Habitación 304.

Moses se incorporó y sufrió un mareo. Jürkens se aprestó a estabilizarlo, y Gérard se deshizo de su mano con un sacudón enérgico.

—Estoy bien. Me he incorporado demasiado deprisa.

—¿Hace cuánto que no duerme, jefe?

—No me fastidies con eso, Udo. Estamos a las puertas de concretar algo increíble. No es tiempo de dormir sino de actuar.

Gérard Moses caminó hacia un óleo y lo separó del muro como si se tratase de una pequeña puerta. Le costó recordar la combinación de la caja fuerte. Giró la cerradura numérica con dudas y aguardó, ansioso, el chasquido que indicaba que se corrían los cerrojos. Sacó una caja negra y la llevó hasta su escritorio. Levantó la tapa. Había dos gradillas paralelas que mantenían vertical y ordenada una veintena de pequeños tubos de ensayo con tapones de distintos colores. Gérard levantó uno de tapón rojo. Leyó la etiqueta en árabe que decía «ricina», una de las toxinas más mortíferas que se conocen, para la cual no se ha desarrollado un antídoto. El *sayid rais* la había utilizado durante la guerra con Irán y seguía fabricándola en su laboratorio secreto del desierto, que las Fuerzas Aliadas no habían destruido simplemente por no haber descubierto su existencia.

—Te harás cargo de Blahetter —ordenó—. Escúchame bien, Udo. Este minúsculo grano —levantó el tubo para que Jürkens observase lo que semejaba la cabeza de un alfiler y que yacía en el fondo— contiene una dosis letal de ricina, un alcaloide altamente venenoso. Está recubierto por una sustancia azucarada para evitar que el veneno escape del interior del grano. Una vez en el cuerpo humano, la sustancia azucarada se disuelve y permite la salida de la ricina. Mata a su víctima en dos, tres días a lo sumo. —Gérard regresó a la caja fuerte y extrajo otra caja, de la que sacó una jeringa que a Udo le recordó la que utilizaba su dentista para anestesiarlo—. Deberás ingresar en la habitación de Blahetter —dijo, en tanto atrapaba con la peculiar punta de la jeringa la bolita de metal— y presionar la punta en su piel al tiempo que empujas el émbolo. Sólo un poco. No es preciso llevarlo hasta el final. ¿Podrás hacerlo? —preguntó Moses al tiempo que colocaba el capuchón sobre la jeringa.

—Jefe, ¿y si le meto un tiro con un silenciador? Nadie advertirá nada.

—Udo, ¿crees que el *sayid rais* me entregó esta caja con diversos venenos como regalo de cumpleaños? Es preciso probar esta tecnología del pequeño grano y de la pistola —dijo, y señaló la extraña jeringa—. ¿Podrás hacerlo? —insistió.

—Sí, jefe.

Después del disgusto con Masséna, Al-Saud regresó a las oficinas del George V cerca del mediodía. Sin darle respiro, sus secretarias lo bombardearon con mensajes y pedidos. Por fortuna, Tony Hill había llamado desde Monrovia para comunicar que la situación con el presidente Taylor estaba bajo control.

—El señor Hill —dijo Victoire— ha pedido que lo telefonee. Urge conseguir un reemplazo para Markov. —La secretaria se refería al guardaespaldas acusado por Taylor de mantener relaciones sexuales con su sobrina.

—También llamó el príncipe Abdul Rahman —alternó Thérèse— y pide que lo llame, sin importar la hora.

Al-Saud insultó para sus adentros. Su tío Abdul, comandante de las Reales Fuerzas Aéreas Saudíes, lo presionaría para comenzar con el plan de adiestramiento de los reclutas, justo cuando no tenía ganas de salir de París, no con Matilde en peligro.

—Llamaron el inspector Dussollier y su abogado, el doctor Lafrange —dijo Victoire—, para informar lo mismo, señor: que los tres muchachos quedaron en libertad esta mañana.

Amburgo Ferro, el hombre de Peter Ramsay, se ocuparía de seguirles la pista.

—Llamó *monsieur* Lafère —continuó Thérèse— por el cuadro que le envió ayer.

—Comuníqueme con él ahora.

Lafère era el *marchand* de confianza de los Al-Saud, dueño de una galería de arte que había medrado en los últimos treinta años gracias a la afición del príncipe Kamal por la pintura. Eliah lo conocía desde niño, y por eso le había confiado el cuadro de Matilde.

—Eliah, ¿tienes idea de lo que me has enviado?

—Me lo pregunta porque conoce mi ignorancia en materia de pintura, ¿verdad? —bromeó Al-Saud.

—No eres tu padre, eso es verdad, pero dudo de que muchos conozcan la historia tras este cuadro. ¿Sabías que se trata de un auténtico Martínez Olazábal? Una gran pintora argentina, una de las pintoras vivas más cotizadas del mundo. —Al-Saud guardó silencio, y el *marchand* prosiguió—: Éste es el cuadro favorito de Enriqueta Martínez Olazábal, que los amantes de su obra hemos buscado incansablemente. Pero Martínez Olazábal declaró que ese cuadro permanecería en su familia y que nunca lo vendería a un extraño. Ahora tú me lo mandas, todo maltrecho, y la curiosidad se despertó en mí, como comprenderás.

—Lo comprendo. ¿Qué más puede decirme del cuadro?

—A ver, déjame leerte un párrafo de un libro que consulté ayer... Sí, aquí está. Marqué la página. Se llama *Peintres Latino-américains*. Contiene las biografías y fotografías de los cuadros de los principales pintores latinoamericanos; incluso hay una pequeña entrevista a cada uno. En la parte destinada a Martínez Olazábal, la más extensa, debo decir, ella asegura que, de toda su obra, su óleo favorito es *Matilda y el caracol*. —Al-Saud pasó por alto el error—. Te leeré las palabras textuales de la artista. «No es mi mejor pintura si se la analiza con ojo crítico; no es la mejor desde el punto de vista de la técnica; fue una de las primeras. Sin embargo, es la que más me conmueve porque ver a mi sobrina es algo que me provoca una profunda emoción.» Ya ves, la tal Matilda es su sobrina. Y sigue: «Hay algo en esa criatura, no sé qué, una cualidad insustancial que nació con ella y que pareciera recubrirla de luz y de paz, algo que atrae sin remedio. La dibujo y la pinto incansablemente porque no puedo apartar mis ojos de ella cuando está cerca de mí». Ya ves, Eliah, que Martínez Olazábal atesora este cuadro de manera especial. Por eso me atrevo a preguntarte: ¿cómo te hiciste de *Matilda y el caracol*?

—Matilde.

—¿Perdón?

—La niña del cuadro se llama Matil*de*, no Matil*da*.

—Oh, oh... Sí, pues sí —admitió Lafère, mientras releía el párrafo—. Es Matilde, tienes razón. Siempre lo llamé *Matilda y el caracol* y aun viéndolo escrito correctamente dije Matilda. ¿Tú cómo sabes que es Matilde? —se extrañó, de pronto.

—Porque la niña de ese cuadro hoy es mi mujer.

Un silencio cayó sobre la línea.

—Veo que la pintura quedará en la familia después de todo. Puedes pasar a buscarla hoy a última hora. Tendré listo el marco.

—*Merci beaucoup, Lafère*.

Al-Saud apoyó los codos sobre el escritorio y se sostuvo la cabeza con las manos. La voz del *marchand* resonó en sus oídos: ...*una cualidad insustancial que nació con ella y que pareciera recubrirla de luz y de paz, algo que atrae sin remedio. La dibujo y la pinto incansablemente porque no puedo apartar mis ojos de ella cuando está cerca de mí*. Entonces, se trataba de un sortilegio, no existía explicación lógica para lo que él había experimentado en el aeropuerto de Buenos Aires cuando sus ojos se cruzaron con la larga cabellera dorada de Matilde. Si fuera del tipo esotérico, le daría por pensar que un espíritu lo había poseído y que desde aquel día lo manejaba a su antojo. Sólo deseaba estar con ella, en ella. Las cuestiones de la Mercure, antes el motor de su vida, perdían valor, se desvanecían. Anhelaba regresar a su casa y verla. Sin duda Matilde ejercía la misma fascinación en Leila, tanto que su magia la había hecho hablar.

Por la tarde, de camino a la galería de Lafère, se detuvo en la librería WH Smith de la calle de Rivoli y compró el libro *Peintres Latino-américains*. A la salida, pasó frente al aparador de una joyería y se detuvo a admirar los anillos, los collares, los aretes, las pulseras y los relojes con los que le habría gustado cubrir a Matilde. Ella, sin embargo, se encontraba más allá de esas cuestiones mundanas; cosas por el estilo no la conmovían. Compró una cadena de oro para la Medalla Milagrosa.

Al bajarse del Aston Martin, en el garaje de la casa de la Avenida Elisée Reclus, oyó la risa de Matilde que provenía de la cocina, y sonrió entre aliviado y feliz. La pesadilla vivida a la puerta del *Lycée des langues vivantes* iba quedando atrás, y la alegría volvía a apoderarse de ella. La encontró sola con Leila; todavía reía, una risa emocionada y de ojos llorosos. Supo de inmediato que Leila había hablado de nuevo. Besó a Matilde en los labios simulando no haberse percatado de la situación y a Leila en la frente. Se quitó el saco y se lo entregó junto con su maletín.

—*Ma petite*, llévalos a mi dormitorio.

Matilde se abrazó a la cintura de Al-Saud y apoyó la mejilla en su pecho.

—Habló de nuevo, ¿verdad?

—Acaba de decir: «*Matilde, Eliah est arrivé*». No pude controlar la emoción y empecé a reírme. Enseguida ella cambió su mirada de mujer por una de niña. Ladeaba la cabeza y sonreía, como si no entendiera por qué estaba riéndome.

Más tarde, mientras cenaban, Al-Saud les anunció, a Matilde y a Juana, que al día siguiente recomenzarían con sus clases en el instituto. Sándor y La Diana las custodiarían.

—Ya les asigné un coche de la Mercure —no les aclaró que tanto los vidrios como la carrocería estaban blindados— y tendrán que moverse siempre en él, con Sándor y con La Diana. No podrán salir *jamás* solas. Sé que será un fastidio para ustedes.

—¡Para mí no! —interrumpió Juana—. Me hace sentir una diva del cine.

La Diana y Sándor se presentaron después de la cena, al momento del café. Eliah apuró su *espresso* y les ordenó que lo acompañaran a la base. Entraron en la sala de proyección, donde la filmación del departamento de la calle Toullier estaba congelada en la imagen de Udo Jürkens.

—Miren bien a ese sujeto. Memoricen su cara. Se hace llamar Udo Jürkens. Protegerán a Matilde sobre todo de él.

Cerca de las doce de la noche, Udo Jürkens ingresó en el Hospital Européen Georges Pompidou por el área de emergencias. Se cambió en el baño de hombres y salió cubierto con un uniforme blanco de enfermero.

La holgura de la prenda disimulaba los dos artefactos que se ajustaban a su cintura: la jeringa y el monocular de visión nocturna. Accedió al tercer piso por el ascensor destinado al personal y caminó por el corredor solitario y a medias iluminado. Pasó frente a la oficina vidriada de la jefa de enfermería después de corroborar que no hubiese nadie. Se deslizó dentro de la habitación 304 y cerró la puerta. Se colocó el monocular, y el entorno se tiñó de verde. Blahetter dormía con la pierna elevada. Rogaba que lo hubiesen narcotizado para dormir, de lo contrario, después de inyectarle el grano con ricina, tendría que correr. Levantó la colcha y la sábana y le descubrió la pierna buena. Esperó la reacción de Blahetter. Nada, ni siquiera un cambio en la respiración profunda. Acercó la punta de la jeringa al muslo y apretó el émbolo. Blahetter apenas se movió sobre la almohada y siguió durmiendo. Debían de haberle suministrado un narcótico muy potente.

Jürkens se metió la jeringa en la cintura. Se deshizo del monocular cerca de la puerta y lo ocultó bajo las prendas. Salió a paso tranquilo sin percatarse de que la jefa de enfermería lo avistaba desde el extremo del corredor. «¿Será el enfermero nuevo de terapia intensiva?», se preguntó. «Lilian me dijo que era alto.»

Después de abrumarlos con indicaciones, Al-Saud dio por terminada la reunión con Sándor y con La Diana. Antes de que partieran, les comentó que Leila le había vuelto a hablar a Matilde.

—He decidido visitar al doctor Brieger —Al-Saud se refería al psiquiatra de la joven—. Es necesario ponerlo al tanto de este avance. Iré con Matilde.

Al regresar de la base, encontró la planta baja silenciosa y a oscuras. Tanto el servicio doméstico como las muchachas se habían ido a dormir. Subió de a dos los escalones y avanzó con un sentimiento acuciante hasta su habitación. Matilde leía en la cama. Se había trenzado el cabello hacia el costado. Le sonrió al verlo entrar. Dejó a un lado la lectura, se bajó de la cama y corrió hacia él descalza, con su camisón rojo con ositos pandas.

—¿Qué leías? —se interesó él.

—En realidad, releyendo. La Guía del Expatriado, de MQC. Ya te lo mencioné una vez, ¿te acuerdas? Son las normas que debemos seguir en el terreno. —Matilde pasó por alto el ceño que endureció el rostro de Al-Saud; se sujetó a su cuello y lo besó en los labios—. ¡Gracias por el cuadro! —exclamó—. Siempre me traes sorpresas hermosas.

Al-Saud la condujo por la cintura hasta la flor, donde le había ordenado a Marie que colocase la pintura.

—El marco es más que lindo. Es espléndido. Me pregunto cuánto te habrá costado. —Él guardó silencio y continuó admirando el retrato de Matilde—. ¿Dónde podríamos colgarlo?

—¿Aquí? ¿En esta casa? —se sorprendió Al-Saud, y Matilde juzgó incorrectamente su actitud.

—Bueno, sí, aquí, en tu dormitorio —contestó, intimidada—, o en cualquier otra parte, si te parece. Quiero regalártelo, Eliah. Si lo aceptas.

—¿Si lo acepto? —repitió él, con aire incrédulo—. No hay nada que desee más que ser el dueño de este cuadro. Pero no puedo aceptar. Este cuadro vale una fortuna. El *marchand* al que se lo di para que lo reparase así me lo dijo.

—A mí no me importa cuánto cuesta el cuadro, Eliah. Quiero regalártelo. Si tú lo aceptas, por supuesto.

—No vuelvas a decir, con esa carita de ofendida, «si tú lo aceptas, por supuesto». —Matilde rio cuando Al-Saud le imitó la voz—. Ya te dije que me encantaría tener este cuadro conmigo, pero no lo aceptaré sin antes hacerte saber que es una obra muy cotizada en el mercado.

—Quiero dártelo —se empecinó ella.

—¿Por qué quieres dármelo? Yo sé lo que este cuadro significa para ti.

—Este cuadro, Eliah, no vale nada comparado con todo lo que *tú* me ha dado a mí. Me diste la libertad, y eso no tiene precio. Quiero que tengas las dos cosas materiales que más valoro en esta vida, mi Medalla Milagrosa y el cuadro que pintó mi tía, como una forma de agradecimiento y como muestra de mi amor.

—No quiero nada material. Te quiero a ti, *toda*.

—Soy toda tuya, Eliah. Ya te lo dije antes. Nunca miento.

—Pero te irás al Congo.

Se miraron fijamente, con la respiración detenida en las gargantas. Por mucho que evitaran abordar el tema del viaje al Congo, se suspendía sobre ellos como una nube negra y ominosa. Por fin, Al-Saud reunía el valor para enfrentarlo.

Matilde rompió el contacto visual y se alejó hacia el vitral cenital. Descansó la frente sobre el vidrio helado y cerró los ojos. Pasaron pocos segundos antes de que sintiera las manos de él apoyarse en su cintura.

—Matilde, no quiero que vayas. Es peligroso.

—Tengo que ir —susurró ella, y giró para enfrentarlo—: *Tengo* que ir, mi amor.

—¿Por qué dices que *tienes* que ir?

—Porque desde hace años sólo vivo y estudio para curar a la gente más pobre del planeta, la gente de África. Por favor, mi amor, por favor, apóyame en esto. No me des la espalda, Eliah. Tú no.

—¡Matilde! —exclamó él, con pasión, mientras sus brazos se ajustaban alrededor del torso menudo de ella—. Dios mío, Matilde —dijo él, con entonación de súplica—. ¿Qué estás pidiéndome?

Se quedaron abrazados y en silencio. Matilde percibía cómo las pulsaciones se normalizaban en el corazón de Al-Saud.

—Ábreme el chaleco y la camisa —le pidió al oído, y Matilde obedeció después de destinarle una mirada cómplice y divertida. Su Medalla Milagrosa se destacaba sobre la mata de vello negro de Al-Saud, colgada de una cadena de oro bastante gruesa dado el tamaño de la medalla—. ¿Te gusta?

—La cadena es lindísima, me encanta la forma de los eslabones, pero ¿no deberías haber comprado una de plata? Iría más con la medalla.

—Tu medalla, amor mío, alguna vez debió de ser plateada. Ahora que el plateado está borrándose, se ve medio dorada. Mira. Por otra parte, ¿le pides al hijo de un árabe que compre plata en lugar de oro? No soslayes mi naturaleza, Matilde.

Matilde apoyó su sonrisa sobre la medalla y la besó. «Virgen Santa, bendícelo y protégelo siempre», dijo para sus adentros.

16

Ezquiel levantó el sobre de Federal Express a modo de saludo, y las enfermeras que lo admiraban a través del vidrio agitaron las manos y le
sonrieron. Les había regalado una foto autografiada a cada una, la de la
publicidad de los cigarrillos Gauloises, para que atendieran a Roy de manera solícita.

Entró en la habitación 304 y de inmediato se dio cuenta de que su
hermano no estaba bien. Su palidez y la mirada desvaída que le lanzó
desde la cama lo asustaron.

—¿Qué tienes? ¿Qué te pasa?

—Me siento... muy descompuesto.

Una náusea lo obligó a arquearse sobre su estómago, y atinó a sacar
la cabeza fuera para vomitar. Era sangre. Ezequiel soltó el sobre, que res-
baló bajo la cama ortopédica, y se lanzó sobre su hermano.

—¡Roy! ¿Qué pasa? ¿Qué es esto? —Pulsaba el timbre y vociferaba—:
Infirmière! Infirmière!

Al-Saud corrió el último trecho hasta la 304 al oír el llamado de
Ezequiel. Blahetter, inclinado fuera de la cama, vomitaba un líquido de una
tonalidad roja intensa, más bien de color burdeos. Una convulsión violenta lo devolvió sobre la almohada, y, con rastros de vómito en la boca,
comenzó a sacudirse, agitando el sistema de poleas que le sostenían la
pierna enyesada.

—¡Sujétale la pierna rota! —vociferó Al-Saud, y Ezequiel hizo como se
le ordenaba, aliviado de que alguien tomara las riendas de la situación.

La intensidad de las sacudidas obligó a Al-Saud a echarse encima de
Roy. A centímetros de su cara, advirtió que tenía los ojos en blanco y

que apretaba las mandíbulas con una ferocidad que acabaría por partirle los dientes. Una enfermera entró corriendo y, al ver el cuadro, volvió a marcharse. Regresó escoltada por una colega, que le quitaba el aire a una jeringa. Aprovechando que Al-Saud lo mantenía firme, inyectaron a Roy en la vena del brazo izquierdo. Quedó laxo sobre la almohada unos minutos más tarde.

Se presentaron dos médicos y más enfermeras, y cerraron un círculo en torno a Blahetter. Al-Saud se retiró hacia el otro lado de la cama, junto con Ezequiel.

—Gracias, Al-Saud. No sé qué habría pasado si usted no aparecía. Se habría roto de nuevo —conjeturó.

—¿Qué sucedió? ¿Por qué se puso así?

—Ni idea. Entré en la habitación, y un segundo después estaba vomitando sangre. Dios mío, ¿esos hijos de puta que lo atacaron le habrán reventado algún órgano?

—No creo. Los médicos ya lo habrían detectado. Estoy seguro de que le hicieron radiografías y otros estudios para verificar que no hubiese heridas internas.

—Sí, sí, es verdad. Le hicieron varios estudios y me aseguraron que no había hemorragia interna.

Los médicos se apartaron del grupo para hablar con Ezequiel. Las enfermeras fueron marchándose, y el entorno de la cama se despejó. Al-Saud se acercó para estudiar de cerca a Blahetter. Oyó un crujido y notó la irregularidad del piso bajo su bota. Se trataba de un sobre. Un sobre de Federal Express. «*La persona en la empresa de mi abuelo consiguió todo en menos tiempo del imaginado. Y lo despachará hoy en un servicio de veinticuatro horas de Federal Express.*» Al-Saud miró de soslayo a Ezequiel. Éste le daba la espalda. Simuló inclinarse sobre Roy y levantó el sobre. Lo escondió bajo el sobretodo.

—Discúlpenme —dijo a los médicos—. Hasta luego, Ezequiel. Volveré más tarde o mañana, cuando tu hermano pueda recibirme.

Ezequiel se limitó a asentir.

Al-Saud, Michael Thorton y Anthony Hill se reunieron en la base para analizar el último lote de pruebas aportadas por Blahetter, constituido por memorandos internos, listados de sustancias, órdenes de entrega, remites y otros documentos que avalaban la creencia de que en el vuelo de El Al se habían transportado al menos dos de los cuatro elementos necesarios para la fabricación del gas sarín, y en cantidades que no ayudarían si la estrategia del gobierno israelí consistía en presentar la adquisición como inofensiva, con la única finalidad de probar máscaras de gas o la producción de insecticidas. La documentación extraída de Química Blahetter y las fotografías de Bouchiki constituían una evidencia aplastante.

—Tu plan, Eliah, implica un gran riesgo —opinó Mike Thorton.

—Si coordinamos los pasos uno a uno, será exitoso —rebatió Al-Saud—. Entonces los tendremos agarrados de las pelotas. Y negociar con ellos será pan comido.

—¿Cuál es el paso que sigue? —preguntó Tony.

—Ver a Lefortovo —contestó Al-Saud— y asustar a los del gobierno israelí.

—Para lo segundo es que pretendes usar al periodista holandés, ¿verdad?

Al-Saud asintió.

—Queda algo pendiente que me quita el sueño y quisiera acabar con ello de una vez por todas —dijo Tony—: el tema de la filtración que tenemos en la Mercure.

—Si es que la tenemos —porfió Mike.

—Como ya dijimos, organizaremos un intercambio ficticio en el cual intervendrán sólo algunos de nuestros empleados, los sospechosos de acuerdo con nuestro juicio. No lo haremos acá, en París, sino que buscaremos otra ciudad. Yo seré quien concurra al supuesto intercambio.

—¿Cuándo?

—Lo haremos después de hablar con Ruud Kok. Tenemos que coordinar bien los pasos. Si la filtración de la Mercure es un informante del Mossad como creemos...

—Yo no creo eso —insistió Mike.

—Como creemos Tony y yo —concedió Al-Saud—, los atraeremos a la trampa sin problema.

Eliah condujo directamente de la base a casa de Vladimir Chevrikov.

—¿Quién es? —preguntó el ruso a través de la puerta y con la voz enronquecida del que acaba de despertar.

—Lefortovo, soy Caballo de Fuego. —Chevrikov le franqueó el paso, y Al-Saud ladeó la comisura en una sonrisa burlona—. Fresco como una lechuga, ¿eh?

Recibió un gruñido como respuesta. Zoya, cubierta por una bata, asomó la cabeza en la sala.

—Hola, cariño.

—Ah, éste es un mal momento —comentó Al-Saud mientras se aproximaba para saludarla con dos besos en las mejillas—. Siempre es una alegría verte, *mon chérie*, pero necesito que nos dejes a solas. Vladimir y yo tenemos que trabajar.

—Me urge hablar contigo, Eliah —dijo la prostituta—. ¿Puedes pasar por mi casa más tarde?

Al-Saud asintió y se retiró a la cocina para servirse café. Aguardó a escuchar el sonido de la puerta al cerrarse para volver a la sala. Chevrikov se presentó vestido y con el cabello húmedo y peinado. Aferró la taza que Al-Saud le ofrecía.

—Veo que puedes permitírtela —dijo en referencia a Zoya.

—Pagas bien, Caballo de Fuego. Muy bien.

Al-Saud abrió un sobre y volcó el contenido sobre la mesa. Varias fotos cayeron formando un abanico.

—¿De qué son?

—No es necesario que lo sepas, Lefortovo.

El ruso ahogó una carcajada.

—Con todo lo que sé acerca de ti y de tus sucios juegos, podría hundirte. ¿Qué le hará a nuestra amistad que me entere de algo más?

—Podrías hundirme —refrendó Al-Saud—. Sí que podrías hacerlo. Pero entonces yo saldría a cazarte y te mataría. Porque tú eres un genio de la falsificación, pero bien sabes que yo soy un genio de la muerte.

—Alguien me dijo una vez que eres capaz de matar a un hombre de mi tamaño con una mano. ¿Cómo podrías hacer algo así? —preguntó Vladimir, incrédulo.

Al-Saud ensayó de nuevo su sonrisa ladeada.

—Muy fácil —aseguró y, con la rapidez de una serpiente, llevó el brazo a la garganta de Chevrikov, que atinó a pestañear y a envararse—. Ya estarías muerto, querido Lefortovo, porque mis dedos… ¿Los sientes? —El ruso apenas movió la cabeza—. Mis dedos te habrían quebrado la tráquea. —Vladimir tragó con dificultad el nudo y, al hacerlo, experimentó una punzada dolorosa en el lugar donde Al-Saud ejercía presión—. Insisto, no es necesario que sepas para qué son estas fotos ni de dónde provienen. —Apartó la mano. En ningún momento había dejado de sonreír.

—¿Qué tengo que hacer con ellas? —preguntó el ruso con voz disonante, y se masajeó la garganta.

—Son fotos verdaderas y legítimas que tú tendrás que convertir en falsas. Es preciso que el montaje no resista el análisis de un experto. Tendrás que realizar tu peor trabajo, Lefortovo.

—¿Para cuándo las necesitas?

—Para ayer.

De camino a casa de Zoya, habló al celular de La Diana empleando el sistema manos libres.

—¿Dónde están?

—Yo, de guardia en la puerta del instituto. Sanny, dentro. Hasta ahora, sin novedades.

—A la salida las llevarán directamente a casa. ¿Entendido?

—Sí, jefe.

Zoya lo esperaba con uno de sus jugos naturales favoritos, kiwi, piña y zanahoria. Se acomodaron a beberlo en el sofá de la sala.

—Eliah, te pedí que vinieras porque estoy preocupada.

—¿Por Natasha? —aventuró Al-Saud.

—No, por ella no. No ha vuelto a llamarme desde la vez en que te lo comenté. Estoy preocupada por Masséna. Hace una semana que no sé nada de él. Lo he llamado en infinidad de ocasiones y no responde mis llamadas. Eso es muy inusual. De hecho, no se había comportado así jamás. Temo que se haya dado cuenta de la treta que le jugamos.

—Tráeme la pistola que te di tiempo atrás.

Zoya apareció con un sobre de gamuza violeta del cual extrajo una pistola que cabía en la palma de Al-Saud. Se trataba de una Beretta 950 BS, calibre veintidós. Eliah se dirigió a la mesa donde desarmó la pistola de bolsillo en tres movimientos y comprobó que estuviese limpia y el cargador lleno.

—Si Masséna viene a verte, quiero que la tengas contigo.

—Siempre la tengo cerca de mí.

Esa noche, mientras cenaban en la casa de la Avenida Elisée Reclus, sonó el celular de Juana, que se excusó y se alejó en busca de privacidad.

—Debe de ser Shiloah —expresó Matilde, y Al-Saud levantó una ceja—. Siempre la llama a esta hora, cuando se libera de sus compromisos por la campaña política. ¿Qué hora es en Israel, Eliah?

Éste consultó su Rolex Submariner.

—Las once y treinta y cinco. Sólo hay una hora de diferencia.

Al-Saud dirigió la vista hacia la figura de Juana, difuminada en la oscuridad de la sala contigua al comedor. En los últimos días había intentado varias veces comunicarse con Shiloah, sin éxito. Su jefe de campaña o sus asistentes le informaban que el señor Moses estaba en una reunión, en un programa televisivo, dando un discurso, en un debate, o vaya a saber qué, tomaban el mensaje y colgaban. Shiloah nunca devolvía la llamada. No obstante, se hacía tiempo para llamar a Juana a diario. Eliah se sintió feliz. Esa muchacha, con su espontaneidad y su simpatía, estaba reviviendo en su amigo algo que el atentado había destrozado junto con Mariam.

Juana regresó a la sala y le pasó el celular a Matilde.

—Es Eze. Quiere hablar contigo.

—Hola, Eze. —Matilde se puso de pie de súbito—. ¿Qué pasa? ¿Por qué estás llorando? Está bien, está bien. Voy para allá. Toma, Juana, ni sé cómo colgar este aparato. —Se volvió para mirar a Al-Saud, de pie junto a ella—. Ezequiel dice que Roy está muy mal. No saben qué tiene. Me pide que vaya. Está desesperado.

—Yo te llevo.

—Está en el Hospital... Ay, Dios mío, no retuve el nombre. Me suena a... Pompidou.

—Lo conozco —aseguró Al-Saud.

—Es un truco de Roy para hacerte ir, Mat —aventuró Juana—. No vayas.

—Juana, por amor de Dios, Ezequiel lloraba al teléfono.

—Siempre fue un llorón.

—¿Vas a acompañarnos?

—Está bien, está bien, voy.

En la planta baja del hospital, Al-Saud preguntó dónde se encontraba el paciente Blahetter y le informaron que había sido trasladado al cuarto piso. Matilde lucía tensa y ansiosa, y Al-Saud percibía, a través de la lana del guante, la humedad de su pequeña mano. Caminaron por el corredor del cuarto piso. Al-Saud avistó a tres hombres bajo el cartel que rezaba «Unidad de Cuidados Intensivos».

—¡Papá! —exclamó Matilde, y se soltó de su mano para correr hacia el hombre que avanzaba con rapidez en dirección a ella.

Al-Saud se paralizó en el instante en que Aldo Martínez Olazábal abrazó a su hija menor. Lo dominaba una sensación de impotencia, celos y angustia. Nadie debía tocarla de esa forma, nadie.

—Vamos, papito —lo instó Juana, y avanzaron juntos hasta alcanzar a Matilde y a su padre, que seguían abrazados—. Hola, don Aldo. ¿Cómo está? —dijo, y le puso la mejilla para que la besase.

—Hola, Juani.

—Papá —Matilde extendió la mano a Eliah—, quiero presentarte...

—Sé muy bien quién es este sujeto. Ezequiel estuvo contándome todo.

—¡Papá!

—Es el sujeto que está separándote de tu esposo. ¿Cómo osas traerlo acá cuando Roy está muriendo?

—Ay, don Aldo —terció Juana—. Deje de decir tonterías.

—Juana, no te metas.

Al-Saud se preocupó por la palidez repentina de Matilde. Se colocó detrás de ella para sostenerla. Le cerró las manos sobre los hombros y desafió a Martínez Olazábal con la mirada. Éste, a su vez, lo contempló, en un primer momento, con hostilidad, después y a medida que descubría en ese rostro joven y hermoso algunos trazos de las facciones de Francesca, lo hizo con perplejidad. Sobre todo en el diseño de la boca de Al-Saud, demasiado definida y pulposa para pertenecer a un hombre, Aldo veía la de su eterno amor. Casi lo enceguecía la visión de Francesca y él compartiendo unos besos fogosos en el verano de 1961, en Arroyo Seco, y bajó la vista, abrumado por la nostalgia. «Este muchacho debería ser mi hijo.» No obstante, era hijo del príncipe árabe. Él había anhelado un hijo varón, pero Dolores sólo le había dado mujeres. «¡Qué ironía!», exclamó para sí, y se mordió el labio para no proferir una carcajada. «Mi hija predilecta enamorada del hijo de Kamal Al-Saud. La vida nos juega sucio, siempre.»

—Papá, por favor —oyó susurrar a Matilde, y de nuevo volvió a ver a su hija, tan diminuta en comparación con Al-Saud.

—Después hablaremos tú y yo. Ahora anda a ver a Ezequiel. Está desesperado.

A Eliah lo fastidió el trato que Martínez Olazábal destinó a su hija y la prepotencia con que le dio la orden. Más aún lo fastidió que Matilde obedeciera. Caminó detrás de ella. Al verla, Ezequiel interrumpió la conversación con el médico.

—¡Mat, gracias a Dios que estás aquí! Doctor Saseur, le presento a Matilde Martínez, la esposa de mi hermano Roy. —El mal humor de Al-Saud siguió en aumento ante la impavidez de Matilde, que no lo corrigió para explicar que era la *ex* esposa—. Mi cuñada es médica, doctor. Me gustaría que le explicase qué está ocurriendo con mi hermano. Matilde no habla muy bien el francés. Yo haré de intérprete.

El doctor Saseur admitió la incertidumbre del equipo médico del Georges Pompidou ante la evolución de Blahetter. Desde el cuadro de vómitos con sangre y convulsiones de la mañana, su temperatura había escalado a casi cuarenta grados. Presentaba hemorragias en el estómago y en los intestinos, por lo que defecaba sangre, y entumecimiento de los músculos de la pierna izquierda. Matilde solicitó ver el hemograma que le habían practicado, y el médico le señaló la puerta de la habitación, invitándola a pasar.

—Al-Saud, tú no entras —se plantó Ezequiel.

—Blahetter, éste no es el momento ni el lugar.

—Eze, si él no entra, yo tampoco.

Entraron. Los obligaron a lavarse las manos con un jabón antiséptico y a usar cubrebocas. Al-Saud escondió la impresión que le causó el aspecto de Roy. Parecía muerto. Se fijó en Matilde. Ella actuaba con profesionalismo mientras leía el informe que había tomado de un soporte a los pies de la cama. El doctor Saseur le facilitó una linterna para que comprobara el reflejo de las pupilas.

—Matilde —musitó Roy, e intentó levantar la mano derecha, que cayó como peso muerto.

—Sí, Roy, soy Matilde, aquí estoy.

—Matilde, mi amor, no me dejes.

—Tranquilo, no te dejo.

Esas palabras se clavaron en el pecho de Al-Saud como dagas, y sólo gracias al sentido de posesión que Matilde le inspiraba permaneció en la habitación en lugar de cruzar la puerta con actitud airada.

Fuera, en el corredor, Aldo despotricaba contra la ligereza de su hija. Juana, con el pensamiento puesto en que Shiloah no la llamaba, lo oía como a la lluvia.

—¡Don Aldo! —lo interrumpió—. Como le pedí antes, deje de decir tonterías. Creo que ha llegado el momento de que usted y yo nos tomemos un café y hablemos de ciertas cosas. Es muy triste escucharlo pronunciar semejante sarta de estupideces simplemente porque no sabe nada en cuanto a la vida amorosa de su hija. Busquemos el bar. Quizás esté todavía abierto y podamos tomar un café y hablar.

—No me moveré de acá, Juana. Roy está muy grave.

—Roy no mejorará porque usted se quede de guardia en el pasillo. En cambio, yo tengo que revelarle cosas que debí revelarle hace tiempo. ¿Me acompaña?

Matilde se acercó a Al-Saud y le dijo al oído:

—Eliah, voy a pasar la noche aquí. —Al-Saud inspiró hondo e irguió la cabeza, alejándose de ella—. Por favor, Eliah, entiéndeme. Creo que está muriendo. No puedo abandonarlo.

—¿Abandonarlo? Está en un excelente hospital, con su hermano y con tu padre.

—Pero yo...

—¿Tú qué? ¿Tú qué? —Se inclinó para repetírselo cerca del rostro y con los dientes apretados—. ¿Ibas a decirme «yo soy su esposa»?

Matilde sacudió la cabeza y se mordió el labio.

—Yo... me siento obligada con Ezequiel. Tú no lo entenderías. Por favor, no me cuestiones ahora —sollozó.

—Está bien, está bien —dijo él, con impaciencia, y levantó las manos en el ademán de quien se rinde—. Pero me quedo contigo.

Matilde no se atrevió a refutarlo, aunque habría preferido que se marchase. La tensión entre Ezequiel y él la ponía nerviosa, no le permitía pensar.

—Doctor Saseur —dijo Matilde—, ¿cuál es su diagnóstico?

—Sospechamos que el señor Blahetter ha sido envenenado.

—¡Estás mintiendo, Juana! —la acusó Martínez Olazábal—. ¿Roy violó a Matilde? ¿Estás delirando? Roy es el esposo de Matilde.

—El matrimonio de su hija y de Roy nunca se consumó. Matilde, gracias a los traumas que ustedes se encargaron de instalarle en la cabeza y a la tragedia que vivió cuando tenía dieciséis años, sufría un síndrome conocido como vaginismo, por el cual los músculos de la vagina se contraen de manera involuntaria y no permiten la penetración. Es como tratar de hacerlo contra una pared, don Aldo.

Aldo no terminaba de salir de su asombro por la afirmación de Juana Folicuré. ¿Vaginismo? ¿Matilde incapaz de hacer el amor? Los hechos y las imágenes del pasado lo bombardeaban como meteoritos, y sólo servían para corroborar lo que Juana aseguraba.

—Finalmente una noche Roy llegó borracho, con la cabeza caliente por los consejos del sabio de su primo, Guillermo Lutzer, y la violó. Matilde logró escapar con unas poquitas cosas y se refugió en mi departamento. Estaba muy lastimada —Aldo apretó los puños, los párpados y los labios— y sangraba. La curé lo mejor que pude. Ella no quería ir a la ginecóloga por temor a que la mujer denunciara a Roy. Las heridas físicas curaron, pero las emocionales, como si ya no hubiese tenido suficientes la pobre, se hicieron más profundas. Por supuesto que Roy comenzó un asedio sin tregua, hasta llegó a hacer un escándalo en el Garrahan, y los guardias vinieron a sacarlo de las bolas, al muy hijo de puta. Para vengarse de Mat y porque necesitaba dinero, vendió el cuadro de *Matilde y el caracol*, que había quedado en el departamento de Roy cuando Mat se escapó, como muchas cosas que ella dio por perdidas porque no se animaba a volver a buscarlas. —Juana pausó el discurso para reacomodar las ideas—. La vida de Mat era un infierno a causa de este desgraciado. Se cerró al amor y sólo pensaba en dedicarse a la medicina, a curar a los pobres y a los desvalidos. Trabajaba sin descanso, varias veces llegó a pasar días enteros en el Garrahan, hasta que su jefe le ordenaba que se fuera a su casa a dormir. No miraba a los hombres, no quería saber nada de ellos. Le causaba horror siquiera que la rozaran. Hasta que apareció Eliah en el avión que nos trajo a París, y él, con paciencia infinita, la rescató del oprobio de sentirse dañada e inservible, le curó las heridas y la hizo sentirse mujer.

—Dios mío... —Aldo se sostenía la cabeza con las manos—. Qué ciego estaba...

—Siempre ha estado ciego, don Aldo. O mejor dicho, sólo se ha mirado el ombligo. Aquí no termina la cosa. Y escuche bien lo que voy a decirle ahora: si Matilde y yo estamos vivas, es gracias a ese hombre al que usted recién trató como basura.

—¿De qué estás hablando?

Juana le narró los hechos acontecidos frente a la puerta del *Lycée des langues vivantes*, y le explicó que los malhechores buscaban la llave que Roy le había entregado a Matilde la noche de la fiesta en lo de Trégart. También le refirió el episodio del cuadro en el departamento de la calle Toullier.

—Es por esto que, cuando llegué a París esta mañana, me cansé de llamar al departamento de Enriqueta y ustedes no respondían. Al final llamé a Ezequiel y él me contó que vivían en lo de Al-Saud.

—Y gracias a Dios, él nos recibió en su casa. Porque el muy hijo de puta de su Roycito nos expuso a una banda de maniáticos que casi nos mata. ¡Vaya a saber en qué negocio turbio anda ese malparido!

—¡Dios bendito, Juana! No entiendo nada.

—No sería la primera vez, querido don Aldo.

—Explícame lo de la llave y lo del cuadro de nuevo.

La condición de Blahetter se deterioraba con el paso de las horas. La fiebre no bajaba, y se contorsionaba de dolor. Gritaba que se quemaba por dentro. Matilde, autorizada por el doctor Saseur, permaneció junto a Roy a pesar de que las visitas estaban restringidas en la Unidad de Cuidados Intensivos; su condición de médica la habilitaba.

Como el padecimiento de Blahetter no cesaba, Matilde sugirió que le inyectaran morfina. Saseur dudó; dijo que, al no saber exactamente con qué lidiaban, temía que la morfina produjera efectos adversos. Roy siguió sufriendo, aferrado a la mano de Matilde, sin darse cuenta de que se la estrujaba y que ella padecía. Al-Saud aprovechó que la entrada estaba despejada y se escurrió dentro. Tomó a Blahetter por la muñeca y, con un esfuerzo titánico, le abrió los dedos y liberó la mano de su mujer. Se la masajeó hasta que Matilde la articuló de nuevo sin dificultad.

—No permitas que te haga eso.

—No se da cuenta. Está delirando.

—No me importa. No vuelvas a darle la mano.

Cerca de las seis de la mañana, Matilde firmó un consentimiento, y Saseur mandó inyectar en el suero de Blahetter una dosis suave de morfina que lo aquietó minutos después. Aun narcotizado, se rebullía y se lamentaba. Matilde salió al pasillo y descansó en el abrazo de Al-Saud.

—Vamos al bar. Necesitamos comer algo.

Matilde asintió, débil y abatida. Ezequiel hablaba por teléfono en el pasillo. Su celular sonaba cada cinco minutos. Sus padres llamaban, el abuelo Guillermo también.

—Mis padres y mi abuelo acaban de llegar a París —anunció Ezequiel—. Vienen directo para acá.

Habían volado en el avión privado de don Guillermo apenas Ezequiel les informó del estado de Roy. Matilde no tenía ganas de ver a sus parientes políticos. A excepción de su suegro, los demás no la querían y se habían opuesto a su casamiento. Por alguna razón que no lograba comprender, se culpaba por la situación y temía que su suegra, pero sobre todo que el viejo Guillermo, se lo echasen en cara. Al-Saud le puso la mano sobre el hombro, y ella experimentó un escozor, como si una corriente eléctrica la hubiese atravesado. Levantó el rostro y se topó con la mirada endurecida y cansada de él. Le sonrió, y Eliah apenas levantó las comisuras. Nada malo sucedería si él se mantenía a su lado y la protegía.

Aldo se negó a acompañarlos al bar. No había vuelto a dirigirle la palabra a su hija. Se lo pasaba en la sala de espera o desaparecía por momentos.

Al-Saud comprobó que las mejillas de Matilde adquirían color luego del café con leche y los *croissants*.

—Vamos a casa —sugirió—. Nos damos un baño, nos cambiamos y volvemos.

—No, no. La situación es crítica y el desenlace se precipitará en cualquier momento. Lo sé, lo presiento.

—¿Morirá? ¿No hay posibilidad de salvarlo?

—La medicina nada puede hacer por él salvo paliar los efectos de lo que sea que esté destruyéndolo por dentro. Saseur sostiene que lo envenenaron. ¿Cómo? ¿Quiénes? ¿Por qué? ¿Con qué sustancia?

—Es evidente que lo hicieron quienes mandaron a esos tipos a quitarte la llave, los mismos que entraron en la *rue* Toullier por lo que sea que contuviera el cuadro.

—¡Dios mío! —Matilde se agarró la cabeza—. Esto no puede estar pasando. Y ahora llegarán mis suegros y el abuelo de Roy. No quiero verlos.

—¡Vamos a casa, entonces! Has hecho demasiado. Que ellos se ocupen de él.

—No puedo. Tú no entiendes, no puedo. Se lo debo a Ezequiel. ¿Te vas a quedar conmigo? —le preguntó de pronto y, desgarrada entre el egoísmo y la generosidad, pronunció—: Eliah, tienes muchos compromisos y trabajo en la Mercure. No te quedes, mi amor.

—Aquí me quedo, Matilde. No vuelvas a pedirme que me vaya.

Al regresar al cuarto piso, Ezequiel, pasado de sueño, hambriento y nervioso —Jean-Paul y su abuelo coincidiendo en la misma habitación era más de lo que podía soportar—, arremetió de nuevo contra Al-Saud.

—¡Quiero que se vaya, Matilde! —Rara vez la llamaba por su nombre completo—. Su energía es pésima para Roy. Lo odia. ¿No te contó lo que hizo el día después de la fiesta? ¡Claro que no! Se presentó en casa y apuntó a Roy con una pistola. —Matilde giró de manera brusca para mirar a Al-Saud, que fijaba la vista en Ezequiel, con gesto impávido—. ¡Sí, es verdad! Lo encañonó y le dijo que si volvía a molestarte iba a matarlo. ¡Y ahora mi hermano está muriendo!

—Dime, Blahetter, ¿te gustaría que le explicase a tus padres y a tu abuelo, incluso al padre de Matilde, por qué hice lo que hice? Y quiero dejarte algo en claro: no me arrepiento de lo que hice aquel día. Cualquier hombre lo habría hecho por su mujer. También se me ocurre que podría contarle al señor Martínez Olazábal por qué a su hija casi la matan fuera del instituto. El papel que desempeñó tu hermano es clave. ¿Te gustaría que hable de todo esto? Me pregunto: ¿en qué negocio sucio está metido tu hermano para que lo hayan envenenado como a un perro?

—Basta, basta —imploró Matilde en un susurro histérico, y detuvo a Ezequiel apoyando las manos sobre su pecho cuando intentó abalanzarse sobre Al-Saud.

—¿Quieres pelear? —simuló sorprenderse Eliah, y rio por lo bajo—. No pensé que fueras tan estúpido. ¿No te sirvió de muestra lo del otro día?

Jean-Paul Trégart, testigo de la escena, tomó a Ezequiel por el brazo y se lo llevó. A Matilde no la esperaba un mejor recibimiento por parte del resto de los Blahetter, a excepción de Ernesto, el padre de Roy, que la abrazó y se echó a llorar. La madre y el abuelo le volvieron la cara. Aldo tampoco realizaba grandes esfuerzos por consolar a su hija y se recluía en un sillón de la sala de espera, donde hojeaba revistas y bebía café.

Cerca de las seis de la tarde, dos médicos de la Unidad de Cuidados Intensivos hablaron con Matilde. La falla orgánica múltiple, es decir, el mal funcionamiento progresivo y secuencial de la mayoría de los órganos vitales, se había precipitado en la última hora. «Ya no queda esperanza», pensó Matilde. La urgieron a entrar. Al-Saud hizo ademán de seguirla, pero ella levantó la mano y negó con la cabeza.

—Roy, soy Matilde. —Debido a la disfunción pulmonar, la piel se le había vuelto de una tonalidad azulada; lo habían entubado—. Roy, ¿me escuchas?

Sus pestañas aletearon débilmente hasta que entreabrió los ojos y los fijó en ella. Resultaba fácil vislumbrar la garra de la muerte en esa mirada opaca. Matilde descubrió también la desesperación con la que él la contemplaba. Carraspeó para deshacerse de la obstrucción que le impedía expresarse.

—Sí, Roy, ya sé. Quieres que te perdone. —Él le contestó bajando los párpados—. Te perdono, de corazón, te perdono. ¿Me perdonas tú a mí por no haber sabido amarte como merecías? —Blahetter volvió a asentir del mismo modo—. Ya no sufras, querido, ya no más. Te voy a recordar con cariño y nunca con rencor. Te lo juro. Ya no sufras más.

Matilde se apartó para dar sitio a los padres de Roy. Minutos después, aun con el llanto de la señora Blahetter en sus oídos, oyó el pitido largo y continuo del monitor de frecuencia cardíaca que anunciaba la muerte del hombre al que había humillado y hecho sufrir. Corrió fuera y cayó en brazos de Juana, entre los que rompió a llorar amargamente. Al-Saud avanzó hacia ella y se detuvo a un paso. Percibió, casi como si de un muro se tratase, el rechazo de Matilde. No deseaba su presencia en ese momento. Recogió la chamarra y los lentes y se marchó. Apenas traspuso la puerta principal del hospital, llamó a La Diana y le ordenó que se presentaran en el cuarto piso, en la Unidad de Cuidados Intensivos. Puso en marcha el Aston Martin al avistar a sus empleados que ingresaban en el Georges Pompidou.

Apenas pasadas las once de la noche, Matilde irrumpió en la cocina de la casa de la Avenida Elisée Reclus y apremió a Leila en francés:

—¿Dónde está Eliah?

—En la sala de música.

Cruzó el espacio casi corriendo sin percatarse de los tres gestos estupefactos que dejaba tras de sí. La Diana, Sándor y Juana, con los labios ligeramente separados y los ojos abiertos de modo desmesurado, contemplaban a Leila como si hubiese desarrollado un tercer ojo. Componían un cuadro humorístico.

—Buenas noches, Leila —dijo Sándor en bosnio, casi con miedo, y Leila le sonrió y lo abrazó sin articular sonido.

A medida que subía la escalera, Matilde iba desembarazándose de la *shika*, de los guantes, de la bufanda, de la chamarra. Habría querido desnudarse por completo y sentir sobre la piel el aire tibio de la casa de Eliah. Afuera helaba. Afuera, Roy estaba muerto y su familia lo lloraba. Afuera, Aldo, con su fría cortesía y su trato distante, ahondaba la pena y la culpa que le drenaban la fuerza. Allí dentro, en ese refugio cálido y onírico, estaba Eliah. «¿Por qué te fuiste? ¿Por qué me dejaste sola con ellos?» Después de emerger de los brazos de Juana, casi ciega a causa de las lágrimas y de la hinchazón, giró la cabeza hacia uno y otro lado buscando su figura alta y morena. «Se fue», le informó Juana. «Cuando saliste, se quedó mirándote un momento mientras llorabas, recogió sus cosas y se fue. Tal vez pensó que querías estar sola.» En tanto avanzaba hacia la sala de música, las ondas de sonido pulsaban en su pecho, y el ritmo de su corazón se aceleraba lo mismo que sus pasos porque de pronto el cansancio desaparecía. De pie frente a la puerta cerrada de la sala de música, Matilde apoyó la mano sobre la placa de madera. Ya no latía; el silencio la abrumó, se le calentaron los ojos y percibió un calambre en la glotis. Las lágrimas se le desbordaron y una risita mezclada con llanto borbotó entre sus labios cuando la música sonó de nuevo; había vida tras esa puerta. No se cuestionaba su necesidad por la energía de los acordes para enfrentarlo. Permaneció quieta, con la frente y la mano sobre la puerta, impregnándose de las vibraciones. Conocía esa obra instrumental, de las favoritas de Al-Saud; se trataba de *Revolutions*, de Jean-Michel Jarre; acababa de empezar y era la *Ouverture* lo que sonaba. Evocó el día en que la escuchó por primera vez, en el deportivo inglés de Eliah, mientras las llevaba a Berthillon a tomar el té. ¿Por qué tenía miedo de entrar? Porque sabía que lo había marginado adrede en el hospital, una especie de castigo después de enterarse de que había amenazado a Roy con su pistola. No le gustaba la facilidad con la que empuñaba el arma y amenazaba y disparaba. «¿Qué querías que hiciera? Hizo lo que cualquier hombre con las pelotas bien puestas hubiera hecho», lo defendió Juana. «Mat», dijo, con aire condescendiente, «tu error es ver a los hombres a través de tu prisma. De ese modo, siempre tendrás una imagen torcida. Los hombres son opuestos a nosotras. Ellos arreglan sus cosas a golpes. Y después se hacen grandes amigos. Nosotras, en cambio, somos menos combativas, pero más falsas. ¿A que no?».

Contuvo el aliento cuando la *Ouverture* alcanzó el clímax que la había conmovido aquella tarde en el Aston Martin, una explosión de saxofones que reavivó el calor tras sus párpados. Movió el picaporte. Se detuvo. ¿Habría cerrado con llave? Siguió adelante. La puerta se entreabrió, y la figura de Eliah se perfiló en el resquicio. Estaba sentado en su silla Barcelona, echado hacia delante, los codos sobre las rodillas, y se sujetaba la cabeza con las manos. Lucía agobiado, vencido. Terminó de entrar y cerró tras de sí. El volumen de la música habría hecho imposible que él oyese el leve chasquido de la puerta; no obstante, su cabeza se disparó hacia arriba y su mirada se congeló en ella. No soportaba que la contemplase de ese modo. ¡Qué duros podían ser sus ojos del color de las esmeraldas! ¡Qué oscuro podía volverse su entrecejo al convertirse en una línea! ¡Qué delgada su boca! Lo vio ponerse de pie lentamente en la actitud de quien se da tiempo para reunir paciencia antes de endilgar una reprimenda no tan severa como la merecida. Se había bañado, tenía el pelo húmedo peinado hacia atrás, como a ella le gustaba, y se cubría con la bata de seda. ¡Qué hermoso era! Su masculina perfección la humillaba. Después de veinticuatro horas sin dormir y de haber llorado durante quince minutos, sucia, con el pelo revuelto y la ropa arrugada, ella debía de parecer un bicho encrespado. La angustia la invadió con olas pequeñas al principio, que le entumecieron la garganta; las olas adquirieron una dimensión gigantesca, la despojaron de cualquier esfuerzo por permanecer incólume. Soltó la *shika*, los guantes, la bufanda y la chamarra, que cayeron a los costados, y se echó a llorar con los ojos apretados y la boca abierta. Más que llanto, de adentro le salían alaridos.

Al-Saud salvó el espacio que los separaba y la cobijó en su abrazo. Enseguida sintió los dedos fríos de ella que trepaban por la seda de la bata con el frenesí de quien tiene un abismo a la espalda, y notó el cambio en el llanto, más sofocado, más profundo. Al último quedaron los espasmos y las sorbidas de nariz. Como el cachorro recién nacido que busca la ubre de la madre, Matilde, en puntas de pie, se guio con la nariz hasta hallar el perfume de Eliah en la base de su cuello; él tenía por costumbre perfumarse después del baño. La familiaridad del A Men la tranquilizó. «Estoy en casa», se dijo, y apretó el círculo de sus brazos en torno a él. Ni Aldo, con su nueva actitud de dignidad ofendida, ni Juana, con su pragmatismo y frivolidad, la habrían confortado como su Eliah. «¡Dios mío!», se angustió. «Llegado el momento, no tendré fuerzas para apartarme de él.» Separó la cara de Al-Saud y se atrevió a mirarlo. Él le apartó los mechones pegados a la frente y le pasó el dorso de los dedos para secarle las lágrimas.

—¿Por qué me dejaste sola? ¿Por qué te fuiste?

—Me pareció que querías estar sola, que necesitabas tu espacio. Saliste de la Unidad de Cuidados Intensivos y buscaste a Juana para que te consolara —le recordó, sin animosidad.

—No podía llorarlo en tus brazos.

—En mis brazos puedes llorar cualquier cosa, Matilde. *Cualquier cosa*. A mí no me habría molestado consolarte por su muerte.

—Sí, lo sé. Sé que eres generoso. Pero yo me sentía sucia y devastada por la culpa. Él murió por seguirme hasta aquí, porque yo lo había vuelto loco. Estaba obsesionado conmigo. Si no hubiese venido a París...

—Matilde —Al-Saud le apretó los hombros y la sacudió apenas—, quiero que te saques esa idea de la cabeza. Blahetter vino a París por otro asunto. Andaba en algo muy turbio, algo de lo que quizá nunca nos enteraremos ahora que ha muerto. Pero él *no* murió por tu causa. Más bien casi provoca tu muerte y la de Juana, no lo olvides.

—No soporto el olor a hospital que llevo encima. Un olor con el que estoy familiarizada desde hace años, en este momento no lo tolero. Quiero darme un baño y quitarme la ropa.

A pesar de que se había duchado, Al-Saud se metió en el *jacuzzi* con Matilde y la bañó igual que la noche del ataque frente al instituto, incluso le lavó el pelo, todo en silencio. Le pasó muchas veces la esponja por la espalda y por los brazos para desembarazarla de la tensión que la agobiaba.

—¿Por qué volviste tan tarde? —susurró para no alterar la paz.

Vio cómo la espalda de Matilde se arqueaba y cómo se le marcaban las costillas. Oyó el suspiró que exhaló antes de contestarle.

—Yo sólo pensaba en volver a casa —dijo, y él sonrió, triunfante por lo de «a casa»—. Pero todo se complicó. La madre de Roy se descompuso, la presión le trepó a las nubes, y la internaron. Después vino el tema del papeleo. Como no murió de causas naturales, los médicos dieron intervención a la policía. Se llevaron su cuerpo para hacerle una autopsia. Don Guillermo, el abuelo de Roy, llamó al cónsul, que se presentó enseguida, y estuvo dos horas diciéndonos lo que debíamos hacer. Quería irme, ya no soportaba estar ahí, pero me sentía obligada porque... —se detuvo.

—Porque, aunque nunca lo fuiste realmente, para todos ellos eras su esposa.

—Sí, y porque soy una idiota y siempre hago lo que debo y no lo que quiero. —Matilde dejó caer los párpados al sentir los labios de Eliah sobre su espalda—. Siempre quiero agradar.

—Conmigo lo lograste. Me agradas muchísimo. —La oyó reír con desgano—. Y eso que al principio te empeñaste en ser *muy* desagradable. —Matilde volvió a reír—. ¿Qué les dijo el cónsul?

—¡Uf! Me mareó con tanto que dijo. El hecho de que se haya dado parte a la policía lo complica todo, como era de suponer. Mi suegro sugirió que lo incineraran una vez que nos devolviesen el cuerpo para regresar con las cenizas. Pero don Guillermo lo mandó callar y le gritó que volverían con el cuerpo. —Matilde giró sobre sí y quedó frente a Eliah, con las piernas recogidas cerca del mentón—. Eliah, no quiero viajar a la Argentina para el entierro. No quiero —insistió, y colocó la frente en el valle que formaban sus rodillas, y lloró quedamente—. Quiero terminar con esta etapa horrible.

—No vuelvas. —Si bien lo había pronunciado con mesura, Matilde percibió la angustia en su voz—. Quédate conmigo.

Levantó la cabeza y lo miró fijamente. En realidad, la atormentaba que no le importase nada excepto el hombre que compartía el *jacuzzi* con ella. No pensaba en Roy ni en su funeral ni en su papel de viuda; nada contaba excepto que la espantaba la idea de separarse de Eliah.

—No sientas culpa —la animó Al-Saud—. Haz lo que quieras. ¿Qué quiere hacer Matilde?

«Matilde quiere ser tuya para siempre, pero eso no sería justo para ti.»

—Quiero quedarme en París.

—No se hable más. Matilde se quedará en París y a ver quién se atreve a contrariar a mi amor.

La hizo reír, y enseguida la risa se borró. «¿Sacarías tu pistola ante el que intentara arrastrarme a la Argentina?»

—¿Qué pasa?

—Me enojé contigo cuando supe que habías amenazado a Roy con tu pistola.

—Me di cuenta de que te enojaste. Te pusiste fría conmigo.

—Me enojé mucho —remarcó—. Mucho. No tolero la violencia.

—*Si vis pacem, para bellum.*

—No sé latín, o lo que sea eso.

—Acertaste, es latín. Significa: «Si quieres la paz, prepárate para la guerra». Es una frase adjudicada al escritor romano Vegecio. De ahí que a los cartuchos nueve milímetros los llamen Parabellum.

—No sabía que a los cartuchos nueve milímetros los llaman Parabellum. Lo único que sé es que la violencia engendra violencia.

—No si acabas con tu enemigo. Matilde —dijo—, si un criminal estuviese a punto de matar a alguien que amas y tú tuvieras un arma en la mano, ¿qué harías?

—Supongo que la usaría, aunque no lo sé. No sé cómo reaccionaría.

—Yo sí sé cómo reaccionaría. Y te lo demostré el lunes frente al instituto. Con Blahetter pasó lo mismo. Él te lastimó profundamente y yo le advertí que ya no estabas sola. ¿Es tan difícil de entender? Y lamento no haber sido más duro. Fui demasiado… ¿Cómo se dice? —se impacientó—. *Bienveillant.*

—Entiendo. Fuiste benevolente. —Como no deseaba profundizar en las ideas opuestas que sostenían en relación con la violencia, Matilde cambió de tema—. ¿Eliah?

—¿Mmm?

—¿Crees que hayan envenenado a Roy?

—Lo sabremos con certeza cuando entreguen los resultados de la autopsia.

—Me cuesta creer que Roy ya no esté en este mundo. Era tan joven y estaba sano y lleno de vida. Era brillante. Ezequiel me dijo una vez que tenía un coeficiente intelectual altísimo, fuera de lo común. Había terminado el colegio siendo muy joven. Aunque era celoso de su trabajo y nunca hablaba de eso, una vez me dijo que estaba creando algo que nos haría ricos y que revolucionaría al mundo de la energía atómica. Tal vez me lo dijo para retenerme.

No obstante ocultarse tras una máscara imperturbable, Al-Saud se puso alerta.

—¿Nunca te comentó qué tipo de trabajo?

—No. Como te digo, era muy reservado. No usaba la computadora para trabajar porque tenía miedo de que un *hacker* le robara su obra. Me decía: «Trabajo a la vieja usanza, como lo habría hecho Einstein». Según él, tardaba más pero era más seguro. ¡Oh, Dios mío! —se sobresaltó de pronto—. ¿Lo habrán matado por ese trabajo?

—No te atormentes. Tratemos de no pensar en este día del infierno. Salgamos, ya tienes la piel de los dedos arrugada. Quiero que comas algo, Matilde. No has probado bocado desde el desayuno.

Una hora más tarde, con aroma a colonia Upa la la y con algo en el estómago, Matilde se durmió en la concavidad que formaban el torso y las piernas de Al-Saud. Él, con la cabeza apoyada sobre la palma y el codo hundido en la almohada, velaba su sueño. Cada tanto se inclinaba para besarle la mejilla tibia y para inspirar su olor a bebé. No conciliaba el sueño porque en su mente se había desatado un torbellino de suposiciones e hipótesis. ¿En qué habría estado trabajando Blahetter antes de morir? ¿Qué habría escondido en la casilla de *Gare du Nord* y tras el cuadro? ¿Guardaría relación con el comercio de sustancias prohibidas que realizaba su abuelo? Se había sentido extraño al compartir el mismo espacio con el dueño de Química Blahetter.

A la mañana siguiente, antes de que Matilde despertara, se recluyó en su despacho y efectuó dos llamadas, la primera al mejor amigo de su padre, Mauricio Dubois, un viejo diplomático argentino que vivía en Londres; y la segunda al inspector Dussollier.

—Tío Maurice, soy Eliah.

—¡Hijo, qué alegría! ¿A qué debo la sorpresa?

—Tengo que pedirte un favor.

—Lo que sea.

—Un conocido mío falleció anoche aquí, en París. Es argentino. Quería preguntarte si aún mantienes esos contactos influyentes en la Cancillería de tu país que ayuden a la familia a sacarlo pronto de Francia. La cuestión se ha complicado porque al parecer murió a causa de un envenenamiento intencional, y el caso está en manos de la policía.

—Complicado, sí. Trasladar un cadáver de un país a otro nunca es fácil. Si los fueros penales están en medio de todo, la cosa se agrava. Veré qué puedo hacer. Dame los datos de tu conocido. —Al-Saud le indicó el nombre, lo único que sabía acerca de Roy—. Dime, Eliah, ¿te veremos este año en la fiesta de cumpleaños de tu madre? Hace unos días llamó a tu tía Evelyn —Dubois aludía a su esposa— y nos invitó para el sábado 21 de febrero, en la casa de la *Avenue* Foch.

—No sabía que mi madre planeara pasar su cumpleaños en París. Si estoy en la ciudad ese día y si ella me invita, iré.

—Dudo de que lo haga —bromeó Mauricio.

Apenas acabada la llamada con Dubois, se comunicó al celular de Dussollier.

—Olivier, soy Eliah Al-Saud. Disculpa que te moleste tan temprano.

—¡Eliah! Ninguna molestia, hombre. Dime, ¿qué ocurre?

—Anoche llevaron el cadáver de un masculino joven desde el Hospital Européen Georges Pompidou a la morgue policial. Su nombre era Roy Blahetter.

—Aguarda un momento. Anoche no estuve de turno y aún no me informo de nada. Acabo de llegar a la base.

—¿Estás ahí, en el 36 *Quai* des Orfèvres?

—Sí, pese a ser sábado, estoy trabajando. Déjame consultar. Deletréame el apellido. —Al-Saud lo hizo y al mismo tiempo oyó el tecleo en la computadora—. Sí, aquí lo tengo. ¿Lo conocías?

—No mucho, pero lo conocía. Es argentino. Su familia está muy angustiada. Quería preguntarte si está en tu poder acelerar los trámites para que se acabe esta pesadilla y los Blahetter puedan regresar con el cuerpo a su país para darle sepultura.

—Haré lo posible. Soy amigo del jefe de forenses, un buen tipo. No creo que se niegue a darle prioridad a este caso.

—Gracias, Olivier. Te debo otra.

Llamó a Thérèse.

—*Bonjour Thérèse.* Disculpe que la moleste en una mañana de sábado.

—Ningún problema, señor —aseguró la secretaria, habituada a las extravagancias de su jefe; el generoso sueldo compensaba el ritmo febril al que la sometía ese hombre poseedor de una energía inagotable.

—Necesito hacer un regalo al inspector Olivier Dussollier de la Brigada Criminal del 36 *Quai* des Orfèvres.

—¿Qué sugiere, señor?

—Un par de gemelos Cartier —decidió al recordar la elegancia de Dussollier—. Que los reciba hoy mismo con una de mis tarjetas personales.

—Así se hará, señor.

—Disponga de Medes para llevar el regalo. *Merci beaucoup, Thérèse.*

17

Matilde pasó el sábado en la casa de la Avenida Elisée Reclus. Nadó en la piscina, vio películas con Juana en la sala de cine, se ejercitó en el gimnasio con Al-Saud e intentó estudiar francés para el examen del lunes porque pretendía continuar con la rutina diaria. Necesitaba olvidar la última semana que había comenzado con el ataque frente al instituto y terminado con la muerte de Roy. Sin embargo, no lograba concentrarse; leía sin captar el sentido y no acertaba con la resolución de los ejercicios prácticos. La perseguía la última imagen de Roy, azulado y consumido.

Ezequiel las llamó varias veces por teléfono; buscaba el consuelo que no hallaba en sus padres, tan destruidos como él, y menos aún en su abuelo, que no le dirigía la palabra.

Aldo las invitó a cenar al Ritz Hotel, donde se alojaba; ambas declinaron la invitación porque no incluía a Al-Saud.

—El Ritz es un hotel muy caro, ¿verdad? —dijo Matilde.

—El más caro de París junto con el George V y el Plaza Athénée —contestó Al-Saud—. ¿Por qué esa cara? ¿Qué te preocupa?

—Nada, nada —mintió Matilde, porque no seguiría importunándolo con sus problemas familiares.

El domingo por la tarde, Aldo volvió a llamar al celular de Juana para invitarlos, al sujeto ese también, según aclaró, a tomar unos tragos en el bar Vendôme del Ritz. Matilde aceptó porque, según dijo, tenía que darle una copia del nuevo juego de llaves del departamento de la calle Toullier para que Aldo se lo entregase a Enriqueta. Al-Saud sospechaba que Matilde añoraba ver a su padre; la efusividad con que se abrazaron en el salón del Ritz confirmó la sospecha. Aldo la besó varias veces en la coronilla, en la sien y en la frente y la llamó mi princesa hermosa, mi princesa adorada. Matilde lloriqueaba y se aferraba a su padre. Salvo por un rápido apretón de manos que le dispensó, Aldo simulaba que Eliah no estaba sentado junto a su hija ni frente a él. En verdad, no se comportaba de manera antipática o grosera; simplemente no podía mirarlo, porque si bien se parecía a su padre, había mucho de Francesca De Gecco en los rasgos de su oscuro rostro. Por otro lado, lo asolaban unos celos negros, algo que jamás había experimentado en relación con Roy.

La situación resultaba violenta para Matilde. Su inquietud disminuyó en parte cuando su padre pidió un café. Había temido que en aquel ambiente voluptuoso del Vendôme, en el cual las copas con coñac y otras bebidas espirituosas se paseaban en las bandejas de los camareros de un extremo a otro, Aldo sucumbiera a la tentación. De igual modo, la tensión y la incomodidad persistieron, un poco por la presencia de Eliah y también porque nadie se atrevía a mencionar la muerte de Roy.

Al-Saud no aprobaba la elección de la mesa dada su posición demasiado expuesta. No quiso aumentar el nerviosismo exigiendo un cambio, por lo que se ubicó contra una columna de mármol para proteger su espalda y le indicó a Matilde que se sentara a su lado. Al principio, el diálogo se centró en temas comunes, incluso mencionaron el frío que hacía; después languideció, y cayeron en un incómodo silencio.

—Papá, ¿tú sabes si Roy estaba trabajando en algo importante y peligroso?

—No, no tengo idea —contestó deprisa, y eso fue lo que llamó la atención de Al-Saud, que lo hiciera sin pausar ni ahondar en el sentido de la pregunta, por lo que una suspicacia se plantó en él—. ¿Por qué me preguntas eso?

—Porque los hombres que intentaron matarlas —interfirió Al-Saud— buscaban algo que Blahetter le había dado a Matilde.

—Mi papá no sabe lo del ataque, Eliah.

—Sí, lo sabe. Juana me dijo que se lo contó.

—Es verdad, Mat. Se lo conté.

Matilde los miró, desconcertada. Esos dos vivían cuchicheando.

—Lo sé —admitió Aldo— y le agradezco que las haya protegido de esos malvivientes. —Le dirigió un vistazo fugaz y volvió a concentrarse en Matilde—. No te preocupes, princesa. Nada malo va a pasarte.

—¡Obvio! Porque el papito aquí presente nos protege, que si no...

—¿Para qué viniste a París, papá?

—¿Cómo para qué vine? Para ver a mi princesa.

—Usted sí que se da la buena vida, don Aldo —comentó Juana, mientras sus ojos negros de siria bailoteaban para abarcar los detalles del Vendôme.

—Trabajo duro y me gusta darme gustos.

—¿En qué trabaja, don Aldo?

—Es un bróker —intervino Matilde, a la defensiva—, ya te lo dije, Juani.

—Con Mat nunca entendemos bien qué es eso de ser un bróker.

—Compro y vendo cualquier cosa en cualquier parte del mundo.

—Y eso deja mucho dinero, por lo que parece.

—Si lo haces bien y tienes una buena red de clientes, sí.

—Papi, ¿no vas a preguntarme por Celia?

—Ya sé todo acerca de tu hermana. Jean-Paul me contó dónde está y por qué.

—¿Vas a ir a verla?

—No me lo permiten. No aún. Volveré cuando entre en la etapa en que le permiten establecer contacto con familiares y amigos. Es lo mejor para ella.

—¿Cuándo viajarás a Córdoba?

—¿Viajarás? Viajaremos —la corrigió Aldo—. Nos iremos con los Blahetter, cuando les entreguen a Roy.

Otro silencio se apoderó de la mesa. Matilde sintió el calor de la mano de Al-Saud sobre su rodilla; no la apretaba, simplemente la apoyaba allí.

—No me iré de París, papá. Voy a quedarme.

—¡Matilde! Se trata del entierro de tu esposo. ¿Cómo se te ocurre decir que no irás? ¡Será un escándalo para los Blahetter!

—Papá... —Al-Saud percibió que flaqueaba y comenzó a acariciarle el muslo para infundirle tranquilidad—. Papá, Roy era mi *ex* esposo. No hay nada que me una a su memoria ni a su familia, que siempre me detestó. No perderé mi tiempo para darles el gusto a los Blahetter. Vine a París a cumplir un objetivo y nada me desviará de él.

—Involucrándote con este sujeto no veo que cumplas mucho tu objetivo.

—¡Papá! —Matilde se puso de pie y quitó su chamarra del respaldo de la silla. Juana y Al-Saud la imitaron—. Este sujeto se llama Eliah y es el mejor hombre que pisa la Tierra. Como no eres capaz de darle el trato que se merece, prefiero irme. Vamos. Quiero salir de este lugar.

Minutos más tarde, al intentar acertar con la lengüeta en la hebilla del cinturón de seguridad, Matilde notó que le temblaban las manos. Al-Saud la asistió y le besó la mejilla.

—¿Hiciste lo que realmente querías?

—Sí —musitó ella—, pero me duele haberlo tratado mal.

—Si hubieses aceptado ir a Córdoba, estarías furiosa y frustrada, ¿o no? —Matilde asintió—. Tu padre tiene que entender que es tu padre, no tu dueño. Tu vida es tuya, y sólo tú puedes decidir qué hacer con ella. Nadie tiene que entrometerse.

—¿Ni siquiera tú? —lo provocó, y su mirada inmodesta parecía sonreír.

—Ni siquiera yo —admitió él, reacio.

Apenas se puso en marcha el Aston Martin, sonó el celular de Juana.

—Es tu padre, Mat.

—No quiero hablar con él ahora. —La seguridad de su voz la pasmó en un primer momento, la enorgulleció después. Con ese desplante había cobrado valor.

Al llegar a la casa de la Avenida Elisée Reclus, Al-Saud se encerró en su despacho y llamó a Vladimir Chevrikov.

—Lefortovo, necesito que investigues a un hombre llamado Aldo Martínez Olazábal. Es argentino. Y dice ser un bróker.

—No lo he oído nombrar. Apenas sepa algo, te llamaré. Oye, Caballo de Fuego, tengo listo lo que me pediste, las fotografías retocadas.

—Iré por ellas muy temprano mañana por la mañana, de camino a Le Bourget. ¿Qué has averiguado sobre Fauzi Dahlan?

—Nada bueno. Es del entorno de Kusay Hussein.

—¿El hijo de Saddam Hussein?

—El mismo, que ahora está a cargo de la Policía Presidencial, algo así como una policía secreta. Hasta donde conseguí averiguar con mis amigos iraquíes, Dahlan era la mano derecha de Abú Nidal. —Lefortovo hablaba del terrorista palestino más buscado por la CIA y el Mossad, acusado de cientos de asesinatos—. Como todo con Abú Nidal, esa amistad terminó mal, y Dahlan se puso al servicio del régimen iraquí. Dicen que es el que se ocupa de las torturas. En cuanto al tal Udo Jürkens, lamento decirte que no tengo nada acerca de él. Hablé con mis contactos en Hamburgo y en Berlín y no lo conocen.

El lunes por la mañana, los *katsas* Diuna Kimcha y Mila Cibin se hallaban en la base del Mossad, en el sótano de la embajada israelí en París. Habían solicitado una teleconferencia con su jefe, Ariel Bergman, y esperaban la comunicación con cierta ansiedad dada la importancia de la información con que contaban.

—*Shalom* —dijo Bergman, y los *katsas* respondieron igualmente.

Kimcha tomó la palabra.

—El *sayan* en el Ritz nos avisó que Mohamed Abú Yihad se hospeda allí desde hace dos días. —Kimcha había empleado el nombre musulmán de Aldo Martínez Olazábal—. Asimismo, ya sabíamos que Adnan Kashoggi y Ernst Glatt están en el Ritz desde hace una semana. ¿Casualidad?

Bergman sometió la noticia a su reflexión durante unos segundos en los que sus agentes no se atrevieron a perturbarlo.

—Nada es casualidad —dijo al cabo—. Abú Yihad está buscando proveerse de armas, eso es claro, y piensa hacerlo a través de Kashoggi y de Glatt. Pero tanto Kashoggi como Glatt, si bien son traficantes ilegales y no trabajan de manera oficial, sí cuentan con el consentimiento de la CIA y el nuestro para hacerlo, por lo que constituyen una fuente de información invalorable. Pronto sabremos para quién son las armas que Abú Yihad está intentando comprar.

—Nuestro *sayan* en el Ritz sacó estas fotos —dijo Cibin, y en la pantalla de Bergman en Ámsterdam se deslizaron varias imágenes de Abú Yihad y de Eliah Al-Saud tomando café en un bar lujoso y en compañía de dos mujeres jóvenes. La fotografía enmudeció a Bergman—. Es Eliah Al-Saud.

—Sí, lo reconozco. ¿Cuál es la identidad de las mujeres?

—No lo sabemos —admitió Cibin—. Estamos en eso. ¿Has tenido noticias de Salvador Dalí?

—Se reportó la semana pasada para decirme que aún no tiene nada.

—Ariel, una última cosa —intervino Diuna Kimcha—. Guillermo Blahetter llegó a París en un vuelo privado. Su nieto, Roy Blahetter, murió hace tres días en el Hospital Européen Georges Pompidou. La causa es desconocida, por lo que su cuerpo será sometido a una autopsia. Nuestro *sayan* en la Policía Judicial nos pasará el reporte apenas los forenses terminen su trabajo.

—Es perentorio que me comuniquen ese resultado apenas lo obtengan —los apremió Bergman—. ¿Qué han sabido de Udo Jürkens?

—Nada.

Ariel Bergman bufó para sus adentros. La trama se volvía inextricable.

Esa semana, Matilde se lo pasó aturdida. La desorientaba la ausencia de Al-Saud, y esa confirmación —que no podía vivir sin él— la aterraba. El lunes se levantó a las seis para acompañarlo durante el desayuno antes de que partiese al aeropuerto. Él no había mencionado adónde viajaría y ella no indagó. Distraída mientras lo ayudaba a ultimar detalles del equipaje, casi alegre de participar en esa actividad tan íntima, y feliz cuando Al-Saud levantó su retrato del buró y lo guardó en la maleta, no previó cuánto sufriría al despedirlo y caer en la cuenta de que no lo vería durante varios días, él no precisó cuántos. Se dijeron adiós en la privacidad de su dormitorio, ella todavía en camisón y bata; él, soberbio en su traje Brioni de un color gris oscuro y acerado y con zapatos ingleses negros, envuelto en el aroma del Givenchy Gentleman.

—Te suplico —pronunció él con los ojos cerrados y sobre los labios de Matilde—, no cometas ninguna imprudencia. No te expongas inútilmente. ¡Prométeme que te vas a cuidar!

—Te lo prometo, mi amor.

—Quiero que sepas que no me iría de París si no fuera estrictamente necesario. Hay asuntos de negocios que no puedo seguir postergando.

—No lo hagas, no postergues nada por mí.

—La Diana y Sándor las van a proteger muy bien. Y todos quedan alertados. ¿Tienes a mano los números de los celulares de Alamán, de Tony y de Mike?

—Sí, sí, tengo todo.

El beso final era lo que Matilde evocaba cuando la desazón la invadía. Cerraba los ojos y lo proyectaba en su mente como si fuera la escena favorita de una película. Lo hacía cuando se despertaba a las tres de la mañana, sola en la cama de Eliah, empapada en sudor, confundida aún por los retazos de un sueño ininteligible en el que se mezclaban las caras de Roy, de Celia y de Aldo. Repitió el ejercicio cuando Ezequiel la llamó el miércoles por la noche para informarle que de la autopsia surgía que a Roy le habían inyectado en el muslo izquierdo un grano del tamaño de la cabeza de un alfiler lleno de ricina, uno de los venenos más potentes que existen. Volvió a hacerlo cuando, uno a uno, sus parientes políticos, incluso el abuelo Guillermo, la llamaron para increparla porque no volvería a Córdoba con ellos. Lo evocó también el jueves mientras aguardaba sentada en una sala de la Policía Judicial para responder al interrogatorio de un inspector llamado Dussollier. Que si conocía en qué actividades andaba su esposo; que si Roy tenía enemigos; que si sabía quién le había propinado la paliza que lo llevó al hospital; que si era afecto a las drogas; que si frecuentaba a personas «raras»; que si tenía amigos extranjeros. Ella respondía que no a casi todo o que no sabía. «Estábamos separados», repetía, aunque a Dussollier parecía no importarle. En esa ocasión, la flanqueaban Alamán y el abogado de Eliah, el doctor Lafrange. La Diana, Sándor y Juana se mantenían cerca. Al salir de la sede de la Policía Judicial, elevó el rostro y permitió que la lluvia la lavase. Se tomó del brazo de Alamán y caminó en silencio por el *Quai* des Orfèvres hasta que juntó valor para susurrar:

—¿Cuándo volverá tu hermano?

—¿Cómo? —preguntó Alamán, y se inclinó para oírla.

—Que cuándo volverá tu hermano.

Alamán notó que las mejillas de Matilde se cubrían de rojo, como si se avergonzara de preguntar por el hombre con quien vivía.

—¿No te ha llamado? —Matilde agitó la cabeza para negar—. Le prometió a mi madre que irá a la fiesta de su cumpleaños, el sábado. Supongo que cumplirá su palabra.

—¿Tu mamá cumple años el sábado?

—En realidad los cumple hoy, 19 de febrero, pero el festejo será el sábado. Me pidió que las invitase, a ti y a Juana.

—Eliah no me lo mencionó. Quizá sea mejor que Juana y yo no vayamos.

—¡Ay, Mat! ¡Qué aguafiestas que eres!

Claude Masséna no lucía bien. A su aspecto usualmente descuidado se le sumaban unas marcadas ojeras y un temblor en las manos. Se tomó un ansiolítico para disminuir el pánico en el que vivía desde que había aceptado trabajar para esos hombres, los que lo apodaban con el nombre del pintor español. Abandonó su escritorio en la base y pasó por el baño antes de escabullirse a la estación del *métro Alma-Marceau*. Le apremiaba comunicarse para informar dónde tendría lugar el próximo intercambio de información. A pesar de no saber cuál era la índole de la misma, sospechaba que se trataba de algo valioso. Puso en marcha su automóvil y aguardó, haciendo tamborilear los dedos en el volante, hasta que el montacoches lo puso al nivel de la calle Maréchal Harispe. Condujo rápidamente, pasándose algunos semáforos en rojo; le urgía volver, no quería que los jefes advirtieran su ausencia y lo interrogaran. Le temblaba la mano cuando introdujo la moneda en el teléfono público de la estación.

—¿Hola?

—¿Picasso? Soy Salvador Dalí.

—Habla —dijo Ariel Bergman.

Se había tratado de una semana intensa, de esas que a él, en el pasado, le fascinaba vivir y que potenciaban su energía. La última, sin embargo, se había convertido en un maratón contra el tiempo y contra las obligaciones para regresar a París, a Matilde. Sentado en una mesa de Scott's, el lujoso restaurante londinense de la calle Mount, donde solía disfrutar exquisitos platos de pescado, anhelaba el momento en que volvería a verla. Ese viernes por la noche aguardaba a *Madame* Gulemale para compartir la cena, por lo que su vuelta a París se pospondría para el día siguiente. Gulemale lo había llamado el miércoles, cuando él se hallaba en Beirut, y habían acordado reunirse esa noche, en Londres. No tenía deseos de verla; no le resultaría fácil dejarla de buen humor sin el habitual revolcón en la suite del Dorchester, el hotel favorito de la traficante de armas. Sin embargo, era preciso que Gulemale quedase contenta para que les facilitara las cosas en el Congo de modo que el israelí Shaul Zeevi obtuviese su maldito coltán. Gulemale exigiría una tarifa por su intervención, contemplada en el contrato firmado entre la Mercure y Zeevi y que no debía superar los diez millones de dólares.

Consultó la hora. Las ocho y veinte. Estaba cansado. Había dormido poco a lo largo de esos cinco días. Hizo un esfuerzo para borrar a Matilde de su cabeza y se concentró en repasar los hechos de la semana, que había comenzado en Ámsterdam, en un bar de mala muerte en el Bijlmer, donde tuvo lugar el segundo encuentro con Ruud Kok. Se ubicaron en una mesa apartada, en un rincón sumido en la penumbra, después de que Al-Saud cacheara al periodista holandés en el baño para corroborar que no llevaba grabadora ni videocámara ni micrófonos. El periodista, molesto, se sentó frente a Al-Saud, que vació el contenido de un sobre en la mesa. Varias fotografías se deslizaron por la superficie hasta el periodista, que las estudió una a una.

—Estas fotografías fueron sacadas por Moshé Bouchiki, un científico del Instituto de Investigaciones Biológicas de Israel. Él fue quien me aseguró que en el vuelo de El Al se transportaban al menos dos de las sustancias para fabricar agentes nerviosos (tabún, sarín, somán) y que lo hacían con regularidad desde un laboratorio de Nueva York y desde otro en Argentina. Aquí, en las fotos, se muestra la parte del instituto destinada al desarrollo de estas armas químicas. En estas dos fotos aparecen los registros del ingreso del dimetil metilfosfato, del cloruro de tionilo, del cianofosfato de etilo, del metilfluorofosfonato de isopropilo y de las otras sustancias empleadas en la fabricación de los gases.

—Sí, sí —dijo Kok, con una mueca de fascinación en tanto pasaba las fotografías—, son todos compuestos organofosforados, como los que se utilizan en tantos insecticidas.

—Veo que sabe del tema.

—Estuve investigando —admitió—. Sería estupendo entrevistar al científico, a…

—A Moshé Bouchiki. Será imposible. Lo asesinaron hace once días, en El Cairo.

Los labios de Ruud Kok se separaron, sus ojos se engrandecieron.

—No lo supe. ¡Qué extraño! No lo leí en los periódicos.

—El hecho ocupó un espacio insignificante en los diarios locales y no adquirió relevancia internacional. —Le entregó cuatro recortes en árabe de periódicos cairotas—. Le daré los datos que necesite y podrá hacer traducir esto para corroborar lo que digo.

—Sí, lo haré. Ahora, lo escucho —se aprontó Kok, y levantó la tapa de una libreta.

Al-Saud le relató el intercambio en el Hotel Semiramis Intercontinental de El Cairo y el ataque sufrido desde el Nilo.

—¡Guau! Como en una película de James Bond.

—Kok, es perentorio que publique la nota en una semana.

—¿En una semana? —balbuceó el joven—. No cuento con pruebas fehacientes de que lo que transportaba el vuelo de El Al fueran estas sustancias. Las fotos son elocuentes, pero no hay documentación que pruebe lo que tanto necesito probar.

—La muerte de Bouchiki demoró mis planes, como comprenderá —manifestó Al-Saud—. Sin embargo, en breve nos haremos de lo necesario para cerrar el círculo en torno a este tema. En el ínterin, preciso que saque a la luz estas fotografías y que revele la muerte de Bouchiki. Y que, sutilmente, lo relacione con lo acontecido en este barrio dos años atrás. Eso irá abonando el camino.

—La semana que viene es muy pronto —se empecinó Kok—. Necesito verificar que la documentación no tenga fisuras. Podría perder mi empleo si algo fuese falso.

—Kok —se impacientó Al-Saud—, ¿cómo diablos pretende verificar eso? ¿Yendo a Ness-Ziona, al instituto, llamando a la puerta y pidiendo permiso para comprobar que todo lo que está en esas fotos es real? Le aseguro que lo que hice para contactar a Bouchiki en Ness-Ziona pondría a la sombra cualquier película de James Bond. No creo que usted cuente con las habilidades necesarias para hacer lo que yo hice. ¿O sí?

—No, claro que no. Pero…

—Esta nota puede convertirse en la oportunidad para catapultar su carrera a la fama. Al menos, con este material, empezará a poner en tela de juicio la inocencia que El Al proclama desde hace dos años. No crea que desconozco que sus colegas lo han ridiculizado por sostener su teoría acerca de las sustancias tóxicas. Será una buena revancha. —Una pausa, seguida de una inflexión en el tono de Al-Saud, inquietó a Kok—. Si usted no está dispuesto a sacar la nota la semana que viene, me temo que acudiré a un amigo en *The Sun*, de Londres. Habría preferido que fuera usted quien la publicara, ya que estuvo comprometido con este tema desde el accidente mismo, pero si sus escrúpulos le impiden…

—Lo haré —claudicó el periodista—. No sé qué día de la semana que viene, pero lo haré. Tendré que hablar con mi jefe de redacción antes.

—Le aconsejo por su propio bien que guarde estas fotos en un lugar seguro y que se las muestre a personas de su más absoluta confianza. Hay mucho en riesgo, señor Kok. Esto no es un juego.

—Lo sé.

—Tengo que irme. —Al-Saud se puso de pie y soltó un billete de diez florines para pagar los cafés—. No me llame, no intente comunicarse conmigo. Yo lo haré con usted en cuanto obtenga el resto de la información.

–Señor Al-Saud. –Eliah se dio vuelta para mirarlo–. ¿Cuándo podré entrevistarlo por lo de mi libro sobre las empresas militares privadas?

Al-Saud ladeó la comisura izquierda en una sonrisa sardónica, que incomodó a Ruud Kok.

–¿Empresa militar privada? ¿Es ése el eufemismo para llamar a los mercenarios? ¿Acaso no se atreve a pronunciar esta palabra en mi presencia? Mercenario. –Rio con sinceridad ante la perturbación del joven holandés–. Publique la nota, Kok, y después acordaremos los términos de la entrevista.

Salió del bar y caminó veinte metros hacia la boca del subterráneo que lo conduciría al centro de Ámsterdam. Pasó junto al automóvil con vidrios polarizados desde el cual Dingo y Axel custodiaban a Ruud Kok. Bajó la cara para hablar al micrófono oculto en el cuello de lana de su chamarra Hogan.

–Acabo de dejarlo solo. Coloqué el transmisor y el micrófono de acuerdo con lo previsto. No lo pierdan de vista. Ni un minuto. Ya saben, quiero que lo protejan como si fueran sus propios traseros.

–Entendido, jefe.

Pasadas las dos de la tarde, despegaba su Gulfstream V con dirección a la base aérea de Dhahran, en Arabia Saudí, a la cual arribó cinco horas después. Devueltos los controles del avión al capitán Paloméro y cómodamente instalado en su sillón, tuvo deseos de llamar a Matilde, aunque finalmente, con el teléfono encriptado en la mano, se abstuvo. Sabía que esgrimía una excusa estúpida, ya que le importaba bien poco que estuviera en el instituto. Juana le había prometido que no apagaría el celular ni siquiera durante las horas de clase. ¿Por qué no se decidía a llamarla? ¿Quería castigarla por el esmero con que había cuidado al gusano de Roy Blahetter? ¿Por haberlo llorado tan amargamente o por haber rechazado su consuelo? Sacudió la cabeza. No, la raíz de su rebeldía alcanzaba profundidades más oscuras y se relacionaban con ella y no con su ex esposo. Hacía tiempo que él sabía de qué se trataba: le temía a Matilde porque la sentía inalcanzable. Quería que sufriera su ausencia, que padeciera la incertidumbre de no saber de él, que lo echara de menos. Empezaba a darse cuenta de que, cuando le temía a algo, reaccionaba como un animal: atacaba. Al final, llamó a Sándor y se quedó tranquilo cuando el bosnio le informó que todo estaba en orden.

La noche del lunes cenó en un lujoso restaurante de Dhahran con su tío, el príncipe Abdul Rahman, comandante de las Reales Fuerzas Aéreas Saudíes, y durmió en la base aérea. A la mañana siguiente se entrevistó con cuatro viejos compañeros de L'Armée de l'Air a quienes había convocado para trabajar en el nuevo programa de instrucción de reclutas. Dos, al igual que él, habían pedido la baja tiempo después de terminar la Guerra del Golfo; a otro lo habían expulsado por desacatar una orden mientras perseguía a un avión que había invadido el espacio aéreo francés; y el cuarto, que se había jubilado, aún contaba con energía para seguir adiestrando, según afirmaba. Las reuniones se sucedieron a lo largo del martes. No resultaba fácil intermediar entre sus compañeros franceses y los militares saudíes. El problema no radicaba en el escollo del lenguaje, ya que todos hablaban inglés, sino en la eterna desavenencia entre los modos de Oriente y los de Occidente. Al-Saud sospechaba que el programa no iría sobre rieles a menos que sus compañeros de *L'Armée de l'Air* se amoldaran a las costumbres de sus pares saudíes, entre ellas, no enfurecerse cada vez que los pilotos se esfumaran para cumplir el precepto coránico del azalá; tampoco sería fácil para esos cuatro franceses prescindir de las bebidas alcohólicas, prohibidas en el territorio saudí. La buena paga compensaría en parte los tragos amargos de vivir en una sociedad tan distinta; no obstante, existían costumbres que no se cambiaban ni con una fortuna como estímulo. Seguiría de cerca el desarrollo del programa de instrucción ya que el acuerdo exigía su presencia una vez por mes en la base aérea para evaluar el progreso de los reclutas.

El miércoles, muy temprano por la mañana, el Gulfstream V aterrizó en el Aeropuerto Internacional Rafic Hariri, de Beirut. Al-Saud ingresó en el país con un pasaporte argentino a nombre de Ricardo Mauro Lema. Tomó un taxi, un viejo Mercedes Benz, y le indicó al chofer que lo condujese al Embassy, en la calle Makdessi, un hotel de baja categoría, pero tranquilo y bien ubicado, a una cuadra de Hamra, la arteria comercial de la ciudad. Se presentó en el mostrador del Embassy y mencionó que tenía una reservación. Nadie lo acompañó al segundo piso, a la habitación 208.

Se quitó el saco; hacía calor. Miró en torno. Había una puerta que comunicaba con la habitación contigua, la 210. Llamó con un golpe seco, y la voz de Peter Ramsay lo invitó a entrar. Chocaron las manos a modo de saludo. Al-Saud notó que la persiana estaba baja y que Peter trabajaba con luz artificial. Había desplegado su equipo sobre una mesa, que incluía varios aparejos, entre ellos una computadora portátil y una pequeña antena satelital; andaba con los auriculares colgados al cuello.

—Habla tranquilo. Esta habitación y la tuya están limpias.

En la reunión mantenida en la base días atrás, habían acordado que el falso intercambio de pruebas se haría al día siguiente, jueves 19 de febrero, por la noche, en el bar Tropicale del Hotel Summerland, en la Avenida Jnah. Habían elegido ese *resort* a orillas del Mediterráneo porque

Al-Saud lo conocía bien. Uno de los muchachos de Ramsay, Franky, se registraría en el Summerland con el nombre de Mark Levy, con pasaporte inglés. El jueves, Peter Ramsay estaría fuera custodiando los alrededores, y dentro estaría Gabriel, otro miembro de su equipo.

—Habría preferido que Amburgo te cuidase las espaldas en lugar de Gabriel, pero lo tienes en París persiguiendo a esos tres pendejos iraquíes —se quejó Peter.

—Esos tres *pendejos* iraquíes pueden ser de mucha utilidad. Ellos nos guiarán al tipo que entró en el departamento de la calle Toullier.

—Está bien, está bien, como tú digas. Tanto Gabriel como Franky aseguran que al menos hay cuatro personas custodiando el Summerland.

—El pez está a punto de morder el anzuelo.

—Así parece. Ten cuidado —enfatizó Peter.

Al-Saud no se sentía cómodo con esa misión porque, debido a la muerte de Blahetter, prácticamente no había participado en su planeamiento. En realidad, se dijo, no había mucho que planear. Plantado el cebo, sólo restaba esperar que los atacantes de El Cairo reaparecieran en Beirut para confirmar la sospecha: que tenían una filtración en la Mercure, e incluso, si corrían con suerte, descubrirían quién estaba detrás. Sólo un puñado de empleados conocía los detalles del supuesto intercambio, de los cuales Masséna era el principal sospechoso.

Sonó el celular de Al-Saud, y Ramsay procedió a desviarlo a una línea segura antes de que Eliah atendiera la llamada. Era Dussollier.

—Acabo de recibir el resultado de la autopsia de tu conocido, Roy Blahetter. Los forenses le dieron prioridad, tal como les pedí —añadió.

—Gracias, Olivier.

—La cosa es más complicada de lo que imaginamos, Eliah. Al tipo lo mataron con ricina, un alcaloide altamente venenoso, sin antídoto hasta el momento. Le inyectaron en el muslo un pequeñísimo grano con una dosis tan alta que lo liquidó en dos días. Ésta no es una tecnología de la que cualquier criminal pueda echar mano. ¿Qué sabes de Blahetter?

Al-Saud percibió un frío en el estómago. ¿A qué se enfrentaba? ¿Contra quién luchaba? ¿Quién acechaba a Matilde?

—Según entiendo —dijo Al-Saud—, la ricina es de fácil obtención. No se precisa un gran laboratorio. Se obtiene de la pasta que queda luego de machacar las semillas de ricino. Y éstas se consiguen en cualquier parte.

—Es verdad —convino Dussollier—. No obstante, esto huele al accionar de un grupo terrorista, por lo que el fiscal pedirá al departamento de Edmé de Florian que tome parte en la investigación.

«Eso es bueno», se dijo Al-Saud.

—¿Qué sabes de Blahetter? —insistió Dussollier.

—Poco y nada. Es un conocido, nada más. Sé que era ingeniero nuclear, graduado con altas calificaciones, pero no sé dónde trabajaba ni nada de su vida.

—Los médicos del Georges Pompidou mencionaron que su esposa estuvo con él mientras agonizaba. Tenemos un número de celular. La llamaremos para que se presente a declarar. —El frío en el estómago invadió sus pulmones y le congeló la respiración—. Además —prosiguió Dussollier— tenemos la declaración de la jefa de enfermeras que asegura haber visto a un desconocido salir de la habitación de Blahetter la noche del miércoles 11 de febrero. Preparamos un retrato hablado, no muy bueno, debo admitir, porque la enfermera lo vio desde lejos, en el corredor, con poca luz.

—¿Te importaría enviármelo?

—No, en absoluto. Dame un número de fax y te lo envío ahora.

Al-Saud cubrió el auricular del teléfono y le exigió a Ramsay en voz baja:

—Un número de fax. Ahora. —Ramsay se lo escribió y Eliah se lo repitió a Dussollier—. Envíalo cuanto antes, Olivier. Y gracias por todo.

—Gracias a ti —dijo el inspector con acento íntimo—. Los gemelos Cartier son una preciosura.

—No es nada. Un simple detalle para compensar en algo todas las molestias que te he ocasionado últimamente. —Se despidieron—. *Merde!* —masculló Al-Saud, y enseguida dijo—: Peter, comunícame con Alamán. Encuéntralo, donde sea. —Unos minutos después, Al-Saud saludaba a su hermano—: Dussollier, un inspector de la *Police Judiciaire*, acaba de comunicarme que a Blahetter lo envenenaron con ricina. Llamará al celular de Juana y pedirá por Matilde. Le exigirá que comparezca en el 36 *Quai* des Orfèvres para declarar. Quiero que la acompañes junto con mi abogado, el doctor Lafrange. Dile que no debe mencionar por ningún aspecto el ataque frente al instituto ni lo del cuadro. Que declare que estaban separados y que ella desconocía las actividades de su ex esposo, lo que, por otra parte, es verdad. Hermano, te la confío. No la dejes sola un instante. Temo que el que asesinó a Blahetter esté detrás de ella.

—Lo haré. Quédate tranquilo. ¿Cuándo regresas?

—Probablemente el sábado. Le prometí a mamá que estaría en el festejo de su cumpleaños. —Apenas colgó, se comunicó con Sándor—. ¿Dónde están?

—En tu casa. Las señoritas están almorzando. En un rato saldremos para el instituto.

—Sanny, escúchame bien. No permitas que nadie se acerque a Matilde.

—Sí, ya lo sabemos —expresó el bosnio, con acento de hastío.

—¡No, no lo saben! —se enfureció Al-Saud—. Al ex de Matilde lo asesinaron inyectándole veneno en la pierna. ¡No permitas que nadie se aproxime a ella! *Merde!* No debería dejarla salir de casa —farfulló para sí—. Sanny, cualquiera podría pasar cerca de ella y pincharla, ¿entiendes? No sé, con un paraguas, con la antena de un celular, rasguñarla con un anillo, con cualquier cosa, y, en realidad, estaría inyectándole el veneno. Sanny, entiéndelo bien: nos enfrentamos a un enemigo poderoso, lleno de recursos. Es imperativo que tú y La Diana agudicen sus sentidos. Entra en el salón de clases con ella y siéntate detrás.

—Le parecerá raro. Siempre me quedo fuera del salón.

—¡Me importa una mierda si le parece raro! Le dices que la orden la di yo y basta.

Mientras comían unos sándwiches, llegó el retrato hablado a través de la computadora de Ramsay. Éste lo imprimió y se lo entregó a Al-Saud después de echarle un vistazo.

—No se parece al tipo de la filmación en el departamento de la *rue* Toullier —opinó Peter.

Había una anotación de puño y letra de Dussollier al pie del dibujo: «*La enfermera sostiene que era alto, alrededor de un metro noventa, y de contextura robusta. Llevaba el cabello muy corto, pero no pudo establecer su tonalidad debido a la poca luz*».

Después de un baño y de vestirse con ropas cómodas, unos jeans celeste claro y un polo blanco Christian Dior, Al-Saud se colocó los Serengeti y salió del hotel con aires de turista. Quería caminar para verificar que nadie lo siguiese. Se dirigió hacia la calle Hamra y desde allí marchó en dirección oeste, hacia el Mediterráneo. Entró en una joyería y le compró a Francesca un collar de varias vueltas de perlas con un dije en forma de gota con pequeños brillantes y un importante rubí en medio. Volvió al hotel seguro de que nadie lo acechaba y se recostó a ver televisión; quería distraerse. Cambiaba los canales sin reparar en lo que veía, todo el tiempo pensando en Matilde, en cuánto añoraba el sonido de su voz, hasta que soltó el control remoto y buscó su retrato en la maleta. Se quedó contemplándolo, dándose ánimos al imaginarla preparando ese regalo para él. «Quizá», se desmoralizó, «todo se trata de un gran sentimiento de gratitud por haberla ayudado a superar su trauma en relación con el sexo».

Consultó su Breitling Emergency. Las ocho de la noche. En París eran las siete. Estaría regresando del instituto. No aguantaba el martirio que se había impuesto, con tintes de castigo para ella. Su ánimo mutó, y la situación le pareció ridícula, la juzgó como el acto de un adolescente. Marchó a la habitación de Peter para llamarla desde una línea segura. Sonó su celular. Ramsay maniobró con sus aparejos electrónicos para asegurar que la llamada no fuera escuchada por la mitad de los servicios secretos del mundo.

—Hola, *chéri*. —La voz cavernosa de *Madame* Gulemale lo sorprendió—. Estoy en Londres y quiero verte. Mañana mismo.

Al-Saud curvó las comisuras en una mueca engreída.

—Hola, Gulemale. —Así la llamaban, y nadie sabía a ciencia cierta si se trataba de su nombre de pila, del apellido o de un seudónimo—. Temo que nuestro encuentro tendrá que posponerse para el viernes, a menos que eso contraríe tu dulce carácter.

Se oyó una risa sensual del otro lado de la línea.

—Por ti, querido, haré una excepción. ¿Reservo una mesa en nuestro restaurante favorito? ¿Para el viernes a las ocho y media?

—Me parece estupendo.

Después de colgar con Gulemale, regresó a su habitación y se echó en la cama a esperar los reportes de Franky y de Gabriel. Ya no experimentaba el mismo deseo de hablar con Matilde. A decir verdad, el deseo de escucharla persistía. Lo que había cobrado vigor era una perturbadora necesidad de hacerla sufrir. ¿Estaría lográndolo? ¿Matilde se daría cuenta de que no la había llamado? ¿Se lo reprocharía a su regreso o lo saludaría con su dulzura habitual sin quejarse de nada? Ella nunca le telefoneaba.

Más tarde, antes de irse a dormir, habló con Alamán y preguntó por ella.

—La veo apagada, muy callada. Cuando habla, lo hace en un tono de voz más bajo del usual. Tengo que agacharme para escucharla. Creo que la muerte de su ex la deprimió bastante. Y su padre y sus parientes políticos, que no la dejan en paz, no ayudan para que esté más animada.

Un sabor amargo le inundó la garganta. Se incorporó en la cama, apoyó el codo en la pierna y se cubrió la frente con la mano. Estaban atormentándola, le recordaban su rol de esposa de ese gusano que primero la había violado para después meterla en una intriga de dimensiones insospechadas; estaban lastimándola, abusando de su corazón compasivo. Claudicaría finalmente y viajaría a Córdoba para el entierro de Blahetter. La sola idea de volver a la casa de la Avenida Elisée Reclus y no hallarla lo sumió en un pánico angustioso, que lo impulsó a decir:

—Alamán, no permitas que Matilde regrese a Córdoba. No permitas que esos hijos de puta se la lleven.

—No te preocupes, Eliah —lo tranquilizó Alamán, azorado por el arranque de su hermano menor—. La que se ocupa de eso es Juana. En ella tienes a la mejor aliada.

El falso intercambio estaba anunciado para el jueves 19 de febrero a las diez de la noche. Familiarizado con el bar Tropicale, Al-Saud se movió con soltura hasta una mesa cercana al piano. Se sentó con la espalda contra la pared. Miró la hora: las diez menos cinco. Las voces de Peter,

Franky y Gabriel resonaban en el pequeño micrófono en su oído derecho. Estudió el entorno. No había mucho público, ni en la barra ni en las mesas. Simulaba sorber un whisky; aunque le hubiese gustado el alcohol, no lo habría bebido por el riesgo de que contuviese un narcótico; y había pedido un whisky porque, en caso de ser vigilado, quería que sus enemigos creyeran que sus reflejos estarían menguados. Volvió a consultar el reloj con ademán impaciente. Las diez y diez. El supuesto informante, el tal Mark Levy, estaba retrasado. De hecho, Mark Levy nunca se presentaría. De acuerdo con lo estipulado, Al-Saud se levantó de la mesa apenas pasadas las diez y cuarto y se dirigió al baño de hombres.

—Ya estoy dentro del baño —informó Al-Saud.

—Tres sujetos siguen tu misma dirección —informó Franky—. No puedo ver si entran en el baño —admitió el agente en el instante en que la puerta se abría y los tipos ingresaban.

—Aquí están —susurró Eliah frente al mingitorio, con la cabeza gacha, mientras simulaba ver su chorro de orina cuando, en realidad, seguía los movimientos de los hombres en el espejo y por el rabillo del ojo. Uno echó el pasador a la puerta de acceso sin arrancarle un sonido. El otro se ubicó en el urinario contiguo. El tercero se lavaba las manos.

Al-Saud se subió el cierre del pantalón y se aproximó a un lavabo. A punto de echarse jabón líquido en la mano, se agachó para esquivar el codazo del que se aseaba junto a él, destinado a su cuello. Le lanzó un puñetazo en el costado, y el hombre gruñó cuando le resonaron las costillas; se plegó sobre su vientre, sin aliento. Los otros dos se ubicaron a los flancos de Eliah. Éste, sin escapatoria, comenzó a retroceder hacia el mármol de los lavabos hasta tocar la fría superficie. El que había quedado sin aliento se incorporó, más recuperado, si bien con cara de dolor, y pasó a formar parte del semicírculo que se cerraba en torno a Al-Saud. Los tres desplegaron cuchillos de acero negro, con nudillos en el mango. Eran unas armas blancas espléndidas, típicas de los grupos militares de élite.

Sucedió en un parpadeo y reaccionaron tarde. Al-Saud, haciendo presión sobre las palmas, subió al mármol y saltó sobre las cabezas de sus atacantes para ubicarse tras ellos, en el espacio abierto del baño. Destinó una patada voladora para el que ya había recibido un puñetazo, que aterrizó en el mismo sitio, sobre las costillas lastimadas. El hombre bramó y cayó por tierra.

Enseguida se le abalanzaron los otros dos, y por el modo en que se movieron y lo atacaron, Al-Saud identificó la técnica de lucha *Krav Magá*, la empleada por los grupos especiales del ejército israelí y por los *kidonim* del Mossad. Eran muy buenos, ágiles y precisos. Al-Saud no se quedaba quieto, movía los pies en todo momento, primero para simular que avanzaba en el ataque, luego para retroceder en actitud de defensa. Los confundía, se mantenía alejado, después se colocaba al alcance de sus brazos. Estaban nerviosos, no sólo por lo escurridizo de su objetivo, sino por los puntapiés y los gritos de los hombres que intentaban franquear la puerta del baño.

—¡Caballo de Fuego! —vociferaba Ramsay—. ¿Estás bien?

—Todo bajo control.

Los atacantes lanzaron unas cuantas fintas hasta que se arrojaron sobre Al-Saud en un ataque conjunto, con los cuchillos apuntando a su vientre. Eliah, empleando la misma técnica, la *Krav Magá*, enganchó el brazo del que lo acometía por la derecha y lo quebró, mientras que con una patada rompió la muñeca del que lo embistió por la izquierda. Finiquitó su trabajo con un golpe de puño en la cara de este último para dejarlo inconsciente. Se aproximó al otro y lo redujo en el piso con la rodilla sobre el esternón. Le colocó la mano en el antebrazo roto y le preguntó en inglés:

—¿Quién te manda? —Recibió como respuesta una escupida, que limpió pasando el rostro por la camisa, a la altura del hombro. Apretó el hueso quebrado y aguardó a que el hombre detuviese los alaridos para insistir—. ¿Quién te manda?

Repitió la operación varias veces, sin éxito. Al final, el hombre perdió la conciencia a causa del dolor sin haber soltado prenda. Al-Saud apartó la rodilla del esternón y descubrió, volcado sobre el cuello, un dije de oro con una inscripción en hebreo. Se acercó al que tenía rotas las costillas, que comenzaba a revolverse y a quejarse en el suelo. Lo tomó por las solapas del saco y lo atrajo hacia su cara.

—*Shalom* —lo saludó con una sonrisa, más bien la mueca de un depredador que levanta los belfos para descubrir los caninos. Continuó en inglés—. Dile a tu *memuneh* —con ese nombre llaman a la máxima autoridad del Mossad— que esté atento a las noticias de la semana que viene. Dile también que me pondré en contacto con él.

Se hizo con el cuchillo de acero negro, no porque lo precisara —llevaba el suyo metido en la parte trasera del pantalón— sino porque pensaba conservarlo. Destrabó la puerta y abrió.

—Salgamos de aquí —ordenó a sus compañeros.

Más tarde, en las primeras horas del día viernes, el Gulfstream V despegó del Aeropuerto Rafic Hariri de Beirut con destino al Aeropuerto London City. Arribaron pasadas las siete de la mañana. Durante el viaje, Al-Saud se había echado una siestecita después de hablar con sus socios a través del teléfono encriptado. Ninguno dormía a la espera de los resultados de la misión en el Hotel Summerland.

—El pez mordió el anzuelo —les anunció, y pasó a detallarles los sucesos de la noche—. Dos cuestiones se desvelaron en Beirut, que tenemos un infiltrado en la Mercure y que es el Mossad el que lo plantó allí.

—¿Un *sayan*? —aportó Michael.

—Se sabe que los *sayanim* deben ser judíos —recordó Tony.

—De los empleados que estaban al tanto de los detalles de la operación Summerland, ¿quiénes son judíos? —Ninguno lo sabía—. Pues bien, es preciso que lo averigüemos. Urge aislarlos y separarlos de nuestros sistemas y fuentes de información.

—Yo me ocupo —ofreció Mike, que desde el principio se había opuesto a la creencia de que había un infiltrado.

En Londres, se registró en el Hotel Savoy. Disfrutó de un copioso desayuno en su habitación, mientras hojeaba los principales periódicos de la ciudad. Un titular en *The Times* que mencionaba a la OTAN le hizo evocar sus tiempos en *L'Agence*. A veces echaba de menos la época en la que él y sus hombres saltaban de una misión a otra; un día amanecían en Djibouti y al siguiente en Camboya, y la energía se multiplicaba en las tres dimensiones de su ser, cuerpo, mente y espíritu, como si hubiese nacido para esa vida de riesgo, de diversidad, de originalidad. Samara había significado un lastre por esos años, cuando le reprochaba las prolongadas ausencias, cuando lo acusaba de tener amantes, cuando lloraba porque tenía miedo por él. «¿Qué haces, a qué te dedicas?», le espetaba, entre lágrimas. «¡Y no me digas que asesoras a compañías de aviación porque no soy estúpida!» Evocó al general Anders Raemmers, su jefe, un militar dinamarqués que le había enseñado lo que sabía acerca de estrategia, de armas, de explosivos, de comandos, de camuflajes, de supervivencia en los distintos climas; gracias a Raemmers, podría ganarle tanto al desierto más inhóspito de la Tierra, el Rub al-Khali, como a la densidad tropical del Amazonas. El entrenamiento había resultado cruel por momentos, la mayoría se había rendido antes de la tercera semana; el curso completo duraba un año. Recordaba los gélidos días en los Brecon Beacons, en Gales, trepando la montaña con la mochila repleta de piedras; o el agobiante sol del desierto mientras, con ventiladores gigantes para imitar una tormenta de arena, ellos subían al helicóptero por una cuerda; o la práctica del *rappelling* en riscos perpendiculares a la tierra o en edificios, sin redes de contención debajo; las horas pasadas sobre mapas para aprender a leerlos, algo de lo cual él sabía bastante por sus años como piloto; los eternos minutos en los tanques con agua helada; el buceo; el manejo de todo tipo de vehículo; la familiarización con los adminículos electrónicos; las técnicas de seguimiento; las de reanimación; la lista parecía inacabable. «Haré de ustedes armas mortales, hombres invencibles», los arengaba Raemmers al notar que sus espíritus se quebraban. Experimentó el impulso de hacerle una visita, porque si bien los cuarteles generales de la OTAN se encontraban en Bruselas, la base de *L'Agence*, cuya localización pocos conocían, se hallaba en las entrañas de Londres, en el sótano de una planta abandonada en el barrio de Bayswater. De ese sótano, equipado con una tecnología que los ciudadanos comunes juzgarían como parte de la utilería de una película de ciencia ficción, Mike, Tony y él habían tomado la idea para crear la base en la casa de la Avenida Elisée Reclus.

Al final, desistió de entrar en contacto con Anders Raemmers; sus últimas entrevistas no se habían desarrollado en los mejores términos debido a su costumbre de incumplir las órdenes y de modificar el plan en el terreno. Sin embargo, Al-Saud sospechaba que si llamase al viejo general, lo recibiría con los brazos abiertos, las diferencias del pasado olvidadas. «Tú eres mi mejor hombre», le había confesado en una oportunidad. «¿Por qué me sacas de las casillas de este modo?» Al-Saud sonrió al evocar los sermones que Raemmers le dirigía cuando regresaba de una misión. «Ya no tengo excusas para defenderte frente a la cúpula», le achacaba.

Lo esperaban largas horas antes de las ocho y media, momento en el que se reuniría con *Madame* Gulemale para cenar. Abandonó el hotel con la intención de comprar regalos a Matilde. Quería que luciera radiante en la fiesta de su madre, por eso recorrió la famosa Bond Street, donde le compró un vestido y un abrigo en Gucci, un collar de perlas con broche en oro blanco en Tiffany & Co., zapatos y bolso en F. Pinet y una caja para joyas en Smythson, porque él planeaba regalarle unas cuantas, a pesar de que ella no las apreciara. Las compras para Matilde, en lugar de endulzar su disposición hacia ella, lo tornaron más agresivo, porque con cada adquisición inventaba un montón de excusas para convencerla de que las aceptara. Terminó de arruinarle el humor el apremio que, como una comezón, lo asaltó hacia el final del día; quería volver a ella. El transcurso de esos cinco días se había convertido en una carrera con obstáculos en cuya meta se hallaba Matilde.

Terminadas las compras, volvió al Savoy y se preparó para la cena con *Madame* Gulemale. Ella lo encontró irresistible, según le manifestó no sólo con sus ojos de obsidiana sino de modo explícito, con palabras.

—Es una pena que estés tan apuesto esta noche porque lamentablemente no podremos pasarla juntos.

—¿Ah, no? —Al-Saud enmascaró en un gesto entre sorprendido y ofendido el alivio que experimentó—. Terrible desilusión, *chérie*.

—A menos que no te opongas a formar un trío con un amigo que me espera en el Dorchester. —Al-Saud torció la boca—. Lo sabía, eres del tipo formal pese a todo.

—Te quiero para mí solo o no te quiero, Gulemale.

Se sostuvieron la mirada de manera desafiante. Siempre era así entre ellos, la tensión sexual se mezclaba con una disputa subyacente donde medían el poder de sus temperamentos. Se conocían desde hacía tiempo, Michael Thorton los había presentado en esa misma ciudad, en la famosa discoteca Ministry of Sound, la cual habían abandonado para compartir una noche de sexo salvaje e inolvidable. Al-Saud se preguntó cuántos años tendría esa mujer única, cuyo cuerpo esbelto y voluptuoso, que parecía esculpido en ébano, guardaba los misterios de una vida que la había llevado de la indigencia en los suburbios de Kinshasa a la riqueza y el poder en las capitales de Europa. Se decía que había comenzado a los catorce años, contrabandeando cigarrillos. En la actualidad se la asociaba con todo tipo de tráfico ilegal, en especial el de armas y el de heroína. «Por lo visto», caviló Al-Saud, «a la lista se suma el coltán». Pronto descubrieron que las razones que los congregaban en torno a esa mesa de Scott's compartían una raíz: el Congo y el codiciado oro gris. Gulemale ofrecía recompensar con generosidad a Al-Saud si le servía de espía en la casa de los Kabila; conocía su amistad con Joseph, el primogénito del presidente, y planeaba sacarle el jugo.

—Gulemale, mis servicios podrían costarte menos de lo que piensas.

—¿Verdad? —dijo, una muletilla que caracterizaba el modismo de la africana—. ¿Y cuánto me costarían?

—En realidad, me pagarías con un favor.

—¿Quizá tu favor esté relacionado con esa *joint venture* que formaron el israelita Shaul Zeevi y TKM, la fábrica china de baterías y chips?

Al-Saud sonrió y, al negar con la cabeza, en realidad prestaba su aquiescencia.

—Estás bien informada, *chérie*.

—¿Verdad?

—No te he felicitado por tu reciente nombramiento como presidenta de Somigl.

—*Merci*.

—Te has convertido en una mujer aún más poderosa de lo que ya eras.

—No lo creas —lo previno—. Respondo a varios grupos.

—¿A Africom, a Cogecom y a Promeco?

—Estás bien informado, *chéri* —lo imitó ella—. ¿Qué quieres, Eliah? —preguntó a bocajarro, y su postura y su mueca mutaron; se desembarazó en un santiamén del disfraz de *femme fatale* para revelar otra cara, la de una mujer de negocios, con pocos escrúpulos y nada de miedo—. ¿Pretendes que les permitamos explotar nuestras minas y robarse nuestro coltán?

—¿Nuestro coltán? ¡Gulemale, por favor! Las minas están en la región de las Kivus, que, para tu información, son provincias congoleñas. Y Zeevi ha obtenido una licencia del gobierno de Kabila para explotar una de ellas.

—¡Ese acuerdo es papel mojado! Y lo sabes, Eliah. ¿Acaso Kabila puede ofrecerle a Zeevi la protección de su ejército? Las Kivus podrán figurar como parte del territorio de la República Democrática del Congo en los mapas que los niños estudian en la escuela, pero en la práctica es un territorio anexado a Ruanda. Si Zeevi y TKM quieren coltán, tendrán que comprarlo a alguna de nuestras subsidiarias en Europa. Si insisten en ingresar en *nuestro* territorio para apropiarse de *nuestras* minas, tendrán que enfrentarse con las tropas del general Nkunda. —Gulemale se refería al jefe del Congreso Nacional para la Defensa del Pueblo, una milicia constituida por rebeldes ruandeses, bastante disciplinados y entrenados, que ocupaban la zona este del Congo, llamada de los Grandes Lagos.

—¿Ésta es tu última palabra, *chérie*?

—En este asunto, Eliah, sí, lo es.

—Agradezco tu sinceridad.

—No osaría insultar tu inteligencia con mentiras, *chéri*. Tú, mejor que nadie, conoces la realidad en el Congo y, sobre todo, en la región de los Grandes Lagos. A partir de esta respuesta tan categórica que acabo de darte, ¿a qué debemos atenernos? —preguntó, casi con apostura angelical e indefensa.

—La física nos dice que a toda acción se opone una reacción. Por lo tanto, Gulemale, puedes esperar *algo* de nuestra parte, aunque supongo que no pretenderás que te detalle nuestros planes.

—El plan más sensato sería aconsejar a tu cliente que replegase sus alas y se aviniera a aceptar la realidad: nosotros dominamos el área del coltán. Le venderemos lo que precise y a un buen precio. Te doy mi palabra en esto. Y lo haré por ti, porque eres mi mejor amigo. —La carcajada de Al-Saud hizo reír a Gulemale—. ¿No me crees? Pues lo eres. Eliah, *chéri*, dile a Zeevi que no sea necio y que deje de lado esas ideas estúpidas, típicas invenciones de Kabila. ¿Estás con alguna mujer? —disparó de manera inesperada y sin pausa, lo que provocó otra risotada de Al-Saud—. Simple curiosidad —se excusó.

—Jamás nos interesamos por nuestras vidas. ¿A qué viene este cambio?

—Ya te dije, simple curiosidad.

—La curiosidad mató al gato.

Al-Saud pagó la cuenta y, al colocar la tarjeta negra *Centurion* sobre la bandejita de plata, advirtió la mirada codiciosa que Gulemale le echó.

—Es una noche fría pero maravillosa —comentó Eliah.

—¿Verdad?

—¿Caminamos hasta tu hotel?

Les entregaron los abrigos cerca de la salida de Scott's y, mientras Al-Saud ayudaba a Gulemale a ponerse su abrigo de visón, las puertas se abrieron e ingresó Nigel Taylor, el dueño de Spider International, en compañía de una rubia exuberante. La sonrisa de Taylor se esfumó al descubrir a Eliah. Para ambos resultaba imposible detener el flujo de imágenes de los tiempos compartidos en *L'Agence*.

—Qué sorpresa, Al-Saud.

—Taylor —masculló, y el apellido brotó como un gruñido.

—Siempre bien acompañado. —Nigel sujetó la mano de Gulemale—. Gulemale, es un placer volver a verte.

—¿Cómo estás, Nigel? —dijo la mujer con simpatía—. Por lo visto, muy bien. —Destinó un vistazo altivo a la rubia y uno más apreciativo al traje de Taylor, hecho a medida seguramente.

—Las cosas van bien. *Muy* bien —acotó—. Le he ganado varios contratos a la competencia y eso me pone feliz.

Gulemale soltó una carcajada, grave y medio rasposa.

—Eres incurable, Nigel.

Al-Saud acabó de ponerse el sobretodo, le entregó unas libras a la muchacha del ropero y aferró a Gulemale por el brazo.

—Buenas noches, Nigel —se despidió la mujer, antes de que Al-Saud la arrastrara al frío de la noche.

Gulemale entrelazó su brazo en el de su compañero y marcharon por la calle Mount escoltados por dos gigantes negros de impecable aspecto. A pesar de los guardaespaldas de Gulemale y del enfado por haberse topado con Taylor, Al-Saud se mantuvo alerta. «Un verdadero soldado jamás baja la guardia, ni siquiera en una playa del Caribe con un daiquiri en la mano», solía repetir el general Raemmers.

—¿Qué fue lo que pasó entre tú y Nigel para que se detesten tanto? ¿De dónde se conocen?

—No pasó nada. Simplemente nos detestamos —mintió.

Al-Saud deseó que *Madame* Gulemale comprendiera que su humor se había precipitado y que los cuestionamientos no le iban a su índole. Le disgustaba que Taylor lo hubiese visto con ella. Era una información acerca de él que habría preferido que su competidor ignorase.

—¿De dónde lo conoces? —persistió la africana.

—Has cambiado, Gulemale —comentó Al-Saud, y giró la cabeza para contemplarla a los ojos—. Te has vuelto curiosa y preguntona. No olvides que fueron tu discreción y tu misterio los que me conquistaron.

—¿Y mi belleza?

—Eso fue lo que me llevó a tu cama.

Gulemale volvió a reír de ese modo tan propio de ella. Al llegar a Park Lane, doblaron a la izquierda. El Dorchester se erigía a pocos metros. Se despidieron en las escalinatas de la entrada. Gulemale se ubicó a la altura de Eliah, le pasó el brazo por el cuello y lo besó en la boca. Aunque lo incitó con la lengua para que le permitiera entrar, al cabo se dio por vencida.

—Lo que no quisiste responder antes acabas de hacerlo ahora. Tienes una mujer.

—Si fuera cierto, ¿sería impedimento para continuar con nuestra amistad?

—¡Por supuesto que no! —Gulemale giró con los aires de una reina, haciendo flamear los faldones de su abrigo de visón, y se alejó.

Al-Saud subió a un taxi estacionado frente al hotel y, mientras le indicaba al chofer que lo condujera al Savoy, no advirtió que Aldo Martínez Olazábal se ponía de pie en el *lobby* del Dorchester al ver a *Madame* Gulemale. Tampoco vio que la saludaba con un beso en los labios y que, con la mano en la parte baja de su cintura, la guiaba hacia la zona de los ascensores.

Matilde despertó el sábado alrededor de las ocho. Levantó los párpados y se quedó muy quieta en la cama, contemplando el espacio vacío de Eliah, las sábanas y la colcha sin arrugas. Ladeó apenas la cara para enterrar la nariz en el círculo de la almohada donde había rociado A Men —él se había llevado el Givenchy Gentleman—. La noche anterior, dolida por su ausencia y por su silencio —no la había llamado ni una vez—, se metió en la cama a oler el perfume y a llorar. Había evocado tantas veces el beso del lunes por la mañana que, al igual que una fotografía vieja y ajada, comenzaba a diluirse en su mente, y, en lugar de esos últimos minutos de pasión, se acordaba de que, después de la muerte de Roy, él había cambiado. Tal vez estaba hartándose de ella; le había ocasionado demasiados problemas. Además, un hombre mundano como Eliah Al-Saud se aburriría pronto de una relación, en especial si la mujer era una simple y una campechana, que no tenía dinero para ropa elegante ni para regalos costosos, que le preparaba dulce de leche ¡y le ponía un sombrerito al frasco!, y que pintaba portarretratos con dibujos ridículos.

Apartó la colcha de un empujón y se puso de pie tan deprisa que perdió el equilibrio. Se sostuvo con las manos sobre el borde del buró y, paradójicamente, mientras la visión se le enturbiaba, en su mente despuntaba con nitidez una revelación: tenía que volver a la calle

Toullier. Acababa de comprender que el silencio y la ausencia de Al-Saud componían un mensaje claro, la quería fuera de su casa para recuperar su espacio. ¿De qué otro modo se entendía su comportamiento?

¿Por qué, se preguntó, siendo sábado, no había vuelto de viaje? Es que Eliah no distinguía entre días hábiles y fines de semana, simplemente no les daba importancia. Su soberbia y su seguridad alcanzaban dimensiones tan vastas que no respetaba la convención por la cual se divide al tiempo en semanas, a la semana en días laborales y días de recreo y descanso. Ya se lo había advertido Takumi Kaito: un Caballo de Fuego no vive bajo las reglas de la rutina, y ella empezaba a encarnar la rutina para él.

Se metió en el vestidor. No sabía si cambiarse primero o hacer la maleta. Se decidió por esto último. Debió traer una silla para bajarla del estante superior. La empresa la dejó cansada y jadeando. Echó las prendas sin miramiento y hasta arrojó el frasco con el estúpido sombrerito bordado, que rebotó sobre la ropa. Procedió a cambiarse. Se quitó el camisón, que terminó en la maleta, y en un acto de audacia acorde con su ánimo rabioso, se puso el conjunto de lencería que había comprado en Chantal Thomass, el de tul negro, que le transparentaba los pezones y el pubis. «Tan sencilla no soy», se animó.

Así la encontró él, terminando de abrocharse el corpiño, sin nada encima, con la maleta todavía abierta en el piso. Al-Saud destinaba miradas a ella y al lío de ropa. Matilde se sentía vulnerable, apenas cubierta por ese conjunto diminuto e indecente; habría sido lo mismo no llevar nada. La entristeció el pudor que experimentaba después de la pasión que habían compartido.

—*Qu'est-ce que tu fais?* —La sorpresa lo impulsó a expresarse en francés.

—Hola —murmuró ella, con el corazón que le batía en los oídos y en la garganta; tenía la impresión de que su cabeza se había convertido en una caja de resonancia—. Estoy preparando mis cosas —balbuceó, y se cuidó de mirarlo a los ojos antes de agregar—: Vuelvo al departamento de mi tía.

Se maldijo por no haberse vestido primero. Rebuscó entre las prendas colgadas. Se cubrió con una camisa blanca, que no atinó a abotonar porque él la aferró por la muñeca y la sacudió.

—¿De qué estás hablando? ¿Te vas? —La arrastró con él cuando se agachó para recuperar el frasco de la maleta—. ¿Qué hace mi regalo ahí? ¿Pensabas llevártelo?

—Es ridículo.

—¿Ridículo? ¡Yo adoro este frasco!

Lo devolvió al estante con un movimiento furioso. Se miraron fijamente, él con la boca entreabierta, agitado, los mechones de la frente sobre el ojo izquierdo; ella, sin remedio, con las mejillas coloradas y una mueca que trasuntaba culpa y confusión.

—Matilde, ¿qué está pasando? ¿Qué locura es ésta? Me prometiste, *me juraste* que no te expondrías inútilmente. Llego y me encuentro con que estás por...

—¿Por qué no me llamaste en toda la semana? —lo interrumpió, y el falsete de su voz la humilló aún más. Se odió por no contenerse. Detestaba representar la escena de la esposa celosa y caer en la misma que Dolores, su madre. ¡Cómo la comprendía en ese instante! La había juzgado duramente por los reclamos, los gritos, los llantos, y todo a causa de ignorar cuánto dolía la mordida de los celos y de las dudas.

—Perdóname —dijo, y se cubrió la cara con la mano libre—. No tengo derecho a preguntarte nada.

La emoción por verla alterada y resentida lo puso contento y nervioso a un tiempo, y empezó a reírse. Matilde retiró la mano y lo miró, en abierto estupor. Al-Saud la envolvió con sus brazos, la engulló dentro del sobretodo negro de cachemira, todavía frío y húmedo, porque afuera helaba y llovía.

—Quise llamarte. Quise llamarte cada segundo en que estuve lejos de ti, pero no lo hice, me contuve, resistí las ganas.

—¡Por qué! Juana te dijo que tendría encendido el celular todo el tiempo, aun durante las clases. Me volví loca lucubrando justificaciones para tu silencio. No puede porque está en la otra punta del planeta y la diferencia horaria se lo impide; no me llama porque, cuando se libera de sus compromisos, yo estoy en clase o durmiendo y no quiere molestarme; y así, inventaba excusas, sabiendo que no tenías problema para comunicarte con Sándor, con Alamán, con Tony, con todos, excepto conmigo. Esta mañana me di cuenta de que querías librarte de mí y por eso...

—¡Matilde! —La atrajo de nuevo a su pecho, feliz y atormentado; la había hecho sufrir, como si la vida no se hubiese encargado con suficiente saña—. ¡Perdóname, mi amor! Fui cruel. Te confieso que lo hice para ver esta reacción. Quería que me desearas, que me extrañaras, que me añoraras. —Se calló, de pronto pasmado ante su propia sinceridad.

—¡Por qué, Eliah! Cuánto me hiciste sufrir. Creí... Creí... —La voz le falló.

—¡Me moría de celos! —rugió, incapaz de detener la iracunda efusión—. No sé cómo explicar lo que me pasa contigo, Matilde. No sé cómo explicarlo —volvió a decir, de pronto abatido—. Desde el principio no entiendo nada —admitió—. Me volví loco de rabia y de celos con el asunto de Blahetter. Te celé hasta de tu padre. Tengo celos del Congo y de la gente que curarás allá. Y tengo celos de Ezequiel, porque te conoce como nadie y porque lo quieres tanto. Y de tus compañeros del *Lycée* y de los que tendrás en Manos Que Curan. Tengo celos de todo y de todos. No te llamé por eso, para castigarte. Quería saber si era importante para ti. —Apoyó la frente en el hombro de ella y condujo sus manos por debajo de la camisa de Matilde, para abarcar su espalda pequeña.

—Dios mío, Eliah. —Matilde le levantó el rostro y lo acarició repetidas veces, en la frente, en las mejillas sin afeitar, en el cuello, le apartó el pelo de la frente, que cayó pesadamente de nuevo—. Eres tan hermoso —pensó en voz alta—. Me quitas el aliento cuando te miro, se me afloja el cuerpo, te juro, me siento débil. Nunca imaginé que algún día viviría para sentir esto que siento por ti. ¿Por qué te hice pasar por todo eso cuando, en realidad, te has convertido en el centro de mi mundo? ¿En qué fallé?

—En nada, en nada —aseguró él, con ímpetu—. La culpa es mía, porque soy posesivo e irascible, poco paciente y *muy poco* compasivo. Y tú eres lo opuesto. Creo que es tu compasión por todos lo que me vuelve loco, porque, como soy incapaz de experimentarla, no la comprendo. Eres demasiado buena para mí, Matilde.

Se puso de puntitas y lo besó en los labios, apenas lo rozó. No se apartó cuando le murmuró:

—¿Sabes cuál es la verdadera razón por la cual no quiero viajar a la Argentina para el entierro de Roy? —Eliah negó con la cabeza—. Porque no quiero alejarme de ti, por eso. Y la culpa me angustia, pero simplemente no puedo.

Al-Saud percibió cómo su piel, incluso el cuero cabelludo, se erizaba a causa del cosquilleo de la boca de Matilde a milímetros de la de él. La contundencia de las palabras de ella se alojó en su estómago como un plomo. Lo excitó de una manera inesperada su aliento al secarle la saliva de los labios.

—Te extrañé tanto, te necesité tanto —prosiguió ella, para nada acobardada por el silencio de él—. Esta semana fue larguísima sin ti.

Se fundieron en un beso que resumía los sentimientos contradictorios que los asolaban: la pasión, la rabia, los celos, las dudas, el deseo, la excitación. Al-Saud le arrancó la camisa blanca y dibujó surcos en el cuello de Matilde con la humedad de su boca. La mordía cada tanto, y los jadeos se mezclaban con gritos, que languidecían hasta tornarse en gemidos cuando él le masajeaba los glúteos, la pegaba a su cuerpo y le hundía la dureza de su pene en el estómago desnudo. Matilde se limitaba a permanecer en las puntas de los pies, sujeta a la nuca de Al-Saud, y a responder a la voracidad de sus labios y a la exigencia de su lengua. Él despegó la boca de la de ella para inclinarse y quitarle los diminutos calzones. La miró con ojos negros al deslizar el brazo para acunarle el monte de Venus imberbe con su mano enorme y de dedos largos. Matilde, sin romper el contacto visual, separó un poco las piernas, como si él se lo hubiese ordenado. No se daba cuenta de que contenía el aliento, de que no pestañeaba, de que sus labios se entreabrían; se concentraba exclusivamente en los dedos de él, que le separaban los labios de la vulva, que jugueteaban con su clítoris. De vez en cuando, se le escabullía un quejido de placer, que reprimía para que nada la distrajese de su atención puesta en la cara de él y en sus actividades allá abajo.

—Matilde, no sabes cuánto deseé volver a casa para hacerte esto. —Al-Saud se miró la mano, brillante con la humedad de ella. Matilde la miró a su vez porque le resultaba un prodigio que su vagina se mojara de ese modo; con Roy jamás lo habían logrado y debían echar mano de lubricantes artificiales.

—Estoy tan caliente —jadeó él. Sin desembarazarse del sobretodo ni del saco, se bajó el cierre del pantalón y, con una mueca de dolor, extrajo el pene—. Agárralo —le imploró, y se sujetó a los maderos del vestidor con los brazos abiertos, en la actitud de quien se entrega para un cacheo.

Matilde le desajustó el cinto, desabotonó el pantalón y le bajó apenas los boxers. No quería desvestirlo más que eso; sentía una perversa complacencia en la vulnerabilidad que le inspiraba su casi completa desnudez frente a las ropas que cubrían el cuerpo de él. Al final le dio gusto y lo tomó en su mano. Lo oyó ahogar un gruñido, y levantó la vista para observarlo. Amaba descubrir, a través de las contorsiones de su cara, los esfuerzos en los que caía para aguantar, para hacer perdurar el placer que ella le daba. Se pasó el glande por el vientre, por el monte de Venus —*ma petite tondue* (mi peladita), como Al-Saud lo había apodado—, y, recordando *El jardín perfumado* y la postura del herrero, se puso de espaldas, le apretó el miembro entre las piernas y se deslizó hacia atrás y hacia delante, prestando atención al glande, en cómo aparecía y desaparecía bajo su monte de Venus, sonriendo al oír los cambios en la respiración de Al-Saud, que se volvía más superficial, más rápida. Al-Saud deslizó una mano por el vientre de Matilde y otra bajo el tul del corpiño hasta hallar el pezón y hacerla gritar.

—¿Me extrañaste? —quiso saber él.

—¡Todo el tiempo!

—¿Por qué no me llamaste entonces? —la provocó, sin detener las caricias que, sabía, la privaban de la respiración—. ¿Por qué? —insistió, de modo impaciente, y la penetró con un dedo de manera impetuosa.

Matilde profirió un sollozo, mezcla de placer y de angustia—. Yo también esperaba tu llamada —insistió, y le introdujo un segundo dedo, que la desestabilizó. Matilde se sujetó al estante del vestidor y apoyó la frente sobre el dorso de las manos—. Necesitaba que me llamaras para hacerme saber que sólo yo te importo.

—Ya te lo dije mil veces. Sólo tú me importas —gimoteó.

—¿Sí? A mí no me lo parece —objetó Al-Saud, y la sujetó por los huesos de las caderas y, con un movimiento brusco, la acomodó para penetrarla. Lo hizo en un impulso sordo que la levantó del suelo y la obligó a apretar las manos en el filo del estante.

—¡Eliah! —pronunció, loca de placer, ahogada por la falta de aire, por la saliva que le inundaba la boca, por las palabras que quería decirle y que los quejidos tapaban. Gritó sin medirse cuando el clímax de la excitación se convirtió en la sensación demoledora que sólo Eliah le había hecho experimentar y que horas después, cuando la analizaba, caía en la cuenta de que le comprometía todo el cuerpo, aun los dedos del pie, que se doblaban hasta tocar la planta. Gritó a pesar de ser consciente de que Al-Saud no había cerrado la puerta del vestidor y de que, probablemente, la de la habitación estuviese abierta. Y cuando la ola gigante estaba pasando, él le susurró con premura, salpicándole el oído, lastimándola al aferrarse a sus pechos, que retuviera el placer entre las piernas, que no le permitiera desaparecer, que siguiera moviéndose al ritmo de él, que quería que llegaran juntos, y ella, aunque le temblaran las piernas por el esfuerzo de mantenerse de puntitas, con el trasero levantado, cerró los ojos e imaginó a Eliah golpeándola con la pelvis cada vez que arremetía en su cuerpo, las manos oscuras que le ocultaban los senos, sus pezones de un rojo sangre que emergían entre unos dedos de uñas blanquísimas. Si alguien los hubiese sorprendido en esa posición, no habría advertido que se trataba de ella. Matilde desaparecía, más bien quedaba engullida por la altura de él y por los faldones de su sobretodo de cachemira azul, que flameaban con los sacudones. La única evidencia de que ella estaba allí, de pie, de espaldas a él, de cara a los estantes del vestidor, eran sus gemidos, y quizá ni siquiera por ese indicio habría sido posible adivinar su presencia porque los bramidos roncos de Al-Saud los ahogaban. Acabaron juntos, como él había deseado, y Matilde jamás imaginó que se pudiera experimentar una dicha tan plena como la que estaba sintiendo al verse apretada contra los maderos del vestidor por el peso de Eliah.

La cordura fue retornando a él al mismo tiempo que se le regularizaba el pulso. Levantó la cara y abrió los ojos como si emergiera de horas de sueño. Estudió el entorno. Bajó la vista y la clavó en Matilde, con las manitas aún tensas en el estante, la frente apoyada sobre el dorso, las costillas que se marcaban y desaparecían con cada inspiración, y después del cataclismo de lujuria que acababa de experimentar, su corazón se embargó de ternura y de un sentimiento tan vasto que no le cabía en el pecho. Todavía alojado en su interior, la abrazó y le besó los hombros, mudo a causa de la emoción, algo que le sucedía sólo con su Matilde.

—¿Eliah? —habló ella quedamente, y Al-Saud se inclinó y le apoyó los labios sobre la mejilla.

—¿Qué?

—Yo quería que nuestro reencuentro fuera distinto.

—¿Distinto? ¿Por qué? ¿No te gustó lo que acabamos de hacer? En la escala del uno al diez, yo le daría un once.

La risita de Matilde le cosquilleó en el cuerpo con el efecto de una corriente eléctrica suave y tibia.

—Me refiero a que no quería que me encontraras aquí, de mal humor, haciendo mi maleta. No quería recriminarte ni exigirte. Había estado soñando con tu regreso desde el instante en que te fuiste, y me puse muy ansiosa, y te pensaba todo el tiempo.

—¿Por qué no me llamaste? —persistió él, con cierta dureza en el tono.

—Para no molestarte. Eres un hombre muy ocupado, y no creas que no sé que por mi culpa has descuidado tus negocios. —«Hablando de eso, ¿cuál es exactamente tu negocio, Eliah? ¿Adónde da esa puerta medio oculta por la que Leila se escabulle y para la cual se necesita una clave? ¿Y ese portón en la *rue* Maréchal Harispe de la cual entran y salen autos? ¿Qué haces para ganar tanto dinero?» No se atrevió a formular las preguntas en voz alta; le temía a las respuestas.

—Agradece que esté de muy buen humor por lo que acabamos de hacer, si no me enfurecería por la estupidez que estás diciendo.

—Creí que te habías cansado de mí, que te habías hartado de los problemas que te traigo.

Matilde apretó los dientes ante la fiereza con la que Al-Saud la rodeó con sus brazos.

—¿Cansado de ti? ¿Qué he hecho para que pienses eso? ¡Dime, qué he hecho!

—Estabas raro después de la muerte de Roy. —Al-Saud resopló para expresar su hartazgo e hizo ademán de apartarse—. ¡No! —prorrumpió Matilde y, con un movimiento desesperado, pasó las manos bajo el sobretodo y le clavó las uñas en el trasero para mantenerlo dentro de ella—. No salgas de mí, por favor. No todavía.

La súplica de Matilde y la sensación de sus dedos a través del paño del pantalón lo excitaron. Se cerró sobre ella hasta meterla en el hueco que formó su torso y reinició las caricias para invitarla de nuevo a esa experiencia de la que nunca se cansaban. Se desembarazó del sobretodo y del saco, que cayeron detrás, y guio a Matilde al piso, donde volvió a tomarla, dentro del sobretodo de cachemira, en el lío de ropa, a centímetros de la maleta. Con los brazos en tensión, Al-Saud mantenía el torso apartado de ella, como si no quisiera tocarla. Se miraban fijamente, en silencio, apenas se oían los quejidos de Matilde cada vez que Al-Saud se impulsaba dentro de ella. Apreciaba un fuego inusual en lo profundo de esos ojos verdes que la miraban con dureza y deseo y con un sentido de la posesión que la debilitaba, que la minimizaba, que la obligaba a encogerse de miedo. Esos ojos le hablaban de un poder inconmensurable, capaz de destruirla en un tris, y, sin embargo, ella quería someterse voluntariamente, la motivaba un sentimiento primitivo que, al tiempo que la dominaba, la avergonzaba porque se daba de bruces con la idea de mujer moderna e independiente que planeaba ser. Incluso apreció el poder de él en la ferocidad con que expresó su alivio, en la energía que evidenciaron sus rugidos y en el modo en que le golpeó la entrepierna en las instancias finales, y ella, agarrada a los músculos de sus brazos, lo alentaba, le pedía más, sí, más, Eliah, mi amor, no pares, no pares, más adentro, mi amor, más, y resultaba paradójico que con esas palabras, la pequeña y delicada Matilde domara la fiera en él, que se avenía a complacerla como un mortal a una diosa.

—Matilde, Matilde... —dijo, casi sin aliento, con los labios aplastados en la frente de ella—. No tienes idea de lo que fueron estos días lejos de ti. Te compré tantos regalos.

—¿Sí? ¿En serio?

—Sí, muchos regalos, a riesgo de que no quisieras ninguno.

—¡Los quiero todos! Porque me los compraste tú.

—¿Aunque sean costosos y de marca y los consideres una frivolidad insoportable?

—Sí, los quiero igualmente. Para mí son la prueba de que pensaste en mí. ¿Qué me compraste?

—Te compré un vestido para la fiesta de cumpleaños de mi madre. Es hoy por la noche.

—¿Quieres que vaya?

—Sí. ¿Quieres ir?

—Sí.

Él sonrió ante ese «sí» en miniatura, como el pío de un pajarito.

—¿Nos damos un baño juntos?

—Sí —pareció piar de nuevo.

18

Al-Saud le regaló dinero a Juana para que se comprase un vestido para la fiesta de Francesca. Eligieron las Galerías Lafayette para hacer sus compras, para almorzar y, por último, para ir al salón del segundo piso. Entusiasmadas con sus planes, se miraron en silencio. Pensaban en Ezequiel.

—No será lo mismo ir a las Galerías Lafayette sin Eze —pronunció Juana.

Ezequiel, al igual que su familia, había partido el día anterior hacia Córdoba, con el ataúd de Roy en la bodega del avión del abuelo Guillermo después de una semana de trámites que resultaron menos engorrosos de lo que habían esperado. Tanto la policía francesa como los empleados del consulado argentino se mostraron solícitos y les facilitaron el papeleo.

—Juani, creo que Ezequiel nunca va a perdonarme que no lo haya acompañado al entierro de Roy.

—¿Estaba enojado contigo ayer cuando hablaron por teléfono?

—No, pero lo noté raro. Volvió a pedirme que fuera con él. Jean-Paul no iba porque su abuelo lo prohibió. Lo dejé solo, Juani, en un momento como éste.

—En todo caso, lo *dejamos* solo. —Como las lágrimas afloraron a los ojos de Matilde, Juana chasqueó la lengua y la abrazó—. El entierro es lo de menos, Mat. Habrá mucha gente y estará acompañado. Estuviste con él cuando te llamó desesperado desde el hospital. Y te quedaste ahí y te hiciste cargo de la situación.

—¿Qué pasa? —Al oír la voz de Al-Saud, Matilde rompió el abrazo con su amiga y se secó los ojos con el dorso de la mano—. ¿Estás llorando, Matilde?

—Nuestra querida Mat está triste porque cree que Ezequiel nunca le va a perdonar que no lo haya acompañado a Córdoba para el entierro de Roy.

Matilde no se atrevió a mirarlo, aunque por el rabillo del ojo vio que se aproximaba.

—No llores, mi amor, ya no quiero que sufras. ¿No podemos olvidarnos de todo aunque sea por hoy? —Matilde asintió, y Al-Saud le colocó el pulgar bajo el mentón y le aplicó una ligera presión para que levantase el rostro—. ¿No se iban de compras?

—Sí, ya nos vamos.

—¿No vienes, papito?

—No. Las acompañarán La Diana y Sándor. Matilde, voy a trabajar todo el día en el George V. Cualquier cosa, me llaman ahí o al celular. —La sujetó por los brazos y la atrajo hacia él, tanto que Matilde quedó sobre las puntas de los pies—. Nada de imprudencias —le advirtió—. Que Blahetter esté muerto no significa que esto haya acabado y que tú estés fuera de peligro. No sabemos quiénes lo asesinaron ni por qué. Juana —dijo, y le dirigió una mirada severa—, ¿tengo tu palabra de que no harán nada que las ponga en riesgo?

—Tienes mi palabra, papito. ¿Acaso no nos portamos bien en tu ausencia? ¿Recibiste quejas de nosotras?

—No —admitió.

—¿Podemos llevar a Leila?

—No. Quiero que la atención de La Diana y de Sándor esté sobre ustedes y que nada los distraiga. Llevaremos a Leila a casa de mi madre esta noche, si eso te hace feliz.

—Sí, me haría muy feliz.

—Se pone feliz con cada tontería —se burló Juana.

Mike, Tony, Alamán y Peter lo aguardaban en las oficinas del George V, ansiosos por compartir las novedades. Hablaron mientras almorzaban en la sala de reuniones, y la emboscada en Beirut ocupó el lugar central de la discusión.

—Apenas Peter nos avisó de lo ocurrido en el Summerland, pusimos bajo vigilancia a los cinco que participaron en el diseño del plan.

—¿Qué pasó con Masséna?

—Hicimos lo que nos dijiste. Llamamos a Zoya y le explicamos tu plan. Contrató un viaje para el Caribe e invitó a Masséna. Pidió dos semanas de vacaciones. Se fue el miércoles.

—¿A quién asignaron su vigilancia?

—A Derek Byrne —informó Ramsay—. Trabajó conmigo en El Destacamento. Estaba en la unidad en Belfast. Es uno de mis hombres más capacitados.

—¿Le recomendaron la seguridad de Zoya? —se preocupó Al-Saud—. Masséna podría lastimarla en caso de enterarse del papel que desempeñó en todo esto.

—Cuando entró a colocar los micrófonos en la habitación del hotel donde se hospedan, Byrne la revisó en busca de armas. Me aseguró que Masséna no tiene ninguna, ni siquiera una hoja de afeitar.

—De igual modo, quiero que Byrne esté atento.

—Ocupa la habitación contigua en el hotel, los escucha permanentemente, los sigue cuando salen. Hacemos todo lo que está a nuestro alcance.

—Por otra parte —acotó Mike—, pusimos a Stephanie a cargo de Sistemas —Thorton hablaba de la asistente principal de Masséna—. Si se sorprendió cuando le pedí que cambiara las claves de acceso de todo el personal y que restringiera la de Masséna al nivel de un usuario común, no lo demostró. Es de hielo esa muchacha.

—Sabemos que Masséna podría *hackear* nuestro sistema desde cualquier playa del Caribe donde se encuentre —manifestó Al-Saud—. Debemos extremar las medidas de seguridad.

—Stephanie monitorea el sistema las veinticuatro horas —dijo Tony.

—No sabemos con certeza que se trate de él —expresó Mike Thorton—, de Masséna —aclaró—. Otros cuatro de los que sospechamos participaron del plan para la emboscada en Beirut.

—Es él —afirmó Tony—. Nunca me gustó ese roedor.

Sonó el celular de Peter, y éste se apartó para atender la llamada.

—¿Has sabido algo de la muerte del ex de Matilde? —se interesó Tony.

—Nada —dijo Al-Saud—. Creo que la policía ha llegado a un punto muerto. Hablaré con Edmé de Florian más tarde, a ver qué me dice. ¿Salió en las noticias?

—Ni una palabra. Cómo hicieron en el 36 *Quai* des Orfèvres para que no se filtrara a la prensa es un misterio para mí.

—El tema es delicado. Podría tratarse de un chiflado que actúa por cuenta propia o podríamos estar frente a…

—¡Eliah! —Peter irrumpió con aspecto desencajado—. Es Amburgo —dijo, y le pasó el celular.

—Amburgo —pronunció Al-Saud.

—Estoy en alguna parte del Seine-Saint-Denis —hablaba en susurros para aludir a un lugar al noreste de París—, en una fábrica abandonada. Intercepté una llamada que uno de los iraquíes recibió esta mañana.

—¿La grabaste?

—Por supuesto —siguió susurrando—. Un tipo, con la voz distorsionada, los convocó a este sitio. Les habló de este lugar en Seine-Saint-Denis como si lo conocieran. Los seguí hasta acá. Creo que no estoy muy lejos del Aeropuerto de Le Bourget. Se metieron en la fábrica y fui tras ellos. Se encontraron con el tipo, más bien un gigante. Tengo fotos. Discutieron. El tipo los noqueó a los tres y, cuando los tenía en el suelo, se colocó una máscara antigás que llevaba escondida bajo la chamarra y los roció con algo. Permaneció mirándolos mientras se revolvían y se marchó cuando quedaron inconscientes. No me atrevo a aproximarme porque no quiero inspirar lo que ese hijo de puta les echó encima.

—Amburgo, por lo pronto, sal de ahí. Ahora mismo. Ten mucho cuidado. El tipo podría estar aún en el perímetro. ¿Puedes darme tus coordenadas?

—Un momento. —Amburgo consultó su brújula electrónica con GPS incorporado y dictó su posición a Al-Saud—: Cuatro, ocho, cinco, ocho, uno, cinco, norte. Cero, dos, dos, uno, tres, siete, este.

—Ven para el George V. Quiero revelar esas fotos cuanto antes y escuchar la grabación.

Al-Saud empleó la línea segura de su oficina para hablar con Edmé de Florian.

—Anota estas coordenadas —le ordenó—. Cuatro, ocho, cinco, ocho, uno, cinco, norte. Cero, dos, dos, uno, tres, siete, este. Envía de inmediato una ambulancia. Es en Seine-Saint-Denis. Tres masculinos inconscientes en el interior de una fábrica abandonada, probablemente rociados con un agente nervioso. Repito: probable agente nervioso en el lugar. Hazlo ahora. Te espero en la línea.

Al-Saud escuchaba a su amigo mientras éste se comunicaba con el servicio de urgencias del Departamento de Seine-Saint-Denis. Al cabo, retomó la comunicación.

—¿Qué es todo esto, Eliah?

—¿Recuerdas a los iraquíes que me atacaron en la *rue* Vitruve?

—Ajá.

—Se trata de ellos. Los hice seguir desde que Dussollier los puso en libertad. Fueron convocados por alguien, probablemente por el mismo que asesinó a Blahetter.

—¿De qué estás hablando? ¿Qué tiene que ver Blahetter con esos iraquíes?

—No lo sé aún, Edmé. Se trata de un presentimiento. Si, como creo, los tres iraquíes ya están muertos, quiero saber qué surge de la autopsia. ¿Han hecho algún avance en el caso Blahetter?

—Nada de relevancia. El retrato hablado que nos proporcionó la jefa de enfermeras es poco claro, no aportó mucho.

—¿Y qué pasó con las cámaras de seguridad del hospital?

—Nada. Es obvio que el tipo las evitó.

—¿Ninguna huella digital?

—Nada. El desgraciado es un profesional.

Amburgo Ferro se presentó en las oficinas del George V una hora más tarde. Medes fue enviado al departamento de Vladimir Chevrikov a revelar las fotografías, en tanto Alamán descargaba la grabación de la comunicación telefónica captada por el celular interceptor de Amburgo.

—La voz está distorsionada con un aparato o un software —indicó.

—No —dijo Eliah—. Ésa es su voz.

—¿Cómo que su voz? Suena como la de un robot. Es evidente que está distorsionada.

—Cuando interrogué a los iraquíes en el 36 *Quai* des Orfèvres, les pedí que me describieran al hombre que los había contratado. Me aseguraron que tenía una voz muy peculiar, con un sonido metálico o electrónico. Ellos estuvieron frente a él, y no había ningún adminículo que le distorsionara la voz. Me dijeron: «Simplemente, hablaba así».

—A un ex compañero del SAS —comentó Hill—, en una misión en Sierra Leona, trataron de degollarlo y le seccionaron las cuerdas vocales. Estuvo internado alrededor de dos meses y, cuando por fin salió del hospital, hablaba a través de un dispositivo de paladio, muy costoso, que le habían colocado en lugar de las cuerdas vocales. La verdad es que, cuando hablaba, parecía un robot. Su nueva voz era muy antinatural, pero al menos podía hablar. En caso contrario, habría quedado mudo.

—Semejante tecnología no debe de encontrarse en cualquier parte —aportó Alamán—. Pocas empresas deben de fabricar ese prodigio. A mí se me ocurren dos.

—¿Podrías investigar? —le pidió Al-Saud, y su hermano asintió y consultó la hora.

—Me voy.

—Te acompaño —dijo Eliah, y caminó junto a Alamán con las manos en los bolsillos del pantalón y la mirada en el suelo.

—¿Irás a la fiesta de mamá?

—Sí, pienso ir.

—¿Irás con Matilde? Mamá estuvo cocinándome a preguntas. —Eliah se llevó las manos a la cara y se la frotó—. Yo no abrí la boca, pero Yasmín estaba más que dispuesta a hablar acerca de ella. ¿La llevarás? —Al-Saud asintió, y Alamán levantó las cejas—. Va en serio, por lo que veo. Bueno, ahora que tú desertarás de esta fantástica soltería, me quedaré solo para soportar los sermones de mamá y de la *nonna* acerca de las bondades del matrimonio. —Eliah rio y agitó los hombros con ademán cansado—. Nos vemos en casa.

Francesca se movía entre los invitados con el donaire que no le robaban los años; conversaba un rato en cada grupo, revisaba que las copas se mantuvieran llenas y los platos con comida, impartía órdenes a Bershka, el ama de llaves, cada tanto buscaba a Kamal con la mirada y le sonreía a la espera de su guiño, se inclinaba sobre Antonina, su madre, ubicada en un sillón cerca de la chimenea, y le preguntaba si necesitaba algo, besaba en la frente a su tío Fredo y respondía las preguntas de sus amigas, Sofía y Marina, intrigadas por la novedad: el duro, el impertérrito, el práctico y para nada sentimental Eliah estaba enamorado como un adolescente de acuerdo con lo que Yasmín aseguraba.

—Y todavía no les conté lo que nos dijo Lafère, nuestro *marchand*. Parece ser que Eliah le llevó un cuadro que pintó tu hermana, Sofi, que es de Matilde, para que le arreglara el marco. Es un cuadro codiciado por los amantes de la obra de Enriqueta y vale mucho dinero. La cuestión es que Eliah le dijo que la nena pintada en el cuadro era *su mujer*.

—¿*Su mujer*? —se pasmó Sofía—. Esto es de no creer. ¡Justo la hija de Aldo con tu hijo, Fran! Parece de telenovela mexicana.

—¿Cómo es Matilde? —se impacientó Marina—. Debe de ser muy especial para haber conquistado a nuestro Eliah.

—Lo es —aseguró Sofía—. Ya la verás. Es diminuta y preciosa. Y sobre todo, es un alma caritativa y buena, de esas difíciles de encontrar. Como mi Amélie.

—¡Ah! —suspiró Marina—. ¿Qué dice Kamal? ¡Justo con la hija de Aldo!

—Kamal conoció a Matilde en casa de Sofi. Le pareció encantadora.

—Me gustaría saber quién no la encuentra encantadora —dijo Sofía.

Francesca consultó el reloj. Eran pasadas las nueve y media y su tercer hijo no aparecía. ¿Se habría arrepentido? Desde pequeño mostraba celo por su intimidad. Tal vez, después de meditar el asunto, ya no juzgaba propicia la idea de exponer a Matilde al escrutinio de tanta gente.

No conseguía apartar la mirada del vestíbulo. Ansiaba verlo. Hacía una semana que estaba en París, y sólo habían cruzado unas palabras por teléfono. Como si lo hubiese llamado, lo vio aparecer bajo el arco que comunicaba el ingreso con la sala. Apreció su recia postura, de hombros cuadrados y firmes, impecable en un traje gris plomo. Sonrió de pura dicha, a pesar del entrecejo fruncido con el que su hijo paseaba los ojos por la fiesta, esos ojos de un verde distinto al del padre; los de Kamal parecían de jade; los de Eliah, en cambio, eran del color de las esmeraldas, herencia del abuelo Abdul Aziz. Se detuvo en la mano de Eliah, que descansaba sobre el hombro de Matilde, aunque, en realidad, no descansaba, más bien se cerraba en actitud protectora sobre el delicado hueso que asomaba bajo la gasa traslúcida del vestido. Destinó su atención a ella, empequeñecida delante de él, quieta y expectante, también con la mirada fija en el salón lleno de gente. Recordaba su pelo, notable por lo rubio y por los largos tirabuzones, que esa noche habían desaparecido para convertir su cabellera en un manto impresionante que la cubría por debajo del trasero. La belleza de Matilde la alcanzaba con la tibieza del sol en un día frío. Se habría quedado horas contemplándola, hipnotizada por el fulgor que no encandilaba y que nacía de su piel, de sus ojos de una tonalidad inverosímil, de su cabello como manto. Se preguntó: «¿Éste es el ángel que sanará el corazón roto de mi hijo?», y percibió la calidez de una mano sobre la cintura. No necesitó voltear para saber que se trataba de su esposo. Como si Kamal le hubiese leído la mente, le susurró: «*Inshallah, habibi ya, nour al ain*» («Si Dios quiere, amor mío, luz de mis ojos»).

Matilde los vio aproximarse, a la señora Francesca y al señor Kamal, y se puso nerviosa. Hasta unos minutos atrás, mientras venían en el Aston Martin, escuchando la Séptima Sinfonía de Beethoven y riendo de las ocurrencias de Juana, se había sentido serena y feliz, con la mano de Eliah sobre ella entre cambio y cambio. Antes de salir, en la recepción de la casa de la Avenida Elisée Reclus, bajo varios focos de luz, ella, elegante en su vestido Gucci, giró sobre sí para mostrárselo a Eliah, agitando el cabello lacio porque sabía cuánto le gustaba, preguntándole si estaba linda, y él, con los labios lívidos de excitación y los ojos negros, la frenó en seco por la cintura y la pegó a su cuerpo. Se miraron de hito en hito, ella medio de costado entre sus brazos, con el aliento contenido, sin saber qué esperar.

—No lo digo por decirlo, Matilde: eres lo más hermoso que he visto en mi vida.

—¿Y has visto muchas cosas en tu vida? —flirteó ella, al tiempo que enredaba el índice en una mata de vello que le asomaba por la camisa color lavanda.

—No tienes idea de cuántas —y lo expresó en un tono que le hizo levantar la vista.

La turbó la intensidad de su mirada y lo que en ella despertaba. Se tocó el collar de perlas de Tiffany & Co. y le dirigió una sonrisa de comisuras trémulas.

—Gracias por los regalos maravillosos que me trajiste. Nunca tuve tantas cosas lindas como ahora. ¡Gracias! —exclamó, de pronto recobrado el ánimo, y se le echó al cuello y, sobre las puntas de los pies, le dijo al oído—: *Tú* eres lo más lindo que la vida me dio.

—¡No, papito! —lo detuvo Juana, que bajaba por la escalera—. Nada de beso en la boca o le vas a sacar todo el lápiz labial. ¿No le queda espléndido ese *gloss* fucsia? La maquilladora de las Galerías Lafayette le dijo que, con ese color de ojos, siempre tiene que pintarse los labios de fucsia.

—Siempre que esté conmigo —apuntó Al-Saud, para nada risueño, con la vista clavada en los labios de Matilde, que formaban un corazón.

—¡Cómo se nota tu parte árabe, Al-Saud! —lo acicateó Juana—. ¿Qué opinas de mí? No seré tan hermosa como tu mujer, pero tampoco estoy mal, ¿eh?

Al-Saud se aproximó al pie de la escalera y le tendió la mano.

—Eres la morena más hermosa de París.

—La morocha, así decimos nosotros.

—¿Leila no viene? —preguntó Al-Saud.

—No —contestó Matilde—. Prefiere quedarse a jugar a las damas con Peter.

—¡Por favor! —se quejó Juana—. A esta chica, antes que a hablar, hay que enseñarle a apreciar el *glamour*. ¡Jugar a las damas con un viejo como Peter!

—Peter no es tan viejo. Apenas pasa los cincuenta.

—¡Es un dinosaurio!

—Y está en muy buen estado.

—Eso sí —admitió Juana, y no mencionó que en más de una oportunidad se había sorprendido estudiándolo porque tenía un aire a Gregory Peck, con cejas negras y tupidas que enmarcaban unos ojos azules de mirada inteligente e incisiva.

Con ese espíritu habían llegado a la casa de los Al-Saud en la Avenida Foch. Apenas se abrieron los portones de hierro forjado negro, Juana soltó un silbido largo y agudo, no sólo por la imponencia del palacete sino por los hombres que pululaban, de traje oscuro y con adminículos en los oídos.

—¡A la maroshka! Parece que hemos llegado a la Casa Blanca. ¿Tanto dinero tienen tus padres, papito?

—¡Juana! —la reconvino Matilde, mientras observaba cómo los guardias saludaban a Eliah. Éste bajó la ventanilla, sacó el brazo y chocó la mano de manera amistosa e informal con uno de ellos. Hablaron en un idioma de sonidos secos, cortados y guturales.

—Es árabe —le susurró Juana, que no lo hablaba pero lo entendía por haberse criado con su abuelo sirio.

No la afectó la imponencia de la casa de los Al-Saud —ella había nacido en una que la duplicaba en tamaño y grandiosidad—, ni la cantidad de guardaespaldas, sino caer en la cuenta de que cometería un error y de que, a ese punto, no podía dar marcha atrás. ¿Qué hacía en casa de los padres de Eliah? ¿Qué insensata idea la había impulsado a aceptar la invitación? ¿Qué se proponía? ¿A título de qué los visitaba? ¿Cómo la presentaría Eliah? *Ma femme?* Tembló ante esa posibilidad.

Intentó ocultar el desánimo porque no le gustaba ser aguafiestas e impostó una sonrisa pálida en tanto el matrimonio Al-Saud se aproximaba para darles la bienvenida. Francesca la abrazó y la besó en la mejilla; no se trató de un beso social, de esos en los que se chocan los cachetes; la señora Francesca la besó, le apoyó los labios y le besó la mejilla colorada, por supuesto. Sólo Matilde oyó lo que le dijo:

—Querida, simplemente estás espléndida.

Y en ese beso y en la ternura con que le acarició un mechón de cabello, Matilde descubrió cuánto amaba esa madre a su hijo, y la quiso por eso, por amar a Eliah, por haberle dado la vida y por haber hecho de él un hombre magnífico. Siempre la conmovía atestiguar la inmensidad del amor de madre. A ella, Dolores no la quería, no del modo en que una madre quiere a un hijo, sin condiciones, con entrega absoluta. Aldo se había interpuesto, porque Dolores lo celaba aun de la pequeña Matilde, que se había convertido en su centro de interés. De acuerdo con la psicóloga, en lugar de ser ella, Matilde, quien superara el complejo de Electra, los roles se habían trastocado, y Dolores terminó pugnando por acaparar la atención que su marido destinaba a la menor de sus hijas en las pocas ocasiones en que estaba en casa. La psicóloga aseguraba que en ese triángulo sin resolver entre su padre, su madre y ella se hallaba el origen del trauma por el cual Matilde no había podido enamorarse ni tener sexo.

El señor Kamal se mostró más formal, aunque el modo en que la miró y le dijo que estaba hermosa le tocó una fibra íntima. Supo descubrir un don de gentes en ese hombre de pelo completamente blanco y de cejas completamente negras. Sus ojos verde agua, en lugar de apaciguar lo categórico de sus facciones orientales, lo exacerbaban, quizá por emerger de ese marco de piel oscura, igual que la de Eliah, si bien no había mayores semejanzas entre ellos. Tal vez en las cejas, negras y gruesas, o en el corte de la cara se advertía el parecido; sin embargo, en los lineamientos de Eliah se adivinaba el aporte de Francesca, que había suavizado algunos rasgos, en especial la boca.

—Éste es nuestro regalo —dijo Matilde—, mío y de Juana. —Francesca se inclinó porque no la oía—. Feliz cumpleaños. Y gracias por invitarnos a su fiesta.

Se trataba de un chal de Emilio Pucci, con sus típicos diseños psicodélicos, en tonos atrevidos, naranja, fucsia y blanco. Juana destinó parte del dinero que le había regalado Al-Saud, más un poco que aportó cada una, y cubrieron el precio del costoso paño de seda. A Matilde le resultaba un poco osado y, al ver el estilo clásico de Francesca —esa noche lucía un vestido largo de terciopelo burdeos con escote en corazón–, el ánimo se le precipitó aún más. Su mirada se detuvo en el collar de Francesca, una pieza de exquisita manufactura que, incluso la atrajo a ella, apática a esas cuestiones; le gustaron las varias vueltas de perlas, que no eran perfectas sino irregulares, y el dije en forma de gota con un rubí en medio, a tono con el burdeos del vestido. Francesca acarició el dije y le sonrió.

—¿Te gusta?

—Mucho —admitió.

—Es el regalo de Eliah. —El corazón de Matilde se aceleró–. Me lo envió esta mañana con Medes. Él nunca me entrega sus regalos personalmente. Cuando era chico hacía lo mismo, los dejaba sobre mi almohada o en mi *boudoir*.

Sofía, Nando y su primo Fabrice se acercaron a saludarlas. Enseguida la rodearon otras caras desconocidas y sonrientes, y Francesca pronunció una seguidilla de nombres que Matilde no retuvo, para después alejarse en dirección a otros invitados. Buscó a Eliah y lo vio con un grupo de hombres vestidos a la usanza árabe, con túnicas hasta el suelo y trapos en la cabeza sujetos con torzales en variados colores. Juana había sido acaparada por Fabrice. ¿Dónde estaría Alamán? Se sintió sola y expuesta.

Yasmín observaba a la mujer de su hermano desde lejos. Encarnaba lo opuesto a Samara. Ésta había sido alta, muy espigada, morena y de una cabellera negra como el azabache. Matilde era de baja estatura, menuda, aunque voluptuosa, y rubia. Le estudió el vestido, una belleza, admitió. Le sentaba el azul noche con destellos violetas a la blancura de su piel y, sobre todo, al fulgor de su cabello dorado, casi blanco en algunas regiones. Gracias al vestido, muy entallado y hasta más abajo de las rodillas, se resaltaba la figura pequeña pero de curvas marcadas, que habían pasado inadvertidas en el cumpleaños de Eliah, en Ruán; el vestido blanco de aquella ocasión era holgado y disimulaba el busto generoso y el trasero respingado. «¿Se habrá puesto una prótesis de silicona?», se preguntó con malicia. Le gustó la combinación del crepé del cuerpo del traje y de la gasa que le cubría los brazos y el escote y que ponía de manifiesto unos huesos delicados y una espalda muy pequeña. El collar de perlas que descansaba sobre el escote velado por la gasa le pareció un toque magistral. Si bien se dio cuenta de que Matilde se sentía perdida, se mantuvo impertérrita, para nada inclinada a salir en su rescate. Los celos la volvían perversa, celos por Samara, por Eliah, por Sándor.

Matilde se alejó atraída por unas pinturas, cada una iluminada individualmente. «La victoria de Saladino – 1187», leyó. Lo que siguió la dejó estupefacta. Gracias a las horas pasadas en el *atelier* de Enriqueta, hojeando libros y revistas de arte, y escuchando lo que su tía le contaba, Matilde era capaz de apreciar lo que se exponía en ese sector de la gran sala de los Al-Saud, un verdadero tesoro artístico: un cuadro de Van Dyck, otro de Bruegel, dos de Gainsborough y uno de Tiepolo; también había de artistas contemporáneos, como Rufino Tamayo y Andy Warhol, y, en un sitio de preferencia, descubrió un paisaje veneciano de Canaletto, que conocía bien porque su tía lo admiraba. Con ese tesoro artístico, invaluable por cierto, no resultaba exagerada la guardia que los había recibido.

Se dio cuenta de que no le molestaba estar sola si podía seguir admirando la decoración. Estudió a conciencia un sable persa del siglo XIV, según rezaba la plaquita de bronce, montado en una estructura de madera de cerezo muy tallada; trató de adivinar el nombre de los filósofos griegos esculpidos en los cuatro medallones de mármol que adornaban una pared; admiró largamente un cuerno de elefante en el que se había esculpido una escena de geishas con sombrillas minúsculas, barcos y casitas chinas; la precisión de los detalles la azoraba. Se detuvo frente a una vitrina de raíz de nogal donde había una colección de copas y frascos de Lalique. Sobre el piano de cola, cubierto con una mantilla española bordada y con flecos, se habían dispuesto más de una docena de portarretratos. Se inclinó para observar las fotografías. Francesca de joven había sido una beldad, lo mismo su esposo. Apoyó la punta del índice sobre el rostro de un Eliah adolescente, serio, con el entrecejo fruncido.

—Ahí tenía dieciséis años —dijo una voz detrás de ella, y la sobresaltó.

—Hola, Yasmín. —Se dieron dos besos, a la usanza francesa—. Estás muy linda.

—Gracias. Te decía que en esa foto mi hermano tenía dieciséis años.

—¡Qué serio!

—Él siempre era así. Bueno, sigue siéndolo. Rara vez sonríe.

«Conmigo sonríe», se ufanó Matilde, «y también se ríe». Lo calló porque olfateaba la hostilidad de Yasmín. Le preguntó por las demás fotografías, a modo de paseo por la historia de su amor.

—Y ésta era la esposa de Eliah.

Yasmín se arrepintió de su maldad al advertir cómo la blancura de Matilde se tornaba en un color ceniciento, incluso se le alteró el tono del lápiz labial. Experimentó lástima ante la intensidad con que Matilde clavaba los ojos en la fotografía de Samara, y se asustó cuando vio gruesas gotas en el filo de su párpado inferior.

—Eliah no te habló de ella, ¿verdad? —Matilde sacudió al cabeza, lo que propició que las lágrimas rodaran por sus mejillas. Sacó un pañuelito de la bolsa que Al-Saud le había regalado y se secó dando golpecitos para no arruinar el maquillaje—. ¡Típico de él! Guardarse todo.

—¿Tienen hijos?

—¿Cómo? —Yasmín se inclinó para escucharla.

Matilde carraspeó y repitió con voz insegura.

—Si tienen hijos.

—No. Samara murió en un accidente automovilístico cuando estaba de semanas.

Matilde levantó la cabeza con rapidez y contempló a Yasmín a los ojos. Le dirigió una mirada fuerte, intensa, sin pestañeos, que obligó a la hermana de Al-Saud a desviar la vista. Le solía ocurrir en momentos de tensión recordar cosas insólitas. Le vino a la mente *Cita en París*, de Sabir Al-Muzara, el libro que había favorecido la charla entre ella y Eliah en el vuelo de Air France. «¡Soy una estúpida!», se castigó. «El personaje de Étienne está inspirado en Eliah.» Evocó la insistencia con la cual él le había solicitado su parecer acerca de Étienne. «*Y como mujer, ¿qué opina de él?*», había presionado para desconcierto de ella. «¡Qué soberbio y creído que es!», se dijo. Rememoró la descripción del sufrimiento de Étienne por la muerte de Sakina en un accidente automovilístico con apenas unas semanas de gestación. En la novela, Sakina era melliza de Salem, el narrador, y unos meses mayor que Étienne. ¿Sería reflejo de la realidad? ¿Y qué habría de cierto en la parte que decía que los tres hermanos Al-Muzara habían quedado huérfanos siendo adolescentes —sus padres habían muerto en Hebrón, a manos del ejército israelí— y que la familia de Étienne los había acogido en el seno de su hogar? La urgió la necesidad de releer *Cita en París* bajo esa nueva luz.

—¡Miren quién está aquí! —se oyó la voz de Alamán—. ¡La hemos encontrado!

Los hijos mayores de Shariar le saltaron en torno vociferando su nombre y pidiéndole que jugara con ellos. Matilde buscó el rostro amigo de Alamán y se arrojó a su cuello.

Bastante apartado, aún retenido en una conversación con sus tíos y primos árabes, Eliah atestiguó la urgencia con que Matilde abrazaba a su hermano, como si buscase refugio y consuelo. Aflojó la mandíbula cuando sintió punzadas en las encías. ¿Qué locura se apoderaba de él? ¿Dudar de su hermano? ¿De Alamán, a quien le habría confiado la vida, aun la de Matilde? ¿Cuántas veces había presenciado una escena similar entre Alamán y Samara y jamás había experimentado un instante de celos? Se apartó de sus parientes y marchó en la dirección que habían tomado, con los hijos de Shariar a la zaga. Los encontró en el cuarto de juegos y vio a Matilde de perfil en el momento en que sacaba a Dominique de la cuna y lo levantaba sobre su cabeza, «¡upa la la!», le decía, y el cabello le caía hacia atrás, mientras ella le hablaba al bebé y le arrancaba risitas y gorgoritos. Lo apretó contra su cuerpo, sin destinar un pensamiento al vestido recién estrenado, y el carrillo de Dominique se aplastó en la mejilla de Matilde, y después el bebé profirió unas carcajadas muy graciosas, que lo hicieron esbozar una media sonrisa, cuando Matilde le cantó en castellano algo acerca de una tal Manuelita que se iba a París. La emoción de Al-Saud lo impulsó dentro del cuarto y, sin importarle la presencia de Alamán ni la de sus sobrinos, encerró a Matilde en sus brazos, dejando a Dominique en medio. Fue una súplica lo que le susurró al oído:

—Quiero que seas la madre de mis hijos. —Se apartó para observarla. Matilde fijaba la vista en Dominique. Al-Saud notó que ella no pestañeaba, su expresión se había congelado—. Matilde —la llamó, y le pasó el revés de los dedos por la mejilla—, Matilde, ¿qué pasa?

Elevó los ojos, y el hielo que la había cubierto segundos atrás se disolvió ante el calor de esa mirada intensa y oscura que, invariablemente, la privaba de voluntad. Eliah se había peinado como a ella le gustaba, con el cabello hacia atrás, y la frente amplia y de huesos marcados le acentuaba la nobleza de los rasgos. «¡Qué hermosos hijos me darías!», habría deseado pronunciar, pero las palabras anidaron en su pecho para salir convertidas en lágrimas.

—No llores, te lo suplico —le pidió Al-Saud en francés—. ¿Qué dije para ponerte mal? No fue mi intención.

—No, si no lloro —expresó ella, e impostó un timbre ligero, mientras las lágrimas le caían y ella no tenía manos para secárselas—. Me emocioné, eso es todo. Hoy estoy sensible, no sé por qué. —Al-Saud extrajo su pañuelo del bolsillo trasero del pantalón y se las secó—. ¿Qué pasa, Dominique? No, no llores. Mira, Eliah, está haciendo pucheros, qué gracioso. ¿Sabes qué quiere decir «pucheros»? Quiere decir que está haciendo gestos antes de llorar. No, no llores —dijo, y volvió a pegarlo contra su mejilla.

Los mayores de Shariar se aproximaron con cautela —si el tío Eliah estaba cerca, mantenían un comportamiento prudente— y le insistieron a «Matildé» que jugara con ellos, que les contara cuentos, que les cantara esa canción que le había cantado a Dominique. Bershka apareció en el umbral y convocó a los mayores al comedor, la cena estaba por ser servida. Dos niñeras ingresaron en el cuarto de juegos para hacerse cargo de los menores. Matilde se fue con el ánimo por el piso. ¡Cuánto habría dado por quedarse a comer con los más chicos!

En tanto avanzaban por el largo corredor de la segunda planta, Al-Saud la tomó de la mano y le dijo:

—Quiero que conozcas a alguien.

Los invitados abandonaban la sala y se dirigían al comedor. En un rincón, junto a la chimenea, se hallaba una pareja de ancianos a los que

Matilde había visto de lejos. Al-Saud la condujo hasta ellos. Se le erizó la piel al escucharlo hablar en italiano.

—*Nonna, nonno, vorrei presentarvi a Matilde, la mia fidanzata.*

Matilde no entendió nada, a excepción de *nonna* y *nonno*, aunque la última palabra le sonó parecida a *fiancée*.

—Matilde, ellos son mis abuelos, Antonina y Fredo. —Como Antonina empezó a hacer alharacas y a hablar rápido y en italiano, al tiempo que aferraba las manos de Matilde y se las sacudía, Eliah la cortó en seco—: *Nonna, ti prego, parla in spagnolo. Matilde non capisce una parola di ciò che stai dicendo. Lei è argentina.*

—*Ma, tesoro* —se quejó Antonina—, *sai che mi sono dimenticata dello spagnolo.*

—Un esfuerzo, Antonina, por favor —la instó Fredo—. Es un placer para nosotros conocerte, Matilde.

—Sí, sí —ratificó Antonina—. *Un pia...* Un placer.

Matilde se acomodó en un escabel a los pies de la anciana y le sonrió.

—Señora Antonina, no sabe la alegría que es para mí conocerla. Rosalía, la mujer de mi abuelo Esteban, siempre me hablaba de usted con mucho cariño.

—¿Rosalía? ¿Qué Rosalía? ¿La mujer de Esteban Martínez Olazábal?

—Sí, yo soy su nieta, la hija menor de Aldo.

Antonina abrió grandes los ojos, le soltó las manos y se la quedó mirando como si Matilde la hubiese insultado. Matilde advirtió que Fredo apretaba el antebrazo de su esposa en el ademán de quien refrena al otro.

—No tiene buen recuerdo de los míos, ¿verdad? —Sintió que la mano de Eliah se cerraba sobre su hombro—. No la culpo. Mi abuela puede...

—¡No, no! —reaccionó la anciana bajo la mirada furibunda de su nieto—. Tengo un excelente recuerdo de los tuyos. De tu abuelo, especialmente, que siempre fue tan generoso con mi hija y conmigo. Adoro a Sofía. A tu papá no lo conocí tanto porque él prácticamente no vivía en el palacio. *Ti prego...* Te suplico que perdones mi reacción. Me sorprendí, eso es todo.

Francesca y Kamal se aproximaron con la intención de escoltar a la mesa a los ancianos. En tanto se alejaban los cuatro hacia el comedor, Matilde se quedó mirándolos, meditando en la reacción de Antonina, que la había azorado primero, lastimado después.

—Matilde —susurró Eliah—, ¿quieres que nos vayamos? —La obligó a colocarse frente a él y se inclinó para confesarle—: Volvamos a casa. De pronto te imaginé en la piscina, desnuda, y me puse duro.

Matilde, seria, metió la mano bajo la solapa del saco y le palpó el bulto. Percibió, al mismo tiempo, la dureza de su carne latente bajo el cierre del pantalón y los dedos de él que se hundían en su cintura. «Tuviste esposa y no me lo dijiste», pensó, mientras le acariciaba el pene y lo miraba con rabia. «Ella iba a darte un hijo.»

—No —expresó, y retiró la mano—. Tengo hambre. Vamos a comer.

Giró sobre sus talones y caminó hacia el comedor. Al-Saud la vio alejarse y le llevó unos segundos recobrarse.

Por fortuna, el sitio junto a Juana estaba libre, así que Matilde se ubicó al lado de su amiga. Se sentía sola y miserable en esa noche fatídica. Levantó la vista y se topó con los ojos negros de Yasmín. Un poco más allá, Antonina le lanzaba miradas cuya naturaleza Matilde prefería no indagar. ¿Qué le habría hecho la abuela Celia a esa mujer mientras se ocupaba como cocinera en el Palacio Martínez Olazábal? La vergüenza le tiñó las mejillas. No quería voltear hacia la izquierda; ahí se encontraba Eliah; sentía su mirada como un rayo caliente.

Al observarla revolver la comida y picotearla como un pajarito, Al-Saud concluyó que Matilde no tenía hambre como había asegurado. El meloso de André, el prometido de su hermana, sentado junto a ella, no cesaba de hablarle y en dos oportunidades le había tocado el antebrazo izquierdo para señalarle los manjares de la mesa e instarla a comer. Apretó el tenedor imaginando que se lo clavaba en la yugular. ¿Qué carajo hacía Yasmín con ese idiota? Matilde estaba rara, se preocupó. Reía con esfuerzo, una risa vacua que no le iluminaba los ojos plateados. La había dejado sola. No se lo perdonaba. Atraído por sus primos y tíos para hablar de sus contratos con la Mercure, la había confiado a las manos de su madre, que enseguida debió abandonarla para seguir cumpliendo con su rol de anfitriona. ¿De qué había hablado con Yasmín cerca del piano?

La cena resultó interminable para Matilde y no disfrutó ninguno de los platos, a pesar de que, según le informó el novio de Yasmín, provenían de la cocina de La Tour d'Argent, concesión exclusiva que el afamado restaurante hacía al príncipe Kamal, uno de sus mejores y más antiguos clientes; el caviar, los entremeses y los postres pertenecían a la Maison Petrossian. También le explicó que cenaban con champaña Dom Pérignon para acompañar la langosta y, para aquellos que preferían el vino tinto con el pato, bebían un Chateau Mouton Rothschild de 1961, el mejor clarete del mundo.

—Como podrás ver, su alteza, el príncipe Kamal —dijo André, y a Matilde le molestó la pomposidad con la que se refería a su futuro suegro—, no toma alcohol, lo mismo que sus parientes saudíes. Es por su condición de musulmanes.

Tampoco le cayó bien que su tía Sofía, sentada frente a ella, le hablase de Celia y de su internamiento, le preguntase por las circunstancias de la muerte de Roy y de lo desanimado que lo había notado a Aldo por teléfono.

Finalizada la cena, escucharon arias famosas en la sala, para lo cual se había contratado a una soprano, un tenor y un barítono, además de un concertista que los secundaba con el piano. Por primera vez, Matilde disfrutaba del canto lírico. Desde su relación con Eliah Al-Saud había caído en la cuenta de lo inculta que era en materia musical, y se sorprendió al encontrarse fascinada por la selección. Durante una hora, se abstrajo de sus fantasmas y de sus demonios, y le permitió a la música que la consolara.

Al-Saud sólo pensaba en irse. Quería arrancar a Matilde de esa casa tan vinculada con el recuerdo de Samara. Le urgía hablar con ella. La notaba distante y seria. La reacción inesperada de su abuela Antonina la había lastimado, y él sospechaba que Yasmín también había hallado la manera de destilar un poco de veneno.

Se levantó del sillón, subió las escaleras de a dos escalones y caminó dando trancos largos y veloces en sintonía con su mal humor. Entró en su dormitorio y recogió su abrigo, el de Matilde y el de Juana. De regreso, pasó frente a la puerta entreabierta del dormitorio que ocupaban sus abuelos cuando los visitaban en París. Una empleada doméstica hacía el arreglo de la cama. Se detuvo al oír la voz de Antonina, bastante alterada.

—¿Por qué Francesca no me habrá mencionado a Matilde?

—Se habrá olvidado —supuso Fredo.

—¡Olvidarse de la hija menor de Aldo Martínez Olazábal! Justamente la hija de ese…

—Antonina —la detuvo Fredo—, por favor, vamos a olvidar el asunto. La muchacha parece dulce y buena. No tiene culpa de ser hija de quien es.

La empleada salió al pasillo y cerró la puerta, lo que ahogó las voces para convertirlas en sonidos incomprensibles. Al-Saud volvió a la sala a paso lento y con la mirada fija en un punto.

—Vamos —dijo, en tono cortante, y les entregó los abrigos.

Francesca se aproximó con una sonrisa para despedirse. En la maniobra para colocarse el sobretodo de pelo de camello, Eliah estiró el brazo, y su camisa se abrió un poco. La Medalla Milagrosa apareció ante los ojos de Francesca.

—¿Y esto? —dijo, y la sujetó entre el pulgar y el índice.

—Me la regaló Matilde —masculló—. Es muy devota. —Se inclinó y besó a su madre en ambas mejillas—. Nos vemos, mamá.

—Hijo, gracias por traer a Matilde. Estoy tan contenta de que tú…

—La *nonna* no piensa lo mismo. Cuando se enteró de que era una Martínez Olazábal, hija de Aldo, la miró de una manera muy descortés. Y la hizo sentir incómoda.

—Oh... ¿No me digas? Lo siento, querido. La habrá tomado por sorpresa.

—Lo que sea. Pero la hizo sentir mal. Habla con ella. No quiero que vuelva a repetirse.

Francesca siguió con la vista la partida de su hijo dividida entre dos pensamientos que le generaban sensaciones distintas: por un lado, meditaba acerca de la reacción de Antonina y, por el otro, acerca de la fiereza con que Eliah acababa de defender a Matilde. No lo conocía en esa postura. En vida de Samara, siempre se había defendido de los reclamos de su esposa y de las intercesiones de ella, de Kamal o de Alamán, a quienes Samara acudía en busca de consuelo, apoyo y consejo. Es que se había tratado de un matrimonio joven e inmaduro.

Matilde no se sentía bien, le dolía la cabeza y un ligero mareo la obligó a tomarse del brazo de Juana. Apoyó la cabeza en el asiento del Aston Martin y se quedó dormida. Se despertó cuando Al-Saud la depositaba sobre la cama. Se quedó callada y quieta, emocionada al comprobar la delicadeza con que le quitaba los zapatos.

—¿Eliah? —musitó, y estiró la mano, que él tomó con actitud solícita.

—¿Qué?

—Hazme el amor. Te necesito.

La premura que Al-Saud empleó para desvestirse se transformó en una suave lentitud cuando se colocó sobre ella para amarla. No se durmieron al acabar sino que permanecieron abrazados, tibios y serenos, la espalda de Matilde metida en la curva que formaba el cuerpo de Al-Saud.

—¿Cuál es el sentido de la vida para ti, Eliah?

—¿Tiene que tener un sentido? Creo que eso del «sentido de la vida» está sobrevaluado. Vivir es tratar de pasarlo lo mejor posible, nada más.

—¿Haciendo qué?

—Lo que más nos guste.

—A mí me gusta curar a la gente.

—Lo sé.

—A ti, ¿qué es lo que más te gusta?

«Estar contigo», pensó sin dudar, aunque lo calló porque lo juzgó un comentario cursi, más allá de que hubiese sido sincero.

—A mí me gusta volar.

—¿Volar aviones? —Al-Saud le dibujó un sí en la espalda—. ¿Qué tipo de avión?

—Cualquier tipo de avión.

Matilde se dio vuelta.

—¿De verdad sabes pilotear aviones?

—Sí, sé pilotear aviones —contestó él, con una sonrisa al verla más animada.

—¿Dónde aprendiste a pilotear?

—En *L'Armée de l'Air*.

—¿La Armada del Aire? ¿Eso sería como la Fuerza Aérea en la Argentina? —Al-Saud asintió—. ¿Fuiste militar?

—No tienes en alta estima a los militares, me parece. —Matilde negó con un leve movimiento de cabeza—. Lo cierto es que nunca me sentí un militar. En realidad, yo era un piloto de guerra.

Matilde se acordó de las revistas que había descubierto en la biblioteca de su oficina, *World Air Power Journal*.

—¿Estuviste en alguna guerra?

Le temía a esa pregunta, no sólo por la respuesta sino por los recuerdos que agitaba, en especial los de la Guerra del Golfo. Debido a su mentada puntería, le asignaban misiones de lanzamiento de misiles a blancos muy específicos y de poca accesibilidad. Casi al final del conflicto, lo eligieron para bombardear un búnker en Amiriyah, un suburbio de Bagdad. La precisión del lanzamiento adquiría ribetes de cirugía plástica ya que los AS 30L debían ingresar por los orificios del sistema de ventilación, de un diámetro apenas superior al de los misiles del Sepecat Jaguar. La misión resultó exitosa, el búnker fue destruido y las cuatrocientas personas que lo ocupaban perecieron carbonizadas. Cuatrocientos civiles, mujeres y niños en su mayoría. La noticia enfureció a Al-Saud, que, en un espectáculo inusual para un hombre medido como él, golpeó y gritó exigiendo que le pusieran enfrente al agente de inteligencia que había asegurado que se trataba de un búnker militar. Aunque le explicaron que lo era y que Saddam lo había llenado con civiles adrede, Eliah no hallaba paz. Había masacrado a cuatrocientos inocentes. Una nueva decepción se produjo cuando los tótems de la política mundial, pese a que la Coalición de las Naciones Unidas había ganado la guerra, decidieron sostener a Saddam Hussein en el poder. Durante meses los convencieron de que batallaban contra un demonio. La noticia de que el enemigo seguiría torturando al pueblo iraquí les cayó como una cubeta de agua fría a los que habían arriesgado el pellejo. Al-Saud comprendió que el resultado de una guerra dependía de un arreglo político más que de una victoria militar. Al año siguiente participó en la Guerra de los Balcanes hasta que una noche, en plena misión, se sintió ridículo arrojando misiles porque un grupo de políticos corruptos y despiadados, apoltronados en los sillones de sus confortables casas, se lo ordenase. Ni siquiera el hecho de estar volando un Mirage 2000 apaciguó esa sensación. Al regresar a la base de Orange, en Francia, pidió la baja y se recluyó en su hacienda de Ruán.

—Sí, estuve en la guerra. Pero no quiero hablar de eso. No tengo un buen recuerdo.

—Claro. Una guerra nunca puede darnos buenos recuerdos.

La última revelación los sumió en el silencio, aunque elocuente, porque sus miradas hablaban. La cólera de ella se había esfumado apenas lo descubrió sacándole los zapatos con esmero para no despertarla. ¿Al amparo de qué derecho le reclamaría que no le hubiese hablado de su esposa muerta ni de su pasado como piloto de guerra?

—No sé por qué dije lo que dije en casa de mis padres.

—¿Qué?

—Lo que te dije cuando tenías a Dominique en brazos. Me parece que te cayó mal. No quiero que te sientas presionada. Yo sé que tienes un proyecto que llevar adelante. Yo no voy a convertirme en un obstáculo.

—Sé que no lo harás.

Volvieron al silencio elocuente. Matilde le sonrió y le acarició la nariz con la punta del índice. Él le besó el dedo.

—Si tengo que buscarle un sentido a la vida —expresó él—, creo que un revolcón como el que acabo de darte y después volar mi avión favorito lo resumiría muy bien.

Matilde se tapó la boca antes de soltar la risita que a Al-Saud le tocaba el corazón.

—¿Con qué frecuencia? —se interesó ella.

—¡Tantas veces como nos dé la gana!

—¡Qué magnífico sentido le has encontrado a la vida! —Se rieron y, a medida que las risas se desvanecían y los semblantes cobraban seriedad, Al-Saud supo que Matilde le hablaría de algo que él no deseaba escuchar—: Yasmín me dijo que estuviste casado.

Soltó un gruñido a modo de asentimiento y bajó el mentón para ocultar los ojos. Insultó a Yasmín para sus adentros, mientras se imaginaba propinándole la paliza que su padre nunca le había dado por ser su niñita mimada.

—Me habría gustado que te enterases por mí y no por Yasmín, que es una… ¡No sé cómo se dice en castellano! —se exasperó—. Mi hermana es una *cancanière*.

—Quieres decir chismosa. Creo que no le caigo bien.

—Está celosa.

—¿Yasmín la quería? A ella, quiero decir, a tu esposa.

—Sí, eran muy amigas, a pesar de que Samara era mayor que Yasmín.

Matilde no imaginó cuánto la afligiría escucharlo pronunciar ese nombre. Ansiaba preguntarle por Samara, acerca del accidente que se la había llevado, por el bebé que esperaban, por su vida como aviador, por la experiencia en la guerra. «¿La amaste mucho? ¿Más que a mí?» Cerró los ojos y fingió dormir.

Gérard Moses descifró el columbograma de Anuar Al-Muzara en el cual le enviaba las coordenadas del sitio adonde Udo Jürkens debía dirigirse y la fecha en que debía hacerlo. Urgía diseñar el plan para atacar la sede de la OPEP y hacerse con el dinero de los rescates.

Caminó por el pasillo lúgubre del último piso de la casona donde él y Shiloah se habían criado. El eco de sus pasos sobre los largos tablones de roble profundizaba la soledad y el mutismo que caracterizaba a la mansión desde hacía años. Antes, la risa de Shiloah y las voces de sus amigos la habían colmado de vida y de luz. Los bustos y las estatuas de mármol se sucedían, cubiertos de sábanas blancas, lo mismo las pinturas, echando sombras aquí y allá. La figura gigantesca de Udo apareció recortada al final del pasillo, y Gérard sufrió un instante de pánico que la penumbra le ayudó a disimular.

—Jefe —dijo Jürkens—, no sabía que había regresado de Herstal.

—Llegué esta tarde. ¿Qué sucedió con los tres iraquíes?

—Todo salió de acuerdo con mis planes.

—¿Funcionó, entonces?

—Sí, el agente nervioso funcionó. Están muertos.

—El *sayid rais* se mostrará complacido con la noticia. Necesito que me des los detalles para el informe. Pero antes quiero que me hables sobre la nueva muchacha de Al-Saud. ¿Qué puedes decirme?

—Esta noche, Al-Saud la llevó a una fiesta en una mansión de la *Avenue* Foch, en esquina con la de Malakoff.

A pesar del cansancio y de que la nueva medicación le revolvía el estómago, no le tomó más de unos segundos recordar que allí se erigía la mansión de los Al-Saud. «La llevó a casa de sus padres.» Se giró con brusquedad para ocultar las lágrimas. Era la primera vez que llevaba a una mujer a casa de sus padres. Samara no contaba porque, al igual que sus hermanos, Anuar y Sabir, vivía en la casa de la Avenida Foch desde que el príncipe Kamal se había convertido en su tutor. Carraspeó para aclarar la voz.

—Udo, tráela aquí. Quiero conocerla.

—Pan comido, jefe.

—Después la matas. Tenemos que asegurarnos de que no comenzará a hacer preguntas acerca del experimento de Blahetter.

—Según la carta que él depositó en la casilla de *Gare du Nord* y confiando en que la traducción sea correcta…

—Manejo muy bien el español, Udo. ¿Acaso no encontraste los planos donde te indiqué?

—Sí, por supuesto. Entonces, siendo así, no hay duda de que ella no estaba al corriente de nada. Esa carta nunca llegó a sus manos.

La solidez de la conclusión de Udo Jürkens fastidió a Moses.

—No podemos estar seguros —se empecinó—. Podría haberla leído y devuelto a la casilla en *Gare du Nord*.

—El sobre estaba sellado y no parecía haber sido abierto.

—Como sea, te desharás de ella, Udo. La usaremos para probar otro de los agentes nerviosos de los que me proporcionó el *sayid rais*. ¿O no quieres hacer el trabajo? ¿Tal vez te conquistó a ti también? —Jürkens le devolvió una mirada que Moses no supo descifrar; se debatía entre calificarla de culposa o de azorada—. No quiero dejar cabos sueltos en esto —manifestó, sin agresividad—. Una vez cumplido lo que acabo de encomendarte, te reunirás con Al-Muzara para planear el ataque a la OPEP. Aquí tengo las coordenadas.

19

La semana se presentaba ajetreada. La cabeza de Al-Saud saltaba de un tema a otro; en su agenda no había sitio para más compromisos; sus teléfonos —los fijos y el celular— sonaban cada pocos minutos; Victoire y Thérèse lo atosigaban con mensajes, pedidos y recordatorios, le llenaban el escritorio de papeles y le solicitaban firmas en cheques y en contratos. Al-Saud, sin embargo, no perdía de vista dos cuestiones: la publicación de la nota en el *NRC Handelsblad*, el diario holandés, y las fotos que Amburgo Ferro había obtenido del asesino de los tres muchachos iraquíes, porque Edmé de Florian había confirmado lo que ellos sabían desde el sábado por la tarde: estaban muertos; la autopsia tardaría en llegar. Por lo pronto, Alamán y Peter Ramsay trabajaban con las fotografías de Amburgo; no eran buenas; el italiano las había tomado de lejos y con una lente inadecuada. Intentaban establecer, con la ayuda de un software, si las medidas del asesino de la fábrica abandonada de Seine-Saint-Denis y las del que había irrumpido en el departamento de la calle Toullier coincidían.

Al-Saud hojeaba los periódicos mientras engullía un sándwich. Buscaba información sobre el asesinato de los iraquíes; sólo halló una mención en un diario local de Seine-Saint-Denis, donde se conjeturaba acerca de la posibilidad de una sobredosis, a pesar de que no se habían encontrado jeringas ni residuos de estupefacientes. Apartó el diario y se limpió las manos para atender el celular. Miró la pantalla: era Zoya. Su voz sonaba tensa.

—¿Estás bien?

—Sí. No te preocupes por mí. Estoy bien. A Masséna le sienta el aire caribeño. Se le ve más distendido. Te llamo porque Natasha volvió a comunicarse conmigo. Me pidió dinero. La noté nerviosa, casi desesperada.

—¿Cómo le enviarás el dinero?

—Me dio un número de cuenta bancaria.

—Yo me ocuparé. Pásame el número. ¿Lo tienes a mano? —Zoya se lo dictó—. ¿Te pidió una suma en particular?

—No, pero pensaba ser generosa. Como te digo, la noté muy nerviosa. Y, aunque le insistí, no quiso decirme dónde está.

Por la noche, Al-Saud entró en la base por el portón de la calle Maréchal Harispe. Se recluyó con Peter y Alamán en la sala de proyección dispuesto a escuchar sus conclusiones. Repasaron la cinta, observaron las fotografías en la pantalla y analizaron los resultados que arrojaba el software.

—Las medidas coinciden y las formas del cráneo también —informó Peter.

—Tomando como base el perfil del asesino que fotografió Amburgo (que es muy borroso, como puedes ver), el programa desarrolló un rostro tentativo. El hombre sería, más o menos, así.

La potencial cara del asesino se proyectó frente a Eliah, agigantada en la pantalla de la pared. El parecido con el hombre que había irrumpido en el departamento de la calle Toullier resultaba pasmoso.

—Es él —murmuró—. Es el mismo hijo de puta.

—Lo cual no debería sorprendernos —apuntó Alamán—. Quien haya irrumpido en la casa de Matilde es el que contrató a los iraquíes para que la atacaran. Como no quería dejar cabos sueltos, asesinó a quienes podían testificar en su contra.

—Me refiero —habló Al-Saud, sin apartar la vista del diseño realizado por el software— a que es el mismo hijo de puta que intentó secuestrarnos en el 81.

—También escaneamos el retrato hablado que surgió de la descripción de la jefa de enfermeras —prosiguió Alamán, como si desestimara el comentario de su hermano— y lo comparamos con las fotos y la filmación.

—¿Y?

—Hay puntos de coincidencia —admitió Ramsay—, pero nada que nos pueda brindar un resultado definitivo.

—Es el mismo —afirmó Al-Saud—. Los tres son el mismo hijo de puta. —«Y el mismo que atacó a Sabir y a Shiloah el día de la apertura de la convención.»

Durante la cena, el ánimo sombrío de Al-Saud se acentuó cuando sonó el celular de Juana y la llamada era para Matilde.

—Auguste Vanderhoeven, el de Manos Que Curan —anunció Juana, con aire decepcionado ya que había creído que se trataba de Shiloah Moses.

La alegría de Matilde, el modo en que se empeñaba en hablarle en francés y las risitas que le destinaba calentaron la sangre de Al-Saud. Al colgar, Matilde se dirigió a Juana.

—Auguste llamaba para avisarnos que está de paso en París el doctor Rolf Gustafsson, el médico sueco que hace veinte años que vive en Kivu Norte y que es uno de los pocos especialistas en fístula vaginal del mundo.

«Conque lo llama Auguste», se enfureció Al-Saud. A su juicio, Matilde lucía tan exaltada y contenta como si acabara de enterarse de que había ganado el premio mayor de la lotería.

—¿Trabaja para Manos Que Curan? —se interesó Juana.

—No, no. El doctor Gustafsson está contratado por el gobierno del Congo. ¡Hace veinte años que está allá! —repitió—. Podrá contarnos un montón de cosas.

—¿Quién es Auguste Vanderhoeven? —intervino Al-Saud.

—Tú lo conoces —se apresuró a aclarar Matilde—. Lo viste el día en que fuiste a buscarme a la sede de Manos Que Curan, cuando volviste de viaje. ¿Te acuerdas?

Al-Saud asintió y bajó la mirada para llevarse un trozo de carne a la boca. Claro que se acordaba del tipo que miraba a Matilde con cara de tonto.

—¿Qué quería? —insistió, sin levantar la vista.

—Quiere que almorcemos mañana con él y con el doctor Gustafsson.

—¿Y piensas ir, Matilde? —Lo preguntó con deliberada lentitud, enfatizando el «Matilde», en tanto la horadaba con sus ojos. Juana lo pateó bajo la mesa.

—Sí, pienso ir —contestó, turbada y medrosa, y se levantó para ayudar a Leila a servir el postre.

—¿Qué bicho te picó? —se enojó Juana cuando Matilde entró en la cocina—. ¿Por qué le hablas así, con ese tonito?

—No quiero que vaya a almorzar con ese tipo. Está caliente con ella.

—¿Y?

—¿Y? —se escandalizó él—. No quiero que nadie se caliente con mi mujer.

—¡Ah, mi querido! —se impacientó Juana—. Entonces, si no quieres que nadie se caliente con tu mujer, elige una con cara de cucaracha y no con cara de modelo de la revista *Vogue*. ¡Dios mío, Eliah! Eres un hombre de mundo, ¿cómo puedes ponerte así porque un compañero de Manos Que Curan la invita a un almuerzo de trabajo?

—¡Porque soy un hombre de mundo es que conozco las intenciones de mis congéneres!

—Que Matilde esté loquita por ti y que sólo tenga ojos para ti no forma parte de este análisis, ¿no? Y que seas el único hombre al que se ha entregado, ¿tampoco?

—Ella es inocente y demasiado humilde para darse cuenta de lo que provoca en los hombres.

—Ella es inocente, estoy de acuerdo con eso, y humilde también, pero no es tarada. Papito —dijo, y suavizó el ceño y el acento—, no te conviertas en otro Roy que la celaba y la ahogaba. Mat valora su libertad porque le costó conseguirla. Si te pones en su contra, la vas a perder. La conozco, Eliah, la conozco como nadie. Parece débil y tierna, pero es una leona cuando lucha por lo que cree justo. Y tú, al tratarla como una tonta y al desconfiar de ella, cometes una injusticia.

Más tarde, mientras practicaba el estilo mariposa, Al-Saud entrevió a través de la cortina de agua que le bañaba los ojos la pequeña figura de Matilde en el extremo de la piscina, cubierta con la bata blanca del George V. No dio la voltereta al tocar la pared sino que descansó las manos en el filo de la piscina y apoyó el mentón sobre ellas. Se miraron largamente. Al-Saud nadó hasta la escalerilla y salió. Más que enojarse, a Matilde la sorprendía darse cuenta de su debilidad; el enfado por la escena durante la comida se diluía con sólo echar una ojeada a ese cuerpo perfecto, oscuro y brillante de agua. El traje de baño, diminuto y ajustado, como el que usan los nadadores profesionales, le marcaba el miembro y los testículos, y esa visión le provocaba un cosquilleo entre las piernas. Recogió la bata de Al-Saud y una toalla del sillón tejido y se las pasó. Él la miraba con dureza en tanto se secaba, y ella sólo pensaba en hacer el amor. ¿Para qué discutir acerca de Auguste Vanderhoeven? No tenía sentido. Se acercó y le sonrió.

—Esta mañana me llamó tu mamá. —Eliah se limitó a levantar las cejas y ejecutar una mueca indiferente—. Me pidió que la acompañase el viernes a visitar la Capilla de Nuestra Señora de la Medalla Milagrosa. Me dijo que tú le cont…

—¿Te viste con Vanderhoeven mientras yo estuve de viaje?

—¿Qué? ¡No! ¿Acaso La Diana y Sándor no te lo habrían informado? —lo increpó, con sarcasmo.

—Tal vez te ganaste el favor de ellos y me ocultan cosas. Tienes un modito muy especial para lograr que los demás se rindan a tus pies.

Matilde giró para abandonar la sala de la piscina. Un tirón la puso en brazos de Al-Saud, que le clavó los dedos en las costillas de la espalda.

—Déjame ir, Eliah. Me estás haciendo daño.

—¿Por qué tanto entusiasmo por el simple llamado de ese idiota?

Matilde lo contempló directo a los ojos de pestañas aglutinadas por el agua. Después se dio cuenta de que él estaba sufriendo lo mismo que ella durante su semana de ausencia y silencio, cuando se atormentaba al imaginarlo en brazos de otra, en la cama con otra.

—El entusiasmo —se avino a explicar— se debe a que estoy muy interesada por aprender a reparar las fístulas vaginales, una práctica que no existe en mi país, pero que es común en África. Pocos médicos en el mundo conocen este tema, y pocos saben cómo reparar las fístulas, que es una cirugía muy peculiar. Eso es todo. Poder conversar con uno de los pioneros en el mundo en materia de cirugía de fístula vaginal me entusiasmó, como me entusiasma todo lo que se relaciona con mi carrera. ¿Te acostaste con otra mujer durante la semana en que estuviste de viaje? —Como Al-Saud se quedó mirándola con expresión lastimosa, Matilde siguió—: Porque es lo que sospeché todo el tiempo en que estuviste lejos de mí. Pensé que ésa era la razón por la cual no me llamabas, porque estabas con otra.

—¡No! —se pasmó Al-Saud—. ¿Cómo pudiste pensar que estaba con otra?

—¿Cómo pudiste pensar que me entusiasma Vanderhoeven? ¿Te viste con alguna mujer? No sé, para almorzar o para cenar, lo cual sería peor.

—Cené con una vieja amiga.

—¿No pasó nada entre ustedes? —A Matilde comenzaba a asquearla el papel de esposa histérica; pese a todo, no conseguía reprimir la ira y el despecho, brotaban sin contención—. ¿Nada de nada? ¿Ni siquiera un beso?

—Nada de nada —mintió.

—¿Cómo se llama esa *vieja amiga*?

—Estás celosa —pronunció Al-Saud, con una media sonrisa, cuya petulancia irritó a Matilde.

—Simplemente soy curiosa. ¿Cómo se llama?

—*Madame* Gulemale.

—¡Qué excéntrico nombre! *Madame* Gulemale.

—Estás celosa —repitió él— y me encanta. —La besó con ardor en el cuello y la sostuvo pegada a él a pesar de los intentos de Matilde por apartarse—. Quédate quieta.

—No. Suéltame. Estoy enojada contigo. ¡Estás mojándome, Eliah!

—¿Para qué viniste a buscarme? ¿Para esto? —le preguntó, y la obligó a apoyar la mano sobre su bulto; sabía dónde apretar para mantenérsela abierta. Matilde comprobó la tensión y la tibieza bajo la humedad del traje del baño.

—Qué caballeroso —le reprochó, e intentó quitar la mano. Al-Saud la retuvo y la usó para sobarse—. No vine para nada de eso. Sólo para contarte que tu mamá me invitó a ir a la Capilla de la Medalla Milagrosa. Pero veo que estás de mal humor.

—Tengo ganas de matar al tal Vanderhoeven.

—¡Ja! —rabió Matilde, y, pese a saber que no se desharía de la sujeción de Al-Saud, siguió luchando—. No creas que pensar en *Madame* Gulemale me causa mayor dicha, ¿eh?

—Estoy muy caliente. —Al pegarle los brazos como bandas al cuerpo, la redujo. Matilde permaneció quieta y agitada con la mejilla en el torso de Al-Saud—. No quiero que estemos enojados. Perdóname, mi amor. No desconfío de ti sino de los demás. Siento que me hierve la sangre cuando veo que otro te desea.

—A mí me pasa lo mismo —admitió ella—. Cuando te vi con Celia la noche de…

Al-Saud la acalló con un siseo.

—No sigamos discutiendo, Matilde. Tuve un día pesado.

—Yo tampoco quiero discutir. ¿Muy pesado fue tu día? —Al-Saud asintió—. Pobre amor mío. Algo tendremos que hacer para compensarte por las penurias de la jornada. ¿Qué tal esto? —dijo, y enganchó los pulgares en el elástico del traje de baño y lo arrastró hasta quitárselo por completo. Se despojó de la bata, bajo la cual no llevaba nada, deslizó su cuerpo desnudo por el de él hasta ponerse de rodillas y lo tomó en su boca.

Juana, que ejercitaba en el gimnasio, oyó el clamor ronco y desvergonzado de Al-Saud, y una sonrisa le despuntó en las comisuras.

Alrededor de las cinco de la tarde del miércoles 25 de febrero, la secretaria de Ariel Bergman entró en su despacho con los periódicos vespertinos más importantes de Ámsterdam y los depositó sobre una mesa de reuniones donde a su jefe le gustaba abrirlos y hojearlos.

—Gracias, Rutke —dijo, sin levantar la vista de la pantalla de su computadora.

—Señor Bergman. —La entonación en la voz de su secretaria lo impulsó a mirarla—. Es preciso que vea el *NRC Handelsblad*.

Ariel Bergman se puso de pie y Rutke le extendió el diario. El titular rezaba: *La fábrica de armas químicas de Israel*. El copete ampliaba: *El descubrimiento realizado por este vespertino echaría nueva luz sobre las secuelas del desastre de Bijlmer*. Bergman contempló la fotografía que ocupaba media portada; se trataba de un laboratorio. Buscó el nombre del autor del artículo: Ruud Kok.

—Maldito hijo de puta —masculló. Se acordaba de Kok, el periodista que había terminado por convertirse en un problema durante los meses posteriores al accidente del vuelo 2681 de El Al—. Maldito hijo de puta —masculló de nuevo, y esta vez no insultaba a Kok sino al cerebro de esa movida magistral: Eliah Al-Saud. En ese instante comprendía el significado del mensaje que les había enviado a través del *kidon* que lo interceptó en el bar del Summerland, en Beirut. «*Dile a tu* memuneh *que esté atento a las noticias de la semana que viene. Dile también que me pondré en contacto con él.*»

Rutke salió a la carrera para atender el teléfono que sonaba en su escritorio. Le pasó la llamada a Bergman. Se trataba del *sayan* que trabajaba en el *NRC Handelsblad*.

—¡Qué mierda significa este titular! —explotó Bergman.

—¡No lo sé! Acabo de verlo, por eso lo llamo. Es evidente que se trabajó con absoluta discreción y que no se filtró una palabra. Nadie acá sabía nada. Lo siento.

Bergman colgó con un golpe y se echó en su asiento. Se sujetó la cabeza con las manos y apretó los ojos. Necesitaba calmarse para reordenar las ideas y para decidir los próximos pasos. A regañadientes, marcó el teléfono privado del director del Mossad y lo puso al tanto de la novedad. El hombre, usualmente calmo, aun afable, prorrumpió en exabruptos. Tanto Bergman como la máxima autoridad del servicio secreto estaban jugándose el puesto.

La cosa empeoró al día siguiente, el jueves 26 de febrero, cuando la noticia apareció en dos periódicos israelíes de gran prestigio, *Ha'aretz* y *El Independiente*, cuyo propietario, Shiloah Moses, el hijo menor del sionista a ultranza Gérard Moses, aprovechó la coyuntura y encarnizó su discurso para atacar al gobierno y al Mossad. Por esos días, las mediciones lo daban como ganador en las próximas elecciones.

Ariel Bergman voló de urgencia a Tel Aviv-Yafo para reunirse con su jefe.

—Es imperativo saber qué se trae entre manos Al-Saud —dijo el director del Mossad—. ¿Qué sabemos de él?

Ariel Bergman se armó de paciencia y le resumió los informes que había redactado cada semana; resultaba evidente que el *memuneh* no los había leído; no lo culpaba, la cantidad de información que se apilaba sobre su escritorio resultaba abrumadora.

—Ahora sabemos que actúa en nombre de las dos aseguradoras más perjudicadas en el asunto del Bijlmer. Empezamos a seguirlo semanas atrás, cuando regresó de un viaje a Buenos Aires en el cual estuvo averiguando acerca de Química Blahetter. En aquel momento no parecía un asunto de importancia. Fue preciso retirar a los *katsas* que los seguían, a él y a sus socios. Los tres son excelentes profesionales y los eludían. Por un golpe de suerte, conseguimos infiltrar un *sayan* en su empresa, Mercure S.A., que nos brindó información valiosa. La última, sin embargo, era parte de una emboscada que Al-Saud y sus hombres nos tendieron. Esto fue la semana pasada.

—¿Nuestro *sayan* quedó al descubierto, entonces?

—No lo sabemos con certeza. —Aguardó un nuevo comentario de su jefe; como no llegó, siguió desarrollando su informe—: El día de la emboscada, Al-Saud nos mandó un mensaje con uno de los nuestros. Nos dijo que estuviéramos atentos a las noticias y que él se pondría en contacto con usted.

—No esperaremos a que actúe. Es preciso detenerlo. Ahora. El primer ministro está rabioso y lo único que hace es levantar el teléfono para insultarme.

Vladimir Chevrikov abrió la puerta de su departamento y le franqueó el paso a Al-Saud. Sirvió café para los dos, aunque en su taza vertió una medida de vodka.

—Aún no tengo información de relevancia del sujeto que me pediste, Aldo Martínez Olazábal. Por lo que pude averiguar, estuvo preso después de la quiebra fraudulenta de su banco en Argentina.

—Eso ya lo sabía. Lo que me interesa saber es a qué se dedica ahora.

—La huella parece morir en prisión —admitió Chevrikov.

—Me pondré en contacto con mi enlace en los servicios secretos argentinos. Quizá pueda decirme algo sobre él. Ahora necesito pedirte otro favor.

—A tus órdenes, como siempre.

—Le pedirás a Vincent Pellon que programe una cita con el jefe del Mossad en Europa.

Aunque vivía en una mansión en el barrio de Mayfair, en Londres, Vincent Pellon era checoslovaco. En realidad se llamaba Václav Pavezkinsky; de su verdadero nombre sólo quedaban las iniciales. Las peripecias que atravesó para escapar de las garras del nazismo, que liquidó a sus padres y a sus hermanos mayores, eran dignas de una novela o de una película. Había llegado al puerto de Dover, en Inglaterra, mal vestido, sucio y muerto de hambre. Cuarenta años más tarde, era uno de los hombres poderosos del Reino Unido, dueño de un canal de televisión, de varias radiodifusoras y de dos periódicos. Poseedor de una personalidad expansiva y jactanciosa, no ocultaba su origen judío ni sus estrechos lazos con el sionismo. Consideraba a Israel un segundo hogar y donaba grandes sumas de dinero para su desarrollo. Su compromiso, sin embargo, superaba el simple donativo para un *kibutz* y alcanzaba los estamentos más altos; era el *sayan* más valioso del Mossad en Gran Bretaña. A pesar de su poderío e influencia, Pellon poseía un lado flaco: sus negocios habían comenzado a declinar. Al principio se trató de un descenso de la rentabilidad debido a un mal negocio con la compra de una empresa de software, que fue acentuándose en los ejercicios sucesivos hasta convertirse en un quebranto flagrante. Los bancos de la City en Londres ya no consideraban al Grupo Pellon como una apuesta segura, y sus inversionistas de Israel empezaban a presionarlo para que les devolviera los capitales. En un acto desesperado, Pellon desvió los fondos de pensión de sus miles de empleados para cubrir los requerimientos. De esa maniobra fraudulenta, Chevrikov contaba con documentación probatoria, la que le había proporcionado un ex empleado del Departamento de Auditoría del Grupo Pellon, sin mencionar los videos de Vincent Pellon con Zoya, a quien visitaba en su viaje mensual a París.

—No será problema —dijo Chevrikov—. Dudo que se niegue. ¿Para cuándo quieres que arregle el encuentro?

—Para la semana que viene. Sé que estoy dándote poco tiempo, pero así están las cosas. Además, los del Mossad están esperando mi invitación. —Chevrikov sonrió con sarcasmo—. Insiste en que sea el jefe del Mossad en Europa. No quiero ningún funcionario de segunda.

—¿Lo conoces?

—No, pero a Michael le dijeron que es un tipo sensato e inteligente. La reunión se hará acá, en París. Cuando me confirmes que acepta entrevistarse con nosotros, le indicaré cómo y dónde se realizará el encuentro.

—¿Y si no acepta?

—Lo hará.

Había esperado el encuentro con Francesca Al-Saud sin disimular la ansiedad; incluso le había preparado un frasco con dulce de leche. Quería ganarse su cariño, no podía negarlo, aunque prefería no indagar en las motivaciones cuando en pocas semanas partiría al Congo y todo habría terminado. Porque durante el almuerzo con el doctor Rolf Gustafsson, Auguste Vanderhoeven había mencionado la posibilidad de adelantar el inicio del proyecto debido a que la situación de los refugiados en la zona de los Kivu empeoraba con el paso de las horas. Matilde no le mencionó esa contingencia a Eliah, como tampoco le detalló los pormenores del almuerzo, que estuvo muy animado, pues si bien Gustafsson era un hombre peculiar, más bien circunspecto, se sintió atraído por el entusiasmo de Matilde y la gracia de Juana, y casi al final, estimulado por el vino, terminó riendo a carcajadas. Se despidieron con la promesa de reencontrarse en Bukavu, la capital de la provincia de Kivu Sur.

Matilde se hallaba jalonada por pensamientos contradictorios. Por un lado, ansiaba viajar a África y ponerse al servicio de los más débiles;

por el otro, anhelaba permanecer en París, en la casa de la Avenida Elisée Reclus, para siempre; la consideraba como propia, como nunca había considerado al Palacio Martínez Olazábal ni al departamento de Roy, a pesar de que sólo llevaban poco más de quince días como huéspedes de Eliah. El sentimiento que experimentaba por él le resultaba tan profundo que, desde su llegada a París, vivía en un estado de alegría y expectación permanente; se sentía hermosa, deseada y vital. En menos de dos meses y con la ayuda de Al-Saud, había roto la corteza que la mantenía prisionera, para salir al mundo y entregarse a él, que le había devuelto la dignidad. A veces se quedaba quieta y con la vista perdida, meditando acerca de la Matilde de antes y en la revolución que habían operado en su espíritu ese viaje y ese hombre.

Acordaron que Francesca pasaría a buscarlas por el consultorio del psiquiatra de Leila, en la calle Lecourbe, a las once de la mañana, luego de la consulta en la cual Matilde acompañaría por primera vez a la muchacha bosnia.

El doctor Brieger no ocultó la sorpresa ante el relato que la doctora Martínez le contaba en un francés aceptable y de buena entonación. Advirtió que Leila la tomaba de la mano y que la contemplaba con expresión devota. Su paciente había establecido un vínculo peculiar con esa médica argentina, a la cual le había confiado su corazón hecho trizas. Por qué había elegido a una extraña y no a sus hermanos o al señor Al-Saud quedaría en el plano de lo inexplicable que demostraba una vez más la complejidad del cerebro y del alma humanos. Brieger desvió la mirada hacia Leila y le preguntó:

—La señorita Matilde afirma que le has hablado. ¿Es verdad? —Leila asintió—. ¿Y qué le has dicho? —La joven se limitó a contemplarlo con mirada beatífica—. ¿Sólo hablarás con ella? —Leila sacudió los hombros, en un ademán infantil—. ¿Y qué hay de Sándor y de Diana? A ellos les gustaría hablar contigo.

—No es Diana. Es Mariyana —pronunció Leila, con la voz medio ronca y quebrada de quien acaba de dormir varias horas.

Sándor y La Diana, de pie tras Matilde y Leila, sufrieron un momento de turbación, lo mismo que Brieger. Éste, que conocía la historia de los hermanos Huseinovic, no precisó de explicaciones. Juzgó interesante que Leila se dirigiera a él por primera vez para apuntar al trauma de La Diana, que no soportaba la mención de su verdadero nombre. Por más que insistió, Brieger no consiguió arrancarle otra palabra. Leila salió del consultorio y se unió a Juana en la recepción.

—Me atrevo a afirmar que el proceso de recuperación de Leila ha comenzado. —Matilde, aún de espaldas a los Huseinovic, oyó el sollozo ahogado de La Diana y se conmovió–. No será rápido ni fácil, pero seguirá su curso. Poco a poco iré disminuyendo la dosis del somnífero que la ayuda a dormir. Veremos cómo reacciona. La presencia de la doctora Martínez ha sido en extremo benéfica para Leila, y su amistad la ayudará a volver a ser ella misma.

—Doctor Brieger, en unas semanas me iré de París —comentó Matilde, y la asoló la culpa.

—¿Y cuándo regresará?

No se atrevía a pronunciar la palabra «nunca» frente a los hermanos Huseinovic; optó por una respuesta ambigua.

—No sabría decir. Estaré lejos varios meses.

—¿Leila lo sabe?

—No.

—Hay que decírselo. Es importante prepararla.

Sándor y La Diana le permitieron salir del edificio del doctor Brieger al avistar el Rolls-Royce Silver Shadow de color amarillo de la señora Francesca, y la escoltaron hasta la parte trasera. Leila se encaprichó con que iría con Matilde y se aferraba a ella de manera tenaz. No lograron convencerla de que viajara en el automóvil que conduciría Sándor y que seguiría al Rolls-Royce.

—¡Uf! —simuló fastidiarse Yasmín–. Yo iré con Sándor y La Diana. —Descendió del automóvil de su madre y caminó a grandes zancadas seguida de cerca por los hermanos Huseinovic.

Sándor le abrió la puerta trasera, con la vista baja, como siempre había hecho mientras trabajaba a su servicio. Antes de entrar en el vehículo, Yasmín le preguntó:

—¿Cómo has estado, Sándor?

—Muy bien, señorita —fue su respuesta, siempre con la vista al suelo y una mano en la espalda–. Gracias por preguntar.

—¿Así que muy bien? Supongo que es más grato custodiar a Matilde que a mí.

Sándor levantó la vista y la contempló con el entrecejo apretado, como si no hubiese comprendido la declaración. Yasmín separó los labios lentamente ante la belleza de esos ojos celestes enmarcados por cejas tupidas y oscuras; pocas veces había obtenido una visión tan directa de su rostro.

—No —fue la respuesta de Sándor, expresada en un tono seco, cortante, casi ofensivo–. Suba de una vez. Está exponiéndose.

Yasmín se acomodó detrás del acompañante. Los hermanos Huseinovic ocuparon sus sitios, y el automóvil se puso en marcha a la zaga del Rolls-Royce. Nadie hablaba. Cuando se atrevía, Yasmín observaba el reflejo de Sándor en el espejo retrovisor, y, en una oportunidad en que sus miradas se encontraron, ella le sonrió con timidez. Sándor no le retribuyó el gesto y, pasados unos segundos, volvió la vista hacia delante. En el interior del Rolls-Royce palpitaba un espíritu diferente, y salvo los semblantes serios del conductor y del acompañante, dos hombres trajeados, con cables en espiral que nacían en sus oídos derechos y morían bajo los cuellos de sus sacos, los del resto se iluminaban con sonrisas. Matilde y Juana cruzaron una mirada de complacencia al advertir que Francesca se había protegido la garganta con el pañuelo Emilio Pucci que le habían regalado para el cumpleaños; quedaba muy bien en contraste con el abrigo de cachemira blanca.

Francesca desplegaba la simpatía de costumbre y se mostró interesada en los avances de Leila; la felicitó como si hubiese pasado un examen. Después contó la historia de la religiosa Catherine Labouré, a quien la Virgen María le pidió que hiciera acuñar la famosa medalla. Matilde no conocía la historia a pesar de haber llevado la Medalla Milagrosa por más de diez años.

A la capilla se accedía por el convento de la Compañía de las Hijas de la Caridad, ubicado en la calle du Bac, en el número 140. La fachada del edificio decía poco. Había un grupo nutrido de gente en la acera, y los guardaespaldas de la señora Francesca les abrieron camino. Sándor y La Diana se pegaron a ellos. Matilde echó un vistazo a Yasmín y le descubrió una expresión angustiada.

—No será necesario que nos acompañen dentro —indicó Francesca a los custodios.

—Señora —objetó Sándor—, si su hijo Eliah supiera que nos hemos despegado de la señorita Matilde aunque sea cinco minutos, La Diana y yo estaríamos en problemas.

Francesca sonrió a Matilde, en tanto Yasmín admiraba a Sándor, a la resolución y a la educación con las que se había dirigido a su madre en un idioma que no era el propio y que, si bien pronunciaba mal, manejaba con fluidez; la fascinaba su voz rasposa y grave, y se lo imaginó susurrándole en bosnio. Sintió celos por la fiereza que había desplegado en la protección de la mujer de Eliah y se amargó de nuevo.

Los guardaespaldas de Francesca quedaron junto a los automóviles, mientras los Huseinovic custodiaban la partida de cinco mujeres, que traspusieron las puertas del convento. A pesar de hallarse en el centro de París, el lugar se silenció como por encanto. Se oía el rumor del viento frío y de los pájaros. La gente se movía en silencio y con actitud recogida. Francesca las guio por un pasillo hasta la capilla y, en voz baja, les describió los detalles de los frescos, del tabernáculo y demás. Matilde subió los cuatro escalones de mármol que conducían al altar y permaneció quieta, con el rostro elevado hacia la estatua de María. No rezaba sino que meditaba acerca de los acontecimientos de las últimas semanas, las más vertiginosas y cruciales de su vida. Al final, pidió por el alma de Roy y por la resignación de los Blahetter. A su lado se encontraba Leila, que también parecía rezar. ¿Sería cristiana o musulmana? Eliah le había explicado que los Huseinovic provenían de una región de Bosnia poblada por islámicos. La duda se resolvió al ver la agilidad con que se hacía la señal de la cruz. Leila se movió hacia la pequeña capilla donde descansaba el cuerpo incorrupto de Santa Catherine. Francesca se aproximó a Matilde y le susurró:

—Iremos a la oficina donde entregan medallas y rosarios y después los haremos bendecir. ¿Vienes?

—Me quedo aquí, rezando un poco más.

Juana, Francesca y Yasmín abandonaron la capilla seguidas por Sándor, en tanto La Diana custodiaba a Matilde desde el umbral, como si se negase a entrar, con las piernas separadas, las manos juntas delante y el mentón ligeramente elevado, en una actitud masculina y pendenciera, como en abierto desafío a la Virgen.

La capilla parecía haberse vaciado de pronto, había pocas personas, por lo que Matilde se atrevió a deslizarse tras el tabernáculo para acceder al ábside de la capilla; siempre había experimentado fascinación por los ábsides, y recordó cuando se soltaba de la mano de su abuela Celia y se escabullía a la parte posterior del altar de los Capuchinos.

Alguien la sujetó por la cintura, y Matilde sonrió al creer que se trataba de Eliah, que se presentaba en la calle du Bac para darle una sorpresa. Se dio vuelta en el abrazo, y su sonrisa se desvaneció; frente a ella no estaba Eliah. Se trató de una cuestión instintiva, como la de los animales: simplemente, al unir su mirada con la de ese hombre, supo que contemplaba la maldad en estado puro. El pánico se esparció por su torrente sanguíneo, comprometiendo cada parte de su cuerpo; el primer efecto que experimentó fue un enfriamiento y una tirantez en los labios. De modo inexplicable, no gritaba mientras forcejeaba en los brazos de ese gigante. Se quedó paralizada ante el gesto macabro de su atacante, que retiró los labios y le mostró los dientes en una sonrisa carente de humanidad. Acto seguido, le propinó un bofetón de revés, y Matilde se desarmó como una muñeca de trapo. «Pesa lo que una pluma», pensó Udo mientras la acomodaba para acarrearla por una puerta lateral que había descubierto en el ala izquierda de la capilla.

Una punzada seguida de un sonido crujiente lo detuvo, y, en un acto reflejo, soltó a su víctima para llevarse la mano a la parte posterior de la cabeza. Tenía sangre en los dedos. Giró y se topó con una mujer, que aún sostenía en alto el candelabro con el que lo había golpeado.

—¡Mariyana! ¡Mariyana!

La Diana corrió en dirección de los gritos, y después apareció Sándor, que regresaba a la capilla escoltando a las tres mujeres. Juana, Francesca y Yasmín no comprendían el motivo de los alaridos y de las carreras y preguntaban: «¿Qué pasa? ¿Dónde está Matilde?». Se precipitaron hacia el altar y se detuvieron en seco al ver a La Diana peleando con un hombre tras el tabernáculo. Sándor arrastraba a Matilde por el lado opuesto al de la pelea. Francesca dio media vuelta y huyó de la capilla.

La chica era buena, admitió Udo. Al-Saud le había enseñado bien. Sabía cómo usar esas piernas largas y delgadas para asestarle golpes, y también manejaba con habilidad la técnica para desviar los ataques que él le lanzaba. Sin embargo, en un instante en que se puso a su alcance y se desprotegió la cara, Jürkens le descargó el puño sobre la mandíbula y la dejó inconsciente. La mujer de Al-Saud ya no estaba. Salió tras el tabernáculo y se dio cuenta de que el escándalo atraía a más gente. Decidió batirse en retirada al ver a los guardaespaldas que conducían el Rolls-Royce amarillo entrar en la capilla seguidos por la madre de Al-Saud. Como la puerta lateral ya no representaba una opción —por ahí avanzaban los custodios—, se encaminó hacia la derecha para mezclarse con la gente y evadirse por el acceso principal.

Sándor terminaba de recostar a Matilde sobre el primer banco cuando se percató de que el atacante se evadía por el ala derecha. Saltó por encima del respaldo, brincó entre los bancos y se lanzó sobre el hombre.

Cayeron pesadamente y se enzarzaron en una pelea. Yasmín observaba la escena incapaz de superar el estupor que la encadenaba al suelo. Quería gritar, y los alaridos se le acumulaban en el pecho provocándole una agitación que la ahogaba. Por fin, soltó un clamor que pareció estremecer las paredes de la capilla al ver que el atacante apuntaba su pistola y disparaba al corazón de Sándor.

La multitud rompió en alaridos y se desbandó. El desconcierto brindó unos segundos a Jürkens para trepar por la estatua de San Vincent de Paul y, con una habilidad que se contraponía a la solidez de su cuerpo, aferrarse a la reja de la baranda del balcón interno. Quedó expuesto, ahí colgado, y uno de los guardaespaldas de Francesca le disparó y lo hirió en la parte posterior del muslo derecho. Jürkens se mordió el labio para superar el dolor, mientras más disparos caían en torno a él. Con un esfuerzo titánico, levantó el cuerpo y cayó dentro del balcón. Descargó tres balas contra el vitral y terminó de abrirse paso rompiendo el vidrio con la culata de su Colt M1911. Se cortó los brazos y se rasgó la tela del pantalón con los restos de cristal que, como estalactitas, emergían del marco de hierro. No obstante, siguió avanzando hasta terminar en el techo del convento y huir.

Yasmín cayó de rodillas junto a Sándor. El pánico le impedía pensar, no sabía cómo proceder, las manos le temblaban, las lágrimas la cegaban. Se apartó con presteza al ver a Matilde que, a pesar del golpe recibido, se inclinaba sobre Sándor con una actitud serena y profesional. Le acomodó la cabeza hacia atrás con movimientos delicados y le separó los párpados para comprobar el reflejo de las pupilas. Yasmín se dio cuenta de que Matilde lo llamaba por su nombre y de que lo instaba a despertarse, no porque la escuchase —un zumbido la ensordecía— sino porque le leía los labios. Matilde intentó reanimarlo con suaves bofetadas y pellizcándole el dorso de la mano. Tampoco escuchó lo que murmuraron con Juana, que se ocupaba de abrir la camisa de Sándor. Entonces vio el chaleco antibala, y una tenue luz de esperanza la hizo sonreír.

—¡No está respirando! —se alarmó Juana—. El pulso es muy débil.

Con la colaboración de los guardaespaldas de Francesca, le quitaron el chaleco. La bala había provocado un trauma a la altura del corazón, y el hematoma se extendía por el pecho y le teñía de rojo incluso la carne del hombro.

—¡El impacto fue terrible! —expresó Matilde.

—¿Con qué mierda le disparó? —se preguntó uno de los guardaespaldas, que, junto con su compañero, estudiaba la huella del proyectil sobre el chaleco.

—Creo que tenía una Colt calibre cuarenta y cinco —contestó el otro.

—¡Con razón! Una Colt calibre cuarenta y cinco y de tan cerca…

—De todos modos —insistió el guardaespaldas—, el daño en el chaleco es desmedido. ¿Qué tipo de bala será?

—¡No tiene pulso! —gritó Juana—. ¡Entró en paro!

—¡Dios mío, por favor, no! ¡Dios mío, no! —clamaba Yasmín, sofocada por el llanto, y buscó los brazos de su madre para llorar.

—¡Juana, insúflalo! ¡Yo le hago el masaje!

Juana tapó la nariz de Sándor y le proporcionó oxígeno dos veces directamente en la boca. Matilde ya estaba pronta, con el esternón individualizado y los brazos y los talones de las manos en la posición correcta. Le practicó cinco presiones. Juana lo insufló de nuevo. Otra vez, cinco presiones y una insuflación, y entre una técnica y la otra, Juana se ocupaba de comprobar si la circulación sanguínea se reanudaba.

—¡Ya le siento el pulso!

—¡Gracias, Dios mío! —sollozó Yasmín.

—Continúa insuflándolo —le indicó Matilde—. Yo me ocupo del pulso. Es bajo —susurró segundos después—, cuarenta pulsaciones.

El gentío que los rodeaba se apartó para despejar el camino de los paramédicos, que enseguida comprobaron que el paciente respiraba por sus propios medios. Matilde y Juana se expresaron bastante bien para ponerlos al tanto de la situación, y como Matilde se presentó como médica e insistió, le permitieron viajar con Sándor en la ambulancia.

Thérèse le pasó a Eliah una llamada de su madre. Segundos más tarde, intercambió una mirada con Victoire al oírlo levantar la voz. No entendían lo que vociferaba porque hablaba en castellano. Al-Saud salió de su oficina con la chamarra de cuero a medio poner y las llaves del automóvil sujetas por la boca. Pasó como una ráfaga; no ofreció explicaciones ni ellas se atrevieron a pedírselas.

Al-Saud tenía la impresión de que el ascensor del George V tardaba más de lo usual en llegar al subsuelo donde estacionaba el Aston Martin. En la calle, pasó los semáforos en rojo y esquivó los automóviles como si participara en una carrera. Llegó al Hôtel-Dieu, el hospital de urgencias para adultos más cercano a la calle du Bac, en siete minutos. Subió al segundo piso saltando los escalones de tres en tres y avanzó por el corredor buscando frenéticamente el rostro de Matilde.

Yasmín, de pie frente a la máquina de café, lo vio venir y lo interceptó. Se abrazó a él.

—¡Fue horrible! Ese hombre atacó a Matilde. Ella dice que la sorprendió por detrás, que trató de aferrarla. Sándor intervino y le disparó a quemarropa. ¡Creí que había muerto!

—Déjame ir con Matilde —se desesperó Al-Saud, y trató de apartar a Yasmín—. ¡Déjame, Yasmín!

—¡Eliah, espera un momento! ¡Escúchame! ¡El hombre era él!

—¿Quién? ¡No te entiendo, Yasmín! ¡Déjame pasar!

Yasmín le aferró el rostro con las manos y lo obligó a mirarla.

—El hombre que quería a Matilde era el mismo que intentó secuestrarnos en el 81.

Si Yasmín lo hubiese golpeado con un ladrillo no le habría causado la conmoción que le produjo su afirmación.

—No, Dios mío —masculló—. ¿Estás segura?

—Jamás olvidaré esa cara, Eliah. Era él. Lo supe apenas lo vi. Prácticamente no ha cambiado, el muy hijo de puta. No se lo he mencionado a mamá.

Yasmín se hizo a un lado, y Eliah devoró la distancia que lo separaba de Matilde. Ella lo vio acercarse, se puso de pie y corrió hacia él.

Francesca atestiguó el momento en que Matilde desaparecía entre los brazos y bajo la chamarra de su hijo. Se quedó contemplando la escena, impresionada por la energía del abrazo de Eliah, por la elocuencia de su gesto de ojos cerrados, por el ardor de los besos que le prodigó en la cabeza. Se separaron, y Eliah sacó el pañuelo para secar las lágrimas de Matilde. A pesar de haberlo parido y de conocerlo como nadie, para Francesca, ese Eliah se revelaba como una nueva persona.

—Creí que eras tú —sollozó Matilde, y Al-Saud la condujo de nuevo a los sillones de la sala de espera—. Me agarró por detrás, me rodeó la cintura, y yo pensé que eras tú, que venías para darme una sorpresa.

—*Mon Dieu* —se quebró Al-Saud, y le pasó el dorso del índice por el moretón que le coloreaba el pómulo izquierdo de azul y de violeta—. *Fils de pute*. Voy a matar a ese malparido.

—No es nada —lo tranquilizó ella—. Ya me revisaron y no tengo fractura ni fisura. Sólo el moretón.

Yasmín se aproximó y le alcanzó un vaso térmico con chocolate caliente.

—Vamos, toma un poco —la urgió Al-Saud—. El azúcar del chocolate te va a hacer bien.

La Diana, que ya había recibido unas puntadas en el labio partido, se aproximó para completar el relato.

—Cuando Leila vio que el tipo quería llevarse a Matilde, le dio un golpe en la cabeza con un candelabro y me llamó a gritos.

—¿Tú dónde estabas? —se molestó Al-Saud.

—En la puerta de la capilla, pero no veía a Matilde porque ella se había metido detrás del altar. Ahí fue donde el tipo la interceptó.

—¿Y tú no viste que el tipo se metía en el mismo sitio donde ella estaba?

—No —admitió La Diana, y bajó la vista.

—¡Mierda, Diana! ¡Mierda y mil veces mierda!

—Eliah, por favor —terció Matilde, y le apretó la mano.

—Lo siento, Eliah.

—¿Dónde estaba Sándor?

—Él había salido de la capilla para proteger a tu madre y a la señorita Yasmín.

—Y ustedes —se dirigió a los guardaespaldas de su madre—, ¿qué carajo hacían? ¿Escuchaban misa?

—Yo les dije que esperaran fuera —intervino Francesca, y sostuvo la mirada rabiosa de su hijo hasta que éste la apartó.

Al-Saud se puso de pie cuando Olivier Dussollier se presentó en la sala de espera. Francesca advirtió que no despegaba los dedos del hombro de Matilde, como si temiera que se la robasen en tanto él se distraía conversando con el inspector de policía.

Kamal y sus hijos mayores se presentaron en el Hôtel-Dieu apenas Francesca se decidió a llamarlos. Kamal la abrazó con un fervor similar al empleado por su tercer hijo para contener a Matilde. André, el novio de Yasmín, llegó momentos después y la cobijó y la besó. Matilde observó que Yasmín apenas lo tocaba y que no ocultaba el fastidio que le causaban sus muestras de devoción.

—Basta, André. No me aprietes, vas a ahogarme. Estoy bien. Yo estoy bien. El que está muy grave es Sándor.

—¿No quieres que vayamos a mi casa? Allí podrás darte un baño...

—¿No has escuchado? Sándor está muy grave. No me iré hasta que el médico diga que está fuera de peligro.

Eliah hablaba con Dussollier en un apartado y observaban el chaleco antibalas que uno de los guardaespaldas de Francesca había ido a buscar a la cajuela del Rolls-Royce.

—Tendré que incautarlo como prueba. —Al-Saud asintió—. No es un chaleco común y corriente, como los que usan los agentes de policía.

—No. Es como los que usan los soldados en la guerra.

—¿Es de Kevlar? —Dussollier preguntaba por la placa de fibra sintética de gran resistencia con la que se fabrican la mayoría de los chalecos.

—No. El Kevlar no es resistente a los calibres más altos ni a los disparos de fusil, sin contar con que no detiene cuchilladas. Por otro lado, con el tiempo se degrada y pierde resistencia. Este chaleco está fabricado con otra fibra sintética muy poderosa además de una placa de cerámica. Así y todo, es liviano y se puede llevar bajo la ropa.

—Es una maravilla. Debe de costar una fortuna.

—Sí. Pero mis hombres lo valen.

—Sí, por supuesto. Y vemos que ha dado resultado. Opino que este muchacho ya estaría tocando el arpa con San Pedro de haber estado protegido por el chaleco de Kevlar. ¡Mira cómo la bala casi perfora el chaleco!

—Amán —dijo Al-Saud, y señaló a uno de los guardaespaldas de Francesca— asegura que le disparó a quemarropa y con una Colt M1911. De todos modos, esta bala no es común. Quizá sea una expansiva, de ojiva hueca.

—¿De nuevo una Dum-Dum? Los peritos determinarán eso. Lo siento, Eliah, pero los que estuvieron presentes en la capilla tendrán que ir a declarar. Es preciso. ¿La señorita podrá brindarnos un retrato hablado del hombre que trató de atacarla? —Al girar en dirección a Matilde y fijar la vista en ella, Dussollier hizo un ceño—. ¡Es la esposa de Roy Blahetter!

Al-Saud observó a Matilde, pálida y empequeñecida sobre el hombro de Juana.

—Sí —admitió de mala gana—, es su viuda.

—Esto no puede ser coincidencia, Eliah. Necesitamos que nos dé las señas del atacante.

—Lo hará, Olivier. Dice que lo vio de frente. Ahmed —Al-Saud hablaba del otro guardaespaldas— le disparó y le dio en la parte trasera del muslo derecho.

—Alertaremos a los hospitales. —Se inclinó en el acto de hacer una confidencia—. Ya sé que no es momento para mencionarte esto, pero, gracias a mi amistad con el jefe de forenses, tengo un adelanto de la autopsia de los jóvenes iraquíes. —Al-Saud lo habilitó a hablar con un asentimiento—. Parece ser que fueron rociados con algún tipo de agente nervioso.

—¿Qué tipo de agente?

El monstruo que estaba detrás de Matilde andaba suelto por París con una batería de armas químicas digna de los arsenales de las potencias más desarrolladas. ¿Quién era Udo Jürkens? ¿Era ése su verdadero nombre? Blahetter había sugerido que podía tratarse de un nombre falso. Lamentablemente, no tuvo tiempo de pedirle una descripción física; cuando volvió al Georges Pompidou al día siguiente, Blahetter había empezado a morir. De igual modo, no la necesitaba; para él quedaba claro que quien había irrumpido en el departamento de la calle Toullier y quien había torturado a Blahetter eran la misma persona. Y ese hombre, estaba seguro, había tratado de secuestrarlos cuando él era un adolescente.

Después del intento de secuestro en el 81, no pudo establecerse la identidad del que se desempeñaba como jefe del comando. Contaban con una sospecha: que pertenecía a la organización terrorista Fracción del Ejército Rojo. La sospecha se basaba en la declaración del propio Eliah: el secuestrador había insultado en alemán. En los setenta, el blanco codiciado de las organizaciones como Fracción del Ejército Rojo o la de origen palestino, Septiembre Negro, era Israel. ¿Quién mejor que el Mossad para suministrarle la verdadera identidad de ese monstruo?

—Aún no han podido determinar de qué tipo de gas se trata —admitió Dussollier—. Tendrán que individualizar los componentes para saber. Lo que sí te digo es que esta vez será imposible evitar que la información no se filtre en la prensa. Lo del argentino, lo de Roy Blahetter —aclaró—, terminará por salir a la luz también, y los periodistas relacionarán ambos casos. Son apenas días de diferencia entre uno y otro suceso, sin mencionar que han ocurrido dentro de un radio de pocos kilómetros.

—¿Tú qué opinas, Olivier? ¿Están relacionados?

—Estimo que sí. Ahora queda por establecer si hay relación con el ataque que sufrió la señorita hoy en la capilla. Siendo ella la viuda de Blahetter, esto huele muy mal.

—Entiendo que la señorita Martínez declaró la semana pasada que no sabe nada acerca de los asuntos de Blahetter. De hecho, estaban separados.

—Sí, así es. Asegura que no sabe nada. Sin embargo, alguien intentó llevársela hoy, a menos de quince días del deceso de su esposo. Demasiada casualidad. En fin, habrá que seguir investigando. Si la enfermera del Georges Pompidou hubiese visto mejor al atacante de Blahetter y, por ende, suministrado mejor información para elaborar un retrato hablado, quizá podríamos compararlo con el que haremos ahora, con las declaraciones de los que estuvieron en la capilla. Pero la verdad es que la enfermera no vio un carajo. Ya están los expertos en la Medalla Milagrosa trabajando para conseguir huellas digitales.

—Lo más probable es que llevara guantes.

—Yo también lo creo. Es un profesional, no cabe duda.

La espera iba a acabar con sus nervios. Yasmín brincó del sillón cuando un médico ingresó en la sala y preguntó por los parientes de Sándor Huseinovic. Eliah, Leila y La Diana se acercaron con presteza, y ella se ubicó en segunda fila, algo intimidada por las miradas que le lanzaba su madre. Por la misma razón se mordió el lado interno del cachete para no delatar la dicha que experimentó cuando el médico dijo que Sándor estaba bien y que, a pesar del severísimo trauma, respiraba por sus propios medios. El electrocardiograma no presentaba anomalías y los estudios neurológicos no revelaban daño cerebral a causa de la falta de oxígeno.

—El pronto auxilio que recibió el paciente fue crucial en este sentido —agregó el médico, y Yasmín giró el rostro para buscar a Matilde y a Juana y dirigirles una sonrisa de agradecimiento.

El médico aclaró que seguiría sedado el resto del día y durante la noche en la Unidad de Cuidados Intensivos y que, si el cuadro evolucionaba favorablemente, por la mañana lo trasladarían a una habitación. Gustosa, Yasmín se habría acomodado en un sillón de la sala de espera y transcurrido el día y la noche en el Hôtel-Dieu, cerca de Sándor. La realidad se imponía, y las miradas de su madre pesaban, por lo que aceptó que André la condujese a la casa de la Avenida Foch.

Abandonaron el hospital alrededor de las tres de la tarde, hambrientos y exhaustos después de la tensión. Ir al instituto estaba fuera de discusión. Por otra parte, Al-Saud tenía que conseguir un reemplazo para Sándor y, mientras lo hacía, Matilde tenía que permanecer en la seguridad de la casa de la Avenida Elisée Reclus. Subieron al Aston Martin en silencio, con los ánimos decaídos. Al-Saud le sonrió a Leila por el espejo retrovisor y dijo:

—Al final, Leila, te convertiste en la guardaespaldas de Matilde.

—Ella me salvó. Fue muy valiente.

—¿Qué recompensa le daremos? —Al-Saud la buscó de nuevo en el espejo, y lo impresionó el gesto adusto de la joven; no se lo conocía. De pronto, tuvo la impresión de que se había desprendido del último vestigio infantil, como si lo sucedido en la capilla le hubiese devuelto la sobriedad de un golpe.

Se demoraron alrededor de una hora en el 36 *Quai* des Orfèvres, donde Matilde y Juana trabajaron junto con un retratista en el retrato hablado del atacante. Al volver a la casa de la Avenida Elisée Reclus, Matilde sólo pensaba en darse un baño.

Al-Saud la dejó desvistiéndose en el dormitorio y regresó a la cocina para hablar con Leila. La encontró improvisando un almuerzo. La abrazó en silencio; ella le respondió.

—Gracias por haberla protegido —susurró él.

—Gracias a ti, Eliah —pronunció Leila, y Al-Saud apretó los ojos porque se resistía a emocionarse.

Matilde, sentada en el borde del *jacuzzi*, miraba con fijeza el chorro de agua. Se sobresaltó cuando Eliah le apoyó una mano en el hombro. Se puso de pie con rapidez y se pegó a su cuerpo, buscando refugio. Todavía le costaba comprender lo que había ocurrido. Desde su llegada a París, se habían desatado en torno a ella fuerzas del mal como también del amor, como si unos dioses se hubiesen ensañado con ella, en tanto que otros la colmaban de bendiciones; ambos eran poderosos, y los efectos resultaban devastadores.

—Tengo miedo —le confesó a Al-Saud, pese a que se había prometido no hacerlo.

—Lo sé. Sufrir dos ataques en tan corto lapso no es fácil de digerir.

—Y el asesinato de Roy, y el robo en el departamento de mi tía, y el atentado en el George V... ¿Qué está pasando, Eliah? Si fuera supersticiosa, diría que alguien me ha hecho una brujería. —Levantó de pronto la vista, como si recordara algo importante—: ¿Tienes que volver a la oficina?

Sí, le urgía regresar; sin embargo, no podía abandonarla en ese momento.

—Voy a llamar a Thérèse para que cancele algunos compromisos que tengo esta tarde y nos daremos un baño juntos. ¿Qué te parece?

Matilde se instó a negarse; detestaba ser una carga.

—Me encanta la idea —admitió por fin, incapaz de prescindir de Eliah sumida en ese estado.

Después del baño, compartieron una comida en la flor con Juana y Leila. Nadie aludía al tema en el que los cuatro pensaban. Juana y Al-Saud intentaban bromear, sin mayor éxito. Por la tarde, Matilde releía en la cama *Cita en París* cuando Al-Saud entró en la habitación con algo en la mano; parecía una fotografía.

—No quiero hablar de lo que pasó hoy —dijo él—, no quiero que lo recuerdes, pero es importante que te haga una pregunta. Es importante.

—Pregúntame lo que sea.

Al-Saud le entregó la fotografía.

—¿Este tipo te atacó?

La foto tembló en las manos de Matilde. Aunque de una tonalidad verdosa y de escasa nitidez, el primer plano del rostro de ese hombre era inconfundible.

—Sí, es él. ¿De dónde sacaste esto?

—De las cámaras de seguridad del Hospital Georges Pompidou —mintió, porque, en realidad, correspondía a la imagen de la filmación en el departamento de la calle Toullier. Alamán había agrandado la cara del atracador de modo que resultaba imposible ver el entorno; Matilde no habría descubierto que se trataba de la casa de su tía Enriqueta.

—¿Cómo supiste que éste era el hombre que me atacó hoy en la capilla?

—No lo sabía. Quise eliminar esta posibilidad.

Matilde volvió a estudiar la fotografía.

—¿Esta foto fue sacada en el hospital donde estuvo internado Roy? —Al-Saud asintió—. Entonces, ¿hay relación entre su muerte y el ataque de hoy?

—Creo que sí. Fue Blahetter el que te metió en este lío al darte esa llave y al poner no sé qué tras el cuadro. El asalto en la puerta del instituto, la muerte de Blahetter y el ataque de hoy, desde mi punto de vista, están relacionados. —No sumó a la enumeración el atentado en el George V porque todavía no le hallaba lógica.

Matilde soltó la fotografía, se puso de rodillas en el borde de la cama y se aferró al cuello de Al-Saud.

—¡Yo no sé nada, Eliah! ¡Él nunca me hablaba de sus cosas! ¡No tengo idea de qué quieren! ¡No sé lo que había detrás del cuadro!

—Lo sé, lo sé.

—Tengo miedo —sollozó—. No sé qué está pasando y tengo mucho miedo.

—Si te abrazo así —le susurró Al-Saud, y estrechó los brazos en torno a su espalda—, ¿también tienes miedo?

—No —gimoteó Matilde—, así no tengo miedo.

Udo Jürkens no se atrevía a regresar a la casa de la Île Saint-Louis. Su desempeño en el intento de secuestro era deplorable y se avergonzaba de presentarse ante su jefe en esa forma, con cortes en los brazos y en las piernas, con una bala debajo del culo y sin la mujer de Al-Saud. No resultaba fácil acceder a ella cuando se desplazaba dentro de un enjambre de custodios. La había seguido hasta la capilla con la intención de observarla, de estudiar sus movimientos, de saber cómo era, y, al verla desprotegida y dirigiéndose tras el tabernáculo, la tentación le ganó a su buen juicio. ¿Quién habría imaginado que la muchacha con cara de retardada se mostraría tan decidida?

Tenía que hacer algo con esa bala; la herida sangraba mucho; comenzaba a debilitarse. No se atrevía a salir de la habitación del hotel de mala muerte en el que se escondía porque los principales noticieros televisivos de la medianoche habían mostrado su retrato hablado. El conserje no constituiría un peligro mientras le tirara una buena cantidad de francos. Sin embargo, las aventuras en París habían terminado. El profesor Moses se pondría furioso. Ese pensamiento pareció empeorar el dolor en la pierna y se mordió el labio para no bramar. Se echó la chamarra encima y se cubrió la cabeza con la capucha. Disimuló la cojera para atravesar la recepción del hotelucho y salió a la calle de Paradis. Buscaba un teléfono para comunicarse con Fauzi Dahlan, el único amigo que le quedaba, con quien compartía un pasado intenso, haber formado parte de la organización terrorista al mando del palestino Abú Nidal. Había sido Fauzi el que lo metió en un automóvil y lo condujo a la casa del profesor Gérard Moses en Bagdad mientras de su cuello manaba sangre a borbotones como consecuencia del disparo que le entró por la nuca y le salió por la garganta. «Estoy seguro de que el profesor Orville Wright», había dicho con voz quebrada, mientras conducía como un loco, «sabrá qué hacer». Supo qué hacer. Gracias a sus contactos en las más altas esferas del gobierno iraquí, a Moses se le concedió disponer del cirujano del *sayid rais* para que asistiera a Jürkens y le salvara la vida, y meses después, le regaló el costosísimo adminículo, que él mismo diseñó, y la operación que le devolvió el habla. Le debía todo, y le había fallado.

Se metió en un bar de la calle de Paradis en la esquina con la de Hauteville. Sabía que, a su paso, quedaba un reguero de diminutas gotas de sangre que la tela del pantalón se negaba a absorber. Descansó el peso de su cuerpo en el borde de la barra; se sentía débil y la vista se le nublaba. Pidió el teléfono. El camarero lo miró, desconcertado, pero Jürkens estaba habituado al efecto que causaba su voz. Le cobró una fortuna por adelantado, suficiente para llamar diez veces a China. ¿Qué hora sería en

Irak? Consultó el reloj del bar: las doce y treinta y cinco. Las dos y treinta y cinco en Bagdad, calculó.

—Fauzi, soy Ulrich. —Udo usaba su verdadero nombre, Ulrich Wendorff—. Estoy en aprietos, amigo. Ayúdame —le suplicó en árabe.

—¿Qué ocurre? ¿Dónde estás?

—En París. Necesito un médico, uno discreto, como podrás imaginar. Y lo necesito de manera urgente.

—Dame unos minutos. ¿Adónde puedo llamarte?

Jürkens descubrió el número del bar escrito sobre el teléfono y se lo dictó. Pidió una cerveza y la bebió lentamente para ayudar a pasar el tiempo. Cuando sonó el timbre del teléfono, se apresuró a colocar la mano sobre el auricular antes de que el camarero lo levantara. Le dedicó una mirada temible.

—*C'est pour moi.* —Atendió la llamada y, con otra entonación, preguntó—: ¿Fauzi?

—Soy yo. ¿Tienes para anotar? El doctor Salam bin Qater te espera en su casa. Está en el número 23 de la *rue* de Meaux, en el tercer piso, departamento 15.

—*Rue* de Meaux —repitió Jürkens, mientras escribía con un temblor en la mano—. *Shukran, sadik.* —«Gracias, amigo», le dijo en árabe, y colgó para no prolongar la comunicación y arriesgarse a que los sistemas de escucha mundiales captaran una palabra en el intercambio que llamase la atención.

Gérard Moses apuntó al televisor con el control remoto y lo apagó. Miró fijamente la pantalla negra. El retrato hablado que desde la tarde reproducían los noticieros reflejaba un parecido sorprendente con Udo. Se puso de pie y arrojó el control remoto, que rebotó contra la pared y cayó al piso. No debía alterarse o las pulsaciones se dispararían, y sobrevendría el ataque de porfiria. Caminó por la casa vacía, oscura, fría y silenciosa. En la cocina, hurgó en los armarios buscando algo para comer; llevaba tres horas de ayuno. Encontró unas galletitas con gusto a humedad y una latita de *paté de foie* que acompañó con una taza de café. No le tomó más de quince minutos engullir esa magra comida. Le sentó bien.

Necesitaba dormir. Eran las cuatro de la mañana, y Udo no aparecía. Por la mañana viajaría a Hamburgo para adquirir unas piezas especiales para el prototipo de la centrifugadora. Este embrollo complicaba las cosas. «¡Maldito el momento en que lo mandé detrás de esa perra!»

La puerta de servicio se abrió, y Udo Jürkens entró rengueando. Se detuvo en seco al descubrir a Moses sentado a la mesa de la cocina.

—El retrato hablado que acabo de ver en la televisión no te favorece.

—Jefe…

—¡Qué mierda pasó! —explotó Moses, y se puso de pie de manera súbita, lo que le provocó un mareo.

—¡Jefe! ¿Se siente bien?

—¡Por supuesto que no! Tu retrato hablado (muy logrado, debo admitir) ha aparecido en todos los canales de televisión desde esta tarde. Son las cuatro de la mañana y siguen pasándolo en los canales de cable.

—Lo sé. Lo vi. Permítame explicarle.

—Ya lo harás, no tengas duda al respecto. Ahora es preciso que abandones la ciudad. Lo más probable es que todas las rutas estén bajo vigilancia, lo mismo que las estaciones de trenes y los aeropuertos. Será necesario cambiar tu aspecto. —Se acordó de la sugerencia de Anuar Al-Muzara de someter a Jürkens a una cirugía plástica—. Más tarde, enviaremos a Antoine por una caja de tinte para el cabello. Te colocarás algodón entre las encías y las mejillas para abultarlas. Y usarás lentes como si fueras miope. Más no podremos hacer. Lo mejor será que tomes un tren y que te reúnas con Al-Muzara en las coordenadas que te ha enviado.

—Ahora no estoy en condiciones, jefe. Me dieron un balazo en la pierna. Necesitaré unos días para reponerme.

—Está bien, pero no lo harás acá. Tendrás que marcharte. Creo que Herstal será el mejor sitio.

—¿Pudo determinar a qué lugar corresponden las coordenadas de Al-Muzara?

—Sí, de nuevo en La Valeta.

—¿Qué pasará con la mujer de Al-Saud?

La expresión «la mujer de Al-Saud» rechinó en los oídos de Moses, y acentuó su mal humor.

—¡La puta de Al-Saud, querrás decir! A causa de tu inoperancia, tendremos que dejar ese asunto por ahora. La verdad es que tenemos cuestiones más importantes entre manos. Ya nos ocuparemos de ella, no lo dudes.

A las ocho de la mañana, Yasmín preguntó en la recepción del Hospital Hôtel-Dieu en qué habitación se encontraba el paciente Sándor Huseinovic. Esperó en vilo porque temía que le dijeran que Sándor permanecía en la Unidad de Cuidados Intensivos.

—Habitación 134, señorita —le informó la empleada y le indicó cómo llegar.

Caminó deprisa, al tiempo que inventaba justificaciones para su visita, algunas se las daba a ella misma, otras las ensayaba para Sándor. Dio media vuelta y volvió sobre sus pasos, en dirección a la salida. «Es una locura», se reprochó. ¿Qué estaba buscando? Se detuvo, cambió el sentido de sus pensamientos y regresó. Quería verlo, de eso estaba segura. Quería asegurarse de que estuviera bien. Se demoró delante de la puerta. No se atrevía a enfrentarlo. Temía que la tratase con la frialdad del día anterior. Llamó a la puerta. Repitió el golpecito con un poco más de fuerza. Asomó la cabeza. Desde esa posición sólo veía los pies de la cama. Entró.

Se le aceleró el pulso, y un sentimiento de ternura le colmó los ojos de lágrimas al verlo dormido, a medias incorporado gracias a la cama ortopédica, cubierto con las mantas hasta la cintura y el torso rodeado de una faja blanca para inmovilizar las costillas rotas. Se aproximó de puntitas porque el taconeo de sus Louboutin caía como mazazo en el silencio de la habitación. Se quitó el abrigo porque la habitación estaba caldeada, lo cual la tranquilizó; afuera hacía frío, y Sándor estaba medio desnudo. Inmóvil, de pie junto a la cabecera, levantó la vista hacia él casi con miedo. La yugular le latía en el cuello hasta dolerle. ¿Qué habría sucedido si Sándor hubiese muerto? Se apretó las manos buscando reprimir la angustia. Inspiró profundamente y soltó el aire por la boca. Más tranquila, estudió su fisonomía, pues, aunque la hubiese escoltado durante meses, pocas habían sido las ocasiones en las que ella se había permitido observarlo.

A diferencia de sus hermanas, Sándor tenía la piel morena y el cabello de un castaño oscuro que no alcanzaba la tonalidad renegrida del de ella. Sus amigas sostenían que las facciones del bosnio eran toscas y que revelaban su origen eslavo. No obstante, se lo pasaban mirándolo y coqueteándole, a lo que él respondía con sonrisas sensuales y modos de lord inglés, a pesar de que sabía que su comportamiento la sacaba de quicio. Era la primera vez que le veía los brazos y el pecho, muy velludos. El hombro izquierdo estaba inflamado y con los colores del hematoma, pero en el derecho se apreciaba el diseño de los músculos bajo la piel, aun en reposo. Se apoderó de ella una fuerza que la impulsaba a enredar los dedos en la mata de vello que asomaba bajo la venda. Estiró el brazo mientras se debatía entre marcharse o darse el gusto. Estaba acostumbrada a lo segundo. Eliah aseguraba que su padre la había consentido al punto de convertirla en una caprichosa y en una egoísta que lastimaba a la gente sin compasión. Tal vez decía la verdad. A Sándor lo había lastimado dispensándole un trato indiferente, a veces displicente, y dificultándole el trabajo de protegerla. ¡Cuánto se arrepentía! ¿Qué habría sucedido si Sándor hubiese muerto?, siguió atormentándose.

Rozó el vello que se espesaba sobre la faja, un contacto anodino que se convirtió en una energía que ascendió por las terminales nerviosas de su mano, le erizó la piel del brazo y terminó convertida en un cosquilleo en la garganta. Cerró los ojos y hundió los dedos en la mata de pelo hasta llegar a la carne dura y caliente. No se atrevió a abrirlos al sentir la mano de él que se cerraba en torno a su muñeca, y ahogó un gemido cuando se dio cuenta de que la besaba sobre las venas y le pasaba la punta de la lengua por la palma, siguiendo la línea de la vida. «¡Sándor!», exclamó para sí, sobrecogida y asustada a causa de lo que ese muchacho le provocaba con una simple caricia. Le latía la entrepierna y no sabía si sería capaz de caminar con normalidad.

—Yasmín —susurró él—. *Regarde-moi, s'il te plaît*.

Levantó los párpados con miedo. Los ojos celestes de Sándor brillaban en una maraña de venitas rojas y bajo las tupidas cejas negras. El deseo por él la turbó, y no consiguió articular palabra. Las justificaciones inventadas perdieron valor y de pronto las juzgó como el fruto de su personalidad inmadura. Levantó la mano izquierda, la que él no retenía, y le apartó un mechón que le ocultaba la frente.

—Sándor —musitó—, perdóname.

Él le concedió una sonrisa que le ablandó las piernas. Ninguna sonrisa le había causado esa sensación de flojedad ni el escozor que le tensó la piel bajo las medias de *lycra*.

—Debe de ser la primera vez que pides perdón —comentó él, sin sarcasmo, y ella sonrió, avergonzada, feliz también por escuchar su voz gruesa, algo cascada, y su dura pronunciación—. Me siento halagado.

La Diana, Leila y Eliah entraron sin anunciarse, y Yasmín dio un respingo y tiró de la mano que Sándor aferraba. Éste se la sujetó un momento y luego la dejó ir con una mirada condenatoria.

—¿Qué haces aquí? —se extrañó Al-Saud—. ¿Y tus guardaespaldas?

—Les dije que me esperaran en el auto.

—¡Yasmín! Después de lo que vivieron ayer, ¿todavía tienes ganas de tentar a la suerte?

—¡Oh, Eliah, no fastidies! —Se alejó en dirección al sillón donde había dejado el abrigo y la bolsa y regresó junto a la cama—. Hasta luego, Sándor. Me alegro de verte recuperado.

—Hasta luego, señorita Yasmín.

—Vamos —la instó Al-Saud—. Te acompañaré al auto.

—¿Qué quería ésa acá? —se impacientó La Diana una vez que Eliah y Yasmín abandonaron la habitación—. ¿Seguir molestándote?

—Vino para ver cómo estaba. Hola, Leila —dijo, y su hermana le sonrió y le destinó una mirada cómplice que en nada se parecía a las infantiles de los últimos años.

—Hola, Sanny —le contestó al cabo, y Sándor estiró la mano hasta que Leila se la sostuvo. La Diana se aproximó y colocó la de ella sobre las de sus hermanos. Ninguno habló.

20

A medida que transcurrían los días, Eliah Al-Saud observaba la evolución de Matilde después del ataque en la Capilla de Nuestra Señora de la Medalla Milagrosa. Así como el hematoma en su pómulo adquiría diversos colores, su ánimo también pasaba por distintas etapas. Al principio, el pánico la había derrotado; se sobresaltaba con facilidad, se despertaba durante la noche, temía salir y no protestó cuando Eliah le dijo que no regresaría al instituto hasta que Markov, el guardaespaldas expulsado por el presidente Taylor, llegase a París para reemplazar a Sándor.

La pericia de Markov estaba garantizada. Como ex miembro de la Spetsnaz GRU, el grupo de élite del servicio de inteligencia militar de Rusia, temido por la ferocidad de su proceso selectivo —se rumoreaba que no pocos perecían durante los meses de adiestramiento—, poseía un conocimiento y una habilidad superiores. Alamán y Peter le mostraron fotografías de Udo Jürkens y lo pusieron al tanto de lo que sabían de él: su preferencia por las armas de guerra, su gusto por disparar balas Dum-Dum y su afición por las armas químicas, por lo que el ruso estaba prevenido del tipo de enemigo al que se enfrentaba.

La Diana, que desde su encuentro con Udo Jürkens no se perdonaba haber fracasado en la lucha cuerpo a cuerpo, se marchó a la hacienda de Ruán donde pasó varios días entrenando con Takumi *sensei*, hasta que Al-Saud le ordenó regresar a París porque Markov, su nuevo compañero, estaba listo para hacerse cargo del trabajo. La Diana, que había albergado la esperanza de que Dingo custodiase a Matilde, se mostró tan distante, antipática y fría con el ex oficial del Spetsnaz GRU como le fue posible.

Una madrugada en que Matilde se despertó llorando después de una pesadilla, Al-Saud la abrazó hasta calmarla.

—Quiero que te quedes tranquila. La publicidad que los noticieros le han dado al retrato hablado de ese tipo lo obligará a desaparecer. No habrá lugar en Francia en que no quede expuesto a que lo reconozcan.

—Podrían enviar a otro a matarme —sugirió ella, y Al-Saud desestimó la posibilidad, aunque admitió para sí que era plausible.

Más allá del pesimismo de su contestación, a partir de esa noche, Matilde recobró en parte la calma. Al-Saud experimentó un gran alivio, porque la idea de que Matilde tuviera que visitar al doctor Brieger, el psiquiatra de Leila, le revoloteaba en los últimos días y lo desalentaba; no quería que la medicaran para dormir ni para levantarle el ánimo. Retomar las clases en el instituto la ayudó, como si la rutina le ordenara la vida y las emociones. Poco a poco, comenzó a salir de la casa, a sonreír, a hablar con voz firme y no en murmullos, a cocinar con Leila, a comer con ganas; su palidez desaparecía con el hematoma, y los círculos violeta en torno a sus ojos se diluían bajo un fulgor traslúcido. Como se habían atrasado por faltar una semana al instituto, Matilde y Juana debieron redoblar el estudio para alcanzar a sus compañeros, lo que también colaboró para que se distrajesen.

Cuatro días después del ataque, el martes 3 de marzo por la mañana, Sándor fue dado de alta y se instaló en la casa de la Avenida Elisée Reclus para que Leila lo cuidase. A Matilde no le sorprendió que Yasmín se convirtiera en una asidua visitante cuando nunca lo había sido en el tiempo que ella llevaba conviviendo con Eliah. Tampoco la sorprendió su cambio de actitud. Así como en el pasado se mostraba agresiva y soberbia, en el presente desplegaba una personalidad dulce y simpática. Matilde advertía que el cambio abarcaba aspectos más profundos de su personalidad; la notaba más apocada, menos levantisca, más reflexiva, quizás un poco triste y abatida.

El impacto causado en los medios de comunicación por la nota de Ruud Kok adquirió dimensiones insospechadas. La comunidad internacional se sacudió ante las revelaciones del artículo publicado el miércoles 25 de febrero. Los programas televisivos y radiales de análisis político, las revistas y los diarios solicitaban una entrevista al periodista holandés, a quien le llegaban a diario ofertas para ocupar el puesto de corresponsal de diversas publicaciones. Kok se sentía en la cumbre del éxito y de la fama, y, sin embargo, no lo disfrutaba. Le urgía completar la investigación, para la cual precisaba el material que Al-Saud le había prometido. Demostrar la existencia de sustancias tóxicas en el desastre de Bijlmer se había convertido en una cuestión personal. Se preguntaba qué información le entregaría y cuándo. Aunque había intentado comunicarse con Al-Saud, éste se mostraba esquivo, por lo general no atendía sus llamadas ni contestaba sus correos electrónicos y se hacía negar con sus secretarias.

De hecho, Al-Saud no pensaba entregar nada a Ruud Kok. Si el plan se desarrollaba de acuerdo con sus propósitos, no se volvería a mencionar el nombre de Israel en relación con las armas químicas en ningún medio gráfico ni televisivo ni radial del mundo. Para eso necesitaba reunirse con el jefe de la base del Mossad en Europa. El lunes 2 de marzo por la mañana, después de recibir la llamada de Vladimir Chevrikov, Al-Saud fue a verlo a su departamento.

—¿Qué noticia me tienes?

—Vincent Pellon acaba de llamarme. Dice que Ariel Bergman, el jefe del Mossad en Europa, ha accedido a encontrarse contigo.

—Bien. Dile a Pellon que el próximo jueves...

—¿Jueves 5 de marzo?

—Así es —ratificó Al-Saud—. Ese día, un automóvil recogerá a Bergman a las diez de la noche en el extremo del Puente Alejandro III que se corresponde con la explanada de Los Inválidos, frente a la columna que representa a la Francia de Carlomagno. Deberá ir desarmado, sin micrófonos ni grabadoras.

Ariel Bergman se apretó la bufanda contra el cuello. El viento arreciaba en la orilla del Sena, y el frío se colaba por pequeños orificios. Aunque estaba abrigado, se sentía desnudo sin su Beretta, el arma reglamentaria de los agentes del Mossad. No llevaba nada encima excepto ropa y una identificación. Habían meditado acerca de la posibilidad de colocar un transmisor bajo su piel, y lo habían desestimado enseguida, seguros de que Al-Saud contaba con la tecnología para detectarlo. Se avinieron a sus exigencias porque no tenían alternativa. Las fotografías de Bouchiki daban la vuelta al mundo y provocaban un descalabro en Tel Aviv. Después del primer artículo, el del 25 de febrero, el *NRC Handelsblad* había publicado uno más, con nuevas fotografías y más datos. Nadie conocía a ciencia cierta la cantidad de ases que escondían bajo la manga.

En Israel, el primer ministro vociferaba exigencias a los cuatro vientos y ponía nerviosos a los miembros del gabinete y al director del Mossad. La entrada en vigor el año anterior de la Convención sobre Armas Químicas impulsada por la ONU, perdía respetabilidad ante el flagrante incumplimiento de uno de sus estados firmantes, Israel, por lo que el

Secretario General del organismo presionaba al gobierno de ese país para que diera explicaciones. El primer ministro alegaba que, si bien habían adherido a la Convención sobre Armas Químicas, todavía no la habían ratificado, lo cual los eximía de justificar su accionar. Los asesores le sugirieron que no mencionara ese argumento en público.

Bergman suspiró. Estaba cansado. Las consecuencias de ese maldito accidente aéreo del 96 lo perseguían como una maldición y, sobre todo, lo distraían de las cuestiones relevantes, como por ejemplo, la aparición en la escena europea del traficante de armas Mohamed Abú Yihad, socio del Príncipe de Marbella, ambos del entorno de Saddam Hussein, interesado en abastecerse de armas, combustible nuclear y mercurio rojo; o la inquietante resurrección de un demonio del pasado, el terrorista alemán Ulrich Wendorff; o los movimientos sospechosos de algunos miembros del brazo armado de Hamás, las Brigadas Ezzedin al-Qassam, lo cual lo llevaba a sospechar que su jefe, Anuar Al-Muzara, preparaba un nuevo y mortal golpe. «Anuar Al-Muzara», dijo para sí, con admiración y rabia. Se trataba del terrorista más escurridizo e inteligente con el que les había tocado lidiar. ¿Dónde se escondería? No tenían una pista.

Con esas cuestiones girando, Bergman se veía atrapado en un juego de fuerzas políticas que acabaría el día en que se pusiera precio al silencio de Al-Saud. Se preguntó cómo reaccionaría el Secretario General de la ONU en caso de hallar laboratorios productores de armas químicas en Irak. Quizá, pensó con ironía, deberían contratar a Al-Saud para que los descubriera en el corazón de Bagdad o de Tikrit.

Un Peugeot 405, con todos los vidrios polarizados, incluido el parabrisas, se detuvo sin apagar el motor frente a la columna que representa a la Francia de Carlomagno en un extremo del Puente Alejandro III. Bergman consultó su TAG Heuer: las diez de la noche. La puerta trasera se abrió como una señal de invitación que el agente del Mossad no estaba en posición de declinar.

Desde una camioneta Range Rover estacionada a unos metros sobre el *Quai* d'Orsay, los *katsas* Diuna Kimcha y Mila Cibin observaron a su jefe ingresar en un Peugeot 405, que cruzó el Puente Alejandro III en dirección opuesta al Hotel de Los Inválidos, hacia la Avenida Winston Churchill. Arrancaron la Range Rover y lo siguieron. No podían ver que, en la parte trasera del Peugeot, un hombre registraba a Bergman e, *ipso facto*, le vendaba los ojos. Lo que sí pudieron comprobar es que el vehículo estaba equipado con contramedidas electrónicas, porque al aproximarse al Peugeot sus celulares interceptores perdieron la señal. Además, desde la base en el sótano de la embajada israelí, los expertos en teleprocesamiento advirtieron que una señal electromagnética perturbadora surgía del Peugeot e impedía que el satélite lo rastreara. En ese momento, la misión dependía de la habilidad de Kimcha, al volante de la camioneta, para no perder de vista al automóvil que se alejaba con Bergman.

El Peugeot 405 se metió bajo el viaducto de la Avenida du Général Lemonnier, en el cual se hallaba la entrada al estacionamiento subterráneo del Museo del Louvre.

—Han entrado en el estacionamiento —dedujo Cibin al no verlos al final del viaducto—. ¡Será difícil encontrarlos allí! ¡Malditos hijos de puta!

Pese a la hora tardía, el sitio estaba repleto de automóviles. Para cuando los *katsas* dieron con el Peugeot 405, estaba vacío.

Bergman, con los ojos vendados, fue acomodado en la parte posterior de un Audi A8, que lo llevó hasta la casa en la Avenida Elisée Reclus, aunque lo ingresaron por el portón de la calle Maréchal Harispe. El *katsa* apretaba los párpados bajo la venda negra para agudizar el sentido de la audición. Identificó el rumor de un montacoches que descendía uno, dos, tres pisos a juzgar por un chasquido que se repitió tres veces; el sonido de un escáner que barría la palma de la mano o el ojo, no podía saber; el zumbido de un ascensor; los cinco pitidos cortos al presionar una clave en un teclado y el largo y agudo al franquear el paso. Lo sorprendía el silencio en el que trabajaban quienes lo conducían; no habían cruzado palabra con él ni entre ellos. Apenas puso pie en la habitación, lo recibió un aroma agradable, como a naranja o a bergamota, e inspiró un aire limpio y fresco. Contó cincuenta metros entre el ingreso y su destino final. Una puerta se cerró detrás de él y unas manos suaves le presionaron los hombros para que tomara asiento. Otras o las mismas, no habría podido asegurar, le quitaron la venda. Le llevó unos segundos amoldarse a la luz suave que le daba en la cara.

—Gracias por haber aceptado nuestra invitación —dijo una voz masculina y de acento culto en inglés.

—No tenía mucha opción —admitió Bergman, sin enfado, más bien con humor.

Tres figuras se colocaron dentro del círculo iluminado. Bergman los reconoció de inmediato: Eliah Al-Saud, Michael Thorton y Anthony Hill, los socios mayoritarios de Mercure S.A. Faltaba Peter Ramsay, pero éste contaba con un reducido paquete accionario. No obstante, Bergman sospechaba que no se hallaba lejos; el ex miembro de El Destacamento debía de haber monitoreado su traslado hasta ese sitio.

—Usted ya nos conoce —siguió hablando Michael Thorton—. No será necesario que nos presentemos. Creemos que sus agentes intentaron seguirnos tiempo atrás, lo que significa que el Mossad nos tiene identificados.

Bergman ejecutó una sonrisa condescendiente.

—Sí —admitió—, los conozco. Últimamente sus acciones me han dado varios dolores de cabeza.

Hill y Thorton rieron brevemente; Al-Saud se mantuvo imperturbable. Era bastante más joven que sus socios y, en persona, se confirmaba el atractivo de las fotografías. Permanecía algo alejado, de pie, con el trasero apoyado en el borde de una mesa, las piernas ligeramente separadas y los brazos cruzados a la altura del pecho. Comunicaba un aire desconfiado y poco amigable, que se acentuaba en el entrecejo fruncido. De su cuerpo manaba una energía fría y letal. Bergman se fijó en los músculos de los antebrazos desnudos —se había remangado la camisa blanca— y recordó lo que se decía de él, que lo habían entrenado para matar a un hombre con una mano. No pudo evitar admirarlo, pese a los problemas que le había ocasionado en las últimas semanas.

—Nuestras acciones —habló Hill— no tienen nada de personal, ni con usted, señor Bergman, ni con la agencia a la que pertenece. Son la consecuencia de un negocio.

—¿Para qué han pedido que viniera a verlos?

—Porque necesitamos un vocero en el gobierno de Israel —explicó Mike— y creímos que usted era la persona indicada.

—¿Un vocero? ¿Para qué?

—Señor Bergman —habló Al-Saud por primera vez, y se incorporó para colocarse a la misma altura de sus socios—, no sólo tenemos pruebas para demostrar que en el Instituto de Investigaciones Biológicas se producen armas químicas a gran escala sino que la carga del vuelo 2681 de El Al que se estrelló en el Bijlmer estaba conformada por al menos tres de los cuatro componentes del agente nervioso conocido como sarín. —Sus miradas se trabaron en el espacio iluminado—. Nuestros clientes nos contrataron el año pasado para investigar si era cierto lo que se rumoreaba, que la carga del vuelo de El Al no estaba compuesta por productos de cosmética como se decía.

—¿Quiénes son sus clientes? —quiso saber Bergman.

—The Metropolitan —dijo Anthony— y World Assurance, dos compañías aseguradoras holandesas que han sufrido graves pérdidas económicas debido al accidente del 96.

Al-Saud le extendió una carpeta, y Bergman la estudió durante largos minutos, en los que nadie pronunció sonido. Intentó disimular la alteración que le provocó la documentación que estaba analizando. La traición de Bouchiki alcanzaba extensiones impensables. No sólo había fotografiado los laboratorios sino documentación en la cual se detallaban las existencias de los agentes nerviosos y de sus componentes y los nombres de los proveedores. A continuación aparecieron notas, memorandos, registros, documentos, órdenes de entrega, cartas de embarques y demás con el logotipo de Química Blahetter. Muchos de esos papeles estaban en castellano, idioma que él no comprendía, pero le bastaba con leer los detallados en inglés para apreciar la magnitud del peligro.

—¿Qué quieren?

—Nuestros clientes —habló Tony— querrían reunirse, discretamente, claro está, con el ministro de Transporte de su país y con las autoridades de El Al, y, a la luz de la interesante información que acabamos de suministrarle, negociar una indemnización que repare el daño económico sufrido después del accidente aéreo.

Bergman se puso de pie sin intención de ocultar su enfado.

—¿Han puesto en riesgo la estabilidad de un gobierno y las relaciones diplomáticas de un país simplemente por dinero?

—Señor Bergman —dijo Al-Saud—, si su gobierno y las autoridades de El Al no se hubiesen mostrado indiferentes cuando nuestros clientes se acercaron en buenos términos a negociar una retribución, hoy no estaríamos en esta situación. Pero claro, cuando nuestros clientes intentaron negociar, no contaban con las pruebas que nosotros les hemos proporcionado. La investigación arrojó datos que nos dan la posibilidad de exigir.

—Han puesto demasiado en juego con esta estrategia.

—El que no arriesga no gana —pronunció Tony en inglés, y Bergman recordó que se trataba del lema del SAS, el grupo de élite militar británico del cual Anthony Hill había formado parte.

—La situación parece irreversible con esas publicaciones sobre la mesa —prosiguió el israelí—. El *NRC Handelsblad* ha vendido la información a los principales diarios y medios televisivos del mundo. La comisión de la ONU encargada de hacer cumplir la Convención sobre Armas Químicas ya está solicitando entrar en Israel para auditar el Instituto de Investigaciones Biológicas.

Las risas de Thorton y Hill rebotaron en las gruesas paredes de concreto.

—¿Preocupado por la ONU, señor Bergman? —se burló Mike—. Su gran amigo y aliado, Estados Unidos, es el propietario de la ONU. Usted sabe tan bien como nosotros que esa comisión jamás cruzará la frontera israelí como no sea para tomar unas vacaciones a orillas del Mar Muerto.

—Existen grupos en Estados Unidos que están muy incómodos en esta coyuntura —aclaró Bergman— y empiezan a presionar para que se inicie una investigación. Todavía no se ha visto la extensión del daño que nos han ocasionado.

—Señor Bergman —intervino Al-Saud, con aire impaciente—, ¿está en posición de asegurarnos que nuestros clientes se sentarán a negociar con las autoridades de su país y de El Al una indemnización?

—¿Qué obtendremos nosotros a cambio?

—Revertir la situación en ciento ochenta grados, recuperar la buena imagen ante la comunidad internacional y detener la lluvia de amenazas de la ONU y de los organismos humanitarios internacionales que no miran a Israel con buenos ojos desde hace muchos años.

—Eso es imposible. Sería como intentar detener un camión con la mano. Ustedes echaron a rodar la noticia y ahora será difícil reparar la imagen dañada.

—No lo será si nosotros le decimos cómo hacerlo —manifestó Mike.

Bergman paseó la mirada por esos tres hombres, incrédulo de que hubiesen puesto en jaque a un Estado tan poderoso como el de Israel. La detuvo en Al-Saud. El olfato le indicaba que el cerebro de la estrategia había sido ese hijo de príncipe saudí. ¿Odiaría a los judíos debido a su ascendencia árabe de la más pura estirpe? Se dijo que no. Sospechaba que su orgullo y altanería no se relacionaban con el desprecio sino con un espíritu evolucionado que había superado los prejuicios raciales y religiosos y se consideraba más allá de esas minucias. En verdad no desplegaba un gesto despreciativo sino de hartazgo, como si la cuestión entre judíos y árabes lo aburriera. Además, pensó Bergman, no debía soslayar su amistad con Shiloah Moses.

—¿Cómo podrían detener el escándalo que echaron a rodar?

—Después de la reunión entre nuestros clientes y las autoridades de su país, se lo diríamos —expresó Mike.

—Y si es que se ponen de acuerdo en el monto de la indemnización —aclaró Tony.

—¿No pretenderán que comparezca ante mi gobierno con una promesa tan magra?

—Es una promesa magra —aceptó Al-Saud—. No obstante, la promesa de que el resto de la información con que contamos y que usted acaba de ver —señaló la carpeta en manos de Bergman— terminará en las redacciones de varios periódicos es muy fuerte.

—¡Esto es un chantaje! —simuló escandalizarse el israelí, sin conseguir inmutar a sus interlocutores.

—Su gobierno tendrá que confiar en nuestra palabra —retomó Mike—. Tenemos el tiempo en contra. Los medios seguirán especulando y sacando conclusiones. Si actuamos con rapidez, el impacto del daño se minimizará. La reunión debería llevarse a cabo en los próximos días.

Bergman bajó la cabeza y contempló la carpeta entre sus manos.

—Puede llevársela —dijo Al-Saud—. Son sólo copias. Los originales están bajo custodia. Si algo llegase a sucedernos a mí o a mis socios, la documentación y el resto de las fotos terminarían donde usted ya imagina. Y le aseguro que, a ese punto, resultaría imposible detener la catástrofe que les caería encima.

Ariel Bergman admitió la derrota. En realidad, desde que su jefe le ordenó que se apostara en el Puente Alejandro III sabía que se presentaba a firmar un acuerdo de paz en el rol del ejército vencido. Como responsable del Mossad en Europa, le había fallado a Israel.

—Mañana me comunicaré con ustedes para informarles cuándo se llevará a cabo la reunión.

—El lugar lo fijaremos nosotros —informó Al-Saud—. Será en las oficinas de la Mercure, en el Hotel George V.

—Le garantizamos que se trata de un sitio limpio de micrófonos y cámaras —acotó Tony.

—¿A qué teléfono deberé llamarlos?

Michael Thorton le extendió una tarjeta personal.

—A cualquiera de éstos. Son líneas seguras.

—Antes de que se vaya, señor Bergman —habló Al-Saud—, quisiera mostrarle algo. —Levantó la tapa de una carpeta que descansaba sobre la mesa y extrajo una fotografía. Se la pasó al israelí—. ¿Lo reconoce?

—Sí. Es Ulrich Wendorff. ¿Cómo consiguió esta fotografía? ¿Es actual?

—¿Quién es Ulrich Wendorff? —lo interrogó Al-Saud.

—Un ex miembro de la Fracción del Ejército Rojo. Operaba en Europa en la década de los setenta y principios de los ochenta. ¿Es una fotografía actual?

—Sí, de hace pocas semanas.

—¿Cómo la consiguió?

—Eso no importa. Pero le diré que fue tomada en París.

—De acuerdo con nuestras investigaciones —manifestó Bergman—, ahora se hace llamar Udo Jürkens. ¿Puedo quedármela? —preguntó, y levantó la fotografía. Al-Saud bajó los párpados en señal de asentimiento—. ¿Qué más saben de él?

—Estuvo presente el día en que atentaron contra la vida de Shiloah Moses y del Silencioso.

—Permítame advertirle que es un tipo peligroso. Una máquina de matar.

—Lo sé —aseguró Al-Saud—. Una última pregunta —dijo, y miró a Bergman con una fijeza que lo inquietó—. ¿Quién es su *sayan* dentro de la Mercure?

El aire pareció volverse gélido.

—No intente negarlo —lo respaldó Tony—. Sabemos con certeza que tienen a alguien metido en nuestra compañía.

El israelí guardó silencio por unos segundos, tras lo cual tomó una inspiración profunda y habló.

—Señores, ustedes saben cómo funciona esto, por lo tanto no esperen que entregue a mi colaborador.

—¿A Claude Masséna? —sugirió Tony.

Bergman le dirigió una mirada que no reveló nada. Pasado un silencio, expresó:

—Si me permitiesen ocuparme de mi *sayan*, yo quedaría en deuda con ustedes. Y eso podría serles de utilidad en el futuro.

Eliah, Tony y Mike cruzaron una mirada. Sabían por Derek Byrne, el guardaespaldas asignado a Zoya durante sus vacaciones en el Caribe, que ella y Masséna habían regresado a París esa mañana.

—Está bien, señor Bergman —dijo Mike—. Ocúpese de Masséna como lo juzgue mejor. Sólo le pedimos que le deje en claro que no podrá acercarse a nuestra compañía por ningún medio, en especial el informático. Si lo hace, lo descubriremos, y el acuerdo que acabamos de sellar se romperá.

—Ahora colóquese la venda —dijo Al-Saud, y se la entregó—. Nuestros hombres lo llevarán al Puente Alejandro III.

En cuanto Bergman abandonó la base, Al-Saud llamó por teléfono a Zoya.

—Zoya.

—Hola, cariño.

—¿Y Masséna?

—En su casa, supongo. Llegamos esta mañana.

—Lo sé. Es tarde, pero necesito verte ahora.

—Te espero.

Media hora después, Al-Saud entró en el departamento de la calle del Faubourg Saint-Honoré. Se abrazaron.

—Estoy feliz de haber vuelto. Creo que tuve una sobredosis de Claude. ¡Imagínate que me propuso matrimonio!

—¿Qué le dijiste?

—Que lo pensaría. Quería consultarlo contigo.

—Tus asuntos con Masséna han terminado. Aprovecha la propuesta matrimonial para negarte y romper con él. ¿Tienes el arma que te di?

—¿Tan peligroso es? Me estremezco de pensar que, durante los días en el Caribe, no la tuve conmigo. Habría sido imposible subirla al avión.

—Por eso te asignamos un guardaespaldas, que se alojaba en la habitación contigua a la de ustedes. Estabas protegida. —Zoya se arrojó a su cuello y lo besó en los labios—. Zoya, estoy apurado. Trae el arma, quiero revisarla.

Al-Saud revisó el cargador de la pistola Beretta 950 BS y le explicó a Zoya por enésima vez cómo usarla.

—Quiero que lo cites aquí para terminar con él. Derek Byrne, el que estuvo custodiándote en el Caribe, se ocultará en tu dormitorio mientras hablas con Masséna. Llámame apenas acuerdes el día y la hora para que yo le avise a Byrne.

Zoya lo acompañó a la puerta. Allí se acordó de preguntarle por Natasha.

—¿Le enviaste el dinero?

—Sí —dijo Al-Saud—. Transferí cinco mil dólares a la cuenta que ella te dio.

—¿No puedes averiguar dónde está?

—Podría, pero no quiero. Respetaré su decisión. Si Natasha eligió alejarse, tendrá razones para haberlo hecho.

—¿Salvador Dalí? Habla Picasso.

La alegría con la que había regresado de sus vacaciones se esfumó al escuchar ese nombre. Claude Masséna quería terminar con esos tipos, le daban miedo, lo ponían nervioso, aunque más nervioso se ponía al pensar en que Al-Saud descubriese su traición.

—Sí, soy yo. Salvador Dalí.

—No puedes volver a la Mercure. Te han descubierto.

Masséna arrastró los pies hasta una silla y se dejó caer. Temblaba. El auricular del teléfono se sacudía contra su oreja. Experimentaba una creciente necesidad de hablar, de preguntar, de gritar, y no lograba articular sonido.

—¿He… He perdido mi trabajo?

—No te preocupes —dijo Bergman—. Trabajarás con nosotros si pasas una serie de pruebas y exámenes. Tus conocimientos de *hacker* serán muy apreciados en nuestra organización. Te recomiendo que no intentes acercarte a la Mercure ni física ni informáticamente.

—Al-Saud me matará —balbuceó, al borde de las lágrimas.

—Llegamos a un acuerdo. Si tú te mantienes alejado, ellos no tomarán represalias en tu contra. Volveré a llamarte en los próximos días.

Minutos después de colgar con Picasso, el timbre del teléfono lo hizo saltar en la silla. No se atrevía a contestar.

—*Allô?*

—Claude, soy Zoya.

—Mi amor… —El alivio se propagó por su cuerpo, los músculos se distendieron y quedó hundido en un sopor como cuando fumaba marihuana. Amaba a Zoya más que antes. Durante esas dos semanas en aquel sitio paradisíaco del Caribe se había convencido de que ella no había formado parte del complot que lo puso en las garras de la Mercure. Zoya lo amaba; no lo habría entregado ni traicionado. El hecho de que viese salir a Al-Saud del edificio de la calle del Faubourg Saint-Honoré no significaba que tuviese relación con Zoya; cientos de personas vivían allí.

—Necesito que hablemos. ¿Podrás venir a casa el lunes por la noche?

—Hoy es jueves. ¿No nos veremos antes?

—El fin de semana tendré mucho trabajo. ¿Te va bien a las nueve de la noche?

—Allí estaré.

La depresión tomó el lugar del pánico. Durante quince días había olvidado que Zoya era una prostituta.

El viernes por la mañana, mientras tomaban el desayuno solos en la flor, Matilde y Al-Saud programaban las actividades del día. A Eliah no le gustó enterarse de que Ezequiel había llamado la noche anterior y de que Juana y Matilde lo visitarían en lo de Jean-Paul Trégart antes de ir al instituto.

—Acaba de volver de Córdoba. Está muy deprimido por la muerte de Roy y por otras cosas. ¿Por qué no quieres que vaya a verlo?

—Porque Ezequiel y yo no estamos en buenos términos y sé que te hablará mal de mí para separarnos. Y él es tu mejor amigo y tengo miedo de que lo escuches.

—Es lógico que Ezequiel no te tenga simpatía después de lo que hiciste en la casa de Jean-Paul.

—Lo volvería a hacer —replicó él, a la defensiva—. Volvería a encañonarlo para advertirle que no se acercase a ti. ¡Estaba loco de rabia! Quería matarlo.

Matilde extendió el brazo a través de la mesa y le apretó la mano.

—Está bien, te entiendo. Pero eso quedó atrás. Quiero olvidar.

«No podemos olvidar con ese monstruo tras de ti», habría expresado, consumido por el resentimiento y los celos, si el amor que ella le inspiraba no lo hubiese hecho callar. Esas palabras la habrían alterado y destruido la serenidad que recobraba día a día.

—Sí, sí —dijo en cambio—, yo también quiero olvidar. No me hagas caso. Vayan a casa de Ezequiel. Eso sí, Matilde: La Diana y Markov tienen que entrar con ustedes en casa de Trégart. ¿Está claro?

—Sí, muy claro.

Al escuchar el timbre, la ansiedad obligó a Ezequiel a precipitarse escaleras abajo, cruzar el amplio vestíbulo a la carrera y abrir la puerta antes que la empleada doméstica. Juana y Matilde le sonrieron en el umbral, y él sintió una punzada en la garganta. Los tres se fundieron en un abrazo silencioso. Al separarse, Ezequiel vio a los guardaespaldas.

—Déjalos entrar, Eze —pidió Juana—. El viernes pasado un loco atacó a Mat.

Matilde notó que la expresión de angustia de Ezequiel le acentuaba las líneas de cansancio, los pómulos enflaquecidos y los ojos hundidos. Estaba demacrado y había perdido peso.

—¿Otra vez?

—Sí, otra vez —dijo Juana—. Y parece ser que tiene que ver con lo de tu hermano.

—Dios mío —susurró Ezequiel—. Pasen. Tenemos tanto de que hablar.

No comieron mucho durante el almuerzo. El relato del velorio y del entierro de Roy los hizo sollozar varias veces y les quitó el hambre. La comida se enfrió en el plato.

—Eze —dijo Juana—, ¿en qué andaba Roy?

—No sé. Cuando llegó acá, me pidió que le diéramos un espacio para terminar un proyecto. Instaló un restirador que le prestó un amigo nuestro y se pasaba el día entero dibujando y haciendo cálculos, escribiendo a máquina y pensando. Un buen día terminó, desarmó el restirador, ordenó el lío que había hecho y todo quedó como si nada. Cuando le preguntaba, me decía que trabajaba en un proyecto que lo sacaría de pobre. Más allá de eso, no daba explicaciones. Tú sabes cómo era, Mat. En extremo reservado.

—Sí, lo sé.

—Últimamente se había vuelto casi paranoico con ese tema, como si alguien estuviese persiguiéndolo.

—Parece ser que era así nomás —intervino Juana—, que alguien lo perseguía. Y el que lo perseguía, lo envenenó.

Un silencio cayó sobre los tres.

—Al-Saud y Roy andaban en algo —expresó Ezequiel, y miró a Matilde, que detuvo la copa a medio camino y levantó la vista.

—¿Qué quieres decir con que «andaban en algo»? —preguntó Juana.

—Al-Saud fue a verlo al hospital al menos dos veces. No sé de qué hablaron, Roy nunca quiso decírmelo, pero sospecho que se relacionaba con Química Blahetter. El día en que Roy se puso tan mal, Al-Saud entró en la habitación. Me ayudó a controlarlo, porque tenía convulsiones y vómitos. Yo llevaba un sobre de Federal Express que había llegado aquí para Roy; venía de Córdoba. Cuando vi a Roy en ese estado, debo de haber tirado el sobre. Después lo busqué y no lo encontré por ningún lado.

—¿Qué estás insinuando? —quiso saber Juana. Matilde se limitaba a escuchar.

—Que Al-Saud se lo llevó. De todos modos, creo que era para él.

Guardaron silencio mientras la empleada doméstica recogía los platos. Juana aprovechó para ir al baño, y Matilde, para pedir perdón a Ezequiel.

—Te fallé, Eze. Debí estar ahí, contigo, apoyándote en un momento tan difícil. Pero me acobardé. Me imaginé a toda esa gente, a tu familia, las largas horas de espera, el velorio, el entierro, y me dije que no tendría fuerza para resistirlo.

—Hiciste bien en no ir. Mi abuelo no estaba triste sino rabioso y se la agarraba con cualquiera. Hubieras sido su blanco favorito.

—Sin embargo, ahora me arrepiento de no haber ido. No por tu familia, ni siquiera por Roy, que ya estaba descansando en paz, sino por ti. Encima, mi papá se enojó mucho porque no viajé con él a Córdoba.

—Él tampoco fue, ni al velorio ni al entierro. De tu familia, estaban tu tía Enriqueta y tu hermana Dolores con su esposo. Nadie más.

—¿Mi papá no fue?

—No.

—¿Dónde estará?

Yasmín salió del laboratorio al mediodía. Por lo general, almorzaba en su despacho o en el comedor junto con sus empleados. Desde el miércoles, lo hacía en casa de Eliah; incluso iba a cenar. Él no mencionaba su conducta poco usual ni tampoco conjeturaba acerca de la razón que la motivaba, aunque debía de sospechar que lo visitaba para enterarse de cómo iba la salud de Sándor. De hecho, varias personas habían reparado en su interés por el bosnio, entre ellas su madre. Esa mañana, antes de viajar a la hacienda de Jeddah, Francesca se había presentado en el dormitorio de su hija.

—¿Qué pasa entre tú y Sándor?

—Nada —se apresuró a contestar—. ¿Por qué preguntas eso?

—Porque te observo. Eres mi hija y te conozco como nadie. No sería una buena madre si no te conociera profundamente. Sé que estás inquieta y nerviosa. Sé que no eres feliz con André.

—¡Soy muy feliz con André! —se enfadó Yasmín.

—No estoy haciéndote un examen, Yasmín. Tampoco estoy interrogándote para saber si estás haciendo lo correcto. Sólo quiero saber si eres feliz y si estás haciendo lo que tu corazón te dicta. Eso es todo.

Yasmín abrazó a su madre y reposó la cabeza en su hombro.

—Mamá, no sé qué está pasándome con ese chico. Porque es un chico, mamá. Yo soy casi cinco años mayor que él.

—¿Y?

—No sé, me incomoda, me saca de mis casillas con su forma tan parsimoniosa, su mirada de hombre sabio, como si pudiera leerme la mente. Papá no lo aprobaría —apuntó deprisa.

—¿Por qué dices eso? Estás prejuzgando a tu padre.

—Porque él tiene expectativas muy altas para mí. Y Sándor no es nadie. Un simple bosnio, sin título, sin carrera, sin dinero, sin nada.

Francesca apartó a su hija y la miró a los ojos.

—No conoces a tu padre si piensas eso de él. Se casó conmigo, todo un príncipe, futuro rey de Arabia Saudí. *Conmigo*, que no era nada. ¿Y piensas que se opondría a tu relación con Sándor porque es un don nadie? No lo querría para ti si Sándor fuera un mal hombre, pero no por las razones que dices.

—Tal vez no conozcas a papá como yo. Una cosa es ser su mujer y otra, su única hija mujer. La única hija mujer de un musulmán.

—Creo que estás usando la excusa de la oposición de tu padre para tapar los miedos que te da perder la seguridad que representa André, un hombre de familia prestigiosa, con dinero y una carrera brillante. Siempre fuiste un poco frívola, hija. Y caprichosa también. Te gusta el lujo y vivir bien.

—¡Gracias, mamá! No sabía que pensaras tan bien de mí.

—Sabes que me gusta la sinceridad. —Francesca extendió la mano y acarició la frente de su hija—. Yasmín, tesoro de mi vida, quiero que seas feliz, eso es todo.

—Lo sé, mamá. —Buscó de nuevo el cobijo del regazo materno—. ¡Estoy tan confundida! No me siento segura como antes. Me parece que mi vida está patas arriba.

—¿Amás a André?

—¿Cómo sabe una si está realmente enamorada de un hombre?

—Eso es fácil. Sólo quieres estar con él, sentir su presencia, mirarlo, olerlo. Quieres que te toque y tocarlo. Cuando lo ves aparecer, te emocionas tanto que te duele la boca del estómago. Piensas en ese hombre día y noche. Te duermes pensando en él y te levantas pensando en él. ¿Con quién te pasan estas cosas, mi amor? ¿Con Sándor o con André?

Yasmín no contestó. Se guardó la respuesta no porque la desconociera sino porque no se atrevía a pronunciarla. Desde entonces y a lo largo de la mañana, había repetido de continuo: «¡Esas cosas me pasan con Sándor, mamá! ¡Con Sándor! Con André jamás me sucedieron».

Cerca de la una de la tarde de ese viernes, estacionó su BMW Z3 sobre la Avenida Elisée Reclus. Sus guardaespaldas lo hicieron detrás de ella y la escoltaron hasta el ingreso de la casa de Al-Saud. Sándor jamás le habría permitido conducir sola; se habría sentado en la butaca del acompañante y soportado la mala cara de Yasmín y sus odiosos comentarios.

La recibió Leila en la cocina. Si bien no respondió al saludo, le destinó una sonrisa serena y madura, y le explicó con señas que Matilde y Juana no estaban, lo cual decepcionó a Yasmín. Se sentó en un banco de la isla y observó a Leila atiborrar una bandeja con comida.

—¿Es para Sándor?

Leila asintió.

—¿Le gustaría llevársela? —preguntó en el momento en que colocaba la bandeja sobre una mesa con ruedistas.

Yasmín no contestó de inmediato; era la primera vez que Leila le dirigía la palabra.

—Sí, me gustaría llevársela.

La emocionaba la posibilidad de encontrarse con Sándor; a pesar de sus frecuentes visitas, no lo había visto ni una vez. Leila la acompañó al ascensor de servicio y la guio hasta el dormitorio donde se hospedaba su hermano, incluso llamó a la puerta.

—Pasa, Leila —dijo Sándor en su lengua madre, y la muchacha la instó a entrar antes de volver a la planta baja.

Sándor se incorporó en la cama y apagó el televisor con el control remoto al ver a Yasmín arrastrar la mesa con ruedistas.

—Hola, Sándor. —Éste no contestó—. Leila me pidió que la ayudase trayéndote el almuerzo. —El bosnio se limitaba a observarla sin hostilidad, tampoco con asombro; simplemente la miraba con curiosidad.

A Sándor le gustaba el cuerpo de Yasmín, de caderas bien definidas y cintura pequeña que él soñaba con encerrar entre sus manos. Le parecían hermosas las pantorrillas de músculo bien definido, que se marcaba porque ella caminaba con tacones altos. Lo aturdían sus pechos; mientras se desempeñaba como su guardaespaldas, se imponía no fijar la vista en ellos porque se distraía, y una distracción podía acabar en una fatalidad. Quería sujetarle el cabello largo y renegrido para enrollárselo en torno al cuello y apreciar el contraste con la blancura de su piel. Yasmín olía tan bien y vestía como esas mujeres en la revista *Paris Match*. ¿Cuántos francos costaría el traje de Valentino que llevaba ese día? ¿Y los zapatos de Manolo Blahnik? Conocía sus marcas favoritas porque la escoltaba mientras ella iba de compras a las mejores tiendas parisinas. Gastaba en una tarde lo que él habría ganado en meses. No podía olvidar que en el hospital le había quitado la mano cuando Eliah entró en la habitación. Se avergonzaba de él, a pesar de sentirse atraída. «Soy uno más de sus caprichos», pensó.

—¿Vas a almorzar en la cama o prefieres comer en aquella mesa? —Esperó en vano una contestación—. Creo que no ha sido buena idea traerte la comida. Mejor me voy. —Giró en dirección a la puerta con los ojos llenos de lágrimas.

—Yasmín.

La conmovía que pronunciara su nombre sin la formalidad del «señorita». Se detuvo, aunque permaneció de espaldas. Lo oyó moverse y se dio vuelta.

—¿Qué haces? —le preguntó, enojada, mientras se aproximaba a la cabecera de la cama—. ¿Por qué te levantas? ¡Oh! —exclamó, y miró hacia otra parte con la imagen grabada en su retina de las piernas peludas de Sándor y de su diminuto calzoncillo blanco, que contenía un bulto que le resultó inverosímil.

Sándor había echado las sábanas hacia un costado y se erguía con cuidado para no inclinar el torso vendado. Bajó las piernas y se calzó las pantuflas.

—Alcánzame la bata, por favor. —Yasmín se la pasó con el rostro vuelto—. Ya estoy decente. Puedes mirarme sin escandalizarte.

Yasmín se dio vuelta y sonrió de manera timorata. Sentía las mejillas calientes. ¿Era posible que estuviera sonrojándose? Hacía años que no le sucedía. Levantó la vista y, al encontrar los ojos celestes de Sándor, experimentó todo a la vez: las palpitaciones, el escozor entre las piernas, el sudor en las manos, la sequedad en la garganta, las ansias por que sus brazos la apretaran, por que sus labios la devoraran. Él, en cambio, lucía dueño de sí. A pesar de que le llevaba casi cinco años, Yasmín tenía la impresión de que era una adolescente frente a un hombre maduro y curtido. Eliah decía la verdad cuando expresaba: «*Su espíritu es mucho más viejo y sabio que el tuyo*».

—¿Cómo te sientes? —preguntó con voz extraña, que la avergonzó y la hizo carraspear.

—¿Por qué no viniste antes a verme?

—Oh… Yo… Yo vine. Vine el miércoles, cuando me enteré de que te habían dado de alta, y vine ayer jueves. Y hoy… Vine para preguntar por tu salud y…

—¿Por qué no subiste a verme entonces?

—Porque… Ya sabes, no me parecía correcto. Además, no quería molestarte.

Sándor soltó una risa sardónica que Yasmín no le conocía y que, a pesar de tratarse de un gesto cargado de desprecio, lo embellecía. El bosnio se alejó en dirección a la ventana y allí se quedó, de espaldas, contemplando el jardín andaluz. El taconeo de los Blahnik le advirtió que Yasmín se aproximaba. Cuando el repiqueteo cesó, Sándor sabía que ella estaba a escasos centímetros de él.

—¿Por qué te decidiste a subir hoy? ¿Por qué hoy sí es correcto? ¿Por qué te parece que hoy no me molestarías?

—Bueno... Ya te dije, Leila me pidió que la ayudara... ¡Ah! —gritó cuando Sándor giró sobre sí y la sujetó por los brazos—. ¡Sándor, me lastimas!

—¿Alguna vez en tu vida podrías ser sincera contigo y con los demás? ¡Por qué viniste a verme hoy! ¿Porque Matilde y Juana no están y sabes que no volverán hasta la tarde? ¿Porque tu hermano está en la Mercure y no volverá hasta la noche? ¿Porque nadie, excepto Leila, que te importa un rábano, se dará cuenta de que la princesa le tiene ganas al plebeyo?

—¡Te odio! ¡Te desprecio!

—Si me odias y me desprecias, ¿por qué viniste a verme? ¡Por qué! —La sacudió y le clavó con saña los dedos en los delgados brazos—. ¡Por qué! ¡Habla!

—¡Porque sólo pensaba en verte! ¡Porque deseaba verte con todo mi corazón! ¡Porque creí que me moría cuando ese hombre te disparó en el pecho! ¡Porque *quise* morirme cuando creí que habías muerto! ¡Porque te extraño tanto! ¡Tanto! ¡Ya no soporto que no estés conmigo todo el día, detrás de mí, cuidándome!

Echó la cabeza hacia delante y se puso a llorar como no recordaba haberlo hecho jamás. Le dolía la garganta y los brazos donde Sándor le clavaba los dedos. No tenía ánimo para pedirle que la soltara.

La felicidad de Sándor tardó en entrar en su entendimiento. Primero lo sobresaltó el ímpetu de Yasmín; después le sorprendió lo que le decía, más bien cómo se lo decía, con talante acusador, como si él fuera culpable de todo. Sólo al último se permitió saborear el significado de la confesión. La encerró entre sus brazos y la atrajo hacia él sin reparar en las puntadas que destellaban en su carne. Sonrió al percibir las manos de ella que buscaban asirse a su espalda.

—Sándor —la oyó murmurar, y aflojó el abrazo para permitirle emerger de su pecho—. No soporto que tú creas que soy una caprichosa y una frívola.

—Es que lo eres, Yasmín. —Se inclinó y apoyó los labios sobre la boca entreabierta de ella—. Pero a mí me gustas de todos modos —aseguró, la voz claramente afectada después de ese ligero contacto. No se trató de un beso suave ni romántico; por el contrario, Sándor tomó con salvajismo lo que había anhelado durante largos meses; se cobró los desprecios de Yasmín, los maltratos y que lo hubiera apartado de su lado. Quería hacerle entender que le pertenecía, que era de él y de nadie más. Abandonó el beso para arrastrar los labios por el cuello blanco y delgado que siempre miraba como un tonto.

—Dímelo de nuevo —le suplicó—. Dime de nuevo lo que me acabas de gritar.

Yasmín no conseguía hilvanar una frase coherente. La cabeza le giraba, el cuerpo le latía como si fuese un corazón gigante. La habían besado varios hombres a lo largo de sus veintinueve años. Ninguno como Sándor.

—¿Para qué quieres que te lo repita? Lo sabes bien. Estoy loca por ti. Pienso en ti de la mañana a la noche. No consigo sacarte de mi cabeza. Quiero concentrarme en mi trabajo y no puedo. Siempre ahí, siempre en mi cabeza. Y cuando te vi tan pálido en el piso de la capilla, deseé que ese hombre regresara y me disparara para morir contigo.

—¡Nunca vuelvas a decir algo semejante!

—¡Es la verdad! ¡Deseé eso! Es una locura, lo sé. Pero todo lo que se refiere a ti es una locura.

Sándor se apartó con suavidad. Ella tuvo miedo, no de él sino de lo que iba a decirle, porque la miraba con abatimiento.

—Tienes razón. Lo nuestro es una locura, un imposible. —Se alejó dos pasos hacia atrás, y Yasmín sintió frío—. ¿Qué puedo darte? Nada. Soy un hombre sin patria, sin bienes, sin educación, sin dinero. Nadie comparado contigo, que naciste en cuna de oro. Eres la hija de un príncipe saudí y una bioquímica con estudios en las mejores universidades.

»Eres refinada y culta. Conoces el mundo y estás acostumbrada a vivir con lo mejor. ¿Sabías que no terminé el colegio? Éramos muy pobres y tenía que ayudar en la fonda a mis padres. Sé hablar francés, no muy bien, como habrás notado, pero escribiéndolo soy peor».

—¡Yo puedo enseñarte! ¡Yo *quiero* enseñarte!

—¿Sí? ¿Qué más querrás enseñarme? ¿A comer con los modales de un noble, a vestir con buen gusto, a moverme en la sociedad parisina con clase, como lo hace tu prometido, André Saint-Claire?

—¡Eres injusto!

—No lo creo. Dime una cosa, Yasmín. ¿Por qué me tratabas con desprecio cuando estaba a tu servicio? ¿Por qué me hacías difícil la tarea de cuidarte? ¿Por qué eras antipática y caprichosa conmigo?

—¡Porque eres un engreído insoportable! —Sándor se abalanzó sobre ella y volvió a sujetarla por los brazos con crueldad—. ¡Suéltame! ¡Me haces daño!

—Yo te diré por qué me tratabas tan mal cuando era tu guardaespaldas. Porque te calentaba...

—¡Maldito seas, Sándor! ¡Maldito seas!

—Porque te calentaba —prosiguió él, aunque dudaba de que Yasmín lo escuchara a causa del llanto—. Tu chofer y guardaespaldas te calentaba, a ti, a una mujer de clase, cuyo prometido es un alto directivo de Air France. La dama se sentía atraída por el vagabundo. Y eso, al tiempo que te seducía, te daba asco.

—Sándor, no, por favor —sollozaba.

Yasmín se ahogó y comenzó a toser. Sándor se apartó y la miró con angustia hasta que se repuso. Le pasó un vaso con agua y la servilleta. Ella bebió y se secó dándole la espalda. Humillada, ofendida y lastimada, Yasmín depositó el vaso y la servilleta sobre la bandeja y abandonó la habitación sin pronunciar palabra ni echarle un vistazo. Sándor se sentó en el borde de la cama, se cubrió el rostro y se echó a llorar.

21

El ministro de Transporte israelí y los ejecutivos de El Al no demoraron en dar su consentimiento para entrevistarse en París con los dirigentes de las aseguradoras holandesas. Los detalles del encuentro se concertaron durante el fin de semana entre Michael Thorton y Ariel Bergman, y la reunión se llevó a cabo el lunes por la tarde, en la sala de reuniones de la Mercure. Tardaron poco más de tres horas en acordar una cifra que compensase las pérdidas sufridas con motivo del siniestro. Actuarios de The Metropolitan y de la World Assurance presentaron un detalle de las erogaciones ya realizadas y un cuadro con la proyección de las que se producirían durante los próximos meses. Los expertos que asesoraban a los israelíes analizaron la documentación y esgrimieron no pocas objeciones. De todos modos, como la voluntad de Israel se inclinaba por alcanzar un acuerdo, finalmente se convino una indemnización de setenta y tres millones de dólares, de los cuales cuarenta y dos terminarían en las arcas de The Metropolitan, y treinta y uno en las de World Assurance.

Quince minutos más tarde de que el ministro de Trabajo israelí y los altos ejecutivos de El Al hubiesen abandonado el George V, y mientras los socios de la Mercure y los directivos de las aseguradoras descorchaban un Dom Pérignon, sonó el celular de Al-Saud. Reconoció el pesado acento hebreo de inmediato.

—Ya lograron lo que querían —dijo Bergman—. Ahora deben cumplir la otra parte del acuerdo.

—Mañana lo encontraré en…

—No, Al-Saud. Mañana no. Esta noche. Ahora, si es posible. No tenemos tiempo que perder. Han pasado más de diez días desde la aparición de la primera nota periodística. El tiempo nos juega en contra. El gobierno de mi país tiene que actuar. Las presiones internacionales son insoportables a este punto.

—En media hora —aceptó Al-Saud—, en el Café de Flore, el 100 del Boulevard Saint-Germain. ¿Podrá llegar a tiempo?

—Sí, en media hora estaré allí.

Apenas colgó con Bergman, Al-Saud le pidió a Victoire que lo comunicase con Peter Ramsay. Después de impartir unas directivas a Ramsay, se despidió de sus clientes y de sus socios y le pidió a Medes que lo condujera al Boulevard Saint-Germain. Llegó antes que Bergman, y cuando éste se aproximó a la mesa, Al-Saud levantó la mano y lo detuvo antes de que tomara asiento.

—Señor Bergman, debería ir al baño de caballeros para asearse antes de comer.

Bergman comprendió de inmediato la motivación de Al-Saud. En el baño se encontró con Peter Ramsay, que trabó la puerta calzando una cuña de madera en el piso.

—Si me permite, señor Bergman.

El *katsa* extendió los brazos a los costados para que Ramsay lo cacheara en busca de armas.

—Esta preciosura se queda conmigo hasta el final del encuentro —dijo, y encajó la Beretta en la parte delantera de su pantalón. Después, barrió al israelí con un aparato que detectaba frecuencias, sin hallar nada—. Está limpio —dijo, girando apenas el rostro y hablándole a la solapa de su saco. Quitó la cuña que atrancaba la puerta y, con un ademán de mano, invitó a Bergman a regresar al salón.

—¿Qué desea tomar? —preguntó Al-Saud.

—Un café estará bien.

—Dos cafés, por favor. —Esperó a que el camarero se alejara para comentar—: Imagino que sabe que la reunión fue un éxito.

—Para usted y sus clientes. No para mi país.

—A Israel le cuesta perder porque no está acostumbrado a hacerlo. Sin embargo, en este asunto tan complejo la pérdida asciende a tan sólo setenta y tres millones de dólares. Nada para un país tan rico como el suyo.

—No se trata del dinero, Al-Saud, y usted lo sabe. Es la imagen de Israel la que se ha dañado quizá de manera irreparable.

Eliah soltó una carcajada desprovista de humor.

—Por favor, Bergman. Ya debería saber que en el mundo de la política lo que hoy es negro mañana puede ser blanco y viceversa. De todos modos, le daré la herramienta para que el pasaje del negro al blanco sea fácil y rápido.

—Hable, Al-Saud. Están impacientes en Tel Aviv.

—Se trata de las fotos que se publicaron.

—¿Qué pasa con ellas?

—Son un montaje.

Bergman reprimió un insulto mientras el camarero servía el café.

—¿De qué está hablando? —susurró, con dientes apretados—. Las autoridades del Instituto de Investigaciones Biológicas dijeron que pertenecían a sus laboratorios, que eran reales.

—No se confunda, señor Bergman. Las fotos que nos proveyó el doctor Bouchiki son auténticas y, como le dijimos, están muy bien custodiadas. Las que se publicaron son un montaje realizado a partir de las originales. Un experto lo detectaría de inmediato.

—¿Quiere decirme que se alteraron las fotografías auténticas hasta transformarlas en un montaje?

—Así es. Como ve, nunca fue nuestra intención destruirlos ni perjudicarlos. Digamos que sólo queríamos sacudirlos y llamar su atención. Si su gobierno demandase al *NRC Handelsblad* y solicitase que un perito examinara las fotografías que se usaron, de inmediato la situación se revertiría.

—Debo suponer que el *NRC Handelsblad* no está al tanto de este truco.

—Supone bien.

—Acaba de ganarse un enemigo poderoso.

—¿Más poderoso que Israel y que el Mossad?

Bergman no tuvo oportunidad de contestar. Al-Saud atendió su celular a la primera llamada. Era Derek Byrne. Lo notó alterado. Detrás se oían los alaridos de Zoya. Cruzó unas palabras con el guardaespaldas y se puso de pie. Se echó encima el saco y arrojó unos billetes sobre la mesa.

—Lo lamento, señor Bergman. Tengo que irme. Quizá nuestros caminos vuelvan a cruzarse en el futuro. Buenas noches.

Medes condujo a toda velocidad hasta la calle del Faubourg Saint-Honoré. Al-Saud ingresó en el edificio con sus llaves. Había gente en torno a la puerta del departamento de Zoya. Los apartó y llamó con duros golpes.

—Byrne, ábreme. Soy yo.

La puerta se entornó apenas. Al-Saud y Medes se deslizaron dentro. Zoya se acurrucaba en un extremo del sillón de la sala y sollozaba. Claude Masséna se hallaba en el piso. Al-Saud enseguida reparó en el charco de sangre bajo la cabeza del *hacker* y la pistola en su mano. Se acuclilló y colocó el dedo sobre la yugular de Masséna. No tenía pulso.

—Se suicidó —dijo Derek Byrne—. No llegué a tiempo para impedirlo. Sacó el arma y se disparó, así, sin más.

—Zoya —dijo Al-Saud. Se sentó en el borde del sillón y le retiró un mechón de la cara—. Ven aquí. —La ayudó a incorporarse y la sostuvo contra su pecho, donde Zoya siguió lloriqueando sin fuerza—. Sé que debió de ser espantoso. Lo sé y lo siento. Medes, tráeme una copa de coñac.

—Eliah, me dijo que me amaba, que nunca había amado como a mí. ¡Me amaba! ¿Lo entiendes? ¡A mí, a una prostituta!

—¡Eres una gran mujer, Zoya! ¿Qué importa cuál sea tu oficio? Yo te quiero y te considero una gran amiga.

—¡Pero no te casarías conmigo!

—Porque no estoy enamorado de ti ni tú de mí.

—Él sí está… Estaba enamorado de mí.

—Pero tú no lo amabas. Recuerda que me dijiste que habías tenido una sobredosis de Claude.

—Sí, lo sé —admitió Zoya, y pareció adquirir un poco de sobriedad. Se incorporó y aceptó el pañuelo de Al-Saud y la copa de coñac que Medes le ofrecía—. Sabía que lo había traicionado con el asunto de la Banque Nationale de Paris. Lo sabía todo.

—¿Cómo se enteró?

—Un día te vio salir de este edificio y no le resultó difícil atar cabos.

—*Merde*.

—Siempre había sospechado de la ayuda que la Mercure le brindó mientras estuvo en la cárcel. No sé, se dio cuenta solo. Sabes que era muy inteligente.

—Zoya, escúchame. Tendremos que dar parte a la policía.

—No… A la policía no —sollozó.

—Zoya, confía en mí. No estás sola en esto. Yo me haré cargo de todo. Necesito acordar contigo qué dirás a la policía. Eres empleada de la Mercure, del Departamento de Relaciones Públicas. Estás en la nómina de empleados, así que no habrá problemas. Y tus papeles están en orden.

—¿Qué diré acerca de Claude?

—Que se conocieron en la Mercure y que eran amantes. Su pegó un tiro cuando te encontró con otro en la cama. —Señaló a Derek Byrne, que asintió. Al-Saud se levantó del sillón y se dirigió a Medes—. Sin quitarte los guantes, ve a revolver un poco la cama de Zoya para que parezca que ha sido usada. Byrne, quítate el saco y desarréglate un poco. —Se alejó en dirección a la ventana, donde sacó su celular y buscó el número del inspector Olivier Dussollier—. *Allô*, Olivier. Te habla Eliah Al-Saud. Necesito tu ayuda. Una amiga mía, empleada de la Mercure, acaba de tener un grave problema.

Al-Saud llegó a su casa de madrugada. Estaba exhausto. Lo recibió un sordo silencio. Caminó de memoria, sin encender las luces. Se quitó las botas a la entrada de su dormitorio para evitar el ruido. No quería despertar a Matilde. Tendría que haberse dado un baño porque apestaba a cigarrillo y al perfume de Zoya, pero se desnudó y se metió en la cama porque el cansancio lo vencía. Matilde se movió a su lado y abrió los ojos.

—Hola —lo saludó, con voz enronquecida por el sueño.

—Hola, mi amor. No quería despertarte —se disculpó Al-Saud, y la atrajo hacia su lado para abrazarla.

Matilde enseguida olió el perfume de mujer.

—¿Qué hora es?

—Las tres y cuarto. Sigue durmiendo.

La decepcionó que no la buscase para hacer el amor. Desde el ataque en la capilla, no habían vuelto a tener sexo porque ella no estaba de ánimo. Ese día, sin embargo, cuando fueron al departamento de la calle Toullier para recoger la correspondencia, se topó con *El jardín perfumado* y la asaltó un deseo visceral por Eliah que se intensificó cuando él la llamó alrededor de las ocho para decirle que un contratiempo le impediría llegar para la cena. Lo aguardó, ansiosa, matando el tiempo con la lectura, hasta que el sueño la venció. Debió de tratarse de un sueño ligero, porque se despertó mientras él se desvestía. Se quedó quieta, simulando dormir, deseando que la despertase para amarla. No lo hizo, y cuando la abrazó y ella notó el perfume de mujer, entendió por qué: había estado con otra. ¿Con la tal Gulemale, con la cual había cenado durante su semana de ausencia? Ante la orden de él —porque por más que se expresara con dulzura, sus pedidos siempre sonaban a orden—, «*sigue durmiendo*», Matilde le dio la espalda y se cerró en posición fetal. Pocos segundos después, se mordió el labio cuando sus ojos se anegaron de lágrimas. Se repitió la cantaleta de siempre: no tenía derecho a reclamarle; en pocas semanas se iría al Congo y todo habría terminado. Era lo mejor, en especial si daba crédito a las palabras de Takumi Kaito. «*Debes saber, Matilde, que si pretendes conservar a un Caballo a tu lado, y sobre todo al de Fuego, jamás, nunca debes atacar su libertad. Bríndale tanto espacio como él necesite, porque no hay nada que el Caballo aprecie más que ser libre.*» Si no hubiese tenido tanto miedo de regresar al departamento de la calle Toullier, se habría marchado de esa casa.

∼· �֍ ·∼

A la mañana siguiente, martes 10 de marzo, durante el desayuno en la cocina, Al-Saud se enteró de que la mala cara de Leila se debía a que

Sándor hacía días que había regresado a su departamento a pesar de no estar recuperado por completo; y que la cara de felicidad de Juana se debía a que, la noche anterior, Shiloah había llamado para invitarla a pasar una semana en Tel Aviv.

—¿En este momento? —se asombró Al-Saud—. ¿Con la campaña política en su punto más álgido?

—Yo le pregunté lo mismo —respondió Juana— y me dijo que se tomaría unos días para reponer fuerzas antes de la recta final, la más dura. Lo único que lamento es que no voy a estar el sábado para tu cumple, amiga.

—¿Qué importancia tiene mi cumpleaños? Lo festejaremos cuando vuelvas.

—¡Estoy tan feliz! Nunca imaginé conocer Tel Aviv.

—¿Cuándo viajas? —se interesó Al-Saud.

—El viernes por la mañana. Supuestamente el pasaje tiene que llegar entre hoy y mañana miércoles por Federal Express.

—Nosotros te llevaremos al aeropuerto. ¿Te parece, mi amor?

Matilde se limitó a asentir, seria y distante. Al-Saud frunció el entrecejo y se quedó mirándola. Estaba de mal humor, y él no sabía por qué. Al despertarse, no la había encontrado a su lado. La halló en la cocina, vestida y desayunando. Se acercó para besarla en la boca y ella, sin apartar la taza de café con leche de los labios, le ofreció la mejilla. Antes de irse al George V, la arrinconó en la flor, donde la sorprendió mirando el jardín andaluz.

—¿Qué te pasa?

—Nada.

—No mientas, Matilde. Eres transparente y no sabes disimular.

«No abras la boca, Matilde. No se te ocurra reclamarle. Cállate.»

—Te pasa algo y, como no quieres decírmelo, asumo que el problema es conmigo. ¿O estás en uno de esos días en que las mujeres se ponen muy sensibles? —Lo expresó con talante divertido, que se esfumó ante la mueca desolada de Matilde—. Discúlpame, no quise ofenderte.

—No me ofendiste. Y no, no estoy en uno de esos días.

—¿Qué te pasa, entonces? Y no vuelvas a decirme «nada».

«Muérdete la lengua, Matilde. No hables.»

—Mi amor, no me gusta que tengamos secretos.

—¿Así que no te gustan los secretos? —«Basta, Matilde.»

—No —dijo él, de pronto serio—, no me gustan.

—¿De quién era el perfume que se te impregnó anoche? ¿Es un secreto?

Al-Saud se echó hacia atrás y rio, entre nervioso y sorprendido. Matilde, en tanto, se maldecía por no haber conseguido refrenarse.

—¿Por qué no me preguntaste anoche? ¿Por qué tengo que sacarte las cosas con un interrogatorio?

—Porque no tengo derecho a preguntarte, pero ya que insistes...

—¿Cómo que no tienes derecho? ¡Eres la única a la que le doy ese derecho!

La abrazó sin concesiones a su pequeña figura y a su fragilidad; la besó con rabia, sujetándola por la nuca. Le introdujo la lengua hasta que la entrega de Matilde —sus delicados gemidos, sus manos ajustadas a él, el temblor de su cuerpo— lo apaciguó. Sin apartar los labios de los de ella, le dijo:

—El perfume que oliste era de una mujer. De una amiga mía que anoche me llamó desesperada porque su amante se había suicidado en el comedor de su casa. —Matilde ahogó una exclamación—. No podía dejarla sola.

—No, claro que no.

—Tuve que hacerme cargo de todo. De llamar a la policía, de llevarla a declarar a la comisaría, de conseguirle una habitación en el George V para que pasara la noche. No podía volver a su departamento porque los policías lo habían sellado. Además ella no quería volver.

—Pobrecita. ¿Qué fue lo que pasó?

—Su amante quería casarse con ella. Ella, no. Además, quería terminar con la relación. ¿Más tranquila ahora? —Al-Saud rio al ver cómo las mejillas de Matilde se ponían coloradas—. Nunca conocí una mujer que se sonrojara tanto como tú.

—Perdóname, Eliah.

—¿Qué pensaste? ¿Que me había acostado con otra? —Matilde asintió—. Es raro lo que siento. Por un lado, tus celos me hacen feliz, me halagan; por el otro, tu desconfianza me lastima.

—Perdóname. Anoche te esperé hasta muy tarde. Y cuando llegaste, olías a ese perfume de mujer. Me puse muy mal. Tenía tantas ganas de que llegaras.

—¿Sí? ¿Muchas ganas?

—Sí. Me quedé leyendo hasta muy tarde para matar el tiempo.

Al-Saud no parecía prestarle demasiada atención, ocupado como estaba en arrastrar su lengua por el cuello de ella y en masajearle los glúteos.

—¿Me esperaste hasta muy tarde?

—Sí. —La respuesta de Matilde surgió como un soplido.

—¿Por qué estabas esperándome?

Tardó unos segundos en contestar. Las manos de Eliah, que se habían escurrido bajo su camisa y le desabrochaban el corpiño, le dejaban la mente en blanco.

—Porque había pensado toda la tarde en hacer el amor contigo.

Al-Saud hundió los dedos en el trasero de Matilde y la refregó contra su erección.

—Ah, mi amor —dijo, con la voz pesada y ronca—. No sabes cuánto deseé que reanudáramos nuestra vida sexual. Anoche no quise presionarte. Desde el ataque en la capilla...

—Sí, lo sé. Pero ahora quiero, Eliah. Te necesito dentro de mí, sobre mí.

—¡Mi amor! —exclamó, y la arrastró a la cama.

El pago por los servicios prestados a las aseguradoras holandesas entró el jueves en la cuenta bancaria de la Mercure, lo mismo que el anticipo del empresario israelí, Shaul Zeevi, para iniciar los preparativos de la misión en la región del coltán, en el Congo. El presidente de The Metropolitan se mostraba interesado en formar un equipo ad hoc con la Mercure para las investigaciones de alto riesgo, y quería firmar un contrato para que Al-Saud se convirtiera en su asesor; estaba impresionado con la estrategia que había diseñado para poner a los israelíes a sus pies. El gobierno de Eritrea había transferido con puntualidad el primer desembolso que costeaba la organización y el adiestramiento de su ejército. Dingo y Axel, que después de proteger a Ruud Kok, habían vuelto a hacerse cargo de dicha tarea, trabajaban para convencer a los generales eritreos de que resultaría inoportuno prescindir de sus servicios en el corto plazo; además, intentaban persuadirlos de que se imponía la creación de un cuerpo de élite. Cobrarían una suculenta comisión por asesorarlos en la compra de armamento y de vehículos. Los ingresos por contratos menores (custodias, investigaciones y seguridad industrial) fluían mensualmente, con una clara tendencia al aumento, como si la falla en la custodia durante la convención por el Estado binacional nunca hubiese existido. Se vivía un momento de esplendor en la Mercure, de una gran liquidez, aunque nunca parecía suficiente dados los grandes costos fijos y las cuotas por los bienes de capital adquiridos el año anterior.

A pesar del buen momento en los negocios y de que Matilde lucía contenta la mañana del viernes mientras llevaban a Juana al Aeropuerto Charles de Gaulle, Al-Saud no conseguía deshacerse del fastidio provocado por la llamada de Ruud Kok. Los israelíes no habían perdido tiempo. El miércoles por la mañana, el estudio de abogados Van Boar & Becke, uno de los más prestigiosos de Ámsterdam, asesor del gobierno de Israel, demandó al *NRC Handelsblad* por calumnias e injurias. Los letrados del diario holandés no tardaron en informarse acerca de la estrategia de Van Boar & Becke, que se asentaba en la falsedad de las fotografías publicadas; eran un montaje.

—¿Ni siquiera fuiste capaz de corroborar que las fotos fueran auténticas? —vociferó el jefe de redacción del *NRC Handelsblad*, y asestó un puñetazo al escritorio.

—No había tiempo —se excusó Ruud Kok—. Mi informante amenazaba con entregarle el material al *The Sun* si nuestro diario no lo publicaba enseguida.

—¡Nos usaron! ¡Estoy seguro! ¡Puedo olfatearlo! No llevo treinta años en este oficio para no intuir cuando me han tendido una trampa. El hijo de puta que te dio las fotos armó una estrategia para conseguir algo de los israelíes. ¡Vaya uno a saber qué!

—Pero…

—Ahora que seguramente lo ha conseguido, les contó su pequeño secreto: que las fotos son falsas.

—¡No entiendo nada! —se agitó Kok—. Si las fotos son falsas, si no corresponden a la realidad, ¿por qué los israelíes tardaron tanto en reaccionar? Ellos, mejor que nadie, tendrían que haber sabido que esas fotos no son de los laboratorios del Instituto de Investigaciones Biológicas. Y, sin embargo…

—¿No estás escuchándome, Kok? Se trata de una intriga. Nunca terminaremos de entender qué se cocina en el fondo de todo esto. Lo único cierto es lo que te ha confirmado el experto, que son un montaje. Nos atacarán con todo. ¡Van a destrozarnos! Mi cabeza rodará. ¡Y la tuya también, Kok!

Ruud Kok volvió a su escritorio y, sin meditar lo que diría, llamó a la Mercure. Lo atendió la gentil aunque infranqueable Thérèse, que, para su asombro, accedió a comunicarlo con Al-Saud. Éste sonaba tranquilo y ajeno a la tempestad que se avecinaba.

—¿De qué estás hablando, Kok?

—De que me embaucó, Al-Saud. Las fotos son un montaje y el gobierno israelí lo sabe. Acaba de presentar una demanda en contra del *NRC Handelsblad*. Ahora comprendo el apuro para que escribiera la nota y su amenaza de entregarle el material a un amigo en *The Sun*. No quería que verificara la autenticidad del material que tan *generosamente* me entregó.

—Aguarda un instante. ¿A qué te refieres con que las fotos son un montaje? ¡Pagué muy caro por ellas!

—¿Pagó caro por ellas y no las hizo revisar por un experto? ¿Usted, justamente usted que duda de su sombra? ¡Ya no se burle de mí, Al-Saud! Sé muy bien que me usó y que perderé mi empleo, pero me vengaré. No piense que saldrá bien parado de ésta.

Como le explicaría al día siguiente a Matilde por teléfono, toda alborotada, Juana no viajó a Tel Aviv en la clase ejecutiva de El Al sino en primera. Shiloah Moses había pagado un pasaje que costaba alrededor de ocho mil dólares para agasajarla, y Juana se sentía como una reina. En un principio, la emoción por viajar a una región exótica y los lujos de la primera clase la obnubilaron al punto de perder de vista que se reencontraría con un amante a quien no había esperado volver a ver. Shiloah no sólo la había llamado casi a diario, pese a su intensa actividad política, sino que la quería cerca de él en su semana de vacaciones. Sentada en el cómodo asiento, con una copa de champaña en la mano y mientras picoteaba frutos secos de un cuenco, Juana tomó conciencia de la poca seriedad con que había tratado el asunto. Tras un viaje de cuatro horas, volvería a verlo. ¿Qué sentiría? Lo de ellos no se había tratado de amor a primera vista, incluso había tenido varias copas de más la noche en que terminó en su habitación del George V. De pronto la magia desapareció, y Juana comprendió que podía llevarse una gran desilusión. Pensó en Jorge, en cuánto lo había amado, en el excelente sexo que habían compartido, y sintió una nostalgia que le amargó la champaña y le quitó el apetito. Shiloah la había conquistado porque la hacía reír. Pletórico de energía y dueño de un buen humor a prueba de todo, la había hecho sentir a gusto, le había devuelto la alegría. ¿Qué sucedería a lo largo de una semana en que convivirían y estarían solos? Se estremeció ante la posibilidad de la decepción.

Deseó que no fuera a buscarla al Aeropuerto David Ben Gurión, que enviara a uno de sus colaboradores; necesitaba tiempo para acomodar sus ideas. Shiloah no le dio gusto. Estaba esperándola. Juana, que peleaba con las rueditas de su maleta, levantó la vista y lo descubrió a unos metros de ella. La sonrisa que le regaló le provocó un cosquilleo en el estómago. Se quedó mirándolo, mejor dicho, estudiándolo. Había perdido peso y daba la impresión de ser más alto. Le quedaban bien el cabello tan corto, el suéter azul de cuello alto y el pantalón en una tonalidad beige. Lo encontró muy buen mozo. Un deseo espontáneo nació en ella, uno que no había experimentado por él antes. Soltó la maleta y corrió a sus brazos. Shiloah, riendo, la hizo girar en el aire. Se besaron en la boca, sin reparar en las miradas condenatorias que les lanzaban los judíos ortodoxos.

—¡Sí que te eché de menos! —suspiró Moses sobre los labios de Juana.

—¡Gracias por invitarme! El vuelo estuvo magnífico. ¡Nunca imaginé que alguna vez en mi vida viajaría en primera clase!

El comentario provocó una risotada a Shiloah, que la apretujó contra su cuerpo e inspiró su aroma. Se apartaron para mirarse. A Juana la admiraron sus ojos ambarinos, y la pasmó la belleza de sus pestañas tan rizadas y negras. Fijó la vista en su boca, brillante de saliva, y añoró volver a besarla.

—Te deseo tanto —confesó él.

Ese hombre era otro Shiloah, menos retozón, más sensual. Juana sonrió, dichosa, y se puso en las puntas de los pies para susurrarle:

—¿Qué estamos esperando? Vamos a hacer el amor.

De regreso del Aeropuerto Charles de Gaulle, Al-Saud se impuso olvidar la conversación telefónica con Ruud Kok. Desde un principio había sabido que, en la guerra por doblegar al gobierno de Israel, existirían daños colaterales. ¿Por qué lo asaltaban los remordimientos? Ésa era la naturaleza del negocio que tanto lo apasionaba; existían riesgos, víctimas, peligros. En ese contexto, una conciencia puntillosa no sólo resultaba incongruente sino imperdonable. Frenó en un semáforo y movió la cabeza para observar a Matilde, tan serena y plácida junto a él. Su pureza lo conmovió. Poseía la mirada franca y clara de quien tiene un corazón bondadoso. En ocasiones, cuando la descubría envuelta en ese halo de mansedumbre, se le daba por pensar que no la merecía, y una sensación angustiosa se apoderaba de su ánimo y se convertía en una presión en la parte alta del estómago. ¿Cómo reaccionaría cuando le confesara lo que era? Se había formulado muchas veces ese cuestionamiento, sin hallar una respuesta. En verdad, lo que tenía que hallar era valor para confesárselo.

Extendió la mano y le sujetó el mentón para obligarla a mirarlo. «¿Por qué no me miras? ¿Qué hay fuera que tanto te atrae? ¿Por qué no soy yo el centro continuo de tu atención?» Sus celos, su sentido de la propiedad sobre ella y el amor obsesivo que le inspiraba no acababan de convencerlo; detestaba ese desasosiego permanente, la necesidad de ganarse su cariño. Se ponía feliz cuando ella lo besaba de modo espontáneo, o cuando le confesaba que ansiaba que le hiciera el amor. No obstante, esa felicidad terminaba por herir su vanidad, que, en opinión de Takumi *sensei*, era desmesurada, como se suponía que debía ser en un Caballo de Fuego. Y la hería porque se suponía que él no mendigaba la devoción de las mujeres; la padecía. ¡Estaba cansado del mismo discurso! Parecía disco rayado. Y un idiota por no resolver la situación.

—*Embrasse-moi, Matilde* —le pidió, y ella se quitó el cinturón de seguridad para complacerlo y besarlo.

Al-Saud se quedó quieto, con las manos en el volante. Matilde entremetió los dedos largos de cirujana en el cabello de él hasta alcanzar la parte posterior de su cabeza y atraerlo a su boca. La actitud pasiva de Al-Saud la provocó, y se dispuso a doblegarlo. Le succionó los labios y le metió la lengua, pero sus dientes no se separaron. Los lamió, disfrutando de la suavidad del esmalte, y recorrió la geografía de sus encías con la punta endurecida de la lengua. Le parecía irreal la intimidad que compartían. Ella conocía su cuerpo como el de nadie; y él era el dueño del de ella. En un rincón de su mente sabía que nunca volvería a experimentar el éxtasis que Eliah Al-Saud le había enseñado a gozar porque, en realidad, todo la remitía a él. Sin él, no valía la técnica ni la mecánica ni lo fisiológico. Él activaba su cuerpo como si conociera los botones secretos.

Con una inspiración violenta, Al-Saud abrió la boca y se introdujo en la de Matilde, que se agitó y gimió débilmente, casi sin aliento. Como no arrancaban, los automóviles los apremiaron. Al-Saud volanteó con un insulto, haciendo chirriar los neumáticos, y estacionó el deportivo inglés a un costado. Se quitó el cinturón y siguió besándola.

—Mañana es tu cumpleaños y no quiero compartirte con nadie. Te voy a esconder para que solamente seas para mí.

—Escóndeme en tu hacienda de Ruán.

—No. Mis hermanos irían a saludarte. Te voy a llevar a otro lugar.

Matilde regresó del instituto y terminó de preparar sus mudas de ropa y sus efectos personales. Leila la ayudó con la ropa de Eliah, y, cerca de las ocho de la noche, se sentó en una silla alta de la isla de la cocina, con un bolso y una maleta a sus pies, a esperar. Llegó Yasmín y se sentó junto a ella. A Matilde la divertían los intentos de la muchacha por averiguar acerca de Sándor. Como Leila se refugiaba en el silencio, Matilde se apiadó y le informó que el viernes anterior había regresado a su departamento.

—¡Si no está recuperado por completo!

Leila soltó un bufido y abandonó la cocina.

—Creo que Leila te culpa por la partida de su hermano —se atrevió a comentar.

—El viernes pasado discutimos. —La tomó por sorpresa la facilidad con que expresó su pena. Llevaba una semana acarreándola, incluso había tomado la forma de una punzada en el pecho que sólo desaparecía si dormía; estaba agobiándola; ansiaba compartirla con alguien—. Nos dijimos cosas horribles, sobre todo él a mí. No digo que no las haya merecido, pero me lastimaron tanto. —Se apretó los párpados para refrenar el llanto. Al percibir que Matilde la abrazaba, se recostó sobre la isla y se echó a llorar como una nena.

—Shhh. No llores que está llegando tu hermano y hará preguntas. Ven, levántate. —Matilde la ayudó a incorporarse y le secó las lágrimas con una toallita de papel—. Ahora estamos por irnos de viaje pero, ¿te gustaría que almorzáramos el lunes y charlásemos acerca de Sándor?

—Matilde, ahora entiendo por qué mi hermano está loco por ti. Quiero que sepas que nunca lo vi tan enamorado. ¿Adónde se van de viaje?

—Es un secreto —pronunció Al-Saud apenas puso pie en la cocina. Se aproximó a Matilde y la besó en la boca. A su hermana le depositó un beso en la coronilla—. ¿Estás lista? —Matilde asintió—. En cinco minutos salimos.

—¿Adónde van? —susurró Yasmín.

—No tengo idea. Mañana es mi cumpleaños y él quiere pasarlo en un lugar secreto. ¿Nos vemos el lunes al mediodía, entonces?

—Sí, me encantaría. ¿Te paso a buscar por aquí a las doce y media?

—Perfecto.

Medes los condujo hasta el Aeropuerto de Le Bourget. Jugaban a las adivinanzas; Eliah le daba pistas en francés, para hacerlas más difíciles, y Matilde tenía que arriesgar el nombre del lugar al que viajarían. Sólo contaba con tres oportunidades y le correspondía una prenda si perdía. Como Matilde arriesgó Bruselas, Marsella y Ámsterdam, y la respuesta era Londres, Al-Saud elegiría el castigo.

—¡Hiciste trampa! Me diste mal las pistas a propósito.

—Sí, te las di mal a propósito porque quiero ponerte una prenda.

—¿Cuál?

—No, ahora no. Después. Mañana. ¿Te gusta Londres?

—No la conozco. Cuando era chica, hice un curso de inglés en Eton, pero nunca visité Londres.

—Te va a encantar. A mí me gusta mucho. Habría preferido llevarte dos semanas al Caribe, a la Polinesia o a Hawai, tirarnos al sol en la playa, pero estaba seguro de que no querrías perder más clases en el instituto. Yo tampoco podría dejar la Mercure por tanto tiempo ahora. Lo haremos en el futuro, cuando vuelvas del Congo.

Matilde permaneció en silencio el resto del viaje hasta Le Bourget, acurrucada sobre el pecho de Al-Saud. En dos frases, él había mencionado cuestiones que la atormentaban: la verdadera naturaleza de la Mercure, el futuro, el Congo. Él le había pedido que no hubiera secretos entre ellos; ella, no obstante, sospechaba que él tenía varios. Se instó a no pensar; se dejaría llevar por la magia de ese momento en el que Eliah la raptaba porque la quería sólo para sus ojos, como le había dicho la mañana de la convención por el Estado binacional. Ella atesoraba cada palabra, cada gesto, cada mirada; los conservaría en su corazón para siempre; sería feliz con el recuerdo.

No debió sorprenderla que Al-Saud poseyera un avión; además él se lo había mencionado en su primera noche de amor, pero en aquel momento ella no tenía capacidad para registrar mucha información, por lo que no volvió a pensar en eso. Se trataba de un Gulfstream V, según le informó él, con una sonrisa de suficiencia al verla pasmada frente a la imponente máquina. Su asombro continuó al entrar en la cabina, de un lujo para nada excesivo, más bien cálido, con sillones como los de una primera clase, forrados en cuero de tonalidad tiza, con revestimientos y mesas abatibles en caoba y la alfombra en color lavanda. Matilde inspiró profundamente para embargarse del perfume a verbena que inundaba el interior del avión, lo mismo que una melodía muy alegre de Mozart. Los recibieron el capitán Paloméro y la tripulación. La azafata se mostraba solícita con Matilde, y tanto ella como el resto del personal disimulaban la curiosidad que les despertaba contar entre el pasaje con una mujer que no fuera La Diana.

—¿Despegará usted, *monsieur* Al-Saud? —preguntó Paloméro, y el corazón de Matilde se aceleró cuando Eliah contestó que sí. Le indicó a Matilde que se ubicara en el sillón próximo a la cabina del piloto. La puerta permanecería abierta para que ella viese la pista iluminada. Simples cosas, como la imagen del trasero y las piernas de Al-Saud mientras se acomodaba en el asiento del piloto, o el modo en que se colocó los auriculares, la excitaban, aun el movimiento preciso y seguro de sus manos sobre la infinidad de botones y palancas le calentaba la sangre.

—Mira la pista, mi amor —le pidió Al-Saud, y ella se inclinó para descubrir un camino formado por dos hileras paralelas de luces que se unían en el infinito oscuro de la noche.

El rugido de las turbinas la envolvió como un puño gigante y poderoso y le quitó el aliento. Al-Saud giró la cabeza y le guiñó un ojo antes de empezar la carrera por la pista. Ella le devolvió una sonrisa. Se sentía etérea, libre, feliz. El avión despegó, y la operación pasó inadvertida para Matilde, por lo que su estómago no se resintió. Minutos después la azafata abandonó el *jump seat* y se plantó frente a ella.

—*Monsieur* Al-Saud es el mejor piloto que conozco. Ya verá que tampoco notará cuando aterricemos en el Aeropuerto London City. —Dio media vuelta y se dirigió a la pequeña cocina para preparar unas bebidas.

Matilde la observó alejarse por el pasillo y se puso celosa. Era muy linda, alta y delgada, y no pudo evitar preguntarse si Eliah se habría acostado con ella. Se animó bastante cuando él volvió a su lado. Se mudaron a un sector donde cuatro asientos formaban una pequeña sala. Tomaron el jugo favorito de Eliah, de naranja y zanahoria, comieron canapés y sándwiches, y hablaron de temas intrascendentes. El viaje era corto, así que, en breve, Al-Saud regresó a la cabina del piloto, tomó el mando y aterrizó el Gulfstream V en el Aeropuerto London City, donde estacionaron el avión en un hangar. Allí los esperaba un Jaguar con chofer, que los condujo al Savoy bordeando el Támesis, cuyos puentes iluminados no se comparaban con los de París, en opinión de Matilde, si bien componían una hermosa visión reflejados en las aguas del río. Al pasar junto al Tower Bridge admitió que era espléndido. El entusiasmo de Matilde, que Al-Saud tanto disfrutaba, se elevó ante la magnificencia del Savoy, ubicado sobre la antigua calle The Strand. Matilde no admiraba el lujo ni la decoración sino la historia que se respiraba en cada rincón de la recepción, de las escaleras, de los ascensores y de la suite del quinto piso, que contaba con tres ambientes y una vista soberbia del río y de la ciudad.

—Quiero hacerte el amor en cada habitación —le susurró Al-Saud en el oído, sin tocarla, mientras el botones acomodaba el equipaje y una empleada preparaba la cama y depositaba chocolates sobre la almohada.

Al-Saud los gratificó con generosidad y los despidió. Antes de cerrar la puerta con llave y cruzar el pestillo, colgó el cartel que rezaba «*Do not disturb*» en el picaporte. Matilde lo vio avanzar hacia ella y rio, nerviosa. Él no lucía divertido y la siguió con un fuego en la mirada que la impulsó a correr por la habitación. No tardó en atraparla por la cintura y levantarla en el aire como si lo hiciera con el equipaje de mano.

Se amaron en las tres estancias que conformaban la suite, en los sillones, contra la pared, en el piso y sobre la mesa redonda. Empezaron vestidos y, en tanto avanzaba la noche y el desenfreno y la excitación se alimentaban a sí mismos, iban perdiendo las prendas hasta acabar desnudos en la cama.

—Siempre será así entre nosotros —jadeó Al-Saud en francés, todavía dentro de Matilde, que respiraba bajo el peso de él con dificultad—. No sé cómo lo sé, Matilde. Sólo sé que esta locura que se desató en mí el día en que te conocí se morirá conmigo.

A la mañana siguiente, al despertar, Matilde se preguntó dónde estaba. Había dormido profundamente, como nunca desde el ataque en la capilla. No sabía por qué ese ataque la había afectado más que el sufrido a las puertas del instituto. A veces, cuando cerraba los ojos para dormirse, veía al gigante que la había tomado por la cintura. La espantaba la manera lasciva con que la había contemplado; también la afectaba evocar la sonrisa que le había dirigido, la de un loco, carente de todo rasgo humano. Se incorporó entre las almohadas de plumas y se quedó escuchando el silencio. Oyó murmullos y el chasquido de una puerta al cerrarse. Apareció Eliah, cubierto con la bata del hotel, y le sonrió.

—Feliz cumpleaños, mi amor —le dijo sobre los labios, y Matilde lo atrajo hacia él.

Desayunaron en la salita contigua. Al-Saud comía con voracidad los ingredientes del *english breakfast*; el ejercicio de la noche anterior y la falta de cena habían despertado su apetito, y engullía las salchichas, los frijoles en salsa de tomate y las lonjas de tocino con el espíritu de un adolescente. Matilde, en cambio, picoteaba el pan tostado y el huevo revuelto y sorbía café con leche. Una vez bañados y cambiados, se dispusieron a salir para recorrer la ciudad. Al entrar en el vestíbulo de la habitación, Matilde se quedó estupefacta al descubrir las bolsas y los paquetes que atiborraban la pequeña recepción.

—¿Qué es esto?

—¿Qué parece? Son tus regalos de cumpleaños.

—Eliah… —murmuró—. Esto es demasiado.

—Nada es demasiado para ti.

Se abrazaron, dichosos, hasta que Matilde se apartó para abrir los regalos.

—¿Dónde habías metido todo esto?

—Medes lo subió a la bodega del avión. Natalie —aludía a la azafata— se ocupó de que llegaran hoy al hotel.

Pasaron una hora abriendo paquetes y bolsas hasta que el piso del vestíbulo quedó cubierto de papeles, moños, cajas y etiquetas. Matilde no quería aventurar el costo de aquellas prendas, zapatos, bolsas y accesorios.

—Has comprado tantas cosas que alcanzarían para abrir un negocio.

—Debo confesarte que Yasmín me ayudó a elegir casi todo. ¿Es de tu gusto?

A veces, la expresión mundana de Al-Saud desaparecía para dar lugar a esa que a ella la hacía pensar en un niño deseoso por agradar a la madre o a la maestra. Apoyó el zapato del diseñador Louboutin sobre la mesita de la recepción y caminó hacia él. Lo abrazó y lo besó en la boca.

—Gracias por agasajarme con cosas tan hermosas. Me encantan.

—Tú no las aprecias como lo haría Juana —la provocó.

—Juana no las apreciaría como yo porque para Juana tú no significas lo que significas para mí.

—¿Qué significo para ti, Matilde?

—Tú eres todo, Eliah.

No regresaron al Savoy hasta las siete de la tarde porque pasaron el día recorriendo los lugares más típicos de Londres. Almorzaron en un *pub* cerca de Piccadilly Circus, y mientras comían *fish and chips*, sonó el celular de Al-Saud. Era Juana; quería saludar a Matilde en su cumpleaños.

—Me está llamando medio mundo a mi celu para saludarte, Mat. Tu padre, Eze, tu tía Sofía, tu tía Enriqueta.

—¿No llamó mi mamá?

—No, Mat. Pero no te olvides de que hay un montón de horas de diferencia con Miami.

—También con la Argentina. Sin embargo, mi tía Enriqueta ya llamó.

—Con Miami hay más —insistió Juana.

—Se va a olvidar igual que el año pasado.

—¿Qué hago con los demás si vuelven a llamar? ¿Les doy el teléfono de la casa del papito?

—No estamos en París. Estamos en Londres.

Matilde alejó el celular del oído cuando su amiga emitió un chillido para expresar su contento. Al-Saud, que había escuchado con disimulada atención el intercambio acerca de la madre de Matilde, tuvo ganas de volar a Miami y, a punta de pistola, obligarla a llamar a su hija. Matilde se reanimó después de que Juana le contara lo bien que estaba pasándolo en Israel. En su modo vehemente e histriónico, le aseguró que Shiloah era una de las personas más famosas de su país, que su cara cubría las ciudades, que la gente lo detenía en las calles para saludarlo y que la mayoría de las encuestas daban como ganador al *Tsabar*, su partido político, de al menos dos bancas en el parlamento israelí o *Knesset*.

—¡Nada mal para un partido que recién nace! —proclamó Juana, y Matilde percibió el orgullo de su amiga en esa declaración.

Terminaron de almorzar y siguieron el recorrido por la avenida The Mall hasta toparse con el Palacio de Buckingham. De regreso, cruzaron el Green Park y entraron en Fortnum & Mason porque Matilde comentó que su abuela Celia siempre hablaba de esa tienda. Allí tomaron el té en el último piso, tan abundante como para alimentar a cinco personas. De vuelta en el hotel, se echaron en la cama y se quedaron dormidos. Despertaron casi a las diez. Como no tenían hambre, decidieron saltarse la cena. Se bañaron juntos y se vistieron para ir a la discoteca Ministry of Sound. A Matilde no la atraía la idea de ir a bailar; aceptó porque Al-Saud hablaba con admiración del lugar. El Jaguar se detuvo en el 103 de la calle Gaunt, donde se reunía una pequeña multitud. No hicieron cola ni esperaron. Resultaba obvio que Al-Saud era cliente habitual porque los guardias lo saludaron con simpatía y le indicaron que ingresara sin más. Una vez dentro, Matilde experimentó una pulsación en el pecho, como si utilizaran su caja torácica como bongó. La música retumbaba y el aire se había espesado. Se quitaron los abrigos y los consignaron en el guardarropa. Observó a Al-Saud y descubrió un brillo de codicia en sus ojos, como si esa multitud que saltaba al unísono, la música, las luces y el humo lo fascinaran.

No podía quejarse, él le había sugerido que se pusiera ese vestido rojo de gasa forrada, de corte sirena. Matilde no era consciente de las miradas que suscitaba. El cabello rubio tan largo, el escote pronunciado y el efecto del rojo sobre su piel hacían girar las cabezas. Le colocó una mano en la parte baja de la espalda y avanzó hacia el área de los clientes con membresía, atacando con la mirada a quien se atreviera a desearla hasta hacerlo bajar la vista. Se apoltronaron en unos sillones, y Al-Saud la atrajo para hundir la nariz en su cuello. Yasmín le había recomendado ese perfume. El Paloma Picasso, de notas profundas y eróticas, casi parecía demasiado para una criatura como Matilde. Al-Saud sonrió con arrogancia al meditar que, en realidad, esa fragancia también describía a Matilde, a la sensual y ardiente que sólo él conocía porque era su creador y a la cual sólo él accedía. Para la gente, ella olía a colonia para bebé. Para él, a Paloma Picasso.

—Júrame que sólo conmigo vas a usar este perfume. —Se embargó de ternura al apreciar el modo en que Matilde se ruborizaba, bajaba las pestañas y sonreía—. Júramelo, por favor —le suplicó.

—¿Por qué quieres que sólo lo use contigo?

—Porque quiero que sea *nuestro* perfume.

—¿Y tú sólo vas a usar el A Men conmigo?

—Te lo juro. Y tú sólo el Paloma conmigo.

—Sí, te lo juro.

Se besaron con un frenesí que los dejó turbados. Al-Saud no habría podido levantarse sin evidenciar su erección. Recreó en su mente la escena en la cual Ulrich Wendorff —ahora conocía su nombre— había intentado secuestrarlo, para bajar la presión contra el cierre del pantalón. El camarero se acercó, sonriente, se inclinó frente a Eliah y se dirigió a él en árabe. Al-Saud le dijo algo y le puso un billete de cincuenta libras en la mano.

—¿En qué idioma hablaban? —se interesó Matilde.

—En árabe. Es saudí.

El camarero volvió minutos después y, en tanto depositaba jugos y bocadillos en la mesa, le habló a Al-Saud. Éste levantó el pulgar en ademán aprobatorio.

—¿Vamos a bailar?

—No soy buena bailarina y con estos tacones, menos, así que no te burles.

Matilde siempre había detestado los clubes, el ruido ensordecedor, el ambiente enviciado con olores densos, la oscuridad, las luces de colores, el exceso de bebida, de cigarrillo y de otras sustancias; a veces se les ocurría arrojar espuma, y eso sí que la fastidiaba. Con Eliah, la experiencia era distinta. Se movía muy bien y, como no podía apartar sus ojos de él, se olvidaba del entorno. Le gustaba verlo contento. Al-Saud le puso las manos sobre el trasero, la pegó a su pelvis y la obligó a seguir el ritmo de *I want to break free* de Queen.

—Señor —le habló Matilde cerca del oído—, es usted un impertinente. Quite sus manos de ahí.

—Señorita Matilde, su culito de araña pollito o de Cerdito de Metal, como más le guste, me pertenece. Puedo tocarlo tanto como quiera. Y quiero, se lo aseguro.

—En serio, Eliah, me da vergüenza.

—Nadie nos mira. Además, tu pelo me tapa las manos. ¿No te gusta que te toque así?

Lo miró fijamente, aturdida por la excitación. Al-Saud soltó una carcajada y la besó en el cuello. La felicidad lo abrumaba. No recordaba haber experimentado esa dicha en sus treinta y un años. Se sentía más vivo que volando un avión de guerra o que en una de sus misiones riesgosas para la Mercure.

—La canción que viene ahora es para ti. Feliz cumpleaños, amor mío.

Se trataba de una versión remixada de *Can't take my eyes off of you*. Los afectó profundamente. La expresión de Matilde, su sonrisa y las chispas de sus ojos plateados se convirtieron en una lanza que le traspasó el pecho. La emoción dolía. Se abrazaron y bailaron como aquella noche, en la hacienda de Ruán.

—Ahora me toca cobrarme la prenda.

—¿Aquí?

—Es fácil. Tienes que contestar que sí a mi pregunta.

—¿No puedo contestar que no?

—No. Tu prenda es contestar sólo que sí.

—¡Eliah! —La exclamación se filtró aun en el muro que construía la música en torno a ellos, y los sobresaltó—. *Chéri!* ¡Qué alegría encontrarte aquí!

Matilde se dio cuenta de que la mujer, a pesar de llevar a un hombre de la mano —más joven que ella—, intentó besar a Eliah en la boca y que éste la eludió con elegancia y le ofreció la mejilla, y que, aunque desdeñada, encontró divertida la situación y profirió una risotada. Matilde pensó que se trataba de la mujer más alta que había visto. Su atuendo en lamé dorado que arrastraba por el piso le sentaba como un guante, y el tajo que terminaba a la altura de la ingle revelaba un muslo oscuro, de piel firme y lustrosa. Su sangre africana se evidenciaba en la tonalidad de la piel, en los labios llenos y en la cabellera alborotada y crespa, de un castaño oscuro, aunque surcada por un mechón rubio que a Matilde le recordó a la mala de *Los ciento un dálmatas*, Cruella de Vil.

—Hola, Gulemale —dijo Al-Saud, y Matilde recordó de inmediato a la *amiga* con quien había cenado durante su viaje—. ¿Cómo estás?

—No tan bien como tú —dijo, y echó un vistazo a Matilde, que, agarrada de la mano de Al-Saud, se ocultaba detrás de él.

—Te presento a Matilde. —Le dolió que no dijera *«ma femme»*—. Matilde, ella es Gulemale, la amiga de quien te hablé.

–¡Ah, le hablaste de mí! ¡Qué poco conveniente, cariño! –añadió, con otra risotada, y extendió la mano hacia Matilde, que la apretó con firmeza–. Es un gusto conocerte, *ma chérie*.

–*Enchantée, Gulemale*.

–¿Por qué no nos acompañan a nuestra mesa? Tenemos tanto de que conversar tú y yo, *mon cher Eliah*.

–Te agradezco, Gulemale, pero...

–No, no y no. No acepto una negativa. Vamos. Aunque sea unos minutos.

Caminaron tras la pareja, y Matilde reparó en que Gulemale no se había molestado en presentar a su compañero. El ambiente se enrarecía, la calidez de minutos antes se enfriaba y una incomodidad y un malestar ganaban los ánimos de Matilde y de Al-Saud. Antes de sentarse en el sitio que le indicaba Gulemale, Matilde anunció que iría al *toilette*.

–Te acompaño.

–¡Ah, Eliah, no seas ridículo! Es cierto que Matilde es un bocadillo apetecible, pero nadie va a comérsela.

–No te preocupes –dijo Matilde en castellano–. Voy y vengo enseguida.

En el baño, se humedeció las manos y las apretó contra sus cachetes colorados, no de vergüenza sino de rabia. Al-Saud debería haber insistido en acompañarla al *toilette*; debería haberla presentado como «*ma femme*»; debería haber rechazado la invitación de la arpía. Al regresar, vio desde cierta distancia que Eliah, con los antebrazos apoyados sobre las piernas, las manos unidas entre las rodillas y la cabeza echada hacia delante, se reía mientras Gulemale le susurraba cerca de la mejilla y con el brazo en sus hombros. La mujer cesó de tocar a Al-Saud y éste se incorporó cuando ella reapareció. Matilde extendió la mano al acompañante de Gulemale y se presentó. El muchacho, con una sonrisa sincera, dijo llamarse Frédéric. Sacó un cigarro Macanudo y un cortapuros y procedió a encenderlo. Le quitó la vitola, que regaló a Matilde con otra sonrisa que Al-Saud le habría borrado de un puñetazo, y lo encendió. Lo fumó, echó dos bocanadas formando círculos, habilidad que Matilde celebró con una risita, y se lo pasó a Gulemale.

La noche se había arruinado, maldijo Al-Saud. Aunque el encuentro con Gulemale fuese auspicioso en vista de la misión que les esperaba en el Congo, sus planes con Matilde se habían ido al carajo. Se palpó el bolsillo del pantalón para corroborar que el anillo que había planeado ofrecerle después de pedirle que se casara con él siguiese allí. Se dio cuenta de que tendría que posponer la pregunta. Matilde estaba enojada e intentaba darle celos con Frédéric. Estaba lográndolo.

–Es muy joven tu amiga, *chéri*. ¿Cuántos años tiene?

—Si respondo a esa pregunta, Gulemale, ¿luego nos dirás tu edad?

Frédéric se carcajeó y de inmediato cerró la boca ante la mueca de desprecio que le dispensó Gulemale.

—Eliah, no creo que a Matilde le moleste decirme su edad siendo prácticamente una niña. ¿Cuántos tienes, *chérie*? ¿Dieciocho, diecinueve? ¡No más de veinte!

—Tengo veintisiete.

—Oh.

—No eres francesa, ¿verdad, Matilde? —se interesó Frédéric—. Tienes un acento adorable.

—Soy argentina. ¿Y tú?

—Argelino.

—Ah, pareces francés.

Al-Saud sentía cómo la ira iba entumeciéndole los músculos, comprimiéndole las mandíbulas y convirtiendo sus manos en puños.

—¿A qué te dedicas, *chérie*? —prosiguió Gulemale.

—Soy médica —dijo, para no decir cirujana pediátrica porque no podía pronunciar *chirurgienne*—. ¿Y usted?

—Soy presidenta de una empresa minera.

—Parece un cargo de mucha responsabilidad.

—Lo es.

—¿Quieres bailar, Matilde? —preguntó Frédéric.

—No —dijo Al-Saud, y, al levantarse, la arrastró con él y le apretó la cintura con crueldad.

—Le pregunté a ella, no a ti —se obstinó el argelino, y se puso de pie.

—¿Qué te pasa, imbécil? —lo encaró Al-Saud, y lo habría tomado por las solapas si Gulemale no se hubiese interpuesto.

La negra, mirando a los ojos a Al-Saud, dijo:

—Será mejor que no lo hagas enfadar, Frédéric, y dejes a su mujer en paz.

—No le tengo miedo.

—Deberías. Créeme que deberías.

—Adiós, Gulemale.

—Adiós, *chéri*. Lamento este contratiempo.

Matilde se agitaba como una cometa tras Al-Saud, que la sujetaba por la muñeca y le causaba dolor. Cada zancada de él equivalía a tres pasos de Matilde sobre los tacones de Louboutin. Prácticamente le echó en la cara el abrigo y no la ayudó a ponérselo. Se contuvieron en el Jaguar por consideración al chofer. La pelea explotó apenas traspusieron la puerta de la habitación en el Savoy.

—¡Estabas coqueteándole enfrente de mí! —le reclamó Al-Saud—. ¡Eres una descarada!

—¡No estaba coqueteando! Estaba tratando de hacerlo sentir un ser humano, ya que tu *amiga* lo trataba como un mueble.

—¡Ah, Matilde, la compasiva! ¡Te gustó y estabas coqueteándole!

—¡Yo no coqueteo con nadie! ¡No es mi estilo!

—¡Por supuesto! ¡Conmigo no coqueteaste ni un segundo aquel día en el avión! ¡Pero con el imbécil ese sí que coqueteaste!

—¡Caradura! ¿Y tú con Gulemale? ¿Qué hacías cuando ella te tenía abrazado y tú reías? ¿Acaso no estabas coqueteando?

—¡Así es con Gulemale!

—¡Ja! ¡Así es con Gulemale!

—Pero no hay nada entre ella y yo. ¡Nada!

—¡No te creo!

—Matilde, me interesa conservar la amistad con esa mujer porque tengo un negocio entre manos muy importante.

—¿Un negocio con esa arpía? ¡Más vale que te cuides! Pude sentir su maldad como si fuese algo con cuerpo. Y ahora voy a darme un baño para sacarme de encima el apestoso olor del cigarro de esa *señora*.

Se encerró en el baño y se quitó el vestido mascullando su enojo. Al-Saud se desvistió en el dormitorio pronunciando insultos con cada prenda que arrojaba al suelo. «Bonito final para la noche que pintaba ser la mejor de mi vida», pensó con sarcasmo. Maldito el instante en que se le había ocurrido ir a Ministry of Sound.

Se durmieron enojados y a la mañana siguiente casi no cruzaron palabra durante el desayuno. Matilde le pidió que partieran a primera hora de la tarde porque tenía que estudiar para el examen de francés médico del lunes, y Al-Saud la complació. Llegaron a la casa de la Avenida Elisée Reclus alrededor de las seis de la tarde del domingo. Eliah se encerró en su estudio y Matilde simuló estudiar en el dormitorio.

22

El celular de Al-Saud sonó muy temprano el lunes por la mañana, a las seis y media. Era Dingo, que llamaba desde Asmara, la capital de Eritrea.

—No me insultes —se disculpó Dingo—, sé que es temprano. Aquí también. Sólo dos horas más que en París. Pero acaba de llamarme el general Odurmán, el jefe del ejército eritreo, que quiere ampliar nuestro acuerdo y parece muy ansioso y apurado. Quiere una respuesta hoy o le dará el contrato a Spider International. Yo no tengo autoridad para negociar eso.

—¿Qué pasa? —preguntó Matilde, sin abrir los ojos.

—Nada. Es muy temprano. Sigue durmiendo. —Al-Saud se bajó de la cama y entró en el vestidor para hablar tranquilo—. ¿De qué se trata, Dingo?

—Quieren que entrenemos a un grupo de sudaneses que se refugian al sur de Eritrea y que planean derrocar al régimen de Jartum —hablaba de la capital de Sudán—. También existe la posibilidad de sacar una buena tajada si hacemos de intermediarios en la compra de armas. *Madame* Gulemale podría ayudarnos en este sentido.

Hablaron durante media hora. Como ni Mike ni Tony podían viajar, Al-Saud decidió ir ese mismo día a Asmara para entrevistarse con el general Odurmán. La propuesta del gobierno eritreo resultaba tentadora, sin mencionar la posibilidad de arruinarle un negocio a Nigel Taylor. Se bañó y se cambió deprisa y salió para las oficinas en el George V antes de que Matilde se despertara. Cuando regresó a la casa de la Avenida Elisée Reclus para recoger la maleta, Matilde almorzaba con Yasmín en Les Deux Magots. Le dejó una nota sobre la cama.

Como había regresado del instituto decidida a hacer las paces con Al-Saud, casi se echó a llorar al enterarse de que se había ido de viaje.

Matilde, tuve que viajar de improviso. Vuelvo en dos o tres días. Cuídate, por favor. Eliah. La frialdad de la nota la asustó. La acercó a su nariz. Olía a Givenchy Gentleman, lo cual la tranquilizó en parte; no se había perfumado con A Men; había cumplido la promesa de usarlo sólo con ella. La angustia, sin embargo, no remitía. Estaba segura de que lo había hartado con los celos y las suspicacias. No podía controlarse. La emoción oscura y tormentosa que se despertaba en ella al verlo con otra la enfrentaba a una parte de su temperamento que desconocía y que no le gustaba. Se dijo que le volvería la paz cuando se marchase al Congo y terminara con él porque, se convenció, con Eliah Al-Saud siempre sería igual, las mujeres lo acosarían, y ella sufriría.

En esa semana sin Eliah ni Juana, Matilde se acercó a Yasmín. El lunes al mediodía, en el Café Les Deux Magots, Yasmín se sinceró y le dijo que estaba enamorada de Sándor Huseinovic. La fuerza del sentimiento la agotaba y había terminado por doblegarla. Admitía que Sándor le inspiraba un amor como ella no conocía. Le refirió la discusión en la casa de la Avenida Elisée Reclus y le confesó que, desde ese día, no dormía bien, no comía, no se concentraba en el trabajo, no era ella misma. Necesitaba hablar con Sándor y pedirle perdón. Ahora reconocía su comportamiento inmaduro y pedante.

—Eres la primera persona a quien le contaré esto: ayer rompí con André.

—Lo siento mucho.

—Era lo mejor. Estaba engañándolo con el pensamiento y no lo soportaba. Me hacía sentir muy mal.

—¿André cómo está?

—Creo que no lo tomó por sorpresa. Hacía tiempo que yo me mantenía distante. Pero ayer estaba muy dolido y enojado. —Sonrió con tristeza—. Lo de nuestra ruptura será un escándalo en mi familia y en mi grupo de amigos. Muchos me darán la espalda por *involucrarme* con mi chofer y guardaespaldas. Está muy mal visto en nuestro círculo.

—Si te dan la espalda por eso —razonó Matilde— significa que nunca fueron tus amigos en el sentido más profundo de la palabra. ¿Para qué quieres tener amigos así? Creo que hiciste lo correcto. La hipocresía y la mentira son un veneno para el corazón.

—Necesito tanto a Sándor en este momento. No sé dónde vive y no me animo a preguntarle a Leila ni a La Diana porque sé que no me quieren.

—Yo puedo preguntarle a Leila y, si ella no me la da, se la pediré a Thérèse o a Victoire. Sándor es empleado de la Mercure. Deben de tener su nombre los de Recursos Humanos.

—¡Gracias, Matilde!

Se juntaron a almorzar al día siguiente en el restaurante del George V. Como Leila no conocía la dirección de Sándor, Matilde echaría mano al plan B: Thérèse o Victoire. Yasmín lucía impaciente, nerviosa y contenta.

—¿Cuándo vuelve mi hermano?

—No sé —admitió Matilde—. Discutimos el sábado por la noche y se fue enojado. Me dejó una nota muy corta y fría y no me dijo cuándo vuelve.

—¿Puedo preguntar por qué discutieron?

Matilde le refirió los hechos en Ministry of Sound y admitió que había coqueteado con Frédéric porque estaba celosa de Gulemale.

—Eliah se puso muy celoso.

—¿Eliah celoso? —se pasmó Yasmín—. Ésa sí que es una novedad. A Samara la ponía loca que nunca la celara. ¡Oh, perdón, Matilde! Soy una estúpida. No fue mi intención mencionarla para hacerte enojar, te lo juro.

—Te creo. Es más, me encantaría saber de ella. Parecía muy dulce en la foto.

—Sí, era muy dulce, muy asustadiza, muy insegura, aunque, si de Eliah se trataba, mostraba una cara que pocos le conocían. Siempre estuvo enamorada de él, desde que era muy chica y mi hermano iba a jugar a casa de los Al-Muzara.

—Era hermana de Sabir Al-Muzara, el escritor, ¿verdad?

—Sí, hermanos mellizos. Al principio, Eliah ni la miraba, porque era chico y sólo pensaba en jugar con Sabir y con Anuar, el mayor de los Al-Muzara. Pero después, cuando los Al-Muzara estuvieron bajo la tutela de mis padres y vinieron a vivir a casa, Eliah empezó a ver a Samara con otros ojos. Bueno, para esa época tenían quince años y Eliah andaba con las hormonas en ebullición.

—¿Por qué los Al-Muzara pasaron bajo la tutela de tus padres?

—Mi papá era muy amigo del padre de Samara. Se habían conocido en la universidad. Siempre que los padres de Samara viajaban, sus hijos se quedaban en casa, porque no tenían familiares en París. Murieron en una oportunidad en que visitaban a su familia en Nablus, en Cisjordania. Los atacó un tanque israelí por equivocación. Se armó un gran lío diplomático porque los Al-Muzara eran ciudadanos franceses, pero no pasó de ahí. El gobierno israelí pagó una indemnización a los hijos de los Al-Muzara, que mi papá administró y les entregó cuando se hicieron mayores de edad. Como los familiares que vivían en Nablus eran muy pobres, cedieron la tutela de los hijos de los Al-Muzara a mis padres.

»Ellos se hicieron cargo de Anuar, de Sabir y de Samara, y nos criamos todos juntos, como hermanos. Pero Samara hacía tiempo que estaba enamorada de Eliah y lo conquistó».

—Eliah la amaba mucho, ¿verdad?

—Eliah es un tipo muy especial. No suele demostrar sus sentimientos, pero supongo que si se casó con ella es porque la amaba. Mi hermano no hace nada que no quiera. Mis padres se oponían a que se casaran tan jóvenes, pero nadie puede con Eliah cuando se le mete algo en la cabeza. A veces parece un Tauro, por lo testarudo. Además, la situación era un poco incómoda con ellos dos viviendo bajo el mismo techo, así que al final aceptaron. Tenían dieciocho años. No sé si a esa edad uno sabe realmente en lo que está metiéndose cuando se casa. Mi hermano estaba poco en París porque en esa época estudiaba para piloto y vivía en Salon-de-Provence. Cuando tenía permiso y volvía a casa, quería estar con ella, pero también con Sabir, con Gérard, con Shiloah. Era muy joven e inmaduro. Tenía diecinueve años y se creía el dueño del mundo. A veces Samara lo sacaba de sus casillas, porque era celosa e insegura. Él le decía que le ponía plomo en las alas, que lo ahogaba, que le quitaba la libertad. La inseguridad y los miedos de Samara eran como un ancla para él. Una vez, a principios del 91, en plena Guerra del Golfo... Eliah estuvo en esa guerra, no sé si te lo comenté.

—Sí, lo mencionó.

—Estuvo desde el principio. Se fue de aquí en septiembre del 90 y fue uno de los últimos en regresar. Cuando la guerra ya había estallado, en enero, vino a cenar a casa un hermano de mi papá, el jefe de la Fuerza Aérea saudí, y contó que, como mi hermano era uno de los mejores pilotos, con una excelente puntería, le daban las misiones más riesgosas, las que se hacían en el corazón de Bagdad. A nadie le hizo gracia saber eso, pero la pobre Samara se puso de pie y se desmayó al lado de la silla. Cuando Eliah se enteró, en lugar de compadecerse de ella, se enojó.

—¿Por qué? —se pasmó Matilde.

—Ah, porque él es así. Debió de sentir que Samara lo limitaba. Una vez escuché que discutían y él le decía que necesitaba una mujer fuerte a su lado. Eliah es como un pájaro, Matilde, y nadie, ni siquiera mi papá, ha podido cortarle las alas.

«En realidad», pensó Matilde, «tu hermano es un Caballo de Fuego y nadie ha podido domarlo».

—Como Samara había perdido dos embarazos, algo que causaba una tristeza muy grande a mi hermano porque quería tener hijos, Samara deseaba con todo su corazón quedar embarazada de nuevo para complacerlo.

»La tarde en que confirmó que estaba embarazada, buscó a Eliah por todo París para contárselo. Nadie sabía adónde se había metido. Y así, buscándolo, ansiosa, nerviosa, se mató en el túnel que pasa por debajo de la Place de l'Alma, el mismo lugar donde el año pasado se mató Lady Diana. Los peritos dijeron que, en realidad, no había sido un accidente».

—¿Cómo? —Matilde se retrepó en su silla.

—Alguien había cortado la manguera del líquido de frenos y desgastado la correa del cinturón de seguridad.

—¡Dios mío! ¿Quién haría algo así?

—Nunca se supo con certeza, pero pensamos que se trató de alguien que quería vengarse de mi hermano.

—¿Quién? ¿Quién querría vengarse de Eliah? ¿Por qué?

—No sabemos. Tal vez por alguna cuestión de sus negocios. Eliah estaba como loco. Sólo pensaba en dar con los que habían descompuesto el auto de Samara. Las pruebas apuntaban al chofer de mi cuñada, que la mañana de su muerte llamó para avisar que no iría a trabajar porque estaba enfermo. Días después, cuando Eliah fue a buscarlo al departamento donde vivía solo, lo encontró colgado de un tirante del techo.

—¡Dios mío! Tal vez se suicidó porque no soportaba el cargo de conciencia.

—Sí, quizá. O tal vez lo asesinaron. Eliah sostiene que si el chofer de Samara fue quien averió el auto, se trató de un simple ejecutor. ¿Cómo se dice? *Auteur intellectuel*.

—Se dice igual, autor intelectual del hecho.

—El autor intelectual del hecho fue otra persona, como ya te dije, alguien que quería vengarse de mi hermano por alguna cuestión de negocios o por vaya a saber qué locura. Por mucho que Eliah siguió investigando y presionando a la policía, nunca descubrió a ese supuesto autor intelectual. Se siente muy culpable y eso lo ha destrozado. Cambió desde la muerte de Samara en el 95. Algo en él murió con ella. —Yasmín hizo una pausa en la cual fijó sus ojos negros en los de Matilde—. Algo que resucitó cuando te conoció a ti. Creo que no eres consciente del poder que tienes sobre mi hermano.

—Yasmín, no me interesa tener poder sobre tu hermano.

—Sí, ya sé. No eres ese tipo de mujer. —Guardó silencio, comió un bocado de su *gâteau au chocolat* y en todo momento contempló a Matilde—. Creo que eres el primer y verdadero amor de Eliah, de esos que duran para siempre. Nunca pensé que vería a mi hermano tan enamorado. De Alamán no me habría sorprendido, es el romántico de la familia. Pero de Eliah... Nunca lo habría esperado. ¿Tú estás enamorada de él?

—¿Es posible no enamorarse de él?

—Quiero que sepas que me encantaría tenerte como cuñada —afirmó Yasmín, y le apretó la mano con afecto.

—Gracias, Yasmín. Pero no creo que yo esté hecha para el matrimonio. Mi carrera es prioritaria para mí. Le da sentido a mi vida y tengo un proyecto que cumplir, algo que he querido hacer desde que tenía dieciséis años. —Yasmín la miró como si Matilde hubiese desarrollado un tercer ojo—. De todos modos, no creo que Eliah quiera volver a casarse. Como bien dijiste, él valora su libertad sobre las demás cosas. Y yo también.

Le costaba mentir descaradamente, la asqueaba ejecutar el papel de mujer moderna, calmada y fría, le dolía el corazón ver la expresión desolada de Yasmín, lamentaba causarle una desilusión. Percibió que la comida se transformaba en una piedra en su estómago. Se limpió con la servilleta y sonrió, una mueca vacía y falsa.

—Voy ahora a preguntar a Thérèse la dirección de Sándor. Vuelvo enseguida.

Yasmín sospechaba que sus guardaespaldas sabían adónde estaban conduciéndola. Matilde había averiguado que Sándor vivía en el número 23 de la calle Maurice Arnoux, en un suburbio al sur de París llamado Malakoff. El automóvil se detuvo frente a una puerta de dos hojas muy antigua. Yasmín bajó la ventanilla y elevó la mirada hacia el edificio de cinco pisos. Sándor ocupaba un departamento del tercero. Aguardó unos segundos con la mano apoyada en el corazón para calmarse. Segura de que la voz le saldría con acento normal, le habló en italiano al que manejaba.

—Calogero, ¿sabes adónde me has traído?

—Estamos frente al edificio de Sándor Huseinovic, *signorina*.

—Entiendo que él y tú son amigos.

—Sí, buenos amigos.

—Entonces, baja, toca el timbre y dile que te abra.

Yasmín caminó tras su guardaespaldas siciliano. El hombre presionó el timbre del departamento 14. Yasmín se apretó las manos y rogó que Sándor estuviese en casa. Al oírlo preguntar quién era, el alivio le aflojó las rodillas y la emoción le calentó los ojos, aunque enseguida el pánico tomó su lugar.

—Soy Calogero, Sanny. Ábreme.

El zumbido del interfón sonó enseguida. Yasmín le indicó al guardaespaldas con un gesto de mano que regresara al automóvil. No había ascensor, así que subió lentamente las escaleras para no llegar sin aliento. La puerta del departamento de Sándor estaba entreabierta.

—¡Pasa, Calo! Estoy en el baño. Ya salgo.

El corazón de Yasmín aumentó las pulsaciones ya desbocadas. No podía hablar, ni siquiera para pronunciar: «Soy Yasmín». Ahogó una exclamación y se tapó la boca, aunque no hizo ademán de darse vuelta ni de salir del departamento, al verlo aparecer con el torso desnudo, una toalla azul alrededor de las caderas, una blanca colgada en la nuca, la cara con espuma y una maquinilla de afeitar en la mano. Se quedó allí, clavada cerca de la puerta, contemplándolo sin saber qué hacer.

—¿Cómo supiste dónde vivo? —preguntó Sándor, y a ella se le precipitó el ánimo al notarlo enojado y tan dueño de la situación—. ¿Calo te dijo?

—No. Obtuve tu dirección gracias a otra persona.

—¿Qué quieres? ¿A qué has venido?

—Ayer rompí con André. Por ti. —Alentada por un brillo que endulzó los ojos de Sándor, añadió—: Porque te amo *a ti* y no a él. No me importa si soy rica y tú pobre, si no sabes escribir en francés, si no sabes usar los cubiertos, si no sabes desenvolverte entre los de mi círculo, si soy mayor que tú. Nada me importa, Sándor, excepto tú.

El silencio se prolongaba. Yasmín pensó que habría una escuela en los alrededores porque se oía el rumor de niños jugando. Sándor la miró fijamente lo que a ella le pareció un largo tiempo, aunque no habría pasado un minuto cuando lo vio apoyar la maquinilla de afeitar sobre un pequeño aparador y quitarse el resto de la espuma con la toalla que le colgaba en la nuca.

Sándor percibía el nerviosismo y la vergüenza de Yasmín, y experimentó por ella algo que nunca le había inspirado: ternura. La vio desvalida, de pie cerca de la puerta, vestida como una reina y, sin embargo, con una actitud entregada y vulnerable, su orgullo por el piso; se había expuesto por puro coraje, y eso lo llevó a amarla aún más. Se dijo que debería ir al dormitorio y vestirse, pero temía que ella diera media vuelta y se fugara. Se aproximó a paso lento y le sonrió con dulzura, a lo que ella respondió con un sollozo que, aunque intentó reprimir, no lo consiguió del todo. Estiró la mano para acariciarle la mejilla. Desde el día en que la había besado en la casa de la Avenida Elisée Reclus no conseguía arrancar de su mente la sensación del tacto de su piel. Anduvo buscando texturas que la imitaran sin hallar nada que se le comparase. La suavidad de la piel de Yasmín era única.

—No sabes cuánto te eché de menos, Yasmín. Perdóname por lo que te dije en casa de Eliah. No sentía nada de lo que te dije.

—Sándor, no quiero que cambies, ni un poco. No quiero enseñarte nada. Eres tú el que tiene que enseñarme a mí a ser mejor persona.

Sándor la sujetó por los brazos, la contempló a los ojos y la besó con una pasión renovada y con la fuerza de un amor que había vivido clandestino y que salía a luz para gozar. La respuesta de Yasmín sólo propiciaba que el beso se intensificara y que Sándor, poco a poco, fuera perdiendo el control.

—Yasmín, por favor. —Se dio vuelta y se llevó la mano a la frente, agitado.

—Sándor. —Yasmín le apoyó la mejilla en la espalda y le pasó las manos por debajo de los brazos hasta acariciarle las costillas del pecho—. ¿Cómo te sientes? Veo que ya no llevas la venda y que el hematoma está desapareciendo.

—Estoy bien. Ayer me hicieron unas placas y me dijeron que las costillas habían soldado muy bien. Por eso me quitaron la faja del torso.

—Gracias a Dios. Mírame, no me des la espalda. ¿Por qué dejaste de besarme? ¿No te sientes bien?

Él se dio vuelta para enfrentarla y le dirigió una mirada que trajo de nuevo malos presagios.

—Yasmín, no juegues conmigo. ¿Es verdad que dejaste a Saint-Claire por mí?

—Sí, sólo por ti. No podía seguir engañándolo, me sentía muy mal. Pensaba en ti todo el día, quería estar contigo y no con él. No era justo para André. —El recelo en la expresión de él la llevó a expresar, sin dobleces ni aire ofendido—: No te sientas presionado por el hecho de que yo haya roto con él. Tenía que suceder. No lo amaba y punto. Que lo haya descubierto a partir de lo que siento por ti no tiene nada que ver con nuestra relación.

—¿Piensas que me siento presionado por eso? —Sacudió la cabeza—. No, Yasmín. Saber que dejaste a Saint-Claire por mí me hace muy feliz.

—Entonces, ¿por qué estás tan serio?

—Porque pienso en que provenimos de mundos distintos. Tú has sido criada como una princesa. Y yo...

—¡Basta, Sándor! No quiero que sigas supeditando lo nuestro a mi necesidad de vivir entre algodones.

—¿Acaso no lo necesitas?

—Sándor. —Yasmín inspiró para aplacar la ira que se alzaba en su interior—. ¿Podemos olvidarnos por un momento de mi situación en la vida y de la tuya y ser felices con esto que está pasándonos? ¿Vamos a dejar de lado la oportunidad de conocernos y de amarnos porque yo tengo dinero y tú no? Así estaríamos permitiendo que todo lo que hay de bajo en este mundo (el consumismo, el materialismo, las diferencias sociales) acabase con nuestro amor antes de que haya nacido. Sándor —le tomó el rostro entre las manos—, vivamos lo que nos da el presente, que es maravilloso. Después veremos qué sucede.

Aunque su mente no funcionaba de ese modo —él necesitaba planificar el futuro al mínimo detalle—, Sándor estaba permitiéndole a Yasmín que lo convenciera. La amaba tanto, la deseaba como no había deseado a ninguna mujer, por lo que no necesitaría suplicar demasiado.

—Si me dices esto después de haber visto donde vivo...

—Te habría dicho esto así te hubiese encontrado en una cueva húmeda y sucia.

—¿De verdad?

—Aunque debo admitir que te habría sacado de allí y te habría llevado a vivir a un lugar decente.

Sándor soltó una carcajada.

—Tu departamento es muy lindo.

—Lo habría ordenado un poco si hubiese sabido que venías.

—Está muy bien así, de verdad.

—Gracias por esta sorpresa, Yasmín.

—¿Te hice feliz viniendo?

—El más feliz de los hombres. Estuve muy mal desde nuestra discusión. No pensaba en otra cosa que en el beso que nos habíamos dado.

Inclinó la cabeza, la atrajo hacia él y volvió a besarla.

—Por favor, Sándor, hazme el amor.

La tomó por las muñecas y, caminando hacia atrás, la guio hasta su dormitorio. No quería amargarse pensando en la pobreza de su departamento, en el lío que había en la cama, en los zapatos regados por cualquier parte, en los calcetines sucios en el piso. Agarró el cobertor por los extremos, armó una bolsa y lo depositó sobre una silla. Yasmín reía. La seriedad de Sándor la recompuso y se quedó mirándolo en tanto él se quitaba la toalla y le exponía su desnudez con actitud tranquila. Estaba muy nerviosa y no conseguía apartar la vista del pene erecto de su amado. Aunque ansiaba tocarlo, no tomaba la iniciativa. Él se acercó con la seguridad de un hombre experimentado, y ella se preguntó a cuántas mujeres habría poseído en esa cama. Fue desvistiéndola con suavidad, como si ella tuviera el cuerpo con heridas y él no quisiera causarle dolor.

—Nunca hice una cosa así —susurró ella.

—¿Qué?

—Ponerme en tanta evidencia con un hombre.

—Te creo. Eres orgullosa, amor mío.

—Espero que sepas valorarlo. Es una muestra de lo que siento por ti. Y de que, en realidad, no soy tan orgullosa como crees.

Se amaron a lo largo de la tarde con un fervor desconocido para ambos. Yasmín admitió que se había preocupado en vano por la diferencia de edad. La destreza y la soltura que Sándor estaba demostrándole en el sexo la hacían sentir cinco años menor que él. Volvió a preguntarse por sus mujeres al verlo sacar del cajón del buró una caja de condones. Se dijo que comprobar que no era un solitario como ella había fantaseado le serviría para no dar por hecho su amor. Y lo ratificó al anochecer, cuando llamaron a la puerta y resultó ser una vecina de Sándor, una chica rusa que estaba enseñándole a hablar en su lengua y que le traía res a la Strogonoff con hongos y arroz. Yasmín se vistió a la carrera en tanto Sándor la atendía en bata. La puso de mal humor que hablaran en una lengua que ella no comprendía y que rieran, sin mencionar que la chica fuera muy joven, bonita y que supiera cocinar. Al verla aparecer, Sándor la tomó por la cintura y le dijo en francés a su vecina:

—Sveta, te presento a Yasmín, mi novia.

Después de despedir a la vecina y de guardar la carne a la Strogonoff en el refrigerador, Sándor acompañó a Yasmín a la planta baja. Antes de abrir la puerta, la encerró en una esquina de la recepción y la besó.

—No quiero dejarte ir. ¿Volverás mañana?

—Sí. Vendré por la tarde, cuando salga del laboratorio. Por tu culpa, he descuidado mucho mi negocio —dijo, con tono aniñado.

Salieron. Si los guardaespaldas sabían lo que había ocurrido en el tercer piso, sus expresiones se mantuvieron impertérritas y no dejaron entrever lo que pensaban. Yasmín subió a la parte trasera.

—Calo, ¿puedo hablar un momento contigo? —le pidió Sándor.

Calogero descendió del vehículo y se alejaron unos metros.

—Te pido un favor: no menciones al jefe que Yasmín estuvo hoy aquí. Yo mismo quiero hablar con él y explicárselo.

—Descuida, Sanny. Nuestros labios están sellados.

—Gracias, amigo.

Las miradas de Sándor y de Yasmín se mantuvieron unidas hasta que el automóvil dobló a la derecha y el contacto visual se rompió. Sándor se quedó en la acera, con la vista perdida en la calle desierta. Rememoraba la tragedia de su familia en Srebrenica, en los horrores que sus padres y él habían padecido a manos de los serbios, mientras que a sus hermanas las vejaban en el campo de concentración de Rogatica. «Algún día tendré que ocuparme de eso», se dijo. «Pero hoy he vuelto a ser feliz.»

Estaba desesperado por verla. Había regresado de Asmara, la capital de Eritrea, en las primeras horas de la tarde, y desde entonces se lo pasaba consultando el reloj, esperando que se hiciera la hora para ir a buscarla al instituto. Abandonó las oficinas del George V demasiado temprano, por lo que llegó a la calle Vitruve apenas pasadas las seis. Como se aproximaba la primavera, los días no eran tan cortos, y a esa hora había luz natural. Estacionó el Aston Martin alejado de la entrada al instituto para evitar que La Diana lo viese; dedujo que Markov estaría en el salón de clase con Matilde.

A las seis y veinte, La Diana descendió del automóvil y se apostó a un costado de la entrada. El corazón de Al-Saud dio un salto cuando vio salir a Matilde con Markov por detrás. Se trataba de la reacción de un quinceañero; no podía evitarlo. Se incorporó en el asiento, con los antebrazos sobre el volante. Matilde salió rodeada de un enjambre de compañeros que reclamaban sus miradas de plata y le arrancaban risas. Él había esperado encontrarla amargada y triste. «¡Qué iluso!» Matilde los despidió a todos con un beso y saludó a La Diana con una sonrisa que se habría ganado la buena voluntad de un león hambriento. Había notado esa característica en Matilde, la de prestar atención a los inferiores y a los marginados, justamente a las personas a las que él no habría destinado una mirada. Ella quería que nadie fuera infeliz, que nadie fuera tratado como «un mueble»; al menos eso le había gritado el sábado por la noche en el Savoy. «Matilde, Matilde», suspiró. Su Matilde. Su amor, su vida, su tesoro, su redención.

Le gustó que Markov se pusiera alerta apenas oyó el golpe de la puerta del Aston Martin al cerrarse. Como algunas sombras ganaban la acera, los guardaespaldas no vieron que se trataba de él hasta tenerlo a pocos metros. La Diana se había apresurado a meter a Matilde dentro del automóvil, en tanto Markov escudriñaba la silueta que se acercaba con la mano dentro del sobretodo.

—¡Eliah! —se alegró La Diana, y Al-Saud vio la carita de Matilde pegarse a la ventanilla. Se miraron intensamente a través del vidrio, y a él le pareció que la sonrisa que ella le dirigía era especial, a nadie había sonreído de ese modo; los ojos se le agrandaron, su piel se iluminó, los labios le temblaron de emoción y su respiración acelerada empañó el cristal de la ventanilla. Abrió la puerta, y Matilde saltó a sus brazos, y él hundió la cara en su cuello con olor a bebé. Sintió paz, regocijo, excitación, deseo, celos, enojo. La besó con la intención de marcarla como de su propiedad frente al grupo de compañeros que aún charlaba a las puertas del instituto y, por las dudas, frente a Markov. Ella se lo devolvió con una mansa entrega.

Al-Saud levantó la vista y miró a los guardaespaldas de Matilde, que deprisa volvieron la cabeza como si, en lugar de haber permanecido estáticos frente a ese espectáculo, hubieran estado vigilando el entorno.

—Pueden irse. Hasta mañana.

Matilde movió el rostro con dificultad hacia sus custodios y les sonrió. Se sentía tan feliz que ni siquiera se avergonzaba.

—Hasta mañana, Diana. Hasta mañana, Sergei. Gracias por todo.

—Hasta mañana, Matilde.

—¿Con que Sergei? —dijo Al-Saud, con acento burlón, y la apretó un poco más.

—Así se llama.

—Y tú no quieres que nadie se sienta tratado como un mueble, ¿verdad?

—Así es.

—¿Cómo te fue en el examen del lunes?

—Me saqué diez.

—Tengo una mujer muy inteligente —expresó él, con sincero orgullo.

—¿Estabas enojado conmigo y por eso no me llamaste?

—Sí.

—Yo también estaba enojada contigo y ya se me pasó.

—¿Me extrañaste?

—Mucho, Eliah. ¿Y tú?

—No imaginas cuánto. ¿Hacemos las paces? —Matilde asintió y Al-Saud volvió a pegarla contra su cuerpo—. Vamos a casa —le suplicó al oído— y hagamos el amor.

La intención de Al-Saud se precipitó cuando encontraron la cocina atestada de gente. No sólo estaban Mike, Tony, Peter y Alamán sino Yasmín, que arrebató a Matilde de las manos de Al-Saud y la llevó a un lado para conversar. Al-Saud insultaba por lo bajo mientras se ponía ropa cómoda y se lavaba las manos antes de cenar. Había soñado con una velada en paz con su mujer. Después de comer, subieron a la sala de música y, mientras Matilde y Yasmín volvían a enfrascarse en una conversación que pasmaba a Eliah, sus socios le pidieron cuentas de los días en Asmara. Terminó de relatarles los pormenores de sus reuniones con la cúpula militar de Eritrea y les pidió, sin rodeos, que se marcharan y lo dejaran a solas con su mujer.

—Vamos, Yasmín —la instó Alamán—. Te llevo a casa.

—Me voy más tarde con Calogero y Stéphane.

—No, ahora —ordenó Alamán, y acentuó el ceño.

—Creo que Eliah nos está echando. No hace falta que te diga por qué, Matilde.

Al-Saud vio sonrojarse a Matilde. Lo enterneció la sonrisa cohibida que les dirigió a Alamán y a Yasmín. A veces, cuando se sonreía de ese modo, con las mejillas coloradas, y miraba de costado, como ocultando la picardía, Al-Saud se estremecía de amor. Quería que se fueran de una vez, la quería sólo para él, quería compensarla por el mal trago del sábado. En Asmara había tenido tiempo para recrear la situación y terminó por admitir que él, con su cinismo y su ambición, podía lidiar con una mujer egocéntrica y compleja como Gulemale; Matilde, en cambio, con su bondad innata y su pureza de corazón, percibió el sustrato perverso de la africana y fue incapaz de ocultar la repulsión. Se reprochaba no haberla protegido de la malicia de Gulemale y se enfurecía consigo por haber priorizado su negocio.

Acompañaron a los invitados hasta el vestíbulo, y, cuando la casa quedó vacía, Al-Saud tomó a Matilde por la cintura, la acercó a él y se inclinó para descansar la frente en la de ella.

—Todavía muero de ganas por hacerte el amor. ¿Y tú?

—También.

—Hace un momento tuve una fantasía. Cuando te vi recostada sobre los almohadones en la sala de música, mientras conversabas con mi hermana, te deseé muchísimo y nos imaginé haciendo el amor ahí mismo, sobre los almohadones.

—¿Qué música había mientras me deseabas muchísimo? —le preguntó, al tiempo que deslizaba las manos bajo la camisa de Al-Saud y se excitaba al arrastrarlas por los abdominales.

—Mike había puesto una sinfonía de Mahler —dijo, y le apretó los glúteos hasta provocarle dolor y hacerla soltar un lamento; ella, sin embargo, no le pidió que se detuviera; soportaba el rudo masaje clavando los dedos en los brazos de él—. Pero, cuando te haga el amor en muy pocos minutos, no querré que haya música porque entonces no podría escuchar cuando gimes, lo que me vuelve loco, o cuando dices mi nombre sin darte cuenta, o cuando me pides más.

—Eliah...

—¿Estás excitada? —Matilde asintió sin despegar la frente de la de Al-Saud—. Vamos.

Corrieron escaleras arriba. Al-Saud la arrinconó contra la pared, en el pasillo, junto a la puerta de la sala de música, y la besó, enceguecido, como un preludio de lo que compartirían después, completamente desnudos sobre la alfombra con diseños psicodélicos y rodeados por los almohadones, una noche de sexo en donde sus pieles no parecían fundirse lo suficiente para demostrarse lo que se inspiraban, esa necesidad irracional de estar uno dentro del otro, de poseer al otro de una forma completa, no sólo la carne; el alma también. Fue una noche de nuevas experiencias. Al-Saud apeló a todo su cuerpo —su pene, sus manos, su lengua, sus dedos, su aliento— para conducirla a niveles de placer desconocidos y para hacerla gritar. La obligó a colocarse en cuatro patas y la poseyó desde atrás, provocándole tres orgasmos consecutivos, mientras veneraba su trasero de araña pollito. Le dijo en francés: «Dame a mi *petite tondue*», y la obligó a abrir las piernas para que él saboreara su clítoris y su vagina. Y después Matilde lo saboreó a él, y lo hizo temblar. Y, por último, cuando le hizo el amor sobre la alfombra y Matilde apartaba el rostro en busca de aire, él caía sobre sus labios y la penetraba con la lengua con la misma crueldad con la que se impulsaba dentro de ella, y la ahogaba. Quedaron exhaustos, sudorosos, agitados, él tendido sobre ella, dentro de ella; sus pechos se golpeaban a causa de las inspiraciones violentas, y el vapor de las fragancias que exudaban sus cuerpos —el de la colonia para bebé y el del Givenchy Gentleman— se mezclaba con el olor a sexo.

Al-Saud se incorporó, apoyándose en el antebrazo, y apartó los mechones mojados de la frente de Matilde, que permanecía con los ojos cerrados. Le gustaba la sensación de sus piernas entrelazadas, de sus vientres en contacto. Le besó los párpados con una suavidad que no había empleado durante el coito.

—Te amo, Matilde. Te amo como jamás imaginé que podía amarse a otro ser humano.

Matilde no se atrevió a abrir los ojos por temor a que las lágrimas escaparan. Como ciega, levantó la mano y le acarició la frente y le tocó el mechón de la frente, que caía y le hacía cosquillas, y le dibujó el contorno de la nariz y el de los labios.

—Eliah, mi amor —dijo, con voz quebrada.

—No sabes cuánto lamenté que se arruinara la noche de tu cumpleaños. Fue mi culpa por no mandar a la mierda a Gulemale. Le permití que nos robara nuestro momento.

—Yo también tuve parte de la culpa. Me puse muy celosa.

—Eso está bien. —Al-Saud sonrió con vanidad—. Me encanta que mi mujer me cele. —Tras una pausa, él continuó—: Yo tenía grandes esperanzas puestas en esa noche. Estaba a punto de cobrarme mi prenda.

—Sí. Ibas a hacerme una pregunta y yo no podía decir que no.

—Pienso cobrarme la prenda ahora. Matilde, mírame. —Ella levantó los párpados lentamente, con renuencia a salir de esa cómoda situación—. ¿Quieres casarte conmigo? ¿Quieres ser mi esposa para siempre?

Matilde apartó la cara con un movimiento rápido y pegó la mejilla derecha sobre el almohadón. Un dolor intenso le surcó el pecho, y la magnitud de la pregunta le puso la mente en blanco. En realidad, su mente repetía un eco de angustia: «¡No me pidas esto, por amor de Dios, no me lo pidas!».

—Yo no creo en el matrimonio —mintió, con fingida serenidad—. Para mí, es una institución anticuada.

Al-Saud apreció el modo en que se mordía el labio inferior y en que parpadeaba rápidamente. Percibió también cómo su cuerpo, blando un instante atrás, se había tensado como la cuerda de un violín.

—Sé que tuviste una mala experiencia con Blahetter, pero…

—No se trata de la mala experiencia que tuve con él. Simplemente, no creo en la institución del matrimonio porque a la larga acaba con todo lo bueno que una pareja tiene, sobre todo, con su libertad.

—Mis padres se han amado durante casi cuarenta años —replicó él— y están casados y son felices.

—Son una excepción.

—Nosotros seremos otra.

—No —dijo, y se removió para quitarse el peso de Al-Saud de encima. Él no hizo ademán de moverse, y ella volvió la cara para echarle una mirada exasperada—. Eliah, por favor. —No obstante, dulcificó el gesto ante la mueca atribulada que él le dirigía; era la primera vez que lo veía así—: Eliah, tú sabes que yo tengo planes para mi carrera...

—Nadie está diciendo que dejes de lado tus planes. Podemos casarnos cuando vuelvas del Congo.

—Mis planes no terminan en el Congo. Planeo hacer una vida errante, llevar mis conocimientos a los rincones del mundo donde me necesiten. Un matrimonio sería como un ancla. —Usó deliberadamente la palabra que Yasmín había empleado para describir el matrimonio de Eliah con Samara. Sacó fuerzas de flaqueza y se atrevió a enfrentarlo. Había tanto desconcierto y tristeza en esos ojos verdes que se le cortó el aliento—. No me mires así, por favor. Tú tampoco estás hecho para el matrimonio. Eres un hombre que valora, sobre todo, su libertad. Eres un Caballo de Fuego.

—Sí, valoro mi libertad, pero no creo que tú me la quites por estar a mi lado. En estas semanas de convivencia jamás me sentí invadido ni privado de libertad.

—¡Te traje tantos problemas! ¿Cómo puedes decir que no te invadí ni te quité libertad?

—Sí, me trajiste problemas, pero también la felicidad más grande y plena que haya experimentado en mi vida. Soy un hombre nuevo gracias a ti, mi amor.

—¡Eliah! —Incapaz de proseguir con la farsa, le rodeó el cuello, lo apretó contra su cuerpo y se echó a llorar.

—No llores, mi amor. Te lo suplico. No soporto tu tristeza.

—No me presiones —sollozó—. Tengo cosas que resolver en mi vida antes de tomar una decisión tan importante.

—Está bien, no te presiono. ¿Puedo saber qué cosas son ésas? —Ella sacudió la cabeza, con los párpados apretados y los labios formando una línea de angustia—. No importa. Tú sabes que aquí estoy para ti. Siempre, mi amor.

Matilde volvió a apretujarse contra el pecho de Al-Saud y lloró amargamente.

23

El último columbograma de Anuar Al-Muzara indicaba que Udo Jürkens tomase, en el puerto de La Valeta, el ferry que salvaba a diario los casi trescientos cincuenta kilómetros que lo separan del de Trípoli, en Libia. Desde su fallido intento por atrapar a la mujer de Al-Saud, había estado escondiéndose en la ciudad belga de Herstal, en la casa de una amiga con la que no lo había pasado nada mal. Le dejó sobre el buró un buen fajo de francos belgas para gratificarla por las noches de placer en las que él había imaginado que penetraba a una rubia de cabello largo y cara de ángel, que se le había escurrido de las manos en el ábside de una capilla.

Analizó su semblante en el vidrio de la sala de embarque del puerto de La Valeta. Ahora usaba los cabellos castaños y lentes de contacto oscuros; seguía embutiendo algodón bajo sus encías y estaba dejándose la barba. No podía hacer más para modificar su aspecto como no fuera someterse a una cirugía plástica.

Abordó el ferry y se mantuvo alejado del resto del pasaje y con los lentes para sol ocultando su mirada durante el cruce por el Mar Mediterráneo. Como ocurría la mayor parte del año, la temperatura en Trípoli era elevada y el aire, seco; rogó para que no sobreviniera una tormenta de arena sobre la ciudad; había vivido esa experiencia y no guardaba un buen recuerdo. Atracaron en la bahía que formaba el puerto de Trípoli, en el área destinada a los ferrys. Desde la distancia, Jürkens advirtió que Trípoli había medrado desde su última visita en la década de los setenta.

De acuerdo con lo que le había indicado Gérard Moses, en el columbograma se especificaba que tomase un taxi hasta la Plaza Verde y esperase a que un Volkswagen Beetle color turquesa lo recogiese. Para individualizarlo más fácilmente, se le había exigido que se cubriera con una gorra de beisbol azul oscuro y se cruzara un bolso color amarillo. No esperó demasiado. Apenas se bajó del taxi, se le acercó el Beetle turquesa y Jürkens subió. Había dos tipos en la parte trasera; él se ubicó junto al conductor. Nadie habló lo que duró el viaje hacia el este de la ciudad.

Días después entendería que ese grupo de casas en el suburbio de Beb Tebaneh constituía el cuartel general de Anuar Al-Muzara, uno de los hombres más buscados por el Mossad y por la CIA. A Anuar lo vio poco. El primer día el terrorista palestino lo saludó con laconismo y, antes que nada, le pidió el diseño del nuevo misil realizado por Gérard Moses. Luego de echarle un vistazo a los dibujos y a las notas, le advirtió que estaba prohibido usar celulares, radios, *beepers*, computadoras conectadas a internet y toda clase de dispositivos electrónicos. Si necesitaba enviar un mensaje al mundo exterior, debía hablar con él. Acto seguido, sin pausar ni esperar por una pregunta de Jürkens, le expuso su plan para hacerse de las instalaciones de la OPEP en Viena. Le entregó los planos del edificio, un mapa de la ciudad y le presentó al grupo de seis hombres que lo ayudaría en la consecución del objetivo. Jürkens no precisó de mucho tiempo para darse cuenta de que esos muchachos sabían tanto de operaciones de comando como él de costura, por lo que se dedicó a entrenarlos del alba al atardecer, hasta dejarlos exánimes. En ocasiones, Anuar los observaba ejercitar y asentía con una sonrisa de complacencia.

Jürkens se habituó a la rutina del campo de entrenamiento, a las cinco oraciones diarias, a las conversaciones de los jóvenes; aprovechó para practicar el árabe. A veces se preguntaba por su jefe, Gérard Moses, empeñado en terminar el prototipo de la centrifugadora de uranio; a veces echaba de menos Bagdad y a su gran amigo, Fauzi Dahlan; la mayor parte de su tiempo libre pensaba en la mujer de Al-Saud.

Se fijó en la hora. Las tres de la tarde. Salió del estacionamiento del George V y enfiló para su casa. Necesitaba música para relajarse, y se decidió por un disco compacto con temas celtas que le había regalado Yasmín para su cumpleaños. Sonrió al pensar en su hermana. «Con razón estaba tan feliz anoche», se dijo. «Más que feliz. Eufórica.» Esa mañana, al llegar a la oficina, se había topado con Sándor en la sala de espera. Lo notó muy erguido, nervioso y pulcro en el sillón. Se puso de pie de un salto apenas lo vio aparecer. Se saludaron con un abrazo.

—Luces muy bien —comentó Al-Saud, y lo palmeó en la espalda.

—Estoy muy bien.

—¿Quieres saber cuándo te queremos de vuelta en la Mercure?

–Sí, pero además he venido para hablar contigo de otro tema, muy importante para mí. ¿Tendrás cinco minutos?

Se acomodaron en los sillones del despacho de Al-Saud.

–Dime, ¿qué necesitas?

–Quiero que comprendas que no he venido a pedirte tu consentimiento. Simplemente quiero ser yo quien te lo comunique. No me gustaría que te enteraras por terceros. –Al-Saud se incorporó en el sillón y arqueó las cejas–. El martes pasado, tu hermana Yasmín y yo nos hicimos novios.

–¿Yasmín y tú? –consiguió articular.

–Sí, lo sé, es extraño, sobre todo por lo mal que nos llevábamos, pero eso era como consecuencia de la tensión que existía entre nosotros por habernos enamorado y no querer admitirlo: yo, porque Yasmín está muy por encima de mí; ella, porque yo soy cinco años menor y porque estaba de novia con Saint-Claire.

–¿Y qué hay de André?

–Rompió con él.

–¡Ja! –Al-Saud se dio una palmada en la pierna y abandonó el sillón. Deambuló por la estancia con una sonrisa en los labios–. ¡Es increíble! Yasmín y tú.

Sándor se aproximó y colocó una mano sobre el hombro de Al-Saud.

–Sé que no soy digno de ella, Eliah. Pero la amo y la respeto como a nada en el mundo. Voy a hacerla feliz, te lo juro.

–Lo sé, Sanny.

En tanto avanzaba por las calles hacia la Avenida Elisée Reclus, Al-Saud evocaba el juramento de Huseinovic y sonreía. Estaba feliz por su hermana; había demostrado buen juicio al terminar con André y al elegir a un hombre como Sándor. En ese momento comprendió el incesante cuchicheo entre Matilde y Yasmín la noche pasada; hablaban de Sándor. Las comisuras de sus labios fueron descendiendo hasta endurecerle la boca. El recuerdo de la noche anterior lo atormentaba, a Matilde también. Esa mañana se había comportado como un pajarito asustado hasta que él, al besarla como solía hacer y preguntarle cómo había dormido, le demostró que todo continuaba como siempre, aunque se sintiese herido y triste. Debía admitir que también su orgullo había salido magullado. Convencido de que Matilde le diría que sí, se lanzó sin redes y se dio un fuerte golpe. El desconcierto aún no lo abandonaba. ¿Qué había detrás de su negativa? Primero había denostado la institución del matrimonio, como esos intelectuales que se rebelan contra los cánones sociales; después, adujo que necesitaba libertad para ejercer su profesión; por último, admitió que existían «cosas» en su vida que tenía que resolver antes de tomar una decisión de esa naturaleza. Lo preocupaba que Matilde siguiera arrastrando cuestiones, traumas y complejos que la hacían infeliz. Poco a poco iría ganándose su confianza, y así como le había confesado que no podía hacer el amor, terminaría por depositar en él el resto de sus secretos. Presionarla sería un error.

Estacionó el Aston Martin sobre la Avenida Elisée Reclus y tocó el timbre de su casa. Pocos minutos después, salió Matilde. Como se trataba de un día agradable, no usaba la chamarra en tono marfil sino un cárdigan al cuerpo de color burdeos, una camisa amarillo pálido, jeans y botas; la infaltable *shika* —ahora sabía el nombre de la bolsita rústica— iba en bandolera sobre sus piernas.

Al-Saud había apoyado el trasero en el deportivo inglés y la aguardaba con los brazos cruzados a la altura del pecho. Los Ray Ban Clipper le velaban los ojos. Al verla, él retiró los anteojos lentamente hacia atrás y se los colocó sobre la cabeza. Sus miradas se enlazaron a través de la acera. Los nervios la dominaban como si se tratase de la primera cita. La belleza de él, como siempre, la empequeñecía. Estaba fascinante con esa camiseta negra ajustada y de mangas largas, y los jeans blancos. No podía creer que un hombre tan magnífico la amara. No se reponía de la angustia vivida la noche anterior. Cuando supo que Al-Saud dormía profundamente, regresó a la sala de música, se echó en la alfombra y revivió cada instante compartido con él. Repitió en un susurro sus palabras: *«Te amo, Matilde. Te amo como jamás imaginé que podía amarse a otro ser humano»*. *«Yo también te amo con todas mis fuerzas, amor mío»*, expresó por fin, y se puso a llorar. Volvió dos horas más tarde al dormitorio. Al-Saud seguía durmiendo.

Desde su posición relajada y algo presuntuosa en el Aston Martin, Al-Saud le sonrió. Matilde le devolvió la sonrisa y avanzó hacia él. Tomó las manos que le ofrecía y giró sobre sí cuando la instó a hacerlo.

—Estás hermosísima.

—Tú, más.

—¿A qué hora aterriza el vuelo de Juana?

—A las cinco y media.

Durante el trayecto al Aeropuerto Charles de Gaulle, los ánimos se distendieron porque hablaron de Yasmín y de Sándor. Matilde le confesó su participación en el desenlace de la historia de amor, y Al-Saud admitió su ceguera. De regreso, con Juana en la parte trasera del deportivo inglés, las carcajadas explotaban con facilidad, y Eliah quiso más a Juana por hacer reír a su amiga.

—Mat, no sabes la fortuna que tiene Shiloah. Vive en un barrio súper lujoso de Tel Aviv que se llama Ramat Aviv, y tiene un caserón más grande que el del papito. Me llevó a todos lados. A Jerusalén, al Mar Muerto, a Eilat, una ciudad al sur, a orillas del Mar Rojo, a Ammán, la capital de Jordania... ¡Uf, viajamos muchísimo! ¿A qué no sabes qué auto tiene Shiloah? ¡Un Ferrari Testarrosa!

—¡Juani, lograste el sueño de tu vida!

—Todo el mundo nos miraba cuando andábamos por la calle. Yo me sentía como una reina. Shiloah *me trató* como a una reina. Tuve que comprar otra maleta de tantas cosas que me regaló.

—Juani, estabas en el séptimo cielo.

—Sí, amiga. Shiloah es de esos caballeros como ya no hay, exceptuándote a ti, papito querido.

—Gracias, Juana.

—¿Qué novedades hubo por aquí?

Después de un silencio, Matilde fingió un ánimo que no sentía y dijo:

—Tengo una novedad que te va a dejar sin palabras. ¡Yasmín y Sándor se hicieron novios!

La novedad sirvió para llenar el interior del deportivo inglés de risas, exclamaciones y comentarios.

—¿Les importa acompañarme un momento a la oficina? Tengo que darles unas indicaciones a mis secretarias y buscar unos papeles que olvidé.

Ninguna se opuso, así que subieron al octavo piso y entraron en la oficina riendo de un chiste que Shiloah le había contado a Juana. Al-Saud apoyaba sus manos sobre los hombros de Matilde y caminaba detrás de ella.

—¡Ah, pero qué grupo más alegre!

Los tres se detuvieron en seco al ver a Céline. Descansaba el peso de su cuerpo contra el borde del escritorio de Victoire, con la cual, resultaba evidente, había estado conversando. Matilde la vio arrojar el humo del cigarrillo hacia un costado y apagar la colilla con los golpecitos rápidos que eran su costumbre cuando estaba enojada.

—Hola, Celia —dijo Matilde—. Te ves muy bien.

Se incorporó y le habló en castellano.

—Te dije mil veces que no me llames así. Mi nombre es Céline. Hola, mi amor —dijo en dirección a Al-Saud, que la escrutaba con una mirada iracunda.

Céline se movía con su estilo orgulloso, presumiendo de su belleza como si se tratase de una virtud que había alcanzado por mérito propio y no de un regalo de la Naturaleza. Se acercó a Al-Saud, le miró las manos, que todavía descansaban sobre los hombros de Matilde, le sonrió con una mueca astuta e intentó besarlo en los labios. La corta exclamación de Matilde y la risita de Céline se mezclaron.

Al-Saud cerró la puerta a sus espaldas y empujó ligeramente a Matilde para que terminase de entrar.

—¿Cuándo saliste de la clínica? —preguntó Al-Saud en francés, pero tanto Juana como Matilde lo comprendieron.

—Hoy mismo. Y lo primero que hice fue venir a verte. Porque te extraño horrores. —Dirigió una mirada cargada de desprecio hacia su hermana menor—. Veo que, en mi ausencia, has encontrado un monigote con quien divertirte.

—Céline, vamos a mi despacho. Tenemos que hablar.

—¿Sí? ¿De qué?

Matilde y Juana observaban el intercambio con el semblante congelado de un espectador absorbido por la trama de una película. El corazón de Matilde se había disparado apenas vio a su hermana; a medida que pasaban los segundos, la opresión en el pecho casi le cortaba el flujo de aire. El instinto le marcaba que algo muy grave estaba por ocurrir. Aferró la mano de Juana, que se la apretó.

—¿Qué tienes que decirme, Eliah?

—Por favor, hablemos en mi despacho.

—No, aquí. No me da la gana de entrar en tu despacho.

Victoire y Thérèse abandonaron sus escritorios y se encerraron en la cocina.

—La noche de la fiesta en lo de Trégart te dije que teníamos que hablar, pero las circunstancias se dieron de tal modo que yo me fui antes…

—Sí, te fuiste con ésta. —La afectada cortesía y el sarcasmo comenzaban a abandonar a Céline. Se resquebrajaba la máscara de indolente diversión, y la furia se filtraba por los resquicios—. Muy bien, una vez más no diré nada, me tragaré el insulto, como lo hice después de la muerte de Samara cuando decidiste dejarme y meterte con la tal Natasha.

Al-Saud aferró por el codo a Céline para arrastrarla al despacho, pero la mujer se soltó de un tirón. Ese simple contacto enloqueció de celos a Matilde, que, poco a poco, vislumbraba el cuadro sórdido detrás de la escena que estaba teniendo lugar frente a sus ojos. Se dijo: «Tengo que huir de aquí», pero le resultó imposible mover las piernas.

—Porque no me dejaste porque yo hubiese dejado de gustarte, ¿verdad? Seguía volviéndote loco, como siempre, como en el pasado y como ahora. Pero la culpa no te dejaba vivir en paz, y yo tuve que expiar esa culpa inmerecida. —Desvió la vista hacia Juana y Matilde—. ¿Saben con quién estaba Eliah la tarde en que se mató su esposa Samara? ¡Estaba cogiendo conmigo!

Al-Saud se abalanzó sobre ella, la aferró por los hombros y la sacudió. Matilde pegó un alarido y trato de intervenir; Juana la detuvo.

—¡Basta! ¡Cállate, Céline! ¿A qué has venido? ¡Quiero que te vayas y no vuelvas!

—¡Suéltame! Estás lastimándome.

—¡Estoy cansado de ti!

—¡Ja! ¡Cansado de mí! No era lo que decías cuando me hacías el amor y me jurabas que dejarías a tu mujer porque no podías vivir sin mí.

Al-Saud no se atrevió a mirar en dirección de Matilde. El lamento que la oyó proferir le bastó para saber que la felicidad de su vida se hallaba al borde del abismo.

—¡Jamás te dije que dejaría a Samara! ¡Además de puta eres mentirosa!

Céline le atravesó el rostro de una cachetada.

—¡Basta! —prorrumpió Matilde—. ¡Por amor de Dios, basta!

—¡Ah, pobre Matildita! La hicimos llorar.

Al-Saud acudió a ella, pero Matilde le dio la espalda y se abrazó a Juana.

—¡Qué solícito! El caballero corre a consolar a su dama. —Céline, agitada, desencajada, se aproximó a Al-Saud y le acarició la parte enrojecida de su mandíbula—. Lo siento, cariño. No quería hacerte daño. Te perdono, Eliah. Una vez más, te perdono esta infidelidad.

—¿Tú me hablas de infidelidad? ¿Tú, que te acuestas con cuanto hombre te apetece?

La carcajada de Céline conmocionó a Matilde.

—Juani —susurró—, sácame de aquí.

—No, Mat.

—Está bien, cariño. Lo admito: ambos hemos tenido nuestros desliices, pero el amor que nos une es tan fuerte y nuestra pasión tan violenta que siempre volvemos a los brazos del otro. Así ha sido por años, Eliah. No vas a cambiarlo ahora.

—Ahora *todo* ha cambiado, Céline. Conocer a Matilde cambió mi vida, me cambió a mí, cambió *todo*.

—¡Me decepcionas, campeón! ¿Un hombre como tú con una insignificancia como mi hermana menor?

—Ésa es *tu* opinión. Yo creo que ella es la mujer más maravillosa que existe y la quiero a mi lado para siempre. Quiero casarme con ella. Quiero que sea mi esposa.

Un momento de tribulación volvió a resquebrajar la máscara de hipocresía. Céline se recompuso de inmediato y soltó otra carcajada forzada y vacía.

—¿Para qué querrías a tu lado a una mujer que no puede darte hijos?

—¡No!

El alarido de Matilde perturbó a Al-Saud. Se giró para verla y reconoció en su expresión el pánico más crudo y visceral que recordaba haber visto; ni siquiera en ocasión del ataque a las puertas del instituto lucía tan desquiciada. Sin volverse hacia Céline, con la vista quieta sobre Matilde, le preguntó:

—¿A qué te refieres con que no puede darme hijos?

—¿Ah? ¿No te lo ha dicho? Interesante.

—Celia, por favor —suplicó Matilde.

—Celia, maldita hija de puta —intervino Juana—, cállate la boca o te la cierro yo.

—¿Por qué debería callarme?

—Por favor —susurró Matilde, agobiada.

—¿De qué estás hablando, Céline?

—De que mi hermanita querida no es una mujer completa. De que está vacía porque le sacaron los genitales. No tiene ovarios ni útero ni trompas ni nada. La vaciaron a los dieciséis años como consecuencia de un cáncer feroz.

Al-Saud oía el llanto de Matilde sin registrarlo de manera consciente porque estaba concentrado en la revelación de Céline. Si le hubieran asestado un golpe por la espalda no lo habrían descolocado de ese modo.

—Estás mintiendo —dijo, como en una exhalación.

—No, no estoy mintiendo. ¿Verdad que no, Matilde?

Matilde vio, a través del velo de lágrimas, que Céline se aproximaba, y le tuvo miedo. Su cuerpo irradiaba una fuerza peligrosa y despiadada. Al-Saud se plantó en su camino y le impidió que siguiera avanzando.

—No te acerques a ella. Si no quieres que te saque de los pelos, será mejor que te vayas ahora mismo.

Céline se retiró unos pasos, recogió su abrigo y su bolsa y, al pasar cerca de Matilde, se detuvo y le habló en castellano.

—Me robaste el amor de papá, de la abuela, de la tía Enriqueta, y ahora vienes a París a robarme lo que más amo en el mundo. ¡Te odio, Matilde! ¡Te odio con todas mis fuerzas! ¡Ojalá hubieras muerto a los dieciséis años! ¡Ojalá el cáncer te hubiese matado! ¡Cuánto lo deseaba!

El bramido de Juana, como el clamor de un guerrero celta, tonante, profundo, desgarrador, conmocionó aun a Céline, que se retrajo al verla abalanzarse sobre ella. Juana cayó sobre el cuerpo esbelto de la modelo más cara de Europa y la tiró al suelo.

—¡Maldita hija de puta! —vociferaba, en tanto sacudía la cabeza de Céline contra la alfombra—. ¡Malparida! ¡Tú tendrías que haber muerto hace años! ¡Hija de puta!

Thérèse y Victoire abandonaron su refugio y corrieron a ayudar al señor Al-Saud, que intentaba separarlas, una tarea difícil porque las mujeres se habían entreverado como gatos rabiosos y no había de dónde tomarlas. Nadie notó que Matilde corría fuera de la habitación.

Al-Saud aferró a Juana por los tobillos y la arrastró por la alfombra hasta alejarla del epicentro de la pelea, en tanto Thérèse y Victoire sujetaban a Céline por los brazos para impedir que volviera a echarse sobre su contrincante. Juana se puso de pie por sus propios medios y le lanzó una mirada furibunda a Eliah.

—¡Basta, Juana! —Le apretó los hombros y la miró a los ojos—. Tranquila. —Sin volverse hacia sus secretarias, les ordenó—: Llamen a seguridad.

Céline, a quien Victoire y Thérèse habían ubicado en el sillón con la cabeza hacia atrás para frenar la hemorragia de la nariz, lloraba y seguía insultando. Los guardias aparecieron en pocos minutos.

—Saquen del hotel a esa mujer —ordenó Al-Saud—. Para ella, queda prohibida la entrada al George V.

—¡No me toquen! —exclamó Céline cuando los guardias pretendieron ayudarla a incorporarse—. ¡No se atrevan a ponerme una mano encima! ¡La vas a pagar caro, Eliah! ¡Esta humillación te la voy a hacer pagar!

—¡Vamos! ¿Qué esperan? ¡Sáquenla de aquí! Y no lo hagan por el *lobby* sino por la parte trasera.

Los chillidos de Céline se escucharon aun después de que subió al ascensor y las puertas se cerraron.

—¿Dónde está Matilde? —Al-Saud giraba la cabeza hacia uno y otro lado—. ¿Dónde está? —se preguntó, con tono angustiado, mientras abría las puertas de las demás habitaciones.

—Debió de haberse ido, señor —dedujo Thérèse—. La puerta estaba abierta.

—¡Dios mío! ¡Llame a recepción! Pregunte si está abajo. Que no le permitan salir. Está sin guardaespaldas.

Al-Saud abandonó la oficina y eligió bajar los ocho pisos por las escaleras. No tenía paciencia para esperar el ascensor. En la recepción le dijeron que la vieron pasar muy desencajada hacia la calle. El botones le informó que Matilde le pidió un taxi y que él se lo consiguió enseguida.

—¿Escuchaste qué dirección le indicó al taxista?

—No, señor. Lo siento.

—Dios mío —gimió Al-Saud, y se llevó las manos a la cabeza.

Matilde tocó el timbre del departamento de Jean-Paul Trégart y rogó que Ezequiel no estuviese de viaje o en una sesión fotográfica. Una empleada doméstica la invitó a pasar y le pidió que aguardase en la recepción. Ezequiel apareció poco después, con una sonrisa, y Matilde corrió hacia él, se arrojó a sus brazos y se echó a llorar con unos clamores que erizaron la piel del muchacho. Se quedaron abrazados en medio del vestíbulo hasta que el llanto se convirtió en suspiros.

—Vamos a la sala. ¡Suzanne! Tráenos algo para tomar. ¿Qué quieres, Mat?

—*Rien* —sollozó, sin caer en la cuenta de que hablaba en francés.

—Algo tienes que tomar. Suzanne, tráiganos té y jugo de naranja.

Se sentaron en un sillón y Ezequiel acomodó a Matilde sobre su pecho. Contenida por el abrazo de su amigo, evocó muchas imágenes de la época en que ella padecía una enfermedad terminal, y Juana y Ezequiel la acompañaban a que se sometiera a las largas sesiones de quimioterapia, y sólo Ezequiel le arrancaba sonrisas. Y después, cuando los efectos de los medicamentos hacían estragos en ella, sus amigos la cuidaban y asistían; en ocasiones faltaban al colegio para estar con ella, y Matilde se sentía a salvo con ellos.

—¿Ya puedes contarme qué pasó? ¿Dónde está la Negra? ¿No volvía hoy de Tel Aviv? ¿Le pasó algo a la Negra? —se angustió, y se incorporó a medias.

—No, no. Juana está bien. Quédate tranquilo.

Matilde se irguió y miró a Ezequiel a los ojos. Él la contemplaba con tanta dulzura y cariño que se le anudó la garganta, las lágrimas volvieron a fluir y no pudo pronunciar palabra. Un momento más tarde, se puso a hablar recostada en el torso de él —era más fácil si no lo miraba— y le contó lo ocurrido en las oficinas del George V.

—¡Qué perra infeliz que es esa Celia! Si la tuviera a mi alcance, la estrangularía.

—De eso está encargándose Juana. Yo me fui del George V mientras la molía a golpes.

—¡Ésa es mi Negra! —Matilde sonrió en una mueca que evidenciaba su cansancio—. Toma un poco de té, Mat. Te va a sentar bien.

La infusión, cortada con leche y azucarada, le descendió por el esófago como un bálsamo. La tomó en silencio, sin levantar la vista, a sabiendas de que era objeto del intenso escrutinio de Ezequiel.

—¿Por qué no le dijiste que habías tenido cáncer y que no podías tener hijos?

—Porque me daba vergüenza —admitió—. No quería que lo supiera. Tenía tanto miedo de que mi tía Sofía se lo hubiese comentado a su mamá, a la señora Francesca. Pero parece que no.

—Y vergüenza, ¿por qué?

—¡Ay, Eze! —sollozó Matilde—. Es tan difícil de explicar. —Se mordió el labio, se apretó las manos, cambió de posición—. Yo pretendía que él nunca lo supiera. Eliah es tan perfecto, tan completo e íntegro. En cambio yo…

—¿Tú qué? —se enojó Ezequiel, y la obligó a mirarlo, sujetándola por el mentón—. Eres la persona más perfecta que conozco, Mat. Me importa una mierda si te sacaron todo lo que tenías ahí abajo. Nadie es más íntegro que tú, ¿me entendiste? Y si ese tipo no te inspiró la suficiente confianza para contarle que no podías tener hijos es porque él es un vanidoso.

—¡No lo es! ¡Te lo juro, Eze!

—¿Cómo planeabas hacer para que no se enterase?

Matilde dejó caer la cabeza y lloriqueó un rato antes de hablar.

—Cuando me fuera al Congo, todo iba a terminar entre nosotros.

—¿Él se lo iba a tomar así tan a la ligera? Aunque no lo soporto, debo admitir que está loco por ti.

—No, supongo que no iba a ser fácil. Pero tendría que entender que nuestros caminos se separaban y que para mí mi carrera es lo más importante.

—¿Es verdad, tu carrera es lo más importante?

Los ojos de Matilde se arrasaron al afirmar:

—Él es lo más importante, Eze. Él es el amor de mi vida, mi alegría, mi sanador, mi todo. Nunca voy a volver a amar a otro hombre como amo a Eliah. Pero no puedo atarlo a mí, no puedo condenarlo a estar el resto de su vida con una mujer que no puede darle hijos. Yo sé que él los desea muchísimo. —Se pasó las manos por los ojos, se secó las mejillas con el puño de la camisa amarilla, carraspeó y se ubicó, derecha, apartada de Ezequiel—. Ahora todo será más fácil porque, a pesar de que lo amo más que a mi propia vida, estoy furiosa, me consume una rabia que nunca había sentido. Me dijo que entre él y Celia no había habido nada. Y resulta ser que son amantes desde hace años. La tarde en que la esposa de Eliah se mató en un accidente automovilístico, ¡buscándolo a él para decirle que estaba embarazada!, estaba en la cama con mi hermana.

—Nunca supimos de esa relación —admitió Ezequiel—. Debieron de moverse con muchísima cautela porque él era casado. Y como ella andaba siempre colgada del brazo de algún modelo o actor famoso, nadie lo notaba.

—Eze, creo que Celia lo quiere de verdad.

—Tu hermana es una víbora que no quiere a nadie.

Al-Saud abandonó el Aston Martin mal estacionado a las puertas del George V y saltó fuera para regresar a las oficinas en el octavo piso. Matilde seguía desaparecida, sola, sin custodia, y él no podía encontrarla. No estaba en el departamento de la calle Toullier, no había vuelto a la casa de la Avenida Elisée Reclus, tampoco se la veía por los alrededores; acababa de recorrer las calles aledañas. Entró en la oficina con la esperanza de que hubiese regresado. Juana estaba al teléfono.

—¡Ah, Eze, por fin! ¿Qué mierda te pasaba que no atendías el celular?

—Estaba consolando a Mat.

—¡Está contigo! ¡Gracias a Dios!

El alivio se esparció por el cuerpo de Al-Saud y le provocó un temblor en las piernas y en las manos. Se acercó al teléfono e intentó arrebatárselo a Juana, pero ésta se lo impidió y, con un ademán, le exigió que se calmara.

—Pásame a Mat, Ezequito.

—Está dormida. Me costó mucho convencerla de que tomara un calmante y se recostara. Estaba muy alterada.

—Sí, me imagino.

—Ha decidido quedarse a vivir aquí hasta que se vayan al Congo. No quiere volver a la casa de Al-Saud y tiene miedo de ir a casa de Enriqueta, por eso del tipo que la sigue. Así que se quedará en casa. Y tú te vienes para acá también.

Juana cortó la llamada, y Al-Saud supo que las cosas estaban mal y que se pondrían peor.

—¿Hablaste con ella?

—No, dormía. Ezequiel le dio un calmante y la mandó a la cama. Dice que estaba muy mal.

—Dios mío —susurró Al-Saud—. Ponte el abrigo y vamos a buscarla.

—No, papito. Ezequiel dice que Mat decidió quedarse a vivir con él hasta que nos vayamos al Congo.

—¡De ninguna manera! Ella volverá a mi casa que es su casa.

—Papito, tú sabes que siempre me tendrás de tu parte, a pesar de la estupidez que cometiste con lo de Celia, pero, bueno, no te culpo. Ésa es una araña capaz de enredar a cualquiera. Pero para Mat debió de ser durísimo enterarse de eso. Tienes que saber que Celia odió a Matilde desde que nació, le tenía unos celos atroces. Matilde siempre se sintió culpable de la infelicidad de Celia, como si el hecho de que su padre la quisiera más que a sus hermanas fuese culpa de la propia Mat. Sufre mucho a causa de la preferencia que don Aldo tiene por ella, y le arruinó su relación no sólo con sus hermanas sino con su madre. Ya ves que no la llamó para el cumpleaños.

El corazón de Al-Saud lloraba lágrimas de sangre. Su dulce, pequeña, pura y bondadosa Matilde sometida al odio, al rencor y al desprecio de su propia familia, cuando, en realidad, deberían venerarla. Se echó en el sillón y se sujetó la cabeza con las manos.

—¿Por qué no me contó que había padecido cáncer y que no podía tener hijos? Ah, tan sólo pensar en lo que debió de haber sufrido… —Se le quebró la voz, algo que afectó a Juana.

—Sí, papito, sufrió mucho, mucho nuestra Mat. Pero ya te dije una vez que, así como la ves, tan pequeña e indefensa, es una leona por dentro.

—La amo tanto, Juana. La amo más que a nada en este mundo.

—Lo sé, papito, y ella te ama a ti, pero lo que ocurrió hoy acá fue devastador para Mat, y si la conozco un poquito, llevará mucho tiempo arreglar lo que Celia rompió. Llévame a tu casa, por fa, así saco unas mudas para Mat y para mí. Lo mejor será que nos instalemos unos días en casa de Jean-Paul.

A medida que se aproximaban a la Avenida Charles Floquet, Al-Saud dudaba de su fortaleza. Temía irrumpir en casa de Trégart y llevarse a Matilde a rastras. Los atendió Suzanne, y Al-Saud le pidió que llamase a Ezequiel. Debió esperar varios minutos en la acera.

—¿Qué quiere? —lo increpó Ezequiel desde el umbral del edificio.

—¿Cómo está?

—Mal. ¿Cómo quiere que esté? Enterarse de que el hombre que ama es el amante de su hermana…

—Céline y yo no somos amantes. Desde que empecé mi relación con Matilde, no he tocado a ninguna mujer.

Ezequiel sacudió los hombros.

—¿Qué quiere? —insistió.

—Escúchame bien, Ezequiel. Hay alguien aquí fuera que quiere hacerle daño a Matilde. Es un tipo muy, muy peligroso. Ella no puede salir a la calle sin custodia. Los guardaespaldas que le asigné estarán aquí, mañana por la mañana. Te pido que la convenzas de que no se mueva de tu casa sin ellos. Sé que no te caigo bien y lo comprendo, pero este asunto no tiene que ver con nuestras diferencias sino con la seguridad de Matilde. ¿Tengo tu palabra de honor de que no permitirás que salga sin protección?

—Sí, la tiene. No sólo tendremos que protegerla del maniático ese, sino también de Céline, a quien le faltan algunos tornillos, se lo aseguro.

—¿Puedo verla?

—Está dormida. No quiero despertarla porque le costó mucho dormirse. Tuve que darle un calmante. Estaba destrozada.

Al ver el dolor reflejado en la mueca de Al-Saud, Ezequiel se arrepintió de haber sido tan duro con él.

—Volveré mañana para verla.

—Yo que usted no vendría. Perderá el tiempo.

Matilde despertó, sobresaltada. Le tomó unos segundos ubicar las extrañas sombras que la rodeaban. La imagen de lo vivido en las oficinas del George V la golpearon. Estaba en casa de Trégart, Eliah y Celia eran amantes, ella partiría para el Congo y no volvería a ver al amor de su vida; aunque debía admitir que, por sobre lo demás, la angustiaba que Eliah supiera que ella no era una mujer en el verdadero sentido de la palabra y que jamás experimentaría la magia de llevar a un bebé en el vientre ni la de parirlo ni la de amamantarlo. Las lágrimas se deslizaban por sus sienes y mojaban la almohada. ¿Qué hora sería? Se incorporó y tanteó hasta dar con el interruptor de la lámpara. Las tres de la mañana. Se quedó con el brazo elevado, contemplando el reloj Christian Dior que Al-Saud le había regalado. *«Pero no quiero que gastes dinero en mí, por favor.»* *«¿En quién lo gastaría si no es en ti?»* «En Celia», contestó. No quería imaginarlos juntos, no toleraba pensar que Eliah y su hermana habían compartido una intimidad similar a la de ellos. Sin remedio, las escenas se precipitaban como una catarata sobre ella y no importaba cuánto apretara los párpados o sacudiera la cabeza sobre la almohada, igualmente oía los gemidos de Celia y los gruñidos que Al-Saud emitía cuando eyaculaba, y veía las manos de él sobre los senos de ella, sobre sus piernas largas y perfectas, en su vagina. Se sentó en la cama y se cubrió el rostro con las manos. No le costaría enterrar profundamente el amor que Al-Saud le inspiraba si las visiones que la asolaban brotaban con esa facilidad. La rabia y los celos harían un buen trabajo.

Suzanne le trajo el desayuno en una bandeja alrededor de las nueve de la mañana. Ezequiel caminó detrás de la empleada con una cara que presagiaba algo malo.

—Mira, Mat —dijo, y arrojó un ejemplar de la revista *Paris Match*, que rebotó sobre el edredón—. Acaba de publicarse. Lee en la página veinticuatro. Te va a interesar.

Enseguida lo reconoció. La fotografía de Eliah Al-Saud ocupaba la página entera. Debían de haberla tomado en un día muy frío porque él se cubría con el sobretodo de pelo de camello y caminaba con las manos en los bolsillos; había inclinado ligeramente la cabeza hacia delante. Confería un aspecto ominoso y amenazante con el ceño que le unía las cejas negras y pobladas. Pasó los dedos sobre la imagen hasta que el título del artículo captó su atención. *El mercader de la guerra.* Temía leer el cuerpo de la nota, no quería saber lo que se había preguntado tantas veces en la casa de la Avenida Elisée Reclus. *Por estos días se dan un baño de legitimidad llamando a su negocio «empresa militar privada». Sin embargo, no son otra cosa que una compañía de mercenarios, expertos soldados, armas letales que venden su sapiencia al mejor postor.* Matilde leía a trompicones, con un latido que arreciaba en sus oídos y en su cuello, y le volvía la respiración irregular y rápida. *Después de la caída del Muro, las sociedades occidentales y orientales* comenzaron a exigir el desarme y una disminución en los presupuestos destinados a las fuerzas armadas. De ese modo, mano de obra altamente calificada, sobre todo proveniente de la antigua URSS, inundó el mercado. Así nacieron estas «empresas militares privadas». Hay pocas en el mercado, facturan miles de millones de dólares por año y cada día ganan más poder e influencia en el mundo de la política. En el cerrado reducto de los mercenarios se dice que uno encabeza la lista de los mejores y más exitosos: Eliah Al-Saud, presidente de Mercure S.A. Matilde soltó la revista como si la hubiese quemado y levantó la mirada en busca del consuelo de Ezequiel. Éste, implacable, la recogió de la cama y leyó el artículo desde el comienzo. Matilde oía conceptos como «traficante de armas», «evasor de impuestos», «violador de las normas de la ONU», pero no captaba por completo el sentido de lo que Ezequiel leía. Había referencias de su época como aviador de *L'Armée de l'Air* y de su participación en la Guerra del Golfo. *Es un eximio piloto y puede volar cualquier máquina que se suspenda en el aire, desde un Mirage 2000 hasta un helicóptero. Su participación en la Guerra del Golfo le mereció varios galardones. ¿Por qué, entonces, se dio de baja de L'Armée de l'Air donde sólo le esperaba un futuro promisorio? Algunos especulan que se debió a su protagonismo en el bombardeo a un búnker en Bagdad, en el barrio periférico de Amiriyah, en el cual, tras haber disparado misiles guiados por láser GBU-27, misiles que se deslizaron por las bocas de alimentación del sistema de ventilación, calcinaron a cuatrocientas ocho mujeres, niños y adolescentes.*

—¡No! —exclamó Matilde—. ¡Él no sabía que había mujeres y niños ahí! ¡Estoy segura de que no lo sabía!

Matilde no atendió a la lectura de Ezequiel hasta varios párrafos después. No oía su voz sino el diálogo que ella y Eliah habían mantenido después de hacer el amor la noche de la fiesta por el cumpleaños de Francesca. «*¿Estuviste en alguna guerra?*» «*Sí, estuve en la guerra. Pero no quiero hablar de eso. No tengo un buen recuerdo.*» Recordó también que horas antes, en la habitación donde ella jugaba con los hijos de Shariar, él le había pedido que fuera la madre de sus hijos. «*...y mientras vendía armas a los Tigres para la Liberación del Eelam Tamil, entrenaba a los ejércitos de Sri Lanka que se aprestaban a liquidarlos. Arrasó con las guerrillas en Papúa-Nueva Guinea y custodia los perímetros de las minas de diamantes en Sierra Leona, mientras sus clientes saquean los recursos naturales del país haciendo trabajar a niños-esclavos.*»

—¡Basta, Ezequiel! ¡Ya no quiero oír más!

—Está bien, cálmate. Quería que lo leyeras para que te convencieras de que te has sacado de encima a un inescrupuloso hijo de puta.

Matilde hundió la cara en la almohada y rompió a llorar. Juana entró en la habitación en pijama y bostezando.

—¿Qué pasa, Matita? —dijo, y se acostó junto a su amiga.

—Pasa esto —intervino Ezequiel, y le entregó la *Paris Match*.

Después de leer el artículo, Juana concluyó que lo que se había roto la tarde anterior, acababa de hacerse polvo a causa del artículo. «Ya no hay esperanzas para el papito. ¿Quién escribió esta mierda?» Buscó el nombre del periodista. «Seas quien seas, ¡que te parta un rayo, Ruud Kok!»

Permanecía dentro del Aston Martin hasta que la veía salir del instituto, cruzar rápidamente la acera y subir al Audi de Jean-Paul conducido por su chofer. El trecho entre la puerta del *Lycée des langues vivantes* y el Audi, Matilde lo recorría escoltada por La Diana y Markov, a quienes saludaba con una sonrisa tímida. Ezequiel fue a buscarlas en dos ocasiones, y Matilde le permitió que pasara un brazo sobre sus hombros y que la condujese de ese modo hasta el Porsche 911. Matilde nunca levantaba la vista hacia el Aston Martin estacionado unos metros más allá, aunque sabía que él estaba allí, observándola, añorándola, amándola, y que se abstenía de abordarla para no perturbarla. Así se lo había aconsejado Juana. ¿Qué habría hecho sin Juana, su gran aliada? Gracias a ella tenía noticias de Matilde a diario, porque si bien La Diana y Markov la veían y la seguían en el automóvil, no podían informarle demasiado. Por Juana sabía que estaba apagada como un gatito mojado, que comía muy poco —eso lo volvía loco de preocupación—, que la encontraba llorando sola y que trataba de disimularlo. Por su parte, él no se encontraba en mejores condiciones. Dormía mal en esa cama sin ella y le había perdido el gusto a todo. A la casa le faltaba algo esencial, como si le hubieran volado el techo. En ese casi mes y medio de convivencia, Matilde se había apoderado por completo de él y de esa casa que, antes de ella, había preservado de cualquier otra porque constituía su refugio. Ahora comprendía que Matilde era su refugio y que, sin ella, la vida se volvía gris y carente de sentido.

El viernes 27 de marzo, una semana después del encuentro con Céline en el George V, Juana y él almorzaron en el mismo restaurante de la Avenida des Champs Élysées donde Matilde le había regalado el frasco con dulce de leche. Juana lo notó ojeroso y demacrado.

—Ay, papito. No sabes cuánto lamento todo este enredo.

—Sí, lo sé.

—Todo se vino encima. El numerito de la zorra de Celia y el artículo de *Paris Match*.

—¿Qué dice Matilde acerca de eso, de lo de *Paris Match*?

—Nada. La verdad es que habla poco.

—¿Está comiendo mejor? —Juana negó con la cabeza—. Por favor, Juana, *tienes* que hacer algo para que se alimente.

—No te angusties. Ezequiel se ocupa. Cuando le daban la quimio y no quería comer porque todo le repugnaba, era Ezequiel el que se sentaba con ella y le daba de comer en la boca contándole chistes para hacerla reír. Él era el único que conseguía que tragara unos bocados. Ahora está haciendo lo mismo.

—Dios mío. Matilde… —Se le estranguló la voz y miró hacia otro lado para que Juana no notara las lágrimas en sus ojos.

—Y tú, papito, ¿cómo estás?

—Juana, jamás pensé que diría algo tan cursi como lo que voy a decirte, pero no puedo vivir sin ella.

—Lo sé. Y no es cursi, Eliah. Cuando uno ama tan intensamente como ustedes se aman, pasan a formar un mismo cuerpo. Sin una parte, ese cuerpo no puede vivir. Pero cuéntame de ti. ¿Qué has estado haciendo durante estos días?

Al-Saud pensó en las veces que había soportado los escándalos de Céline en el *lobby* del George V, cuando se filtraba sin que los guardias la vieran, o en la acera, y también a las puertas de la casa de su familia, en la Avenida Foch. Afortunadamente no conocía la casa de la Avenida Elisée Reclus. Harto de lidiar con esa loca y temeroso de que lastimara a Matilde, llamó por teléfono a su agente, Jean-Paul Trégart, y lo amenazó: o se la llevaba a desfilar a las antípodas o un jugoso chisme acerca de su estancia de casi dos meses en una clínica de desintoxicación aterrizaría en las mesas de las redacciones de todas las revistas del país. El día anterior, Trégart lo había llamado para informarle que Céline pasaría una larga temporada en Milán.

Al-Saud pensó también en la cantidad de reuniones que había mantenido en el bufete del doctor Lafrange para planear la demanda contra el semanario *Paris Match* y contra Ruud Kok. Les sacaría varios millones de francos a esos hijos de puta y los obligaría a publicar una retractación o no se llamaba Eliah Aymán Al-Saud. El artículo era provocativo y tendencioso, ambiguo en ciertos pasajes, como cuando, al mencionar la tragedia de Amiriyah, sugería que Al-Saud terminó su carrera de piloto a causa de bombardear un búnker lleno de mujeres y niños; el lector podía suponer que, dado que Eliah destruyó el lugar *motu proprio*, *L'Armée de l'Air* lo castigó dándole la baja, cuando, en realidad, había sucedido lo contrario. Sólo un hombre podría haber proporcionado a Kok ciertos datos acerca de su pasado como miembro de *L'Agence*: Nigel Taylor. El hijo de perra las pagaría también. Al revelar esa información, el muy canalla había violado el juramento de silencio prestado al ingresar en las filas de *L'Agence*.

—Estuve haciendo lo de siempre —contestó—. Trabajando bastante. Céline se ha ido, ¿verdad?

—Sí, papito. Jean-Paul le consiguió un contrato en Milán. De todos modos, antes de irse, anduvo haciendo de las suyas. El martes logró entrar en el edificio y se plantó frente a la puerta del departamento y empezó a patearla porque Suzanne no quería abrirle. Salió Jean-Paul y la amenazó con que volvería a internarla si no dejaba de comportarse como una loca.

—Está loca. Completamente desequilibrada.

—Discúlpame que me meta, papito, pero ¿cómo fue que te enredaste con ella? Es preciosa y muy sensual, eso lo sé, pero...

—Empezamos a vernos poco tiempo después de que ella llegase a París. Era mayor que yo, lo cual me atraía, muy hermosa y se me insinuaba en cada oportunidad en que nos veíamos, que eran muchas porque en aquel entonces ella vivía con su tía Sofía y ya sabes que Sofía va con frecuencia a la casa de mis padres. Yo hacía poco que me había casado, era joven y estúpido. Puedes imaginarte lo demás. Céline se convirtió en una droga. Me gustaba que fuera tan desenfrenada, libre y audaz, todo lo que mi esposa no era. La dejé después de la muerte de Samara.

—¿Es verdad que estabas con ella cuando tu esposa tuvo el accidente?

—Sí. Samara estaba buscándome por todas partes para... —bajó la vista y jugueteó con el cuchillo— ...para decirme que estaba embarazada.

—Papito, debió de ser terrible para ti. —Al-Saud asintió sin mirarla—. Lo siento mucho.

—La culpa me agobiaba. Dejé a Céline. Al año, más o menos, empecé a salir con una chica...

—¿Natasha, la que mencionó Celia?

—Sí, Natasha. Era muy dulce y me hacía sentir bien. Hace unos meses desapareció. Se esfumó de un día para otro. Sé que está bien, pero no sé dónde. Le tenía mucho cariño, pero no la amaba. Al poco tiempo de que desapareciera Natasha, Céline me llamó y me invitó a cenar. Volvimos a estar juntos algunas veces hasta que el 31 de diciembre tu amiga entró en mi vida y se adueñó de todo lo que había para adueñarse, y me devolvió las ganas de vivir y la felicidad. Y me enseñó lo que era amar de verdad.

El timbre del celular irrumpió como un cañonazo en ese punto emotivo de la conversación. Al-Saud, con un ceño, se fijó quién era.

—Juana, permíteme atender esta llamada. —Se levantó y se alejó hacia una parte menos concurrida del restaurante—. *Allô, Olivier. Ça va?*

—Eliah, te llamo porque tengo noticias del tipo que atacó a la señorita Martínez en la Capilla de la Medalla Milagrosa.

—Dime.

—Un sujeto asegura haberlo visto el domingo 1 de marzo en la estación *Gare du Nord.*

—¿Recién ahora lo dice? —se molestó Al-Saud.

—Acaba de volver de viaje, por esa razón lo denuncia ahora. Lo vio en el baño de la estación, donde le llamó la atención que estuviera quitándose unos trozos de algodón de la boca. Poco después, mientras aguardaba su tren, vio el retrato hablado en la televisión de un bar. Quiso la casualidad que volviera a verlo en el mismo tren que él había tomado. Después de mirarlo durante largo rato, se convenció de que era muy parecido al retrato hablado, a pesar de que tuviera las mejillas abultadas.

—Gracias al algodón. ¿Investigaron adónde se dirigía el tren?

—Era un Thalys con destino final a Bruselas.

—¿Ya tienes la lista de los pasajeros que lo tomaron en *Gare du Nord*?

—Sí, te la enviaré.

—Sí, hazlo, pero ahora léeme rápidamente los apellidos de los pasajeros, a ver si alguno me suena familiar.

Al llegar a la J, Al-Saud agudizó la atención. Jacopi, Jaspers, Jennings, Jürkens. «Aquí estás, maldito hijo de puta», masculló para sí. «¿Dónde te encontrarás ahora?»

—¿Te suena algún nombre? —indagó Dussollier.

—No, ninguno. Lo siento. ¿Qué harán con esta información?

—Ya dimos parte a nuestros colegas en Bruselas. Ellos investigarán con las cámaras de seguridad de la estación de trenes a la que llegó ese Thalys. También te llamaba para comentarte que los forenses determinaron qué tipo de agente nervioso mató a los muchachos iraquíes. Se trató de una dosis elevadísima de ciclosarín, un agente nervioso parecido al gas mostaza, muy usado por Irak durante la guerra con Irán.

—El ciclosarín no es como la ricina, que puede producirse en un laboratorio casero. Requiere una gran tecnología. ¿Qué países lo producen?

—Desde la Convención sobre Armas Químicas de la ONU, su producción quedó prohibida. Por supuesto, no todos los países han ratificado la convención. Tendremos que investigarlos. Como imaginarás, Irak encabezará la lista. Te mantendré informado de cualquier avance.

—*Merci beaucoup, Olivier.*

—*De rien, Eliah.*

Al-Saud volvió a la mesa.

—Disculpa que te haya hecho esperar. Era un asunto importante.

—No te preocupes, papito.

—Juana, ya han pasado siete días desde aquel episodio nefasto. He sido paciente, he respetado su voluntad de estar sola, pero *necesito* verla. No puede seguir negándose. Matilde y yo *tenemos* que hablar.

—Se lo pido todos los días, papito.

—¿Qué te dice?

—Dice que si te mirase, te vería con Celia en la cama y que no podría soportarlo.

—*Merde!*

—Papito, Matilde me pidió que fuera por el resto de nuestras cosas a tu casa. Estamos sin ropa. ¿Podremos ir ahora? Tengo tiempo antes de ir al instituto.

Asintió de mala gana; había conservado la ilusión de que si la ropa y los efectos de Matilde permanecían en la casa de la Avenida Elisée Reclus aún existía la esperanza de tenerla de nuevo con él; esa esperanza acababa de desvanecerse.

—Después te llevaré al instituto.

Estacionaron el Aston Martin a las puertas del *Lycée des langues vivantes*. Al-Saud estaba de pésimo humor porque Juana no había empacado los vestidos, zapatos, bolsos, perfumes y demás regalos que él le había dado a Matilde en ese tiempo.

—Si por mí fuera, papito, me llevaría todo. Pero Mat fue muy insistente en que no me llevara nada de todo esto y no quiero contrariarla. ¡Qué desperdicio! —se lamentó.

Permanecieron en silencio dentro del interior del deportivo inglés. Juana sabía que Al-Saud esperaba a que Matilde llegase. Pocos minutos después, el Porsche de Ezequiel estacionó delante de ellos, y el automóvil con La Diana y Markov detrás. Al-Saud se incorporó en el asiento para verla. Ezequiel le tendió la mano para ayudarla a salir. Juana abrió la puerta del Aston Martin y sacó medio cuerpo fuera.

—¡Ey, Mat! —gritó, y Matilde se dio vuelta.

Al-Saud vio que pasaba la mirada desde su amiga hacia el sitio del conductor. Debido a los vidrios polarizados, no lo veía; sin embargo, ambos percibían el flujo de energía que los ataba. «Te quiero», le dijo con el pensamiento. Salió del automóvil y permaneció de pie, apoyado en el marco de la puerta. Se quitó los Serengeti y la miró a través de la distancia de escasos metros. Al hacer el ademán de aproximarse, ella se apresuró a entrar en el instituto. Juana puso los ojos en blanco.

—Tenle paciencia, papito.

Matilde colocaba los cuadernos y los libros sobre el pupitre cuando Juana se ubicó a su lado.

—¿Por qué no esperaste un momento? El papito quería hablar contigo.

—¿Ahora eres más amiga del *papito* que mía?

—No seas injusta. El pobre está destruido. Me busca para hablar de ti, para saber cómo estás.

—Destruida yo también. ¿No se lo dijiste?

—Sí. Está muy preocupado porque no comes bien.

—¡Ja! Porque no como bien. Ése es el menor de mis problemas.

—¿Por qué no aceptas encontrarte con él, y así se arreglan los problemas entre ustedes?

—Ya te lo dije mil veces.

—¡Basta con eso de que lo vas a imaginar con Celia en la cama! Ésa es una excusa.

—¿Una excusa? ¿Que el hombre al que amo y con el cual conviví durante casi un mes y medio sea el amante de mi hermana es una excusa?

—No *es* el amante de tu hermana. Lo era.

—No lo sabes. Estaban juntos la noche de la fiesta en casa de Jean-Paul.

—Él quería hablar con ella para decirle que estaba enamorado de ti y que lo de ellos se acababa para siempre.

—¿Tú le crees?

—¡Por supuesto!

—Cuando le pregunté si ellos habían sido amantes, él me dijo que sólo habían sido amigos. ¡Me mintió!

—¿Qué querías que te dijera: «Matilde, me cogía a tu hermana porque es una puta y se me regalaba»?

—Celia me odia porque dice que le quité todo, el amor de mi papá, de mi abuela. No quiero quitarle a Eliah también.

—¿Sabes qué, Mat? Me están dando ganas de pegarte un par de bofetadas, así que mejor me voy a sentar en la otra punta del aula.

—No, no te vayas —le imploró, y la sujetó por la muñeca—. Dime la verdad, ¿tú le crees cuando te dice que, después de mí, no volvió a estar con ella?

—Matita, conozco a los hombres mucho más que tú y sé muy bien cuándo mienten y cuándo hablan con la verdad. El papito habla con la verdad cuando dice que no puede vivir sin ti, que te ama más que a nada y que no volvió a estar con Celia desde que se enamoró de ti.

Las palabras de Juana la conmocionaron y la conmovieron, y la sensibilizaron para el discurso que vino a continuación.

—Acá no se trata tanto de lo de Celia sino de tu orgullo. ¿Por qué no admites que no quieres enfrentar a Eliah desde que él se enteró de que no puedes tener hijos? Detestas la idea de que él sepa que nunca serás madre, que no podrías darle hijos si se casasen. ¿Me equivoco?

Matilde saltó del pupitre y corrió al baño. Juana la siguió y la abrazó al encontrarla llorando.

—¡Lo amo, Juana! Lo amo como nunca amé a nadie. Es tan grande esto que siento que ni siquiera me importa que sea mercenario, traficante de armas o lo que sea que es.

—El papito me dijo que son calumnias y que ya demandó a *Paris Match* y al periodista que escribió la nota.

—Tú y yo sabemos que algo de cierto hay en todo eso.

—¿Y hay algo de cierto cuando digo que no lo enfrentas por orgullo?

—Sí, por orgullo y por vergüenza. Yo no quería que supiera que soy una mujer incompleta. Yo sé que Eliah desea tener hijos. Él me lo dijo una vez y también Yasmín lo mencionó. No puedo atarlo a mí, no puedo. Por un lado, no le daría hijos y, por el otro, las dos sabemos que la enfermedad que tuve puede volver; el riesgo de reincidencia es grande. No quiero atarlo a una enferma.

—¡No digas eso! Esa puta enfermedad no te va a rozar de nuevo.

Matilde apoyó las manos sobre el granito del lavamanos, inclinó el cuerpo y echó la cabeza hacia delante. Soltó un suspiro.

—Si es verdad que Celia lo ama tanto, tengo que desaparecer para que tengan una oportunidad. Ella podría darle los hijos que yo no.

—¿Cómo puedes desearle el mal al amor de tu vida? Porque te aseguro, Mat, que desearle que se case con esa víbora chiflada de Celia es desearle el mal.

El martes siguiente por la mañana, Al-Saud se encontraba en una reunión con el empresario israelí Shaul Zeevi cuando sonó su celular. Era Juana. Se excusó y la atendió con espíritu ansioso.

—Papito, ayer nos llamó Auguste Vanderhoeven. ¿Te acuerdas de él? ¿El médico de Manos Que Curan?

—Sí —gruñó.

—Nos informó que saldremos para el Congo antes de lo planeado. Se ha presentado una situación muy grave de meningitis y necesitan todos los recursos disponibles. Y nosotras estamos disponibles.

—¿Cuándo viajarían? —preguntó, con el corazón desbocado.

—El lunes que viene, lunes 6 de abril. Ya estamos preparando todo. Hoy vamos a aplicarnos la vacuna contra la fiebre amarilla.

—¡Se acabó, Juana! Voy a ver a Matilde así tenga que derribar la puerta de la casa de Trégart y sacarla a rastras.

—Espera, papito. Se me ocurre una idea. Sofía nos invitó a cenar el sábado porque quiere hacernos una despedida. Además nos va a dar unos paquetes para Amélie, su hija. ¿Por qué no le pides a Sofía que te invite a la cena? A Mat no le quedará otra que verte y podrán hablar.

Matilde entró en el departamento de su tía Sofía y lo divisó de inmediato. Al-Saud la miraba y le sonreía. No estaba solo. Yasmín, Sándor y Alamán lo acompañaban. No cayó en la cuenta de que Ginette la desembarazaba del abrigo y de la *shika*. Juana exclamaba, feliz de encontrarlos, y los saludaba con ademanes histriónicos, en tanto Fabrice le revoloteaba en torno como un cachorro. Sofía y Nando besaron a Matilde y la condujeron a la sala. Aún no lograba ganar un poco de dominio, cuando Sándor y Yasmín se aproximaron para agradecerle lo que había hecho por él en la Capilla de la Medalla Milagrosa. Alamán la abrazó y, con su eterno buen humor, le arrancó una sonrisa. Al-Saud apartó a su hermano y se inclinó para saludarla. La besó cerca de la comisura, como había hecho en el pasado, y le susurró:

—Hola, mi amor. Estás hermosa.

Matilde se alejó deprisa y se unió al grupo buscando refugio. Al-Saud se quedó mirándola, con el corazón destrozado.

—Vamos —lo animó Alamán—, ya se le pasará el enojo.

—Por favor, ocúpate de lo que te pedí.

Alamán asintió y se internó en el departamento. Encontró a Ginette en la cocina.

—Dime, Ginette. ¿Dónde pusiste nuestros abrigos?

—En el primer cuarto a la derecha.

Estaban sobre un sofá. Enseguida divisó el de Matilde y el de Juana. Si Juana llevaba encima su celular, la cuestión se complicaría. Hurgó dentro de su bolso y lo encontró. Le quitó la batería y plantó un transmisor de rastreo satelital del tamaño de una lenteja achatada. Lo armó nuevamente y lo devolvió al bolso. En cuanto a Matilde, Eliah le había pedido que lo colocara en su *shika*, la cual iba con ella a todas partes. Alamán la estudió con el entrecejo fruncido. No resultaría fácil colocar la pequeña lenteja en ese tejido tan abierto. Se decidió por la correa, que tenía un dobladillo. Sacó su navaja Victorinox y realizó una pequeña hendidura en el nacimiento de la correa, donde se unía al cuerpo del bolso. Despegó una etiqueta del minúsculo transmisor, lo ubicó dentro y presionó para que se adhiriese.

Sentado frente a Matilde, Al-Saud le observaba las muñecas enflaquecidas y la veía revolver la comida sin entusiasmo. Matilde, al sentir su mirada clavada en ella, se instó a engullir pequeños trozos de carne y vegetales para aparentar que su ánimo era bueno. No obstante, le costaba tragarlos; se le había cerrado la glotis. Los demás reían y comentaban sobre el viaje al Congo, y ella experimentaba una sensación de extrañeza y de angustia cada vez más insondable. Mantenía la mirada sobre el plato y la paseaba dentro de un radio muy limitado, hasta que se permitió elevarla unos milímetros y captar las manos de Al-Saud, grandes, morenas y peludas. No se había engañado, bastó con una fugaz mirada para imaginarlas sobre la piel de Celia. Levantó el mentón y le miró los labios, y los imaginó recorriendo la cara interna de los muslos de su hermana. No soportaba que él hubiese sido de Celia. Cuando sus miradas se encontraron, no le importó que Al-Saud descubriera lágrimas en sus ojos porque sabía que también descubriría furia.

Le pareció la cena más larga y amarga de su vida. Quería irse. Se escabulló a la biblioteca donde había visto un teléfono. Llamaría a Ezequiel y le diría: «Ven a rescatarme». En tanto marcaba el número, oyó el chasquido de la puerta al cerrarse. Giró la cabeza sobre el hombro y vio a Al-Saud. Terminó de marcar y, antes de que alguien contestara, el índice de Al-Saud cortó la llamada. Se dio vuelta con el auricular sobre el oído.

—¿Cómo te atreves?

—Quiero que hablemos —expresó él.

—No hay nada de qué hablar.

—Yo creo que sí. Después de lo que vivimos tú y yo, no puedes decirme que no tenemos nada que decirnos. No puedes irte sin escucharme, sin darme una oportunidad de explicarte…

—Celia se ocupó de explicarme bien cómo son las cosas. Y el artículo de *Paris Match* se ocupó de decirme quién eres en realidad.

Se trataba de un golpe bajo, Matilde lo sabía. Percibió el dolor en sus ojos verdes y de inmediato se arrepintió de lo que dijo.

—Es la primera vez en tu vida que eres cruel con alguien —le reprochó Al-Saud—. Justo tenías que serlo con quien más te ama.

—No quiero seguir hablando.

Matilde lo esquivó y avanzó hacia la puerta. Eliah la detuvo por la muñeca antes de que la abriera. Matilde se desprendió del contacto de forma brusca.

—Está bien, no hablemos aquí. ¿Dónde, entonces?

—Mañana, en casa de Ezequiel, a las cuatro de la tarde.

Matilde volvió al comedor con los demás y Al-Saud permaneció en la biblioteca para calmarse. Lo alarmaba la dureza de Matilde. Desconocía a la mujer resentida y mordaz con la que acababa de sostener ese intercambio.

Resultaba obvio, por los círculos oscuros en torno a sus ojos y el enrojecimiento de los párpados, que ninguno había pasado una buena noche. Matilde extendió la mano para indicarle que se sentara, y Al-Saud notó que le temblaba. Al evocar la felicidad que habían compartido, tenía ganas de ponerse a gritar de dolor e impotencia.

—¿Cómo está Leila? —se interesó Matilde, desde un sillón enfrentado y alejado al que ocupaba Al-Saud.

—Muy triste. Casi no ha pronunciado palabra desde que te fuiste.

—Voy a llamarla esta noche para despedirme.

Un silencio incómodo cayó sobre ellos. Matilde, con la vista en sus manos entrelazadas como si rezara, oyó que Al-Saud se removía en su asiento. Se había desplazado hasta ubicarse en el filo del sillón y la miraba fijamente.

—Matilde, mi amor, sé que lo que pasó en el George V fue en extremo desagradable. Pero no podemos permitir que a causa de los desplantes de una loca...

—Te recuerdo que esa loca es *mi* hermana.

—Sí, tu hermana, que no significó ni significa nada para mí.

—¿Por qué me mentiste, Eliah? Cuando te pregunté si había algo entre ustedes, justamente aquí, la noche de la fiesta que organizó Trégart, me dijiste que sólo eran amigos.

—Porque no iba a decirte *justamente* a ti que habíamos sido amantes. Por favor, mi amor —dijo, y abandonó su lugar para ubicarse junto al de Matilde—, entiéndeme. Quiso el destino que tu hermana y yo tuviéramos una aventura en el pasado...

—Ella no se refiere a lo de ustedes como a una aventura. Ella dice que le prometiste dejar a tu mujer.

—¡Eso es mentira! —se ofuscó—. Jamás, *nunca* le prometí tal cosa. Tanto ella como yo sabíamos que lo que nos unía era el sexo, nada más.

Matilde se puso de pie y se alejó en dirección a la ventana. La palabra sexo en boca de Eliah para referirse a Celia era más de lo que podía soportar. Levantó la cortina de *voile* y observó la calle. La paz de la Avenida Charles Floquet, el rumor de las hojas de los castaños mecidas por el viento y el ladrido lejano de un perro operaron en su ánimo como un sedante. Bajó los párpados, de pronto agotada. Pensó en despachar pronto a Al-Saud, correr a su dormitorio y tirarse a dormir hasta que transcurriese tanto tiempo que, al despertar, hubiese olvidado esos tres meses en París.

Al-Saud se aproximó con sigilo para no espantarla y apoyó sus manos sobre la delgada cintura de Matilde. Se inclinó y, con la nariz, le apartó el pelo hasta despejar su cuello, para besarlo y olerlo. Matilde notó que se había bañado en A Men; ella, *ex profeso*, no usaba ningún perfume, ni siquiera su colonia Upa la la.

—Mi amor —le susurró con pasión—, no sabes cuánto te extraño en mi vida. Te amo tanto. No soporto esta separación. El dolor está matándome. Salgamos de acá y vivamos nuestra vida juntos.

El modo en que Matilde se deshizo de sus manos y se apartó de él, con una delicadeza que hablaba de su dominio y determinación, lo estremecieron de miedo.

—Me mentiste demasiado, Eliah. Me ocultaste tu romance de años con mi hermana y nunca me confesaste cuál era la verdadera naturaleza de tu negocio.

—Entre Céline y yo no hay nada.

—Pero lo hubo, no me digas que no. Para que una relación perdure tanto tiempo debió de haber más que sexo.

—Matilde, te voy a decir algo que te sonará machista, hasta podrás pensar que proviene de una mente sencilla, pero un hombre sabe que ama a una mujer cuando sólo desea hacer el amor con ella; las demás, simplemente, cesan de existir. Eso me ha ocurrido, a lo largo de mis treinta y un años, solamente una vez: cuando te conocí a ti. Sólo te deseo a ti, sólo quiero hacer el amor contigo, sólo quiero estar contigo. Con nadie más.

A su pesar, Matilde le creía.

—No me dijiste a qué te dedicabas realmente.

—No me dijiste que habías padecido esa enfermedad a los dieciséis años y que no podías tener hijos. —De modo instintivo, Matilde le dio la espalda para ocultar su vergüenza—. ¿Por qué nunca me hablaste de eso?

—Una vez, cuando me contaste que eras piloto —dijo, y se obligó a respirar—, yo te pregunté si habías estado en alguna guerra. Me contestaste que sí, pero que no querías hablar de eso porque no tenías buenos recuerdos. Lo mismo te digo yo ahora: no quiero hablar de eso. Para mí, la lucha contra el cáncer fue la guerra que me tocó librar y no tengo buenos recuerdos.

—¿Alguna vez ibas a mencionármelo? —preguntó él, con un sustrato de rabia e ironía—. ¿Cuándo pensabas decirme que no podías tener hijos?

—¡Nunca! —Se dio vuelta con tanta violencia, que Al-Saud dio un respingo—. No pensaba decírtelo nunca porque sabía que lo nuestro tarde o temprano iba a terminar. Lo de Celia en el George V sólo precipitó lo inminente.

—¿De qué estás hablando? ¿Qué quieres decir con eso?

—De que, cuando me fuera al Congo, iba a terminar con lo nuestro. No tenía futuro. Yo no confiaba en ti. Cada mujer que se te acercaba me volvía loca de celos. Por otra parte, está mi carrera, que es primordial para mí.

—¿Quieres decirme que, mientras nos amábamos, mientras compartíamos lo que hemos compartido, tú sabías que ibas a romper conmigo? —Matilde asintió, sin levantar la cara, pero al oír el crujido del parquet, se animó a mirarlo. El alma se le precipitó al suelo. Al-Saud se ponía la chamarra. Resultaba claro que se iba—. Me engañaste, Matilde. Nunca imaginé que fueras tan fría y calculadora. Me usaste como a un estúpido. Me usaste. No eres mejor que tu hermana Céline. Al menos ella siempre fue sincera.

Matilde lo vio abrir la puerta del saloncito, cruzar el vestíbulo y abandonar el departamento. Como solía sucederle cuando algo la conmocionaba, pensó en una estupidez. «No le conocía ese pantalón negro. Qué bien le queda.» Temía moverse. Si empezaba con el movimiento, tendría que seguir adelante, y sospechaba que ya no contaba con fuerzas para hacerlo. Al ver a Ezequiel de pie bajo el umbral, que la contemplaba con tristeza, Matilde luchó contra las ganas de llorar. En tanto las reprimía, éstas cobraban un vigor que, en la tensión de su cuerpo, le provocaban temblores. Por fin, la vista se le enturbió, su resistencia cedió y cayó el suelo, donde sufrió un quebranto que arrancó lágrimas a Ezequiel. Éste corrió a acurrucarse sobre ella para consolarla. Juana los observó desde la puerta, se pasó el dorso de la mano por los ojos con ademán impaciente y corrió a buscar su agenda. Tenía que hacer una llamada.

—¿Cabshita? —Era lo que restaba del mote «Bocadito Cabsha» destinado a Alamán.

—Sí, Juani. Qué sorpresa. No esperaba recibir tu llamada.

—Discúlpame que te moleste. ¿Estás ocupado?

Alamán, desnudo de pie junto a la cama, echó un vistazo a la mujer con la que acababa de tener sexo.

—¿Ocupado? Para nada. ¿Qué necesitas?

—¿Podrías pasar a buscarme a lo de Trégart y llevarme a casa de Eliah? Es urgente.

—¿En una hora te parece bien? Espera que tomo nota de la dirección de Trégart.

Llegaron a casa de Al-Saud cerca de las siete de la tarde. Juana temía que no estuviera.

—Toca tú el timbre. Tengo miedo de que, si digo que soy yo, no quiera verme. Se fue echando humo de la casa de Trégart.

Les abrió Leila y emitió una exclamación al ver a Juana. Se abrazaron.

—¿Y Matilde?

—¡Uf, Leilita! Se peleó con Eliah. Está muy mal.

—Quiero verla.

—Mañana viajamos al Congo. No creo que haya tiempo. ¿Está Eliah? La muchacha asintió y dijo:

—Gimnasio.

—Yo me quedo abajo para que ustedes conversen tranquilos.

Juana subió las escaleras que tan familiares le resultaban. Lo hizo lentamente, apreciando cada detalle de la excéntrica decoración *Art Nouveau* y sonriendo al meditar lo felices que habían sido durante esas semanas en la extraña casa de la Avenida Elisée Reclus.

Aun con la puerta cerrada del gimnasio, Juana oía las exclamaciones de Al-Saud al ejercitarse. Entreabrió sin arrancar un chirrido a la puerta. Eliah, con un pantalón de karate blanco y el torso desnudo, pateaba una bolsa larga de arena sujeta a un cable de acero por un sistema de poleas que le permitía trasladarse de una punta del dojo a otra. Ella, para divertirse, había tratado de moverla, ya fuese con golpes de puños o con los pies, sin desplazarla un centímetro. Por eso, cuando Al-Saud, profiriendo un clamor, la pateó y la hizo deslizarse varios metros, Juana obtuvo una idea cabal del tipo de rabia que lo dominaba. Le tuvo miedo. No obstante, entró.

—Hola, papito.

Al-Saud, que había inclinado el torso casi hasta rozar las rodillas y que respiraba con dificultad, giró la cabeza desde esa posición y la miró con odio. Se incorporó con lentitud deliberada y se pasó una toalla por la frente antes de hablar.

—Juana, sabes cuánto te aprecio. Pero no has llegado en buen momento. Será mejor que te vayas.

—Sí, lo sé, Eliah. He llegado en mal momento, pero como nos vamos mañana por la mañana al Congo, tenía que venir a hablar contigo ahora. No tengo otra oportunidad.

—No sé de qué quieres venir a hablar. Tu amiga dejó todo muy claro para mí. Me usó de una manera…

—¡No, Eliah! —Juana levantó la mano con el gesto de acallarlo—. Escúchame, por favor. Concédeme un momento. Te lo pido en el nombre de la amistad que tenemos.

Al-Saud asintió y se ubicó en una de las máquinas para levantar pesas. Lucía abatido y cansado.

—Sé muy bien la sarta de estupideces que Mat acaba de decirte para alejarte de ella. Porque tienes que saber que lo único que buscaba era alejarte para siempre. ¿Sabes por qué? Porque no quiere atarte a ella.

—¿Atarme a ella? ¿Qué significa eso? Yo *quiero* estar atado a ella. Siempre.

—Pero ella no puede darte hijos y por eso no quiere atarte a ella.

Una chispa de emoción asomó en la mirada de Al-Saud y se extinguió enseguida.

—No sé si creerte, Juana —manifestó, mientras agitaba la cabeza echada hacia delante—. ¿Por qué una persona actuaría así, echando por la borda su felicidad, sacrificándose de ese modo? No me resulta verosímil.

—Ah, Eliah. Ésa es Mat. ¿Después de estos meses junto a ella no la crees capaz de sacrificarse por ti? Dice que tú quieres tener hijos.

—Discúlpame, Juana, pero yo la vi muy firme cuando me dijo que desde siempre supo que rompería conmigo cuando se marchase al Congo. Su carrera está primero. Mi mala reputación con las mujeres también cumplió un papel importante en su decisión, según me dijo.

—No voy a negarte que lo de Celia y lo del artículo de *Paris Match* la golpearon muy duro, pero, en el fondo, ella siempre supo que lo de ustedes terminaría por su condición de infértil. Si lo analizamos con frialdad, también hay una cuota de orgullo en todo esto. Y de orgullo, Mat tiene una buena cantidad. Le viene por parte de padre. Los Martínez Olazábal son orgullosos como para el campeonato. Cuando a ella le extirparon los genitales, su gran sueño, el de ser esposa y madre, se fue por el desagüe. Desde ese momento, se volvió una obsesión para ella conseguir el título de médica y dedicarse a curar a los más débiles. Su psicóloga le dijo que, como se había quedado sin rol en la vida (el de madre y esposa), se inventó este otro, y lo enarbola como un estandarte para que nadie dude de que, a pesar de que ella no puede dar vida, en cierta forma sí puede hacerlo. En definitiva, papito, ella quiere demostrar que, a pesar de que jamás traerá un hijo al mundo, ella es valiosa y tiene derecho a existir.

Las últimas palabras de Juana le tocaron el corazón. Su Matilde no necesitaba buscarle un sentido a la vida. Su mera existencia era un sentido porque convertía al mundo en un lugar mejor. Habría deseado sostener esa conversación con ella y no con Juana. Habría deseado consolarla y demostrarle que ella era el sentido de *su* vida.

—Dios mío, Juana —se lamentó—. Estoy tan confundido. ¿Cómo fue que aceptó casarse con Blahetter? A él tampoco podía darle hijos.

—Uf, ese idiota, que Dios lo tenga en su gloria. No compares esa situación con ésta. Matilde no lo quería. Además, sabía que Roy era un egocéntrico que sólo pensaba en él y en el éxito de su carrera. Le importaba un bledo tener hijos. Además, no te olvides de la presión que ejerció el padre de Mat para que lo aceptara y se casara con él. Don Aldo ejerce una influencia muy fuerte en Mat. Ella lo adora, a pesar de que sabe que es el hombre más insensato del mundo.

Al-Saud descansó los codos sobre las rodillas y se sujetó la cabeza con las manos. Transcurrieron unos segundos en silencio. Juana miró el reloj. Tenía que irse, aún no había terminado de hacer la maleta.

—Papito, me voy. Es tarde. Sólo quería que supieras cuál era la verdad detrás de toda esta situación.

Al-Saud se incorporó y caminó hasta Juana. Le puso una mano en el hombro y le sonrió.

—Gracias. Has sido una excelente amiga. Lo mismo para Matilde.

—Je. Así soy —pronunció, con acento burlón—, una *wonder woman*.

—¿Tengo esperanzas, Juana?

—Yo creo que sí. Por eso estoy aquí, a riesgo de que me patearas la cabeza apenas entrara por esa puerta. —Al-Saud rio a pesar de su desánimo—. No será fácil reconquistarla, papito. En verdad la jodió lo de Celia, sobre todo que fuera ella la que te revelara su condición de infértil. Saber lo que supo por el artículo de *Paris Match* hizo su parte también. Pero te ama hasta la locura. Estoy segura de que ella podrá perdonarte todo lo que, a sus ojos, es condenable. La pregunta que cabe acá es: ¿se perdonará Matilde el hecho de ser una mujer infértil y se permitirá ser feliz junto al hombre que ama? Eso será más difícil, papito.

Al-Saud contempló a Juana mientras descendía por las escaleras, y, en tanto admiraba su espíritu inquebrantable, se debatía entre creerle o desechar su teoría.

Matilde sonrió con tristeza sin que Juana ni Ezequiel la viesen. Esa sonrisa, que tenía algo de sardónica también, iba dirigida a ella misma. Tres meses atrás, al abordar el vuelo en Ezeiza que la traería a París, había imaginado que la vida por fin le concedía la oportunidad que tanto había añorado: ir a África a curar a los más débiles y olvidados. En aquella oportunidad, se sentía feliz y eufórica. En ese momento, mientras cruzaba el atestado *lobby* del Aeropuerto Charles de Gaulle y se aproximaban al mostrador de la aerolínea belga Sabena, que las conduciría a Kinshasa, la capital de la República Democrática del Congo, la vida le pesaba, como si se tratase de un túnel oscuro, húmedo y frío, sin una luz al final. No quería caminar por allí sin Eliah. Él había sido la verdadera luz en su vida.

La Diana y Markov la custodiaban de cerca por última vez. Los echaría de menos, se dijo. Ezequiel y Juana se entretuvieron en un puesto de diarios y revistas. Matilde los observaba charlar y reír con el interés de quien ve caer la lluvia. «*Regarde-moi, Matilde.*» La voz tan conocida pareció nacer en sus oídos. Al mismo tiempo, sintió el apretón de una mano en el hombro. Volteó de súbito. Estaba sola, no había nadie detrás de ella. Miró un poco más allá y lo vio. Él estaba ahí, a unos cuantos metros, y la miraba con una fijeza pertinaz. Eliah Al-Saud en carne y hueso. Y, como siempre, percibió la energía poderosa que él comunicaba y que la envolvía y la subyugaba, y que se desvaneció como por arte de magia cuando advirtió el modo inusual en que brillaba el verde de sus ojos. Eran lágrimas, que se derramaban y le caían por las mejillas sin afeitar.

—*Bonjour, Matilde!* ¡Oh, disculpa, no quería asustarte!

—*Bonjour, Auguste* —murmuró.

—¿Estás bien? —se preocupó Vanderhoeven.

—Sí, sí, bien. Discúlpame —dijo, y se movió en dirección a Al-Saud, pero él ya no estaba. Lo buscó con desesperación. La multitud la confundía. Corrió hacia la puerta, paseó la mirada entre los automóviles; no divisó el Aston Martin. Al-Saud había desaparecido.

24

Gérard Moses era consciente de que ese privilegio se concedía a muy pocos. Entrevió por la ventanilla del helicóptero Panther AS 565 y divisó, en medio de la insondable oscuridad de las montañas del norte de Irak, las luces del palacio donde el *sayid rais* (señor presidente) lo recibiría para cenar. La fastuosa morada en el pueblo de Sarseng era el único sitio donde Saddam Hussein se sentía a salvo; por esa razón, ser invitado a ingresar en las entrañas de esa fortaleza constituía una infrecuente prerrogativa que Gérard se había ganado ofreciéndole al *rais* lo que más valoraba: lealtad. Saddam prefería rodearse de ministros y asesores poco dotados de inteligencia pero fieles, sumisos y obsecuentes. Gérard Moses encarnaba algo inusual: un colaborador con un coeficiente intelectual fuera de lo común y una lealtad a prueba de todo. Venía dando muestras de ambas cualidades desde hacía varios años y había convencido a Hussein de que su aversión por los sionistas y los israelitas sólo conocía una mayor: la del propio Gérard Moses. Los unía, además del odio, un objetivo común: destruir a Israel.

Le tomó casi media hora sortear las medidas de seguridad a cargo de los soldados del Destacamento de Policía Presidencial (en árabe *Amn al Khass*), al mando de Kusay Hussein, el segundo hijo del *rais*. En medio de la noche resultaba difícil ver a los hombres que custodiaban el palacio dentro del perímetro de alambre electrificado. Pero Gérard sabía que ahí estaban; oía los ladridos de los dóberman y de los rottweiler que tanto gustaban a Saddam. Levantó la vista y divisó las siluetas de los misiles antiaéreos Crotale apostados en el techo. Por supuesto, el palacio era un arsenal, con búnkeres para refugiar a un millar de personas, abastecidos con agua y alimentos para soportar meses bajo tierra. Se decía, aunque Gérard no podía confirmarlo, que de esos búnkeres nacían pasadizos que conducían a una base aérea subterránea ubicada varios kilómetros al oeste, donde, además, funcionaba un laboratorio de armas químicas y biológicas que las fuerzas aliadas no habían detectado durante la Guerra del Golfo debido a que se hallaba mimetizado con el paisaje por una técnica de la ingeniería rusa conocida como *maskirovka*. Lo que sí faltaba en esa fortaleza era el rugir de los motores de los aviones cazas que, antes del conflicto, la habían sobrevolado para proteger el espacio aéreo. Fauzi Dahlan le había comentado que, después del 91, la flamante Fuerza Aérea de Irak había quedado reducida a un cúmulo de chatarra, por no mencionar a los pilotos que desertaron llevándose con ellos los Mig y los Mirage a Irán y a Arabia Saudí.

Se abrió una de las hojas de la puerta de roble, y Gérard entró en el salón comedor que ya conocía. La familiaridad del lugar y de los rostros que lo observaban desde distintos puntos de la habitación le confirió una sensación de pertenencia que no había sentido con frecuencia a lo largo de su vida. Fauzi Dahlan se aproximó con una sonrisa.

—¡Profesor Orville Wright! —exclamó—. ¡Bienvenido!

La mayoría de los presentes conocía el verdadero nombre de Gérard; no obstante, aprobaban su costumbre de firmar los artículos que escribía para las revistas científicas y de hacerse llamar, dentro de los ámbitos académicos, por el de uno de los inventores del avión, dado su odio por el apellido Moses, tan judío y tan relacionado con la causa sionista.

Como Saddam Hussein no era religioso, admitía el consumo de alcohol, así que, de inmediato, un sirviente le entregó una copa de champaña, con la que se paseó por la estancia saludando a otros invitados. Comprobó que se hallaban los hombres más cercanos a Saddam y los más importantes del régimen. Saludó a sus dos hijos, a Uday y a Kusay. Del primogénito se decía que era un psicópata masoquista, que se deleitaba lastimando a las personas y a los animales. En el año 88 había asesinado con un cuchillo eléctrico al valet y probador de comida de su padre porque el sirviente le había presentado a Saddam una muchacha joven que se había convertido en su amante. La última obsesión de Uday, convertir a la selección nacional de futbol en la campeona del mundo, lo mantenía ocupado en sus oficinas de la sede olímpica, en Bagdad. Se comentaba que encarcelaba a los jugadores después de una derrota y que los azotaba con cables. Gérard notó que, como de costumbre, se había pasado con la bebida y que empleaba un tono de voz elevado y reía de tonteras. Kusay, en cambio, mostraba un temperamento más sobrio y sensato, hablaba poco y paseaba su mirada inteligente por los comensales como si tratase de descubrir secretos turbios. A pesar de ser el segundo hijo, se decía que su padre confiaba en él más que en su inestable primogénito y que planeaba nombrarlo su heredero.

Fauzi Dahlan le presentó al nuevo ministro de Industria Militar, Khidir Al-Saadi, un tecnólogo experto en armas, cuyo ascenso al gabinete de ministros se debía al plan ideado por Gérard Moses en el 95 como parte de la estrategia para sacar de encima de Irak los ojos atentos de la ONU y, de ese modo, poder reanudar la producción de armas nucleares, biológicas y químicas sin el peso de las molestas inspecciones. Para llevar a cabo el plan se requería el protagonismo de un hombre, de Hussein Kamel, ministro de Industria Militar de aquel entonces y yerno del *rais*. Saddam Hussein lo convocó una mañana a su palacio de Bagdad y le dijo:

—Hussein, hijo mío, te pediré un sacrificio y quiero que lo hagas en nombre de tu amor por la patria.

—Lo que ordenes, *sayid rais*.

—Necesito que desertes, que me traiciones.

—¡Eso jamás! ¡Nunca te traicionaría, *sayid rais*! ¡Tú lo sabes! Mi lealtad es absoluta.

—Lo sé, hijo mío. Por eso te pido este favor. Necesito que desertes y que pidas asilo al rey Hussein de Jordania. Allí te abordarán las distintas agencias de inteligencia de Occidente como también las tantas comisiones de la ONU que se crearon en el 91 para fastidiarme. Como eres el encargado de proveer el armamento para mi ejército, te preguntarán por las armas de destrucción masiva. Tú les dirás que mandaste destruir todas, que nada ha quedado dentro del territorio. Pasados unos meses, yo mostraré mi misericordia hacia ti y hacia mi hija, les diré que todo será perdonado y podrán regresar a casa.

El plan maquinado por Gérard incluía una última fase que no fue comunicada a Kamel: la de su muerte.

—*Sayid rais* —había razonado Moses—, la muerte de tu yerno será inevitable si queremos darle a nuestro plan una apariencia de verosimilitud. Si Hussein Kamel regresa y es perdonado, los occidentales sabrán que fue un emisario tuyo para darles información falsa. En cambio, si muere, sabrán que lo que ha dicho es cierto. Y nos dejarán en paz.

Saddam Hussein agitó la cabeza, con expresión entristecida y el ceño muy pronunciado, y manifestó:

—Siempre existen daños colaterales en estas estrategias. Todo sea por salvar a Irak del enemigo sionista.

Kamel cumplió su parte del pacto. Desertó con su familia, pidió refugio en Ammán y pasó meses hablando. Insistió en que había enviado a destruir las armas iraquíes. Del ántrax, la columna vertebral del desarrollo de armas biológicas, no quedaba una cepa. Habían eliminado los agentes nerviosos y convertido a los laboratorios en fábricas de insecticidas y de medicamentos. No encontrarían una ojiva nuclear en todo Irak, aunque confesó que todavía contaban con los *blueprints* o cianocopias de los planos para construir misiles. En cuanto a las reservas de uranio, habían sido empacadas en contenedores forrados con plomo y enterrados en las profundidades del mar.

En febrero del año siguiente, del 96, después de largas intermediaciones de familiares y de políticos de alto vuelto a nivel internacional, Saddam manifestó que perdonaba a su yerno y a su hija Raghad y los invitó a volver. Hussein Kamel murió en un cruce de fuego poco tiempo después de regresar a Bagdad, cuando la policía se presentó en su casa, lo acusó de traidor e intentó arrestarlo. De ese modo, el puesto de jefe del Ministerio de Industria Militar quedó vacante, y Khidir Al-Saadi lo ocupó.

Gérard Moses siguió avanzando por el salón, con la copa de champaña en la mano. Se complació de saludar al famoso traficante de armas Rauf Al-Abiyia, quien le presentó a su socio, Mohamed Abú Yihad. Moses contempló la barba medio rubia y canosa de Abú Yihad y sus rasgos más similares a los de un escandinavo, pero se guardó de formular preguntas. En ese salón, la curiosidad se pagaba muy cara.

Un sirviente abrió las dos hojas de roble y anunció la inminente llegada del *sayid rais*. Los presentes, como en formación escolar, se plantaron a los costados de las sillas que ocuparían durante la cena. A Saddam Hussein lo precedió su valet y probador de comida, una de las personas en quien más confiaba, que se apresuró a retirar el trono que ocuparía su señor en la cabecera de la larga mesa. El *rais* entró, y Gérard Moses debió admitir que poseía el porte y el carisma de un rey. Dijo: «Buenas noches, amigos», con un gesto serio, y paseó la mirada por cada rostro. Se detuvo al ver a Moses y ensayó la primera sonrisa de la noche.

—¡Profesor Orville Wright! —Moses se apresuró a ir a su lado. Se dieron la mano—. He aguardado este momento con gran ansiedad y expectativa. Tanto nos has hablado de esta invención que no veo la hora de tenerla frente a mí.

—No te defraudaré, *sayid rais*. Lo que he construido para ti es más de lo que imaginas.

Saddam asintió con una sonrisa y le indicó que volviera a su sitio. Al finalizar la cena, Gérard pidió permiso para ausentarse un momento del comedor y reapareció a los pocos minutos precedido por dos sirvientes que empujaban una mesa con ruedas sobre la cual había un objeto cubierto con una tela de raso violeta, el color favorito del *rais*.

—*Shukran* —dijo Moses a los sirvientes, una de las pocas palabras que dominaba del árabe. Sonrió en dirección al *rais* y pronunció—: Ésta es mi invención más lograda, algo por lo cual he investigado durante años. Y te la entrego a ti, querido *sayid rais*. —Saddam volvió a asentir y a sonreír, al tiempo que pensaba en los millones que Moses había exigido por su invento—. Con esto, te convertirás en el amo de Oriente y pondrás de rodillas a Occidente. No habrá Estado en el mundo que no te tema y te respete.

De un tirón teatral, descubrió el objeto. Nadie en la sala habría sabido decir de qué se trataba. Construido en un metal plateado y lustroso, se trataba de un tubo de un metro y medio de alto, unos veinte centímetros de diámetro, con varios botones y mangueras de aluminio y de plástico.

—Señores, tienen ante ustedes la más revolucionaria centrifugadora de uranio. La centrifugadora Wright, capaz de enriquecer uranio en diez días.

Ante esa afirmación, la mayoría reaccionó arqueando las cejas y murmurando. Saddam Hussein golpeó la mesa y el silencio retornó entre los invitados.

—Profesor Wright, ¿quiere decir que, lo que antes nos llevaba años, ahora nos llevará sólo diez días?

—No sólo eso, *sayid rais*, sino que el consumo energético, el otro gran problema de las centrifugadoras en cascada, con mi centrifugadora se reduce a una cuarta parte.

De nuevo los murmullos, los intercambios de miradas y el golpe del *rais*.

—*Rais*, esto que ves aquí es sólo un prototipo en una escala menor. Si logramos construir diez y contamos con el combustible nuclear —aludía al uranio— para ponerlas a trabajar, igualaremos a Israel en su potencial nuclear en el lapso de seis meses.

—¡Esto es increíble! —exclamó Saddam Hussein, y abandonó su trono para aproximarse al aparato—. Eres en verdad un genio, profesor Wright. ¡Bendita la hora en que se me ocurrió invitarte a disertar en nuestra universidad!

—Gracias, *sayid rais* —dijo, con un brillo exultante en los ojos. Pensó en Eliah Al-Saud; le habría gustado compartir su éxito con él—. Ahora bien, este proyecto, el de crear una potencia nuclear en tan corto plazo, sólo será factible si se dan dos condiciones: construir las centrifugadoras y contar con el combustible nuclear para ponerlas en funcionamiento.

—Si me permites, *sayid rais*, me gustaría hacer una pregunta al profesor Wright —dijo el ministro de Industria Militar, Khidir Al-Saadi. Ante el ademán de mano de Saddam Hussein, el ministro se atrevió a proseguir—.

Dime, profesor Wright, ¿cuál es el costo de producción de esta centrifugadora?

—Unos doscientos cincuenta mil dólares. Con diez de éstas, trabajando las veinticuatro horas, conseguiremos un arsenal nuclear de trescientas ojivas aproximadamente, cantidad similar al arsenal israelí. —Ante ese dato, Saddam Hussein se volvió a su director del servicio de inteligencia, el cual asintió, ratificando la información—. Por supuesto, si construyésemos más, los tiempos se acortarían y la cantidad superaría el número que acabo de dar.

—¿Contamos con la tecnología para construirlas?

—Sí. Ciertas piezas internas son de fabricación alemana. La compañía que las fabrica está dispuesta a proveerme una serie de ellas. Incluso acá, en Irak, obtendremos el acero que se precisa para el tubo —dijo, y lo acarició—. Éste es un acero especial, acero *maraging*, con una aleación rica en níquel, lo que lo hace extremadamente liviano al mismo tiempo que fuerte.

—¡Quiero que tú lideres el proyecto, profesor Wright! —intervino el *rais*, y Moses bajó la cabeza y sonrió, prestando su aquiescencia al capricho de Hussein.

—Será preciso contar con el combustible nuclear apenas hayamos concluido la construcción de las centrifugadoras. Sé que las existencias de uranio son nulas en este momento y que volver a abastecernos no será fácil si tenemos en cuenta el embargo al que está siendo sometida la república.

Saddam Hussein elevó el brazo y señaló a dos comensales en el extremo opuesto de la mesa, que se habían mantenido en silencio y observantes.

—Para eso contamos con la ayuda inestimable de nuestros amigos, Rauf Al-Abiyia y Mohamed Abú Yihad. Ellos se ocuparán de conseguir las tortas amarillas que tú precises, profesor Wright.

El uranio, una vez extraído de la mena, es aplastado, molido, bañado en ácido, secado y empaquetado en lo que se conoce como torta amarilla. Esta última es la utilizada como base para el proceso de enriquecimiento que se realiza a través de las centrifugadoras.

Rauf Al-Abiyia y Mohamed Abú Yihad se pusieron de pie y se inclinaron ante las palabras de Saddam Hussein.

—A tus órdenes, *sayid rais*.

—¿Sabes, profesor Wright? El amigo Abú Yihad ha arriesgado mucho consiguiendo para la gloria de Irak grandes cantidades de mercurio rojo.

—Y ahora, *sayid rais* —intervino Aldo Martínez Olazábal—, seguiré arriesgándome para conseguir el uranio que Irak necesita. Las menas más ricas están en la República Democrática del Congo. Ahí podremos obtener las cantidades que el profesor Wright necesita para su proyecto.

Nadie pasaba la noche en el palacio de Sarseng excepto el *rais* y su séquito más íntimo, por lo que el resto de los comensales abordó los helicópteros para regresar a Bagdad.

Rauf Al-Abiyia se acomodó en el asiento y notó cómo temblaba la mano de su socio y amigo al intentar abrocharse el cinturón de seguridad.

—¿Te sientes bien, *sadik*?

—Sí, bien —mintió Aldo—. Un poco cansado.

Se despidieron frente a las puertas de sus habitaciones en el hotel de Bagdad. Minutos después, Rauf se percató de que si bien Abú Yihad se había quejado de cansancio, deambulaba por la habitación como un tigre enjaulado.

En verdad, Aldo no tenía sueño. La dosis de adrenalina inyectada en su sangre durante la cena lo mantendría despierto a lo largo de toda la noche. Se había encontrado frente a frente con el que había despojado a Roy de su invento magistral y lo había mandado asesinar con una dosis de ricina, y no había abierto la boca. La impotencia y la ira lo trastornaron al punto de calibrar la posibilidad de arrancarle a Uday el arma que siempre metía en su cintura y disparar contra ese hijo de puta de Orville Wright.

En un primer momento, cuando Al-Abiyia se lo presentó, el nombre le resultó familiar. No fue hasta que el profesor desveló la centrifugadora que las piezas del rompecabezas calzaron en su mente. Empleó una gran fuerza de voluntad para no romper a llorar. Había amado a Roy como a un hijo. No podía olvidar su entusiasmo ante la grandeza de su invento. En ese momento, podría ser rico y feliz con Matilde, porque esa historia de Juana acerca de que Roy la había violado olía a cuento. Roy Blahetter había sido un caballero, incapaz de cometer una bajeza de esa índole.

A la mañana siguiente, entró en la habitación de Rauf, lo saludó y se aprestaron a rezar en dirección a La Meca. Acabado el rito, Aldo escribió en un papel: *Tengo que hablar contigo afuera. Aquí hay micrófonos.* Deshizo el papel en varios pedazos y los arrojó al inodoro. Hizo correr el agua hasta que ninguno quedó flotando.

Salieron al jardín del hotel y caminaron por el borde de la piscina. Rauf Al-Abiyia conocía las aspiraciones de Roy Blahetter y su anhelo por vender la centrifugadora. Dado que la había juzgado como la idea descabellada de un joven soñador, no se había ocupado de conseguir potenciales compradores. Lo que le contaba Abú Yihad cambiaba radicalmente la situación.

—Nunca me mencionaste que a tu yerno le hubiese robado la idea el profesor Wright.

—No lo juzgué necesario —explicó Aldo—. Sólo pretendía que me conectaras con alguien interesado en comprarla. Eso era lo que Roy quería.

—Hemos perdido un negocio millonario —se lamentó—. Me pregunto cuánto le habrá pagado Saddam a Wright por ese artilugio.

—¿De qué estás hablando, Rauf? ¿Te lamentas por el dinero cuando yo te digo que perdí a un hijo a manos de Orville Wright? Quiero destruirlo, torturarlo, cortarlo en pedazos.

—Tranquilo, Mohamed. A lo largo de tu vida has sido impetuoso y has pagado caro tus impulsos. Tú has visto el altísimo concepto en el que Saddam tiene al profesor Wright. Ahora depende de él para lograr su sueño de la potencia nuclear. Eliminarlo en este momento sería firmar nuestra sentencia de muerte.

—Nadie tendría por qué enterarse de que he sido yo el que ha liquidado a ese hijo de puta.

—¿Ah, no? —se mofó Al-Abiyia—. ¿Acaso no sabes que Saddam tiene ojos y oídos en todas partes y que rara vez ocurre algo en su país que él no sepa? Tú mismo me dijiste que hablásemos afuera porque la habitación está atestada de micrófonos.

—Podría matarlo fuera de Irak.

—¿Crees que Saddam llegó adonde llegó porque es idiota? De ahora en adelante, protegerá a Wright como a un hijo. ¿No te percataste de que era uno de los pocos que se quedaban a pasar la noche en el palacio de Sarseng? Será casi imposible acercarse al profesor. —Rauf miró con comprensión a su amigo y le colocó una mano sobre el hombro—. Mohamed, sé que será difícil para ti no vengar la muerte de tu yerno. Comprendo tu amargura. Pero este mundo es duro e injusto. Tendrás que olvidar el asunto y dejar que tu yerno descanse en paz para que tú puedas seguir viviendo. No te metas con Saddam, Mohamed, no te interpongas en su camino. No sólo acabaría contigo sino que haría desaparecer a tu familia de la faz de la Tierra. En eso consiste su venganza favorita.

Aldo pensó en Matilde, y un escalofrío le surcó el cuerpo.

Fin de la primera parte

Agradecimientos

A Estefanía Tapié, que me contó sus vivencias de misionera en Mozambique y que, con sus relatos, me inspiró para crear a uno de los personajes de esta novela.

A la doctora Claudia Rey, una eximia ginecóloga y una persona maravillosa, que me explicó de manera fácil el cáncer de ovario.

A la doctora Raquel «Raco» Rosenberg, cuyo testimonio inestimable me sirvió para comprender la situación de África y el sufrimiento de su gente.

A la doctora Valeria Vassia, quien, al igual que mi Matilde, es cirujana pediátrica y que me transmitió valiosísima información.

A Juan Simeran, que vivió siete años en Israel y me brindó información y sus escritos y me regaló un libro que me sirvieron para comprender la situación de ese país y de Palestina. A su esposa Evelia Ávila Corrochado, una querida lectora, que sirvió de nexo.

A Clarita Duggan, otra lectora maravillosa, por contarme su experiencia en Eton.

A mi amiga, la escritora Soledad Pereyra, por brindarme sus conocimientos en materia de aviones de guerra. Sol querida, todavía sueño con ver tu libro *Desmesura* publicado.

A mi amiga, la queridísima «Gellyta» Caballero, por darme ideas brillantes y su cariño; por inspirar algunas de las salidas ocurrentes de Juana Folicuré; por proveerme de libros increíbles para la investigación; y por analizar el manuscrito con tanto amor y a la vez con tanto profesionalismo.

A Leana Rubbo, por sus averiguaciones que parecían imposibles de ser averiguadas.

A mi entrañable amiga Adriana Brest, por sus dos maravillosos regalos: el epígrafe de la primera parte de *Caballo de Fuego* y *El jardín perfumado*.

A mi queridísima amiga Paula Cañón, que siempre está buscándome material para mis investigaciones y que, para *Caballo de Fuego*, consiguió una historia de incalculable valor.

A la doctora María Teresa «Teté» Zalazar, por ayudarme a construir una escena, sin cuyos conocimientos en medicina, habría sido muy difícil para mí.

A Uriel Nabel, un soldado israelí, que con tanta generosidad compartió conmigo su experiencia de tres años en el *Tsahal*.

A Sonia Hidalgo, una querida lectora que buscó información para este libro con un desprendimiento que me llegó al corazón. Y también por hacer de nexo entre su sobrino Uriel Nabel y yo.

A Marcela Conte-Grand, que colaboró desinteresadamente con las traducciones al francés.

A mi querida amiga Vanina Veiga, que también me dio una mano con las traducciones al francés.

A mi prima, la doctora Fabiola Furey, que, pese a sus tantas obligaciones laborales y familiares, se tomó el tiempo para buscarme material acerca de la porfiria.

A Laura Calonge, delegada en la Argentina de Médicos Sin Fronteras, y a su asistente, Carolina Heidenhain, por explicarme la filosofía y el funcionamiento de este gran organismo de ayuda humanitaria. Y por último, a mis queridas amigas Natalia Canosa, Carlota Lozano y Pía Lozano, por acompañarme y alentarme siempre durante mis procesos creativos y por inspirarme para crear a Juana Folicuré. A Lotita le agradezco de corazón su permanente y desinteresada asistencia para las traducciones al francés.